满族口头遗产传统说部丛书

松水凤楼传
（下）

富育光 讲述

于敏 整理

吉林人民出版社

第三章　收服逆僧

　　尤成额一行所乘坐的两辆车行驶在山道上，人的心情好些了，精神随之便不那么紧张了，觉得轻松多了，甚至三匹马似乎也比来时跑得快了。大家有说有笑、又观山又望水的，没有丝毫的疲惫之感，一路十分顺畅，刚刚晌午就进了城。再向西拐，继续前行五里多地，远远看见了坐落于沙河沿儿南边的风楼。到了近前，一个个跟着跳下车，伫立而望，这是一座不太大的二层小木楼，红砖围墙，顶盖、房架、外廊、立柱全是原木的。由于建造时未曾涂漆，加上风吹、日晒、雨淋，已看不出原木本来的黄白色了，而变成了或古铜色、或黄褐色、或暗红色。横梁上出现了多道小小的裂缝儿，就像一位满脸皱纹、饱经沧桑的老者立在一片蒿草之中，高耸不凡。环绕红砖围墙四周的是六棵参天古榆，东边是一片粗壮的穿天杨，纵横交错，森森成荫，气势十足。

　　一行人穿过院子进入楼内，登上二楼，置身于外廊上，可见温德河两岸的柳林随风摇曳，水面的片片小舟轻快地驶入浩浩荡荡的松花江，十几只灰鹤在水边捕食，一群珍禽在半空中上下翻飞。时不时听到呜呜的风声，伐木者的号子雄壮悦耳，放排的流筏声儿依稀可闻。往西南方向望去，群山林立，雾霭蒙蒙，平原上突起了三四个小山包，白面娘子手一指介绍道："你们看，西边的那座山乃著名的小白山，可谓本朝皇室的望祭殿，也是望祭长白山神的圣所。此山原先并不出名，自从皇家把它奉为望祭山后，渐渐便名传遐迩、声震神州了。"

　　站在旁边的尤成额来了兴致，接过了话茬儿："早就听说吉林有座小白山，今日终得一见，确实不一般。长白山有三天女的传说，讲的是天宫住着三个美丽的姑娘，她们是同胞姐妹，老大叫恩库伦，老二叫哲库伦，老三叫佛库伦。一日，姐儿仨觉得天宫的生活太单调，死气沉沉，孤独寂寞，便相约化作白天鹅飞到了人间，在长白山的天池里沐浴。未承想临要返回时，小妹佛库伦误服一颗红果而有了身孕，怀胎十个月后产下个又白又胖的哈哈济，取名儿爱新觉罗·库布里雍顺。此儿生而能言，体貌奇异，聪明绝顶。长大成人后，乘小舟下三姓，平定部落之乱，被那里的人们奉为国主，并娶当地一位名叫百里的女子为妻，国号满洲。康熙年间，英明的君主圣祖爷励精图治，富有远见卓识。他看到大清自入关、定鼎中原以来，不少满洲八旗子弟做了高官，终朝每日锦衣玉食，安于享乐，几乎忘了祖宗发祥之地，对苦寒的白山黑水望而生畏，裹足不前，不愿返回故乡去捍卫那片生养自己的土地。于是决心改变从清初一直到亲政以来出现的这股歪风，竭力唤起满洲人依恋故土之情，曾多次对身边的臣僚说：'长白山是祖先繁衍生息之地，是国家北方疆土的象征，像五岳一样雄伟壮丽，应该前去进行一番查勘。'遂于康熙十六年五月颁旨，命宗室内大臣武默纳、侍卫费耀色等人从京师起程前往吉林踏查长白山，详细了解并掌握那里的情况，以便酌行瞻礼之。武默纳一行届时出发，十一月初返回，向皇上具奏。康熙听罢，又翻阅了记录，十分高兴，降旨封长白山为'长白山神'，年年拜祭，祭礼与拜祭五岳相同。次年五月，又遣武默纳及一等侍卫对秦亲赴关外，到长白山拜祭、瞻礼。雍正十一年，雍正帝胤禛考虑到去长白山路途遥远，山高水寒，去一次十分不易。为使拜祭更方便些，便选定了吉林近郊的小白山，在那里望祭长白山，望祭殿的地址正是在温德河子附近。所建望拜殿有正殿五楹，两座二楹牌楼，以及祭品楼，每岁春秋，皆委派将军率属员隆重望祭。康熙朝的著名流人吴兆骞曾写就一首《封长白山祭祀诗》，其中的几句很有气魄，乃神来之笔：

> 日华遥合扇，
> 云气回成宫。
> 列嶂辉琼雪，
> 双流互玉虹。
> 水哉符宝势，
> 赫亦丽璇穹。
> 仙霭凝岩紫，
> 高霞镜瑸红。

　　此诗把长白山的风光、山色、峻拔、气势描述得惟妙惟肖，点染得颇有神韵。"

　　茗兰插言道："还有一首诗写得也很美，生动感人，其中有这样的句子让我久久不能忘怀：

> 紫气东来常郁郁，
> 白云东起镇英英。
> 荇帛璠紫翘望处，
> 地灵亿载护神京。
> 祥征朱果符长发，
> 秩配贵祇佑永清。

　　乾隆十九年九月，乾隆帝巡幸吉林，率群臣来到小白山望祭长白山，祭罢挥笔书就一首诗《望祭长白山作》：

> 诘旦升柴温德亨，
> 高山望祭展精诚。
> 椒馨次第申三献，
> 乐具铿锵叶六英。
> 五岳真形空紫府，
> 万年天作佑皇清。
> 风来西北东南去，
> 吹送膻芗达玉京。

　　在这首诗里，乾隆帝以无限深情把当时臣民对神灵的崇仰、膜拜以及赤诚之心勾勒得淋漓尽致，令人肃然起敬。祭祀的盛况更是犹如在眼前：天亮了，太阳一出来就笼起了篝火，于温德河附近的小白山望祭长白山。吹响羌笛申三献，乐器的铿锵声十分和洽，祭祀是要供牛羊的，故而让东南西北风吹送膻牲的香味儿，直至遥远的天地神灵所在之地。此诗写得非常有感情，且语意深长，可谓千古绝唱。”

　　尤成额很喜欢诗词，听罢夫人的吟诵，不禁感慨万千，一边细细品味着，一边啧啧称赞着。白面娘子听得几乎入了迷，待回过神时，方不无羡慕地说：“姐姐真不愧为才女呀，知之甚多，吟诗还蛮在行，够我学一辈子了。凤楼这块儿不但景致好，距望祭殿近，而且地处交通要道，从沙河沿儿往东去的那条道通往盛京，去京师的大御路有多处驿站相连。无论是圣祖皇爷玄烨，还是高宗皇帝弘历，只要摆驾吉林，所带之皇后、皇妃、皇子、文武官员，以及随驾扈从数千人必从此道而来，再从此道而返，一路上留下了许多帝王有感而发的诗词、典故，在黎民百姓中传流，后人享用不尽。姐姐，你们来江城时，走的也是这条道，并从凤楼经过，此乃进入吉林的咽喉之路。”

　　大家听后，这才恍然大悟，尤成额夫妇、庞氏兄弟不住地点头，小满堂则故作夸张地惊诧道："哎哟，哪知来时已经路过凤楼了，当时也没怎么注意呀！别看小木楼不起眼儿，却是块儿宝地呢，能够住在这儿乃三生有幸，得感谢小白丫姐姐的关照哇！"

白面娘子抿着嘴不好意思地笑了笑，拿出钥匙把楼上楼下的房门一间间全部打开，请大伙儿进屋歇着。茗兰从内怀掏出纹银交给小满堂，让他去集市买些米面油盐和烧柴，白面娘子忙阻拦道："姐姐，这可不行，到妹子家还得自备吃食，那不打我脸么？纹银你先留着，以后用得着。姐夫乃一介书生，未经受过磕打，身子骨儿不够壮实，必须注意保养，腰兜儿空空哪儿成啊。再看看你自己，有了身孕也不吱一声儿，已经稍稍显怀了。等小公子降生了，那可是费钱的时候，不怕花不出去。"紧接着又回过头冲小金佛吩咐道："你快去趟花仙楼，把车套上，多拉些柴米油盐来。噢，还有啊，将老厨子王财、侍女小香和小曼带来，从今往后就在凤楼干差了，伺候茗兰姐姐并给他们做饭，王师傅的厨艺好着哪！"小金佛应声儿而去。

小满堂的动作倒挺快，先把所有可以开合的窗扇儿都搊起来了，以便通风换气。然后拎起木桶去不远的井边提来水放在地当间儿，大伙儿立马动手收拾屋子，有用笤帚划拉墙面的，有扫地的，有归拢外廊的，有擦拭门窗、桌椅的。真是人多好干活儿，只一个时辰便打扫得干干净净，这才倒出工夫站在一楼的厅堂，一边上下观瞧，一边合计着几个人得怎么住。小木楼的一层正南是客厅，东西两侧各有一间卧室，北面是厨房和饭堂。二层有外廊和阳台，东侧是挨排的两间带有小暖阁的屋子，西侧有一间卧室，把头儿还有一间。尤成额的习惯是每天除了读书、吟诗，就是做文章，感到疲惫时出外散散步，呼吸一下新鲜空气。为有个雅致而清静的读书环境，夫妇俩选择住在二楼东侧的两间屋，其中一间作为书房。把头儿的那间给小曼、小香住，以方便料理少爷、少奶奶的起居，西屋给小满堂住。一楼的东屋由庞荣、庞庆住，西屋由王财师傅住，余下的地儿陈放车马具。白面娘子和小金佛偶尔在此留宿时，可住在二楼的西屋，小满堂则下楼与庞氏兄弟挤一挤。定下后，大家开始卸车，将梳妆台、书箱子及行囊、物品等一样儿一样儿地搬进屋，再抬上二楼，规规整整地摆在应该放的位置。刚刚忙活得差不多了，就听小金佛在楼外喊道："馆主，东西拉来了，啥时候卸车呀？"

大伙儿跑到外廊扶着栏杆往下一看，一辆车停在院子里，小金佛的旁边站着两个侍女，还有一位五十多岁的老者，个头儿不高，慈眉善目，干净利落，从衣着看是当地人，不用问，定是厨子王财师傅了，四人正笑眯眯地仰脖儿往楼上瞅呢！白面娘子冲下一挥手道："还等啥呀，赶紧卸车，肠子肚子早打架啦！"

庞氏兄弟和小满堂回身跑下楼，把米面油盐拎进厨房，烧柴堆在楼后的仓房内，王师傅挽起衣袖儿生火做饭。过了约半个时辰，白面娘子见全部安顿妥当，晚膳也备好了，便对尤公子和茗兰说："姐姐、姐夫，时候不早了，我就不陪你们吃饭了，得赶紧去花仙楼看看，肯定有不少事儿等着办呢，只能暂先告辞了，待处理完了再来看你们。"然后又转向庞氏兄弟和小满堂道："各位对此地不太熟，有什么困难尽管说，别客气，小金佛可帮忙照顾着。放心住吧，过几天就不会觉得陌生了，而且会越来越喜欢这儿，没准儿撵都撵不走呢！"话说得很风趣，把大伙儿都逗乐了。

白面娘子走后，小曼、小香伺候少爷、少奶奶洗漱完毕，换上了干净的衣衫，来到饭堂。大家围桌而坐，桌面摆满了色香味俱全的菜肴，多少日子没这个口福了，个个食欲大开，痛痛快快地饱餐了一顿。膳罢，天已擦黑儿，由于从清晨就开始折腾，一直未得闲，感到十分疲乏，便各回各屋早早歇息了。

尤成额一行从此在凤楼住了下来，他们喜欢这个地方，每天可观赏日出时的青山绿水，感受凭栏远眺的惬意，尽享树荫下凉风习习的舒爽，对所有的一切都非常满意。尤其是茗兰觉得随心极了，对夫君的日常生活越发关照有加，还有两个侍女伺候，基本上用不着小满堂了，使其一到晚间只要有机会，就去楼下的东屋或西屋住一宿。他在二楼睡得好好儿的，为什么非下楼跟人家挤住呢？有两个原因。一是小满堂自打到了江北拘缉营，便与庞氏兄弟住在一起，已经习惯了。突然分屋而卧，总像缺点儿啥似的，感到没了依靠，唯有在他们身边才觉踏实。二是小满堂毕竟在京师长大，未经风雨，没有山区的生活经验。加之来凤楼的路上，白面娘子曾讲过近段时间又哄哄小木楼闹鬼，说得有鼻子有眼的，传得沸沸扬扬，整个江城都知道了。他当时一听，心不由得收紧了，浑身起了一层鸡皮疙瘩。再看看二位小主子，发现他们对此并不介意，想说点儿啥也不敢开口了，怕受到斥责，只是随便敷衍了几句。

住进凤楼后，白天还行，该干啥干啥，忙活得挺欢。一到晚上就蔫了，心也悬起来了，从未睡踏实过，半夜想解手不敢一个人去外头的茅厕，总是编出各种理由把睡在一楼西屋的厨子王财唤醒，二人一块儿出去。回来躺在炕上全无困意，便又悄悄溜下楼，向王师傅打听发生在小木楼的一些事儿，以及是否真闹过鬼。王财则表示以前从未来过此处，这是头一遭，真的假的他也不清楚。嘿，好么，等于没说！小满堂的心更不落体儿了，只盼着天快点儿亮。尤成额夫妇晚上没啥事儿一般不唤小满堂，所以在他觉得实在熬不住的时候就下楼了，与庞荣、庞庆挤一铺炕，仗胆儿。好在来的这几晚平安无事，也未发现什么异常，一切都挺顺当的。

可十多天后，小满堂觉得二楼不像一楼那么静，夜里总是有动静，声音有时大些，有时小些，分辨不出从何处传来的。他原本觉轻，胆子又小，每每睡到半夜便被惊醒，吓得头茬儿一下子全立起来了！没招儿了，不是下楼唤醒王师傅，就是往庞氏兄弟被窝儿里钻。

前书讲过，庞荣、庞庆非比寻常，乃武林中的佼佼者，从不相信世上有什么妖物，对凤楼传出的所谓鬼哭声儿更是笑称此乃无稽之谈，没有任何根据，纯属自己吓唬自己，不必胡乱猜疑。庞荣是位胆大心细的高僧，白面娘子曾就凤楼闹鬼之事问其信不信？怕不怕？他表面回答不信也不怕，如有机会，还想会一会呢！实际上，这是一种好奇心使然，也是武林中人特有的机警。自打住进凤楼，他就时时注意，处处小心，争取尽快熟悉此陌生之地及周围的环境。这几天夜里也听到有动静，或是来回走动发出的嚓嚓声儿，或是轻微的响声儿。夜半更深到外头解手或给马喂夜草时，还能听到似乎从楼顶传出的脚踏木板的响声，仔细再听又没声儿了，好像在故意跟你捉迷藏似的，一时百思不得其解。估计是凤楼建造多年，早就没人住了，风吹日晒，木质干燥，开裂有声。再有就是凤楼四周生长着参天的古榆，树干与二楼相接，顶端繁茂的枝叶已超过楼高，风大树摆，自然会有动静。枝杈的摇动之声与碰撞墙壁所发出的声音混杂在一块儿，夜间听起来显得格外清晰，人们惊诧之余，容易产生各种各样的猜测，闹鬼之言随之也就传出了。

又过了几天，小金佛来了，也证实夜半楼顶有异动之声，十分瘆人，是和小满堂一同到外头解手时听见的。庞荣心里明白，不管他俩咋说得沉住气，因为自己是这几个人的主心骨儿，都眼睁睁地看着呢！即使真发生什么事儿了，也不能乱了方寸，必须稳坐钓鱼台，否则大伙儿会愈加紧张、害怕，甚至六神无主。想至此，便若无其事地说："怎么，有点儿动静就吓破胆了？你们想想，凤楼建造那么多年了，又是木质的，天长日久木头必然干裂，发出响声不是很正常么，没啥奇怪的。"

小满堂和小金佛对庞荣的话将信将疑，也不好再说什么，摸摸后脑勺儿转身走了。紧接着小满堂一天一报，说是楼上肯定有动静，还不小呢，根本不是什么木头开裂之声，可谁又知道鬼怪行走是啥声儿啊？庞荣听后，暗地里琢磨开了："不过一座空楼，为啥突然不平静了？看来事出有因。世上本无妖物，所谓的'闹鬼'不是鬼在闹，而是人在闹，还一个劲儿地折腾，这就不是小事了，须重视起来，认真对待，多加注意，时刻警惕。"这么想着，便偷偷叮嘱庞庆："晚上精神点儿，最好和衣而卧，不可睡得太死。得把师父教的那招儿拿出来，睡觉时睁一眼闭一眼，眼观六路，耳听八方，想方设法弄清虚实。如果公子和夫人因此而受到惊扰，咱们更对不起桂良大人了，脸上也无光，还称什么少林寺高僧啊！"

庞庆答应道："哥，放心吧，知道了。真要是有人故意捣鬼，制造事端，决不客气！"

一天晚上，小满堂见二位小主子早早进屋歇了，再没啥事儿了，正好小金佛也在，便将其叫到西屋一块儿上炕躺下了。将近丑时，睡梦中的小满堂突然吓得一激灵就醒了，不是好声儿地惊叫道："哎呀妈呀，什么东西呀，在我腿肚子上呢，冰凉冰凉的！"边喊边跳了起来，一头钻进紧挨着自己的小金佛的被窝儿，抱着他一动不敢动，浑身哆嗦个不停，小金佛一时不知所措。

半睡半醒的庞氏兄弟听到动静一骨碌爬起，腾地跳下地，犹如狸猫几步蹿上二楼推开西屋的门，庞庆忙把油灯碗的灯捻儿用火石打着，屋子立马亮了。庞荣走到炕边，欻地掀开小满堂的被子，发现里面蜷曲着一条不太粗的土球子蛇，随即伸手掐住七寸，用力一甩，啪的一声扔到地上，那条蛇抖了几下便不动了。蛇的出现，使他们困意全消，小金佛和小满堂也穿衣下了地。庞庆又点着了一盏獾油灯，满屋通亮，四人分头各处踅摸，看看蛇是从哪里爬进来的。往上瞅了瞅天棚，全是木板相叠而成，木板与木板之间严丝合缝，蛇无法钻进。还是庞荣观察得仔细，发现东墙角儿的天花板有道裂缝儿，差不多手指肚宽，唯此处有机可乘，那条土球子蛇显然是从这里爬进并掉到炕上的。如此看来，天棚上必有麻雀，因为那是蛇的佳肴。麻雀繁殖很快，逐年增多，才将蛇引进天棚的。蛇的行动非常敏捷，捕捉麻雀食之，轻易不会往没有麻雀的洞外爬，它是怎么从天棚掉下来的呢？庞荣认为若想弄清缘由，只能亲自到天棚上察看一番，于是便嘱咐小金佛和小满堂，不要向外张扬土球子蛇昨晚光临凤楼了，以免吓着公子和夫人，就当啥事儿也没发生。

之后接连两天，夜晚安静得很，一点儿动静没有。第三天中午，庞荣吃完晌饭，回房眯了一小觉，起炕后便观察起小木楼来，先从一层开始。他可不是闲着无事欣赏一个物件，而是在寻找可疑的迹象，这里敲敲，那里拍拍，从上看到下，从左看到右，丁点儿大的地方不放过。结果发现此楼的建筑质量不错，所用的都是优等木料，结实耐用。虽然有年头儿了，个别横梁或立柱已出现一道道小小的裂纹，但木板儿之间却没有空隙，还那么紧凑，门窗也挺严实，这很不易。看罢一楼登上二楼，手摸墙壁一个墙角儿一块木板儿地连敲带拍转圈儿瞅，也没有缝隙，门窗同一楼一样严实。可以肯定，一层、二层皆无异常，不可能产生响动，更不会有外人进入，疑点只能在天棚上，因为土球子蛇是从那儿掉下来的。

庞荣反身下至一层，推开大门来到院子里，围着木楼各处细细地观瞧，再绕出院外察看四周的情况，包括地面的蒿草是否有踩踏的痕迹。倘若夜里有不轨之徒来过，蒿草不会直立而齐整，必将被踩倒，留下一行清晰的脚印，显然现在一切正常。抬头上望，凤楼坐落在足有百年的六棵参天古榆之间，每棵皆有两三抱粗，像罩着六顶伞盖。令人称奇的是其中两棵最粗的枝干从半中腰开始不往上长了，而是往木楼的方向平长着，比房顶要高些，枝杈向上伸展着。庞荣不由得倒吸了一口凉气，寻思："哎呀，这可不好，枝干像天桥一样，想上去不用架梯子了，攀缘到树中腰踩着枝干便可以跳入楼顶。怪不得天棚有蛇呢，它能从树上钻进楼内，这就是极好的通道啊！人也一样，打算潜入木楼不一定非从大门进，只需走树上就行了，一块儿去几个都没事儿，经过天然的天桥便可顺利到达楼顶。尤其是武林中人皆有轻功，在非常情况下，大多会选择走'上路'，从树的顶端腾跃，于房脊中穿行，飞檐走壁，不费吹灰之力即可进入目标。这是个必须重视的漏洞，直接威胁楼内人员的安全，小觑不得。"想到这儿，为了看得更真切，遂走到古榆跟前，收胸运气，双腿稍屈，单脚一点地拔地而起，轻轻落到主干上。再双手、双脚并用，噌噌噌几下攀到高枝上，紧接着像花鼠子似的爬到了树尖儿。此刻，风吹得古榆呜呜作响，枝叶摇来晃去，他手把粗树枝往下瞧，古铜色的小木楼就在脚下，清清楚楚。然后犹如猿猴一样下到树中腰，凭借横向伸展的枝干一点点儿地向前移动，渐渐接近了木楼。待挪到尽头低眼一瞅，竟吃惊地发现脚下有些枝杈曾被踩蹬过，外皮有破损，内皮发干，上面沾有少量的泥土，不仔细看还真瞅不出来。这说明早已有人来此光顾，且不止一次，而是多次从树上穿行，木楼的棚顶被暗中秘密使用，只是楼的主人还不知晓而已。由于古榆高，木楼矮，树干与楼壁之间尚有一臂远的距离，若想进入楼内天棚，只能从枝干垂直跳下，在下落的瞬间，适时把住木楼顶端向旁伸出的边沿，然后再跃至楼顶。如果由于不慎而出现丝毫偏差，必将摔到树下，不死也得残废。因此，若想从"天桥"到达楼顶，没有一定功底的人是很难的。从踩蹬枝干致其表皮破损的程度看，造访者轻功甚好，腾跃自如，飞檐走壁之能绝非寻常，世外高人方能做到。那么，此人缘何到楼顶的天棚栖身呢？不得而知。

庞荣半蹲在"天桥"上，越思谋好奇心越强，非要探个究竟不可。别忘了，他练就了闻名的鹰爪功，这回派上用场了。于是屏住呼吸，运用轻功照准木楼的房顶从枝干上跳下，在下落的一刹那，以双肩探海之式两手把住楼顶外檐儿，十指紧紧抠住其边缘，全仗手指的抓力，继而来了个鹞子翻身，伸直腿往上一挺，双脚稳稳地站在了楼顶。四下一瞅，北面几块立起的木板引起了他的注意，快步走到跟前，挪开木板，现出一扇半人高的进出天棚小木门。蹲在门口儿侧耳细听，里面静静的，一点声儿没有，但不能贸然而进，以防遭人暗算。又敲敲门板，特意弄出响动，倘若隐蔽之人为了自卫正手拿凶器对准他，由于有准备可以及时躲过去。听了一会儿仍无动静，估计没人，这才拉开木门，轻轻跳入天棚内。站定细瞧，发现里面颇宽敞，东西两侧各开一扇小天窗，阳光透了进来，不仅不暗，还挺亮堂。棚内既有横梁，又有立柱，斜向交叉在一起。尽管有一定的空间，人在里面也直不起身，只能哈腰钻过横竖交叉的木柱前行，不很方便。地上铺了些破羊皮垫子，靠边放着几个木头墩子、一摞瓷盘子、七八个白底蓝花瓷碗，筷子扔得到处都是。摞在最上面的那只盘子里装着狍肉干儿和几块咸菜，还有三个尚未干透的玉米面饼子，说明隐蔽之人离开时间并不长，最多两三日。庞荣拍了拍脑门儿，恍然大悟："怪不得这两天棚顶没动静了呢，原来人已经走了，小满堂被窝儿钻进的土球子蛇，很可能是他们故意恐吓而从东墙角儿的天花板裂缝处扔下的。从铺的这些羊皮垫子和所使过的碗筷看，肯定不是一个人，至少四五个。他们是干什么的？为啥在此躲避？选择秘密藏匿，说明干了不可告人的勾当，起码与朝廷不一心，不是匪类，就是专干小偷小摸的贼人。他们真够能琢磨的了，竟跑到天棚内栖身，肯定认为楼中主人轻易不会察觉，即使听到点儿动静，不见人来人往，也不会多想。可时间一长，总能听到响动，自然就往心里去了，以为木楼闹鬼了，却不知真有人住在这儿。不过让人不明白的是就算他们是匪类，见不得天日，只能东躲西藏的，那也用不着住在这儿。北地山高林密，野兽繁多，林中随处可见猎户为晒皮子所搭的马架子，不到熟皮子时，一般没人住，大多都空着。他们完全可以住进马架子里，不太容易被人怀疑，以为是打猎的呢，可比住在顶棚方便多了。功夫再高超、登高再不费劲儿，总得树上进、树上出吧？哪有走门顺当啊！"

庞荣一边思谋，一边左观观右瞧瞧，希望能发现点儿蛛丝马迹，从而判断这是些什么人。忽然眼前一亮，影影绰绰地看到左前方距羊皮垫子五米处的立柱上，似乎写着什么。忙走到跟前一瞅，果然有字，是用化石粉涂的，上写"阿尼金刚大师""疙瘩梁子"等字样，心中立刻产生了一连串的疑问："哎，难道他们与佛家有牵连？这'阿尼金刚大师'是谁，与大师兄一指金刚侠有否关系？白面娘子曾介绍过，眼下吉林境内有几位高僧，范家堡子的庄主范蔼仁身边就有两位，一位是夺魂僧者，一位是静空大师，声称从登封少林寺下山而来。或许真的赶巧了，是我的二师兄、三师兄也未可知，真若如此，就不用到处寻了。另外，向班布泰传授少林武功的那位师父又是谁？也声称是少林寺来的，能不能是大师兄呢？等到闲下来时，为弄清子丑寅卯，有必要去范家堡子拜望一下那两位大师。再有就是疙瘩梁子在哪儿？是个什么所在？所有这些都得有个准确的答案。"想至此，走到天窗下看了看天，太阳快要落山了，不能继续耽搁了，待回到楼内同庞庆商量商量再说，随即反身往小木门那儿走。前行了没几步，便不得不弯下腰钻过两根斜向交叉的立柱，就在一侧头时，冷不丁看见其中一根柱子上粘着一块儿长方形、揭得薄薄的桦皮，显然是当纸张用的。想瞧瞧上面是否写了什么，可惜顶棚内已暗了下来，根本看不清。伸手摸了摸，桦皮尚未干，略微有点儿潮。贴近闻了闻，原木的味儿犹在，显然粘上的时间不长，打算留给某个人的。也就是说，留下桦皮的人走了，还会有人光顾凤楼的顶棚。庞荣不由得一阵兴奋，何不在此等一等，看看来的究竟是何人，也好与其会一会。赶紧又退了回去，走到西北角儿一处光线较暗的地儿蹲下身，静静地等着。等啊等，直到天完全黑了，星星都快出来了，也不见个人影儿。本想再等一会儿，又担心公子和夫人有事找不到自己该着急了，只好先回去。于是走到斜立柱跟前，揭下那片长方形的桦皮小心卷起揣进怀里，摸索着出了小门儿，来到紧挨古榆的房檐边，身子往上一蹿，不偏不倚正好纵上了"天桥"。再脚踏枝干一点点儿挪至一侧，沿树身滑下，悄悄儿进入楼内，推开了东屋的门。

此刻，庞庆正急得火上房，在地当间儿转来转去等着呢！猛一抬头，见兄长没事儿人似的进屋了，这才长舒了一口气，说道："哥，去哪儿了？也不知会一声，让人多不放心哪，可急死我了。若再不回来，我就出外找你了，就怕出点啥事儿。"

庞荣笑道："有啥不放心的，哥这身板儿你还不知道，几个壮汉捆一块儿也不是个儿呀！我去楼顶了，大有收获，你猜看见什么了？"

庞庆说："这谁能猜得着啊，别卖关子了，快告诉我吧！"

庞荣拉着庞庆上了炕，一边一个地坐在炕桌旁，一五一十地将所看到的一切告诉了弟弟。接着从怀中掏出桦皮卷儿，慢慢展开，庞庆把炕桌上的油灯捻儿拨亮，二人的头凑到一起一瞅，桦皮上果然有黑色的字，是用木炭尖儿写就的，十分工整，共十七个字儿："群雁东翔，黄河分向，难寻棠棣，速到疙瘩梁。"庞荣啪地一拍大腿道："没错，这是大师兄的笔迹，我一眼就能认出来。他做啥事儿都特别认真，字也写得一笔一画的，从不潦潦草草。"

庞庆点点头道："嗯，是大师兄写的，我认识他的字体。"

庞荣分析道："从天棚上留下的碗筷、铺的羊皮垫子看，估摸得有四五个人住在那儿，很可能是一伙儿的。吃食有狍肉干儿，玉米面饼子，咸菜条儿，棚内闻着多少点儿烟味儿。狍肉干儿肯定不是大师兄能享用的，那他啥时候上的天棚、又为什么去呢？或许是正在追查的某件事与那些人有关？当时我一瞅'阿尼金刚大师'那几个字儿就觉得眼熟，很像是大师兄留下的，因为写在较窄的立柱上，字的横与竖受到面积限制而显得不十分舒展，所以不敢确定。倘若真同咱猜测的那样，毫无疑问，阿尼金刚大师即一指金刚大法师，也是班布泰的师父。"

庞庆听罢，思忖片刻，说道："哥，依我看不如这样，先向白面娘子打听一下有关情况，然后去见见班布泰，心中有数了，再前往疙瘩梁寻找大师兄。只要他在师兄弟身边，咱就有主心骨儿了，诸事可一起商量着做，所有的谜团定能解开。"

庞荣赞同道："言之有理，但愿能找到大师兄，也省得长眉长老惦念了。"

哥儿俩越唠越兴奋，毫无倦意，把所有发生的事从头至尾捋了一遍，一直聊到三更方睡下。

时令已交初秋，天气逐渐凉爽，掐指算来，距九九重阳节尚有月余。

尤成额公子一行自打搬进凤楼，白面娘子就告诉他们，重阳节那天，一块儿去面见土地爷爷和赫赫有名的赛冲阿将军，并陪同二位大人前往马尾山放鹰捕大雁，届时还可看到现任吉林将军。当时大家听其传罢这个口信儿高兴极了，此乃令人振奋的喜讯，机会难得，期盼着那一天快些到来。然而在喜讯面前，不同的人想法也不尽相同，可以说还挺复杂，拿庞氏兄弟来说吧，认为自己受雇于京师的桂良大人，负责安全护送尤成额夫妇抵达江城。虽然路途遥远，风餐露宿，吃了些苦，但一路总算顺利。万万没想到的是到了吉林后，却被秦名远和杜宝算计了，与尤公子和夫人一起受到了不公平的待遇，而且那二人恰恰于吉林将军衙门任职，火儿都没地儿发，既憋气又无奈，英雄无用武之地。尽管受了很多委屈，重阳节那天面见富俊大人、赛冲阿将军和现任吉林将军松萪时，咱不能因此而有失体统，有话好好儿说，不可耍性子，让三位大人看看少林弟子的修养如何。还要把到吉林的所见所闻，以及所掌握的个别官员违反大清律的做法、行为如实向大人禀报，提出建议，也算是为大清子民尽点儿责。反过来倒要看看父母官吉林将军以什么面目出现，面对此情此景该如何做，对坏人坏事是包庇纵容呢，还是依法严加惩处。如能对桂良大人有个合乎情理的交代，作为护送者回京也好复命，咱拭目以待。

尤成额和茗兰怎么想的呢？公子所思虑的只有一点，即充分展示自己的德与能。住在京师时，贤内助茗兰对夫君给以精心照料、全力支持，从不无故打扰，不给增加额外负担，不让操没用的心，家里家外的事儿一人担。公子每天唯一要做的就是专心致志的读书，开动脑筋做文章，随时准备应聘。来到吉林后，一直牢记离开京师时，桂良大人语重心长地叮嘱："成额，务要勤于学问，不可荒疏，舅舅只能予以引荐，将来的仕途如何，全凭自己的努力和造化了。切记，不能以长辈的权势掩疵，好自为之，光彩如玉应发自身也。"他以此为鉴，丝毫不敢懈怠，终日抱卷而眠，养成了痴狂苦读圣贤书的好习惯。九九重阳节有幸拜见富俊等三位大人，认为应抓住此契机，让他们知道本人并非等闲之辈，不是仰仗着总督大人的推举来吉林讨饭碗的，而是确有饱学之才，不仅胜任教学之职，还绰绰有余。

作为妻子的茗兰比丈夫想得要多些，在京师时，就对北地的江城充满好奇，并产生了浓厚的兴趣，期盼着早日登程，目睹那里的山山水水。满心欢喜地抵达吉林后，却被一瓢冷水从头浇到脚，弄了个透心凉，遭了不少白眼，苦楚无处倾诉，疑惑、反感、愤怒淤积心头。然平静下来仔细思谋，做人应豁达大度，不能只瞅眼下，不可算小账，要往前看。而今将在重要的节日里拜见三位值得尊敬的大人，更需沉着冷静，言行得当，礼数周到，彰显自身的修养和品格，不能给引荐者丢脸。

相比之下，小满堂想得就简单了，只为少爷捏把汗，生怕不能如愿受聘，前途未卜，不仅对少爷、少奶奶打击沉重，大伙儿也跟着遭罪不是？故而内心寄希望于引见人白面娘子，盼其能在三位大人面前替小主子多说些好话，夸赞一番，以便能顺利就任左翼官学教习之职。总之，每个人都在默默做着准备，待重阳节那天见到大人时，我该怎么说、怎么做。

一日清晨，尤成额夫妇刚刚洗漱完毕、正要下楼去饭堂用膳，庞荣急匆匆地上得楼来，将茗兰叫到一边，小声儿说道："妹子，告诉你个不好的消息，白面娘子失踪了，恐怕是被什么人囚禁起来了。"

茗兰听后大吃一惊，心想："是呀，刚搬到凤楼时，她三天两头儿往这儿跑，往往是人未到声儿先到。近几日确实未见她来，还以为花仙楼那边太忙，无法脱身，怎么突然竟踪影全无了？"遂问道："荣哥，依你看，这是谁干的？"

庞荣回道："跑不了秦大门牙，我们离开拘缉营住进了凤楼，他能不知道么？第一个就得问乌三儿。当弄清是白面娘子的主意时，心里肯定没了底，担心事情败露，这才下了手，目的是封住白面娘子的嘴，看其究竟掌握些啥、做了些啥。"

茗兰又问："荣哥，你是怎么知道她失踪的？"

庞荣从内怀掏出一片儿纸递给茗兰道："今晨一觉醒来，发现这张小纸片儿就在我的枕边，不知啥时候、谁放的。我和庞庆都觉得挺奇怪，昨晚准备歇息时，是我关的房门，肯定关严了，那么人是怎么进来的？另外，我们兄弟觉轻，有动静准醒，可为啥一点儿未听见呢？琢磨来琢磨去，认为来者必是武林中人，功夫不在我俩之下，还真遇上高手儿了。"

茗兰听罢，低下头仔细端详手中的纸片儿，看上去是从毛头纸上撕下来的，上面用墨笔写着一行字："老四、老五，速救白娘。"思忖片刻，说道："这位世外超凡之人不仅讲义气，而且通情达理，显然是打算帮助我们。倘若他是歹人，咱就不会平安无事了，可为什么不唤醒你俩呢？"庞荣双手一摊，摇了摇头，不得其解。

茗兰有些焦急，紧接着又道："荣哥，白面娘子已经吃了不少苦了，无论如何不能再遭殃了，一定想法儿搭救才是。赶快四处扫听扫听，看看有线索没有，要抓紧，夜长梦多，千万别出啥事儿呀！"

庞荣安慰道："妹子，待我与庞庆合计合计再说，会有办法的。"

大家用罢早膳，庞氏兄弟一块儿回到东屋，静下心来分析究竟是谁给报的信儿。庞荣说："弟弟，咱在吉林一无亲，二无故，两眼一抹黑，谁也不认识。老四、老五的称谓，乃师父和三位师兄只在少林寺才这么叫咱俩的，那位造访者怎会知道？恩师长眉长老不可能到这儿来，唯一可能的只有三位师兄了。咱们猜得或许没错，那位阿尼金刚大师就是班布泰眼中的一指金刚大法师、我们的大师兄一指金刚侠，当下正于辽东一带奔走，还让去疙瘩梁找他。"

庞庆赞同道："兄长所言极是，大师兄一直在身边保护咱，却不能见面，其中必有原因。这也告诉我们，咱在吉林不是单枪匹马，身后有本派兄弟做靠山，暗中互相扶持，互相照应，天王老子也不用怕。"

庞荣说："不妨这样，先向白面娘子最贴心的小金佛了解一下她近日的行踪，然后再据此商量对策，你以为如何？"

庞庆点点头道："行，算得上最快捷了，就这么办！"

庞荣随即起身出屋，楼里院外转了一大圈儿，没看到小金佛。回头又去了厨房，见王财蹲在灶坑前，顺手拽过一把柴火正在往里填塞。小金佛的左手掐着一只已宰杀完的鹅，右手一根根地拔其身上的绒毛，样子十分认真。庞荣站在门口儿看着小金佛的一举一动，心想："这个在家乡原本挺不错的后生，进城后所接触的人鱼龙混杂，所干的见不得人之事皆为秦名远唆使的，并入了黑道儿，与那些人称兄道弟。真乃跟着啥人学啥人，跟着好人做善事，跟着恶人做坏事，关键是由谁带。尽管如此，他身上仍保留一些农家孩子所特有的那种淳朴，眼睛里有活儿，手脚勤快，不偷懒，但愿以后能彻底学好。"

那么，小金佛怎么帮厨了呢？原来白面娘子考虑到茗兰怀有身孕，担心由于饮食不顺口而导致身子骨儿不壮，必须得单独做给她吃。王财一个人恐怕忙不过来，便让小金佛把花仙楼的事儿放一放，派到凤楼，在厨房帮王师傅淘米、洗菜、剁肉等，干些杂活儿。他毫无怨言，天天一大早就起来了，扫院子、劈柈子、挑水，让缸总是满满的，有时还同小满堂一起清扫外廊、楼梯、擦拭桌椅。忙完这些后，再去集市买米、面、油，以及茗兰喜欢的吃食，回到凤楼就在王财身边干这干那的，总是闲不着，直至用罢晚膳拾掇停当才歇息。

　　庞荣看了一会儿，方走到小金佛跟前，将其叫到一边，低声儿问道："小金佛，白面娘子不见了，你知道么？"

　　小金佛没有丝毫惊讶，语调平缓地回道："荣哥，我知道，不过没敢告诉你。好几天前，白面娘子曾跟我说，如果有一天找不到她了，大可不必慌张，没啥了不得的，顶多跟秦名远有点儿关系，并叮嘱不要告诉少奶奶和庞家哥哥，怕你们惦着。还说不要紧，甭管什么事儿自能应付，必要时将捎信儿给班布泰佐领，他会出面相助的。"

　　庞荣听后，一时丈二和尚摸不着头脑，白面娘子所言啥意思呢？难道此前已估计到自己会出事或被囚？接着又问道："知道她眼下身在何处吗？"

　　小金佛摇摇头道："不知道，原先也没留话，半点儿口风未透。"

　　庞荣再问："你好好儿想想，哪些人常去秦名远的四合院儿，发现什么异常情况没？"

　　小金佛回道："只知大哥身边的几个朋友常去那儿，一块儿喝喝酒、聊聊天，或者摆上牌桌赌上几把，没发现什么异常情况。噢，对了，我四天前去了趟四合院儿，看到了范家堡子的大庄主和两位身穿袈裟的僧侣，他们正在内室密谈。我趴门缝儿听了听，门关得紧紧的，一句也未听清。据我的堂弟、大哥的管家秦利宽讲，范蔼仁和两位和尚是我大哥的贵客，此次是为寻找钱如民生前所藏匿的范氏家族土地大账而来，而且还知道富俊大人不日将就任吉林将军。估计大哥已摸准白面娘子一直未闲着，不但与富俊和班布泰有联系，而且与尤公子一家来往密切。他做贼心虚，怕被发现了自身难保，肯定是有求于白面娘子。馆主聪明得很，大哥不敢欺负她，更斗不过她，或许把大哥耍了也未可知。正因如此，我得知了白面娘子失踪的消息时没太介意，并遵照其叮嘱，未将此事告诉你们。"

　　庞荣见从小金佛这儿再也打听不出什么了，便转身出来了，回到东屋，把刚才那番话向庞庆学了一遍，二人都觉得此事并非小金佛说得那么简单。庞庆认为秦名远是只老狐狸，阴险狡猾，暗地里与范蔼仁狼狈为奸，干尽坏事。他们既然已经知道自己的死对头富俊不日将出任吉林将军，就不会坐以待毙，肯定得一起商量对策，否则，范蔼仁和两个大和尚不会急三火四地跑到城里来找秦名远。而恰恰在此时，白面娘子失踪了，能说与他们无瓜连么？小金佛还是年轻啊，只着眼于表象，跳不出跟秦名远的亲族关系，没有看透其本质。

庞荣这些日子也很注意观察白面娘子的一举一动，发现她不但较前成熟了，而且有意识地回避小金佛。尽管对方仍像以前一样一口一个馆主地叫着，显得特别亲近，然白面娘子总是借故走开，细想起来这是可以理解的。白面娘子通过与茗兰等人推心置腹地交谈，对曾经干过的一些事有所悔悟，想重新做人。重要的是她人虽被秦名远强行霸占，但心仍念念不忘班布泰，那种深藏于心底的绵绵情意是小金佛不可想象的。眼下的当务之急是迅速救出白面娘子，如果能和班布泰联手，共同对付秦名远，那再好不过了。庞荣先是与弟弟合计了一会儿，接着又去二楼与茗兰密议了一番，议罢下得楼来回到东屋，开始打点夜行所用的必备品，并打发庞庆去厨房将小金佛唤来。二人一前一后刚进屋，庞荣便交代道："我需出去一趟，你们俩要好生守家，把公子和夫人照顾得周周到到，啥事儿都想到头里，不可出半点儿纰漏，记住没？"

小金佛回道："记住了，庞大哥，放心吧，我们会尽心尽力的。"

庞庆说："哥，一路多加小心，快去快回！"

庞荣点了点头，一切准备停当，待天擦黑儿时出了凤楼，奔花仙楼而去。有人会问，庞荣从未到过花仙楼，清楚去那儿的路线和周围的环境吗？您有所不知，他是个胆大心细之人，过目不忘，过耳能诵，只要白天留心了，晚上必去查验一番，任何蛛丝马迹皆不放过，否则，连觉都睡不着。此前，庞荣曾多次夜探花仙楼，对其所处之位置、外部环境、内部设施观察得很仔细，对来往人等亦有大概的了解。不单单是花仙楼，还不止一次地光顾过秦名远后来在所住四合院儿的前边建的大院套儿，黑铁门的上方钉一木牌儿，上写"秦家大院"，庞荣对院内房间的设置、所住主仆人数及卫护情况等同样心中有数。他夜探秦家大院是秘密进行的，不仅瞒着尤成额夫妇和小满堂，也背着其弟庞庆，小金佛则更得瞒着了。怎么回事呢？庞荣自打知道白面娘子的不幸遭遇后，很是同情，对秦大门牙恨之入骨，并暗下决心非替其出口恶气不可。又听说此人交往甚广，所涉及的人员背景复杂，并与将军衙门府的一些官员有着千丝万缕的联系，要想扳倒他，必须查清所干的见不得人之勾当，待算总账时能用得上。于是，开始有意与其远房弟弟小金佛多多接触，没事儿时，二人就坐在炕上天南海北地闲唠，通过看似有一搭无一搭地询问，了解秦名远的所作所为。

小金佛哪知庞荣有一定目的呀，反正觉得庞大哥好打听，有用的也问，没用的也提提。他从心眼儿里崇拜庞荣，佩服得五体投地，甚至相见恨晚。认为这位从登封嵩山少林寺下来的大师有能耐，武功高强，行侠仗义，遇事不慌，城府很深，真有个大哥样儿，对自己如同兄弟，一点儿架子没有，可亲可敬。我小金佛本是个没啥大出息的人，今生能有幸交上心肠这么好的大哥，死也值了。倘若庞大哥能看得起我，巴不得跪地磕仨响头拜其为师呢，只怕人家不收我这个徒弟。想归想，此话始终没好意思说出口，只是天天围着庞荣转，庞荣指东他往东，庞荣指西他往西，叫干啥就干啥，绝无二话，可痛快了。他特别喜欢和庞荣一起聊天，觉得这位大哥啥都懂，没有不知道的事儿，借此机会可好好儿向人家学学。每当庞荣打听什么时，只要他知道的，就毫无保留地往外端；不知道的，想方设法弄明白后，再详细告知。一来二去的，小金佛有心无心地讲了很多事儿，时间长了，自己曾说过些啥也就记不清了，然一桩桩一件件却刻在庞荣脑子里了。

从小金佛的口中，庞荣了解到秦名远现如今可不是当年在行辕大营那个损样儿了，而是吉林将军衙门府的总管、总师爷。官升脾气长，每日腆着个肚子吆五喝六的，衙役们见他总是毕恭毕敬的，不敢怠慢。住处早就鸟枪换炮了，在原住址四合院儿的前边盖了一座青砖砌就的瓦房，前后六间，宽敞明亮。四周是一色松木条围成的大院套儿，把四合院儿圈在了里面，即所谓的秦家大院，很是气派。可能是由于自己干了不少坏事，心中有鬼，怕遭人暗算，故而养了五条猎狗看家，条条凶猛无比，大老远便能听见从院子里传出的犬吠声儿，令人胆寒。即使是邻居从此路过，也得绕着走，离秦家大院远远的，担心被狗咬着。

偌大的院落只住七口人，有秦名远、白面娘子、管家秦利宽、小金佛母子，还有个洗衣做饭的女佣和看门人老霍头儿。这位女佣大家都称其温妈，老家在山东，上无兄，下无弟，父母早亡。有一年闹旱灾，庄稼颗粒无收，衣食无着，温妈只好跟着乡邻离开家乡，逃难到了小金佛母子所住的屯子乞讨。小金佛的母亲姜氏见她可怜，便将其收留，并以姐妹相称。二人很是投缘，相处得非常融洽，天天姐姐长、妹妹短地叫着，谁也离不开谁，比亲姊妹还亲。这不，小金佛母子进城了，温妈随后也来了。老霍头儿是秦名远从杜宝所在的小红楼迎宾驿馆要来的，除了看大门，就是扫扫院子、喂喂狗，住在紧靠院门外单盖的一间青砖小房里。原先的男仆、家院、侍女全被秦名远打发了，现在此院套儿常住的不过五口人，白面娘子早已搬到花仙楼了，小金佛也跟去了，见天儿跟白面娘子一块儿忙活，今儿个去这儿，明儿个去那儿，很少回秦家大院。秦名远每天到将军衙门办差，忙起来时就不回家了，晚上在衙门府住。管家秦利宽需经常购置一些生活用品，有时也出外办货，要是去的地方离家远，往往一连好几天回不来。这种情况下，家里只剩下姜氏、温妈和那个轱辘棒子老霍头儿，老姐妹俩住在东厢房，老霍头儿住在大门口儿的那间青砖小房。秦名远多次告诫老霍头儿，要认真看门儿，一步不准离开，更不许外出，大院儿不能空着，其他人等不得进入。倘若由于没人看家而发生什么事儿，不管啥原因，必拿你是问。故此，老霍头儿哪儿都不能去，每日待在屋内或到院子里转转。与那两个女人没啥好说的，也唠不到一块儿，感到又憋闷又孤独，实在没意思了，就逗弄那五条狗玩玩儿。

老霍头儿名叫霍振江，今年六十有五，年龄不大便步入军旅，跟赵西丹一样也是夕旦兵。为人正直，脾气倔，有股子蛮劲，打仗不含糊，抡起大刀来几个敌兵捆一块儿不是他的个儿，没有不竖大拇指的。告老退役时，上司考虑到他的资格老，立过战功，执刀仗剑几十年，突然待下来会不习惯，便将其安排在吉林将军衙门干点儿散差。此举还是赛冲阿将军和富俊大人提出的，把久经沙场、勇猛善战、有功于朝廷的孤身老兵请到吉林将军衙门，表面上有个营生干，拿点儿俸禄，实际上是讨他们乐，心情舒畅可延年益寿嘛！一时间，军中皆知吉林将军衙门比照黑龙江、盛京将军衙门有独到之处，屡立战功的老兵在这里很吃香，且受到大家的尊重。

霍振江同样具备老兵的特点，办差认真，一丝不苟，还从不闲着，天天有干不完的活儿，衙门的上下人等都愿与其打交道。后来又被派到小红楼迎宾驿馆的管家杜宝手下听差，刚干不长时间，正赶上秦名远的大院套儿需个把门看家的，便指名道姓将他要去了。秦家大院拢共就那么几口人，又没个说话的，哪有将军衙门和驿馆人来人往热闹哇？老霍头儿感到寂寞时，就把将军衙门的那几位对心思的老哥儿们约来，人家也不往院子里进，而是到老霍头儿独住的那间青砖小房，或者喝点儿小酒，或者唠唠闲嗑儿。有时酒喝高了，嘴就没把门儿的了，你一言我一语话不落地，发发牢骚啊，骂骂哪位都统啊，议论议论历届吉林将军的功与过呀，不知不觉中一天很快过去了，聊得蛮痛快。秦名远晌午回家时，看见他们在青砖小房里，几位老者也都认识，虽然当面儿没说啥，亦从不进那屋，但背地里却板起脸数落老霍头儿："你们几个老的不能总往一块儿凑啊，哪有那么多嗑儿唠哇，喝酒会误事的。我可告诉你，闲扯时，眼睛得勤瞟着点儿，要是看不好门儿出了差错，可别怪我不客气！"老霍头儿还真不听邪，嘴上应承腿打摽，老哥儿几个照聚不误。久而久之，秦名远便习惯了，反正把大院儿看得好好儿的，没出过任何纰漏，平安无事，也就睁一眼闭一眼了。

庞荣得知这些信息后，很是兴奋，心想："既然霍振江是位耿直的老者，也愿意帮助人，我应主动接近之，从其口中了解秦家大院的情况，或许能轻松掌握秦名远所做的一些违法之事。那么，怎样才能接触上老霍头儿呢？最好的办法是通过熟人给以引见，此乃捷径。"可是找哪位熟人最合适呢？思忖良久，忽然两位老者闪现于脑际，即刚来吉林时，送公子和夫人去江北拘绁营的老八旗赵西丹和马木斤。记得两位老人家为尤成额夫妇的不公平待遇愤愤不平，对秦名远和杜宝等人的做法十分反感，认为简直欺人太甚。双方临分手时，赵西丹说过，老夫于小红楼迎宾驿馆当门房，住处离吉林将军衙门府不远，日后有用得着的地儿尽管找我。也真是赶巧了，白面娘子在走投无路、极度悲愤、彻底绝望的情绪下跳江自尽，又是赵西丹下水将其托了上来，挽救了一条鲜活的生命，这是位多么可亲可敬的老人呐！他与霍振江皆为乾隆朝的夕旦兵，退役后又同在吉林将军衙门府办差，毫无疑问，相互之间既认识又熟悉，这就好办了。要想调查秦名远，不妨先从赵西丹入手，通过他再与霍振江搭上桥，不就顺理成章地接触上了么？一回生，二回熟，熟人好办事，何愁进不了秦家大院？到那时候，秦名远再狡猾，再小心翼翼，也躲不过我鹰爪消魂侠的火眼金睛啊！

庞荣想清楚后，便去与茗兰商量，说是自打在拘绁营同赵西丹、马木斤分了手，至今再未见过，可不能忘了曾经帮助咱的两位老人家呀，他们肯定也惦念咱。这回重新来到江城，可否前去拜望一下？一是表达谢意，二是告诉他们咱已逃离虎口，安全脱险，等候合适的时机再做打算。多个朋友多条路嘛，若能得到老人家的继续关照，何乐而不为呢？茗兰听罢，正中下怀，与自己的想法一拍即合，于是爽快地说："好哇，还等啥呀，明儿个就去！"

转天头晌，庞荣手提果匣陪着茗兰来到衙门府附近，很快找到了赵西丹的下处，登门拜望。老爷子刚好在家，热情地接待了二人，又让座又沏茶的。交谈中，得知他们已安全返到城里，非常高兴，随即关切地询问眼下有什么困难需要帮忙？茗兰回道："一切顺利，暂时没有困难，谢谢您老的关心。"

三人唠得十分投机，一个多时辰过去了，茗兰和庞荣起身告辞，赵西丹一直送出很远方返回。

过了几天，庞荣带着庞庆、小满堂又去了赵西丹处，帮着扫扫院子挑缸水，干点杂活儿，相互之间渐渐熟络了。闲聊时，庞荣有意往霍振江身上引，得知二人交情甚厚，曾同在赛冲阿将军属下服役，相处得像亲哥儿们一样。老人家还告诉庞荣："老霍头儿原先也在将军衙门属下的小红楼迎宾驿馆当差，后来被秦名远要去了，为其看大门儿。他与这位总管貌合神离，嘴上表示按其吩咐去做，从不直接顶撞，认真看管秦家大院。可心里有数，别看秦名远是参领衔，他根本没瞧得起，认为啥能耐没有，靠溜须拍马瞎唬一气，仰仗着将军姨夫做后盾才一步登天的。你们看着吧，秦大门牙不是好折腾，造孽终究会遭报应的，只是时候未到而已。庞荣啊，倘若有啥事儿需要霍振江帮忙的，可打老夫的旗号去秦家大院找他，老爷子必会有多大劲儿使多大劲儿，一点儿不带掺假的。"

庞荣笑道："那敢情好，明儿个我就去一趟，拜望一下老人家。"

三人与赵西丹又唠了一会儿，见天色已晚，便起身告辞了。

第二天，庞荣乘秦名远去衙门办差之机赶往秦家大院，面见霍振江，声称本人是赵西丹的朋友，唠嗑儿时常提到您老人家，今儿个刚好有闲，特意前来拜望。霍振江十分高兴，忙请其就座并沏了一壶茶，二人边喝边聊，很是投缘。尤其是唠到原先在军中与敌方对阵的情景时，老人家更有精神头儿了，可下有个人听他讲了，话匣子一经打开就收不住了，越说兴致越高，越唠谈资越广。若不是庞荣提醒秦师爷快回来了，回避点儿好，少惹麻烦，他还得接着唠下去，死活不让走。此后，庞荣接连几次前往秦家大院，声称是访友，两耳却倾听着大院儿内外的动静，两眼不时地观察着房间的设置以及常来常往之人，并且与老霍头儿越来越亲近了，无话不谈，从而对秦家大院的情况基本掌握了。院内不是养着五条猎犬么，庞荣每次去皆带些骨头扔到地上，那可是它们的佳肴哇，都争先恐后地抢着啃食。狗特别有灵性，见庞荣已是家中的常客了，与看门人老霍头儿有说有笑的，便不把他视为外人了，而是当成自家人。庞荣一到，五条猎犬纷纷围着他，以求欢心，也不乱咬乱叫了。

话说简短，庞荣此次出行，仍按夜行者不走大道的老习惯，选择武林中人常走的上行路。出了大门，屈体向上一蹿，腾跃而起至楼顶，紧接着一纵身跳上高树，再以轻功之法脚踩枝杈像猴子一样于树尖儿上行走。到了凤楼的后面便从树上往下滑，滑至树中腰时，身子向旁一侧，接连几个滚翻轻轻落地，神不知鬼不觉地隐入茫茫夜色之中。地上行人再多也发现不了，可免生麻烦。

当庞荣来到距江边不远的西下坎子那座极其显眼、门前挂着四盏大红灯笼、雕梁画栋的花仙楼时，楼内楼外已是灯火通明，大木门敞开着，迎宾的分站两侧，照应着八方来客。庞荣趁那些专门负责看家护院之人不注意时，悄悄混入人堆里，顺利进入一楼大堂。这里的来客最多，也最热闹，有年轻的，有年长的，有着长衫儿的，有着马褂儿的，出出进进犹如穿梭。大堂的北面是一直往里延伸的长廊，两侧全是一间挨一间的小屋，有的屋门微开，门帘儿撩起，可见屋内烟雾腾腾。二管家冯广发忙得满头大汗，一会儿噌噌噌跑上楼，一会儿又下楼招待来客，里里外外不停地应酬着。庞荣一瞧，花仙楼说了算的就是这位冯大爹了，都恭维他，我也得紧盯着，看他去不去白面娘子的那四阁。如果去了，毫无疑问，白面娘子就关在花仙楼。于是把头上的凉帽往下压了压，额头全被遮住了，省得别人看清自己的面目。

清代中叶，凉帽很时兴，旗人都愿戴。这种帽子是用白板鹿皮做的，内里放个帽托儿，左右两边的帽盔儿与帽檐儿衔接处加带子，戴时两头儿一系不易掉，既轻巧又凉快。庞荣此次到了关外，也买了一顶凉帽扣在头上，入乡随俗嘛，会被误认为他也是吉林当地人。

此前，庞荣曾向小金佛打听过白面娘子所住房间在楼内的哪个位置，以及外部特征，即贴有牡丹窗花朝阳的那间，乃白面娘子的常住之地，倘若真被囚禁了，人很可能就在屋里。发现最背静之处要数东向尽头，也就是靠里边的那四阁。紧挨着的院外，行人稀少，车马不多，离院子二十多米远长有几棵高高的穿天杨。于是走到其中的一棵树下，环顾左右，恰好没一个行人，遂噌噌噌爬上树，再从这棵树纵到旁边的一棵树。连纵三棵后，由上往下看，原来这里是一片顶端外带飞檐儿的青砖瓦房，有的是四合院儿，有的是六合院儿。另有几座二层小楼，大门两侧分别摆放着石狮子，离门不远设有上马石，还有拴马桩。很显然，这是在衙门当上差的官员之府第，普通人家的门口儿没有石狮子，也不设上马石，只是竖根旗杆儿或灯笼杆儿。庞荣照准离树最近的一座四合院儿房顶跳了下去，稳稳站住后，踮起脚尖儿在房瓦上走，动作轻盈，犹如一阵风刮过。当然了，绝对不能发出噼里啪啦的响声，那会引起周围人的注意，还不得把他当蟊贼抓呀！到了房子边缘，再以飞檐走壁之功从这个房顶跃到邻近的六合院儿房顶，一连跃过四座，继而身子往上一蹿，纵到紧挨着花仙楼的一座小二楼楼顶。

花仙楼的建造很有特点，不是光秃秃的一座楼，人不容易贴近。而是在第二层的外侧围了一圈儿木质长廊，如同栈道一般，墙壁凿出的凹处放有一尺多高的牛油大蜡，整宿点着。正因有了长明灯，方使得庞荣能借助灯光轻松地从小二楼楼顶不偏不倚地跳到花仙楼二层的外廊上，然后大模大样地往东头儿走，紧靠里挨排的四间屋便是白面娘子那四阁。他走到第一阁，即"溪泉戏鱼"的窗下停住了，推了推窗户，关得死死的，里面用插关儿插着。又向西头儿看了看，见没人朝东头儿瞅，便用指尖舔点儿唾沫将窗纸揉出个小洞，左眼贴着小洞往里一瞅，见屋内点着獾油灯，静静的，没有人。第二阁"南国盆翠"、第三阁"百禽鸣喧"、第四阁"江城放舟"也是如此，唯独第三阁的侧面还有一扇门，不知白面娘子是否关在里面。为了看个究竟，庞荣重新走到第三阁的窗下，从内怀掏出一根儿专门用来撬窗插关儿的细铁条，打窗扇底部与窗台接连处伸进去轻轻往上一别，插关儿就开了。随即推开窗户手把窗台弹跳而入，推开侧门穿过一条小走廊便到了白面娘子的绣房，屋内黑黑的，什么也看不见。他适应了一会儿，凭借着外廊透过的微弱灯光四下一趸摸，空无一人，看来白面娘子不在花仙楼，一准被困在秦家大院了，只能去那儿查看一番再说了。转身退出绣房，拉开侧门走到第三阁窗下蹿出，按原路仍以轻功在青砖瓦房上穿越，连着过了几条街方收身落地，出了黑暗的巷口儿，直奔秦名远的大院套儿而去。只一袋烟的工夫便到了秦家大院，正准备歇息的老霍头儿一看庞荣来了，立马回头往院子里瞧了瞧，见正房的灯熄了，知道秦名远已睡下，遂将其让进屋。二人寒暄几句后，庞荣单刀直入道："老人家，我今儿个来是想打听一下，白面娘子这几天不知缘何没去花仙楼，她可是那儿的老鸨哇，不坐镇哪儿成啊，是不是家里有什么要紧事儿把腿给拴住了？"

老霍头儿用细木棍儿将灯捻儿挑了挑，小声儿说道："这不，我正急得不知咋办好呢，盼着你快点儿来想想辙，她被秦名远囚禁了！"

庞荣问道："听没听说为什么把白面娘子关起来？还有哇，大院儿里住的那几个人都咋样？"

老霍头儿回道："没听说什么缘由关人，秦名远压根儿未跟家里人提这个茬儿，牙口缝儿没欠。要我看哪，白面娘子是风流点儿，所交往的人中、豪绅、高官不少。然为人仗义，没啥坏心眼儿，遇事挺通情达理的。秦名远的婶子姜氏是个正经八百的乡下人，老实厚道，啥说没有。温妈一天就知道干活儿，放下这样儿忙那样儿，总也闲不着。秦利宽从早到晚东跑西颠、张张罗罗的，他是管家呀，府内缺什么得赶紧添置，有时出外几天回不来，为人还算不错。就是秦名远太贼，有道眼，心狠手辣。近些日子来秦家大院的人较前明显增多了，不少都是生面孔，从未见过。我时常暗中观察，有的人白天来，与秦名远关起门密谈，晚上也不走，住在这儿。大多来去匆匆，鬼鬼祟祟，怀里似乎揣着家巴什儿，想必是想要干点儿什么。"

庞荣又问："白面娘子关在哪儿？"

老霍头儿往后院儿一指道："房后有座四合院儿，就关在那儿，具体哪间屋我可不知道。那四合院儿是秦名远和白面娘子原先住的地儿，大院套儿建完后才搬出，四合院儿从此上了锁。秦名远有时到那儿看看，温妈个把月打扫一下房间，除此没人去。现在不同了，白面娘子又住进去了，由范家堡子来的两个女人看管着，任何人不准靠前。温妈每当挎着竹筐去送吃食时，不许进屋，只能放在房前的长条案板上，那两个女看守出来取。吃完后，再将空盘子、空碗装进竹筐，放回案板，仍由温妈取回，天天如是。对了，范家堡子的两个大和尚最近常在这儿，一般是晚上来，白天走，有时还同女看守嘀咕一阵子。凡是到这儿的人，秦名远都给领到后院儿，并特别叮嘱我要严把大门，没他本人下话，不能随便放人进院儿，即使进这间青砖小房也不行。让我感到奇怪的是不知何因，只要范家堡子一来人，秦名远就显得特别紧张，生怕出个一差二错，惹得大庄主范蔼仁不高兴，看样子准是有什么把柄在人家手里掐着。他早已不像从前那样宠着白面娘子了，回不回来无所谓，更不去花仙楼找，就当没这个人。为啥事儿咱不知道，估计是范蔼仁下指令了，他才将其关起来的。可白面娘子一点儿不在乎，真够犟的，就是不服，总跟那两个和尚顶牛，秦名远拿她也没办法。昨儿个下晌，我趁两个女看守去茅房之机，佯装到四合院儿找把扫帚偷偷溜进去了，各屋瞅了瞅，在东厢房发现了白面娘子，刚推门进去，她就急着告诉我赶紧去见一个人。唉，年岁大了，耳朵也不好使，未等听清呢，便传来了女看守的脚步声儿，白面娘子赶忙推了我一把，只得抽身出来了，装模作样地在院子里寻找扫帚，好在没有引起她俩的怀疑。"

庞荣听罢，心里划了魂儿："白面娘子让老霍头儿去见的人是谁呢？"

思忖片刻，说道："老人家，您看这样行不行，我把小金佛叫来，以花仙楼有重要的事儿须向馆主通报为由，进去面见白面娘子，问问该如何处理，女看守能否放行？"

老霍头儿摇摇头道："不可能，连姜氏和温妈进去都不中，何况小金佛了？范蔼仁财大气粗，秦名远只是个衙门的总管，不仅势力抵不过人家，还得被其牵着鼻子走。即使他考虑到花仙楼生意上的原因，让小金佛进屋与白面娘子合计合计，女看守也不会放行，看得死死的。当务之急得先弄清白面娘子要我去见的那个人是谁，我们也好把她眼下的处境告知，而且要快，不能再拖了，咱不能眼瞅着白面娘子吃亏呀！"

庞荣认为老霍头儿言之有理，事不宜迟，应尽快见到白面娘子，弄清咋回事儿后再作打算。于是便道："老人家，唯一的办法就是去趟四合院儿，请无论如何帮我这个忙。最麻烦的是院子里那五条狗，耳朵尖得很，哪怕发出一点儿声音都会狂吠不止，必然惊动屋内的人。只要狗不叫，别的皆好办，两个女看守再厉害，也不在话下。"

老霍头儿想了想，说道："若想狗不叫，只能是我把你送到后院儿了，不过要选准时辰，尽量避开女看守。她俩每过亥时必起，一块儿去茅厕，总是边走边唠，说话声儿还大，不太有戒心。今晚赶得挺巧，范家堡子那两个和尚不知缘何到现在没来，他们若是在这儿，麻烦就大了，本可以顺利办成的事儿也得泡汤。"

庞荣揖手道："太好了，麻烦老人家了，后生先谢了！既然亥时是可乘之机，咱们就稍等一会儿，必要时先将那两个女看守制服，再去见白面娘子。"

老霍头儿有些担心，提醒道："千万不可冒失行事，如果没把握的话，你不是说还有个弟弟么，不妨把他也叫来。别看那边是两个女人，可是强手，乃大和尚训教出来的，不可小觑。弄不好她俩再一喊，不用说屋里的人受惊啊，那几条狗也得不住声儿地叫唤，到时候你咋脱身哪？"

庞荣说："老人家，您抬头看看天，现在都啥时候了，快到亥时了，去找弟弟能来得及么？待领着他赶到这儿，黄花菜都凉了，何况白面娘子还急等着往外捎口信儿呢！放心吧，小事一桩，我自有办法，你老先出去看看有什么动静没有。"

老霍头儿答应一声，手提灯笼装作夜查开门出了青砖小房，围着秦家大院转了一圈儿后，未发现有什么异常情况，这才返回屋内告诉庞荣："后生啊，啥动静没有，平安无事。现在差不多到时辰了，你跟在老夫后头进院儿，脚步要放轻，有我在，狗不会叫，咱直接去四合院儿的茅房。"说罢，提着灯笼二番脚又出屋了，庞荣紧随其后。进了院儿，老霍头儿故意咳了一声，那五条狗对看门人发出的声音太熟悉了，以为在巡夜呢，没一条叫唤的。当二人走到四合院儿的西墙角时，老霍头儿只是冲庞荣努了努嘴儿，没说话。庞荣明白了，旁边那堵墙内便是茅厕，随即冲老人家摆了摆手，让他赶紧回到门房。接着又指了指前院儿，伸出二拇指和中指，又扬了一下巴掌。意思是说，倘若那两个和尚来了，给发个暗号儿。再有即是千万看住那五条狗，只要不叫唤就行，别的不用管，有我呢！老霍头儿点了点头，大摇大摆地回到前院儿，东瞧瞧西望望，在院子里踱来踱去，目的是为了吸引住那几条狗。

　　庞荣悄没声儿地走到茅厕跟前，见墙是以土坯垒成，中间用木板隔开。两侧是进出的通道，一边是男厕，一边是女厕，分别设有三个蹲位，打扫得很干净，便一闪身隐在女厕那边的墙后静等，边等边观察周围的院墙。原来在四合院儿的木栅栏外又砌了一道灰砖墙，把整个秦家大院围了起来，又高又结实，像城墙垛子似的。面对这么高的围墙，即使是具有轻功的武林中人想进院儿，也得连纵两下方能跃入，一般的小蟊贼无论如何进不来。这正是秦名远之所以放心的原因，认为秦家大院万无一失，不太可能有外人潜入，只要守住院门就行，相比其他府邸安全多了。把白面娘子囚禁后，白天由范家堡子来的那两个女人看着，晚上由范蔼仁身边的俩和尚替换她们，自己更可高枕无忧了。秦名远又特别相信老霍头儿，根本想不到这位退役老兵同自己不一心，背地里竟同情白面娘子，早就想搭救之。这恰恰给了独具慧眼的庞荣一个可乘之机，他是什么人哪，嵩山少林寺的高僧、武林高手儿，别说一堵围墙啊，二层楼都挡不住。庞荣暗自庆幸，多亏那两位同道尚未赶到，如果在的话，我得同时对付他们四个，那就说不准咋样了。时间紧迫，估计两个同道肯定得来，不会让女流之辈看通宵的。对他们而言，白面娘子可是个重要人物，必严防其逃脱，范蔼仁和秦名远下一步很可能有大的举动。这回我来得够寸的，正是时候，再晚一两天，没准儿白面娘子被他们带走也未可知……正琢磨呢，忽听吱嘎一声响，四合院儿东厢房的门开了，探头一看，屋内的油灯亮了，出来两个女人，边抱着膀往茅房走边唠着，其中一个说："黄姐呀，那两位师父咋还不来换班儿呢？秦总师爷也真放心，就咱俩在这儿看着，黑灯瞎火的多瘆人哪，腿肚子直转筋。"

　　另一个道："行了，行了，别吓唬我了，赶紧去撒泡尿往回跑，倘若人没看住逃了，咱们在庄主爷和大太太跟前还不得吃不了兜着走哇！"

二人一前一后进了茅厕，解完手提上裤子刚要往出走，哪承想突然从后墙闪出一个手握牛耳尖刀的壮汉堵住了通道，低声儿喝道："别动，不许出声儿，否则抹了你们脖子！"

两个女看守当即吓傻了，愣怔怔地瞪大双目盯着庞荣，张了张嘴一句话也未说出来。待缓过神儿刚要喊救命时，庞荣上前一步用刀把儿分别照准其头部的穴道啪啪一点，二人软软地瘫坐在地，一点儿动静没有了。庞荣反身出了茅厕，疾步去了东厢房，轻轻将门推开，见白面娘子正躺在炕上微闭双目似睡非睡。此刻的白面娘子听出有些异常，走路的脚步声儿不像那两个女看守，睁眼一瞅，不禁惊喜万分，一骨碌坐了起来："荣哥，你怎么来了？就因为怕刮连你们，所以才没让小金佛把我的处境及时告知的。"

庞荣摆摆手道："别说这些了，时间不等人，快告诉我到底怎么回事？"

白面娘子回道："秦大门牙和范蔼仁不仅怀疑我与土地爷爷有勾连，还认为我知道钱如民把范氏家族的土地大账藏在什么地方了，试图逼迫我给他们带路去找账本。看这次是下狠茬子了，打算公开同富俊大人对着干了，摆出了非拼个你死我活的架势。我着急呀，想尽早将此情告诉班佐领，让土地爷爷千万小心再小心。昨儿个恍恍惚惚听秦大门牙没头没脑地说了句要借东风什么的，'借东风'啥意思呀，是不是要放火呀？清查田亩行辕大营处于空旷之地，八旗官兵住的是土坯房，房顶苫着厚厚的草，风大树高，一旦歹徒放火是要死人的。我倒不怕，没啥了不起，他们从我嘴里什么也得不到，何况并不知道范氏家族的土地大账藏在哪儿。我已想好了，活着是土地爷爷、班布泰哥哥的小白丫，死了照样是响当当的白面娘子！"

庞荣拥起窗户往外瞧了瞧，回过头急巴巴地催促道："估计范家堡子的那两个同道该来了，快点儿穿衣服，跟我走！"

白面娘子摇摇头道："庞大哥，你不知道，我不能离开这儿。要是走了，不仅连累温妈、小金佛的老娘，霍爷爷也得跟着沾包，这几个人对我挺好的，不该给他们找麻烦。"

庞荣思忖片刻，觉得白面娘子说得也对，走不是上策，那两个被点穴的女看守已知有人来过。从目前情势看，白面娘子不至于有啥危险，他们的目的是利用她，而不是伤害她。必须赶紧去见班布泰，说明情况，联手救白面娘子出虎口。刚要讲出自己的想法，白面娘子抢先问道："庞大哥，如果我没猜错的话，你方才给那两个女看守点穴了是吧？"

庞荣点点头道："是呀，若不点穴，她们能老实么，肯定大声儿呼喊，必将惊动前院儿的人，那还了得！"

白面娘子说："我早已打听清楚了，那两个女看守是保护范蔼仁大太太钱氏的，原先是其贴身丫头，干了十几年了。后经那两个大和尚一番训教，学得几招儿拳术，受主子之命而来。实际上人不坏，没必要与其结仇，对我没什么过分的举动，我也顺水推舟，尽量拉拢之。最坏的是从范家堡子来的两个和尚，为了不那么惹眼，总是夜里来，天亮走，专门看着我，够下力气的了。我就奇了怪了，僧侣本是好善乐施的，出家修行应多多积德才对，怎会去帮助坏人作恶呢？或许是没有看清范蔼仁和秦大门牙的真面目，被表象所蒙蔽而上当了。噢，先不说这些了，快去给那两个女看守解穴领回，由我来解释。"说罢，起身披上外袍，跳下地等着。

庞荣转身出屋去了茅厕，啪啪两声为女看守解了穴，然后低声儿命道："赶紧回去！"

二人浑身是土，拖着尚不太好使的双腿一瘸一拐狼狈而行，进了东厢房屋门就要下跪，白面娘子忙上前扶住道："二位姐姐，别见外，这是我远房哥哥，因不放心，所以来看看，不用怕，不会伤害你们的。"说着从一个小木匣里取出二十两纹银，又道："这是我的一点儿心意，每人十两，请收好。只要嘴巴闭严了，别到处胡咧咧，就没你们的事儿，记住没？"

惊魂未定的两个女看守不仅小命保住了，还得了银子，乐坏了，异口同声地连连回道："记住了，记住了，我们才不管大庄主的事儿呢，是实在没法子才来的。请妹子放心，我俩啥也没看见，更不会张扬出去，从此烂在肚子里了。"

庞荣警告道："你们俩务必好好儿侍奉我小妹，不能受半点儿委屈，否则决不客气，牛耳尖刀可不是吃素的！"

二人慌忙跪地磕头如捣蒜："谢谢高抬贵手，请放心，一定谨遵大哥之命，好好儿侍奉白面娘子，先前所为实乃出于不得已，我们心里很是敬重妹子呢……"

白面娘子打断道："行了，行了，快换衣服去吧！"

二人嗫嚅连声，起身掀开门帘儿进里屋了，白面娘子小声儿对庞荣说："大哥，赶紧走吧，若碰上那两个和尚就麻烦了。快去将这边的情况通报给班佐领，使其心中有数，以防不测，更不可让土地爷爷受到伤害。不必为我担心，自能应付，把信儿传到比啥都重要。"随即又从衣柜的底层翻出一块上烫黑字的小木牌儿，交代道："这是师哥给我的，说是遇有急事须去行辕，只要拿出小木牌儿，守门的哨兵一律放行，可以直接面见富俊大人。"

庞荣接过小木牌儿揣进内怀，白面娘子又告知了行辕的具体地点，走哪条道最近最方便，讲得清楚、细致。庞荣点点头道："好，我都记下了。白面娘子，你一个女子势单力薄，一定要注意保护自己，不必跟他们硬顶牛，别吃眼前亏，心有一定之规就行了。目前，范蔼仁也好，秦名远也罢，暂时用不着对你下手，也不会怎样，不过还是要时刻防备，疯狗急了会咬人的。"说罢反身出屋，来到前院儿，见老霍头儿仍站在院子里，警惕地左观右瞧为自己放哨，心里一热，眼睛也湿润了，一位多么值得尊敬的八旗老兵啊！遂快步走上前，拉其回到门房，揖礼表达了深深的谢意，之后与老人家辞别，像没事儿人似的大大方方离开了秦家大院。拐过一个街口儿，脱下黑斗篷围在腰间，露出了一身短打扮，都未来得及回凤楼向茗兰通报，便按照白面娘子所指的路线径直朝双城堡行辕大营而去。他最喜欢夜行了，愿意享受那种在静谧的林间小道上独往独来之快感，几天不跑一趟好像缺点儿什么似的。一路上，施展了拿手功夫飞行术，猫下腰身嗖嗖嗖往前奔，脚底生风，健步如飞，犹如腾云驾雾一般。秋风在耳边呜呜作响，群山渐渐从身边退去，道两旁的树木箭似的闪过，速度比骏马跑得还快，竟能气不长出心不跳，丝毫不觉累，真不愧为大名鼎鼎的鹰爪消魂侠呀！

庞荣经三个多时辰的奔波，太阳出来时，赶到了双城堡清查田亩行辕大营，见院门口儿有两个兵丁把守，便从内怀掏出小木牌儿递给其中的一位并说明来意。还真管用，守门兵丁看罢，将木牌儿还给他，十分客气地说："请跟我来！"言罢头前带路，引导庞荣进了大营，一直将其送到东边的一片小树林中。

此刻，班布泰早就起来了，正光着脊梁满头大汗地在小树林中的一棵树下打拳呢，已经走几招儿了。他见守门兵丁领来一位陌生人，忙收功迎了过来，兵丁走到佐领身边冲其耳语了几句后，转身离去。庞荣上前一步，双手合十揖礼，随之递上小木牌儿。班布泰接过一看就明白了，来者乃白面娘子所派，是自家人。他非常高兴，如同盼来了日久未见的亲人一样，一边披衣一边问候，并请其到自己所住的营房一叙。

二人出了小树林，连着穿过五六趟儿作为兵营的土坯房，走到靠西边第二排的房前停下了。班布泰将门推开，请客人进屋，待庞荣落座后，又为其斟上了热茶。由于一路狂奔，庞荣早已口干舌燥，连着喝了几口茶，这才放下杯子，先是自我介绍一番，然后将白面娘子几天前被囚禁在秦家大院、眼下的处境、范蔼仁急于查找范氏家族土地大账、与秦名远联手要有所行动，以及"借东风"之说等情况一股脑儿讲完，接着提醒班布泰："要早做准备，防患于未然，富俊大人的安全是第一位的，绝不能疏忽。白面娘子虽然暂时不会有啥不测，但只怕哪天被秦名远带到范家堡子，吉凶就难以预料了。因此得想出合适的办法予以应对，最好打秦名远一个措手不及，白面娘子方可转危为安。"

班布泰听罢，眉头紧皱，思忖片刻，开口问道："师父，您是怎么知道这些的，莫非见到白面娘子了？"

庞荣回道："正是。贫僧昨晚去了秦家大院，在门房、老八旗霍振江的帮助下，对两个女看守施以点穴术方见到白面娘子，情况都是她亲口讲的，让我立即转告给班佐领。"

班布泰说："您从数十里之外连夜赶来，传报至关重要的信息，一路非常辛苦，有劳大驾了，谢谢，谢谢师父！或许是赶巧了，军营中有位老兵前些天还测字呢，显现近日将有外邪冲撞行辕。甭管真假，宁可信其有，不可信其无，官兵们已做好了防范准备。关键是清查田亩这项差事涉及每家每户的利益，不可避免会得罪一些人，使其心怀嫉恨，背地里实施暗算。基于此，我们已让富俊大人搬出原先所居之处，住进新搭建的中军大帐，给以严密保护。昨天圣命已下，富俊大人不日抵江城就任吉林将军，原任吉林将军松荪大人将于城门外迎接新将军入城。白面娘子的处境令人担忧，应当怎么做、是否即刻赶赴江城将其救出，待禀告富俊大人后再定夺。"

庞荣点点头道："嗯，只能如此。"

二人用罢早膳，班布泰抹抹嘴对庞荣说："师父，您先歇息一下，我去去就来！"说完转身出屋了。

庞荣望着班布泰离去的背影，想到了白面娘子，心里酸酸的，暗自感叹道："唉，一个多好的小伙子呀，英俊潇洒，稳重干练，办起事来干净利落，俨然一块将才的料，将来会大有出息的，难得呀，怪不得白面娘子那么喜欢他、信任他。可天不遂人愿，人面兽心的秦大门牙一双贼眼早就盯上人见人爱的小白丫了，以极其卑劣的手段强占其身，真乃无耻之徒！从此，白面娘子不得不远离一直崇仰的心上人，把对他的爱慕、思念深埋心底，独自承受精神上的巨大创伤，原本美好的爱情就这样被无情扼杀了……"正寻思呢，班布泰推门进屋了，说道："师父，我已向富俊大人做了禀报，他要见您，我们现在就去。"

庞荣站起身来，披上斗篷，跟在班布泰身后出了门，一直向东走去。二人行进在大营内的小道上，庞荣边走边四下观瞧，一趟趟儿的营房排列整齐，房前屋后打扫得干干净净，周围静静的，没有一点儿声音，心想："将士们都在哪儿呢？"抬眼一瞅，方恍然大悟，原来前方有块空地儿，官兵们正在操练。有的抡起铁锤，有的挥舞大刀，有的高举板斧，有的肩横长矛，两两对阵，你来我往，你进我退，步步紧逼，互不相让，一招一式有板有眼，十分到位。看得出富俊大人对属下要求甚严，无论做什么，必须用心、认真，不可有丝毫懈怠。当他俩走到离行辕大门不远的中军大帐前时，班布泰回头示意庞荣稍候片刻，准备进去通禀一声。谁知前脚刚迈进帐内，富俊已笑呵呵地从里面迎了出来，边走边道："哎呀，贵客上门，欢迎，欢迎啊！"

庞荣见眼前这位白面娘子口中的土地爷爷没有丝毫的官架子，性情豪爽，面容慈和，平易近人，而且亲自出帐迎接，大为感动，赶紧上前一步手打佛号道："阿弥陀佛，久闻大名，贫僧给大人揖礼了！"说着深深鞠了一躬。

富俊忙道："免礼，免礼，师父一路辛苦了，快请进！"说罢陪庞荣一同走进中军大帐，班布泰随其后。

三人落了座，庞荣环顾四周，大帐是由四个铁支架支撑的，帐帷用蓝色的双层厚布缝制，边沿儿镶着藏青色丝绦，既可遮阳光，也可避雨雪、挡风寒，宽敞而暖和。大帐的顶部开了个圆口，即天窗，冬天在里面生火炉子或抽烟时，烟雾从天窗飘散，空气可以流通，帐内的人不会有沉闷感，反而觉得清新、爽快。大帐的正面摆一长方桌案，桌案后边放一把太师椅，椅座上铺块羊毛垫子，四个护从站立两边。大帐的左面和右面分别摆放着三张茶几，茶几两边各立一把太师椅，茶几的后头是一排用青檀木制作的橱柜，里面装着档册、卷宗等，擦得很整齐……正观瞧呢，忽然卫兵把帐帘儿撩起，走进两位一品大员，班布泰和庞荣赶忙起身退到一旁，护从将二位大人引至右面的茶几旁落座并奉上香茗。富俊走了过来，五指并拢指着身着补服、头戴凉帽、长方脸膛儿、目光炯炯、眉宇不凡、颔下留着五绺银髯的大员向班布泰和庞荣介绍道："这位是当朝重臣、嘉庆十四年曾任吉林将军、现任领侍卫内大臣的赛冲阿大人。"

班布泰早就认识，庞荣却是第一次见，二人跪地叩头给大人请安，赛冲阿面带微笑抬了抬手道："免了，免了，快起来！"

富俊又指着同样身着补服、头戴凉帽、瘦长身材、眉梢下耷、颜容枯槁、颏下留着五绺灰白长须的大员道："这位是吉林的父母官、吉林将军松筠大人，刚刚离任不久。"

班布泰和庞荣再次跪地叩头问安，松筠也是手一抬道："免礼，免礼，起来吧！"

庞荣做梦没想到此次按白面娘子之托，来到了清查田亩行辕大营，不仅久仰的富俊大人亲自出帐迎接，而且有幸得见赫赫有名的当朝内大臣赛大人。住于京师时常听人讲，赛冲阿乃我朝天子之下、万人之上、叱咤风云的大将军，也是主持正义、刚直不阿的忠臣，在朝廷和民众中享有很高威望，那些奸贼、贪官将其视为眼中钉、肉中刺，亦是他们内心最惧怕的活阎王。别看老人家年岁大了，然精神抖擞、耳聪目明，身子骨儿仍挺硬朗，此乃朝廷之幸、百姓之福啊！让他激动不已的是在行辕大帐还与吉林地方最大的官员吉林将军碰面了，原以为一品大员嘛，肯定不苟言笑，见人板着脸，难以接近。实际上恰恰相反，老人家慈眉善目，举止大方、文雅，很有亲和力，给人一种一见如故的感觉，只是看上去身子骨儿不是很好。此刻的庞荣不由得想起了来到吉林这些日子所遭的罪、所受的委屈，顿时产生一种向久别的亲人倾诉之冲动，不过最后还是忍住了，把要说的话全部咽进了肚子里。眼前的三位大人皆为三朝元老，岁数差不多，已经是高龄了。最年长者为赛冲阿，其次是松筠，再次是富俊，都很亲切得就像老爷爷。尽管如此，班布泰和庞荣仍显得非常紧张，心里就像揣个小兔子嘣嘣直跳，话也不知怎么说了，手也不知怎么放了。

富俊为了让二人放松下来，接着又道："师父，今天真是来巧了，正赶上京师领侍卫内大臣和吉林将军在。二位大人可是正经八百的吉林通啊，对这里的山山水水、风土人情了如指掌，与百姓建立了深厚的感情，心里时时惦记着他们的生活状况如何，治安秩序怎样。班布泰方才已经把大师的话向我转达了，但二位大人没在场，也很想了解眼下范家堡子的情况。你们再禀报一下吧，别拘束，用不着顾忌啥，就是随便聊，把所知道和掌握的全部讲出来，以便让二位大人心中有数。"

为什么赛冲阿和松萨都打算听听呢？因为二人与吉林有着千丝万缕的联系，各有各的想法。乾隆朝时，赛冲阿入了军旅，从吉林马队干起，骑着红鬃烈马踏过这里的每一寸土地，久经沙场，屡立战功，官职步步高升。嘉庆十四年任吉林将军，五年后派往四川成都任职，后来又调至皇宫任领侍卫内大臣。虽然身在京师，但毕竟在吉林待的时间比较长，有些全力辅佐他的属下仍留任原地办差，因而对这里的一切很有感情，难以忘怀，并时时牵挂于心。其后的两位父母官松萨和富俊皆是他的老朋友，目前因松萨的身体欠佳，吉林将军一职已由京师理藩院的松筠暂时接替，只等富俊到任后正式交接。

赛冲阿当然知道，自嘉庆八年至嘉庆二十三年这十六年间，富俊曾三任吉林将军，在治理上下了不少功夫，收效不错，皇上颇为满意，之后将其调往盛京。可在那儿任职时，由于富俊为人耿正，仗义执言，触犯了奸佞小人的利益而遭陷害，且故意混淆是非，使其有口难辩。得亏皇上了解、信任富俊，没有听信谗言，遂派他带兵驻扎双城堡，设立清查田亩行辕，对土地重新进行清丈、查验、分拨，确定归属。这是一项难度颇大、较为艰巨的要务，富俊不仅未被困难吓倒，而且干得有条不紊，立竿见影。为啥呢？因为他办差向来认真细致，一丝不苟，无论是谁，只要违反大清律并查实了，该惩治的一定惩治，其背后即使是天王老子也没用。为了朝廷，为了皇上，富俊决心任可舍命也得干到底，对隐瞒土地不报或谎报数额者决不留情，成黑脸包公了。在清查的过程中，虽然惹恼了不少独霸一方的豪绅、财主、大庄主，但朝廷对土地已做到了掌控，富俊功不可没，是个难得的将才、忠臣。据此，皇上下话了，清官必用，很快又让他再任吉林将军。那么前任究竟干得怎样？给继任留下了多少难题呢？内大臣赛冲阿想知道。

松萨为啥也想听听呢？因为他虽已离任，但尚未正式交接，这一摊子干得是好是坏，总得顺利交下去。假如真有难解之事亟待解决，看看自己能不能处理，作为前任得善始善终。松萨乃蒙古正蓝旗人，武将出身，曾任副都统。乾隆朝时，他与富俊皆为乾隆爷所喜欢、信任的扶弼之臣，并在京师演武场同时受到太上皇的召见，乾隆爷龙颜大悦，亲笔书就"卫国忠卿"四个大字赐予二臣。到了嘉庆朝，二人仍受皇上宠信，松萨率军转战察哈尔、赤峰等地，且带兵有方，东打西杀，身上留下多处箭疤。嘉庆二十二年二月，正在吉林将军任上的富俊接到圣旨，即刻调至京师理藩院任尚书，由谁接替吉林将军尚未有合适的人选。富俊思来想去，想到了老友松萔，虽然年岁较大，已近七十高龄，身板儿也不是很好，箭伤及肺叶，引发肺经疾患，终年气喘。但人很正直，踏实肯干，忧国忧民，是位好官，遂向皇上举荐之。得到嘉庆帝的允准后，松萔接旨，从赤峰转道江城，署理吉林将军。道光二年，松萔再任吉林将军，至今已一载有余。不过不服老不行啊，心有余而力不足，感到身子骨儿虚弱得很，每当春冬两季肺疾就加重，呼吸不畅，气喘吁吁，几乎不敢见风。到了夜间更是咳嗽不止，辗转反侧，难以入睡。这种境况下，为了尽快谙熟地方政情，他只能依凭属下的禀报，衙门的一些必办之事则委派各位副都统和总管代行。秦名远偏偏是个投机钻营、不择手段谋取私利之小人，加之能说会道，一再强调将军大人身体欠佳，痼疾缠身，应让其少操心，尽量避免被一些纷纭繁杂的小事儿搅扰得坐卧不宁。从表面看，这位总管是心疼将军，生怕其累着，给以多方关照，把这位远房姨夫唬得一愣一愣的。实际上，秦名远有自己的目的，什么事都不跟副都统讲，极力排斥异己，妄图独揽大权，副都统只能敬而远之，谁若是准备向将军奏报点儿啥，他便声称这两天老大人的病势加重，还是不要当面讲了，跟我说一声就行了。无论什么不可解的事儿，宜小不宜大，不要推波助澜，愈演愈烈，一切我来全权处理。由于秦名远一直是隐瞒不报的态度，致使松萔将军对下情不甚了了，更不详知，出了问题也就不可能及时采取措施予以解决。说实在的，松萔将军对范家堡子的大庄主范蔼仁的所作所为并不是没有耳闻，知其专横、霸道，干了不少违犯大清律的勾当。可人家朝廷和盛京皆有靠山，一些官员背地里还替他说好话，极力掩盖事实。秦名远则凭着那张能说会道的巧嘴在吉林将军跟前摇唇鼓舌，硬是将大事化小，小事化了，甚至干脆不告知或颠倒黑白，尽量使存在的一些症结不暴露，松萔大人也就不知底里。秦名远的做法显然是把吉林将军悬在半空了，上不着天，下不着地，吉林究竟治理得咋样，自己心里没数，此刻很想知道真实情况。

富俊是怎么思谋的呢？认为这次老兄弟相聚是个很好的契机，不仅可以一起回忆往事，共叙别情，还可与松萔大人议一议尚有哪些燃眉之急需马上着手处理、应采取什么措施等。况且班布泰已经转述了庞师父此次来双城堡之目的，对范蔼仁、秦名远当下的动向基本掌握了，在就任吉林将军之前，当着内大臣赛冲阿和前任松萔的面儿把棘手之事摆出来，请其帮着出出主意并给以支持，三个臭皮匠顶个诸葛亮嘛！多多吸取两位老哥哥的宝贵经验，便于自己到任后，在治理上多些招法，快刀斩乱麻，头三脚也就踢开了。此刻，三位大人的目光全落到了班布泰和庞荣身上，只等他俩开口了。班布泰偷偷拉了一下庞荣的衣袖儿，小声儿道："师父，还是您说吧，了解情况者最有发言权，讲得越详细越好。"

庞荣点点头，向前迈了两步，刚要开口，赛冲阿忙道："师父，请坐在椅子上慢慢讲，别着急，我们洗耳恭听。"

庞荣揖手道："谢大人！"然后退至原处坐下，说道："贫僧受花仙楼鸨母白面娘子之托，专程从江城来到双城堡，向班佐领通报范家堡子大庄主范蔼仁眼下的动向。他长期与朝廷作对，想方设法破坏此次对土地重新进行清查之举措，妄图避其锋芒，隐瞒实际占有田亩数额。为能寻回小舅子钱如民私自藏匿的范氏家族土地大账，借助他人之手，无故将根本不知情的白面娘子拘禁于秦家大院，逼其说出与此有关的情况。据白面娘子讲，吉林将军衙门的总管秦名远是条披着人皮的狼，阴险狡诈，雁过拔毛，贪得无厌，为扫清仕途上的障碍，无所不用其极，暗中还与范蔼仁里勾外连。钱如民之死很可能与其有关，因为前一天晚上，他去了范家堡子，范蔼仁给予了盛情款待。目前，秦名远的府邸成了秘密谋划之地，天天人来人往，时有范家堡子的人光顾，似乎要有大的举动，还声称什么'借东风'。考虑到田亩清查大营坐落在较平坦的空旷之地，周围不远尚有些屯落，他们或许借猛烈的秋风做文章，火烧行辕，引发大患，使得富俊大人措手不及，给清查土地制造混乱。白面娘子很是担心，生范蔼仁下毒手，拿行辕当靶子，故而让贫僧尽快赶往双城堡，提醒大人要有所准备，做好防范，范家堡子不可小觑也。"

庞荣所言十分谨慎，不是可下见到三位大人了，机会难得，该说的、不该说的一股脑儿讲个痛快，而是有选择的。他认为范蔼仁是祸根，秦名远是蟊贼，处治起来颇为棘手，又必须得解决，而且迫在眉睫。所以一开口就将这二人叨了出来，以便引起三位大人的注意，及时解救白面娘子。至于他们兄弟俩为什么陪尤公子来吉林、到这儿后同哪几个人打过交道、受到何种怠慢，以及在江北拘缉营的遭遇等只字未提，一个是觉得应着眼于大事，清查土地是皇上交办富俊的要务，乃重中之重，凡是干扰此差进行者需快速出手予以惩治。相比之下，受点儿委屈算不了什么，何况现在也不是揭露将军衙门内那几个蛀虫的时候。另一个是自己和弟弟受雇于桂良大人，一切得听命于尤成额夫妇，未得到主人的准许，无权自作主张，当然不能胡乱说了。

庞荣的一席话犹如一粒石子投入平静的湖水中，湖面上立马泛起了层层涟漪，未等赛冲阿、富俊吱声儿呢，松荪早就坐不住了，内心受到极大的触动，自愧自恨。作为一个肩挑重担的地方父母官，本应多听听黎民的呼声，为百姓做事。可自己却偏听偏信，在所负的督察责任上有疏失，用人不重德，识人不知心，害己又害民。致使富豪当道，小人得志，出了如此荒唐的娄子，对不起皇上之隆恩，对不起吉林的父老乡亲，也无颜面对故友富俊大人，让人家接下这一个乱摊子，真是无地自容啊！他气坏了，手扶茶几站了起来，紧接着是一阵激烈的咳嗽，气也喘不上来了，憋得脸色青紫，额头沁出了汗珠儿。庞荣见此可吓得不轻，生怕由于这一通儿讲，再把老大人气个好歹的，自己可就罪责难逃了，一时急得直搓手，不知如何是好。

富俊当然知道松荪的为人及脾气、禀性，担心一上火会勾起老病，忙给庞荣使了个眼色，意思是到此为止，即便还有话也不要再说了，老将军受不了哇！然后走上前，一边为其轻轻捶背、摩挲前胸，一边语重心长地劝慰道："老哥哥，请息怒，别着急，身子骨儿要紧，诸事想办法解决就是了。谁都希望大清的天下永固，人人心向朝廷，可十个指头伸出来还不一般齐呢，总有背道而驰者，一点儿不奇怪。老弟对秦名远的为人再清楚不过了，他是从行辕私自离开的，并以卑劣的手段带走了白面娘子，不知怎么竟跑到吉林将军衙门当差了，且官运亨通，连连晋升，身担要职。据我所知，此人早就与范家堡子的大庄主范蔼仁暗中勾结，干了不少坏事，可谓八旗中的败类，人所不齿。范蔼仁是个典型的笑面虎，看起来似乎很慈祥、宽容、仁爱，实际上非常歹毒，不择手段地私占田亩，公然违犯大清律，乃祸患的根苗。这种人肯定不会安分守己，总要鼓包的，跟官府抗衡。即使不是老哥在这儿，换了老弟坐镇，他也照样不会听命。没啥大不了，翻不了天，用不着看得太重。俗话讲，物以类聚，人以群分。范蔼仁和秦名远非等闲之辈，妄自尊大，野心勃勃，双目紧盯着权与钱，恨不得占尽天下所有便宜。二人目的一致，勾搭在一起很正常，臭味相投嘛！不过他们高兴得太早了，我富俊决不会袖手旁观，必将予以惩治。此前需进行详细的调查，以便掌握其违犯大清律的罪证，做到笔笔有宗，有据可查，使其无法抵赖，只能低头认罪。况且我们尚不确切知道范蔼仁究竟是怎样经营范家堡子的，所组织的团练具体人数多少、装备如何、在哪儿活动等也未弄清楚，因此，现在时机不到，还得等一等，到该收网的时候一个也跑不了。请老哥放心，我会统筹安排并一件一件去落实，力争做到有理有力有节，欠债者必还，让浑水摸鱼者暴露于大庭广众之下，否则天理难容。这样吧，二位老哥暂到后帐歇息，我再同庞大师合计一下，然后过去陪老哥叙谈如何？"

赛冲阿点了点头表示同意，认为地方上的一些事儿就应该与当事者共同商量，群策群力，方能拿出切实可行的办法来。可松荫不这么想，觉得自己还未向松筠或富俊彻底交差呢，总得过问一下，遂说道："老弟呀，让赛兄歇着吧，我留下听听。不用担心，身板儿没事儿，禁得住。"

富俊见松荫执意不走，自然不能勉强，便让孙儿引领赛大人去后帐，庞荣赶忙站起身来目送其离去。不大一会儿，班布泰回来了，四人坐在靠背椅上，侍从重新斟上茶。此刻，松荫的情状平缓些了，不那么一声接一声地咳嗽了，气也喘匀乎了。富俊看了看他，开口道："在座的都是自家人，可以随便些，有啥说啥，有高招儿就往外端。师父，听白面娘子讲，你们受了不少委屈，能不能……"

庞荣打断道："二位大人，贫僧从河南嵩山少林寺到京师，又陪同尤公子一家来吉林，全靠白面娘子的引见方得识大人，实乃三生有幸。至于到江城后的境遇如何、遭人多少白眼，不值一提，必要的话，容日后详禀。贫僧最担心的是白面娘子的安危，尽管身处窘境，失去了自由，却敢于伸张正义，对弱者主动出手相帮，我们从心里感激她。几天来，白面娘子一直被囚禁，由专人看管，不得离开秦家大院半步。长此下去，后果难以预料，应抓紧时间尽快施救。贫僧所言全是事实，无半句假话，望大人明察。"

班布泰接过了话茬儿："范家堡子的大庄主范蔼仁仗势欺人，鱼肉乡里，还声称什么'借东风'，看来已经按捺不住了，咱不可不防。我与师父合计了一下，觉得夜长梦多，还是先下手为强，救出白面娘子乃第一要务。"

富俊十分理解孙儿的心情，想了想道："事不宜迟，我可同二位将军迅速交接，把田亩清查之所有卷宗带至江城，行辕的官兵随之进驻，以防万一。当然了，在将军任上，老夫亦不会放弃田亩清查之务，因是皇上交办的差事，一定坚持到底，对范蔼仁决不手软。"

松荫不紧不慢地说："富俊老弟，我琢磨着先不要打草惊蛇，营救白面娘子可拖后几天。咱不妨来个趁热打铁，在龙潭山设下迎宾台，迎请新将军莅任。与此同时，就地开展一次校阅场较量，比赛箭法和武术，从中挑选出精勇之士充实骑兵队。眼下吉林骑兵的力量大不如前，兵不强马不壮，岂能保家卫国？从表面上看，组织的是一次校阅场比武，招募新兵。待比武结束后，你这位吉林将军便可下令，立即擒拿到场的秦名远等违律之徒，以正国法，以肃纲纪。"

富俊思忖片刻，点了点头，然后转向孙儿道："班布泰，听明白了吧？就按老大人的意思办，而且要向每位官兵交代清楚。秦名远不可小觑，估计会有一伙武徒为其效劳，到时候要看情势而动。也就是说准备要充分，行动要灵活，一切听指挥，不可鲁莽行事。龙潭校阅场比赛是正义与邪恶的对垒，务必认真组织力量，所有参与者要进行实战训练。除此之外，还得想办法扫听到你师父一指金刚大法师现在究竟在何处，一定得请回来，我们需要他。范蔼仁不是扬言有两位武功高强的大师为其撑腰么，曾从行辕大营抢走了白面娘子，一个姑娘家不仅为我们效力，也替我们代过，真是对不起她呀，老夫心中甚为不安哪！此番定要告诫那两个僧徒，讲清缘由，道明利害，使其不再为虎作伥。咱就定下以阴历九月初九为限，在此之前，将一指金刚大法师找到并请至龙潭山校阅场，与我们聚合，携手惩逆。"

班布泰表示道："明白，谨遵大人之命，九九重阳节之前准备完毕！"

这时，一边的庞荣有点儿坐不住了，因为到现在也没机会讲出想要说的话，心里很是憋得慌。当富俊大人再次提到一指金刚大法师时，他转而又高兴起来，那是自己的大师兄啊，早在凤楼发现的一小块儿白桦皮上写的几个字，让老四、老五赶紧去救白面娘子时，便认定此乃大师兄的亲笔，恨不得立马就能见到。庞荣认为这会儿是时候了，该和盘托出了，于是说道："大人，贫僧知道一指金刚大法师的行踪，先前曾经住在吉林城内靠江边的一座名儿叫凤楼的二层小楼楼顶。至于为什么在那儿栖身，暂时判断不出缘由，估计是有些重要的情况需暗中追查，现在可能住在疙瘩梁。"

富俊听后，感到十分诧异，忙问："师父，您怎么知道一指金刚大法师在疙瘩梁，难道认识不成？"

庞荣回道："大人，实不相瞒，一指金刚大法师是贫僧的大师兄，常住少林寺。我们师兄弟共五人，师父皆为长眉长老，我上头还有二师兄和三师兄。目前跟我在一起的只有五师弟庞庆，也是贫僧的同胞弟弟，我们是奉师父之命下山来辽东寻找三位师兄的。"

在场的人听了庞荣这番话，都肃然起敬，富俊尤为激动，站起身一把握住庞荣那双粗壮的大手道："哎呀，真可谓无巧不成书啊，未承想师父竟是老夫的恩公一指金刚大法师之师弟，正愁身边没有得力的武师呢，此乃天助我也，范家堡子的那两位僧侣何惧哉？方才我还在琢磨，看您的一身打扮不像少林弟子，原来是真人不露相啊，世外高人站在跟前都辨别不出来，罪过，罪过，还是讲一讲您的仙踪神迹吧，我们很想听听。"

话音刚落，两位侍从手托盘子走进帐篷，里面装着芙蓉糕、馓子及干果等，放在茶几上摆好后，转身退下。庞荣是个聪明人，听出了富俊的弦外之音，认为火候儿到了。父母官想听所谓的仙踪神迹，贫僧总算用不着客气了，可以把尤公子及夫人到吉林之后的一些不快和遭遇全部说出来。于是便开口了，首先介绍了桂良总督的外甥女茗兰、外甥女婿尤成额的品行、为人、才学，以及缘何离京赴吉，自己和弟弟受大人之托一路如何护送的，结果是高兴而来，却遭到了冷眼，在江北拘缉营几经坎坷，多亏偶遇白面娘子，今天才有幸见到二位大人。然后又讲了自己的身世，什么情况下剃度出家的，少林寺的僧道们终朝每日的晨钟暮鼓、打坐、诵经、修身养性之感受，以及云游四方的所见所闻等，使得富俊、松萨、班布泰都听入迷了。特别是二位大人皆认识大名鼎鼎的湖广总督桂良，为人坦诚，讲究礼节，十分敬重富俊和松萨，在两位前辈面前一向谦虚恭谨，尊称对方为恩师，自称晚生。这里需要说的是方才庞荣讲到在江城受到冷遇时，富俊曾偷眼瞅了瞅松萨，见其脸色阴沉，连连叹气，心一下子悬起来了，然并未打断，寻思道："人家始终窝着一股火儿，说出来会痛快些，发泄一下也无妨。不过老哥哥肯定感到万分失礼、抱歉，一激动再犯气喘的老毛病可糟了。"于是语气轻松地插言道："师父，这么说吧，凡是从吉林经过的人没有不驻足的，知道为啥吗？因为这里的景色太美了，对于尤成额夫妇而言，那也是偏得呀，犹如一剂灵丹妙药，可以一扫心中不快。吉林人纯朴、热情，见谁有困难，不管认不认识都会主动相帮，白面娘子便是其中的一个。秦名远、杜宝等人只是个别的，代表不了吉林的父老乡亲，不必往心里去，吃瓜子儿还能嗑出几个臭虫呢，何况人乎？至于尤成额任左翼官学教习一事，请师父放心，经过考核，有真才实学者必用，决不埋没人才。我接任吉林将军后，立即着手办理，还要亲自前往凤楼拜望尤公子及夫人，会给桂良总督一个满意的交代的。"听得出来，富俊很会打圆场，将不愉快且必须说的话引出后，再巧妙地予以缓和，使帐内的气氛重新活跃起来，也才有了庞荣接下来的仙踪神迹之谈。

庞荣的话一收住，班布泰便站起身叩头下拜道："原来是师叔在上，今得一见，万分荣幸，请受徒儿一拜！"

庞荣刚要起身去扶，不让行如此大礼，富俊却不答应了："师父，咱们是自家人，徒尊师乃家风，理当如此。一指金刚大法师是老夫请至府中的武师，孙儿拜师乃老夫之意，而您是一指金刚大法师的师弟，自然也是我家班布泰的恩师了。孙儿的武功大有长进，还望师父以后能多多指拨，要像一指金刚大法师一样训教他，严师出高徒，唯如此方能成为大清的栋梁之材。这下好了，班布泰呀，你作为徒弟到时候应随师叔去凤楼，把桂良大人推荐的八斗之才尤公子接来，本官将亲自击鼓鸣锣欢迎贵人进将军府。"

此刻，一直未吱声儿的松菻大人剑眉紧皱，又气又恨，又愧又悔，脸红一阵白一阵的，寻思道："秦名远等人真给吉林丢尽了脸，都怪我呀，糊涂哇！咳，已经离任了，管不了那么多了，只能拜托富俊给揩屁股了，不过该交代的仍得交代。"想至此，遂开口道："老弟呀，我同赛大人闲聊时曾提及一些事，还真是不得不讲。如今，朝纲不振，纪律松弛，贪风滋起，辽东三地不如乾隆朝时兵精政肃。八旗弟子声色狗马，荒于骑射，怕苦惧寒。私征土地之风日甚，流民日炽，势成燎原之火，不可不防，更不可淡视。就拿范家堡子那伙儿犯上作乱的贼子来说吧，绝非所生偶痈孤疾，乃我大清肌肤之患，应标本兼治。老叟已感觉到了问题的严重性，故而告知老弟要严阵以待，采取有力措施，消灭于萌芽之中，否则不知来日将酿成何等灾祸呢！"

富俊连连点头表示赞同，说道："谢谢老哥提醒，言之有理，咱们想到一块儿了。您不必挂牵，对付范家堡子那帮团练我自有办法，范蔼仁蹦跶不了几天了。"

松菻接着又提到了要时刻关注被秦名远囚禁的白面娘子的安危，富俊胸有成竹地说："老哥，放心吧，谅他不敢对小白丫怎么样。秦名远是个无利不起早、疑心颇重、前怕狼后怕虎的小人，知道我要重回吉林将军衙门，也十分清楚肯定不会饶过他。为了给自己留条后路，轻易不敢造次，何况还是个好色之徒，不到万不得已不会伤害白面娘子，关起来只是吓唬吓唬罢了。"接着又侧过头对庞荣说："庞大师，今后我就这样称呼了，因为您值得尊敬。请务必带着班布泰找到一指金刚大法师，以便师兄弟携起手来，共同治服范家堡子那两位具有高超武技的僧徒。他俩手下的团练经过严格的训教，应该是野蛮好斗，必须认真对待。我们在龙潭山校阅场比武大赛上，不仅要收拾秦名远，还要抓住闹事的歹徒，给点儿颜色看看。这样吧，大队人马先去城里，把秦名远死死看住，尽早斩断这只范蔼仁伸向将军衙门的黑手。老哥呀，走，咱们回吉林城！"

富俊一声令下，班布泰立即传命，除留下几人拆除行辕的营房外，其余营兵全部开往江城。列在最前面的是八人抬两顶一模一样的大轿，轿顶是红绸篷，轿身以金丝花绦镶边。其中一顶乃离任吉林将军松萨从江城来时乘坐的，所带轿夫五十人，护军五十人。另一顶是赛冲阿从京师来时乘坐的，所带轿夫八十人，护军八十人。除此，班布泰还张罗了一顶民间蓝篷素轿，打算给爷爷乘坐。这时，原吉林将军松萨已在亲随的搀扶下上了轿，坐在暄腾腾的羊毛垫子上。赛冲阿平生只喜欢骑马，长途行军才坐轿，行辕大营距江城又不远，故而坚持非骑马不可，那顶八十护从的轿便成了空轿。赛冲阿的选择正合富俊之意，因为他平生也不愿乘轿，正好给赛大人做个伴儿，便冲班布泰喊道："喔莫罗①，难道忘了爷爷的癖好不成？"什么意思呢？他得找自己的坐骑呀！

坐在前边那顶五十护从大轿内的松萨听到了喊声，抬手掀开轿帘儿，伸出脑袋冲后面笑着打趣道："班布泰呀，你爷爷从来都是独出心裁，行军打仗时，敌方根本看不出他的官阶，老习惯改不了了，蓝色素轿也用不上喽！知道为啥吼一嗓子么？是让你牵出青骡子呢，此乃他的专利，那顶小轿跟着骡子走吧！"

松萨所说的青骡子身量大，体壮如牛，白鼻梁，白嘴巴，四只白蹄子，既漂亮又精神。坐骑不是有走马么，这头骡子由于富俊去哪儿都骑着，所以锻炼得也很能走，且十分平稳，骑在上面颇为舒服，不会觉得乏累。其实班布泰早就备好了，估计到爷爷得要青骡子，当时怎么想的呢？初始以为这回有京师的领侍卫内大臣赛冲阿在此，还有原吉林将军松萨同行，爷爷得陪着两位大人，肯定是不骑骡子而坐轿了。后来又一琢磨，这老爷子可没准儿，一时兴起，或许仍要骑骡子。为防万一，还是先备下吧，省得到时候措手不及。这不，只见富俊笑呵呵地走了过来，见孙儿的身边站着两位拨什库，其中一位手牵大青骡，笼头戴上了，嚼子勒上了，鞍子系好了，所需的一应物件全挂上了，一切齐备。老人家很高兴，上下打量一番后，捋捋骡子背上的毛，亲昵地贴了贴脸儿。大青骡子自然认识主人了，右蹄边刨地边叫唤，似乎在说："知道老主没忘咱，早已候在这儿了，快请上来吧！"

---

① 喔莫罗：满语，孙。

富俊轻轻拍拍大青骡的脑门儿道："哎，老伙计，别急嘛，这就来啦！"说着骗腿儿而上，稳稳地坐在骡背上，命班布泰率领骑兵护卫松荪所坐的大轿直奔江城。自己则由庞荣陪同，与赛冲阿并辔而行，其护从紧随其后。一排排兵将有序地前行，犹如长蛇阵，所经之处尘土飞扬，好不气派！

从双城堡到吉林城是一条长长的土路，当年这一带林深草厚，满目皆被绿植覆盖，有山路，有平原，有丘陵，有深谷，没有一条真正的旱道。然而却难不倒地理仙富俊，他清楚地记得有一条古道，虽然途程艰辛，不易行走，但可直抵江城。即从双城堡行辕南下，跨过拉林河、大岭子、法特哈、乌拉虞村，再经一段水旱山路便可到达目的地。临开拔时，富俊曾笑着与松荪打赌："老哥，敢不敢跟老弟比试一下？别看你的大轿走在队伍最前面，我的青骡子在后头，那也得是老夫捷足先登，你信不信？"

果不然，富俊和赛冲阿在庞荣及护从的陪同下，傍晚首先抵达江城，半个时辰后，松荪的车轿才缓缓而进。此前，吉林将军衙门的各位副都统、所有的文职官员以及总管秦名远在副都统都克尼的带领下，出郭十里迎候，赵西丹、马木斤等老夕旦也在其中。二位老人家想到一会儿便可见到老上司了，手拄拐杖比谁走得都欢，高兴得笑容始终挂在脸上。为什么现任吉林将军松筠没来呢？因为京师理藩院有些要事需要他处理，抽不出身来，衙门的日常事务已暂交自己比较信任的副都统都克尼代管。秦名远尽管知道来者乃死对头富俊，也得与心腹杜宝等人硬着头皮去接，人家的官职高哇，哪儿敢不去呀？说实在的，当他听说富俊要来江城时，着实捏了一把汗，心里琢磨开了："唉，我在田亩清查行辕大营干了些见不得人的事儿，还劫走了白面娘子，最后不得已才进了吉林将军衙门府，在姨夫的羽翼下凭着见风使舵、摇唇鼓舌、阿谀奉承之能事步步高升，以为可以万事大吉了。可两座山到不了一起，两个人总能到一块儿，要不咋说冤家路窄呢，老瘸头儿及其孙子到底还是来了，真够丧气的。富俊曾是自己的顶头上司，就算他大人有大量，不跟小的一般见识，班布泰可与我有夺爱之恨哪，能轻易饶恕么？还不得剥我的皮呀！这下倒好，跑又跑不了，躲又躲不过，即使能挨过今日，明儿个、后儿个咋办？好汉不吃眼前亏，到时候只能机灵点儿了，多方观察，一旦发现情势不妙，赶紧溜之乎也。"这么想着，心仍觉得不落体，不过又有啥招儿？等着吧！

富俊是个绝顶聪明的人，不但反应机敏，思虑周全，而且预测能力强，所用手段高明。他并未揣摩衙门府一个总管的心理，而是着眼于赛冲阿、松林的感受，到了衙门府该如何做也想好了。通常情况下，新到异地任职的官员都要摆出架势，发号施令，树立自己的权威。可富俊不想这样，认为一切需从长计议，顾全大局，给历届前任留有回旋的余地，以避免他们从心里排斥后来者。尤其是对原衙门内不称职的属员不可急于裁撤，更不能胡子眉毛一把抓，先犯众怒，引火烧身。而应平安过渡，与人方便，与己方便，待坐稳后再一个个审视，该裁撤的务必裁撤，该安置的重新安置，该处置的决不手软。就像走进菜地里，不能把满地碍脚的南瓜一股脑儿全踢开，哪有那么大的力气呀，要慢慢地一个一个移走，先拣最碍事的搬。之所以这么做，主要是给松林一个面子，也给松林之前的秀林、赛冲阿、喜明留面子，不能让人家有灰溜溜的感觉。将军衙门里的官员皆为前任选用的，不少棘手的事儿和不良风气没有得到及时解决、纠正在所难免，何况不是短时间内造成的，与历届前任不无关系，当然也包括来到吉林的赛冲阿。自己曾三任吉林将军，亦有一定的责任，是推卸不掉的。

正因为有了充分的思想准备，所以当松林在都克尼和众属员的簇拥下、以主人的身份将赛冲阿、富俊领进吉林将军衙门时，尽管府内杂乱无章，看上去上下人等都很忙，实际上人浮于事、鱼龙混杂，富俊并没有发火儿，也未指责任何人，而是采取了稳定军心之策，宽宏大量待人。这个气度令松林十分佩服，感激不尽，长出了一口气，忙命秦总管抓紧备办酒宴。秦名远见一切正常，富俊祖孙俩始终面带微笑，似乎很满意，没有提出迎迓上有何不妥，看自己的眼神儿也无敌意，以为人家宰相肚里能撑船，大人不计小人过。反正已到这步田地了，寻思也没用，说不准那爷儿俩还蒙在鼓里，或者迫于松林是自己的姨夫，一时不好发作而已。如此一想也就释然了，真就把心放进肚子里了，烦恼随之一扫而光，外表看蛮有精气神儿，啥负担没有，脚不沾地儿地里里外外张罗开了。

班布泰来到江城的第二天便稳不住神儿了，站也不是，坐也不是，富俊早猜出孙儿的心思了，遂问道："喔莫罗，琢磨什么呢，惦念小白丫了吧？"

班布泰直言不讳："爷爷，认为小白丫暂时没有危险只是估计，确定不了。依我看，还是得赶紧想办法解救，庞大师不是也说让我们快去秦家大院嘛！"

富俊笑道："咋样，一猜一个准吧，没看出风向变了么？放心吧，爷爷自有办法，不仅无须去救，秦名远还得乖乖把白面娘子送回来。"

班布泰思忖片刻，随即摇了摇头，显然是心里不托底。富俊又道："不信是不是？那行，等着瞧吧！你马上去见秦名远，到了那儿，装作啥也不知晓，大大方方地打听小白丫的近况。你一问，他准慌神儿，眼目前儿得尽量保自己，哪儿顾得了那么多呀？这就好办了，他必去劝说白面娘子来见咱，热闹便跟着来了。小白丫多聪明啊，早将老夫当作自己的靠山了，也知道咱爷儿俩会来吉林，肯定前去施救。于是会端起架子，你说东，我偏往西，故意别劲，根本不听指挥，够那秦总管喝一壶的了。"

班布泰听罢，按爷爷之意起身出门，去账房寻找秦名远。他刚好在，见班布泰径直进了屋，吓得浑身酥软，脑门儿冒出一层冷汗，恨不能有条地缝儿钻进去。而班布泰却像没事儿人似的，丝毫没有跟他算旧账的意思，语气平和地开口道："秦总师爷，白面娘子的生意做得咋样啊，一向可好？"

秦名远稍一愣神儿，立马回道："噢，她一切都好，生意蛮红火，还不知道你们来江城呢，我回去告诉一声就是了。"说完借故转身出屋，一边走心里一边嘀咕："哎呀，我的天哪，这可咋办？看来暂时顾不上范蔼仁那边了，无论如何得让白面娘子见见富俊爷儿俩，以便缓和与班布泰之间的仇怨、纠葛，先搪过去再说，其他事儿只能见机而行了。"

班布泰望着秦名远的背影偷偷乐了，心里思谋道："要不咋说姜还是老的辣呢，爷爷的预测太灵验了，秦大门牙真就应了他的话了，不得不把白面娘子送到将军衙门。"

午膳后，富俊将班布泰佐领、庞荣及前不久提拔的两位骁骑校唤到侧厅，交代道："九九重阳节之前，大家会很辛苦，有几件需办之事。头一件是重新部署兵力，加强武备，监控江城的形势。近几年来，由于朝廷大量征调吉林的兵马入关，本地的兵力略显不足。我们的对手范蔼仁暗中却不断扩充范家堡子的乡团力量，又有所谓的大师坐镇，传授武功，启发训导，时不时地出没于城内外。倘若武备不足，歹徒就可能四处寻衅逞凶，破坏社会秩序的安定，造成不可估量的后果。如果像以前那样，我们的骑兵在双城堡野外分散布局，他们即使想滋事也不那么容易。而今不同了，进了将军衙门府，目标集中，人家在暗处，咱们在明处，加强防卫、保证安全尤显重要。从现在起，务要监视秦名远的一举一动，外出不用阻挡，派人悄悄儿跟踪，看他去哪儿，跟谁联系，以便准确掌握其秘密窝点及违犯大清律的罪证。事不宜迟，天黑之前，务必安排妥帖。调换原将军衙门府的更夫和巡逻人员，全部由行辕的骑兵顶替，落实到人头，做好分工。第二件是信守曾向松林大人许下的承诺，前往凤楼看望桂良总督的至亲尤成额公子、茗兰小姐，表示我们的诚意。本官的属下怠慢了京师来的贵客，使其受到不公平的待遇，有失本地礼贤下士、宾至如归的一贯传统，给吉林的父老乡亲丢尽了脸。我作为地方的父母官深感歉疚，对不起尤成额夫妇，理当前去谢罪，并迎请至吉林将军衙门府，以弥补几年来对人家的亏负。此事不能拖，待布防及守卫诸务安排就绪，最好今晚前往。那座小二楼可是久违了，真想立马赶过去，当夜或许与大家同宿凤楼。庞大师，本官从未把您当外客，而是看作自家人、我们的护法大师，因此，很多时候不得不麻烦您、支使您，请不要介意，谢谢大师曾经做过的一切。您刚到江城，光帮本官里外忙活了，尚未顾得上回凤楼，真是抱歉得很，那二位小主子肯定天天念叨呢！第三件是还得有劳庞大师，明日同班布泰动身赶往疙瘩梁，于重阳节前找到一指金刚大法师。最后一件是催促秦名远快点儿把白面娘子送到衙门府，我要看看她，并让其领着我们去凤楼。"

诸位阿哥，都听清了吧，富俊不愧为久经沙场的老将，颇有主帅风度，行动雷厉风行，思虑周到、细致，跟这样的官员干差，不仅会受到鼓舞、激励，而且会感到无比痛快。特别是庞荣听了这番话，犹如一把钥匙打开了心头的铁锁，不觉间，往日郁结的所有忧烦、怨怒呼啦一下烟消云散了，眼前顿时亮堂了。吉林真是个好地方，山好、水好、人更好，他为吉林能有这样一位纯朴干练、忠于朝廷、想百姓之所想、急百姓之所急的地方官而感到无比欣慰，为尤成额公子和茗兰小姐巧遇贵人而暗暗庆幸。

此刻，在座的每个人都同富俊一样，盼望着立刻见到熟悉的小白丫。她天生丽质，聪明伶俐，可爱乖巧，善于处事，见啥人说啥话，知疼知热，让人听了觉得亲切、舒坦，那甜美的微笑也给大家留下了深刻印象。富俊大人将其视为掌上明珠，关怀备至，宠爱有加。像对待自己的亲孙女一样，冬天怕冻着，夏天怕热着，含在嘴里怕化了，喜欢得不得了。那么，白面娘子现在怎么样呢？从打秦名远按范蔼仁之意将其关起来后，没有了人身自由，还不时受到恐吓，说是如果不如实讲出与班布泰有哪些勾连及钱如民将范氏家族的土地大账藏于何处，范大庄主决不会饶过你。住在秦家大院的小金佛之母姜氏，以及随其而来的温妈、把门儿的老霍头儿皆为她捏了一把汗，担心上来倔劲儿不听喝儿，再跟秦总管顶牛，有个三长两短如何是好？可白面娘子却不以为然，饿了就吃，困了就睡，每天三个饱一个倒，摆出一副满不在乎的架势。她认为别看秦名远在外头挺风光的，又是总管又是总师爷的，不过像只癞蛤蟆似的到处鼓噪而已，折腾得越欢越糟，上吊狠勒脖子自找快死。况且自己不是孤立的，土地爷爷和班布泰师哥时刻都在关注着，一旦发现身处危境，他们肯定不会袖手旁观的。加之有热心的庞大哥帮忙，早已让其去双城堡报信儿了，土地爷爷得知后，务将派兵马前来施救。

果不其然，到了下晌，秦名远垂头丧气地返回了府邸，径直去了后头的四合院儿。当推开东厢房的门未等进屋呢，白面娘子已经看到了他那两颗向外龇着的大门牙，大扁嘴往两边咧着，三角眼像贼似的滴溜乱转，多少日子未见这副熊样儿了，不禁一阵恶心，直想吐！秦名远进了屋，先是皮笑肉不笑地嘘寒问暖，然后酸溜溜地说："娘子呀，告诉你一件喜事儿，富俊和班布泰带着人马进城了，想必很高兴是吧？那好哇，走吧，咱们现在就见大人去。"

白面娘子像未听见似的，眼皮都不抬，一声儿没吭，认为土地爷爷不会来得这么快，是秦大门牙在耍花招儿。秦名远见她根本不动地儿，也没有前往的意思，不得不照实讲了："此次进城的不光富俊爷儿俩，还有京师领侍卫内大臣赛冲阿，由离任的吉林将军陪着。三位大人皆想看看你，这不，特意打发我回家，让赶紧接你去呢！"

白面娘子这才相信了，心里偷着乐，眼睛却盯着墙角儿，双手抱着膀，面无表情地拒绝道："我不见，除非土地爷爷亲自来请，让他老人家看看我这些天过的什么日子，被你圈成啥样儿！"

秦名远见其端起来了，知道这是一肚子怨怒没处发，赶忙低声下气地赔不是："好了，好了，都是我的错儿还不行么，要不打俩嘴巴出出气！"说着上前就拉白面娘子的手，白面娘子厌恶地用力一甩，扭过身子不再理睬。

秦名远有些着急了，她要是上来犟劲儿执意不肯，咋劝不起身，神人也没辙，只好一个劲儿地点头哈腰说好话："哎哟，我的姑奶奶，千不看万不看，看在咱们夫妻一场的份儿上……"

白面娘子厉声儿喝道："住口！闭上那张臭嘴，谁和你是夫妻，做梦娶媳妇了吧？你以卑鄙的手段强占吾身，害得我没脸见人，生不如死，这笔账还未跟你这畜生算呢！"

秦名远一听傻眼了，如同丧家犬一样耷拉脑袋了，知道只劝不出血肯定行不通。无奈之下，拿出了最后一招儿，从内怀掏出两张地契、房契交给了白面娘子，又许愿又塞纹银的，极尽讨好儿之能事。白面娘子见火候儿差不多了，架子可以放下了，方勉强答应随其前往吉林将军衙门府。秦名远这才如释重负，笑嘻嘻地让她抓紧换衣、打扮，然后跑出门外，没一会儿就回来了，不知从哪儿张罗了一顶接新娘子用的六人抬彩轿，请梳妆完毕的白面娘子上了轿，出了秦家大院向东去了。

此时，班布泰正站在将军衙门府院外东张西望呢，远远看见来了一顶彩轿，知道小白丫到了。赶忙疾步迎上前，打开轿帘儿，伸手搀出白面娘子，二人并肩进了府门，前往迎客的大厅。秦名远见班布泰连瞅都没瞅自己一眼，更未打算搭理，觉得很是无趣，只好讪讪地转身离去。

白面娘子跟着班布泰进了大厅，看到土地爷爷和原吉林将军端坐在太师椅上，当即像见到久别的亲人一样，激动得热泪盈眶，扑通一声跪在地上，颤声儿叩道："小女叩见二位大人！"

松蔺忙道："快起来，快起来，不用那么多礼节。"

富俊则上上下下打量着白面娘子，见其早已长成大姑娘了，较前成熟多了，而且安然无恙，遂起身走到跟前轻声儿抚慰道："小白丫，一切都过去了，见你没受皮肉之苦，爷爷就放心了。这回好了，秦名远的狐狸尾巴终于露出来了，无论怎么藏也藏不住了，欠下的账早晚得偿还。"

白面娘子擦了擦满脸的泪水，禀道："二位大人，小女在被囚禁期间，得知了不少情况。范家堡子的庄主范蔺仁早在三年前，便已联络巴彦的蔡家营子等一些大围子的庄主，暗地里竭力扩充团练的人数和力量。范蔺仁身边的两个大和尚是他们的总教头，不仅传授武功，还于疙瘩梁附近的山洞里锻造兵刃，这可不是好兆头啊！"

富俊和松蔺相互对视了一眼，觉得此信息极为重要，当下的形势令人担忧，不容乐观，须时刻提高警惕。白面娘子接着又道："秦大门牙刚才在求爷爷告奶奶地说服小女前往将军衙门叩见二位大人时，初始我故意摆架子，不肯前来。后来他见左劝右劝皆不灵，实在没辙了，只好馈赠房契、地契并许下了愿。"说着从衣襟儿内掏出一纸卷儿，展开一看，是两张盖有吉林将军印的执照。白面娘子指着其中的一张说："这是花仙楼的房契，乃秦名远贪污受贿所得纹银购之。他主动把三分之二的股权归我，等于我占两份儿，他占一份儿，还应承有朝一日，此楼将全部归我一人所有。另一张是九台龙家堡子和饮马河边共计四十亩的地契大照，他也给了我，目的是让小女在二位大人面前多多替其美言，绝对不可讲出他与范家堡子暗地里互相勾连之秘密。我一口答应了，当时是这么想的：只要能为土地爷爷拿到范蔼仁、秦名远违犯大清律之罪证，给啥都要，管他怎么得到的，先把这些东西掐在手里最为重要。那张土地大照不是秦名远的，而是范蔼仁的，四十亩土地乃私下强行霸占的。不仅如此，他还想方设法将东北各地的一块块田亩归为己有，伙同两位大和尚到处寻找钱如民所藏匿的范氏家族土地大账。土地爷爷，您不是正在清查并重新登记田亩么，不是到下边走屯串户地回收八旗官兵耕种、却流入私人手里的土地执照么，这些都交给大人，我不该要，理应归公。"

富俊听罢，高兴极了，先是竖起大拇指称赞小白丫有头脑，干得漂亮，值得信任。然后把房契、地契交给班布泰，叮嘱其妥善保管，登记造册，并将小白丫的义举上报朝廷。而坐在旁边的松菻显得很不自在，十分尴尬，笑了笑道："白面娘子，本官曾多次听到富俊大人夸你机灵，脑袋瓜儿转得快。今日见得，果然不凡，的确是位讲究诚信、仗义疏财之女子，让人佩服！"说此话时，内心很是自责，肠子都悔青了。唉，自己长时间以来尽管坐在吉林将军位上，却由于身体的原因很少走出去，只听下属禀报，像个瞎子似的啥也看不见，被秦名远的花言巧语所蒙蔽，很多事不知底里，成了聋子耳朵配搭儿，真乃失职啊！

富俊眼睛多尖哪，早已察觉松菻的脸色有点儿异样，心里一准是在怨恨那个远房亲戚的所作所为，一时又排解不了，有苦说不出，随即马上转移话题道："老哥呀，若是不感到疲累的话，咱们一起去驿馆见见赛大人，听听他对下一步行动有什么打算，意下如何？"

松菻欣然同意道："好哇，这个提议不错，咱现在就去！"

于是由班布泰头前带路，富俊和松菻在白面娘子、庞荣的陪同下离开将军衙门府，前往距此不远的小红楼驿馆，拜望赛冲阿。一行人很快到了地儿，进得大门，来到赛大人歇息的房间，见其小酣后刚刚起床。富俊给他介绍了白面娘子，然后与松菻就座，三位大人边喝茶边聊，兴致颇浓，班布泰、白面娘子、庞荣则坐在一边静静地听着。时间一长，白面娘子有点儿坐不住了，便小声儿撺掇身旁的富俊道："土地爷爷，已经唠好大一会儿了，咱们出去走走好吗？我领您去看个绝妙的居处。"

富俊眼珠儿一转，猜到了所谓的绝妙居处即指凤楼，便道："小白丫，爷爷知道你的心思，早已打算好了，今晚就去凤楼看望尤成额夫妇。"

白面娘子惊诧得瞪大双目问道："土地爷爷，您真是神了，难道此前也知道小女的凤楼？"

富俊嘿嘿一笑道："什么？你的凤楼？它的名气可比你大，资历不浅呢，可谓我们爷爷辈儿的。嘉庆八年春，老夫首任吉林将军那咱，在凤楼住过两年多。不光我，在座的两位大人早年也住过，谁不知道凤楼哇！"

赛冲阿放下茶杯接过了话茬儿："嗯，说得没错，我清楚地记得在吉林马队时曾夜宿凤楼。那是个好地方，四周绿树环绕，江面渔舟点点，居高临下，可一览吉林的美景。原来，在一楼的门脸儿上方悬挂一块匾，上刻篆书'有凤来兮'四个大字，写得苍劲有力。遗憾的是一年夏季，凤楼遭了雷火，此匾被烧成灰了。后来有一位商埠老板看着怪可惜了的，便出钱将此楼重新大修一番，小白丫现在住的已是修缮后的凤楼了。"

白面娘子毕竟年轻，关于凤楼的情况哪儿知道那么多呀，不但非常好奇，而且很想听听各位大人的详细介绍。松㑊也来了兴致，开口道："早些年，凡来江城者皆去看看凤楼，观赏一下那里的风光，体味一下小树林中静谧的氛围，由此而留下的掌故、传说也不少……"

富俊走到窗前抬头望了望天，见天色不早了，遂插嘴道："这样吧，掌故、传说有的是时间唠，今儿个我必须去趟凤楼……"

未待说完，赛冲阿和松㑊异口同声道："好嘛，老夫也去！"

领侍卫内大臣为啥要同行呢？他一向敬重桂良总督，既然已知其亲自推荐外甥女婿到左翼官学任教习，结果却很不顺，至今尚未就职，自己又恰好身在江城，怎能不去抚慰一下尤成额公子和茗兰小姐？这也是身为故友该做的。

松㑊为啥也不想落下呢？因为他已估计到赛冲阿会随富俊前往凤楼，一个是过了这么多年了，瞧瞧有什么变化没有，一个是看望一下京师来的客人。本人虽是离任吉林将军，但此前早该去看看桂良大人的至亲，不到场已经欠妥了，何况又拖了好几年，让人家吃尽了苦头。此番陪着内大臣和新将军走一遭，起码可借机向尤公子及夫人道个歉，以弥补一下自己的过错，为吉林将军衙门挽回点儿面子，也能心安些。

富俊就不用说了，巴不得和两位老哥一块儿去，对于尤成额夫妇而言，吉林的三位父母官，即前任、现任皆到舍下问候，实在是太难得了，当即爽快地笑道："好哇，好哇，咱们现在就去！"

于是三位大人在班布泰、庞荣、白面娘子的陪同下，徒步前往凤楼，庞荣大步流星地在前面带路，走着走着竟情不自禁地小跑起来，想必是急着给主人报信儿去了。

自打庞荣离开凤楼，几天来，尤公子、庞庆、小满堂、小金佛，以及王财都心不落体，生怕有什么闪失。唯茗兰显得胸有成竹，十分沉稳，该做啥就做啥，一副不急不躁的样子。为什么她能稳住架呢？因为知道庞荣此次出行是为了解救白面娘子，本人武功高强，胆大心细，遇事不慌，让人信得过。之所以没有按时返回，肯定是有什么重要之事需办耽搁了，正常情况下，应该不会出意外。庞庆当然深知兄长的本事，身手不凡，以一当十，初始蛮放心的。后来见其一连几日未归，便有点儿坐不住了，多次提出去探听一下，都被茗兰阻止了。理由是荣哥没回来，庆哥再一去不返，那会让人更不安。不过暗地里打发小金佛跑了一趟秦家大院，待回到凤楼把老霍头儿的话学说了一遍，方知庞荣如愿见到了被囚禁的白面娘子，受其之托，当晚赶往双城堡行辕大营了，故而没有按时返回。大伙儿听罢，一直提着的心总算放下了，并认为不定哪天即可见到富俊大人和班布泰佐领，公子的出头之日就要到了，咱们老老实实在凤楼静待佳音吧！

这天傍晚，就在尤公子一行翘首企盼之时，忽见庞荣急匆匆地推门进了院儿，边往屋走边大呼小叫道："茗兰妹子，喜事儿呀，富俊大人带着京师来的领侍卫内大臣、前任吉林将军以及班布泰佐领和平安归来的白面娘子很快就要到凤楼了，专程看望公子、夫人的！"

大伙儿当即怔住了，初时以为庞荣开玩笑，再看他那兴奋样儿又不像，方相信是真的，三位大人的确要莅临凤楼了，这可是莫大的殊荣啊，凤楼顿时沸腾了！茗兰立马分派开了，先是提醒夫君整肃衣冠，换上新靴，做好叩见大人的准备。然后吩咐庞庆、小金佛赶紧收拾一下一楼的中堂，擦拭灰尘，摆好桌椅。又让王财师傅去厨房生火烧水，沏上香茗，并叮嘱侍女到时候好好儿伺候着。自己则与庞荣、小满堂操起笤帚把楼上、楼下的地扫了一遍，随即出得门来，将楼外四周清扫干净。大家刚忙活完，满头的汗还未顾得上擦呢，就听一声清脆的喊声从远处传来："茗兰姐姐，快出来呀，贵客到啦！"

话音刚落，凤楼的上下人等呼啦一下从中堂拥出，跑到院外，举目望去，见一行五人缓缓向木楼走来，由远而近，在前面引路的便是日夜思念的白面娘子，赶忙站成一排恭候。不一会儿，一行人到了木楼跟前，尤公子等纷纷施礼叩拜。白面娘子引领他们进入一楼作为客厅的中堂，待依序就座后，便向尤成额和茗兰一一引见三位大人，夫妇俩跪在地上叩道："大人亲自前来看望，乃学生之幸，感激不尽，谢谢各位大人！"接着又见过了班布泰佐领，庞庆、小满堂、小金佛则由庞荣向各位大人做了介绍，三人叩拜在地，起身后退下。

富俊看了看尤成额和茗兰，首先开口道："本官是陪着京师领侍卫内大臣赛大人、前任吉林将军松筄大人登门看望公子和夫人的，对你们的到来表示欢迎，只是这欢迎有点儿太晚了。关于你们到江城之后所接触到的将军衙门个别官员的所作所为，白面娘子及庞大师已经禀报过了，作为地方的父母官，我和松筄大人感到非常抱歉，还要说声对不起。其实仔细想想，这也是偏得，从一定意义上讲，年轻人遇到些坎坷不见得是坏事，只有在逆境中才能锻炼成长、积累经验、辨识真伪、培养高尚的品德。来日方长，从今往后，咱们相互支持，同心协力，共建吉林！"

松筄接着说道："公子有所不知，我与桂良总督既是忘年交，又是情同手足的故友。由于用人不当，责任失察，不仅未能把事情办好，还让你们受苦了，有辱吉林求贤若渴的名声，全是本官之过，深感惭愧呀！圣旨已下，我已离开将军任了，以后凡事可找继任富俊大人，没办法，老兄的过失只能由老弟补救了，实在是对不住了。"

尤成额及夫人早就从桂良舅舅的口中得知，赛冲阿、松筄二位大人乃当朝重臣，多年驰骋疆场，南征北战，立下了汗马功劳，德高望重。今得一见，果然气宇不凡，言行举止颇具名将风范。特别是松筄老大人一大把年纪了，还真诚地给小辈儿道歉，一口一个对不住，一口一个深感惭愧，真乃令人肃然起敬。茗兰赶忙站起深鞠一躬道："大人言重了，小小不快，何足挂齿？吉林是个好地方，我们喜欢这里的父老乡亲以及青山绿水、广袤沃土。来到凤楼后，热心善良的白面娘子给了多方面的关照，安排了舒适的居住之处，送来了各种各样的日用品，还特意派位厨师和两位侍女伺候，使得出行无忧，衣食无愁，都不知怎样感谢好了，言谢太轻了。尤其是我们没有为吉林做一点儿力所能及的事，却得到大人的如此抬爱，学生何德何能，实在受宠若惊啊！正如诸位大人所说，来日方长，此心可鉴，小女定用实际行动回报恩重如山的江城父老、兄弟姐妹。"说完再次施礼，待抬起头来，早已是泪沾衣襟了。

赛冲阿面带微笑道："茗兰小姐，不必拘于礼节，坐，快坐，咱们随便聊聊。"

茗兰谢过，坐回到椅子上，大家天南海北地唠扯起来，从京师说到吉林，从山川地貌、风土人情说到诸子百家，你一言我一语话不落地，十分尽兴。茗兰又引领三位大人、班布泰佐领在一楼各处转了转，然后登上二楼凭栏眺望，一切尽收眼底，每个人的眼神儿里分明流露出对凤楼有一种掩饰不住的喜爱之情，就像回到久别的故乡那样感到无比亲切。观罢，赛冲阿、松蔹辞别众人，由班布泰陪同先行回到小红楼驿馆歇息。富俊则留了下来，边喝茶边与尤成额夫妇促膝谈心，白面娘子作陪。聊了一会儿，富俊侧过头冲白面娘子问道："小白丫，咱爷儿俩好几年没见了，今晚我不走了，借宿在此，你是不是得回花仙楼？"

白面娘子忙道："不用回，我在这儿好好儿陪陪爷爷，连着唠几天几宿才过瘾呢！"

富俊说："好好好，老夫知道，咱爷儿俩有唠不完的嗑儿。不过我也很想听听尤公子和茗兰小姐到江城之后的所见所闻，以及遇到的各色人等之嘴脸，可以成为吉林地方的奇耻大辱了！"听得出来，老人家余怒未消，对秦名远、杜宝之流仍然一肚子火儿。

此刻，坐在一旁的茗兰着急了，起身将白面娘子和庞荣唤到一边，小声儿道："妹子、荣哥，咋办哪？土地爷爷可是贵客，一会儿得在咱家用晚膳，没有山珍海味，拿什么待客呀，总不能端上粗茶淡饭吧？"

哪知此话却被耳尖的富俊听见了，遂笑着摆摆手道："哎，不用特意招待我，老夫好养活，爱吃啥小白丫都知道。别的不要，只要大葱、大酱、咸菜条儿、黄金饼，再用当地的白小米熬锅粥就行了，称得上美味佳肴，享大福喽！说实在的，好几天没吃黄金饼了，那香味儿山珍海味比不了，一寻思就不由得馋呢！"

茗兰不知何为黄金饼，一脸疑惑地看着白面娘子，白面娘子会意，说道："姐姐，是头一回听说么？我敢打赌，你不但吃过，而且常吃。那饼子嘛，金黄金黄的，喷香喷香的，长圆形的，想起来没？"

茗兰摇摇头道："想不起来，行了，别卖关子了，快告诉我吧！"

白面娘子表情夸张地说："嗨，姐姐的忘性可真大，我不是给你讲过两个闺女从水中抱起乾隆爷的故事么，黄金饼就是玉米饼子，乃乾隆爷送的美号！"

茗兰听后，拍拍脑门儿扑哧一声乐了，伸出二拇指点了一下白面娘子的鼻尖儿，然后转身跑到后厨房，向王财师傅和小金佛如此这般交代一番，并叮嘱他们要抓紧时间，越快越好，富俊大人可能早就饿了。

过了两袋烟的工夫，简单的晚膳备好了，由侍女一样儿一样儿地端上桌。富俊同大伙儿围桌而坐，就着咸菜条儿嚼着甜丝丝儿的黄金饼，喝着正冒热气的小米粥，大葱蘸大酱，吃得蛮香。富俊拿起一小段儿葱白儿放进嘴里，边嚼边慈祥地看着茗兰，咽下后说道："孩子，你可能不认得老夫了，我却认识你，而且对瓜尔佳氏的家世知道得一清二楚，你信不信？"

茗兰睁大双目道："噢？真的么，请大人说说看！"

富俊说道："你姥姥生养了三个孩子，两儿一女，你舅舅桂良居长。其弟桂秀和哥哥一样，刚刚成人便入了军旅，作战勇猛，一马当先，是条汉子，不幸战死四川。其妹嫁给了一个正在八旗军中服役的拨什库，就是你的阿玛，后来成为出名的武将，在一次激烈的两军对垒中阵亡于两淮，连尸首都未找到。桂良总督一家祖祖辈辈对朝廷忠贞，报效大清，立下了赫赫战功，无人不竖大拇指呀！"

茗兰不禁眼眶湿润了，点点头道："大人，您说得没错，对小女的家世可谓了如指掌，是听我舅舅讲的吧？"

富俊以爱抚的眼神儿看着茗兰道："傻丫头，心里只有你那桂良舅舅，难道老夫就不能从别人的嘴里得知么？"

茗兰低下眼想了想，又晃了晃头，实在猜不出那"别人"指的是谁，遂以期待的目光盯着土地爷爷。富俊放下手中的筷子道："告诉你吧，我不仅认识你舅舅，也认识你姥爷玉德大人，还是好友呢！你生于嘉庆五年，小的时候，常随额莫住娘家，一住就是几个月。父母离世后，你被姥爷接到京师时，已经六七岁了。当年，有个叫卓特松岩的人，长着一脸连鬓胡子，任蒙古内阁学士兼副都统，也曾于闽浙总督府当差。一次因公去京师，办完事儿后，经玉德大人一再挽留，便在其府中留宿。二人很是投缘，无话不谈，相处得十分融洽，卓特松岩还常给玉德的家人唱蒙古长调，记得吗？"

富俊这么一问，勾起了茗兰悠远的回忆，陷入了沉思之中，眼前闪现出十几年前那不很清晰的场景，没一会儿竟哼起歌儿来：

> 金子一样的大海呵，
>
> 玛瑙一样的大海呵，
>
> 呵嘿咿——
>
> 那是我美丽的家呵，
>
> 成吉思汗的子孙——
>
> 勇敢无畏的蒙古牧民的畜群，
>
> 呵嘿咿——

白面娘子、庞荣、庞庆、小金佛等全听呆了，未承想公子的夫人还有这手儿，以前从未露过呀！茗兰唱着唱着忽然停住了，不好意思地说："大人，小女只记得这么多，接下来还有两段儿，不过都忘了。"

话音刚落，白面娘子拍手叫起好儿来："好，好，姐姐唱得太好了，嗓音甜润，优美动听，犹如银铃般脆亮！"

富俊高兴极了，眼睛笑成了一道缝儿，嚷嚷道："哎哟，总算想起来了，还记得这首歌是谁教的么？"

茗兰回道："时间太久了，恍惚记得是位爷爷教的，还曾问过姥爷，这位爷爷的名字咋那么长啊？姥爷告诉我，爷爷取的是蒙古族名儿。"

富俊十分肯定地说："没错，是蒙古名儿，那人长得啥样儿有印象么？"

茗兰摇摇头道："当时年纪尚小，留下的印象不深，记不准了。"说到这儿，好像突然又想起什么了，赶忙站起身手提衣裙下摆绕至富俊的左侧，那里坐着刚刚从小红楼驿馆返回的班布泰。茗兰伸手轻轻推了他一下，班布泰会意，起身串过去一个座位，茗兰便坐在富俊身边，忽闪着一对儿大眼睛仔细打量着，似乎要在那张脸上寻找出往昔的印迹。

富俊拍拍茗兰的肩膀道："孩子，你小时候可乖了，并且挺有眼力见儿的，一看府中来客人了，就踩着凳子从高高的木柜上取下围棋盒子递给姥爷。玉德大人喜欢与朋友对弈，老夫也愿下儿盘，我们可谓棋逢对手啊，拼起来就是一宿不合眼哪！"

富俊的话音未落，茗兰已是热泪潸潸了，喃喃地说："想起来了，姥爷曾告诉过我，当年有位爱下围棋、会唱蒙古长调的大胡子爷爷，一进家门就把我抱在膝上逗弄着玩儿，名字叫卓特松岩，您就是……"

富俊惊喜地连连点头道："是呀，是呀，我就是那个常去你姥爷家的大胡子爷爷，嘉庆初年曾任过兵部侍郎，那时很年轻，与正在京师为官的桂良颇为熟悉，后来曾到新疆、盛京、黑龙江等地任职。考虑到蒙古名儿的字儿多，叫起来不顺口，这才改了大号，没想到今天的富俊就是当年的卓特松岩吧？从嘉庆十二年后，我们再未见过面，只是从同僚口中得知一些情况。大家皆知你是桂良总督的外甥女，从小在其家长大，亭亭玉立，品貌出众，聪明好学，文思敏捷，琴棋书画、诗词歌赋样样儿通，很得舅舅的喜欢，同僚们见了也是赞不绝口，渐渐的名声在外了。桂良大人一开始在京师做官，后来调往外地任职，由于频繁换防，距京师较近的地儿就带着家眷，离得太远则不带。每次回京师，或是恭听皇上传圣谕，或是办差，只几天便走了，总是来去匆匆。你大多数时间住在京师，有时便和舅母随舅舅去外地，接触了各色人等，不仅见了世面，长了见识，也受到了锻炼。自打小白丫告诉我京师来了位小姐，乃尤公子的夫人、桂良总督的外甥女，私下里就琢磨开了，据我所知，玉德大人只有一个外孙女，即乖巧伶俐的小茗兰，倘若德高望重的老哥哥在天之灵果真把外孙女送到我这儿来了，可谓人间奇遇呀！从此在行辕大营里无论多忙，一有空闲便会不由自主地想起你，犹如影子一样始终跟着我。果不其然，可爱的茗兰格格像小鸟一样飞来了，真是女大十八变、越变越好看哪，爷爷老了，眼神儿不济了，不仔细瞅都认不出来喽！"

茗兰从京师来到吉林的这几年，心情一直抑郁得很，委屈、愤怒无人可诉，憋得受不了时，就背地里哭一场。而今见到了当年的大胡子爷爷，就像一个被遗弃的孤儿找到自己的亲人一样，再也控制不住了，满腹的苦水、委屈的泪水汇成奔腾的激流倾泻而出，扑进富俊怀里哇的一声哭了起来，边哭边说："大胡子爷爷，真是没想到啊，斗转星移，十多年后竟与您在远离京师的吉林见面了，舅舅知道了得多高兴啊！或许年龄越大越怀旧，舅舅时常念叨您，一遍遍讲姥爷和松岩爷爷昔日的往事，看得出心里一直放不下。我们始终没有机会向您当面道谢，那年阿玛战死两淮的消息，就是爷爷从京师传回来告知额莫和姥爷的，姥爷、舅舅后来又讲给了我，您是瓜尔佳氏家族的恩人哪！"

富俊完全理解茗兰此时此刻的心情，同样激动不已，用手轻轻捋着她那满头的黑发，心里既高兴又酸楚，暗自感叹道："茗兰本是个可怜的孩子，小小年纪便失去了双亲，不得不寄养在姥姥家。可她又是个幸运的宠儿，得到了玉德大人和桂良总督的精心呵护，视为掌上明珠，不仅生活上给以无微不至的关照，还将其送入学堂读书识字，或请私塾先生入府教授课业，学习各种礼法。功夫不负有心人，茗兰承继了额莫的天资，紧步桂良舅舅的后尘，终于从一个天真活泼的小女孩儿成长为美丽标致、聪颖贤良、通情达理、多闻博识的才女，父母在九泉之下若知女儿能有今天，也就可以瞑目了……"一声长叹后，不由得双泪横流，所有在场的人看到此情此景，无不为之动容。

茗兰的诉说，勾起了坐在富俊右边的白面娘子对凄凉身世的回忆，相比之下，觉得自己更加不幸，吃的苦比她多，遭的罪比她大。茗兰姐姐总算如愿成了家，身边有儒雅的夫君陪伴，还巧遇了姥爷的故友土地爷爷，上天已经很眷顾了。而我呢，双亲、继母早早离世，一奶同胞的姐姐不知身在何方，是死是活，天涯海角无处寻，只能梦中相见，现实如此残酷，什么时候是个头儿啊！想到这些，她无论如何也忍不住了，伏在土地爷爷的肩膀上痛哭失声。富俊赶忙安慰道："小白丫，别哭哇，以前的事儿不提了，那全是过眼云烟，一切皆会好起来的。放心吧，有爷爷在，啥都不用怕，打起精神来，人得往前看不是？"

白面娘子听话地点点头，渐渐止住了哭声，茗兰掏出丝帕为其拭去脸上的泪水。富俊环视一圈儿，见大伙儿的心情都很沉重，全撂筷了，饭菜也凉了。是呀，这桌乡土气息浓郁的农家饭虽不丰盛，但吃起来格外可口。不过在场的人由于受到茗兰和白面娘子不佳心境的感染，饭菜做得再好吃，谁能咽得下呀？为了调解一下气氛，随即便转移了话题，故作轻松地问茗兰："孩子，听说你对古体诗很感兴趣，这些日子有否新作呀？"

茗兰略一迟疑，回道："噢，没……没有。"

富俊笑道："不会吧？俗话曰：'诗言志'。你来到异地，面对一个全新的环境，遭受了冷眼，感慨颇多，必将执笔赋诗抒怀，何况是位才女呢，拿出来给爷爷看看。"

未等茗兰答言呢，旁边的小满堂忍不住了，赶忙接过了话茬儿："大人所言极是，我家少奶奶和少爷一样，平日里只要有空闲，不是读圣贤书，就是看史籍，尤喜写诗填词。来到此地也未停笔，常常伏几冥思苦想，把对江城的印象、感触全记录下了。少奶奶，难得大人来一回，就把那些诗作拿给大人欣赏欣赏呗！"

那么，小满堂怎么知道茗兰有新作呢？他是老主子都布纳赏给儿子尤成额挑书担子的，作为仆从，心里自然惦着少爷、少奶奶的饮食起居。到吉林后，别看琐事挺多，东跑西颠的，对小主子的方方面面可十分留意，照顾得周周到到，嘴巴还严，从不多说一句话。他知道少爷对生活上的事很少入心，一般不过问，精力都用在读书上了，全家的吃喝拉撒则由女主人茗兰通盘考虑和安排。时常发现小主子那屋的灯光整宿亮着，少爷早已入睡了，少奶奶仍未歇息，或坐在炕桌边望着灯花儿沉思，或提起笔在宣纸上写着什么，暗地里思摸道："少奶奶怀有身孕，行动越来越不灵活了，天天还得忙这忙那的，睡不好哪儿成啊？"之后每到傍黑儿时，总是小心翼翼地提醒道："少奶奶，晚上早点儿睡，写诗填词不能影响歇息，身子骨儿要紧。"

茗兰听了，只是笑笑，该怎样还怎样。她是那种性格内敛、不喜张扬、心中有数之人，平时从不愿提起家世，也不愿把自认为尚不成熟的诗作拿出来给人看。此刻，当听到小满堂冒冒失失揭了底，便侧过头小声儿嗔怪道："主人说话勿插言，起来动动吧，去把饭菜热一热。"

小满堂一伸舌头，遂与侍女端起已经变凉的饭菜去了后厨房，热一下后端回来，大伙儿继续吃。

用罢晚膳，茗兰觉得富俊大人是姥爷、舅舅的好友，长辈提出要看自己的新作，若不从命，显得很不礼貌，只好说道："大胡子爷爷，让您老见笑了，小女为消磨时光，不过记下些事儿，见啥写啥，根本谈不上填词。心情不好时，可一吐为快；心情好时，可借诗寄怀，算是到吉林后的一点儿感喟吧！丑媳妇总得见公婆，豁出去了，请随我来。"说着起身头前带路，引领富俊登上二楼，尤成额、白面娘子随其后。

一行四人进了东屋，富俊四下一瞅，房间里的陈设简单、朴素，打扫得干干净净，一应用品摆放得整整齐齐。茗兰考虑到土炕又硬又凉，坐在上面会感到硌得慌，不舒服，于是从柜子里取出一床新褥子铺好，然后请爷爷上炕并坐在褥子上。尤成额把平时看书用的小炕桌挪了挪，放在富俊大人跟前，白面娘子端来了热茶。茗兰这才跪在炕上，打开炕琴拿出一个匣子，掀开盖儿取出一打文稿放在小方桌上，两手按着双膝深深鞠了一躬道："爷爷，晚辈失礼了，有悖之处望海涵。"

富俊摆摆手道："哪里，哪里，没有任何不妥，快坐过来，礼节全免了！"

茗兰乖乖坐在富俊大人的对面，尤成额和白面娘子半坐于炕沿边儿，笑眯眯地看着炕上的一老一小，内心无比高兴。白面娘子忽然想起了在行辕学堂念书时，请来教授孤儿们的那位先生似乎十分了解土地爷爷，曾经讲过一番话给人留下的印象很深，至今难以忘怀。他说："富俊大人是位少有的将才，文韬武略样样行，书法颇多，笔势沉稳，笔力遒劲。喜欢古诗，律诗很好，五律、七律尤佳，笔端奇趣横生，其中的七律《江枫渡》风传本朝，连著名大学士顾均元老先生都啧啧称赞。大人有个习惯，就是诗作皆为即兴而发，从不留底。每每写罢之后，众友这个要一首，那个讨一张，结果全给出去了，故而不少记事抒情之古律诗散在各地，为人们所吟诵。"而茗兰姐姐恰恰与土地爷爷相反，是将所写的一首首诗词集中在一起，订成册以便留存，可以随时翻看，独自欣赏，方便得很。

富俊拿起文稿一页一页地翻看着，首先被那一手工整的小楷吸引住了，每个字都像刻的一样，全一般大。词作共二十余首，皆为步宋代大家词牌重新填词而成，笔法圆润秀美，笔调清新，自然流畅，朗朗上口。以简练而鲜明的笔触描绘了塞北的秋江渔舟、绮丽风光，展现了各行各业的生存现状、人们的愿望、向往，或犹如仙境，或栩栩如生，可谓难得的吉林民情风物之画卷，读后令人回味无穷。富俊陶醉于茗兰的小楷、填的词，以及超逸的笔意之中，默默地欣赏着，细细地品味着，心里思谋道："别看茗兰年龄不大，然功底扎实，笔力了得，不可小觑，乃名副其实的才女呀！"此时的屋内静极了，一点儿声儿没有，其他三人都屏气凝神地看着富俊那张脸上所流露出的满意、兴奋、赞叹等不断变化之表情。过了约两袋烟的工夫，坐在炕沿边儿的白面娘子憋不住了，侧过身用胳膊肘儿碰了碰富俊撒娇道："土地爷爷，您不能只顾自己看哪，眼睛都掉进文稿里了，能不能吟诵几首让我们听听，也好学学呀！"

富俊移开目光抬起头来，瞅了瞅白面娘子，面带微笑满口应承道："好哇，既然有人想学，我就念几首，全是写咱吉林的！"然后从一打文稿中挑出三张，展开其中的一张，题为《松江浣沙女》，以抑扬顿挫之声调轻轻晃着脑袋吟诵道：

木楼晚日一缕霞，

浓荫杨柳暗栖鸦，

浣溪归女笑若花。

塞北霓裳绒似雪，

粗麻巧纺胜南纱，

煜寒竞美笑千家。

吟罢，白面娘子高兴得连声叫好儿："好词，好词，写得真美呀！"

富俊也有同感："嗯，的确不错，意蕴丰富，意趣盎然，很有特色。小白丫，认真听啊，咱接着来！"于是翻到第二张，题为《江城流舟》，吟诵道：

曲江粼波，

弯月睡江岩。

脉脉花疏天淡，

云来去，

数声雁。

景艳，

心亦艳，

此情谁共言？

唯有泛水流舟，

棹声急，

飞如箭。

刚刚念完，尤成额情不自禁地竖起大拇指啧啧称赞，白面娘子则啪啪啪一通儿鼓掌，手都拍麻了。富俊翻到第三张《小重山·抒怀》，看了看，说道："我再念最后一首，这词填得妙哇，把压抑在胸中的火气全撒出来了，够厉害！"说着清了清嗓子，吟诵道：

古柳苍榆秋色深，

小楼红芍药，

妍妍馨。

雨弱风软碎鸣禽，

迟迟日，

囚栖无人怜。

江城处处惹人寻，

醉人亲，

唯有将军心。

此词表达了作者对吉林将军的不满，隐晦含蓄，意味深长。茗兰见富俊停下了，先是轻咳了一声，随后苦笑着自嘲道："小女失礼了，不知天高地厚，信口开河胡诌的，请爷爷千万别往心里去。"

富俊摆摆手道："哎，孩子，不要硬往自己身上揽过，该是谁的责任谁承担。原本满心欢喜地陪着公子来吉林，哪承想却被送到了江北拘缉营，没人管，'囚栖无人怜'，难为你们了，真是对不住哇！不过还算行，是非分明，江城处处惹人寻，醉人亲，唯父母官使来者不悦。此话说得好，此气出得痛快，吉林将军应永记在心，引以为鉴，今天权当负荆请罪了。"

茗兰听罢，脸腾地红了，忙道："大人客气了，小女实不敢当，此事不可再提了。"

富俊侧过头看了看倚坐在炕沿边儿洗耳恭听、一声不吭的尤成额，对其所具有的忠厚诚朴、勤奋好学、懂礼貌、有家教、不浮华、不造作等十分欣赏，发自内心的喜欢，遂问道："敢问尤公子，祖上何方人氏？"

尤成额忽听富俊大人冲自己问话，赶紧站起身来垂手而立，恭恭敬敬地回道："学生何图哩氏，祖上隶属蒙古正蓝旗。乾隆朝时，五世祖乌里莫曾任京师理藩院译卷员外郎，专译蒙、满文档册，乾隆末年调任翰林院编修理事。六世祖克其顿乃宫中衙役，干些杂七杂八的活儿，为各部院传送文告、书信、公文等。七世祖都布纳是学生的阿玛，接替了六世祖的差使，后来任湖广总督京师行辕议事府总管，随桂良大人办差至今。"

富俊手一招道："来，坐下说话，不必拘束。"

尤成额躬身道："谢大人！"然后重又侧身半坐于炕沿边儿。

富俊说道："乾隆末年，老夫任内阁侍读学士兼副都统，你爷爷当时在各部院之间传送文牍，我有所耳闻，肯定也见过。我们皆隶蒙八旗，我属蒙古正黄旗，你属蒙古正蓝旗。祖上原先皆居于蒙古草原，咱应是蒙古后裔，同一血脉，理当更亲近哪！曾听小白丫讲，尤公子终日卷不离手，博古多识，满腹经纶，才华出众，此次是来应聘左翼官学教习的。吉林地方广招天下贤达，急需超群之士，你来得太好了，正是时候，感谢燕山为我们荐送人才，欢迎，欢迎啊！"

别看富俊平日里待人亲切和蔼，慈爱有加，办起事来却严肃认真，一丝不苟，丁是丁，卯是卯。此前，白面娘子曾向他透露过，说是京师桂良总督的外甥女婿到吉林，是准备就任左翼官学教习之职的，请土地爷爷多多关照。富俊给出了这样的回答："眼下，老夫尚未执掌吉林将军印，无权表态。即使莅任了，不论是谁，也不管此人什么背景，首要的得看他能力大小，是否胜任，必须经考试择优，量才而用。荐者有才，有才则聘；荐者无才，位尊亦废。"这话什么意思呢？即被推荐者不是有才么，有才我就用。被推荐者无才，一个地地道道的饭桶，哪怕他家族的地位、名望再高也白扯，我肯定不用。果不其然，富俊跟尤成额现在算是认识了，对其印象还不错，关系也近些了，可还是想摸摸底。认为光看表面不行，只听本人介绍更不行，须确实知道儒学功底究竟有多厚，因为要担任的是官学教习，咱不能误人子弟。只见富俊轻咳了一声，自管自地背诵起范仲淹的《岳阳楼记》来："衔远山，吞长江，浩浩汤汤，横无际涯；"然后冲尤公子一抬下巴颏儿，意思是你接着往下背。

对于尤成额而言，背诵古文乃小菜一碟，五岁就开始背书了。天天学，日日记，让他歇歇都不肯，快二十年了，那些圣贤书早已背得滚瓜烂熟且深深刻进脑子里了。甚至做到不管是正背、倒背，还是中间插一杠子，全能接续下去。发出任何提问，准保能对答如流，丝毫不会错。此刻，他见富俊大人突然停住了，示意自己往下接，便行云流水般的背诵道："朝晖夕阴，气象万千。此则岳阳楼之大观也，前人之述备矣。然则北通巫峡，南极潇湘，迁客骚人，多会于此，览物之情，得无异乎？"这时，富俊一抬手，意思是暂停，紧接着诵道："上下天光，一碧万顷；沙鸥翔集，锦鳞游泳；岸芷汀兰，郁郁青青。而或长烟一空，皓月千里，浮光跃金，静影沉璧，渔歌互答，此乐何极！"然后又冲尤公子一抬下巴颏儿道："你从第五段的第二句接。"

尤成额接续道："不以物喜，不以己悲；居庙堂之高则忧其民；处江湖之远则忧其君。是进亦忧，退亦忧。然则何时而乐耶？其必曰：'先天下之忧而忧，后天下之乐而乐'乎……"背到这儿，富俊打断道："行了，到此为止。请回答《管子》何人所撰？篇目多少，所设内容若何？"

尤成额答曰："《管子》乃春秋齐国大臣管仲所撰。旧书篇目繁多，三百余篇，后丢失一些，所涉内容甚广，乃治国安邦必读之书也。"

富俊又问："'治国'为其中的第几篇？请背诵首节。"

尤成额回道："'治国'乃《管子》一书第四十八篇，共五节，首节曰：'凡治国之道，必先富民。民富则易治也，民贫则难治也。奚以知其然也？民富则安乡重家，安乡重家则敬上畏罪，敬上畏罪则易治也。民贫则危乡轻家，危乡轻家则敢凌上犯禁，凌上犯禁则难治也。故治国常富，而乱国常贫。是以善为国者，必先富民，然后治之。'"

说实在的，刚开始时，白面娘子很替尤成额着急，生怕万一答不上来或背诵得不熟练、总打奔儿，土地爷爷因此不聘怎么办？心一下子提到了嗓子眼儿。当看到尤公子神态自若，问啥答啥，准确无误，一直提着的心才算落了体，寻思赶紧见好儿就收吧，便为其讲情道："土地爷爷，差不多了吧？公子回答得没丁点错儿，背诵得非常流畅，一字不差，不是挺好嘛，我都听腻歪了，还考啥呀？"

富俊风趣地说："好好好，这回小白丫说了算，不用背了，老夫认可了。九九重阳节那天，本官一要观武赛，二要看文赛，广招天下文武奇才，到时候必请尤公子写篇佳作一展身手，事先要做好准备哟！天色不早了，你们也累了，该歇息了。老夫这就下楼，班布泰也该回来了，看看他和庞大师打点得怎么样了，今夜就同他们同寝而眠了。"说着把文稿收拢到一块儿，按落款的先后顺序摞好，这才起身下了炕。

白面娘子忙将茗兰扶下炕，拉到一边小声儿说道："姐姐，庞大哥和班布泰师哥明儿个将要远行，我得陪土地爷爷下楼一趟，过会儿就回来。今晚妹子跟你一起睡，让公子去书房睡，想必不会见怪吧？"说罢咯咯咯笑了起来。

茗兰用二拇指戳了一下她的脑门儿道："这个鬼灵精，快去吧，姐等着你！"

富俊和白面娘子来到一楼，推开东屋的门一看，庞庆、小满堂、小金佛正坐在炕上东一句西一句地闲扯呢，班布泰、庞荣则忙着打点行囊。炕上的三人见将军大人来了，赶紧跳下地将其请进屋，富俊瞅了瞅庞荣和孙儿，说道："抓紧时间收拾，完事儿早点儿歇息，也好养足精神。明儿个一早上路，尽快赶到疙瘩梁，找到一指金刚大法师，老夫想念他呀！班布泰，路上要保护好你师叔，多加小心，注意安全，不得有丝毫闪失，速去速回。"

白面娘子叮嘱道："二位大哥，出远门很辛苦，首要的得备足干粮，以免挨饿，否则可就走不动道了。噢，对了，治头疼脑热、拉肚子的小药别忘带上，一定要平安回来，我们在家等你俩的好消息。"

富俊笑道："想得挺周全呢，行了，小白丫，回屋歇着吧，老夫的上下眼皮开始打架了！"

白面娘子答应一声，告辞后转身出屋，噔噔噔上楼了，小金佛和小满堂也随其一同离开，去了二楼的西屋。待庞荣、班布泰准备完毕，富俊洗了把脸，脱衣上炕钻进了被窝儿。庞氏兄弟见土地爷爷躺下要睡觉了，怕四人睡一铺炕挤着老人家，刚拔腿想去对面王财师傅那屋，富俊立马起身叫住他们："都别去，就在这儿睡，不用担心我，早已习惯了。老夫可是铁打的身板儿，到各个村屯去，常常是走到哪儿歇在哪儿，头顶蓝天，大地当炕，和衣而卧，睡得蛮香呢！"

庞氏兄弟见大人很是随便，没啥讲究，便不说什么了，叫上班布泰乖乖脱衣上了炕，富俊一个个给盖好被子，四人睡下。转天鸡叫头遍，富俊就起来了，去小树林打了一会儿拳，回来后用罢早膳，在庞庆的护送下返回吉林将军衙门。白面娘子和小金佛被一大早赶来的冯大爹叫走了，说是花仙楼这些天客人特别多，应接不暇，几位黑道儿的朋友点名要见鸨儿，不少事儿也急等着处理。庞荣和班布泰早在东方露出鱼肚白时就出发了，踏着晨露打马直奔疙瘩梁，寻找一指金刚大法师。凤楼又像往日那样平静了，尤成额陪夫人去江边溜达一圈儿后，回来便一块儿进了书房，共同切磋填词的学问。侍女小曼、小香拾掇碗筷，收拾屋子，擦拭桌椅、柜子、门窗等。小满堂和王财则担水、劈柴、扫院子，再去趟集市，需要啥就买点儿啥，一切如旧。

单讲班布泰和庞荣离开凤楼，拨马北去，并辔而行，边走边聊，有说有笑，心情格外舒畅，所有的烦闷一扫而光。他们能不乐么，庞荣自打与弟弟庞庆按长眉长老之命从登封嵩山少林寺下来寻找三位师兄，几经坎坷，到现在一个没见着，心里急得了不得。他不怕挨累，严冬酷暑也不在话下，适应能力极强，什么恶劣的环境皆能生存，只要能找到师兄，吃多少苦都认了。几年来，凭借着健壮的体魄和超人的武功，于各地不停地寻觅、四处打听师兄们的落脚处，然信息却寥寥无几，尤其是大师兄好像从人间蒸发了一样，踪影全无。前些天在凤楼的顶棚得到写在桦皮上的留言，方知大师兄的所在之地，总算有了下落，今日终能如愿以偿地前去与其会合了，高兴自不必说。

班布泰同样异常兴奋，当得知庞荣原来竟是自己恩师的师弟，二人皆为少林派弟子时，很快与其亲近起来，并尊为师叔。这位年轻的佐领心中最敬重、最崇拜的人是谁呢？一位是自己的爷爷，再就是日夜思念的恩师一指金刚大法师，还有新近结识的师叔庞荣。他认为恩师武功盖世，疾恶如仇，普度众生，心装天下，乃佛家弟子的榜样。跟这样的师父在一起，每天耳濡目染，言传身教，自己也能成为顶天立地的男子汉。可惜当年师父决意要走，说是有事需办，身不由己，又未告知打算到何地，爷爷尽管极力挽留也无济于事，最终还是告辞离去。其后爷儿俩对师父一直放心不下，到处打听其行踪，却毫无结果。没承想转机来了，有幸认识了师叔庞荣，方知师父并未走远，曾于江城的凤楼顶棚栖身，似乎暗中在追查一些不轨之徒，行踪不定，大部分时间住在疙瘩梁。能随师叔北上寻找恩师，是爷爷给的一次难得机会，当然不能错过，于是便乐呵呵地上路了，恨不得长双翅膀飞到师父身边。昨天晚上，班布泰送赛冲阿、松萨大人回小红楼迎宾驿馆时，已顺便向两位年长的衙役打听了去疙瘩梁该如何走。巧的是他们年轻时都跑过驿道，身背大囊袋去各个哨卡传送文书，故而对哪条道通哪儿颇为熟悉。据二人讲，记忆中的疙瘩梁应在吉林以东的蛟河深山古道附近，需穿越山涧，蹚过溪流，攀登断崖。那里绝非宁静之地，虎豹豺狼窜来窜去，盗贼劫匪横行无忌，将这片山高林密之一隅作为杀人越货的掩身之所，令人不寒而栗。其中一位衙役还画了张路线图，声称这是去疙瘩梁最近的道，并叮咛路上千万小心，不可麻痹大意，时刻提高警惕，以防备人与兽的侵害。班布泰点头称是，一再感谢二位的热情指点，告辞后回到凤楼。

庞荣和班布泰皆为武艺高强之人，根本不在乎什么凶险，还最爱凑热闹，若真能碰上匪徒才过瘾呢，几天不动手就觉得浑身不自在，重要的是可为民除害嘛！他们上路之后，大都骑马在密林中穿行，有时需要牵着马步行，这样可以抄近道，以便及早到达目的地。将近晌午，他俩走出林子，来到道边一处挂着单幌儿的小饭馆儿，于门前的拴马桩拴好马，进屋坐下后，点了份儿白菜炖粉条，五香干豆腐，椒盐儿花生米，六个黄金饼，外加一壶烧酒"状元红"。没一会儿，堂倌儿便一样儿一样儿端上桌，师徒二人风扫残云般填饱了肚子，那壶酒也被班布泰喝得精光。交了饭钱，抹了抹嘴，起身出门跳上马又继续赶路了。

三个时辰过去了，太阳落山了，由于山高林密，光线幽暗，越发显得夜来早。庞荣和班布泰都喜欢夜行，正赶上中秋节刚过，可见空中悬着一轮圆月，然密林内只能透过微弱的光亮，一片寂静，唯有呜呜的风声、树枝的摇曳之声和寒鸦的嘎嘎叫声相伴。他们对此全然不觉，夜静更深，骑在马上走起路来愈加轻松，一点儿不觉累。走着走着，班布泰往林子对面一瞅，发现前方不远处是连绵成片的小山，山下有片小树林。月光下，隐约可见丘陵地生长着几棵笔直的高树，树的周围突起十多个散在的土堆，顶端插着小木牌儿，有火亮儿从高树枝杈的缝隙中闪现。他冷丁一激灵，哎，那分明是片坟地呀，火亮儿之处肯定有人。这可怪了，在哪儿过夜不行啊，为啥非选坟圈子呢，难道是盗墓的？或许是匪类？还是狩猎者在此等待野兽出现？心里感到十分不解，又不想放过眼前那极不正常的情况，忙叫住了庞荣，抬手往对过儿一指道："师叔，您看那边！"

庞荣睁大双眼仔细一瞅，也甚是生疑："咦？大半夜的，坟地里怎会出现火光呢，莫非有人住在这儿不成？"想至此，冲班布泰一摆头道："走，去看个究竟再说。"

二人分别跳下马，牵至道边，将缰绳拴在干树桩子上，然后手持匕首分头从两个方向朝亮光处合围。班布泰在齐腰高的蒿草中前行，庞荣则绕到山下的小树林那侧从中穿过，师徒俩脚步很轻，速度极快，几乎同时到达亮光处。走近一瞧，坟地正中长着的是几棵老白桦，树干粗壮，枝叶繁茂。白桦的斜后方有座小茅屋，黄泥抹墙，茅草苫顶，十分破旧。房前燃起一堆篝火，立于西侧的桌子上摆放着供品，一只野鸡，一只野鸭，一只野兔，一个白发苍苍的老妪背对着他俩跪在供桌前的地上正在祭拜亡灵。老太太听见有脚步声儿到跟前，然并未回头，更不理会，仍低声儿念叨着。祭拜毕，慢慢站起身，既不看来人，也不发问，自管自地开门回屋了。班布泰和庞荣觉得这位老者挺古怪，越发好奇，随后跟进，见屋内点着一盏獾油灯，土炕上躺着个面色蜡黄、眼眶儿塌陷、正在昏睡的中年女子，看样子似乎重病缠身。庞荣走到老太太跟前揖手道："老人家，打扰了，我们刚好从此路过，见有亮光就来了，想找口水喝。"

老太太这才抬头看了看他们，仍未言语，只是从门后的水缸舀了半瓢水递了过来。庞荣接在手中，咕嘟咕嘟连喝好几口，用袖头儿擦了擦嘴又递给徒儿。班布泰喝完后，将空瓢扣在缸盖儿上，回身致谢道："老奶奶，谢谢了！方才嗓子都冒烟了，喝得真痛快，这下不渴了。我和师叔四下踅摸了，这是块坟地呀，你们缘何居于此？"

老太太见这爷儿俩很有礼貌，目光温和，言语友善，不像坏人，态度随之变了，搬过一把长条木凳子请他们坐下歇歇脚，又去厨房端来一盘儿玉米饼子、一碟咸菜条儿放在桌子上，说道："肚子饿了吧？家里穷啊，没啥好嚼裹儿，凑合着吃吧！"

班布泰说："谢谢老奶奶，我们不饿，已经吃过了。"

三人坐在桌边，老太太打了个唉声道："咳，才刚还以为你们是仇家派来的呢，这世道，活着不易呀！"接着便流着泪向二人吐露了实情。

原来老太太娘家姓迟，夫家姓黄，丈夫已亡，就葬在这片坟地里。咋死的呢？他们原本住在范家堡子，租种大庄主范蔼仁的土地，由于年成不好，交不上地租，结果丈夫被其家丁活活打死了，唯一的土坯房也给霸占了，并将全家撵出了范家堡子。举目四望，空旷荒寂，无处安身，没有一寸立足之地，大人、孩子总不能等着被野兽吞噬吧？迟氏一咬牙，领着家人来到埋葬丈夫的坟茔地，于老白桦的后身儿打上木桩，盖了座茅草房，从此，便在这儿栖身了，与死去的丈夫相伴。

迟氏不是老黄头儿的原配，乃续弦，前夫早就病故了，生养个儿子叫贵子。老黄头儿叫黄大可，前妻是得产后风死的，所幸生的女儿活了下来，即躺在炕上的中年女子阿青。迟氏和黄大可是怎么到一起的呢？有一年闹水灾，连日大雨不断，百姓纷纷逃离家园往北跑，人群中既有领着贵子的迟氏，也有拉着阿青的黄大可。在逃难途中，二人相识了，互相帮衬，你给我两个玉米饼子，我给你几块儿咸菜，两家人渐渐合在一起，成为一家人了，后来在范家堡子安了身，租种庄主的土地。迟氏与黄大可虽然是半路夫妻，但感情很好，恩爱有加。两个孩子相处得也挺融洽，贵子待阿青如同亲妹妹一样，对二老十分孝顺。水到渠成，不久贵子娶了阿青，屯邻们皆言此乃亲上加亲，天作之合，值得庆贺。

转年，阿青生了个丫头，乳名铃铃，全家喜欢得不得了。五年后，黄大可因欠地租被打死了，尽管人不在了，租银却一文不能少。父债子还，贵子不得不去范蔼仁那儿抵债，在疙瘩梁开凿山洞，不准回家。迟氏已有八年没见儿子了，几乎快想疯了，几次前往范家堡子跪地哀求范蔼仁及其大夫人钱氏："请老爷、大太太开开恩吧，欠债早已抵完了，该把我儿放回来了。他媳妇重病在身，说不准哪天就见不着了，我们全家给您磕头了！"可人家不仅不理这个茬儿，还令家丁把迟氏驱逐出门，告诫她以后不许跨进范家堡子一步。迟氏难过至极，趴在地上号啕大哭，那真是呼天天不应，叫地地不灵啊，最后只能爬起来趔趔趄趄地走了。

而今，贵子的女儿十三岁了，个头儿不高不矮，相貌姣好，范蔼仁一眼就相中了，令其手下天天前来要铃铃抵债。迟氏和儿媳吓得手足无措，不知如何是好，阿青的病势也因此愈加沉重。婆媳俩合计来合计去，认为只能暂时让孩子躲避，等过了这个风头再说。于是迟氏便带着铃铃出了家门，送到距此三十多里的董家庄，给董半仙家当丫头。董半仙有占卦的本事，又是董家庄的笔墨先生，专门靠给庄子里的人书写地契、卖身契、打官司呈文、婚丧嫁娶请帖等挣点儿碎银子度日。前些日子，董半仙传来话了，说是铃铃在一个伸手不见五指的月黑夜跑了，不知去向，屯邻们四处寻找终不见影儿，究竟怎么回事谁也不知道。迟氏一听，这火可上大发了，想出外寻孙女吧，还得伺候病重的儿媳，根本脱不开身；不去找吧，铃铃是自己的心头肉，哪儿能放得下呀，一时急得团团转。今晚庞荣和班布泰所看到的火光，就是迟氏在万般无奈之下，拢起篝火，摆上供品，燃香叩拜，一个是祭奠丈夫的亡灵，一个是祈祷天神的庇佑，让阿青的病体尽快痊愈，贵子早日回家，铃铃平安无事，没想到却引来了两位行路之人。据迟氏讲，现在家里一贫如洗，缸无一粒米，匣无一文钱，儿媳病得不省人事，自己愁得天天哭，眼泪都流干了，一点儿辙没有，只能是活到哪天算哪天。

班布泰和庞荣听罢迟氏的哭诉，气得怒火中烧，牙关咬得咯咯响，对老人一家的遭遇非常同情。可考虑到有要务在身，不能在此停留，也就帮不了老人家，心里感到很是过意不去，班布泰便从内怀掏出三十两纹银递之，作为给阿青请郎中疗病的费用。又劝慰迟氏多多保重，身子骨儿要紧，坚强地活着，家里全靠你老了。天无绝人之路，别着急，总会有办法的，神灵将保佑天下的所有穷苦人。

迟氏扑通一声跪在地上，泪流满面地千般道谢、万般感恩，世上还是好人多呀，为找回孙女也得撑着，否则闭不上眼哪！

班布泰和庞荣忙将其扶起，又唠了一会儿方告辞出屋，从原路返回，牵出拴在道边儿干树桩上的两匹坐骑，骗腿儿而上，打马继续前行。二人的心里好像压了块大石头，感到异常沉重，连说话的兴趣都没有了，一路默默无语，只能听到马蹄踏地的嗒嗒声儿。天亮时，经过一个村落，可见炊烟袅袅，可闻鸡鸣犬吠，俨然一片祥和的景象。班布泰开口道："师叔，这个村落叫新安屯，约百多户人家，称得上大嘎珊了。如此规模的屯子这一带正经有几个呢，可谓大清朝多年来采取的安抚策略使然，很受百姓的欢迎。我爷爷遵皇命率官兵于双城堡建起了清查田亩行辕大营，除了重新丈量每家每户所占田亩数额并登记造册外，还将一些闯关东的流民、赤贫以及无地少畜的佃户集聚到一起，建立嘎珊，分给土地、耕牛，使其安居下来，以缓解社会动荡不安之虞。事实证明，此做法是行之有效的，总算没白费劲儿，说是功绩也未尝不可……"

班布泰详细介绍着，一讲起所做的那些利国安民之事，心情较前好多了，脸上流露出欣慰的神情。庞荣边听边频频点头，心想："是呀，富俊大人及手下八旗官兵无论寒风凛凛，还是烈日炎炎，天天奔波于千里大地上，为的是给黎民造福，使百姓安居乐业，所付出的辛劳有目共睹，何止'感谢'二字了得……"正寻思呢，忽听树林子里传出欢快的鼓乐声、噼里啪啦的鞭炮声，接着走出一队红男绿女，一字排开，前边有敲锣的，后边有打鼓的。一个身穿上绣"喜"字的蓝缎袍儿、胸前披着红十字绸带、帽插官花儿的新郎官儿得意扬扬地骑在高头大马上，时不时地东瞧瞧、西望望，大脑袋晃荡着，大耳朵支棱着，张着大嘴傻笑着，嘴丫子快咧到耳根了。班布泰和庞荣越看越憋不住乐，怎么的呢？这位新郎官儿很是与众不同，骑马蛮新鲜的，谁都是一人一马，他可倒好，左右两侧各有一个壮汉把着，生怕不小心摔下来。这还不算，身后另有四个小伙子紧贴着马屁股走，双手扶着新郎官儿的后腰，保护得够到位的了。马走得尽管不算快，周围这六个人也得小跑着才能跟上，一个个累得气喘吁吁、汗流浃背、跟头把式的，你说好笑不好笑？

紧随其后的是四人抬的大红彩轿，坐在里面的自然是新娘子了，奇怪的是不只一台，而是三台。再后面呼呼啦啦跟着一大帮人，有男有女，有老有少，有送亲的，有迎亲的，还有一些团练，嘻嘻哈哈、大呼小叫的。身穿新衣、脚蹬新靴的孩子们在人群中跑过来穿过去，高声儿笑着，大声儿嚷着，比任何人都欢实。喇叭在吹，锣鼓在敲，鞭炮在响，咚咚咚，噌噌噌，啪啪啪，各种声音交织在一起，好不热闹。班布泰边观瞧边冲庞荣说："师叔，我长这么大，头一次看见新郎官儿接亲带三台彩轿的，就是说一个人在同一天迎娶三房儿妻妾，真够开眼的，这是户啥人家呀？你侄子到现在一房媳妇还没娶呢，他一下子娶了仨，胃口不小哇，也不怕累死，准不是什么好东西！咱不能光瞅着，起码嘴皮子得痛快痛快，上前管管，问问谁让他这么干的。"

庞荣摸摸后脑勺儿道："是呀，这是哪儿的规矩呢？即使再有钱，想添人进口也得一个一个娶呀，他家却三个新人在同一时辰共迈同一道门槛儿，未免太招摇了吧？班布泰，先别着急，耐住性子看个究竟，待弄清楚再说，千万不可莽撞行事，兴许那后两台彩轿里坐着的是亲家的长辈呀、伴郎啊、伴娘啊，或是当地的什么特殊礼节也未可知。你没看见么，走在迎亲队伍最末尾的那些人与前面的截然不同，不仅蔫头耷脑的，还发出不和谐之音，有哭天抹泪的，有唉声叹气的，有唏嘘不已的，肯定是娘家人，为啥大喜的日子不乐反而哭呢？其中必有说道。"

班布泰点点头道："师叔所言极是，是得稳住架儿，听您的。"

二人翻身下马，手牵缰绳紧走几步混入迎亲队伍中，这才看清新郎官儿那副尊容。此人往多说也就十六七岁，小矬个子，腿短腰粗，胖乎乎的，后脖颈子堆出三道沟，两腮垂下的肉一走直颤悠。眼睛小得就像两道缝儿，稀疏的眉毛没几根儿，磨盘大脸中间儿长个蒜头鼻子，薄唇大嘴如同一字横在扁宽的鼻翅儿下，可谓要身材没身材，要模样没模样，丑得够十五个人看半拉儿月了。这还不算，看上去傻巴拉唧的，嘴角儿流着哈喇子，双眼发直，一准缺心眼儿。周围保护他的两个壮汉和四个小伙子不时地提醒要少说话，坐稳喽，估计是怕露馅儿。可新郎官儿偏不听，非说不可，一路上嘴巴没闲着。哪家奴才敢得罪主子呀，上来脾气动怒还有好儿？故而只能任其所为，不再提醒，露不露馅儿关我屁事！正走着呢，骑在马上的新郎关儿可能高兴过头了，忽然拍手打掌大声儿傻笑道："哈哈，老少爷们儿快来看哪，我今儿个娶媳妇啦！"

在身边扶着他的那两个壮汉赶紧随声附和道："恭喜少爷，贺喜少爷……"

新郎官儿一听，咧开大嘴乐得前仰后合，随即竟手舞足蹈起来，吓得后面紧挨马屁股走的那四个小伙子忙用力扶住，异口同声地劝阻道："小少爷，快坐稳，千万别乱动，以免摔下来。"

新郎官儿正了正身子，明知故问道："小的们，知道不，本少爷大婚娶了几房啊？"

其中一个小伙子回道："少爷，谁比得了您哪，一次娶了三房，三位少奶奶一个比一个漂亮！"

新郎官儿眯着一对儿鼠眼摇头晃脑道："嗯，本少爷艳福不浅哪，娶了个四十一岁的娘、十三岁的妻、九岁的丫，这还不够呢，差远了！"

跟在四个小伙子后面的是位骑着棕色马、留着两撇儿黑胡须的中年男子，看样子是大管家，他提起马鞭指着刚才搭话的那个小伙儿吼道："小老七，就你嘴快，别没话逗话了，闭上那张臭嘴能憋死你呀，快走！"

话音刚落，只听从人群里传出了压抑的哭声，一个手握长刀、似乎是团练的小头目扭过头冲后面喊道："行了，别号丧了，要是活腻歪了，老子可以成全你，攮人多痛快呀，一刀见血。打算去蹲大狱咱也不拦着，先把欠下的租子一文不少地交上来，想占便宜没门儿！"

班布泰和庞荣一听全明白了，那个癞蛤蟆果真吃上天鹅肉了，一下子娶了仨老婆，简直太过分了，跟光天化日之下公开抢人没啥区别。走在最后头的那些人乃新媳妇儿的娘家人，实在忍不住才哭的，但新人出嫁是用来抵债的。为证实猜测的对与否，班布泰停下了脚步，故意落在后面，走到一位默默流泪的留有灰白胡子的老头儿跟前，小声儿问道："老人家，大喜的日子哭什么呀，有啥不开心的？"

老者抹了一把眼泪，瞅了瞅班布泰道："后生是过路的吧？还是少打听，问多了没好处。"

班布泰压低声音打抱不平道："我是气不忿儿，凭什么好好儿的闺女嫁给傻子，还一次娶三房！"

听了班布泰的这句话，老者有点儿憋不住了，一肚子苦水不往外倒倒心里难受哇，于是打了个唉声道："咳，实不相瞒，今儿个来送亲的全是新安屯的人。老夫那九岁的孙女被范庄主的傻儿子盯上了，扬言就看上她了，非娶不可，不给也得给，你说咋办？不应不中啊！这不，今儿个愣是用彩轿抬走的，我老伴儿气得快疯了，先是嚎啕大哭，后来躺在土炕上抽得口吐白沫儿，这不是要人命嘛！无奈之下，我跟两个儿子只好一起送孙女，将来是福是祸，全凭她的造化了。"

班布泰问道："老人家，既然不愿意，当初为啥答应范蔼仁哪？要是我呀，咋说都不允，坚决不把孙女许给傻小子不就结了嘛！"

老者回道："后生啊，老天不睁眼哪，去年闹大旱，收成不好，打不出粮食，拿啥向范庄主交地租哇？只能用人顶。人家财大气粗，又有势力，在范家堡子一手遮天，谁敢惹呀？根本无理可讲！"

班布泰十分不解，说道："不对呀，清查田亩行辕的官兵在富俊大人的率领下，对土地重新进行清丈，然后分拨到各家各户，现在咋成范蔼仁的了？"

这时，走在灰白胡子老头儿身边的村民纷纷围了上来，其中一个四十开外的中年男子说："后生有所不知，原先驻扎在这里的八旗官兵奉命开拔了，到宁夏那边去了，属下的土地也随之撂荒了，范蔼仁便瞅准机会将那些田亩占为己有。清查田亩行辕大营设立后，把先前八旗官兵耕种的那片土地重新划拨给无地户，范蔼仁立马不让了，反咬我们占了他的地，必须归还。还声称想种地也行，我的地总不能让你白种吧？得按数儿向本庄主缴纳地租。再者说了，种地哪儿那么简单呀，不是有两只手就成。开荒离不开马匹、牛具，还得用江水灌田，算起来这可是一笔不少的银子，没有马匹、耕牛，怎么解决？只能向家大业大的范庄主租用。利滚利，越滚越多，根本还不上，实在没辙了，就得用人顶。乡民们咽不下这口气，要去行辕大营找土地爷爷评理去，范蔼仁命团练、打手前来阻挠，也没啥理由，扬言谁若敢去，必打折他的腿，这日子还怎么过呀！"

一位老妪接过了话茬儿："范蔼仁定了条规矩，谁交不上地租，就拿儿女抵债，方圆百里皆知。他只要看中附近七个村屯的哪个女子了，马上派打手去抢，不管人家是否妻离子散、家破人亡。那第二台轿子里的四十一岁新娘本是我儿媳，儿子得急病无钱抓药，没几天便咽气了。媳妇成了寡妇，范蔼仁也不放过，这不抢来抵债了。不仅如此，只要犯着他了，说抓就抓，说打就打，挨骂是家常便饭，咱抗不了哇！老范家为啥无法无天？据说人家祖上有功，京师、盛京都有为其撑腰的，吉林将军也让他三分，胳膊比咱腿粗，谁也整不了，只能干瞅着。"

一个三十多岁、膀大腰圆、一脸黑胡茬儿的莽汉不知就里，竟骂了起来："富俊哪，你这位大人有眼无珠啊，说是帮逃难的流民安家，实际上等于往火坑里推呀！劳作一年，汗珠子掉地摔八瓣儿，到头来啥也没剩，全被范蔼仁刮去了。我们衣食无着，饱受欺压，你看见了么？高官也都是各儿顾各儿，该惩治的不惩治，这是啥世道哇？坏人当道，穷人没法儿活哟！"

班布泰突听此言，不由得为之一震，心里很不是滋味，犹如砸碎了五味瓶。有些人不明真相，满腹怨气，骂两句、发发牢骚，咱吃苦挨累、受点儿委屈倒也没啥。让人气愤的是范蔼仁那些土豪、恶霸实在太猖狂，目无王法，横行乡里，鱼肉百姓，抢占民田，现如今仍逍遥法外。看来重新清查田亩、还地于民之举措非常必要，然此项差务干起来十分不易，正像爷爷讲的那样，任重而道远。他暗下决心，难度再大也要坚持下去，一定要为百姓做主，把被土豪劣绅强占的土地全部划拨回旗民手中，决不能半途而废。

此刻的庞荣也没闲着，边走边与周围的人搭话闲聊，终于将傻小子一天娶仨媳妇儿的来龙去脉弄清楚了。原来这位新郎官儿乃范家堡子大庄主范蔼仁与七姨太所生之子，取名儿范福运，意思是将来给范氏家族带来福气和运气。从小到大娇生惯养，衣来伸手，饭来张口，只知吃饱不饿，啥也不愿学。天天东门出，西门进，游手好闲，有点儿缺心眼儿，十六七岁就冲范蔼仁的大夫人嚷嚷着要媳妇儿。钱氏被其纠缠不过，便吩咐大管家陪着公子在抢来的女子中选媳妇儿，说是只要福运看中了，哪个都行，一切随他。结婚时，要啥给啥，全满足。钱氏缘何答应得如此爽快又这么热心呢？她可是个无利不起早的人，早已看出眼下八房妻妾相比，七姨太在范蔼仁跟前最得宠。要是将其子的大婚之事办好了，或许能指望上七姨太在老爷身边吹枕头风，为自己多说好话，我这大太太的家主地位更可又稳又牢了。

选媳妇儿那天，大管家领着傻公子来到后院儿的一溜平房那儿，屋内住着二十多个或被抢来、或被抓来顶账的女子，年龄大小不等。大管家把她们唤到院子里，令其站成两排，背对而立，让福运随便挑。说实在的，傻公子弄不明白娶亲究竟为何、应该选个什么模样的，以及今后咋过日子，只知与进家的女人点灯说话、睡觉做伴儿。大管家问道："小少爷，请看，这么多女子呢，尽可扒拉着挑，想要个啥样儿的呀？"

福运挠挠头，边寻思边自言自语道："啥样儿的？噢，对了，要我娘那样儿的。"随后伸手冲其中的一个女子一指道："就要她！"

大管家让被点中的女子转过身来，定睛一看，竟是那个四十多岁、为自家顶账的寡妇，当即脑袋晃得如同拨浪鼓儿，连声道："不行，不行，这个不行，重新挑。"

傻少爷咧开嘴笑道："嘿嘿，行，这个娘行。"

大管家哭笑不得，只好点点头道："好哇，既然选定了，那就回去吧！"

傻少爷没动地儿，嚷嚷着只一个不行，还得要一个。大管家这下可着急了，忙劝他别挑了，一个就行了，赶紧回转吧！福运一听不干了，越发来劲了，说啥不回去，先是扯着嗓门儿喊，紧接着躺在地上打滚儿，把刚穿上的紫缎袍儿都弄脏了。大管家没招儿了，只能听少爷的，因为大太太有话呀，一切随他。于是连哄带劝地将其扶起，拍了拍身上的土，令那些女子全转过身来，让福运继续挑。傻小子大睁双目一个个地瞅，从这头儿瞅到那头儿，又从那头儿瞅到这头儿，眼睛几乎看花了，也拿不准应该选哪个。这时，他见一个十二三岁的女孩儿哆哆嗦嗦躲在一排女子身后，吓得直哭，看样子生怕被挑中，遂抬手指着女孩儿道："哎，哭啥呀？长得俊着呢，过来吧，这个妻我要了！"

大管家马上答应道："好好好，那个妻给你了，这回总行了吧？"

傻小子仍不依不饶，声言不够，还要选。大管家束手无策，不敢得罪不说，禁不起他闹腾啊，接着又选第三个。可倒好，此次挑得更离谱儿，偏偏赶在这个节骨眼儿上，一个八九岁的小丫头早就有泡尿没来得及撒，实在憋不住了，便跑到东墙根儿那儿褪下裤子蹲下撒尿。这一举动恰被范福运看见了，眼前顿时一亮，嘿！那个妞好玩儿，没人哄我来哄，遂冲东墙根儿一指道："哎，快起来吧，你就是那个丫了！"

大管家忙道："少爷，那是个小丫头，还未成年呢，要她干啥？"

范福运扭了扭身子道："要嘛，把她领到家去，跟我一块儿藏猫猫儿！"

就这样，傻公子依仗家族有钱有势，在从七个村屯抢来的二十多个女子中乱点鸳鸯谱，一下子挑走了三个给他当媳妇儿。范蔼仁只有干生气的份儿，一点儿辙没有，大夫人钱氏却幸灾乐祸，等着看笑话儿。

班布泰是个火性脾气，一听范蔼仁无法无天，我行我素，仗势欺人，气得七窍生烟，非要上前把那个混账小子掀翻不可。庞荣赶忙小声儿制止道："班布泰，急不得，千万要冷静，别忘了咱是来干啥的。临出发时，富俊大人一再强调，第一要务是必须找到一指金刚大法师，并叮嘱速去速回。无论怎样，不可轻举妄动，在对方人多势众的情况下，跟傻小子纠缠会误大事的，犯不上。再往前走走看，若是出现有利时机，决不放过。"

班布泰想了想，没吱声儿，认为师叔所言不无道理，只好强忍怒火跟着迎亲队伍继续往前走。那么，庞荣是不是路见不平而无心管、也根本不想理这个茬儿呢？当然不是。他本是个同情弱者、疾恶如仇之人，此刻内心焦急难耐，恨不得立即出手打个痛快，却不能这么做。他与班布泰的想法是一致的，即在势单力薄的情况下，想办法救出被抢的苦难女子，惩治范家堡子的邪恶势力。由于二人的禀性各异，故而在突遇某件事时，外在表现各不相同。班布泰年轻气盛，有胆有识，认为该做的一定去做，然遇事有些急躁，略欠耐性。庞荣性情平和，喜怒不形于色，含而不露，遇事总是暗中琢磨，很有心劲儿。他回过头瞅了瞅，发现有些看热闹的一直在后头跟着，团练们各个有备而来，迎亲队伍行进在大道上，四周毫无遮掩，环境也好，情势也罢，皆不是动手的最佳时机。另外，对此地到疙瘩梁尚有多远、那儿是个什么所在皆不清楚，既然不能做到心中有数，就不能保证营救的稳妥，岂能贸然采取行动？他开始在人群里踅摸，很快便发现两个壮年农夫正边走边唠，还不时地东指一下西指一下的，似乎对这一带很熟悉，估计是当地人，遂凑到跟前，向其中那个蓄着山羊胡子的农夫问道："大哥，我想打听一下，这附近有没有个叫疙瘩梁的地儿？"

山羊胡子农夫回道："老弟问着了，这块儿有两个疙瘩梁，一个大疙瘩梁，一个小疙瘩梁。大疙瘩梁离这儿百余里，在蛟河境内，四周全是丛山峻岭、悬崖峭壁以及老林、石砬子，险象丛生。小疙瘩梁距前屯不远，一会儿便可走到，这个新郎官儿就住在那儿。"

庞荣听后，很是纳闷儿，问道："什么，新郎官儿住在小疙瘩梁？范家堡子不是离此老远了么，难道这儿也有范氏家族的房产？"

旁边那个长着短须的农夫上下打量了一下庞荣，说道："兄弟，一听你说话，就知道不是我们这块儿的。范家堡子可大了去了，往小了说，是双城堡一带的大屯落；往大了说，吉林东边到阿拉楚喀皆为范家堡子的地盘儿，不少土地被大庄主范蔼仁或买去、或占去、或霸去，明着是旗田旗地，暗里全归范氏家族经营。旗民不干了，与老范家理论无结果，最后闹到了府衙，若不然朝廷能派原吉林将军富俊带领骑兵重新清查、丈量田亩么？可范蔼仁上通天、下通地，极尽溜须拍马之能事，加之资财雄厚，对用得着的以重银贿赂之，使得朝中的一些官老爷与其打得火热。谁不盯着范家堡子呀，不吃白不吃，不占白不占，有几个光靠年俸养家糊口的？咱这么说吧，富俊大人的确有能耐，早就在吉林地方出了名，百姓皆知那是位清官。然孤掌难鸣，若想扳倒范蔼仁，把所霸占之土地一亩一分全收回来还给旗民，可不那么容易呀！"

庞荣知道，农夫说的这番话很为富俊大人担忧，对范蔼仁的强取豪夺恨之入骨，却无可奈何。这就是普通百姓的所思所想，天天强撑着苦熬岁月，期盼着世道能有所改变，日子过得稍好些。接着又问道："老哥，为什么两地皆取名儿疙瘩梁，有啥说道不成？"

短须农夫回道："没啥说道，此地人对凡是有密林、悬崖峭壁、石砬子的大山沟都称疙瘩梁子，正好这一带山多、石头多、老林子多，所以就这么叫了。"

庞荣点点头，心里思谋道："原来疙瘩梁是指大山沟，如此看来，大师兄肯定置身于山沟之中了，可究竟住在蛟河的大疙瘩梁呢，还是前面的小疙瘩梁呢？不得而知。怎么办？向二位农夫进一步打听是否见过一位游僧在附近村屯中化缘？不妥，这么一问，不但容易暴露身份，而且会引起诸多猜疑。那么去哪儿寻找大师兄呢？反正已经走到这儿了，不妨先从小疙瘩梁开始，如果没有，再转道去大疙瘩梁，时间恐怕不太够用，只能加快节奏、抓紧进行了。眼面前儿这件事怎么处理呢？一个土豪家的傻小子强娶民女为妻，其中既有未成年的小女孩儿，也有新近丧偶的寡妇。失去丈夫已经够痛苦的了，还要为所谓的欠债顶账，迈入了范家的门槛儿，便成为被随意驱使的奴才，永世不得翻身，对此决不能熟视无睹。不过话又说回来，得用啥招儿给范蔼仁个教训、使其如意算盘不能得逞、吃了大亏却不知何人所为、想报复又找不到门呢？必须得好好儿琢磨琢磨。"想到这儿，四下看了看，又前后瞅了瞅，忽然眼前一亮，有了，只要进山，机会就来了！怎么的呢？原来一些送亲的和看热闹的见越走离屯子越远了，而且马上要进山了，山路崎岖不好走，便不想跟着了，于是窝头往回返。这样一来，迎亲队伍没先前那么长了，人也越来越少了，渐渐分成了两伙儿，前头抬轿子的、敲锣打鼓的一个没少，后头送亲的、看热闹的稀稀拉拉。刚刚进山，果然可见群峰起伏，满目全是石砬子。黑黝黝的密林一片连着一片，老鸹站在树尖儿嘎嘎直叫，山鹰于头顶上下盘旋，苍茫的四野空寂无人，顿时产生一种阴森森的感觉，这群人已经置身于林深山陡、荒凉偏僻之地。此时，前边抬轿子的突然加快了脚步，神色慌张，小跑着前行，那个大管家提溜着破锣嗓子一个劲儿地催促道："快走哇，过了这段山路就到小疙瘩梁了，不远了，快呀！"看样子，他们心里发毛，对这一带挺打怵。

庞荣见是时候了，便放慢了脚步，待班布泰跟上来，把手中的缰绳交给他并附在耳边低语几句，随即便不见影儿了。班布泰心领神会，将两匹坐骑的缰绳分别递给两位含泪送亲的老者手里，一位是十三岁新娘子的爷爷，一位是那寡妇的婆婆，说道："二位老人家，别犯愁，天无绝人之路，不管怎样都得活着。记住，遇事多想想，脑袋机灵点儿，这马归你们了。"

两位老者顺手接过了缰绳，一时没明白咋回事儿，还以为是求自己帮忙照看一下呢，根本没往别处想，也未注意那后生朝哪儿去了。

原来班布泰把两匹坐骑送给二位老者后，一侧身蹿至道边，继而单脚一点地向离自己最近的山崖纵去。在腾跃的瞬间，双手顺势抓住伸向山崖当腰的一棵古榆枝杈，再嗖嗖嗖攀至树顶，方发现头戴面罩、身披黑斗篷的师叔早已坐在前方不远处一棵从石崖的缝隙中长出的榆树上，正在冲自己招手呢！班布泰点点头，紧接着连续几纵，犹如猿猴般从一棵树纵到另一棵树，很快便稳稳站在庞荣所在的那棵榆树上，啪地一拍树干笑道："嘿，师叔，这才叫过瘾呢！"

庞荣扭过头来，伸出食指放于嘴边，示意不要出声儿。班布泰吐了一下舌头，也像师叔那样从内怀掏出面罩戴上，只露两只眼睛和嘴巴，又套上了黑衣。此乃武林中人常备的隐面隐身征衣，必要时得穿戴上，以防对手认出来。庞荣小声儿说道："班布泰，现在可到了检验一个人有多大能耐的时候了，看看你小子那几年跟大法师究竟学得怎样，掌握了几分功夫。"言罢，抬起右拳向上一举，还在头顶晃了一圈儿。

班布泰一看便明白其意了，师叔打出的拳号乃少林派暗语，告诉他要全神贯注，不许溜号儿，两眼紧盯着目标，即新郎官儿，并瞄准机会将其抢走，然后迅速远遁，让那些接亲之人漫山遍野地寻找傻少爷去。新娘子也不用咱管了，全交给送亲的娘家人，正好用那两匹马把他们的亲人驮回家，三个家庭又可重新团聚了。庞荣紧接着一个收身腾跃，纵上旁边的一棵高树，脚踩树尖儿飞也似的从这棵树蹿到那棵树，追向前边抬轿者和护卫团练的脚步，居高临下，看得十分清楚。班布泰也不落后，随之噌地纵向斜对面的一棵高树，在摇晃的树尖儿上跳跃前行，犹如狸猫。二人不言而喻，各有分工，一左一右，从东西两个方向直逼新郎官儿。

此刻，那些抬轿子的都累得满头大汗，气也喘不匀了，为使脚步迈得整齐、轻快省力，便"嘿哟、嘿哟"地喊起了号子。高头大马上这会儿坐着两个人，一个是坐在前头的范福运，一个是坐在后头的贴身男仆二柱子，双手紧紧搂着小主子。或许是因为折腾半天了，傻少爷又乏又困，奄拉着脑袋，嘴角儿淌着哈喇子，竟在男仆的怀里打起了呼噜，睡得蛮香。跟在大白马后面的已不是先前那四个小伙子了，而是换上了四个年轻力壮的团练，由他们负责保护少爷。马走人跑，尽管心里着急，恨不得立即到达小疙瘩梁，可山路难行，深一脚浅一脚的怎么也跑不快。骑在马上的大管家两眼时不时地望向幽深的树林，生怕出什么意外，遂朝抬轿子的连骂带喊道："怎么比老牛还慢哪，好嚼裹儿都塞进狗肚子里了，撑得动弹不了了是吧？赶紧哪，别磨蹭，我可告诉你们，若是出个一差二错，谁也脱不了干系，回去在七太太面前可吃不了兜着走，想活命就快点儿！"

那些轿夫在大管家的喝令下一步不敢停，偏偏又赶上一处高岗儿，步步上坡儿，感到越发吃力，想快都快不了。高岗儿两旁全是杂木丛林，什么柞树哇、槐树哇、椴树等，粗壮的树干横向伸展，遮天蔽日，不是玄乎哇，骑在马上的人使劲儿往上一够，就能摸到粗树干的横枝。枝杈隔着小道儿横七竖八地缠绕在一起，在树叶的覆盖下，形成了天然的凉棚，阳光几乎照不进去。人马从这里过，如同钻进石洞一般，只能一点点儿前行。山风呼啸，林涛滚动，呜呜作响，声震耳鼓，光听那声儿就瘆得慌。据讲这段路常有盗匪出没，杀戮、强抢不足为奇，素有"要过疙瘩梁，小心见不着娘"之说，意思是此处太凶险，若是赶上你倒霉，将有去无回。

大管家又紧张又害怕，惶恐地瞪大双目四下张望着，尽管腰间别着一柄锋利的砍刀，也未给仗胆儿，心里像揣只小兔子似的嘣嘣直跳，感觉立马就要蹦出来了，不停地大声儿吆喝道："快走，快走，把轿子抬高点儿，使劲儿呀，留着浑身的力气往哪儿用啊……"他只顾冲大伙儿喊了，不可能往上看，突觉头顶有个庞大的物件忽忽悠悠地压下来，吓得一激灵！待抬头欲仔细瞧时，大物件已从上方刮过去了，心里思摸道："山风可真大呀，把粗树枝都给刮断了，差点儿没砸着我，好悬哪！"刚想到这儿，胯下的坐骑不知缘何受惊了，一尥蹶子蹿出几丈远，怎么吆喝也不停，吓得脑门子立刻沁出一层冷汗，只好用力拽住马缰绳。这还不算，令其魂飞魄散的是坐在大白马背上、搂着傻少爷的贴身奴仆二柱子突然发出一声惊叫，身子随之腾空而起，两手并未松开小主子。未等弄清咋回事儿呢，主仆二人已摔落下去，掉进山崖下低凹处的一片泥水潭里，顷刻间人马便没了踪影。大管家脸色煞白，浑身哆嗦成一个团儿，这可咋好，小少爷要是出个三长两短，回去怎么向大庄主交代呀，项上的脑袋还能保住吗？随即不是好声儿地大喊道："快呀，快呀，赶紧去救小少爷！"心里一着急，竟忘了坐骑仍在尥蹶子，撒开缰绳刚要往下跳，正赶上马的两条前腿高高扬起，欻地将他甩出老远，骨碌碌滚下了山崖，没吭一声便一命呜呼了。

这下可乱套了，谁也顾不上三台彩轿里的新娘子了，负责护卫的团练们和那些接亲的连喊带叫地冲下山。轿夫也把彩轿一扔，撒丫子往崖下的泥水潭跑，去营救落入水中的傻公子，紧接着便传来带着哭腔儿的呼唤："小少爷，你在哪儿呀，听见应一声啊！"

"小少爷，没事儿吧？可别吓唬我们哪，三个新人还等着你回家呢！"

"老天哪，行行好，救救小少爷吧……"

送亲者一看机会来了，赶忙跑到彩轿跟前，叫出了新娘子。三人蹦下地，那个灰白胡子老头儿把哭哭啼啼的九岁小孙女抱上马，老妪将惊慌失措的儿媳扶上马。恰好大管家的坐骑也跑回来了，两个男子一边一个将十三岁的女孩儿提溜起来放上马，大家一窝蜂地朝新安屯跑去。

坐在高树上的班布泰看到这般情景，感到无比痛快，太好了，苦难之人终于跳出火坑，得以逃回家与亲人团聚了。范蔼仁这回损失可大了，儿媳未娶进门不说，儿子也生死未卜，还不得哭爹喊娘啊！正寻思呢，忽然传来一阵吵闹声，循声望去，发现五十米开外有三个似乎是送亲的人半道儿吵吵起来了，声儿挺大，谁也不让谁。心里不由得替他们着急，时间这么紧，不赶快往家跑，还有心思吵架，真够没正事儿的。抬头看了看站在另一棵高树上的师叔，想通过打手势与其对话，商量一下该如何办。然庞荣并未扭过头来，只是全神贯注地盯着下边那些寻找傻公子的团练、接亲者、轿夫等，静观事态的发展。班布泰见联系不上，遂脚踏树尖儿弹跳到师叔所在的那棵树上，如此这般一说，庞荣思忖片刻，言道："这样吧，你去看看咋回事儿，不管缘何争吵，必须力劝他们赶紧回新安屯，离开这个是非之地，越快越好。对崖下那些接亲人不可掉以轻心，傻公子到底怎么样了尚不清楚，务必密切监视，做好随时应付可能出现的突发情况，快去快回。"

班布泰应了一声，三滑两悠地下了树，拔腿就往新安屯方向跑。看见前方不远处有两男一女和一匹棕色马，三人站在道边，两个男的同那个女的吵得不可开交，面红耳赤，其他送亲的人早已没影了。到了近前才看清一个是四十多岁的汉子，另一个是十八九岁的小伙子，长相好像一个模子刻出来的，一准是父子俩。还有一个女孩儿，十二三岁，一身儿新娘子打扮，粉衣绿裤，头插簪花，脚蹬绣花鞋。模样挺俊俏，大眼睛，柳叶弯眉，薄唇小嘴，鸭蛋脸型。别看她孤立无援，却一点不让份儿，蛮厉害的，一边哭一边争辩着，有股子倔强劲儿。而那一老一少要么双手叉腰，要么比比画画，要么怒目圆瞪高声儿训斥，一副很生气的样子。壮年汉子见走来一位一袭黑衣的陌生男子，立马显现出一丝慌乱的神情，也顾不得吵吵了，一把拽过女孩儿试图强行抱上马。女孩儿拼命挣扎，两腿乱蹬蹬，死活不上马，扯开嗓门儿哭喊道："放开，放开，俺不是你家的人，凭啥去新安屯？俺要回自己家！"

壮年汉子气得脸色铁青，一把将女孩儿推倒在地，随即扬手啪地扇了个耳光，指其鼻尖儿吼道："混账东西，胡说什么？你早就是覃家的人了，公爹的银子不能白花，得给我当儿媳妇，再不听话，小心撕烂你的嘴！"

女孩儿不服："俺还小，不到嫁人的时候，决不给你当儿媳！"

壮年汉子见吓唬不住，没招儿了，便从衣兜儿掏出一根缝皮子用的长针在女孩儿眼前晃悠，摆出一副要扎的架势。女孩儿站起身一面跳来蹦去地躲闪着，一面手指那个小伙子大声儿嚷嚷道："俺没嫁给他，你也不是什么公爹，根本不认识你们。俺要回家，找额娘和奶奶去，若是再逼俺，俺就跳崖，让覃家人财两空！"说着就往山崖处跑，壮年汉子和小伙子全怔住了，一时不知所措。

班布泰听他们吵时就觉得奇怪，不对呀，壮年汉子打了女孩儿一嘴巴，随后拿出长针吓唬她，如果真是其公爹，怎能如此对待儿媳呢？而女孩儿却哭着喊着要回家找额娘、奶奶，口口声声说根本不认识壮年汉子，也未嫁给年轻后生，很显然，女孩儿是被他家买去的，准备逼婚迎娶之，可缘何又成傻公子的新娘了？正琢磨呢，见女孩儿奔向山崖，担心出意外，救人要紧，赶忙前去追赶，跑到距其几步远时停住了，两眼紧盯着侧身站在悬崖边的女孩儿轻声劝慰道："丫头，别动，不要怕，叔叔是来救你的，慢慢走，到叔叔这边来！"

女孩儿的眼眶儿蓄满了泪水，抬头看了看班布泰，没动地儿。就在她刚刚收回目光的一瞬间，班布泰乘机一个箭步蹿过去，牢牢抓住女孩儿的胳膊并拉至自己身边，心疼地为其擦拭夺眶而出的泪水，然后搂其双肩走回道旁，板着脸对壮年汉子说："看来你们父子俩是新安屯的了，这丫头到底是你什么人？如果是儿媳，为啥逼其上马、还欲用长针扎之？如果不是，那她是谁家的，怎么成傻小子的新娘了？本人乃清查田亩行辕大营富俊大人的部下，见到不平之事必管，腰间的这把刀可不是吃素的，识时务就如实讲来！"

父子俩一听，来者可不是善碴儿，乃八旗中的武将，谁敢惹呀，吓得赶忙扑通通跪地磕头求饶："军爷饶命，军爷饶命！"

班布泰手一抬道："起来回话！"

二人站起身来，壮年汉子说道："军爷呀，实不相瞒，这丫头不是新安屯的，眼下也不是我儿媳，是花四十两纹银买来的，打算给我儿子做老婆。哪成想买到手那天刚领进屯子，竟被范家堡子的大庄主范蔼仁派来的打手抢走了，声称她家欠债，必须抓去顶账。后来我才听说这丫头为了躲债，暂住在卖主家，却不知道卖主暗地里早就与范蔼仁勾搭连环。他把丫头卖掉后，既从我这儿得了纹银，又给范家通风报信，结果丫头被他们抢走了。卖主也太损了，这不坑人么，让我鸡飞蛋打不说，还赔上了四十两银子，倒八辈子霉了。今儿个听说范蔼仁的傻儿子娶亲，一天迎娶三房媳妇儿，其中有个十三岁的丫头，我们爷儿俩便跟来了。总算老天有眼哪，迎亲路上出事了，新郎官儿死活不知，新娘子全撂下不管了。我寻思此前已买下了这丫头，钱不能白花呀，当然得跟我们回新安屯了，这才让她上马的。"

班布泰问道："丫头是从哪个屯子、谁的手里买的？"

壮年汉子回道："打前屯董半仙那儿买的，小的不敢撒谎，句句是真，没半句假话。"

班布泰听后，心中一阵窃喜，好嘛，还真对上号了，这不是住在坟圈子里那个迟姓老太太的孙女嘛，遂冲女孩儿问道："丫头，你是不是叫铃铃啊？"

女孩儿抬起一双泪眼回道："是呀，是叫铃铃，叔叔怎么知道的？"

班布泰说："叔叔不仅知道你的名字，还知道铃铃家中四口人，有奶奶、阿玛、额娘。阿玛被范蔼仁抓去开凿山洞抵债了，额娘有病，躺在炕上起不来，对不对？"

铃铃点点头道："叔叔说得没错，奶奶那么大年纪了，天天干这干那的，还得照顾病中的额娘，累得腰都直不起来了，我可想她们了。"

班布泰思摸道："师叔那边的情况尚不清楚，时间紧迫，耽误不得，可总不能带着铃铃走吧？必须尽快将其送回家。"想至此，便换了一种语气对壮年汉子说："大哥，看得出你不是坏人，日子过得尚可。要知道，买卖人口是违反大清律的，铃铃从哪儿来的得回哪儿去，范蔼仁强抢民女之罪必究。这样吧，天不早了，我还有要务需办，抽不开身，铃铃只能托付给你了。今儿个将其领回屯子，不许打骂，好好儿待之。明儿个一早，你们爷儿俩由铃铃引路，把她送还自家。这丫头够可怜的了，小小年纪遭那么多罪，有家不能回，不该呀！你们刚才也听见了，她的额娘身患重病，躺倒在炕。奶奶得知孙女丢了，急得觉睡不着、饭吃不下，想外出寻找吧，儿媳又顾不上。人心都是肉长的，咱于心何忍哪？还是多做好事、善事多积德是正道，阿布卡恩都力可看着我们呢，范蔼仁那傻儿子不是受到惩罚了么？放心吧，等倒出功夫来，我们会处治董半仙的，务必令其还回那些非法所得，不能让你花了钱又得不到人，以后买卖人口的事儿别干。铃铃就交给你了，精心点儿，不许出任何差错，否则决饶不了你，能不能按我说的去做？"

壮年汉子诺诺连声，一一答应。班布泰弯下身，两手捧着女孩儿的小脸儿说："铃铃，叔叔有很多事要办，不能送你回家，先跟他们回屯子。不要怕，谁也不敢欺负你，明个儿一早便可回家见奶奶、额娘了，听话啊！"

铃铃顺从地点点头，覃姓小伙子走了过来，将其抱上马，又从兜里掏出个白面饽饽递给她。班布泰催他们快点儿走，尽早离开这儿，免得出意外。三人走后，班布泰目送他们拐过山脚，返身回到师叔处，准备随时对付范家堡子那帮团练和接亲者。

俗话说得好："人外有人，天外有天。"武林中人还有句口头禅："练功莫自吹，背后有人追。学海无涯切忌傲，一浪更比一浪高。"细细品味，此言不但颇有道理，而且十分精准。庞荣、班布泰在去疙瘩梁的途中，巧遇了范蔼仁那迎亲的傻儿子，结果是以少林功夫不费吹灰之力惩治了对方，救出了被强娶的三个新娘子，总该如愿以偿了吧？然事实并非如此。师徒二人每每想起那天演绎的类似"螳螂捕蝉，黄雀在后"之典故时，总是不住地叹息，怎么回事呢？听我朱伯西细细道来。

那日，范蔼仁的大管家带着迎亲队伍前往小疙瘩梁途经一段山道时，异常紧张，胆战心惊。为啥呢？只因他们皆为本地人，对这条路及周围的情况了如指掌，山路崎岖、狭窄难行是次要的，关键是此处盗匪横行，时常发生杀人越货之事，被称之为很难通过的老虎口。大管家对这一切比谁都清楚，恨不得长双翅膀飞过此段山路，心里默念着："老天爷呀，保佑我们的小主子万事如意、大喜的日子一顺百顺吧，高高兴兴地迎娶美人归，千万别出啥事儿呀，我也能向大庄主交差了。"不想这些还好，越寻思心里越发毛，两腿直打战，只好一次次地催促大家快点儿走，尽早离开那令人毛骨悚然之地。

此刻，庞荣和班布泰正坐在树上俯首下望，又是头一次来疙瘩梁，对这一带的地理情况不甚了解。不过从迎亲者以及大管家那惶恐、慌乱的面部表情上判断，这是个可以动手的地方，机会不能错过。于是二人立起身形，紧了紧隐身黑衣，采用轻功之法，身子向上一蹿，双脚稳稳站在被风吹得不停摇摆的树尖儿上。继而足踏细细的枝条腾跃前行，远看犹如置身于半空中，在彩云上翻滚，没一会儿便分头隐入山道两侧的钻天古榆繁茂的枝叶内。接着再以软功像蟒蛇那样将身子贴在伸向山道当间儿横着生长的粗干上，双脚紧紧勾住突起的树节子，不仅不至于坠落，而且上身和双臂可以自由伸展，以巨蟒盘根的架势单等迎亲队伍从树下经过时擒拿傻公子。师徒俩还不用担心被人看见，因为都穿着隐身黑衣，密林中的光线又暗，行色匆匆的人们谁也不会没事儿抬头往上瞅，故而很难发现他们。

不大工夫，迎亲队伍在大管家声嘶力竭地催促下走了过来，傻公子方才在贴身男仆二柱子怀里眯的那一觉似乎效果不错，不乏不困了，精神头儿也来了，不时地回头看看那三台彩轿，巴不得立马就回家，贴身男仆不敢怠慢，双手仍紧紧搂着小少爷，防止由于粗心大意而失控跌落下去。两侧负责护卫的两个壮汉紧挨着高头大马前行，贴着马屁股走的四个团练双手一直没离开过傻公子的后腰，生怕出什么闪失。轿夫都累得上气不接下气，顺脸淌汗，然双脚却不能停，因为大管家始终在呼号喊叫，如同赶牲口般吆喝大伙儿快点儿再快点儿。

盘在古榆上候着的师徒俩对下面的一切看得清清楚楚，早已跃跃欲试，庞荣寻思道："好哇，这回让你们开开眼，看看贫僧的武艺和能耐，先给来个'黑熊蹲仓'。"想至此，便头朝上、屁股冲下嗖的一声从树上跃下，好像佛爷坐在莲花池子里下落一样。对于具有高超武功的人而言，下坐的力量相当大，超出身体几倍的重量，且发生在瞬间。庞荣忽地压下来，先从大管家的头顶划过，正是他当时感到的有个物件从头上落下，致使所骑的棕色马受惊了，连跑带刨蹶子的，结果把主人甩下了山崖，摔得粉身碎骨。紧紧搂着傻少爷的贴身男仆根本没防备这手儿，被庞荣那圆滚的屁股一砸，主仆俩造了个仰八叉，全倒在马背上了，范福运昏厥了，二柱子背过气了，大白马打了个趔趄，差点儿没倒下。

就在主仆二人迷迷瞪瞪之时，庞荣顺势一挺身，抬起双脚猛蹬马背，将大白马蹬出三四丈远，眼瞅它倒退着滚下了山崖。与此同时，班布泰也到了，见师叔薅着贴身男仆的后衣襟儿提溜起来，而他依然死命抱着小少爷不松手，三人几乎成一体了。庞荣摆出一副"螳螂捕蝉"的架势，双手用力拽着主仆二人，腿一蹬形成了反劲儿。身子随之蹿起，纵到古榆的横枝上，腾出左手抓住粗树杈，右手将主仆二人往山道左侧一悠抛向空中，贴身男仆发出妈呀一声惊叫！你说这力气该有多大吧，两个人二百多斤重，不费吹灰之力就给抛出去了，如同扔掉两个包袱一样轻松。那些抬轿子的、负责护卫的团练们不知出了什么事，抬头往上一瞅，吓了一跳，小少爷和贴身男仆怎么跑到天上去了？只听见二柱子惊叫，未听到范福运吭声儿，真是见鬼了。

愣怔之时，紧接着从林子里传来树枝被砸而折断的咔咔声，山崖上石头滚落的隆隆声，响了一阵儿后，再无半点儿声息了。所有在场的人全吓酥骨了，浑身抖个不停，六神无主，不知缘何发生如此怪诞离奇之事。待大家回过神儿来，发现小少爷和二柱子失踪了，不知去向。一个个急得如同热锅上的蚂蚁团团转，这咋办呀？二柱子死了无所谓，仆人多得是，命也不值钱。傻少爷就一个，真要有个三长两短可闯大祸了，范庄主肯定饶不了咱，甭想过安生日子了。于是有的哭喊着，有的高声呼唤着，试图找到小主子，心里却琢磨道："小少爷一准玩儿完了，谁能经得起这么摔呀，不死也得被山道两侧的树枝子、石碴子刮个稀巴烂，倘若滚到山崖下，不摔成肉饼才怪呢！"这么一想，慌忙跑到山崖下，发现低洼处有个泥水潭，深不见底。哎呀，小少爷和二柱子可能掉入水潭了，总得把他俩的尸首捞上来，大庄主肯定是活要见人、死要见尸呀！团练们有的趴在岸边高一声低一声地唤着小主子，水性好的则跳进泥潭中四处摸索，还有的用脚淌水往前试探着寻找，啼哭声儿、喊叫声儿、呼唤声儿连成一片，听不出个数来，乱成了一锅粥。

迎亲队伍顷刻间成了这个样子，班布泰看在眼里，乐在心里，没想到此事办得极其顺手，给范蔼仁当头一棒，真是大快人心，回去以后，此番惩治傻公子的快慰第一个与我分享的就是小白丫，师哥为她出了一口恶气，不定怎么痛快呢！庞荣也很高兴，当然愿意往好了想了，回到吉林，马上向富俊禀报喜讯，我们师徒替老大人办了件出彩的事儿，狠狠教训了范蔼仁一把，让其尝尝自食恶果是啥滋味。可不知为什么，心里总觉得有点儿不落体，不敢确定傻公子是不是真的蹬腿儿了。眼面前儿要做的就是待弄清此事到底办到什么程度、是否达到了预想的结果后，务必遵富俊大人之命赶紧去疙瘩梁寻找大师兄。若能顺利找到，师徒三人便可一同回返江城，奔赴龙潭山，那里所设的文武赛场正等着咱呢！想到此，立刻叫上班布泰，说是下崖去瞧个究竟，也好知道主仆俩摔成啥样。随即继续施展轻功，缩身收腹接连两个滚翻从高树上跃下，站稳身形，拔腿径直向山崖奔去。

当师徒二人跑到山崖边时，庞荣不知缘何立马收住了脚步，并给班布泰使了个眼色。咋的呢？大家知道，庞荣乃嵩山少林寺的高僧，视觉和听觉非常灵敏，有眼观六路、耳听八方的能耐。方才他刚置身于山崖边，猛然听到山中传出奇异的响动，哎呀，这可不是好兆头！来不及多想，忙向班布泰示意，二人迅速隐入一棵粗大的柞树后，打算一面细心观察，一面听听动静来自何方。刚刚站定，就看见从山崖下蹿上一个身着隐身黑衣、头戴黑面罩的人来，右胳膊夹着不省人事的范福运，左胳膊夹着浑身瘫软的二柱子，凭借高超的纵跃之力稳稳站在了崖边一棵百年古树上。这可是从崖下往崖上蹿，左右两只胳膊还分别夹着个百多斤的成年人，没有足够的力量很难成行。尤其不是一蹿了事，需几纵几跃，从一棵高树到另一棵高树，一步步升腾，方能蹿到崖上，委实不简单。从远处看，此人似乎闪现在半空中，身轻如燕，动作灵活，脚尖儿自如地点击着一棵棵高耸入云的古树，稳当得如履平地。随着身子的弹起，双腿向前移动，犹如踩在云端上行走。明眼人一看便知，所采用的乃轻功和飞腾功，皆为少林功法。所使用的招数多种多样，时而是"金龙探海"，时而是"飞鹤行云"，时而是"百猿摘桃"，时而是"倒挂金钩"，五花八门，变化莫测，令人眼花缭乱。

师徒二人不错眼珠儿地瞅着，心里感到十分奇怪："起先怎么没发现这个人呢？他从哪儿来，啥时候到的？此行必有缘由，绝不是半路偶遇，肯定与傻公子娶亲有直接关系。"班布泰已意识到上当了，后悔得直拍大腿："唉，此前咋没想到呢？原本办得很顺利的事儿，眨眼间却横生枝节，急转直下，显然人家事先早有防备，傻公子和贴身男仆都没死，而是被这位神奇之人救下了……"正寻思呢，只见那人再次从百年古树上飞腾而起，连续越过几棵高树后，如大鹏展翅般缓缓落入山崖东面的一片穿天杨中，没了踪影。师徒俩干着急没办法，离得太远够不上，即使飞到跟前，也不赶趟儿了。

就这样，神奇之人硬是将被庞荣抛下山崖的范福运和二柱子于半空中接住了，并且在他们眼皮底下从崖下一步步地纵跃、升腾直至崖上，继而施展轻功，行走在树尖儿上远遁了。班布泰不死心，非要追上前去把傻公子抢回来不可，庞荣叹了口气道："咳，不行了，晚三秋了，去也是徒劳。这可真应了'螳螂捕蝉，黄雀在后'的典故了，让不速之客摘了桃子，够丧气的了。也怨我，太麻痹大意了，只死死盯着那些接亲者，却忘了天外有天、人外有人了。"

班布泰又往崖下瞅了瞅，见那些接亲的仍趴在泥水潭边打捞着，显然并不知道范福运和二柱子已被高人救走，还以为主仆二人肯定泡在水里了。他沉思片刻，回过头说道："师叔，来日方长，以后还有机会。如此看来，范蔼仁不只是个财大气粗的庄主，而且挺有计谋，善于耍手腕儿，小觑不得，与其较量真得多长几个心眼儿。这次他给傻儿子娶媳妇儿，怕迎亲途中出意外，采取了用两拨儿人走两盘棋且同时并行的方案，可谓费尽了心机。一拨儿由心腹大管家率家丁、团练护送小少爷迎娶，吹吹打打地抬着彩轿接新娘，这是明的。另一拨儿则专门请了世外高人，于迎亲的必经之路上秘密跟踪，保护小少爷的安全，万无一失，这是暗的。世外高人的行动由范蔼仁指挥，其他人不知道，连迎亲的轿夫、家丁、团练也都蒙在鼓里。事实的确如此，在范福运连同二柱子坠入泥水潭的千钧一发之时，其父所雇用的高人突然从暗处来到明处，及时伸出援手，将傻公子从绝地中救走，化险为夷，平安无事，而那些接亲的对此全然不知。不得不承认，范蔼仁为儿子的大婚绞尽了脑汁，想得非常周到，事无巨细，是个地地道道的老滑头啊！"

庞荣听罢，点了点头，没吱声儿，心里思谋开了："我和班布泰从凤楼出来的一路上，处处谨慎小心，颇为顺利。可偏偏冤家路窄，途中碰上了范蔼仁的傻儿子娶亲，也好啊，咱先搂草打兔子，出口恶气再说。哪知老滑头早就算计到了并做了防备，结果傻儿子毫发无损，贫僧却栽了个大跟头。自认为下山好几年了，接触了五行八作的各色人等，积累了丰富的经验，长点儿本事了，看来还是油缩子发白短炼哪！范蔼仁请武林中人在关键时刻快速出手救儿，这招儿太高明了，出乎意料。那人武技超群，身手不凡，定是武林中的佼佼者，能是谁呢？或许是帮着秦名远把白面娘子从行辕抢到范家堡子的同道？如果真像所猜测的那样，两个同道即我在少林寺的二师兄冲霄五毒侠、三师兄云水轻身侠，这可真是踏破铁鞋无觅处，得来全不费功夫，自家人碰上自家人了，此乃奇遇，令人高兴。因为无论怎么说，师兄弟的感情深厚，也一直在多方寻找，大师兄的大致情况已经知道了，二师兄和三师兄眼下在哪儿尚不确定，要是能见到实在太好了。倘若是二位师兄，他们对自己的师弟还是不错的，方才不仅未冲我和班布泰下手，还处处让几分。为啥这么说呢？此次来疙瘩梁，目的是寻找大师兄，未承想半道儿杀出了程咬金。原打算救出三位被逼出嫁的女子就行了，未做与迎亲者交手的准备，故而才运用轻功纵到古榆上隐藏起来。范蔼仁之所以高明，就在于背地里派雇用的武林高手一路跟踪至此，见机行事。如果来的不是二位师兄，我和班布泰的行踪皆在其视野之内，看得一清二楚，必然冲我俩下手，起码得发暗器，非吃亏不可，没防备呀！但他们没这么做，只是在暗处观察，说明已经知道我俩是谁了。因为当时我和班布泰所施展的轻功、软功全是少林派的常用功法，他们了如指掌，就算不能确认我是谁，却可以肯定乃少林寺弟子，也是自己的兄弟。不管结果怎样，总算是件好事，碰到了没照面儿的师兄。那么，师兄缘何避而不见呢？估计有三个原因。一是考虑到当下正在为范家堡子的大庄主做事，我尽管未露自己目前的身份，班布泰可是富俊的属下，二人同时出现在范蔼仁之子娶亲的半道儿上，显然不是为同一主子效劳，见了面会很尴尬，莫不如不见。二是暂时不想与我交手，更不想较量高低，只能不见。在我把傻公子和贴身男仆提溜起来的节骨眼儿上，两位师兄完全可以立即施救，却没有出手。而是专等主仆二人被抛出下坠的瞬间将其接住，让我们一饱了'空中接人''云中带人'之天下奇功的眼福，以此告知：'庞荣师弟呀，师兄不是白给的，但不想与你拼个输赢，那会犯咱少林寺的规矩，还是各为其主吧！'三是为了给我留点儿面子，师兄不与师弟交手且甘拜下风总不是个滋味，不见也罢。然师兄不可能一而再、再而三地让着师弟，下一步不定拿出什么奇招儿对付我呢，不可不防。看来得抓紧时间赶到疙瘩梁寻找大师兄，将此事告诉他，应该怎么做，作为师弟只能听大师兄的，由他定夺。"想到这儿，抬起头来四下看了看，小声儿嘱咐班布泰："今儿个遇上真正的对手了，武功决不在贫僧之下，甚至远远超过我。必须百倍小心，提高警惕，不可麻痹大意，做好应付一切不利因素的准备。要知道，能在坠下山崖的瞬间，把人干净利落地救走，武功非同寻常，而且不是一个人，起码得两个或者两个以上。一明一暗，一隐一现，相互照应，配合默契，方能迅速脱身。一个高人都这么厉害，何况两个呢？该服也得服。咱有要务在身，不能继续耽搁了，得赶紧离开这儿，以防不测。既然没有如愿惩治范蔼仁，也只能让其再逍遥些日子了，咱们接受教训，多注意就是了，待有机会再收拾他，走吧！"说罢身子向上一纵，嗖地跃上旁边的一棵高树。

班布泰回身刚要纵上另一棵高树，忽听从对面的密林中传出脚踏树叶发出的欻欻声儿，随之一个身穿黑衣、头戴面罩儿、两手各操一柄闪着寒光的短剑之人几大步蹿了过来，不容分说，举剑便向班布泰刺去。由于庞荣刚刚曾提醒要多加小心，所以班布泰有了防备，身子随即往左一侧，躲过了剑锋。那人紧接着再次举剑猛刺，班布泰退后一小步，剑又走空了。那人把双剑往上一扬，大喝一声，冲班布泰脑门儿劈来，班布泰稍一蹲身，成功闪开。就在这紧要关头，早已纵到树顶的庞荣听到了异常之声，怕班布泰吃亏，来不及细看，一缩身连翻两个跟头折向地面，顺手抽出牛耳尖刀冲向来者，双方是在紧挨道旁的悬崖边交手的，处境十分危险，一不小心双脚踏空，必将滚下悬崖，下面是一条十几里长的湍流，不摔死也得淹死。庞荣一上手便给班布泰使了个眼色，意思是咱得遵守武林规矩，不能俩打一，你退下，我对付他。班布泰会意，跳出圈外站在一边观战，只几个回合，便看出对方的武功了得，心里暗暗替师叔捏了一把汗。

这时，从密林中又蹿出一黑衣人，头上同样戴着面罩儿，到了跟前举刀便砍。班布泰一瞅，正像师叔所估计的那样，他们是两个人，随即手拿匕首重新跳入圈内。双方你来我往，你进我退，你躲我追，刀剑翻飞，寒光闪烁，身影交错，各显神通，谁也不出声儿，都不想暴露自己的身份，打得不可开交，纯粹是场哑巴仗。班布泰使出了浑身解数，边进招儿边生气："师叔为了惩治恶霸范蔼仁，给他点儿颜色看看，拿其傻儿子出气。你俩可倒好，不辨真伪，认贼作父，为虎作伥，半道儿杀将出来，弄得我们鸡飞蛋打，这不是替歹人卖命嘛！"庞荣更是气不打一处来，觉得方才那个跟头栽得太丢人了，到手的鸭子飞了，不管来者是谁，贫僧得挽回在武林中的面子。何况自己是长眉长老的亲传弟子，练就了一手儿鹰爪功，无人匹敌，武功在少林寺所有的师兄弟中也是排在前几位的，从未吃过这等亏呀！班布泰的师父乃一指金刚大法师，功夫虽然不能超过师父，但并不逊色，此刻与师叔配合得极为默契。在同两个黑衣人的交手过程中，庞荣感到来茬儿不一般，同自己和班布泰一样，把所掌握的功夫全施展出来了，没有丝毫的宽宏之意，招招儿下死手，拉出定要擒拿师徒俩的架势。为什么打了半天分不出高低呢？就在于四人练的皆为少林功夫，双方的套路一目了然，我方的招法你方能破，你方的变数我方能识。尽管均戴面罩儿，看不到长得啥样儿，从气息上却可辨别我们是自己人打自己人。没办法，现在是各为其主，暂时只能是对手，也就考虑不了那么多了，还得真卖力气，只能赢，不能输。

那么，来的两个蒙面人咋想的呢？觉得我们在范庄主家待这么长时间了，每日除了教授团练武功没别的事儿，不用操心衣食住行，总不能白端人家饭碗吧？需为其干点儿啥。这回正赶上范蔼仁的傻儿子大婚，咱不能袖手旁观哪，保护小少爷迎亲路上的安全是我们应尽的义务，他一天娶几房媳妇与别人何干？你们却横刀阻拦，当然会出手相救了。还得让你俩知趣儿，手下留情只能有一次，此前已经放过一马了，不能一而再、再而三，那不是武林中人的规矩，务必得给点儿厉害尝尝，知道狠茬子啥滋味，招架不了就赶紧离开这儿。

班布泰怎么寻思的呢？由于你俩的出现，致使我和师叔的一场好戏演砸了，范蔼仁背地里还不得偷着乐呀，那可别怪我对不起了，甭管哪路来者，唯拿帮凶是问，休想走！

庞荣则认为两位师兄昏了头，一屁股坐在范蔼仁那边，与为朝廷办差的富俊大人对着干，好糊涂啊！我不能眼瞅着他们越陷越深，得想辙将其带回少林寺，交给长眉长老。不管咋的，师兄弟一回，总要讲个情分吧？正是出于这样一种想法，故而一开始交手时，虽然知道两位师兄的武功高强，胜过自己一筹，但仍蛮有信心，只要谨慎出招儿，多方注意，不至于有什么闪失。重要的是不能被两个师兄抓住，那将大长范蔼仁的气焰，而给富俊大人丢了脸，后果不堪设想。他初始的表现是当仁不让，越战越勇，招招式式皆到位，双方不分上下。打了几个回合后，不由得担心起班布泰来，那是个难得的好苗子，年轻气盛有个性，天不怕地不怕，从不服输，上来倔劲儿老虎嘴里敢拔牙。由于不怕吃苦，虚心求教，功底颇为厚实，然与两位师兄相比尚显稚嫩。在武林中，谁有几分功、习练了多少年、达到什么程度了，只要走几步、打上几个回合、亮两招儿便心中有数了。两位师兄不仅对他的功夫高低看得一清二楚，也能猜出眼前的后生就是富俊的孙儿、清查田亩行辕大营的佐领班布泰，自然不能放过。如果二人一块儿冲其使劲儿，他很难应付，处境将十分危险。富俊大人信着我了，才让带着来疙瘩梁的，保护其安全是贫僧的责任。倘若班布泰出了什么闪失，回到江城后，一是无颜面对富俊大人，二是没法向大师兄交代，三是伤了白面娘子的心。如此一琢磨，随即改变了主意，行啊，常言道：胜败乃兵家常事，何况对方是自己同一师父的师兄，失了手也不用非得立刻找回面子。为求万无一失，避开正面交锋乃缓兵之计，以退为上，还是快点儿撤出吧！于是一个箭步蹿到班布泰的前面，一面挥舞牛耳尖刀抵挡着，一面回头冲师侄使了个眼色，意思是到此为止，赶紧收手，跟师叔离开这儿。可班布泰上来犟劲儿了，寻思道："凭啥撤走哇？长这么大从未受过此等窝囊气，不行，决不能让对方把我看成手下败将，那也太丢人了！"想到这儿，举刀迎上前，喊里咔嚓一通儿东刺西砍，毫无惧色。

两个黑衣人并不急于擒拿班布泰，而是打两下就跑，故意逗引其追赶，以便死死缠住。班布泰不知是计，手持匕首在后面猛追，从悬崖的东头儿撵到西头儿，又从西头儿转回东头儿，只要交上手就打得难解难分。庞荣几次试图插入，对方横扒拉竖挡，紧盯严防，使其无法助战。他见班布泰不听自己的，根本没有退出的意思，有些着急了，接连打了几声长短不一的口哨儿。此乃事先商定的暗号儿，告知其不要继续纠缠了，那很危险，快点儿离开悬崖边，小心上当！班布泰此刻是既在火头儿上，又在气头儿上，浑身燥热，哪里听得进？手中的短刀不停地上下翻飞，死打硬克，步步紧逼。对方见目的已经达到了，遂放缓了攻守的脚步，趁班布泰正站位于悬崖边时，其中一黑衣人顺手从内怀掏出一张卷着的白丝网向其头顶上方抛去，那网在空中瞬间抖开，白丝线在太阳的照射下闪着亮晶晶的银光，晃得睁不开眼睛。

庞荣一看，脸色突变，惊叫道："不好！"他认识这东西，乃"九转毒丝混天网"，是两方对阵时常用的百宝中之一宝，倘若不小心被罩住，没个跑出去。它是用世间最毒的汁液浸泡过的白丝线编织而成，因丝线散发着毒气，所以织网时须十分小心，每天只能编织一两根线，需五年的时间方可完成。此种毒网结实而柔软，韧性极强，轻易砍不断，刀枪剑戟拿它也没辙。别说人兽百禽被其罩住脱不了身，即使碰上，全身也会中毒，继而溃烂化脓，服啥药皆不起作用，不出十天就一命呜呼了。庞荣后悔得又捶胸又顿足，为什么不力劝班布泰停下追赶的脚步呢，施救已经来不及了，只能眼睁睁地看着九转毒丝混天网从头顶向下飘落，白亮的银光刺得双目隐隐作痛，泪水顺着脸颊往下淌。他不忍再看，两腿一软瘫坐在地，随之发出一阵绝望的号啕……

而此时的班布泰还懵懂着呢，不知怎么回事，只觉双眼生疼，本能地抬起右手刚要擦去滚滚而下的泪珠儿，身子失重脚一偏，直直地坠下了悬崖。就在这千钧一发之际，只见崖下湍急的河流中有块巨大的卧牛石，上面端坐着一位赤胸、祖背、金睛、虬须的僧人，忽然两手上举，不偏不倚，刚好接住了从悬崖摔下的班布泰，双眼已被毒网的银光晃得啥也看不见了，很快便没了知觉，人事不省。僧人将其抱在怀里，仰头上望，右手食指往天空一划，真是奇了，食指立马喷出七彩祥光，直冲云霄，将那九转毒丝混天网削了光，随之高声儿怒斥道："混账老二、老三，贫僧跟踪你们多时了，竟然不顾兄弟情分自残骨肉，肌肤溃烂应觉疼啊，不通人性，何谈普度众生？"这一嗓子惊天动地，回声震荡，山鸣谷应，树枝摇晃，叶落如雨。

两个黑衣人好生奇怪："这是何许人也？胆敢如此造次，光天化日之下，竟口出狂言指责我们！"于是趴在悬崖边往下瞅。这一看不要紧，当即倒吸了一口凉气，糟糕，原来是情同手足的大师兄一指金刚侠，这会儿已气得怒目圆瞪，七窍生烟，正朝上瞧呢！二人慌忙起身收回撒出的毒网，一句话未敢回，快速向北跑去。

崖下的一指禅师大声儿喝道："回来，给我回来！你们已临深渊，病入膏肓，却仍不猛醒自拔，难道非要毁弃前程，由贫僧代师除孽不成？"

喊也是白喊，无济于事，两个黑衣人没有回转，早已逃得无影无踪了。庞荣惊诧地看着这一切，忽地站起身来，脚踩突起的山石一蹦一跳地下至崖底，走到已经上岸坐在木桩子上的一指禅师跟前，揣手下拜道："大师兄，久违了，让师弟找得好苦啊，总算相聚了，老四给您施礼了！"

一指禅师转怒为喜，笑道："老四呀，师兄或许不十分清楚你和老五啥时候下的山，可占了我的凤楼还是知道的哟！好哇，快坐下，见到你真高兴啊，相信你们必会来此，师兄弟之间好几年没见面了，甚念哪！"

庞荣走到一指禅师身边坐下，看了看昏迷的班布泰，心疼得眼眶又湿润了，轻声儿请求道："大师兄，快救救您的徒儿班布泰吧，关键是眼睛千万不能瞎呀，啥时候能醒转哪？"

一指禅师胸有成竹地说："老四，别着急，不碍事，没看他卧在贫僧的怀膝之间么，这是用功力、气场施救呢！我了解这小子，禀性纯厚，脾气大，咬死理儿。之所以如此，一是气的，二是累的，一会儿还阳了就该闹人了，哈哈哈……"边笑边伸出食指在班布泰的额头上点了一下。

少顷，果然如一指禅师所言，只见班布泰皱了皱眉，又咧了咧嘴，接着四肢也开始动了，渐渐苏醒过来。睁眼一看，自己身在悬崖下，躺在恩师的怀膝之间，师叔坐在旁边。以为是在做梦，咬咬嘴唇感到疼，知道还活着，这一切都是真的，高兴得赶忙坐直身子揣手请安道："师父，一向可好？您到哪儿去了，爷爷天天叨咕，可挂念了，徒弟也想您，盼着能快点儿见到。这次是奉爷爷之命和师叔一起专门来寻找师父的，真是太巧了，正好在此地碰上了，这下不用四处打听了，得来全不费功夫啊！"

　　未等一指禅师开口，庞荣便把方才处在怎样一个危险境地，以及大师兄施救的经过讲了一遍，班布泰激动万分，重新跪拜在地给师父磕了三个响头，感谢救命之恩，然后又道："师父，我和师叔本想惩治一下范家堡子的大恶霸，可突然跳出两个身穿黑衣的狠毒之徒从中插了一杠子，误了我们的事，把范蔼仁的傻儿子救走了。与其交手时，感到对方所施展的招数同师父、师叔的一样，皆为少林功夫，想必亦是少林派弟子了。看来武林中也有歹人，徒儿不仅没能抓住他们，还差点误了性命，说明功夫练得不到家，以后正经得跟师父、师叔好好儿学呢！"

　　一指禅师点点头道："说得没错，学无止境，要想长本事，就得下苦功夫学，锲而不舍，坚持不懈，就会如愿以偿。"

　　庞荣为了让大师兄知道详情，接着便从头至尾地讲述了来疙瘩梁一路上的所见所闻，为何救下三个新娘子，怎么吃了二师兄、三师兄的亏，方使范蔼仁的傻儿子逃脱了等，并表示对两位师兄的做法不理解，未免有些过分，让人可气又可恼，应以教规惩戒之。班布泰越听越糊涂，一时是丈二和尚摸不着头脑，咦？怎么又冒出两位师叔呢？一指禅师缓缓说道："老四，肚量要大些，毕竟是师兄弟嘛，不能那么做。说实在的，你和老五陪着尤成额夫妇自京赴吉几年来的境遇，以及如何应对的，我基本掌握，不用操太多的心。而对老二、老三的确觉得不那么托底，估计是受了范蔼仁的蛊惑、蒙蔽，在不明真相的情况下，做了不该做的事。班布泰呀，还没看出来么？那两个黑衣人不是外人，而是我的师弟、你的师叔，一位是二师叔冲霄五毒侠，现在的法号为夺魂僧者；一位是三师叔云水轻身侠，现在的法号为静空大师。二人皆为长眉长老的得意弟子，又是武林高手儿，功夫了得。长眉长老一直惦记着下山的五个弟子，我盘算他已经到辽东了，虽然尚不知落脚在何处，亦未同弟子们见面，但一定在窥探我们的行踪。若是知道老二、老三不辨真伪的盲动，甚或助纣为虐，肯定会很伤心，不过绝不会护短。无论怎么讲，因为我们是同一师父的师兄弟，所以才负有相互帮助、使其走出迷津之责。对他俩的做法不能视而不见、听之任之，或弃之不管、恩断义绝，而应报以桃李之情，耐着性子劝诱，用真心诚意感化之。遗憾的是我作为大师兄没有做好，未担负起照护师弟的责任，有违师训，愧对恩师的谆谆告诫呀！"说着打了个唉声，既无比伤感，又对二师弟和三师弟的所作所为而叹息。

庞荣劝道：“大师兄，别难过，事在人为，我相信真相大白后，两位师兄会迷途知返的。师弟有一事不解，三位师兄是遵长眉长老之命一块儿下山的，半道儿怎么分开了？后来您是咋知道二师兄和三师兄行踪的？为啥能这么巧，咱们师兄弟竟在范蔼仁的傻儿子迎亲路上相遇了，难道大师兄已猜测到二师兄和三师兄会到此地来？请师兄赐告。”

庞荣和弟弟庞庆是在河南登封嵩山少林寺长大的，从小就愿与大师兄打连连，对其非常崇拜。认为他心胸开阔，为人忠厚、诚恳，武功高超，观察、鉴别事物的能力强，还有能掐会算的本事，其他师兄弟比不了。平日里，对待比自己年龄小的徒子徒孙一向很好，和蔼可亲，关怀备至。然有宽有严，该宽松时宽松，该批评时批评，该严厉时严厉，分寸掌握得恰到好处。大伙儿没有不听他的，也没有不服气的，因而得到了长眉长老的信任以及寺内上下人等的敬重。倏忽间，三十年过去了，庞氏兄弟依然像孩提时一样愿意亲近大师兄，什么事儿也不瞒着，有啥说啥，经常向其请教。这不，庞荣又直截了当地把满腹疑团端了出来，请师兄给以解答。

一指禅师回道：“说来话长。当年，我同老二、老三一起下的山，准备先去辽东一带。行至半道儿，即快入关时，忽然想到此地离故乡不远，便提出回老家看看，不知二老双亲和妹妹是否还住那儿。他俩痛快地答应了，让我快去快回，勿要耽搁得太久，并约好师兄弟于京师会合。我在故地只停留了一天，没有见到家人，屯邻们说不知他们逃难到了哪里，一直未回去。我只好起程赴京，到了京师后，四处寻找，却不见老二、老三的踪影，向谁打听皆言不知道，于是一个人前往辽东。沿途大小庙宇都留下了我的足迹，还曾在富俊大人那儿住过一段时间，收班布泰为徒，边教授武功边打听他俩的下落。尽管在富俊大人处待得好好儿的，啥心不用操，可下山时恩师交代过，我肩负着保护两个师弟安全之责，行事务必慎之又慎，不可粗心大意。我却一直没有找到他们，天天急得火上房，难以安下心来，决定离开富俊大人的家，在辽东一带云游。其后不管走到哪儿，总是关注着清查田亩行辕大营，没几天便发现了端倪。原来行辕乃涉及各方人等切身利益之地，所有的视线都聚焦于此，范家堡子的大庄主范蔼仁尤显突出，其手下有一帮专干坏事的恶棍，行辕内发生的一些事皆与他们有关。后来费了很大的周折，终于在双城堡打探到老二、老三就住在范家堡子，成为团练的总教头，训导那群乌合之众。

无形中，他们帮了范蔼仁，与富俊大人对着干，跟朝廷唱反调。我曾四探范家堡子，得知两个总教头还与行辕中的游击秦名远相勾结，参与强抢白面娘子的无耻行径。我气坏了，暗地里思谋老二、老三咋如此糊涂哇，好坏都不分了，这不是往邪路上走么？肯定是范蔼仁在捣鬼，以花言巧语欺骗之，他们才上当的。从此，我不仅为两个师弟担心，更痛恨范蔼仁及其所雇佣的打手。为查个水落石出，对富俊大人能有所帮助，便开始跟踪他们，从范家堡子追到青龙岭，从青龙岭追到盘肠沟，又从盘肠沟追至江城，感到这里妖风恶氛甚重，市井之徒称霸，搅得人心惶惶。直至有一天跟踪到了凤楼，发现一伙儿行踪诡秘之人于楼的顶棚夜聚昼出，经查，此乃范蔼仁手下那帮打手的接头之地。后来他们察觉出有人暗中盯梢，便离开凤楼转移别处，我就在棚顶暂住并外出寻找打手的踪迹。当白面娘子把你们带到了凤楼，知道了你和庞庆始终保护着桂良总督的外甥女和外甥女婿，在做好事儿，才长出了一口气。我无时无刻不在注意你们，班布泰曾两次密访花仙楼，而且如愿见到了白面娘子。你于一日傍晚前去夜探花仙楼，为的是了解已被秦名远囚禁的白面娘子的下落，我当时并不十分清楚缘何如此。后经多方暗查，方知你们是在扶持正义，驱除邪祟，也就不再留意了，暂先放一放。因那会儿刚好获悉老二和老三已到疙瘩梁，我必须随后赶去，根本顾不上跟你们见面，只能在桦皮上留字，告知去疙瘩梁找我。范蔼仁的新匪窟设在大疙瘩梁，那里山势险要，地段偏僻，丛林密布。山洞中建有兵工坊，锻造各种各样的兵器，制造硫黄、火炮等，还于两山之间开出一片培训团练的校场。故此，我才采取了背地里跟踪的做法，继续追查他们的一举一动，整日在这一带转来转去的，得到的消息较前多了，包括范蔼仁的傻儿子一天迎娶三房媳妇之事，新安屯家喻户晓，我怎能不知道？被吸引到这儿来自然不奇怪了。还知道你们定会到疙瘩梁找我，确实巧得很，师兄弟、师徒竟在悬崖下碰面了，想必是阿布卡恩都力的护佑吧，使贫僧的徒儿毫发无损。咳，我就不明白了，老二、老三这是咋了，被人灌迷魂汤了？特别是老二，手黑着呢，自己的师弟都不放过，着实让人心寒。不是批评你俩，也太麻痹了，经的世面还少哇？倘若今儿个我不在，班布泰肯定没命了，连你这位师叔也让自己的师兄算计了，多悬哪！贫僧自打皈依佛门，便谨遵长眉长老之严训，凡事三思而行，一日之为不敢疏忽也。此番明察暗访收获不小，深切体会到恩师用心良苦，看到了世风日下，世态炎凉，百姓举步维艰，此乃在寺中是无法感受到的。也曾抱憾早该下山，仔细思之，亡羊补牢未为晚也。老四呀、徒儿，你们务要切记，人在世上要行得正，走得直，扶危济困，乐善好施，与人方便，不可碌碌无为，不做混世魔王，不干鸡鸣狗盗之事。唯如此，方能活得干净清爽，一尘不染，堂堂正正，心里踏实。"

班布泰、庞荣听罢，显露出惊喜的神情，异口同声道："哎呀，原来我们的行踪都在您的眼皮底下，那为啥不早点儿露面、却留字让到这儿找呢？"

未承想此话一出，竟惹得一禅师坡起了双眉，两手猛拍双膝，不住地摇头叹息，欲言又止，似乎难以启齿。班布泰和庞荣不知缘何如此，面面相觑，不好再问。过了一会儿，一指禅师才开口道："之所以不早点儿露面，就是为了跟踪那两个不争气的浑小子，若是放弃不管，任其下去，不定干出什么事呢，怎能对得起恩师长眉长老啊？我心里真是又气又恼哇，恨不得范蔼仁那个害人精被天打五雷轰，为大清除掉祸患。我这个人哪，叫真章儿，疾恶如仇。不下山便罢，只要下山就闲不着，见不得世上的不平之事，看到了偏要过问偏要管，非弄个水落石出不可。离开少林寺那天，长眉长老一再嘱咐我：'老二、老三还年轻，你作为大师兄一定要严加看管，不能放任自流。遇到难解之事时，需动脑筋仔细琢磨，权衡利弊，想好了再决定怎么做。万不可像莽汉似的脑子不转弯儿，听风就是雨，人云亦云，没有主见，任人摆布。相比而言，老三性气平和，为人稳重，不张扬，遇事尚能把持住。老二头脑简单，性情急躁，好冲动，不太服人管。往往遇到什么事儿，只要自己认准了，九头牛都拉不回来，这让老衲很不放心。今儿个就把他俩交给你了，要像手足兄弟一样对待，该帮则帮，该惩则惩，在社会上闯荡些日子后，平平安安带回来。'恩师的一席话，让我感到重任在肩，丝毫不敢懈怠，与两个师弟下山后，一路颇为顺利。自打我半道儿非要回乡一趟，老二、老三便从视线内消失了，也无法控制其行为了。后来在寻找你们的过程中，查访到他俩早就不是原来的冲霄五毒侠、云水轻身侠了，不但重新起了法号，招摇过市，认敌为友，伤害无辜，而且被妖媚迷醉，六神无主，陷进了温柔乡。尤其老二已成了范蔼仁大夫人钱氏的俘虏，堕落为无耻之徒，空有一身少林武功啊！我后悔莫及，一连数日吃不好、睡不安，四处追寻两个师弟，一心想尽快擒拿之，以期能抛开邪念，幡然悔悟，重行正道。我暗中跟着他俩来到了小疙瘩梁，暂在崖上自搭的茅屋里栖身，挺方便的，出来进去不易被发现……"说到这儿，突然停住了，没了下文。

班布泰问道："师父，范蔼仁太坏了，用的招儿也够损的，为了收买世外高人，不惜下血本，那两位师叔是怎么陷入……"

一指禅师打断道："徒儿呀，贫僧此前已在卧牛石上盘坐五个时辰了，水米没打牙，肠子肚子早就造反了。这样吧，先到崖上我的仙舍小歇，用顿仙家膳，边吃边聊。明儿个咱去大疙瘩梁走一趟，让你俩开开眼，长长见识，然后再一起返回江城。"

班布泰点头应了一声，刚欲搀师父，一指禅师摆摆手道："不用扶，快走吧，你俩能跟上我就行了。把双眼睁大哟，看准喽，贫僧走的是龙吟虎啸步，学着点儿！"说罢站起身形，双肩微抬、提气，嘿地大吼一声，震得河池生波，四周刮来一阵旋风，卷起蒿草，尘沙飞扬。继而双腿下蹲，左脚啪地一跺，水中的卧牛石随之抖动，风涛又起，双足离地，飞一般纵上山崖。紧接着又是一蹲一跺，身子跃上九丈开外高高的山崖，稳稳站在一片伸向峭壁的厚石板上。再连续三蹲三纵，步步登高，轻松跃至崖顶，气不长出心不跳。庞荣和班布泰手遮额头向上望去，山巅高耸入云，一指禅师似乎变成了一个小人儿，头冲下看着他俩放声高喊道："哎，为啥不跟上，难道等着我把你们背过来不成？"

此刻，庞荣光顾欣赏大师兄那灵巧神奇的纵跃之能了，边瞧边啧啧称赞，发自内心地折服。班布泰也被师父的超凡之功惊呆了，这可是头一次看到，真乃大饱眼福啊！待二人回过神儿来，才发现自己仍站在原地。于是各显神通，庞荣以鹰爪功的飞腾之术跃至崖上，班布泰则凭借强壮的体魄迅速攀顶。师徒三人走到山道前方五百米开外之地，右侧是一片古槐老林，一指禅师一挥手道："跟我来！"说着双腿一弹，飞身跃上一棵高高的槐树。庞荣和班布泰随后跟进，方发现古槐之上搭有简易的茅舍，仔细一瞅，原来是在三棵古槐之间搪了十几根粗木，上面铺着一层厚厚的芦苇，堆在一边的几张狍子皮算是被褥了。头顶上方横向架着五根柞木，也苫着苇草，可倒省事了，就地取材。四周虽无墙壁遮挡，好在坐落于密林之中，风吹不着，日晒不着，雨淋不着，且居高临下，安全隐蔽，远看就像个大喜鹊窝，崖下的行人不可能注意它，谁能想到那里竟住着人呢！一指禅师让二人找地儿坐下，说道："为了监视那两个臭小子，本贫僧在此已住月余了，怎么样，仙舍不错吧？正可谓天下任我游，宇内青山任我走，草铺高树任我住，填饱肚皮不知愁哇！"

班布泰仔细一看，小茅屋所备吃食挺全乎儿，便知是化缘来的。竹筐里装着白面馒头、玉米饼子、一盘儿咸黄瓜、一碟花生米、两捧豆腐干儿，旁边还有一碗大酱、一捆小白菜、半盆小米粥，典型的农家饭菜。三人围坐在悬于半空的茅屋之中，边吃边唠，一指金刚侠谈起了这段时间不寻常的游历、冲霄五毒侠和云水轻身侠的艳遇以及范家堡子的事儿，庞荣、班布泰时而听得津津有味，时而又气冲头顶，目瞪口呆，聊了大半宿都未合眼。

前书曾介绍过夺魂僧者和静空大师的现状，他们已成为范蔼仁的座上宾、重要谋士，又是范家堡子的特聘武师、团练总教头。二人武功高强，各有神技，范氏家族上下人等皆对其另眼相看，终朝每日小心翼翼地伺候。三年前，范蔼仁派他俩夜入行辕，在秦名远的配合下，把白面娘子抢到了范家堡子。大太太钱氏当然了解丈夫的人品，知其贪恋女色，遂暗中操作，没让他占上如花似玉的白面娘子的便宜，而是将其赏给了秦名远。范蔼仁闻听后悔莫及，既迁怒大夫人心地歹毒，又嫉妒秦名远得了美娇娘，自己则竹篮子打水一场空，气得直骂娘。其后管账师爷钱如民一死，更使他担惊受怕，寝食难安，因为范氏家族的土地大账此前一直在小舅子手里，除了本人，谁也不知藏于何处。这下范蔼仁的火可上大发了，不单单怕清查田亩的富俊他们发现账本，那将成为强霸土地的铁定赃证，而且自己也无法弄清范氏家族几代人究竟积累下多厚的家底子。特别是还涉及朝中一些官员的切身利益，弄不好就得人财两空，你说他哪能不着急呢，满嘴起燎泡。现在可倒好，什么心情都没了，天天额头缠着白手巾，躺在炕上哼哼唧唧的，丫鬟在身边侍奉着，人参水、鹿茸酒、灵芝汤调样儿喝，熊掌、燕窝、鱼翅顿顿补，可仍然提不起精神，好像得了什么重病似的。登门疗治的郎中不下百余，大车小辆络绎不绝，开出的药方一大摞，每日服两回，然"病情"却不见轻。

家主这么一闹腾，上下人等可吓坏了，大气不敢出，谁也不敢靠前，能溜边儿的且溜边儿。八房妻妾中，除了大太太钱氏里里外外张罗着，另七房同样如临大敌，不知所措，一点儿辙没有。平日里，范蔼仁颇为娇惯的是年龄最小、排房老幺的八姨太，刚刚二十出头儿，容貌俊秀，尚未生下一儿半女。除了眼睛只往金银财宝上盯，别的啥也不会，更甭说治家了。可人家年轻啊，那就是本钱，再时不时地撒撒娇，把范蔼仁哄得滴溜溜转，私下里不是送给金簪哪、翡翠呀，就是偷偷塞银子，体己钱越积越多。而头房钱氏呢，现如今四十多岁了，尽管保养得好，毕竟年龄在那儿呢，不过并不影响非同八姨太比个高低。暗中较量的结果是以其具有的优势占了上风，在范蔼仁跟前仍受宠不说，还把丈夫管住了，处处都听大夫人的，甚至有点儿惧内，可见这个女人委实不简单。钱氏不仅长相标致，能说会道，工于心计，治家有方，而且很少娇气，特别喜欢骑马，有制伏生荒子马的本事。驯马时，曾从马背上重重摔下，然根本没在乎，站起来拍拍身上的土重新跨上去。她驯马很有一套，若是不听调教，挥起鞭子猛抽，啪啪啪连抢十几下，马背上随之现出一条条血印子，疼得浑身直哆嗦，再不敢暴跳尥蹶子了，服服帖帖听其摆布。多么凶悍的烈马一见到她，立刻变得老老实实，一切听指挥，让慢走绝不快跑，只因领教过主人的厉害。想必牲口也势利眼，看人下菜碟，惧怕不要命的女人。

钱氏还有个嗜好，即骑马外出时，喜欢女扮男装，穿戴成阔公子样儿，让人难以辨出是个女流之辈。有一次，夺魂僧者和静空大师见堡子里没什么事儿，便前往五十多里外的一座寺庙烧香拜佛。二人撩开大脚板儿正往前走呢，忽然身后驰来一匹红鬃马，马背上坐着一位英俊的后生，到了跟前双手抱拳道："大师暂留步，老爷和大太太请二位回去，有要事相商。"

夺魂僧者前后瞅了瞅，遂说道："你瞧，已经走出十几里了，有什么事儿不差这一天，明儿个商量也不迟。"

后生又道："小的奉庄主爷之命而来，师父真要执意不肯回去，让我如何交差呀？听说二位大师乃地上仙，出门很少骑马，走起路来快如飞，十几里路不算啥。这么的吧，咱们赌输赢的，小的倒立于马上与师父赛跑，倘若能超过我，你们就走；要是落在后头，请给个面子，跟我回堡子，大师意下如何？"

夺魂僧者和静空大师互相对视了一眼，又看了看后生，觉得他机灵、乖巧又聪明，竟打心眼儿里喜欢上了，也不再坚持了，异口同声地答应道："好哇，那就赌一把！"

后生长出了一口气，双手抱拳躬身致谢道："谢谢大师，小的这厢有礼了！"说罢头顶马背倒立于上。

后生所骑的是匹走马，走起路来脚步均匀，速度不快不慢，人坐在上面感到非常平稳，即使倒立也摔不下来。可架不住它不停歇呀，一口气走出二十来里地，二位大师须小跑方能跟上，早已累得气喘吁吁，浑身冒汗了。那也得坚持呀，又走了五里多地，觉得双腿越来越沉，好像铅灌的，最后实在迈不动步了，不得不服输，尽管快到寺庙了，也得窝头往回返。

三人到了范家堡子，见范蔼仁领着妻妾们正神情紧张地站在东门外迎候呢，他们不清楚二位总教头缘何突然悄悄离开，心里很是没底，夺魂僧者一看这阵势，感到十分过意不去，忙解释道："大庄主，贫僧和师弟打算前往五十多里外的寺庙烧香，寻思快去快回，就别兴师动众了，故而行前未打招呼，让施主着急了。走出十几里后，半道儿与前来追赶的后生打赌，赢则走，输则回。经比试，我俩自愧不如，甘拜下风，不得不回转。"说完，摸了摸后脑勺儿，不好意思地咧嘴乐了。

范蔼仁听后，那张原本紧绷的脸立马松弛下来，嘿嘿笑道："是呀，愿赌服输，赢不了就得兑现承诺，请吧！"说罢，陪同二位大师一同朝堡内走去，妻妾们呼呼啦啦地在后面紧紧跟随。

静空大师在人堆里一踅摸，没见掌家的钱氏，遂问道："施主，您和大太太请我们回来，说是有要事相商，她人呢？"

范蔼仁笑了笑，没言语，只是抬手往后指了指。静空大师回头一看，见那个英俊的后生翻身跳下马，将缰绳递给身边的仆从，然后摘下银色丝绸镶玛瑙绿绦子的凉帽，把头顶的发髻松散开，笑眯眯地瞅着自己。待睁大双目仔细一瞧，当即惊呆了，遂停下脚步说道："哎哟，这不是大太太么，原来后生是您装扮的呀！"

钱氏一仰头道："没错，是我，大师就那么忍心不辞而别呀，都顾不上我们是否想二位了，耳根子发没发热呀？"说着自管自地笑了起来，毫不掩饰，笑声清脆如铜铃。此刻，这位范家堡子的头号大美女显得愈加俊俏，风韵不减当年，一双会说话的眼睛左右流盼，还有那高超的骑术、驯马的绝能，常人无可比，不得不佩服。

闲话少叙。一天头晌，钱氏将家中的琐事处理完后，抽身扭扭搭搭地来到丈夫的卧室，见其正侧身躺在炕上，用被子半蒙着头，像老母猪打圈似的高一声低一声地哼哼。她撇了撇嘴，坐在炕沿边儿，掀开紫缎被的一角儿道："老爷，不是我说你，咋越活越没出息呢，不怕堡子里的男女老少背地里讲究你呀，到底怎么了？难道是由于我把那个会走钢丝的丫头给了秦名远，你得了相思病才成这熊样儿的？竟然因此起不来炕了，还像个一庄之主嘛！我可告诉你，若是不听劝，没完没了地趴窝，咱就把范家堡子撂下，我也不管了，啥心都不用操了，大眼瞪小眼，只等着富俊那个瘸老头儿率兵没收土地、查抄家产吧！"

范蔼仁不再哼哼了，没吱声儿也没动。

范蔼仁翻过身来，以眼神儿屏退了丫鬟，这才很不耐烦地开口道：

"哎呀，你净扯没用的，说哪儿去了，为啥着急上火不知道哇？就为如民所做的差劲事儿，临见阎王都不留个话儿，让我怎么办？"

钱氏说道："行了，行了，就算因为我弟弟，也不该愁成这样啊！兵来将挡，水来土掩，总不能天天躺在炕上，要么直眉愣眼地盯着棚顶，要么哼哼唧唧的，是能哼出座金山哪，还是能哼出座银山哪？大活人不能让尿憋死，干等哪儿行，得动脑子想辙呀！"

范蔼仁一掀被子坐了起来，气呼呼地抢白道："说得轻巧，想啥辙呀，纯粹是站着说话不腰疼。范氏家族的土地大账让你弟弟藏起来了，除了他，谁也不知道放于何处，这不急死人嘛！我曾经请求两位大师帮忙寻找，人家说提不出任何可供参考的线索，犹如大海捞针，难上加难。我早看出来了，他俩不打算在范家堡子住下去了，几次想离开，皆被咱巧妙挽留，真要走了，没了这两根拐棍儿能行么？我对你特别有气，总自以为是，隔着门缝儿看人，把自己的丈夫也看扁了，认为既自私又小气，连个丫头都舍不得送人。告诉你吧，其不知这是聪明反被聪明误，愚蠢至极。不错，我是喜欢女人，但并未看中白面娘子，再怎么着，不至于糊涂到不辨吉凶祸福的份儿上。我很清楚，她是富俊那边的人，倘若放回行辕，肯定得把范家堡子的事儿全抖搂出去，所以才决定扣押于此，这辈子甭想活着出去。你可倒好，光顾跟姓秦的套近乎了，不与我商量就将其拱手相送，以为此乃万全之策，人家还会感激你。难道没看出来么，秦大门牙是个狂妄自大、唯利是图、贪恋女色，连牲口都不如的人渣呀，不讲人情，贪得无厌，所提的要求若是得不到满足，立马就变脸，更别说跟咱一条心了。那个鬼丫头机灵得很，心眼儿不比秦名远少，违背本意被强行送人，怎能轻易顺从？到头来，秦名远不仅治不了白面娘子，反而被对方算计了也未可知。你把他们放走了，表面上风平浪静了，实际上是办了件最没头脑的事儿，明摆着放虎归山嘛！秦名远所做的丑事一旦败露，为保全自己必将反咬一口出卖咱，富俊便会知道范氏家族跟他作对，再倾注全力找到如民藏匿的土地大账，那本庄主对抗朝廷之罪可就昭然若揭了，等于自己把自己交代出去了。一想到这些，我心里就堵得没缝儿，觉得只有号一阵子才痛快。寻思说说吧，又找不着合适的人，谁能设身处地为咱想啊，得有多宽的心才能消停得了坐得住哇，能不犯愁、不害怕么？除非他没心。你来得正好，不是庄里庄外的能人么，那就快拿出摆脱目前困境的办法吧，伸出援手拉范某人一把，我洗耳恭听。"

钱氏听了连珠炮般带有讽刺挖苦意味的一席话，既没恼也没气，反而认为讲得不无道理。眼珠儿一转，计上心来，笑吟吟地说："老爷，俗话讲，车到山前必有路，犯哪门子愁哇？只要你别老赖在炕上，打起精神来，拿出庄主爷的派头儿，像往常一样招呼堡子的上下人等，其他一切难办之事全交给奴家了，你看咋样？"

范蔼仁看着大夫人那胸有成竹的神态，听着信心百倍的言辞，如同吃了灵丹妙药，紧锁的眉头舒展了，脸上的愁云散去了，两眼有神了，不再无精打采了，因为他相信大老婆有这个能耐。这也正是自己虽然还有七房姜，都比大房年轻，但仍离不开钱氏的原因。钱氏见丈夫还阳了，乐得合不拢嘴，马上唤来丫鬟伺候老爷起炕。范蔼仁也挺配合，乖乖地伸出胳膊屈屈腿，听凭侍女给穿衣、洗脸、洗手。盥漱毕，顿时感到清爽了，钱氏拍拍丈夫的肩膀道："老爷，这就对了，人活一口气，没了精气神儿可不中。咱们先去饭堂用膳，然后陪你在堡子里转转，下晌去账房瞅一眼，用罢晚膳早点儿回房，有兴趣聊咱就接着唠，你看好不好？"

范蔼仁好像抓住了救命稻草一般，俯首听命，连连点头称是，而且一切皆按大夫人说的做了。当晚钱氏和范蔼仁同宿一室，与其颇有兴致地唠了一个时辰，出了几个摆脱困境的点子。范蔼仁这也是个把月以来身边头一回有夫人陪着，此前谁都不准进他屋，全部喝走，对大房同样不理睬。还得说钱氏早把丈夫的脾气、禀性摸透了，知道想听啥、需要啥，成了开心的钥匙，使其对自己言听计从，这便是俗话所讲的卤水点豆腐，一物降一物。

诸位阿哥，你无论如何猜不到钱氏给丈夫出的什么招儿，真够绝的了，范蔼仁不但欣然接受了，而且佩服得五体投地。所出的第一招儿，即招兵买马，积草囤粮，日后必将大发。起先范蔼仁对此有点儿不认可，越寻思越害怕，吓得腿肚子直转筋，哆哆嗦嗦地说不出一句整话来："哎哟，我的……姑奶奶，你不知道哇，私……私招兵马可违犯大清律呀，谁敢哪？不赌等着绑到珠……珠市口问斩嘛，不行，绝对不行！"

钱氏不以为然，照其屁股蛋子掐了一把道："看你那点儿出息，胆子小得可怜，难道是老鼠托生的不成，怕啥呀？不错，大清律是规定得明明白白，官府叫得也挺响，可根本没人听。不信你到各处扫听扫听，眼下哪个官庄、民庄没有自己的兵马？只要肯用大把大把白花花的银子喂饱那些官吏，把嘴堵上，就没有办不成的事儿。为了保护好堡子，养兵至关重要，从双城堡到三姓大约有上百个大小不等的庄子或嘎珊，皆组建了自己的团练、屯兵、庄丁，只是人数不等，有多有少，时不时还互相比武。世事难料，不可能总平平安安的，遇上不好的年景遭灾了，或者土匪来堡子闹腾了，底子薄的、穷得叮当响的人家尽管没啥抢的，照样害怕得不得了，何况咱们呢？人人都知道范氏家族的土地多，资财厚，奴仆一大帮，大车小辆出出进进，方圆百里非常显眼，匪徒们图的是财，第一个要抢的就是这样的人家。到那时候，官府不管你，现招兵买马又来不及，呼天天不应，叫地地不灵，只能束手待毙。再者说了，大清的八旗兵是保家卫国的，能招之即来、随时听哪个庄主调遣么？那不是笑话嘛，还得是自己的武装听喝儿。有了兵马，谁都不敢小瞧范家堡子，你这个大庄主便可以发号施令了，再不济也能顶一阵子。不仅如此，倘若官府遇到棘手之事，一时兵员不够，咱们的庄勇可前去帮一帮，乘机亮亮能耐，备不住能落下范家堡子为国立下大功的好名声呢！要是禀奏给皇上，老爷再不是什么小小的庄主了，而是皇封头品顶戴的高官大吏了，摇身一变，成为朝廷的忠勇之臣也未可知。不过值得注意的是有句老话说得好，树大招风，千万不要把庄勇、乡丁的名儿喊大扯了，别学有些堡子叫什么'拖克索①超哈②''安班③超哈''沙音④超哈'，咱起个小名，仍称团练。现在正是多养兵马的时候，又赶上两位高僧在这儿，可拜他们为师，学习武功，掌握几手儿看家本领。有了保护人咱就硬气了，心也不用整天提着了，必办之事肯定敢干了。比如头晌提到的不知如民将范氏家族的土地大账藏到哪儿了，我不止一次地琢磨过，或许放在他认为知根知底的大户人家故友那儿了。咱不妨打发人暗访，查出来后，可让二位大师前去索回。对方若不认账，咱决不客气，立即发兵，谅其不敢不还。老爷，说句你不爱听的，富俊要是真派兵到范家堡子搜寻土地大账，你可别像耗子见猫似的吓得麻爪了，大气不敢出。别忘了，范氏家族的祖辈可是朝廷的有功之臣，历代皇上都高看一眼，还用在乎那些虾兵蟹将么？你要坐得住、站得稳，该干啥就干啥，该放份儿时且放份儿，富俊轻易不敢动咱们，真要走到那一步，他也得掂量掂量。我早看透了，当下是个乱世道，官府亦不像原先了，自顾不暇，根本靠不住。

---

① 拖克索：满语，村屯。

② 超哈：满语，兵。

③ 安班：满语，大。

④ 沙音：满语，好。

人人皆为家族的利益着想，为达目的不择手段，鲶鱼找鲶鱼，嘎牙子找嘎牙子，管他是谁呢，臭味相投没什么不好，对咱有用就行。说一千道一万，务必抓紧时间壮大堡子的力量，站稳这块地盘儿，保住历经几代创下的家业，只有腿壮腰粗，任何人才不敢欺侮不敢惹，包括那个瘸老头儿富俊。你得听我的，一不做二不休，要干就下狠茬子，来个天翻地覆。不是吹牛皮呀，我要是托生个爷们儿，就不是现在这样了，早拉起杆子进山了，杀人、强抢算啥呀？小菜一碟，谁敢说个'不'字儿，就地让他见阎王。你呀，天天躺在被窝儿里光犯愁白白披了一张男人皮哟！"

范蔼仁听罢，仔细思谋了一会儿，脸上渐渐露出了笑容，又咂了咂嘴，终于点头同意了，表示此招儿可行。钱氏所出的第二招儿一般人想不到，也不敢想，即使出浑身解数、不择手段地拉拢、收买住在范家堡子的两位高僧，为我所用。范蔼仁又何尝不想留下少林功夫超群的大师作为靠山并死心塌地为自己效劳啊，这可是十分难得的武师呀，不过哪儿那么容易心甘情愿就范哪？大脑袋瓜子摇得如同拨浪鼓儿："不，这恐怕不行，二人乃得道高僧，出家修行为的是普度众生，能是谁要收买就收买得了的么？太异想天开了，根本不着边际，亏你想得出。"

钱氏侧过身伸出双手搂着丈夫的脖子撒娇道："老爷，听奴家说嘛，我保证，二位大师肯定得听咱的摆布，信不信由你。至于用啥法儿就甭问了，反正真要将他俩笼络住了，在我跟前俯首帖耳的，你可不许吃醋，更不准反悔、找后账！"说着，在其脸蛋子上叭地亲了一口。

范蔼仁太了解大夫人了，天生一个美人坯子，又精又灵又损，什么缺德带冒烟的事儿都干得出来，人称"万人迷"。他相信大夫人肯定琢磨好几天了，通常情况下，说出的话全能兑现，用不着自己操心，不如顺水推舟，便不想过多打听了，心里思谋道："管她用啥法儿呢，只看结果咋样，逮住耗子就是好猫。倘若能使两位高僧、范家堡子团练的武师、总教头听我大庄主的喝儿，那可一妥百妥了，腰板儿立马硬起来了，谁还敢在范某人头上动土啊？好，就这么办了！"

钱氏所出的第三招儿更绝，即放鹰抓兔子。范蔼仁初听十分不解，问道："怎么个连放带抓的？鹰指谁，兔子又指谁，葫芦里卖的什么药哇？"

钱氏这回也不一口一个老爷了，而是直呼道："老范头儿，说真格的，我知道做夫人的有时得受点儿委屈，所以不愿跟丈夫计较罢了。你总自以为聪明，想啥是啥，话里话外好像我把白面娘子赏给秦名远，是为了从你嘴里夺食，此乃胡乱猜疑、小人之见。你所喜欢的姑娘从眼皮底下溜走了，成了八旗官员的新嫁娘，心里当然不是个滋味，瞒得过别人瞒不了我。归根结底，说穿了就是鼠目寸光，没有远见，啥事儿只看眼前，充其量不过跟秦名远争那个白丫头而已，就认这条故道儿。闲下来时也不动动脑子思谋思谋，我问你，想没想过如民死得是否蹊跷、与秦大门牙有否关系？你不会忘吧，最初这个人是咱打发如民为其手下官兵送药时认识的，后来他俩是否私下里交往、互相利用、背着咱干了哪些事、各自得了多少好处，人都没了，恐怕很难弄清楚。别以为如民是我胞弟就向着，其实对他的一些做法同你一样看不惯，比如大手大脚地花钱哪，没完没了地喝酒哇，有便宜必占哪等。也曾正言厉色的警告过多少次，可人家像未听见似的，只当耳旁风，气得我脑瓜子疼。由于如民嗜酒且一喝就醉，担心被谁拉拢过去当枪使，到时候再六亲不认，岂不是平添麻烦？无奈之下，我只好拿出体己钱供他用，并让你给分派个活儿将其拴住，这全是为咱范家着想。你可真够实在的，不仅让其管账房，封什么总师爷，还将陈放贵重物品的库房钥匙交给了他，连转移范氏家族土地大账这么机密的事儿都由如民去办。当时我也犯糊涂了，无论啥时候不该放松警惕呀，须时时防备才是。加之看你特别信任如民，内心很是感激，相信弟弟会讲良心的，将心比心亦应好好儿对待自己的姐夫，不至于藏什么歪心眼儿。我知道他耳根子软，口不紧，肚子里装不了二两香油，若是被谁算计了，天大的秘密也能从那张没把门儿的嘴漏出去。现在可倒好，怕啥来啥，果然应验了，土地大账不知去向，弟弟不明不白地死了。我没事儿时总寻思，行辕的富俊领着骑兵来范家堡子搭台演杂耍儿，主要目的是抢回那帮被我们骗来的孤儿，可临走时，为什么不抓别人，偏偏绑走如民呢？不难理解，就是因为知道范氏家族的土地大账在他手里，富俊自清查田亩以来所关注的主要是这个。那么，秦大门牙又为啥出损招儿，若救不出我弟弟就在地窖内杀人灭口呢？很显然，他已从如民口中套出了土地大账的去处，留着是祸害，对己不利，只能除掉。咳，当晚在合计此事该如何办时，咱实在没法儿了，才不得不按秦名远指的道儿走，结果咋样？如民见了阎王，土地大账终不见影儿，把柄很可能落到了姓秦的手里，咱们的处境十分被动。我的庄主爷呀，需静下心来仔细想想了，这里有不少令人不解的事儿，土地大账究竟藏在何处？是弟弟自己藏的，还是有人帮着藏的？秦名远曾扬言，恨富俊和班布泰一帖老膏药，总想找机会报复之。他对那祖孙俩所思所想了如指掌，三人都虎视眈眈地盯着范氏家族的土地大账，都想抢头功。秦名远知道我弟弟是管账房的，于是有事儿没事儿便往如民那儿跑，暗地里打连连，时间一长就混熟了。估计二人的关系非同一般，为报答救命之恩，秦名远也不会断了联系，只是如民没跟咱说罢了。秦名远多鬼呀，为达目的使出浑身解数，平时找弟弟喝点儿小酒啊，天南海北地聊聊哇，施以小恩小惠呀，极尽讨好儿之能事，已得到了如民的信任。正因为不被防备了，故而在酒醉之时，方能从如民口中套出土地大账藏在哪儿。秦名远得知了这个秘密，就等于抓到了大庄主的短处，掌握了范氏家族的命脉，以及百多年几代人积攒家业所采取的手段、财产的出处，掐住了与范家有连带关系的朝中大小官吏之命根子，决定着他们头上的乌纱帽能否戴得稳，这些当然只是猜测。之所以把白面娘子赏给秦名远，不过是先给个甜头儿，然后再死死揪住，想不听咱的都不行。如同钓鱼时抛出的线，那头儿钩住了秦名远的嘴巴，这头儿手里握着杆儿，咋溜都得跟着，必须听咱的摆布。你也知道，秦名远是个人尖子，狡猾无比，明争也好，暗斗也罢，人家总是占上风，咱们甘拜下风，不得已才采取了欲擒故纵之计。光钓住他不行，弄不好就跑了，还得有招儿予以制服。思来想去，觉得眼面前儿能治住秦名远并使其惧怕的有三个人：一个是富俊的孙子、秦名远的情敌班布泰，遗憾的是他也是咱的冤家对头，肯定求不动，就别指望了。另两个是局外人，下点儿功夫能利用上，即住在咱家的两位高僧——夺魂僧者和静空大师，二人对付秦名远好比老鹰逮兔子，轻松、容易得很，这下知道谁是鹰、谁是兔子了吧？话说回来，怎样做才能使他们心甘情愿为范家效劳呢？同样是务必想办法将其钩住，牢牢控制在咱们手中。别看他俩已出家多年，终朝每日晨钟暮鼓，烧香拜佛，打坐诵经，修身养性，然酒、色、财、气乃四大人间之宝，连天上地下的神仙都着迷，难道和尚能熟视无睹？此四关皆能过的人至今还未见到呢！四关中最难过的是财、色两关，二位大师对金银财宝不一定在乎，但我有把握以勾魂术使其陷入温柔乡里，迈不过那道美人关，验证他们是活生生的人，不是不懂儿女情长、不食人间烟火的石头。与武林高僧打交道得有心理准备，俗话讲：只要功夫深，铁杵磨成针。在以美色进行勾引时，不用怕对方羞愤哪，恼怒哇，甚至受到斥责呀，要有忍耐力，来个死缠硬磨、软硬兼施，我就不信他不就范。将二位大师争取过来了，等于咱赢一半儿了，为啥这么说呢？他们具有飞檐走壁之功，掌握腾身术，可以神不知鬼不觉地夜探秦家大院，顺藤摸瓜，寻找蛛丝马迹，土地大账真要落在秦名远手里必能找到。如此一来，这盘棋不就走活了么，还犯哪门子愁哇？"

范蔼仁听罢，精神为之一振，原本阴沉的脸绽开了笑容，高兴得忙不迭地从被窝里爬起来，老腔朝天地跪在炕上吭吭磕了两个响头道："我的姑奶奶呀，真有你的，范某人哪辈子修来的福哟，娶到了这么聪明能干、一肚子鬼点子的老婆，乃范家的有功之臣。放心吧，我是知恩图报之人，事成之后，决不会亏待你，必厚赏之！"

钱氏一边将其扶起一边说："老爷，昏头了？怎能给自己的夫人行此大礼，这不折奴家的阳寿么，快躺下，别着凉。咱夫妻俩君子也好，小人也罢，丑话得说在前头。谁的夫君谁了解，你这人好变卦，说了不算，算了不说，那可不行。此事既然交给我办，你就别插手，更不准半道儿杀出来胡闹一通儿妨碍正事儿，不能前功尽弃做赔本买卖。我把孙猴子的七十二变全使出来，若是笼络不住两个秃和尚，那便是范家没有福分，怪不得别人。记住喽，不许管，等将高僧带到庄主爷的帐下听命，我才算交上军令状了，听清了吗？"

转天头晌，大庄主病体痊愈的消息在堡子里传得沸沸扬扬，范家上下人等更是高兴得不得了，满脸喜气。院门外停着七辆装饰各不相同的花车，里面分别坐着范蔼仁的另七房妾，争宠般地前来接丈夫去自己那里住，嗲声嗲气地撒娇道："老爷，谢天谢地，身子骨儿总算调养好了，可想死奴家了！"

"老爷呀，不能总关在屋里，得出外溜达溜达，小妾陪你散散心、解解闷儿吧！"

"哎呀，瞧咱老爷都瘦成啥样儿了，让人看了怪心疼的。快去俺那儿吧，给你好好儿调理调理……"

范蔼仁看看这个，瞅瞅那个，眼珠子滴溜儿乱转，结果还是挑中了年轻貌美、最讨自己喜欢的八姨太，准备带其去疙瘩梁住几日。其他妻妾见没争过老八，不免有些黯然神伤，只好各回各处，堡内的一应诸务则由大夫人钱氏处理。

常言道："人活在世上，务要'弘善养性，洁身自好。'"以上八个字说起来容易，做起来可就难了，为啥这么说呢？人在冲动之时能下决心，熬煎一时亦能忍受，然几十日、数百日、几十年甚至一生做苦行僧，出淤泥而不染，浊清莲而不妖，持之以恒，那是需要毅力和勇气的，也将受到人们的尊敬。所以说，高尚品德的铸成在于自强、自尊、自律，要有恒心，并非一蹴而就。世上的高僧、大德之人皆重视修好积德，修身养性，养天地之正气，效古今之前贤，力做完人。尤其是皈依佛门之人从剃度那日起就要刻苦修炼，需过贫寒苦寂、超凡脱俗的万劫百难之关，非经年之功修不成正果，稍有松懈便如逆水行舟，不进则退。故修者甚守洁好，一空了世，悟觉终生。空泛议论不着边际，纸上谈兵举手之劳，而真要具体实行之犹如登天，难为也。

住在范家堡子的嵩山少林寺高僧冲霄五毒侠、云水轻身侠因找不到大师兄，多日以来食不甘味，寝不安席，又架不住范蔼仁及其大夫人的热情款待和极力挽留，所以不好意思匆匆离去。加之耳朵里已经灌满了范家堡子的所谓种种"不幸""委屈"，听得多了，日久天长便被熏染了，不自觉间偏听偏信起来，由初始的不解变为同情，继而仗义执言，总认为官府对范家堡子和大庄主有些过苛强求，不讲公理。这样一来，二人与范蔼仁、大太太钱氏越处越近乎，越唠越投机，多次表示需要时，愿助范家堡子一臂之力，这也是之所以长时间留下不走的原因。他们对自己要求甚严，一日三餐素食淡茶，早晚习练武功，除了于佛堂诵经、做佛事，就是不厌其烦地训导团练，传授少林功法。

二人住在南山坡儿的一座掩映在桦树林里的五楹青砖瓦房内，只用男童，不用女佣，严守此规，已成惯例。这些男童从哪儿来的呢？清代，各个庄子、堡子的大户人家除了有男女仆人、家丁外，也用一些小童干活儿，大的十一二岁，小的七八岁。有的是孤儿，有的有爹没娘，有的有娘没爹，有的家里穷子女多养不起被迫卖了，有的则以顶账而来。他们离家后，便成了无主之人，到谁家就是谁家的奴仆，干上个把月或一年半载的，再转卖到另一户或另一地。孩子们自小多数没起大号，皆是到大户人家后，主人为支使方便随口给取的名儿，也不是正经八百的大号，什么小铁蛋、小蚂蚱、黑蠓子、灰耗子等，光听名字都叫人可怜。此座青砖瓦房是范蔼仁之父、范氏家族第十五代传人范文举曾经住过的地儿，建于乾隆末年，有红柱，有画廊，环境幽静，雕饰古朴，陈设典雅，全堡子也是首屈一指的。范文举信奉佛教，特别喜欢这个居处，遂以佛家之语为该房取名儿"一空斋"，意在一心修身，把世俗的所有烦扰抛在脑后，日常琐事全部交给长子范蔼仁打理，自己则以吃斋念佛度日。嘉庆十五年冬月，范文举得了重病，折腾五个多月后故去，一空斋随着主人的离世上了把锁，再也无人进住。

自打冲霄五毒侠和云水轻身侠来到范家堡子，一空斋落锁了，咋的呢？二人未提任何要求，只请庄主可能的话，最好拨出一僻静之所居之。由于范蔼仁对二位大师不仅高看一眼，而且尊崇备至，当即满口答应，破例令管家带着仆人将一空斋收拾出来，请其入住先父的安居之所，也算是莫大殊荣了。师兄弟俩走进青砖瓦房四下一瞧，真是不错呀，干净整洁，舒适清爽，空阔清谧，好像是专门为佛门弟子建造的，很是满意，便住了下来，且每人一个房间。他们对下人从不挑剔，而是大度包容、宽和善待，相互之间相处得十分融洽。身边的六个男童乃大太太钱氏亲自点送的，腿脚勤快，干活儿麻利，不多言不多语，还有眼力见儿，也真找不出啥毛病来。范蔼仁对这一切看在眼里，乐在心里，暗竖大拇指，夸赞高僧的严谨自律，洁身自好。

诸位阿哥，本书越往下讲，越能看清范蔼仁夫妇组建、扩招所谓团练的真正企图和勃勃野心，他们到底是什么样的人也就昭然若揭了。大清王朝在乾隆末年至嘉庆初年，社会动荡，朝纲不振，武备松弛，腐败现象日趋严重。官吏不能公正、严谨执行朝廷所颁布的律条，甚至各自为政，暗中与土豪劣绅相勾结，明知其组建乡丁，扩大自己的武装力量，却视而不见，不予过问。百姓看在眼里，记在心里，久而久之，忍无可忍，致使群情激奋，民怨沸腾。所说的大清律关于武备方面的条文，自顺治帝以来就阐述得明明白白，大清国除了八旗兵外，各州府县衙皆不得设有自己的武装力量，违者斩不赦，范蔼仁和钱氏现在是准备置大清律于不顾，反其道而行之，明知故犯，提着脑袋不要命地干。钱氏在同丈夫合计时一再强调，范家堡子名声在外，要想一呼百应，必须得有一支训练有素的武备作为依托，为此哪怕下大力气也值。包子有肉不在褶儿上，切忌张扬，对外可说为了范家堡子及周边的安全，不得不组织一些青壮年进行自保，使得堡内男女老少安居乐业，道不拾遗，夜不闭户。千万不要称什么庄勇、乡丁，就叫团练，以掩人耳目，混淆视听。范蔼仁认为大夫人所言极是，佩服得五体投地，并提出派心腹前往江城与秦名远取得联系，通过他网罗可利用的人，建立起自己的联络点，以便及时掌握各种信息。

这日，钱氏由贴身侍女陪着前往一空斋，寒暄过后，将夺魂僧者和静空大师请到范府侧厅，摆上一桌丰盛的素宴。三人坐定，像多日未见的老朋友一样边吃边聊，十分尽兴。钱氏的神情显得格外祥和、可亲，对客人礼貌有加，非常尊重，二位大师很是受用。宴罢，钱氏开始谈正题了，也不管对方咋想的，毫不忌讳地喊里咔嚓一顿说，并要求务必严加保密，皆因所要做的事儿违反大清律。既然明知触犯国法，为啥胆这么大、敢向二位大师交底呢？她心里明镜似的，这师兄弟俩各揣心腹事，互相之间都掖着、藏着，谁也不跟谁讲，更不敢得罪施主，无论让他们做什么，只有乖乖听喝儿的份儿，因为把柄在我鹊鹊手里攥着。请二位大师来范府到底所为何事呢？就是让他俩赶紧收拾收拾，前往大疙瘩梁的一处山洞并住在那儿，筹建所谓的地下兵工厂。

要知道，夺魂僧者和静空大师可是得道高僧，不管到哪儿，无论施主是干啥的，皆热情招待，远接近送。这回倒好，在范家堡子呆得好好儿的，却被庄主的大夫人支到大山洞子去了，里面又凉又潮不说，什么也没有，唯有蚊子、小咬，再就是漫山遍野窜来窜去的野兽。反正咋苦都得挨着，无价钱可讲，必须得去。到那儿干啥呢？领着一帮人磨制兵刃，锻造铁枪筒，即老洋炮。当时所用的铁枪筒有大有小，有粗有细，硫黄、火药的杀伤力多强啊，比刀枪剑戟斧钺钩叉厉害多了，故而成为必备的兵器。除此还需要在山洞旁开辟一片山间演武场，就是习练武功之地，招募子弟三百，由师兄弟二人传授少林功夫。正因为招兵买马是违反大清律的，所以得在极其秘密的环境和条件下进行，否则一旦败露，犯的可是杀头之罪，后果不堪设想。二位大师本想拒绝不去，又怕惹恼了钱氏，如若发起飙来，啥都敢往外说，高僧的名声将不保，因而不得不违心地接受。毫无疑问，大造兵刃、火炮、训练丁勇、请名师传授少林功夫、培养自己的武徒等做法，其目的就是积蓄力量，伺机而动，与大清朝分庭抗礼。

夺魂僧者、静空大师临去大疙瘩梁前的一天晚膳后，范蔼仁为了稳妥起见，将大夫人和二位大师唤至后屋的小暖阁，想再仔细商量商量。尤其对一些扩兵细节以及可能出现的不测要充分估计到，应有心理准备，避免措手不及。四人正聚精会神地密谈之时，夺魂僧者忽觉门外有人听声儿，立即噗的一口将獾油灯吹灭，回身与静空大师一起蹿了出去。眨眼间，师兄弟俩像提溜小鸡似的各拎进一个人来，咕咚一声扔在地上，那二人爬起来跪在地上哀求道："老爷饶命，大奶奶饶命！"

钱氏听声音很熟，赶忙重新点燃獾油灯并端起往地上一照，噢，认识，原来是小狗子、小鱼子，遂脸一绷道："怎么回事儿，大管家不是把你们送到赤峰的一位蒙古庄主家了么，咋又回来了？胆儿不小哇，竟偷偷躲在门口听声儿，想干什么，难道要行刺不成？"

二人一看钱氏变脸了，吓得哭了起来，跪在地上一个劲儿地磕头，小狗子边磕边说："大奶奶，小的哪儿敢哪，是因舍不得离开老爷和大奶奶才回来的。小的有罪，事先没打招呼，要杀要砍随萨克达额真处治。我俩在范家快三年了，没做一件对不起主子的事儿，不能这么狠心把小的卖出去不管了，我们心里难受哇！"

小鱼子带着哭腔儿接茬儿道："老爷、大奶奶，小的不想走啊，情愿留在范家当牛做马、端屎端尿、不嫌脏不怕累地伺候主子。我俩从蒙古庄主家逃出后，在山道上不知走了多少天才回到范家堡子，即使累趴下，只要能见到萨克达额真一面也心甘。老爷呀、大奶奶，留下小的吧，求求您了，我们哪儿也不去……"说着已哭得一塌糊涂，鼻涕眼泪一大把，快成泪人儿了。

钱氏见此，不仅火气消了，还觉得蛮让人感动的，寻思道："唉，行啊，这两个孩子无父无母，听话又机灵，嘴巴挺严的，处处讨人喜欢，留下不会惹出什么麻烦。"想到这儿，抬头瞅了瞅丈夫，见其没吱声儿，便让小狗子、小鱼子赶紧起来，去厨房填饱肚皮再说。可此刻两个男童由于又累又饿又渴，早已瘫倒在地、昏厥过去、人事不省了，连唤几声都未见动弹。

静空大师见小狗子、小鱼子的哀求打动了钱氏，忙走到跟前弯下身将他俩一一抱上炕，点了点人中穴，按了按太阳、风池、足三里等穴位，两个小童很快醒转过来，看了看在场的人，不由得又抽搭开了。钱氏扭扭搭搭地走到靠东墙根儿摆放的木柜前，打开柜门儿，双手捧出一个白底蓝花瓷罐儿，里面装着熬好的人参汤，倒出两杯端到小狗子、小鱼子跟前，假装关心地说道："好了，好了，别哭了，跑那么远的路肯定累得够呛，快把这人参汤喝了补补身子。当初呢，没想送你俩走，主要是怕其他孩子攀比，不得已才将你们六个一起卖到赤峰的，寻思早晚得赎回你俩。这下倒好了，自己跑回来了，省了赎银又省事，不用走了，留在我身边吧！"

两个小童一听大奶奶答应了，赶忙爬起跪在炕上磕头，感谢主子的收留之恩。孩子嘛，想得比较简单，孤身在外，没有落脚之地，有人收留并供吃供住就感激不尽了，再大的苦也能吃。小鱼子为讨好儿主子，像忽然想起什么似的，神神秘秘地说："大奶奶，能遇到您这么善解人意的额真，乃小的前世修来的福，定将以小心侍奉、精心照料报答之。小的有一事相告，只为大奶奶打抱不平，不知当讲不当讲？"

钱氏抬抬手道："你俩坐起来吧，有话尽管讲。"

小鱼子说道："大奶奶，前些日子我们六个临要上车去赤峰时，小的听到四奶奶正在屋里骂得起劲儿呢，说什么大奶奶一手遮天，霸道无比，一点儿理不讲，凭啥非得听她的？世上没有不透风的墙，以为偷鸡摸狗的勾当谁也不知道哇，自己的屁股还未揩干净呢，有啥脸贬斥别人？甭管谁怕她，我是不怕，有话宁可烂在肚子里也不说，那还不把人憋死呀！走着瞧，若是再惹本太太，早晚得遭报应……"

钱氏越听越来气，脸色红一阵白一阵的，眉头紧锁，很不耐烦地打断道："行了，行了，知道了，别啰唆起没完了。你俩先吃饭，然后去西下屋，今晚跟更夫挤一铺炕，去吧！"

小狗子、小鱼子边答应边下了地，穿上鞋，千恩万谢地退了出去。四人重新坐了下来，气头儿上的钱氏啥心情都没了，使劲儿剜了一下丈夫，转而冲二位大师说："师父哇，你们有所不知，头房不好当啊，一碗水端不平就得挨骂，可谁又能分毫不差呢？"

范蔼仁见大夫人动了气，这哪儿成啊，正事儿还未合计呢，赶忙低声下气地好言相劝："哎，我说夫人哪，发哪门子火儿嘛！你大人有大量，宰相肚里能撑船，何必跟老四一般见识，她懂啥呀？谁不知道大太太是我范某人的智囊，这个家没谁都行，没你万万不行，好多主意等你拿，好多事儿等你定夺呢，快别生气了。"

钱氏经丈夫这么一夸，心中的火气消了一半儿，于是四人就一些具体事儿唠嗻开了，一个时辰方散。钱氏回到自己的住处，心乱如麻，烦躁不安，站也不是，坐也不是，于房中转来转去的。贴身侍女进得屋来，小心翼翼地问大奶奶要不要洗脸、刷牙、就寝？她却不是好声儿地将其轰了出去。一想到小鱼子所学的那些话，就气不打一处来，牙关咬得咯咯响，哼！可恶的老四不知好歹，竟嚼起舌根来了，总不能任由她瞎嘞嘞吧？倘若继续闹腾下去，另外那几房儿没准儿会联手对付我一个，丈夫耳根子又软，即使本太太再有能耐、再能言善辩，一张嘴也说不过七张嘴呀！不可等闲视之，更不可处于被动境地，被动就得挨打。应主动出击，防微杜渐，有冒尖儿的立即上手，跳出一个收拾一个，跳出一对儿收拾一双，必须看紧喽。现在正是时候，无毒不丈夫，我让你四太太从此在范家堡子出不了声儿，彻底熄灯灭火，看咱俩谁厉害！

说起来，四太太在范蔼仁的八房妻妾中，算得上鼎鼎大名的一个。她的娘家住在蔡家营子，是个不小的堡子，四周砌有土围子护屯。其父是这儿的庄主，也很不一般，乃一跺三颤的人物，在黑龙江巴彦一带颇有声望。前书讲过，康熙、乾隆年间，作为满洲发祥之地的辽东一带，汉人是不许进的，直至嘉庆初年才陆续迁入，人口数量随之激增，大片的荒甸子被开垦。八旗兵换防之后，很多土地撂荒了，一些富豪、大户便乘机将其占为己有，吃空头，收租子。蔡氏家族同范氏家族一样，亦是靠多占、强霸撂荒旗地而发家的，不仅占有几千垧土地，还养了些看庄护院的丁勇。当年，范蔼仁之父范文举为了联络各方权贵，通过他人引见，与四太太之父相识，并成为望门交，继而结下了金兰之好。蔡家只是当地的土财主，朝中无做官的，盛京也没人。范家则不同，朝中、盛京都有人，不但威望高，而且势力大。为巴结权贵，蔡家又主动与范家联姻，蔡庄主把小女儿许配给了范文举之子范蔼仁，说是做二房，这便成了儿女亲家。

范家为了显示自己的富有，办了一场规格高、耗资大、参加人数众多的婚礼，在黑龙江巴彦、双城堡一带也是拔头子的。光接新娘子的喜车就七百多辆，迎亲、送亲的队伍约五里长，几千号人，一路上抛撒银子、铜钱，大人、小孩儿跟在彩车后头捡。锣鼓喧天，鞭炮齐鸣，当当当、咣咣咣、噼噼啪啪之声不绝于耳，从早响到晚。到场的人皆言，老蔡家、老范家的婚礼办得真像样儿，热闹异常，空前绝后，谁也比不了，称得上塞北的豪举了，必传为佳话。然坐在喜车里的新娘子却泪流不止，初始对这门亲事本不愿意，平生只嫁一次，还是做二房。可是又有啥法儿呢，父亲的决定能不听么？二房总比三房、四房强，反正这个攀龙附凤的牺牲品算是当定了。一路上，送小妹出嫁的兄嫂不停地劝慰，说是二房就二房吧，跟头房只差一个数儿，相差不大，头房不敢欺侮你。而事实怎样呢？范家并未将从蔡家聘来的姑娘排在大房之后，因为范蔼仁早已娶三房妻妾了，蔡家姑娘进门只能排为四房，只是此前未向蔡家讲而已，甚至范家去迎亲的当天都没说。另外，巴彦离双城堡四五百里地，路途远，道又不好走，哪像现在呀，四通八达的。那时候几乎没什么路，到处是老林子，走的人多了才踩成了路。由于交通不便，消息自然不灵通，闭塞得很，蔡家也就不易知道范家的更多情况，只着眼于名声和地位了，认为这样的人家可以信赖，根本想不到范文举父子撒了个弥天大谎。蔡家的姑娘聘过去之后，一看做的是四房，方知上了当。可生米已经煮成熟饭了，还能反悔么？嚷嚷出去也不好听啊，蔡家的脸都没处放，事已至此，只能吃这个哑巴亏了。四太太曾多次回巴彦娘家哭闹，向父亲诉怨，蔡庄主总是不厌其烦地劝慰道："老丫头，差不多就行了，别闹了，认了吧。二房也好，四房也罢，又能怎样？反正都是范家的媳妇儿，得一样对待。不管咋说，蔡家跟范家算是挺有缘的，人家的门槛儿比咱高，朝中、盛京皆有做官的，咱也跟着沾光了，背靠大树好乘凉。挺门过日子哪儿那么容易呀，指不定啥时候遇上什么不可解的事儿，少不了求他们，能出手相帮就烧高香了，知足吧，有多少大豪绅想巴结还巴结不上呢！你知道么，皇上已下旨，彻底清查各家各户名下应有及私占田亩数额，并且重新登记造册。眼下风声很紧，为保住蔡家的家业，必须与范家联手予以抵制，方能闯过此关。在这个非常时期，你作为蔡家的女儿得顾全大局，别太较真儿了，权当替家族着想了，忍了吧！"

四太太一看，父亲都没辙了，自己又能怎样？只能打掉牙往肚子里咽，转天便含泪回转了。

范蔼仁的八房妻妾性格各异，各揣心腹事，都不是省油的灯。碰到对自己不利的事儿，所持态度迥然不同，有的舌剑唇枪，当仁不让；有的钩心斗角，尔虞我诈；有的忍气吞声，暗中较劲。可谓强者风骚，弱者心焦，日子并不好过，还时不时地唱台争风吃醋的大戏。那时大户人家娶媳妇儿，女方光貌美不行，家境比模样儿更重要，首先要看的是地位高低、权势大小、财产多少，人品如何是次要的。有的闺女虽然长得不怎么样，但只要娘家有权有势底子厚，嫁出去后，在婆家便被高看一眼，一般不敢惹。就拿范蔼仁的前四房儿媳妇儿来说吧，大夫人钱氏乃大户人家的千金，家中资财与范家不相上下，称得上门当户对。长相漂亮，精明能干，能说会道，善于看眼色行事，鬼点子多，论要手腕儿谁也不如她。为人强势、霸道，说出的话就是圣旨，必须服从。需软下来时，又能做到引而不发，一再忍让，酸甜苦辣全能受。还懂点儿医道，家中谁要是头疼脑热的，经其一治，手到病除。平时有操不够的心，家里家外啥事儿皆过问，哪儿都少不了她，得到了丈夫范蔼仁的信赖，乃名副其实说了算的头房。

二夫人李氏家境也不错，然身子骨儿弱，自打嫁到老范家总病病歪歪的，至今未生养，故而在妻妾中硬气不起来，跟谁都不敢攀比，天天在屋里待着，很少出门。尽管是个病秧子，心气儿倒蛮高，看不上这个、瞧不上那个的，只是不说而已。范蔼仁若是长时间不去二房处，净往别的妻妾屋里钻，她有气没处发，要么冲贴身侍女使性子，要么背地里跟某位夫人嚼舌头，说长道短。

三夫人的娘家姓齐，排行老五，父母靠租种范家的土地过活，一家老小勉强糊口。那么，范蔼仁怎会把贫穷之家的闺女娶进豪门呢？只因齐家五姑娘模样俊俏，肤色白净，身条儿匀称，性情温和，他一眼就相中了，什么家境、权势都不考虑了，非纳为妾不可。其父喜不自禁，未承想五丫头竟能攀上高枝儿，给鼎鼎大名的范庄主当老婆，从此自家也该时来运转了，乐得烧香磕头庆幸此姻联得好。齐氏还算懂事，知道自己出身卑微，地位低下，只凭秀美的姿容嫁入范家，别无他故。正是由于底气不足，所以在家中表现得不那么张扬，颇为随和，老老实实的，不多言不多语，跟姐妹们相处得十分融洽。丈夫晚上愿到自己的居处，那就好生伺候，走后多时不来，不问也不恼。你还别说，肚子倒蛮争气，一年头儿便开怀儿了，相继生下一男一女，总算有点儿资本了。尽管如此，她仍像原先一样，嘴巴严得很，对后来娶进的四夫人从不品头论足。看着丈夫常到新人那儿去，不仅不嫉妒，还一口一个四妹子地叫着，显得非常亲热。这恰恰是她的夺人之处，表面上不动声色，不打听姐妹间的大事小情，不搅扰任何人，似乎这个家中没有三夫人存在，暗地里则把全部精力放在悉心哺育为范家所生的一对儿儿女身上。有孩子了，开销自然较前大了，大太太钱氏在给各房分拨银子时，常常多给三房点儿，范蔼仁也背着其他妻妾送些首饰，齐氏乐不得收下。她很知足，也很庆幸，觉得不争不要不失为绝妙的好招儿，一个穷人家的孩子踏进富贵之家的门槛儿又能怎样？啥也不比其他姐妹少，不用操心，不缺吃不少穿，这不挺好嘛，正是自己想过的日子。高兴还来不及呢，管那些与己无关的闲事呢，自得其乐比啥都强。

　　四夫人与三夫人截然不同，啥能耐没有，天天就知道涂脂抹粉，描眉打鬓，当阔太太。只因在娘家排行老小，娇生惯养，衣来伸手，饭来张口，不操心、不费力且处处要尖儿，哥哥、姐姐皆让着她。正事儿不寻思，不懂生计和治家之道，不知庄稼怎么长出来的、家业怎么发起来的，不能替作为庄主的父亲着想、急其之难。要么摆出一副大小姐的架子吆三喝四，要么像喜鹊一样喳喳叫，使得家中上下人等不胜其烦。当初让她嫁给范文举之子当二房，那也是在父母双亲的一压再压下，不得已才上了花轿。然而聘到范家后可就行不通了，一切全变了，其他姐妹倒没怎么样，唯掌家的大太太看她眼眶子发青，没事儿总找碴儿，时不时地让其生气、受憋。缘何如此呢？这蔡家老丫头嫁到范家没多久，经观察，发现二太太、三太太基本没啥说道，比较好相处，不在自己话下。

大太太却非同一般，在婆家可谓一手遮天，说一不二。生气时，脸一绷，犹如母夜叉；高兴时，嘴一咧，犹如笑面虎。二房、三房知道惹不起人家，在大房面前总是溜溜儿的，大气儿不敢出，认为多一事不如少一事，还是敬而远之为好。天不怕地不怕的四太太哪儿受得了哇，本来性子就急，加之城府又不深，肚子里装不了二两香油，心直口快，不绕弯子，想到啥说啥，说完拉倒，嘴巴总是闲不着。所以每当看大太太不顺眼时，心里越发不服气，嘴就没把门儿的了，不管三七二十一，到处胡嘞嘞。说者无心，听者有意，二太太听在耳中，记在心里，为溜须大房遂偷偷告知。大太太知道后能不又气又恨么，可表面上看不出什么来，似乎比平日更关心四妹妹，主动嘘寒问暖，却在暗地里下绊子，让你摔个嘴啃泥，只听辘辘把响，不知井在哪儿。而且做得滴水不漏，不用事后揩屁股，任谁抓不着把柄，找不到真凭实据。就跟征服夺魂僧者和静空大师一样，事儿做完了，谁也不知道，甚至让你丝毫察觉不出，干净利落。

没有心计的四太太也知道自己不是大太太的对手，斗不过人家还不想服输，气得火冒三丈，将其看成眼中钉、肉中刺，发誓非扳倒这块绊脚石不可。但又没那两下子，思来想去，决定借助丈夫之手实施之。吹枕头风，不着边际地说些大房的坏话。不过效果并不好，使其很是心烦，啥兴致都没了。让四太太无可奈何的是，别看老爷很少夜宿大夫人的房间，平时也看不出俩人如何亲近，但不管谁说大夫人的坏话他都听不进去，家里家外遇有啥事儿都听大夫人的，就信着她了。

范蔼仁好色、贪财不假，为保住范氏家族的家业也巧于经营，对朝廷、官府用得着的上下人等绞尽脑汁地予以打点，使得相互之间的关系越处越近乎，地位在北地众多的大小堡子庄主中是数一数二的，自信绝非庸碌之辈。之所以混得像模像样、出门前呼后拥、谁也不敢小瞧，除自身的阴险狡诈、能算计外，再就是有治家本领的大太太全力辅佐，这一点范蔼仁心中是有数的。他知不知道钱氏霸道呢？不仅知道，还乐不得如此。为啥呀？大小妻姜共八房，今天你这个事儿，明天她那个事儿，后天两房打起来了，还不得把范府上下闹腾个鸡犬不宁、将一家之主范蔼仁扯巴零碎了？他哪有闲工夫管这些磨牙的事儿呀，没个能镇住各房妻姜的人肯定不行。

前书讲过，大夫人钱氏虽说年龄过口儿了，快到半老徐娘的岁数了，但很会保养，姿色依旧，还是那么漂亮、妩媚。其脑筋灵活，遇事不慌，拿得起放得下，帮助丈夫出了不少治理堡子的点子，且屡屡奏效。她身上的长处是别的妻妾不具备的，更学不来，范蔼仁能不高看一眼么？愿意听命于她，也离不开她。这种情况下，对四夫人所吹的枕边风哪能听得进？今儿个吹，明儿个吹，后儿个接着吹，一来二去便被吹烦了，甚至一看到四夫人就头疼，渐渐开始疏远之，躲避之，到另几房妻妾那儿寻乐呵去。

没头脑的四太太却傻狗不知臭，到处找老爷，寻不到就把一肚子火儿全撒到大太太身上，认为肯定是她在中间使坏，闲着没事儿总到老爷跟前乱叨叨，使其对自己没了兴趣。她坐在屋中越寻思越来气，将桌子拍得山响，好哇，你个黄脸婆，不整本太太心难受是吧？我也饶不了你！再怎么折腾，即使天天泡在奶缸里，照样挡不了人老珠黄，能争得过我们吗？这回还变招儿了呢，不一对一地较劲了，而是与众姐妹联起手来一块儿跟你斗，我就不信有天大的本事能以一当十，谁怕谁呀？从此，四太太有事儿没事儿便往另几房跟前凑，添油加醋地数落大房一番，声称范府的家主是老爷，咱都是老爷的妻妾，谁也不多啥，谁也不少啥，应当平起平坐，凭什么听大房呼来唤去的？可姐妹们各揣心腹事，各打各的小算盘，皆知老四有口无心，头脑简单，得啥说啥，任吗本事没有，也就不想听她的，不过做法不尽相同。五太太、六太太心眼儿来得快，见老四只是瞎嚷嚷，叫起真章儿来根本不是大房的个儿，为避免招惹是非悄悄引退了，以各种理由不跟老四见面，尽量躲着她。七姨太、八姨太则表面随声附和，背地里一言不发，静观其变，等着看热闹。只有二太太、三太太态度和缓，不回避老四，也不掺和，置身事外。

你想啊，时间一长，四太太的所作所为能不传进大房的耳朵里么？何况各房身边的侍女中皆有大太太安插的耳目，对其一言一行了如指掌。四太太却一点儿没察觉，还自以为是，摆出一副满不在乎的架势，好像谁都不如她。钱氏每次见到四太太，仍然不动声色，并以大姐之身份关切地询问最近身子骨儿如何呀？缺什么少什么呀等。逢年过节赏各房的金银哪，平时分拨的胭脂呀、绸缎呀、布帛呀、针头线脑儿等生活用品，其他妻妾一般多，唯三房、四房那儿破例多送点儿。四太太对此不仅不领情，还各处散布，说是大太太净干缺德带冒烟的事儿，因心里有鬼才惧怕她，并以小恩小惠收买之。

钱氏闻听后，恨得牙根儿疼，外表却装作毫不介意，暗中开始用心劲了。一天头晌，她唤来了安插在四房身边的侍女山杏，先是赏了点儿碎银子，然后让其仔细想想，除了此前告知的有关情况外，四太太还做了哪些背人之事？山杏寻思半天，忽然拍着脑门儿道："噢，大奶奶，小的想起来了，四奶奶去年生二姑娘时，冲账房儿袁师爷要了双份儿银子，每份儿五十四钱六分，声称为了育婴养生用。没过多久，又从账房处取了两锭三十八两银元宝，前后两次都是袁师爷私下给平的账。"

山杏的话引起了钱氏的注意，随即着手暗查，发现账房师爷袁小鬼、人称"铁算盘"与老四有一腿。原来四太太正当年，丈夫今晚去这房处，明晚去那房处，就是不着四房边儿，漫漫长夜，怎甘独守空房？每当无事可做不是去各房那儿串门子、东拉西扯一阵儿，就是去乡间小路或林边溜达，释放一下心中的怨气，渐渐便被袁小鬼瞄上了。他听说四太太好一口，即爱占小便宜，觉得有机可乘，贵重的金银饰品咱送不起，小来小去的东西还行。于是这次给送个头钗，下次送块衣料子，过几天再送对儿耳环。嘴巴又甜，像喝了蜜似的，净拣好听的说，尽力讨好儿之。一来二去的，四太太就找不着北了，主动投怀送抱，袁小鬼如愿以偿地将其划拉到手了。从此二人亲热无比，如胶似漆，天天缠磨在一起，谁也离不开谁。时间不长，竟发展到只要袁小鬼一晚不来，四太太就像丢了魂儿似的，站也不是，坐也不是，躺在炕上翻来覆去睡不着，甚至瞪着双眼瞅到大天亮。袁小鬼已把四太太摸透了，不就是贪小嘛，要啥都应承，想方设法满足她，天天哄得乐呵呵的。四太太以为背着丈夫偷男人做得很隐蔽，天衣无缝，不会有人知道。故而闲来无事时，照旧大模大样地去各房那儿出溜，连比画带说的胡诌一气，矛头仍然对准大太太，横竖就是跟她摽上了。

钱氏对四太太与袁小鬼苟欢及到处埋汰自己等事装作不知道，跟家中上下人等从未提起，也不宣扬，心里话："好个蠢老四啊，纯粹是腔眼儿拔罐子作死呢，穷咋呼啥呀，等着瞧，有你哭不上溜儿的那一天！"

然而未待钱氏惩治四太太呢，这不，今晚却听到小鱼子讲出那么一番话，如同头顶响了一声炸雷，心中不由得一震，继而感到十分不解："我做事一向当机立断，早已把派到一空斋伺候大和尚的六个小童和两个更夫秘密远卖赤峰了，除了他们没人知道细情。无论如何想不到竟被老四盯上了，动不动就借题发挥，指桑骂槐，她很少去一空斋，怎么捕捉到的呢？这可小觑不得，不能等闲视之，更不能继续扩散，必须想法儿封住老四的口。"

令钱氏始料不及的是袁小鬼自打和四太太好上后，处处维护之。袁小鬼是范蔼仁相中的人，很受器重，账房诸务皆由庄主亲自过问，不准妻妾们打听。由于大太太需参与决策堡内的一些要事，还要负责给各房分拨花销的银子，有时得翻阅一下金银财宝的往来账目，以便做到心中有数。然袁小鬼并不那么好摆弄，或许是四太太的话听多了，越来越不把大太太放在眼里，你要账本我偏不给，总用各种托词加以拒绝。还凭借范蔼仁对自己的信任，时不时地在其跟前散布"母鸡打鸣，家主丧命"之类的话，目的是提醒庄主不要过于倚重大夫人。

这到底咋回事儿呢？俗话讲，冰冻三尺，非一日之寒。大太太钱氏、其弟钱如民、账房袁小鬼这三人之间早有矛盾，表面过得去，背地不和，钱氏一直盼着有个机会狠狠收拾袁小鬼。乍起先，钱如民和袁小鬼皆被范蔼仁所器重，看成是自己的两个把家虎、两把铁算盘，乃左膀右臂。早在其父范文举当家那时就立下了规矩，即妻妾们没事儿不准去账房，更不准过问往来账目。逢年过节时，各房该给多少体己钱，家主说了算，一一划定后，由账房先入账，再分拨下去，而且各房所得数量不等，互不公开，有多有少。到了范蔼仁这代略宽松些，允许大夫人帮着治理堡子，掌管家常事务，划定分拨给各房的纹银数额，核对金银出柜、入柜之账目，其他妻妾不许参与。对钱氏插手账房之举，几位账房先生私下里皆认为不妥，但考虑到此为范家内部之事，便未公开表态。唯袁小鬼反应强烈，本身就是个机灵鬼，善于投机取巧，雁过拔毛，这下可好，想从中做点儿手脚，门儿都没有。钱氏比他更机灵，又太聪明，道眼太多，横草不过，两个鬼心眼儿碰到一块儿那还有好儿哇，谁也不服谁。从此，袁小鬼总在范蔼仁跟前极力贬低大太太的作用，想方设法缩小其权限，一再叮嘱庄主应按祖制从事，一个女人家不能管得太多。范蔼仁不以为然，遇到什么不可解的事，该问大夫人的照问，该放权则照放权，袁小鬼十分不快。

随着时间的推移，袁小鬼和钱氏的关系越来越僵，你踢我一脚，我给你下绊子，后来发生的一件事竟使双方达到相互仇视的地步了。咋的呢？论管理账房的能力、理财的熟练程度，钱如民不如袁小鬼。但前者有根基呀，乃庄主之大夫人的同胞手足，遇到该给私房钱了、提拔了等好事，做姐姐的当然得替亲弟弟说话了。也巧了，正赶上范蔼仁要设置账房总师爷，雇用了好几位账房儿，总得有一个头儿，便于管理。在同大夫人商量人选时，钱氏当仁不让，立马推荐了自己的弟弟。范蔼仁听后，虽觉不太可心，但禁不住夫人的如簧之舌，最终还是点头答应了。就这样，钱如民顺利当上了范氏家族账房的头号管账总师爷，袁小鬼为其属下，乃二师爷。鉴于钱如民是大太太的胞弟，袁小鬼为自保，只得处处讨好儿之，句句话听之，事事看其眼色行之。生怕万一惹其不高兴，丢掉账房二师爷这个好差事不说，还得把自己撵出范家堡子。

决定一个家族的贫与富、兴与衰，固然有多种因素，其中最关键的则是执掌财权之人是否胜任。他应既是行家里手，又会精打细算，不乱花一文钱，往来账目笔笔有宗，此乃家族兴旺起码要做到的。钱如民初当总师爷时还行，管账挺认真，手把儿紧，称得上能为姐夫、姐姐负责，得到了他们的认可，后来才渐渐变的。他同范蔼仁一样，每喝必醉。袁小鬼看在眼里，记在心里，为能在范家账房站得住脚，于是开始拉拢钱如民，投其所好。这小子挺坏呀，闲来无事时，便拉着钱如民去小酒馆儿，叫上两三盘儿小菜、一壶酒，一喝就是半晌，每次都醉醺醺地回来，几乎天天如此。还帮其物色女人，发现范蔼仁的六夫人虽然长相不算漂亮，但看上去挺精神，又常常独守空房。袁小鬼见有机可乘，遂在二人之间拉起了皮条，这边引逗钱如民去六太太处消闲解闷儿，那边对六太太摇唇鼓舌，说是总师爷早就看上你了，何不成就好事？并主动请缨，答应给望风看门儿。钱如民初始不大敢打姐夫老婆的主意，可架不住袁小鬼一而再、再而三怂恿啊，拿起一瓶老白干咕嘟咕嘟喝完后，酒壮色胆，抬腿就朝六太太那儿去了。

俗话讲，世上没有不透风的墙，此事很快传到了大太太耳朵里。她是什么人哪，猴精猴精的，眼珠儿一转便猜个八九不离十，一想到袁小鬼就气得不行，立马把弟弟唤到跟前，关起门没鼻子带脸地损开了："钱如民，你真浑哪，良心让狗叼去了，还是脑袋灌浆了？兔子都不吃窝边草呢，你却骑到自己姐夫头上拉屎，是人做的事儿么，对得起谁呀？倘若嚷嚷出去，好听啊，今后在范家堡子咋端账房总师爷的饭碗了？想没想过自己丢人现眼不要紧，连我也得搭进去，姐俩一块儿让人家背地里指指点点的，划得来划不来？拉皮条乃制造窟窿桥，让你上当，为的是抢夺账房总师爷那个位儿，你就往里钻，真是傻透腔儿了。我可警告你，必须跟老六一刀两断，离袁小鬼远点儿，否则姐姐不活了！"说着，转身从柜子上拿起事先备好的菜刀就要抹脖子。

钱如民一看，吓得脸都白了，赶忙上前夺过刀，扑通一声跪在地上起誓发愿道："姐呀，这是何苦呢，弟弟听你的还不成么？我跟六太太干那事儿就两回，放心吧，绝不会有第三回，再去不得好死，天打五雷轰！"

通过这件事，钱氏越发憎恶袁小鬼，认为此人歹毒诡诈，又坏又阴，不可不防，应尽早撵出范家堡子才是。

过了些日子，钱如民被行辕的骑兵劫去了，后来竟不明不白地死在霍龙沟的地窖里了。袁小鬼闻听后，背地里这个乐呀，头上总算没人压着了，账房总师爷的位儿该轮到我坐了，除非你大太太有能耐让亲弟弟重新活过来。果不其然，时隔不久，范蔼仁让袁小鬼接替了钱如民的位置。小人终于得志，愈加趾高气扬，不可一世。然再聪明的人也有算计不到的时候，大太太抓住了袁小鬼的把柄，别说与四太太私通这么大的事儿呀，就是账目记错一小笔，被范蔼仁知道了，肯定不会饶恕。钱氏经反复思谋，认为既然鬼怕恶人，不妨想法儿制服之，迫使袁小鬼不得不听我调遣，反正暂时也不能扫地出门，因为庄主必须用他。为啥呢？其一，袁小鬼的算盘子打得溜，准确、利落，在吉林地方是出了名的。核定资金时，往往是旁边的人一笔笔念得有多快，他手拿算盘噼里啪啦打得有多快，连续扒拉两个时辰丝毫不会差，就这么神。这可不是所有的账房都能做到，范家除了他，没人可替代。

其二，袁小鬼掌握一种特技，即袖里吐金之术。你口述数目，他用一只手在袖筒儿里掐指加心算，百千万兆皆能算明白，既准又快，不会出错儿，没有不佩服的，故此得一绰号"铁算盘"。账房乃重要之地，哪个堡子都巴不得有这样的人管理钱柜，范家也不例外，当然得用他。

其三，袁小鬼与在吉林将军衙门干差的秦名远有走动，有人不止一次地看见过他俩凑到小饭馆儿喝酒，关系似乎挺密切。袁小鬼身在范家账房，乃二师爷，对钱如民藏匿土地大账之事或许知道一些。因为当时从仓库往外搬运账本时，一摞一摞的，又多又沉，钱如民一个人干不了，还不准仆人插手。这种情况下，范蔼仁不得不找来了帮手，那就是袁小鬼，整个搬运过程他都在，事毕方离开。而今钱如民死了，无法对质，无论谁问那些账本究竟藏于何处了，袁小鬼不是尽量回避，就是守口如瓶，只字不提土地大账之事。钱氏和范蔼仁都曾感到很奇怪，袁小鬼为啥如此反常、到底知不知底细、参没参与账本的藏匿？一切皆不清楚。这样一来，既不能让他跑掉，也不能置于死地，只能留活口，在严密地监视下于账房卖力，将来再想办法撬开他的嘴。至于袁小鬼跟四太太偷情胡混，没准儿是歪打正着呢，反正在我眼皮底下也待不了几天了，给点儿甜头儿有利于下一步计划的顺利实施。

钱氏想好后，于一天晌午，趁范府内各房都在睡午觉之时，打发小狗子把袁总师爷唤来。毕竟是大太太有请，袁小鬼即使再不愿见也得去，于是在小狗子的引领下，来到了大太太居处的东厢房。进了屋，先给坐在桌边太师椅上的大太太请了安，然后也大模大样地坐了下来，候听下文。钱氏令小狗子到门外等着，不得走远，随时听从吩咐。小狗子应了一声，转身退出并关上门，老老实实地站在门口儿。钱氏神情严肃，脸色阴沉，抬眼瞅了瞅袁小鬼，半天没吱声儿。袁小鬼心中不禁一惊，犯了寻思："出什么事了还是咋的，叫我来又不说话，啥意思呢？"

正在丈二和尚摸不着头脑之时，钱氏突然来了个下马威，开门见山道："总师爷，打扰了，今儿个请你来是为一桩要事。我奉老爷之命，帮助清理积债，查阅一下往来账目。依总师爷的能力，所记各项应当笔笔有宗、清清楚楚，却发现有几笔支出对不上账，你是否知道？"

袁小鬼多奸哪，那是个人精啊，鬼心眼儿多得很。早就闻听大太太在各房那儿皆有耳目，账房乃管理钱财、记载各种物品出入的重要之地，怎能不安插自己身边之人？不仅有，还得是贴心耳目。一听大太太冷丁问到账目的支出不明，一时觉得不好回答，便随口敷衍了一句："噢，是么，不会有错儿吧？"

钱氏双眼死盯着他，紧接着又道："敢说没错儿？我问你，四太太多领银子是怎么回事儿？"说着拉开抽屉，从里面取出一个账本翻到其中的一页念了起来，哪年哪月哪日四房领了多少银子、从哪项支出的，哪年哪月哪日又领了多少、从哪本账上抹去的、如何平的账，一一列举出来，然后把账本推到袁小鬼跟前道："总师爷，听清了吧？请给个合理的解释。别怪事先未提醒你，不得有半句假话，那或许能蒙得过老爷，但蒙不了本太太，务必照实讲。"

袁小鬼看似没有任何反应，心里却思谋道："哼！以为来硬的我就怕呀，也不看看老子是谁，唬我可没那么容易。再说了，你也不一定掌握细情，倘若让个女人占了上风，那就没我好果子吃了，因此到啥时候都得咬紧牙关硬挺着，决不能被虚张声势吓住。"想到这儿，脸上显现出一副不屑一顾的神情，抬起左腿搭到右腿上，晃悠着二郎腿冷冷地顶撞道："大太太，此为老爷和四太太之间的事儿，跟你说不着。本人乃账房总师爷，除了庄主爷，任何人无权过问进出账目怎么记的，我也没必要一笔笔去解释。"

钱氏一向争强好胜，无论什么事只要做了，决不善罢甘休，必须干到底，不操胜券永不后退。她见袁小鬼态度傲慢，没瞧得起自己，还给了个不软不硬的钉子吃，神经立马被刺痛了，认为对方辱没了庄主夫人的尊严，索性一不做，二不休，回头便喊小狗子。小狗子应声儿而入，问道："大奶奶，何事唤小的？"

钱氏吩咐道："赶紧去前院儿，叫两个炮手来！"

何为"炮手"？乃范氏家族专门豢养的猎手，又是打手。都膀大腰圆，体壮如牛，凶神恶煞，随时随地听从主子调遣，指哪儿打哪儿。不一会儿，两个炮手一前一后进得屋来，钱氏没说话，只冲他们使了个眼色。二人会意，走到袁小鬼跟前，拽住两条胳膊往后一背，像拎小鸡似的提溜起来，疼得他妈呀、妈呀不是好声儿地叫唤。钱氏双手抱于胸前，撇了撇嘴道："袁小鬼，想必早已闻听范家堡子炮手的厉害，也应该知道在本太太面前，任何邪祟、妖魔鬼怪甭想混过去。账房总师爷同样不例外，先剥皮、烙铁烫，然后送官府，怎么样，招还是不招？"说罢手一摆。

未待袁小鬼开口呢，两个炮手一边一个将他的外裤欻地扯了下来，只剩一条短内裤，随即从内怀掏出了劁猪的尖刀。钱氏命道："小的们，动手吧，比比是他的嘴硬，还是咱的刀子硬。看来不知我大太太长有马王爷三只眼哪，你想摆谱儿、装横、蒙人，做梦去吧！"

话音刚落，其中一个炮手照其屁股蛋子就划了一刀，袁小鬼嗷的一声大叫，鲜血顿时冒了出来，屁股上现出一道长长的血口子。只见他疼得龇牙咧嘴，五官扭曲，顺脸淌冷汗，当即瘫倒在地，不得不说软话了："大太太呀、大太太，我说，我说，有……有这事儿，小的知罪，我全认。"

钱氏步步紧逼："怎么，我说多少，你就承认多少，打算一点点儿往外挤呀？还有什么见不得人的勾当，或者做了哪些对不起老爷的肮脏事，都给我如实招来！"

袁小鬼一听，差点儿没吓晕过去，心里划了魂儿："哎？怪了，难道我与四太太相好她也知道？这事儿绝对不能招哇，大太太心狠手辣，真要承认可就没好儿了，不仅出卖了心上人，自己也死路一条啊！"想至此，便信誓旦旦地表示道："大太太，小的确实没干见不得人的肮脏事，对老爷忠心耿耿，敢拿脑袋担保。若是查出来有对不起老爷的地儿，那就杀了我，死而无憾！"

钱氏冷笑一声道："还嘴硬是吧？说得像真的似的，看来你是不见棺材不落泪呀，好哇，让你见个人！"说着冲小狗子努了努嘴儿。

小狗子领会其意，转身出屋，三步并作两步地跑到四太太居处，说是大奶奶有请。四太太预感到不妙，俯身抱起躺在炕上的二丫头，也没唤贴身侍女跟随，因不想让下人知道更多，便同小狗子一块儿出了房门，故意将脚步放慢，心里思谋道："大太太叫我没好事儿，即使知道背地骂她了，也不用怕。如果弄大发了，那就到老爷跟前告状、哭闹，谅其不敢把我怎么样。"这么想着，也就没在乎，毕竟心里着急呀，不由得加快了脚步。二人到了大太太的住处，见钱氏已站在东厢房门外等着了，四太太边往里走边阴阳怪气地说："大姐呀，今儿个刮的哪儿股风啊，传四妹有何贵干哪？本太太行得正走得直，没偷没抢没养汉，不怕半夜鬼叫门，心里有话憋不住，有啥说啥，犯着谁了还是惹着谁了？"

钱氏心里明镜似的，知道这是在敲打自己，抿着嘴并不回话，抬手将里屋门帘儿撩起。四太太前脚往里一迈，冷不丁吓了一跳，见两个炮手正架着顺裤腿子淌血、脸色惨白、浑身抖个不停、耷拉着脑袋一声不吭的袁小鬼。这时，钱氏发话了："四妹子，看见了吧，你俩干的那些男盗女娼之事不用瞒了，袁总师爷早就招了。咱范家堡子除了老爷蒙在鼓里，剩下的有一个算一个，无人不知，无人不晓。今天也别掖着藏着了，你们当面锣对面鼓，该承认的谁也甭想推，已到竹筒儿倒豆子全抖搂出来的时候了。若是如实讲，做姐姐的必帮四妹忙，大事化小，小事化了。若是说谎蒙人，别怪大姐不讲姐妹情分，肯定得闹扯大喽。到那时，后悔可就来不及了，何去何从，自己选择。"

四太太这个人前书介绍过，从小娇生惯养，十分任性，想咋样就咋样，谁的话也不听，自己没啥能耐，还轻易不服人。此刻，面对当家大太太摆出的阵势不仅未被吓住，反而气不打一处来，双手叉腰刚要发火儿，袁小鬼忽然抬起头来抢先说道："大太太，求你高抬贵手，饶了小的吧！四太太可是正经人哪，不能无端地朝其身上泼脏水，即或给我十个胆儿也不敢干那事儿呀，冤枉啊！"言外之意是告知四太太，大太太诈你呢，没有任何根据，纯粹是捕风捉影，我此前什么也没说，千万不能承认。

然而四太太哪是听话的主儿哇，充耳不闻，油盐不进，心里恨透了大太太，气得脸色铁青，两眼直冒火星儿，怀抱孩子跺着脚破口大骂道："我说老钱婆子，你他妈吃饱没事儿撑的呀，未免管得太宽了，谁给的权力呀，不怕累个好歹的？还是先撒泡尿照照自己吧，然后再放狗臭屁！"

钱氏的脸腾地红了，直了直身子，故作镇静道："四妹子，骂有啥用？嘴巴最好干净点儿。别以为我愿意管那些烂眼边子事儿，还不是为了老爷的面子嘛，做也做了，有种的，哪能提起裤子不认账啊！"

四太太索性一不做二不休，晃着脑袋道："有钱难买我愿意，不是想知道么，明告诉你，本太太看上袁总师爷了，他对我有情，我对他有意，我们早就好上了，怎么着吧？我还不怕老爷知道，到啥时候都敢承认，是本人主动偷的男人，真心喜欢他，生不能在一起，死也要到一块儿，要杀要剐请便！"

袁小鬼万没料到四太太会破罐子破摔耍光棍，当即惊出了一身冷汗，知道事已至此说啥都没用了，只好用力甩开两个炮手，扑通一声跪在地上带着哭腔儿哀求道："大太太呀，求你了，行行好儿，放小的一马吧！这事儿责任在我，是我主动勾引她，与四太太无关。真要治罪，那就冲我来吧，小的先谢谢大太太了。"

钱氏听罢，刚刚还满脸怒气呢，这会儿却咧嘴乐了，遂命两个炮手把总师爷搀起来，让他屁股朝上半卧于炕头儿。又吩咐侍女用白绢为其擦拭血迹，拿过事先放于炕柜上装有治红伤药的小木盒儿，掀开盖儿，取出一小包粉末状的药面儿撒在创口上，以止血止痛。站在地当间儿的四太太很是心疼袁小鬼，忍了半天的眼泪终于止不住了，一对儿一双地往下掉。回头将怀中的二丫头递给大太太的贴身侍女，哭哭啼啼走上前，手忙脚乱地帮着忙乎。过了一会儿，钱氏令两个炮手、小狗子和侍女退下，将四太太拉到自己身边坐下，拍拍其肩膀道："四妹子，屋里只剩咱仨了，说话方便些。这就对了，人得敢做敢当，姐姐一向佩服你那天不怕地不怕的劲儿。四妹子，这二丫头长得又白又俊的，很是招人喜欢，模样儿与大丫头没一点儿相像的地儿，想必她不姓范吧？"

四太太听了这番话，半晌没吭声儿，暗自寻思道："这老婆子真够鬼的，表面不动声色，其实什么都知道了。人不能犯傻呀，光强硬吓唬不住人，脑筋得活泛点儿，到啥时候说啥话。反正已是理屈词穷、无路可走了，不妨态度先软下来，求其手下留情，保全自己的面子。若不然哄传出去，被老爷休了不说，也没脸回巴彦老家蔡家营子，更无颜面对父母双亲，到那时可就走投无路了，只能一头撞死。咳，人在屋檐下，不得不低头哇！"想到这儿，便侧过身拉住钱氏的手，求情告饶道："大姐，以往都是妹子不好，做了不少对不起你的事儿，说了些不该说的话，太不应该了，我混蛋，我糊涂。你大人有大量，不与小人计较，就原谅不懂事的四妹吧！实不相瞒，我跟袁师爷走得是挺近，或者说颇为亲热更恰当，他所给以的爱怜、照顾、知疼知热让我很受用。因为自打进了范家门，从未有人这样关心我，体贴我。有了他，感到有了欢乐，内心总是有所期冀，再不像以前那么寂寞无聊了。姐姐猜对了，二丫头确实不姓范，而姓袁，是我俩的孩子，也深知犯了大忌，不可饶恕。三人的命全揸在姐姐的手心儿里，让我们死，岂能活得成？四妹诚心诚意悔过并求你了，请给一条生路吧，谢谢姐姐了，我们将没齿不忘此大恩大德，今生今世当牛做马也心甘情愿。"

钱氏微微一笑道："四妹子，这话说哪儿去了，什么死呀活的，我可没那么大能耐，高抬姐姐了。你是我的妹妹，做姐姐的当然得护着了，天经地义，千万别言谢。"

钱氏的确不简单，那张嘴巴不白给，翻手作云覆手雨，化干戈为玉帛。方才双方还是仇人见面、分外眼红呢，这会儿只说了几句话便急转直下，云开雾散现朗朗青天了，四太太和躺在炕上的袁小鬼不仅不恨她了，反倒发自内心的感激。而钱氏则暗地里偷着乐，庆幸总算把老四制服了，省得那张没把门儿的嘴到处胡嘞嘞，有损我的尊严。现在是时候了，不妨趁热打铁，逼其就范，使得筹划已久的调虎离山之计顺利实施。随即显得越发近乎，充满怜悯，关切地询问二人今后打算怎么办？四太太思忖片刻，回道："我不想留在老爷身边尽享荣华富贵、继续做行尸走肉的夫人了，得换一种活法，与心上人远走高飞，哪怕去任何地方。只要跟袁师爷在一起，相亲相爱，把孩子抚养成人，即使吃再大的苦、天天喝西北风也愿意，决不后悔。"

钱氏摇摇头道："四妹子，不能轻易讲什么与心上人远走高飞，名不正言不顺。再说了，你们俩能跑到哪儿去？方圆百里皆为庄主爷的地盘儿，到处都有他的团练，倘若被抓回来就是个死，太不上算。妹子，我可提醒你，四夫人的名分无论如何不能丢，为啥呢？这么做对谁都好，既给自己留了面子，也给老爷留了面子，还保全了蔡家的声誉。因此，就是再不情愿，四夫人的桂冠必须戴在头上，绝不能摘，而且仍可与袁师爷在一起。"

四太太皱了皱眉，感到十分不解，问道："大姐呀，妹子越听越糊涂了，还有那好事儿？"

钱氏点点头道："当然有，先别急，听姐慢慢跟你说。前些日子，我同老爷已合计好了，准备在大疙瘩梁建处演武场，因此举乃范家堡子的机密，所以须派可靠之人去管理。小疙瘩梁那儿不是有七姨太坐镇么，你比她有本事，拿得起来放得下，干脆去大疙瘩梁掌印，还可与七妹较量较量管理实力的高低。不用愁交通是否便利，咱家有车有马，啥时候想堡子了，就回来几天，老爷也会随时去看你们的。至于袁师爷的去向，我得跟老爷商量一下，不过有一点是肯定的，即大疙瘩梁必设账房儿。或许老爷会派他去呢，明着是管账师爷，暗里不就可以天天和你厮守了么，此乃难得的机缘哪！你俩若是愿意同行，一切包在姐身上，我这就去找老爷，会尽量替你们争取的，明儿个告知准信儿。"

四太太和袁小鬼听罢，初始还以为是在做梦，待缓过神儿来，确信这是真的。二人惊喜异常，热泪盈眶，一个跪在炕上，一个跪在地上，咣咣咣磕了三个响头，感谢大太太的知遇之恩！钱氏连连摆手道："免了，免了，快起来，咱们谁跟谁呀，不可施如此大礼。"说着弯下身将四太太搀起，袁小鬼也起身下了地，钱氏又千叮咛万嘱咐了一番，四太太这才扶着一瘸一拐的袁师爷推门出屋，从侍女手中接过二丫头，乐颠颠地离去。

次日一早，钱氏梳洗完毕，在贴身侍女的陪同下去了范蔼仁处，一进屋便道："老爷呀，奴家昨晚不知犯哪门子邪了，翻来覆去折腾一宿也未睡着，满脑子净是咱范家堡子的事儿。我琢磨着在大疙瘩梁建演武场已迫在眉睫，时间不等人，须抓紧进行。二位大师也得尽快前往，着手前期的筹备，不过他俩不能掌印，唯老爷身边或信得过的人方可。那么谁合适呢？在几房中挑来选去，觉得老四还行。别看她在娘家娇生惯养的，嫁过来后显得挺泼实，没那么多弯弯肠子，心里装不住事儿，敢说敢干，这副担子能挑起来。另外，大疙瘩梁得设账房儿啊，人选我也寻思了，首要的条件是必须可靠。在现有的几位师爷中扒拉来扒拉去，逐一进行比较，最后选中了总师爷袁小鬼。此人管账没得说，鬼精鬼灵，头脑够用，对主子忠诚，值得信赖。他与老四一个管内，一个管外，倘若配合默契，可谓如虎添翼，大疙瘩梁那儿也就不用咱多操心了。怎么样，老爷意下如何？"

范蔼仁没有立即回答，坐在椅子上手托下巴、眼珠子骨碌碌乱转，思忖了好一会儿。觉得大夫人言之有理，考虑得挺周全，派四夫人去大疙瘩梁，应该是个不错的选择。一来可以借机让其离远点儿，省得天天叨叨些没用的，还在妻妾中挑事儿。给我添乱不说，搅得上下鸡犬不宁的，这下心静了。二来以她的个性和能力，虽然不如七姨太，但完全可以替我在疙瘩梁挑担子，总是自家人嘛，比用外人强多了。至于让袁小鬼去那儿管账房，谁都得承认此乃最佳人选，不过真有些舍手，尽管身边还有其他几位账房儿师爷，却没有总师爷那铁算盘能耐。然为了壮大范家堡子的力量，眼下只能寄希望于大疙瘩梁，建演武场也好，招募团练也罢，包括在山洞中制造兵刃，皆需银子作为支撑，故而务要派位既得力、又有本事的人到那儿理财，此人当然非袁小鬼莫属。想到这些，也就没有提出什么异议，点点头表示同意了。

钱氏与丈夫合计毕，起身出得门来，前去传告四太太和袁小鬼，说是老爷认可我的极力推荐了。你们抓紧时间收拾收拾，打点行囊，做好出行的准备，五日后起程，估计那时袁师爷的伤口也恢复得差不多了。说心里话，其实她对老四很不放心，也知道远没有老七那两下子，为尽快将其打发走，才当面儿说些违心的话。而此刻，目的达到了，心又悬起来了，不得不再三叮咛道："四妹子，你可看见了，姐姐该做的都做了，这回称心了吧？反过来你也应对得起姐姐的良苦用心，别让我失望。到大疙瘩梁之后，虽然人不在范家堡子了，但一切依旧得听姐的。不能由于换了地方，环境变了，进了一些新人、过些日子又不知仨瓜俩枣了，随心所欲、口无遮拦地到处瞎嚷嚷。一定切记耳要尖，嘴要严，脑袋瓜儿要转得快，有损范家声誉的话一句不能说。人外有人，天外有天，隔墙有耳，勿要时刻防范。除此，你与袁小鬼私通之事也不能露出去，被人耻笑且不讲，还把姐给装进去了，以后没法儿向老爷交代。再者，招募团练、建演武场、私自打造兵刃等，都是违犯大清律的，乃范家堡子的机密，不能往外讲。平日里，公开露面的只有两位大师和袁小鬼，你就在家伺候千金，别的心不用操，有重要之事非出面不可再过问。大疙瘩梁那儿有一部分佃农，还要陆续迁进一些人，全归你管，交上来的租税由袁师爷查收并登记造册。不过可有一条，倘若行辕的富俊带官兵去查并发现了端倪，必刨根问底。到时候你们得替老爷担着，坚称是自己的主意，从外地找人打造兵刃为的是护庄，千万不能往老爷身上推，能做到吗？"

四太太一听害怕了，脸都变色了，立马反悔道："大姐呀，我们不去了，不去了，干违犯大清律的事儿是要掉脑袋的，多吓人哪！"

钱氏沉下脸，冷冷地说："什么，不去了？也成，那咱当众把你俩偷偷摸摸干的那些事儿全抖搂出来，然后送交官府按大清律予以惩治，女人养汉犯七出之罪，必被点天灯。知道么，姐这是替你们着想，不能不识抬举，路怎么走自便，到了吃不了兜着走时，别埋怨我就行。"

四太太顿时傻眼了，急得双泪横流，继而不管不顾地放声大哭起来。

袁小鬼见此，赶忙走上前轻声儿劝慰道："行了，行了，别哭了，以防别人听见。大太太这么做全是为咱好，人情得领，听家主的没错，你就应了吧！"

四太太一想，现在没别的招儿了，真是窟窿桥也得迈呀，只能先去大疙瘩梁看看再作打算了，这才抽抽搭搭地点点头不吱声儿了。钱氏遂从内怀掏出一个红布包儿，里面装有四百两纹银，递给四太太道："四妹子，这些银子是姐省吃俭用积攒下来的，出门在外不容易，留着日后用吧！"

四太太仍在掉眼泪，并未伸手接，一旁的袁小鬼替其接过。钱氏又道："你们到了那儿，四妹每年应分得的银子同在堡子里一样，一文不少。袁师爷该拿的年俸我已与老爷商量妥了，考虑到在疙瘩梁比较辛苦，用钱的地方多，决定增加五十两纹银，这已经破例了，还不是因为老爷对你高看一眼嘛！"

袁小鬼受宠若惊，深鞠一躬，对老爷和大太太为自己增薪表示感谢。实际上，钱氏在四太太和袁小鬼面前又一次要了手腕儿，那四百两纹银根本不是她给的，而是范蔼仁赐予的，为袁小鬼加俸也是范蔼仁提出的。二人在合计此事时，范蔼仁思虑再三后，同意让四夫人前往大疙瘩梁。总还是夫妻一回，不能说一点儿感情没有，知道老四即日要走了，当时便从银柜里取出四百两纹银用红布包好，递给大夫人道："你把这个给老四，日后用得着，不能苦了那娘儿俩。噢，对了，袁师爷的年俸再多给点儿，增加五十两。告诉他们，住在哪儿都不错，疙瘩梁山多树多，水草丰盈，是个挺好的地儿，我会抽空儿去看他们的。"钱氏倒是把红布包儿交于四太太了，但没有如实告知银子的来历，而是大言不惭地声称此乃姐姐的体己钱，顺便又在袁小鬼面前买个好儿，瞪眼撒谎脸都不红，够阴的吧？

到了第五天头儿，用罢早膳，钱氏唤来仆人、家丁，将四太太、袁小鬼准备带的一应诸物装上车，再用绳子捆得结结实实的。四太太怀抱二丫头泪眼汪汪地出得门来，在贴身侍女的搀扶下上了车，听罢钱氏的又一番叮嘱后，与袁小鬼一起上路了，全家上下人等目送其离去。就这样，钱氏等于把眼中钉四太太起出了范家堡子，而且撵得远远的，去了荒山野岭的大疙瘩梁，从此心静了，舒坦了，再也听不到背后有人骂她了。

四太太和袁小鬼走后，钱氏又来到一空斋，让此前早已打点完毕的夺魂僧者、静空大师即刻启程，前往大疙瘩梁。两位高僧在女施主跟前早就俯首帖耳了，从不说个"不"字，处处事事依其意而行之。二人皆着一身儿短打扮，上路时仍未骑马，还按老习惯徒步而行，被派去的管家、团练则乘车前往，范蔼仁偕六房妻妾一直送出二里多地方返回。

世间有两句谚语挺耐人寻味："骡子再熊，也能炮三蹶子。""小鸡不撒尿，各有各的道儿。"钱氏自以为聪颖过人，手段高明，不费吹灰之力击败了两个对手，不仅人精袁小鬼服了，连横踢马槽的老四也不得不跪地求饶。一想到这些，心里美滋滋的，且得意扬扬。殊不知她把一切看得过于简单了，四太太和袁小鬼不可小瞧，都不是省油的灯。前者自私任性，我行我素，啥也不在乎；后者藏奸耍滑，一肚子坏水，能屈能伸。他俩若是抱成团儿，待时机成熟，那就如鱼得水了，欠账者必还。袁小鬼可谓人如其名，心眼儿活泛，深知识时务者为俊杰。当他预感到了灾祸将至时，表面上情愿暂压一腔怒火，在钱氏跟前吃点儿亏，忍受皮肉之苦，败走麦城，暗中却企盼明朝换来大痛快。而四太太呢，别看心直口快，没那么多弯弯肠子，这回竟被大太太逼出了道眼，暗地里琢磨着不妨先让一让，忙什么？到疙瘩梁之后再说。老钱婆子，等着瞧，来日方长，耗子拉木锨——大头儿在后面呢！故而她表面上也服帖了，并一再感谢大太太的高抬贵手、宽宏大量，给自己留了条生路，不至于非走独木桥不可。不过话说回来，四太太原本在娘家天天只知享受，啥也不干，既挑剔又豪横，上下人等谁都得让三分。在仆人面前更是摆出一副大小姐的架势，傲慢无理，指手画脚，指东不能往西，都被折磨得几乎跑断腿了。嫁到范家后，照样任活儿不伸手，油瓶子倒了都不扶，还得好吃好穿好待承，并想在几房中说了算。无奈精明的大太太在前头挡道，比她还强势，比她还要尖，根本斗不过。琢磨来琢磨去，便开始去各房那儿串门子，专门讲大房的坏话，有的说，没的也说，只剩嚼舌头的份儿了。未承想舒坦日子没过几年，整治大太太丝毫不见成效，反过来倒被人家把自己给弄到深山里去了，她能不憋屈、不怨恨、不气急败坏么？

此刻，四太太无精打采地坐在轿车里，感到非常无聊，暗自思谋道："这个该死的老钱婆子，一大把年岁还争风吃醋，纯粹是因嫉妒才实施报复的，逼我离开范家堡子。很显然，其目的就是为了干净利落地斩断我与老爷的夫妻情，使其渐渐忘了世上还有个风情万种的四夫人，此招儿又阴又损，亏她想得出。范蔼仁太不讲究，不是说一日夫妻百日恩么，他倒好，连个屁都没放便把我打发了，哪有感情可言？真够狠心的了，就冲这，范家堡子也不值得留恋。"转念又一想："吾乃大户人家的千金，在蔡家营子那儿，任何人见了全得毕恭毕敬的，谁敢惹我不高兴啊？可现在变了，从此将蹲在穷山沟里苦熬时日，想发脾气骂人都找不着对象，真是天上地下呀！"想至此，心里不免一阵难过，只觉得一肚子苦水无处倒，愤懑之情无处泄，快要憋疯了，随即一股脑儿全撒向了袁小鬼，气呼呼地数落开了："我说袁小鬼呀，咋一点儿骨气没有呢，还是个男人么？胆子小得可怜，针鼻儿大的事儿都抗不住。人人皆言总师爷乃人精，他们可是瞎眼了，精明个屁，根本没多大脓水。我问你，为什么在老钱婆子跟前大气不敢喘，如同耗子见猫似的？但凡有点儿能耐，我也不至于跟你到深山老林子遭罪去，啥时候是个头儿哇，这么活着窝不窝囊啊？干脆一头撞死得了！"说着眼泪又止不住了，大哭了起来。

袁小鬼见此，忙掏出手帕为其拭泪，并轻声儿劝慰道："四太太，别哭了，你要相信我，在大太太跟前所说的话哪有一句是真的？还不是为了使她能放过一马，飞出笼子可是咱们的天下了。不信你就等着瞧，本师爷不是一般的铁算盘，往日所显露的本事不过九牛一毛而已。放宽心吧，没啥可怕的，等到了地方我给你变戏法，想看不？"

四太太立马止住了哭声，抬起泪眼看了看他，一头扎进其怀里，撒娇道："这个死鬼头，谁让我看上你了呢，一准是着魔了，活该自作自受。哎，把话说清楚，你要变啥戏法呀？"

袁小鬼笑了笑，没吭声儿，双手紧紧搂着四太太。过了一会儿，他掀开轿帘儿往外瞅了瞅，前面是没有尽头的千年古道，两侧是郁郁葱葱的密林，思绪似乎被什么缠绕着，纷乱而不宁。两辆车行进在山路上，其中一辆是轿车，车内除了他俩和二丫头外，还有四太太的两个贴身侍女。另一辆是平板带棚儿的车，里面坐着四个男仆，装有一些生活用品、衣箱、行囊等。车老板子边赶车边吆喝着，径直朝北驶去，奔往大疙瘩梁。车轮碾压着地面，在空旷的山野中发出咔啦、咔啦的响声，震得大地都在颤动。这条路忽高忽低，崎岖不平，人坐在车内颠簸得厉害，尽管身下铺着厚厚的被子，仍觉骨头架儿快晃荡零碎了。

走出六十多里地时，天色渐晚，袁小鬼拿过外袍披在四太太身上，然后跳下车，绕到车前坐到了驭手身边。走着走着，忽然发现前面不远处的道旁有位跛脚的行者，衣着打扮不像是当地的庄户人，身穿粗麻布衣裤，头戴斗笠，压得很低，只露半张脸。右胳肢窝儿挂根拐杖，右腿伸不直，蜷蜷着，全靠拐杖支撑，一步一步地蹒跚而行。袁小鬼被这个人的一举一动吸引住了，仔细一瞧，原来腋下所拄的不是什么正经八百的拐杖，就是根儿柞木棒子，略弯曲的那端当把儿，也没用刀好好儿削削，疙瘩、节子全在上面，只把枝杈去掉了。此情此景使他很有感触，心想："世上的生灵没有不自私的，人为财死，鸟为食亡，人不为己，天诛地灭。唯大自然大公无私，向人们提供了很多便利，万物皆有用，连柞木棒子都派上用场了，当然还得是人聪明啊！"

这时，车老板子扬起手中的长鞭啪啪连甩两下，辕马紧走几步，很快赶了上去，后面的车立即跟进。跛行客虽然听到声音了，但并未回头瞅这两辆车，仍低着头往前走，步履艰难，看似很吃力。当轿车超过跛行客时，袁小鬼动了恻隐之心，让赶紧停车，老板子忙将缰绳一勒，辕马站住了。轿车一停，后面的车也停了，袁小鬼回过头冲跛行客喊道："喂，老哥，既然同路，那就上车歇歇脚吧！"

跛行客抬头一看，见前边停着两辆车，一辆是轿车，一辆是平板带棚儿的车，知道此乃富贵人家的车驾，遂笑道："好啊，好啊，够巧的了，谢谢了。这一带山道难行、野兽多，我给你们做伴儿了，多个人多把力，遇狼心不慌啊！"

袁小鬼听了觉得好笑，寻思道："这位老哥不食人间烟火还是咋的？本来右腿有疾、走路一瘸一拐挺费劲儿的，我是为了帮他才让上车同行的，反过来倒声称什么给我们做伴儿、遇狼心不慌，就那腿脚还能打狼？真够不会说话的了。行啊，嗑瓜子儿嗑出个臭虫来，啥人都有，别挑他了。"这么想着，便往车夫那边挪了挪，为其腾出块儿地方。别看此人腿瘸，动作蛮麻利，到了跟前左手往车沿儿一按就坐上去了，两辆车继续往前赶路。走了没多远，搭车的跛行客把头上的斗笠摘了下来，方露出整张脸，看上去年龄将近半百，天庭饱满，浓眉大眼，厚嘴唇，宽下颏儿，剃着秃头，留着虬髯，身板儿挺结实。袁小鬼也是见过世面之人，打量一番后，开口问道："老哥，不是此地人吧，打哪儿来呀？"

跛行客回道："噢，打关里来。"

袁小鬼接着又问："天色已晚，前面很远都没有人家，不怕贪黑走夜路么？这一带的林子常有黑熊、野狼、虎豹出没，老哥腿有残疾，行动不便，为安全起见，应找处屯子住一宿，待天明再走，难道有急办之事不成？"

跛行客摇摇头道："不怕不怕，也没啥急事儿，只是平生喜欢走夜路，很想见识见识虎豹豺狼如何逞凶呢！关里的人皆言关外一片荒凉，密林蔽日，乃飞禽走兽的聚集之地。可我到这儿已经大半年了，晚上却从未碰到一只躲在暗处欲攻击人类的猛兽，不想见的能见到，想见的反而见不到，你说怪不怪？"说罢自管自地笑了起来。

袁小鬼继续问道："老哥，准备去哪儿呀？"

跛行客回道："还真说不准，反正闲着也是闲着，各处逛呗，走哪儿算哪儿。"

袁小鬼听此人说话支吾其词，显然是不想告知底细，也挺知趣儿，不再问了。见他有些累，面带倦容，于是掀开身后的轿帘儿钻进车内，陪着四太太和二丫头，正好倒出块儿地方让其歇一歇。跛行客往里挪了挪，背靠轿门儿坐在车夫的右侧，不顾冷风吹，闭上双目不一会儿便鼾声大作了。

此刻，天已完全黑了，月亮尚未升起，山风呼啸，刮得密林呜呜作响，两辆马车乘着朦胧的夜色在狭窄的古道上缓缓前行。突然间，传来噌噌两声响，从道东的林子里蹿出两个蒙面黑衣人，只几步便来至古道中间，挡住了去路，其中一人高声儿喝道："站住！此山是我占，此道是我开，若要从此过，留下买路钱。想活命就将财宝全卸下，否则别怪我不客气，把你们一个个全杀喽，听见没有？"

两个车老板儿见状，赶忙将马缰一勒，两辆车吱嘎一声停下了，然后跳下车，紧紧拽住了缰绳。为啥呢？黑衣人吼的那一嗓子，致使辕马受了惊，咴儿咴儿直叫。加之走的是古道，山高路险，狭窄难行，一不小心很可能连人带车滚下悬崖，车摔零碎了不说，人也一命呜呼了，所以务必先控制住马。车上的人全蒙了，四太太和袁小鬼一时不知所措，侍女吓得大气不敢出，男仆猫在车内不敢动弹，两岁的二丫头大哭不止，哭声在寂静的夜空回响，越发令人心慌。而那位背靠轿门儿躺着的跛行客却很特别，好像什么事儿都未发生，闭着双眼一动不动。袁小鬼从轿帘儿缝隙看了看他，心想："这位老哥咋睡得那么沉呢，如此大的动静竟未听见，是不是耳朵聋啊？"正琢磨呢，只见跛行客的头往轿门儿处一扭，小声儿说道："镇定，不要怕，一切由我应付。"

两个蒙面人见喊了半天，车上的人没反应，便走了过来，双手叉腰站在轿车前。他们知道，通常情况下，轿车里坐的是主人，后边带棚儿的那辆乃随行车，里面装着各种物品。而躺在驭手位置右边的人大多是管家或仆从，便打算先把他拽到地上，再去撩轿帘儿，喊出车内的主人，向其索要财物。二人绕到轿车右侧，刚要伸手往下拽，看似睡着的那人忽地坐了起来，把斗笠戴在头上，右胳膊朝外一搪又一甩，高声儿断喝道："住手，不许胡来，明火执仗，真是胆大包天！"

或许是跛行客右臂的这个动作力量有点儿大，两个黑衣人没有丝毫防备，其中一个被掀出三米开外，滚下了道西的斜坡儿，正好被一棵柞树挡住了，才未摔下深沟，救了他一命。另一个也被掀出老远，摔了个嘴啃泥，屁股朝上趴在草丛里。二人赶紧爬起回到路边，知道眼前的壮汉厉害得很，肯定不是凡人，凭那一搪又一甩的劲头儿，至少得有七八百斤的力。多亏自己武功高超，有护身之能，若是常人，不摔扁才怪呢！

跛行客在往外一甩胳膊碰到两个黑衣人的身体时，也有种异样的感觉，暗自寻思道："此非一般的打劫者，而是很有功力的武林高人，他们到底是谁？那身手、那脚步咋这么熟呢，难道是两个师弟不成，又缘何干起拦路抢劫的勾当了？"想到这儿，为了试探一下真假，便顺嘴喊了一句："臭小子，扮成什么样也能认出来，哪里走！"随即一个鲤鱼打挺儿从车上跃至车下，抢起柞木棒子就冲二人去了。

黑衣人在夜色中一听抢拐的呜呜声以及那一声喊，不禁大吃一惊，扭头就跑，很快隐入一片黑乎乎的树林，逃之夭夭。跛行客撵出不远，站在那儿侧耳听了听，没动静了。考虑到正值深夜，不便追寻，反身回来了，边走边自言自语道："唉，没打着，不过瘾哪，这两个劫道的真可恶，把我的好梦搅了。"

袁小鬼、四太太、车夫，以及仆佣们这会儿方恍然大悟，原来半道儿搭车装睡的跛行客非比寻常，是位世外高人。才刚在应对黑衣人时，动作灵活，腿脚麻利，一点儿不瘸，全仗人家出手相救才转危为安的，不由得对其肃然起敬，感激万分。袁小鬼第一个跳下车，四太太随后跟上，仆佣们也都下了车，一齐跪地磕头拜谢，袁小鬼叩道："大师父，请原谅小的有眼不识泰山，不该让您坐在车外，真是慢待了，罪过，罪过，谢谢大师父的救命之恩！"

跛行客忙道："各位快快请起，千万别客气，出门在外不容易，遇到难处出手相助应该的。黑灯瞎火的，道又不好走，还是赶紧上车赶路吧！"

大伙儿站起身来，四太太吩咐两个贴身侍女去后车，和那四个男仆同乘，然后请大师父坐进轿车。可他执意不肯，言称车内太闷，不自在，不如坐在老板子身边好，视野开阔，一览无余，想坐就坐，想躺就躺，舒服得很。四太太见此，不好强求，便和袁小鬼一块儿上了车，跛行客仍坐在车夫的右手位。四太太原本话就多，加之半路突遇劫道的，惊恐之余，大师父毫不犹豫地施以援手，目睹其动作敏捷，武功高强，心里既感激又敬重，有一肚子话要说，只是苦于没有机会。这会儿实在按捺不住了，便撩起轿帘儿，那张嘴如同开闸的水一样没把门儿的了："大师父啊，能有幸与世外高人相识，是我们的福气，这辈子都忘不了您的大恩大德呀！实不相瞒，出门在外，身上能不带些盘缠么？临离家时，大太太给了我四百两纹银，总师爷也带了不少，准备到地儿好用。哪承想半路遇上劫道的了，当时可吓坏了，寻思这下算彻底玩儿完了，都得被歹人索去，咱也别心疼了，保命要紧。然大师父如天兵神将，喊里咔嚓便将他俩打跑了，使我们毫发无损，银子一文没少，真不知该怎样感谢恩人才好。"

跛行客扭过头笑了笑道："别客气，小事一桩，不言谢。敢问你们是哪个堡子的，庄主姓甚名谁？"

四太太回道："我们是范家堡子的，庄主姓范名蔼仁，声望可高了，那是我家老爷。"

跛行客又问："你们不住在堡子里，深更半夜的于旷野上颠簸，准备到啥地方去呀？"

袁小鬼担心四太太说漏了嘴，忙抢先回道："大师父有所不知，总待在一地闷得慌，我们是受老爷的大夫人分派而前往大疙瘩梁的，范家在那儿的大片土地总得有人照管，以后就住在山里了。"

四太太撇了撇嘴，推了一把袁小鬼道："你别光拣好听的说了，净给自己脸上贴金，有啥用？大师父，您是位好心人，仗义疏财，疾恶如仇，我信着了。实话告诉您吧，我是庄主爷明媒正娶的四夫人，他是范家账房的总师爷，人称'铁算盘'。老爷在大夫人钱氏的挑唆下，很长时间不着我的边儿了，年纪轻轻的就守活寡，皆因心里装不住事儿、说话直来直去所致。大太太阴险狡诈，心肠歹毒，在范家一手遮天，说一不二，另外那几房儿都吓得直溜边儿，就我不怕。本来大太太就半拉儿眼珠看不上我，又听说我也不在乎她，气得冲丫鬟撒气。正不知如何惩治呢，却发现我跟总师爷好上了，这下让其抓住把柄了，不依不饶的，非拿我俩开刀不可。我和总师爷真心相爱，别看是个女流之辈，但敢做敢当，没什么可隐瞒的，到啥时候都敢承认。不像老钱婆子，那是个什么东西呀，纯粹一老骚狐狸，背地里想尽办法引诱两个大和尚。结果真就勾搭成奸了，多让人恶心哪，还以为神不知鬼不觉呢，其实范家堡子的老少爷们儿没有不知道的。可以说我长这么大，从未见过脸皮比她厚的，天天仍然鼻子插大葱愣装象，家里家外张张罗罗、忙忙乎乎的。还时不时地跟老爷嘀嘀咕咕出损招儿，在家丁、仆从面前颐指气使的，好像府里搁不下她了。这不，大太太以照顾我和总师爷为名，实为从范家堡子给开了出来，放逐到大疙瘩梁那片边远的深山老林里。声称我们有要务在身，需于山沟里招兵买马，建什么演武场，打造兵刃，把那两个大和尚也派去……"

袁小鬼见四太太情绪十分激动，越说声儿越大，机密都给捅出去了，根本收不住，赶忙拽了拽其衣襟儿并使了个眼色，意思是别说了，到此为止吧，四太太方闭上了嘴巴。

跛行客听了这番话，不由得心头一震，似乎明白了什么。于是扭过身子，重新审视坐在轿车内的四太太和总师爷，又侧过头打量一下后面的平板车，联想到那两个劫道的黑衣人，他们虽然头戴面罩没有暴露长相、身份，但四太太的言谈已证实了自己的判断，劫道者乃两个师弟无疑。然仔细一琢磨，有些事又百思不得其解，捋不出头绪来，一时心乱如麻，觉得沉甸甸的。他坐直了身子，两手放于膝盖上，双眼望着远方，目光深邃，一声不吭。

那么，此人是谁呢？想必各位阿哥早已猜出来了，这位出现在前往大疙瘩梁半道儿上的手拄拐杖的跛行客并非路人，而是河南登封嵩山少林寺之高僧一指金刚侠。他自打离开富俊和徒儿班布泰后，表面上开始四处云游，观山望水，去各个寺庙看望故友，烧香拜佛。实际上是借机寻找一块儿下山的师弟冲霄五毒侠和云水轻身侠，走到哪儿问到哪儿，可是皆打听不到，大半年过去了，未获半点儿消息。后来听说范家堡子住有两位僧侣，乃世外高人，是范庄主专门雇请的，担任团练的总教头。从大伙儿所描述的个头儿、身材、模样儿看，很像自己的二师弟和三师弟，索性就去了范家堡子，遗憾的是始终没有碰上面。过了些日子，又传出那两个和尚同范庄主的大夫人钱氏有一腿，他初闻不仅不信，而且非常气愤，真乃没事儿干了，纯粹瞎扯淡，这不是中伤佛家弟子么？可渐渐听得多了，就有点儿信了，谁也不会捕风捉影胡诌哇，其中必有原因。于是乘夜三次造访范家宅院，偷偷攀缘一空斋房顶，暗探两个僧人的所作所为。

这日，他发现两个师弟离开范家堡子一直向北走了，估计是前往大疙瘩梁，便也朝那个方向去了，不过并未紧随其后，那二人没走古道，而是在密林中穿行，不想让对方察觉有人跟踪。一路上，除了山道就是林子，道两旁长满齐腰高的蒿草，也听说方圆百里皆为范家堡子的地盘儿，故而格外小心。天傍黑儿时，身后传来两辆马车的行进声儿，考虑到此处既荒凉又寂寥，附近没有人家，担心胆小的行人把自己看成劫道的而惧怕，便捡了根柞木棒子当拐棍儿，扮成瘸子蹒跚而行。如有可能，最好搭上此车，顺便同车主唠唠闲嗑儿，或许会另有收获。结果事如所愿，真就搭上了车，而且巧的是两辆车恰恰自范家堡子驶出。当路遇两个黑衣人要把他拽下车时，只是抡起右臂一搪又一甩，对方未还手也未进招儿。当听他喊了一声臭小子时，对方一句话未说，撒腿就跑。常在一起的人相互非常熟悉，对方的一言一行、一举一动都会有感觉，他认为两个黑衣人乃自己的师弟。通过交谈，又得知坐在车上的不是范家堡子的普通农妇、农夫，而是庄主身边的亲近之人，一位是范蔼仁的四夫人，与大夫人钩心斗角，长期不和；一位是范家账房儿总师爷，绰号"铁算盘"，与庄主的四夫人有染。当四太太怨怨之下说出两个大和尚与钱氏私通、范家堡子的老少爷们儿全知道时，他犹如万箭穿心，为师弟的糊涂而难过，心中十分不解："我们师兄弟跟范家往日无冤，近日无仇，范蔼仁的大夫人为啥出此毒计引诱师弟下水呀，目的何在？咳，意图尚未弄清，暂时不能回江城向富俊大人禀报，只能看看再做打算了。"接下来未承想那位四太太嘴巴不严，竟毫无顾忌地吐露了范家堡子的机密，即大庄主范蔼仁准备招兵买马，在荒僻的大疙瘩梁深山中建演武场，于山洞内设打造兵刃之所，两位师弟任武师等。由此进一步印证了往日所查是真，范蔼仁与吉林将军衙门的总管秦名远以凤楼为依托，暗中勾连，沆瀣一气。其目的就是为了与朝廷作对，独霸一方，保住范氏家族的土地大账，并牢牢掌握在自己手中，致使行辕无据可查究竟占有多少田亩，以逃脱此次清查……

就在一指禅师陷入沉思时，车老板儿赶着两辆车走到一处林中大岗，枝叶繁密如伞盖，里面一片漆黑，月光根本照不进去。轿车内，靠在袁小鬼身上的四太太掀开轿帘儿往外瞅了瞅，嗲声嗲气地埋怨道："哎哟，放着大路不走、偏走这山间小道儿哇？什么鬼地方啊，好吓人哪！"

袁小鬼说道："不知道吧？这一带便是小疙瘩梁，四周全是立陡的石崖，路自然难行了。"

四太太又道："老七的傻儿子八月二十五娶亲，咱们得快点儿走，赶上那天好去贺喜呀！"

一指禅师一听，所谓的"老七"必是范蔼仁的七姨太了，遂插话道："八月二十五是大喜的日子，到场的人肯定少不了，那两个和尚也得去吧？"

四太太回道："当然了，他们有能耐，武艺高强，全指望人家保护呢！要不一旦碰上窃贼，必劫掠迎亲财礼，损失可就大了。迎娶那天，不定怎么热闹呢，光送亲的人就多了去了，这可是庄主爷家添人进口哇！"

一指禅师接着说道："世间的事儿真是难以预料啊，没想到半路与大庄主的四夫人和账房儿总师爷在小疙瘩梁附近相遇了，并允许我同坐一辆车，不胜感激呀，可到现在还不知总师爷的尊姓大名呢！"

快言快语的四太太忙道："哎哟，都忘介绍了，总师爷姓袁名小鬼，我怀抱的孩子就是和他生的。有缘千里来相会，经过这场劫难，咱们算是认识并成为朋友了。闲来无事时，欢迎大师父到大疙瘩梁舍下小歇，我和袁师爷必盛情款待。请问大师父，该怎么称呼您呢？"

一指禅师回道："吾乃孤云野鹤、少林游僧，日后会去府上化斋的，不少事儿还得请二位施主帮忙呢！"

袁小鬼笑道："那好哇，求之不得呀，放心，只要能帮上的必帮，没说的！"

到了子时，一指禅师嫌车走得太慢，耽误时间，想先行一步，于是身子往外一斜跳到地上，也不装瘸了，撂开铁脚板儿很快隐入夜色之中。等到马车夫、袁小鬼、四太太再找跛行客时，发现早已不知去向，惊诧之余，不禁连连称奇："怪了，来无影去无踪，莫不是遇上活神仙了？"

一指禅师在小疙瘩梁苦等几日，到了八月二十五这天，提前盘坐于卧牛石上，果然看见范蔼仁与七姨太所生之傻小子娶媳妇儿的热闹场面，再一次碰上了二师弟冲霄和三师弟云水。就在二人正欲加害前来寻找自己的四师弟庞荣，以及心爱的徒儿班布泰这个节骨眼儿上，及时出手将其救下，真乃料事如神哪，怎能不心情畅快呢！然遗憾的是那两个冤家师弟侥幸逃脱了，只好让他们继续逍遥些日子，以后再找机会擒拿之。

清晨，歇息在搭于树顶那座简易茅舍之中的一指金刚侠、鹰爪消魂侠庞荣、八旗佐领班布泰被百鸟的鸣叫唤醒，或许是因为重新相聚特别高兴，尽管只睡不到两个时辰，却感到浑身格外舒爽。三人洗了把脸，就着咸菜嚼着苞米饼子，喝了碗小米粥，算是用早膳了。一指禅师说道：

"咱们商量商量下一步咋办，是回江城呢，还是领你俩在这一带走一走、转一转，扩大点儿眼界呢？估计富俊大人一定很着急，想了解更多的情况，就这一点而言，应该立刻返城。可我总是惦记那俩臭小子，师兄弟在一起又不是一年半载的，已经几十年了，有着深厚的感情，岂能眼瞅着他们被范蔼仁和钱氏拉下水而不管？一想到两个师弟将师训抛至脑后，不辨是非，一意孤行，做了不该做的事，心里可谓又痛又恨，非常不是滋味儿。然最终痛胜过恨，怎么也放不下呀，真想立刻把他俩带回嵩山。"

班布泰表示道："师父的心情可以理解，但急不得，不可能一蹴而就，要有个过程。我爷爷的确是在等着咱们能带回一些信息，也好据此拿出一个切实可行的方案来，不至于盲目从事，不过时间还来得及。徒儿对您所说的扩大眼界倒蛮入心的，想必肯定新鲜、有趣，不妨现在就去。"

庞荣打小就跟着大师兄，围着身前身后转，对其非常了解，一向听他的。也深知大师兄对闲杂之事从不过问，只要提出要看的，肯定极为重要。倘若不去，将来会后悔莫及，所以也赞同跑一趟。

一指禅师见徒儿和四师弟都表态了，这才又道："那好，咱暂时不回江城，看看再说。为什么一定要去呢？你俩恐怕都猜出来了，因为事关重大，或许对追查范氏家族土地大账能有所帮助，有意外收获也未可知。"

班布泰听师父这么一说，立马站起身来，急不可待地催促道："师父，那就更用不着犹豫了，快领我和师叔去吧！"

一指禅师点了点头，二话没说，第一个跃下高树，头前带路，庞荣和班布泰紧随其后，向大疙瘩梁的山道奔去。一指禅师使出了飞身轻功，脚下生风，边走边回头叮嘱道："老四、班布泰，你们跟紧点儿，我可越走越快呀，千万别落下！"

二人异口同声地回应道："走喽，放心吧，肯定落不下！"

师徒三人嗖嗖嗖如同清风刮过，很快便上了山道，一口气走了二十多里后，进入了道旁的茫茫林海之中，就像三个小黑点儿若隐若现。

大疙瘩梁位于吉林地域的小兴安岭丘陵地带，"疙瘩梁"即丘陵之意，最早来自女真语，已经不好直译成汉语了。小兴安岭重峦叠嶂，群山起伏，绵延数百里。北有拉林河的支流细鳞河，西南有松花江的支流蛟河，在早称嘎牙河，长约百里，盛产各种鱼类。到了汛期，水流湍急，河面宽阔，白亮亮一片，微风吹过，水面上泛起层层涟漪，俨然一条银色的绸带。这条出名的大河可谓宝河，康熙以来，每年向京师进贡的细鳞鱼、勾辛、鲶鱼、大杆条等皆出自于此。所出产的东珠又大又圆，银白如雪，晶莹剔透，质量上乘。（嘎牙河明代称秃都河，清代称推屯河，现在称蛟河。）"推屯河"来自满语，含意不好考证，年延已久，译音也变了。大疙瘩梁靠近嘎牙河的中游，草木繁茂，郁郁葱葱，犹如一片碧海，是个山美、水美、风景美的好地方。它的东面还有一条河，即牡丹江的支流朱尔多河，来自满语，年头多了，用汉字标注便叫成了猪耳朵河。大疙瘩梁有连绵成片的小山，物产丰富，不仅鱼类繁多，飞禽走兽也不少。正因如此，自清初开始，从太宗皇太极到世祖福临入关，这里一直是打牲乌拉总管衙门属下的一处打牲要地。打牲丁年年把采集到的松子儿等山货、各种鱼虾、各样皮张以及精选出的上等东珠运往京师，敬献给皇室，其中有不少名珠极受欢迎。

早先，大疙瘩梁不准闲杂人等入内，只有打牲乌拉总管衙门的官员及打牲丁可以进出，满洲人大都在八旗军营效力，一般不来此地。为啥呢？因为有的河和山被天子封为圣水、圣山，为皇家御用之地，外人不许随便踩踏。乾隆中期，由于天灾人祸，住在关里的百姓纷纷举家来到关外，闯关东的人多了，疙瘩梁一带变得不那么冷清了。到了嘉庆初年，进入山里的闲杂人等激增，朝廷派去的官兵难以驱赶。特别是从关内逃荒而来的汉人听说疙瘩梁土地肥沃，有三条大河围绕，乃富庶之地，便乘夜偷偷跑到这儿隐蔽下来。他们定居后，又把同乡、亲朋唤来，一呼百应，投靠亲友的人越来越多，像蜂群一样齐聚疙瘩梁，官府也顾不上管了，渐渐成为林海中的新部落，此地随之也就名声在外了。远的不说，嘉庆七年至嘉庆十九年，吉林将军秀林的马队、吉林将军赛冲阿的马队、吉林将军富俊的马队都曾受命进入疙瘩梁，目的是搜寻、轰撵流民。然草高林密，河谷开阔，丘壑纵横，大大小小的山沟颇多，无论到哪儿皆能躲能藏。常常是流民跟官兵捉迷藏，你来我跑，你走我来，很难被发现。其结果是越搜躲得越深，越撵跑得越快，谁到那儿都头疼，一点招儿没有。吉林将军很是无奈，不得不放弃，也不再往朝廷上折子了，睁一眼闭一眼，没心思管了。这下好，一传十，十传百，各地的流民扶老携幼纷纷前来，不少满洲人也出了关，除几个大姓之外，真正在这一带开垦荒地、春种秋收、繁衍生息的当属汉人，成了汉家的土地。其中满洲著名的姓氏有钱姓，乃河北人氏，乾隆末年时，不知用多少银子买通了盛京说了算的官员，于封禁较松时进入了疙瘩梁。

范蔼仁的祖上不是满洲人，是河北的汉人，只是有的支儿编入了汉军八旗。乾隆朝时，其中一支儿在收复大小金川之役中立下了战功，受皇上恩赐而迁移吉林，进入疙瘩梁，慢慢便在此地发迹了。其后又扩展到双城堡拉林河一带，沿岸土地越占越多，继而延伸至松花江饮马河附近，横跨黑龙江、吉林两地，范氏家族开始有了名气。范蔼仁和大夫人的祖上是同乡，老钱家从河北到了辽东，在嘎牙河一带安了家。从此，两家你来我往，关系愈加亲密，在管理土地上相互扶持，且几代联姻，老钱家的祖坟现今仍在疙瘩梁的深山里。大太太钱氏的五辈太爷曾在吉林乌拉打牲衙门中任佐领，即负责采东珠的珠轩达之上的领旗佐领，后来与住在疙瘩梁的范氏家族结下了姻亲。疙瘩梁成了老范家的经营地之后，又把一部分耕地卖给了同乡和亲戚，达爷之职交于大太太钱氏的爷爷了。"达爷"乃满语，汉译为头目、首领，这里特指管理土地之人。钱氏的爷爷很会办事，对逃到此地的流民总是想方设法予以安置，上能应付官府，下能安抚百姓，故而大伙儿都听他的，得到了范家的信任，钱家也因此有些名气了。钱氏的奶奶三太太把范蔼仁之太爷赏给自己的一块地作为胭脂地，可种田，可育林，可打猎，临去世前，将其交由钱氏姐弟继承。钱如民死后，胭脂地自然就归钱氏一人了，每年清明节那天，在范家堡子团练的护卫下，带上供品前往疙瘩梁扫墓，祭奠先人亡灵。

近些年，疙瘩梁迁来的杂姓日渐增多，生活富裕了，匪患也跟着起来了，常有盗贼出没，偷窃、抢劫时有发生，致使人心惶惶，一些嘎珊达不得不自己养兵护屯。各村的兵勇一多，相互之间的争斗亦随之增多，加之各个绺子的频繁造访，疙瘩梁的治安秩序越发混乱。吉林将军鉴于此，曾派八旗兵前去剿捕，试图制止匪患。然而由于地处荒山野岭，官兵在明处，匪徒、窃贼在暗处，使你防不胜防，总是吃亏，大家感到十分棘手，所以并不经常来。眼下此地势力最大的仍数范氏家族，范蔼仁为牢牢掌控疙瘩梁，养了些团练，平时对那儿一般不插手，也不大过问，由大夫人直接管。钱如民在世时好喝酒，常去疙瘩梁，张家喝完李家喝，渐渐同当地的住户混熟了，钱氏便指令他去那里收缴租税，拉运山货、皮张、鱼虾等，供范家堡子用。钱如民死后，钱氏的双眼越发盯向疙瘩梁了，认为这样一个既隐蔽又富足之地，不充分利用实在太可惜了，大山洞多得是，即便在里面干些违犯大清律的事儿，官府也发现不了，何乐而不为呢？而且从目前情况看，若想朝廷奈何不了咱，招兵买马成了当务之急。于是便向丈夫吹风，说什么为了壮大范家堡子的力量，应该多养兵，可在疙瘩梁的深山里建演武场，打造各种兵刃以自保。野心勃勃的范蔼仁初始尽管有些犹豫，也明知此举犯杀头之罪，但由于受权、财、利等欲望所驱使，最后还是点头同意了。钱氏随即以卑劣的手段诱胁夺魂僧者和静空大师为其效劳，前往疙瘩梁筹办此事，又把一对儿野鸳鸯派了去。四太太和袁小鬼并不知晓这些详情，有的事儿也只知其一，不知其二，钱氏从未露过底。不过曾听说疙瘩梁盗匪猖獗，人心都被他们搅乱了，朝廷屡次派兵围剿，但收效甚微。

就匪患而言，夺魂僧者和静空大师乃世外高人，浑身是胆，武功超群，不会把打家劫舍的蟊贼放在眼里，只是些乌合之众而已，很容易对付。四太太和袁小鬼比不了大师呀，他俩需在那儿安家，一年四季生活在山沟里，天天与逃到此地的流民打交道，还得遭受盗匪的袭扰，哪能安生呢？然后悔已晚，黄瓜菜早凉了，只能是宁肯自欺欺人，也往好了想。不管咋的，我们是从名声赫赫的范家堡子来的，一位是大庄主的夫人，一位是范家账房儿总师爷，谁敢惹呀？打狗还得看主人呢，没事儿。

单讲车老板子赶着两辆车刚要驶入大疙瘩梁，忽然从前方驰来三匹黑马，马上各坐一位黑铁塔般的壮汉，一个虎背熊腰，一个黑红脸膛儿，一个眼大如铜铃。三人手持明晃晃的鬼头大刀，身背一张曲柳木大弓，胯下挂一箭囊，腰间别着匕首，显得很是威风。四太太和袁小鬼见其衣着、装备跟范家堡子的团练大不一样，觉得十分奇怪，难道到了一个与世隔绝之地？不对呀，老爷声称疙瘩梁范家说了算，居住在这儿的人都得听庄主爷管。正寻思呢，三匹黑马眨眼间到了轿车前，那个虎背熊腰的彪形大汉将鬼头大刀一横道："站住，从哪儿来的？不通禀一声就大摇大摆地往里闯，好大胆子呀，报上字号！"

四太太和袁小鬼不仅未被镇住，反倒觉得好笑，看来山里的人事先并不清楚自己是庄主爷派到这儿来的，若是知道，还不得远接近迎啊！真可谓大水冲了龙王庙，自家人不认自家人了，不知者不怪。袁小鬼忙令老板子停车，四太太撩起轿帘儿，扫了一眼面前的壮汉，正言厉色道："赶紧回去告诉嘎珊达，就说范大庄主的四太太和袁总师爷驾到，让他们不用出山迎接了，在大门口儿恭候吧！"她以为本太太已经说了，你们仨也听清了，这就等于通禀了，用不着那么多废话，接着又冲车夫吩咐道："老板子，起车，继续往前赶。"

车老板儿刚要扬鞭催马，那个彪形大汉一抖缰绳喝道："哪个敢动！"

随即翻身下马，上前一把薅住车夫的衣领子往道边儿一悠，只听咕咚一声，老板子摔了个嘴啃泥。然后他又回过头举起手中的马鞭指着两辆车喊道："全给我听着，哪个地方都有自己的规矩，大疙瘩梁照样有山规。你们可倒好，一不拜瞭哨官，二不下车上供燃香，三不经允许径直往山里闯，知道怎么处置么？暴晒一日，鞭刑三百。你们这三条都犯了，瞭哨官站在面前不拜也就罢了，兄弟几个正事儿尚未办完，没工夫跟不懂规矩的人较劲。可是竟敢不拜圣山圣水，旁若无人地踏足山门，决不能轻饶，太瞧不起我们疙瘩梁了。哼！真不知天高地厚，也没称称自己几斤几两，跑到疙瘩梁穷横，觍着脸皮嚷嚷什么让嘎珊达在大门口儿恭候。长几个脑袋呀，活腻歪了吧？赶紧滚出来，快点儿！"

听了彪形大汉的一通儿喊，除了袁小鬼，两辆车上的人全傻眼了，吓得大气不敢喘，从未见过这等场面哪！四太太浑身直哆嗦，脸都吓白了，这山里人也太霸道了，比土匪还邪乎百倍。平日里那天不怕地不怕的劲头儿也没了，嘴也不巴巴了，只剩瞪眼瞅着袁小鬼的份儿了。还得说"铁算盘"经得多见得广，老于世故，稳了稳神，拍拍四太太的肩膀，告诉她别怕，稳住架儿，有我呢！然后不慌不忙地跳下车，弹了弹外袍儿，先是躬身三拜道："都怪我有眼无珠哇，不知是瞭哨官驾到，失敬，失敬，范家堡子账房儿总师爷给各位赔不是了。"继而从内怀掏出三十两纹银满脸堆笑地递给彪形大汉道："此乃进山传号礼金，不成敬意，请三位笑纳。"反身又从车里拿出一块百两银锭儿双手捧至头顶道："这是我们随身携带的香火钱，打算半道儿买些供品，待进山时供奉神佛，以表善男信女敬重之意。由于连夜跋涉，行路急促，加之未见沿途有店铺，故而没有备成，现将香火钱奉上，请瞭哨官代为祭拜圣山圣水，在下不胜感激！"

三个壮汉见袁小鬼话说得很得体，又递上一百三十两纹银，便不那么横眉冷对了，态度缓和下来，彪形大汉接过银锭儿道："我替兄弟们收下了，不愧为总师爷，脑筋活泛，懂规矩，今天看在你的面子上放一马。不过我可提醒你们，山里还有许多讲究呢，遇事多动脑子，小心着点儿，我们就不奉陪了，自己进去吧！"说罢一骗腿儿上了马，同另两个壮汉调转马头刚要走，袁小鬼忙道："敢问瞭哨官，进山得先拜见何人哪，能否告知？"

铜铃大眼的壮汉回道："俺们这里有三个山达，你们进去之后，就去叩见全槌、铁槌、石槌吧！"

袁小鬼摸摸后脑勺儿，赶紧追问道："什么仝槌、铁槌、石槌呀，瞭哨官，请说明白点儿，到底去拜见谁呀？"

三个瞭哨官立马不耐烦了，黑红脸膛儿的那位道："真不识夸，刚刚说你懂规矩，这会儿怎么又糊涂了？别啰唆了，哥儿几个还得巡哨呢，没工夫跟你磨牙，自己看着办吧！"说完三人扬起鞭子啪地一甩，打马向西南方向驰去。

袁小鬼目送三匹黑马跑远了，转身回到车内，高声儿命老板子起车进山。已经摔蒙了的车老板儿这才颤抖着从地上爬起来，拍拍身上的土，走到车跟前一欠屁股坐到驭手的位置上，拿起鞭子赶着车往山里走去。轿车内，袁小鬼搂着双手紧捂前胸早吓蔫了的四太太，谁也没心思说话。过了一会儿，四太太方缓过神儿来，抬起头问道："袁师爷，山里人咋这么野蛮呢？问他啥吧，连句正经话都没有，开口就让咱先去叩见三个槌子，这是哪儿的规矩呀？"

袁小鬼点点头道："是呀，我也正琢磨呢，不弄明白没法儿进山，不能总破财不是？想必他们的意思是此地有三位头领，一个叫仝槌，一个叫铁槌，一个叫石槌，进山务要叩拜这仨头儿，否则休想在疙瘩梁站住脚。"

四太太感到有点儿犯难了，没想到进山还如此麻烦，本人又不是平头百姓，而是大庄主的夫人，凭啥叩拜三个槌子呀，咋没人拜拜我这个四太太呢？越寻思心里越堵得慌，又着急又无奈，遂问道："袁师爷，难道山里真有什么清规戒律不成？此前从未听说过呀，谁不求万事顺利呢，咱总不能装懂吧？咋整啊，这可要了命了！"

袁小鬼轻声儿安慰道："别急嘛，走一步看一步，车到山前必有路。据闯荡江湖的人讲，出门在外不一定非得依照某一地方的规矩行事，那样太多太乱太复杂，一时半会儿也弄不清楚。一般情况下，只要按江湖的常规办，五湖四海皆行得通。山里有些讲究不奇怪，也用不着怕，兵来将挡，水来土掩，到时候听我的就成。"

四太太反倒来气了，一把推开袁小鬼，嗔怒道："你可真够浑的了，里外不分，怎能跟那三个野山驴一块儿吓唬人呢？我是谁呀，蔡家营子大庄主的千金、范家堡子庄主爷的四夫人，无论到哪儿，谁见了都得给本太太下拜，在山里的穷光蛋面前却低三下四的？那也太丢份儿了，我才不干呢！"

袁小鬼笑了笑道："四太太，常言道：到啥地方说啥话，肯定没亏吃。

这不是蔡家营子，也不是范家堡子，而是偏远的大疙瘩梁，进山就不能摆那阔小姐、庄主夫人的派头儿。刚才没看见么，什么皇上啊、豪绅哪、庄主爷呀，人家根本不买账，只知道三个槌子。县官不如现管，一方土地一个令，再有能耐的人也压不住草头王、地头蛇，必须任其摆布。四太太，别闹了，消消气，谁让咱来了呢！既来之，则安之，你就听我的吧，当一次给主子下拜的奴才，咂摸咂摸是个啥滋味也未尝不可。"

四太太越发生气了，不管不顾地大声儿嚷嚷道："咋说话呢，谁闹了？真是岂有此理，他们这不是蹬鼻子上脸、无法无天么？猫不吃死耗子，纯粹活人惯的！"

袁小鬼仍耐心地劝慰道："行了，行了，小点声儿，不是有那么句话么，小不忍则乱大谋，忍一忍就过去了。方才已经给瞭哨官一百两银锭儿了，你把剩下的那三百两拿出来吧，马上就要派上用场了。想进山，按常规必交敲山银，否则哪能进得去呀？不备银子想进，那叫硬闯山门，不一刀刀削咱屁股上的肉才怪呢！"

四太太听罢，只觉得心发慌、腿发软、干生气又没辙，千般委屈、万般愤怒齐聚心头，不禁哇的一声哭了起来，边哭边叨咕："哎哟，我的天妈呀，俺上那老狐狸精的当了，被骗到土匪窝、阎王殿了，这口怨气怎能咽得下呀！等着瞧，我不是白给的，非掘钱家祖坟不可，让老钱婆子不得好死……"

袁小鬼摩挲其后背道："好了，好了，别哭了，伤了身子骨儿更不上算了。现在一切都清楚了，决定让咱来疙瘩梁的当天，大太太慷慨解囊，递上了四百两银锭儿。嘴上说得好听，什么给你今后添补生活之必需，实际上完全不是那么回事儿。要我看哪，她是早有打算，知道进山得有敲山银，为把咱顺顺当当推出去，才拿出此银作为打点之费用，再由我们亲手交于疙瘩梁的人，哪儿是给你的呀？大太太为人狡猾，含而不露，能屈能伸，相处时间短很难品得透，你可不是她的对手。既然斗不过，吃亏上当就一回，想那么多有啥用，还得看眼前不是？行了，擦擦眼泪精神精神，赶紧把银子拿出来预备着。"

四太太仔细一琢磨，觉得袁小鬼说得也是，已经走到这一步了，又能怎样？只能听凭命运的安排了。这才叹了口气，止住了哭声，掏出丝帕拭去满脸的泪水，转身从囊袋里掏出剩下的用红布包着的三块银锭儿扔给了袁小鬼。

四太太头脑简单，无论如何想不到账房儿总师爷一眼盯上她做相好的，事实证明选对人了。这袁小鬼可不一般，自打到了范家堡子，从未暴露过自己的真实身份，因其早已被大清朝廷列入所要缉拿的人犯名单中。他本不姓袁，而姓隋，双字名儿元灏，河北武强人氏。故里在滏阳河下游，与滹沱河会合后，又称子牙河。由于东临黄河，故而此地水患频仍，庄稼被淹，粮食无收，哀鸿遍野，饿殍随处可见。隋元灏幼年时，正值乾隆朝后期，当地秘密组建了平愿会，成员复杂，制定了章程，设立了会首。"平愿"意指平冤，有苦有冤之家、被欺辱被压榨之户皆可入会，同病相怜，同心相结，同冤共诉，同仇共雪，很有感召力。正因如此，各地随之闻风而起，人越聚越多，八方联动，逐渐波及山东、山西、河南等地，朝廷将其视为心头大患。

乾隆五十八年，隋元灏十七岁了，长成大小伙子了，随父加入了平愿会。当年一入秋，赛冲阿将军便奉皇命亲率吉林马队平乱，追剿平愿会成员，最终多数被抓，两位会首伏法，直至嘉庆十四年前后才彻底平息。这种情况下，平愿会那些侥幸未被抓的成员为了活命，不得不携家带口背井离乡，东奔西逃。元灏的父母年迈，皆已将近六十岁了，母亲经年病不离身，天天靠吃药维持着。父亲为了不牵扯家人，决定让老伴儿和两个儿子留在故乡，只带长子元灏逃往关外。哪知刚刚跑到喇嘛洞附近，老父忽然心口儿疼，喘不上气来，折腾六七天后，在痛苦中死去。元灏大哭一场，就地草草埋葬了父亲，从此隐姓埋名，孤零零一个人四处游荡。为了生计，曾在江湖上混过几年，后来从盛京来到吉林地域，偶然间结识了钱如民。

咋认得的呢？冬月的一日头晌，刚刚下了一场大雪，天气特别冷，大人、小孩儿都猫在家里不出来。钱如民闲来无事想喝两盅儿，便去了临街一处挂着单幌儿的小饭馆儿，叫上一碟花生米、一碗红烧肉、两盘小菜和一斤老白干，坐在那儿自斟自酌。待吃饱喝得、结完账晃晃悠悠出得门来，觉得两腿发飘、晕晕乎乎的，加之地面又滑，没走多远便一个跟头摔进雪窝子里，啥也不知道了。不知过了多长时间，正在街上闲逛的隋元灏走着走着，突然发现道边雪窝子里有个人，仰面躺着，嘴巴微张，脸色青紫，显然是酒喝多了所致。担心继续下去容易冻坏，赶忙走到跟前，蹲下身把雪往两边扒拉扒拉，然后将其拽起背在背上，小跑着进了街边的一家酒肆，掏出身上仅有的散碎银子买碗酒为其搓头、脸及四肢。过了一袋烟的工夫，钱如民苏醒过来，酒肆老板指着元灏告诉他："爷们儿，你方才醉卧街边的雪窝子里，幸好被这位兄弟发现并掏出银子买酒为你搓身才转危为安的，不至于受冻伤，可谓救命的大恩人哪，快谢谢人家吧！"

钱如民如梦方醒，感激万分，叩头致谢，隋元灏连连摆手道："不用谢，不用谢，应该的，谁能见死不救呢！"

通过交谈，钱如民得知恩人眼下衣食无着，居无定所，两手空空，艰难度日，遂问道："不知兄弟能干点儿什么，有否一技之长？我或许可以帮你想想办法。"

元灏回道："我没啥大本事，从小得到家传，掌握袖里吞金之术，擅长珠算，被大伙儿称之为'铁算盘'。"

钱如民一听挺高兴，接着又问："兄弟，请问老家在哪儿，姓甚名谁？"

元灏父子皆为平愿会成员，又是一块儿逃出来的，当然不敢透露真情实况了。于是假托姓袁名聪，河北人氏，祖上几代在黄河边做运堤师爷。十七岁时父母双亡，只好离家辗转来到关外，喇嘛洞附近的一位庄主雇我在账房管银柜。第四个年头儿的初春，庄主家突起大火，火光冲天，红了半边天，没个救，眼瞅着整个大院套儿烧成一片瓦砾，幸亏人未伤着。日子总得打发呀，只好奔吉林而来，想找个差事干，不过直到今天尚未遇到雇主。他凭着一张巧嘴讲得头头是道，让人听了不能不信服，其实全是编出来的。

当时，钱如民就在大庄主范蔼仁家管账房，正急需个帮手，此人最好是这方面的行家。一听元灏说在别处干过账房儿，有袖里吞金之术，被人称之为"铁算盘"，心就活了。再者原本与其素昧平生，为了救人，却能掏出身上仅有的几个小钱热心相助，不求回报，看来人品不错，诚恳实在，可以信任。这么一想，便决定将其推荐给姐夫，二话没说，带着元灏回了家。范蔼仁听完小舅子的一番介绍，对其很有好感，认为此人可用，爽快地答应可留在账房，给钱如民打下手儿，元灏喜不自禁。想当年，隋元灏初到吉林时，一直踅摸一处有声望的名门干差，自身较为安全不说，也不必总为所挣俸银少糊不了口而日日犯愁。这一天真就来了，还是老天有眼哪，让我在街边偶然结识了钱如民，又是大庄主的小舅子，碰上贵人了，这可太难得了。他暗暗庆幸自己的命好，由衷感激庄主的收留，自此一头扎进范家，安心下来，作为钱如民的下手儿很卖力气，再未另栖他枝。在范家总得有个名讳呀，初始以袁聪之名与人交往，未待自己习惯呢，大伙儿因其处事精明、举止谨慎、不多言不多语、善于动脑筋，认为人如其名，所以给起了个外号儿"袁小鬼"，从此就叫出去了，堡内外的男女老少皆知范家账房有个袁小鬼，却把袁聪这个名讳忘得一干二净。元灏显得挺随和，对怎么称呼自己不以为然，既不嗔怪，也不生气，而且默认了。长期以来，他已经远离了江湖上那些行帮的清规戒律，尽量把刻在脑海中平愿会的那些事儿剔除掉，打算后半生就在吉林隐居下来，过上平静安适、与世无争的生活。

遗憾的是命运偏偏捉弄他，竟被狡诈的大太太钱氏甩到了疙瘩梁，还不得不重操旧业，刚到山门就得用上江湖绺子那套应付对方，跟从前在平愿会里有些相似之处。袁小鬼从未将家世向四太太说，一个是担心对方知道自己乃朝廷要抓的人犯而害怕，再因此发生什么变故会对己不利。另一个是与四太太交往时间虽不算短，但尚未达到推心置腹的程度，自然不便讲。好在四太太是个炮筒子脾气，有啥说啥，没那么多心眼儿，对人一根筋，轻易不会怀疑什么。基于此，完全可以利用她作为挡箭牌，使自己在深山里安身立命，好死不如赖活着，也算行了。这会儿，袁小鬼再次嘱咐四太太："你不必过于紧张，江湖上的任何一个绺子都不是洪水猛兽，不仅讲义气，而且讲道理，何况此地是庄主爷说了算呢！只要咱不轻视这些山里人，给以足够的尊重，对方会以礼相待的。来到疙瘩梁，我们是客，人家是主，客到主家，须遵主便，不能喧宾夺主。再有就是切记先不要显摆自己在娘家和婆家的身份，那样效果并不好，容易刺伤人家，进而使其动怒。啥事儿都得慢慢来，不能急于求成，一切看我的眼色行事好吗？"

四太太表面上哼哈答应了，实际上根本没听进去，甚或是这只耳朵听、那只耳朵冒了，也未想通本是富家娇小姐，干嘛非受这个窝囊气，更不明白袁小鬼如此做究竟何意。

过了两袋烟的工夫，两辆车驶入了疙瘩梁，老远看见前方木障子上竖着一高杆，顶端挂着一面蓝色虎头旗。待走近些细一瞧，那虎纹、虎须是用白丝线绣的，像真的一样，在山风的吹拂下，蓝旗飘飘，猎猎鸣响。袁小鬼一见虎头旗，便知道头领的大帐到了，按规矩不能继续前行了。来者需下马报号，自称晚辈，先叩山王，后献美酒，拜旗祭旗，祭奠前旗主，待主人允准后，客人方可按令而动。本来此前袁小鬼于路上一直在安慰、开导四太太，让其一定要识时务，到了疙瘩梁后，别急于显示自己如何阔气、地位如何高，更不能以大庄主的夫人自居以及不管不顾地鲁莽从事等。说了那么多，以为她都听明白了，虎头旗就在眼前，自然得按往日所掌握的严格之山规办事。哪知任性的四太太早将袁小鬼的嘱咐抛到脑后，一见虎头旗就气不打一处来，寻思道："此乃范家的地盘儿，要说占山为王，那也得是老范家的人。我是庄主爷的夫人，首次来疙瘩梁，头领们应出山热情迎进才在理。这可倒好，不仅不来接，还白白给他们一百三十两银子，凭啥呀？袁师爷真够没骨气的了，明知大太太欺侮自己的心上人却不敢吱声儿，我这一肚子委屈跟谁诉哇，都冤出大天了。逼到这份儿上还有什么可怕的？到个新地方不能立足，那不赚等着骑在你脖颈子上拉屎、不被当人看么，日后怎么活下去？决不能再受窝囊气了，唯有挺起腰杆子，别人才会惧三分。"想至此，乘袁小鬼正欲下车报号联络之时，抢先一步噌的一声跳下地，冲着虎头旗大声儿嚷嚷道："哎，怪了，不仅不见人，连鬼都见不着，是不是全躲到耗子洞里去了？无论何人何地订立规矩，有客来总得出来迎接呀，不是早就通禀让嘎珊达在大门口儿恭候嘛！听好了，再重复一遍，我是范家堡子庄主爷……"下面的话未待说出口呢，早已冲过来四个身穿蓝大褂儿、外罩蓝坎肩儿、脚蹬鹿皮长靴、腰挎鬼头刀的旗卫，即护旗之卫士，不由分说地上前一把薅住她的脖领子，像拽死狗般往后头的大帐跟前拖，四太太左扭右挣、不是好声儿地哭叫起来。

袁小鬼一看吓坏了，慌忙跳下车追过去予以阻拦，怎奈一个人哪能对付得了四个小伙子呀，被其中那个高个子一回手推了个仰八叉。他一抬头，发现大帐外面摆一长条桌，两旁各站五位握刀执剑的护从，都怒目圆瞪。桌后并排坐着三个人，头戴虎头巾，身穿蓝长袍儿，外罩虎头坎肩儿，神情严峻，目不斜视，估计此乃三个槌子头领。这时，坐在中间的那位冲四太太粗声粗气地喊了一嗓子："赶紧住声儿，别号丧了，小的们，给她上挂！"

何为"上挂"？即黑话，吊起之意。旗卫听令，把四太太的胳膊往后一背，拿过大皮袋子从脖子到脚全套上了。皮袋子呈人字形，从脖颈往下套至胸口儿分叉，一撇儿伸向左肋，一撇儿伸向右肋，下面有条带子可系。虎头旗旁边立着两根粗木桩，一个半人高，木桩之间钉一横梁，上面拴着绳子，乃专门吊人的地儿。大个子旗卫用横梁上的绳子把四太太从胳肢窝那儿往两边一勒，另两个旗卫一头一个使劲拽绳子，人便腾空了。紧接着坐在左侧的首领啪的一拍桌子道："给我下踏！"

从两辆车上下来的男女仆人、车老板子不懂"下踏"何意，也不敢做声儿，皆直愣愣地站在一边。袁小鬼明白呀，"下踏"也是黑话，即扒下裤子。当即脑门子便沁出了一层冷汗，这可不得了哇，弄不好要出人命的。他很清楚，在野蛮的山民中，无论男女，只要犯了山规，就被扒下裤子吊起来，连饿带晒，几天便成肉干儿了。卸下后，扔进沟底任由野狼掏、老鹰啄，这是常有的事儿，司空见惯。袁小鬼泪眼望着四太太非常无奈，心乱如麻，暗自思谋道："完了，完了，谁让你不听劝了，到底惹出了乱子。一路上我一个劲儿地叮嘱不要显摆，能忍则忍，见机行事，能顺利进山就行了。你答应得好好儿的，却不按说的做，还抢先跳下车质问人家，弄得不可收拾。也怪我，当时迟疑了一下，要是早点儿下车报号、祭旗、拜圣山，不给你机会，或许不至于如此。疙瘩梁立有多少山规难不住咱，全见识过，我不能跟你似的大庭广众敢亮真实身份，那就糟了，如同泼出去的水，甭想收回来。倘若让吉林将军衙门知道我是平愿会的成员，一准抓去坐牢甚至杀头，二十多年的苦心经营全部付之东流了，再不能与家乡的亲人团聚了。现在怎么办？眼前吊着的不仅是大庄主的夫人，也是我心爱的女人。四太太看得起咱，并因此引火烧身被放逐寒山，心甘情愿一起吃苦受累，我却前怕狼后怕虎、寻思这寻思那的，未免太自私了。唉，事已至此，什么都别顾及了，豁出去了，救人要紧，不能任他们所为。即使被官府认出来，一刀砍了我，总算是未枉来世上走一回，也对得起四太太的一往情深了。"想到这儿，心一横，一骨碌爬起，大声儿喊道："四太太，我来了！"刚欲跑上前施救，一个眼尖的旗卫照其脸部吭的踹了一脚，当即被踢倒在地，嘴丫子也淌血了。

这时，从帐后走出一个体壮如牛、满脸杀气、手拿钩刀的凶汉，到了横梁下方，将钩刀搭上四太太的裤腰往下一划，只听欻拉一声，所穿的粉缎子、上绣牡丹花的外裤从裤腰到裤裆被划开了，裤子随之滑落在地。凶汉再次举起钩刀，准备退去裸露在外的乳白丝绸内裤，刀往下划的瞬间，可能是碰到大腿了，四太太妈呀一声惨叫，坐在中间的那位首领马上一摆手道："停！我先说一句，然后接着来，咱不是不讲理。我问你，两辆车一前一后快到疙瘩梁时，瞭哨官已经告知需报号进山，你们仍然硬往里闯，懂不懂山规呀？以为是大庄主家的人到了就得恭候哇，告诉你，即便是皇上的二大爷来了也没人在乎，范蔼仁欠下的人头债到现在还未还呢！不少山里人关押在范家堡子，有的不得不当了奴才，有的被逼无奈悬梁自尽了，这笔账能不算么？你不是口口声声标榜自己是大庄主的四太太么，此次进山是打算顶债喽，你愿意顶，我们还不干呢，老子要的是范蔼仁，欠账必还，决不便宜他。要知道，耐心是有限度的，等了大半年了，不仅他不露面儿，那个大老婆也藏得严严的，却把替罪羊老四派来了。好哇，今儿个就让你给他们当幅画儿，脱得光光的，不只下踏，还上摘呢，让弟兄们欣赏欣赏你这娘儿们下崽子时一丝不挂什么样。小的们，来呀，给我上手啊！"

"上摘"同样是黑话，即女子割掉乳房，男子割掉胸脯肉。头领的话音刚落，四个旗卫齐步上前，那个凶汉举起手中的钩刀搭在白丝内裤上，未等往下划呢，站在一旁的男女仆人、车老板子扑通通全跪在地上了，苦苦哀求山大王行行好儿，大人不计小人过，饶了四太太吧！可三位头领不为所动，连看都不看一眼，双目皆盯着吊在横梁上的四太太。而此刻的袁小鬼一听他们的黑话就明白了，原以为平愿会的成员逃散后，早已各奔东西，投亲靠友。未承想竟跑到关外，躲进吉林地界的深山老林中占山为王了，心里一阵窃喜，赶忙挣扎着爬起来，顾不上在四太太面前暴露自己的身份了，一溜歪斜地跑到横梁下，猛地推开手拿钩刀的凶汉，向坐在长桌边的三位首领抱拳道："海阔凭鱼跃，双雁远飞啸。只求寻新桂，何怜逐邪妖。"随即转身走到轿车前，掀开轿帘儿，从里面取出一把盛满白酒的瓷壶和一只上画百鸟图的白瓷海碗，将酒倒入碗内，双手端着走到大帐前绣有虎头的大纛下，双膝跪倒，把碗举过头顶道："三山五岳，天王老主，历代先师，泰山东来拜松水，弟子海徒颂圣山圣水百代昌荣！"说罢，伸出大拇指和中指在酒碗中蘸了一下，先弹向空中祭天，再弹向大地祭地，然后起身将碗中的酒尽洒大纛之下的石基上。放下碗，再次面冲三位首领又道："手心手背一个拳，三山五岳一个天，五湖四海皆兄弟，不是英雄不比肩。你们太不仗义了吧，是江湖上的真家呢，还是世上的混家呢？"

三位首领一听袁小鬼说出"弟子海徒"四个字儿，脸上立马现出了惊喜的神情，也不说话，只是上上下下打量他。少顷，坐在中间的首领冲站在横梁下的旗卫喊道："还愣着干什么？快，赶紧请下太奶奶！"

旗卫听令，松开绳子，把早已昏过去的四太太放了下来，两个男仆将其抬进轿车内。为给压惊，贴身侍女倒了一碗鹿茸汤，一勺儿一勺儿地喂进嘴里，过了一会儿，四太太苏醒过来，在场的人长长出了一口气。三位首领起身离座走到袁小鬼跟前，撩衣跪地磕头致歉道："罪过，罪过，请息怒，晚辈不知太爷驾到，小的给老人家叩头了！"

袁小鬼手一抬道："不知者不怪，三位请起。"

三人谢过，站起身来，与袁小鬼一同走到长桌边，按照行帮的规矩凭辈分高低依次入座，袁小鬼坐在中间，三位首领坐在两边。有的阿哥会问，突然间怎会发生如此大的变化呢？那个时候，行有行规，帮有帮规。三位首领听到了"弟子海徒"的报号，知道来者是自己人，且辈分高。"海"字辈乃太爷爷辈，即海字太爷爷，与其相比低四辈。当初听袁小鬼说出"海阔凭鱼跃，双雁远飞啸"一句时，他们便确信来者是平愿会的了，因为这是平愿会的联亲语，即互相联络的暗号儿，告知对方咱是一家人。此为定式句，知道是自家兄弟相遇了，为了接上关系，都得用这十个字儿。其中的"雁"字有讲究，一个人就是单雁，五个人就是五雁，七个人就是七雁，多人就是群雁。袁小鬼用的是双雁，意在告诉三位首领我们是两个人，我是会里的成员。后面的"只求寻新桂，何怜逐邪妖"一句不是固定的，可根据当时的人或事之实际情况即兴发挥，自由变换，愿咋说就咋说，能表达出意思就行。又如"三山五岳，天王老祖，历代先师，泰山东来拜松水"一句，也是平愿会的联亲语，前十二个字和"泰山东来拜"五个字是固定的，拜什么不是固定的，去哪儿就拜哪儿。袁小鬼来到松花江畔的吉林，于是便说拜松水，只有地点是可变的，固定句不能变。平愿会成员之间见面的联亲语必须用心背熟，不能打奔儿，更不能说错，对方才可据此判断你是不是自家人。如果说得不熟练，或者哪句说错了，人家不会跟你接头。特别要记住的是双方见面时，需报出自己的字号，以证明本人是平愿会的第几代传人、属何字辈，让对方知道你在会内所处的地位、权势以及享受哪个等级的礼遇。

平愿会成员究竟属于哪个辈分，可从十六个字里辨识，即"登临沧海，抚霞追月，宇精九派，绵远恒长。"很显然，第一代为"登"字辈，全是组建平愿会的成员。第二代是"临"字辈，第三代是"沧"字辈，以下照此类推。袁小鬼报的是"海"字，乃第四代"海"字辈，辈分够高的了。平愿会从乾隆末年第一代"登"字辈开始，到嘉庆中期的第四代"海"字辈，已经属于重孙子辈了。袁小鬼刚坐定，便询问三位首领是哪个辈分的，回答为"追"字辈，乃第七代传人，下边还有"月"字辈、"宇"字辈、"精"字辈等。为不露实情和内规、保守秘密，避免外人知道，他们便把"追"改为"槌"，借用"追"字的谐音。三位首领一个姓全，一个姓铁，一个姓石，担心朝廷追查，便重新起了名字，称全槌、铁槌、石槌，石槌居长，全槌居中，铁槌居季。三人的老家本不在一地，石槌乃河北饶阳人氏，离袁小鬼的故乡武进挺近，饶阳在武进西边，是邻县；全槌乃河北霸县人氏；铁槌乃黄河之南山东高唐人氏。他们来关外的时间也不一，石槌到这儿快二十年了，仝槌差不多十七年了，铁槌也有十四五年了。

袁小鬼接着问道："既然家乡不在一地，也不是同一年闯关东，你们这帮扣儿是怎么聚到一起的？""扣儿"为暗语，乃"口儿"的谐音，兄弟之意，缘于兄弟的"兄"字是用"口"和"儿"二字组成的。

铁槌回道："实不相瞒，我当初从故乡逃到关外，谁也不认识，两眼一抹黑，不知去哪儿藏身较为安全，也没打算扒顶子，就是想混口饭吃。为躲避朝廷派兵马追查，只能是越偏僻越好，于是便逃往深山老林，到了疙瘩梁。过了没多长时间，认识了先于我好几年到此的大哥石槌、二哥仝槌，哥儿仨皆租种范家的土地。范蔼仁真乃黑心肠的恶霸，不把流民当人，兄弟们受尽了奴役、凌辱，为了活下去，不得已才立了虎头，勒了筷把。"

铁槌所言涉及的暗语"扒"意为反；当朝做官的不是都讲几品顶戴么，"顶子"暗指朝廷官员；"立了虎头"意为有了行帮组织；"勒了筷把"即把一根根筷子捆在一起，意为聚合力量。这番话的意思就是说我们逃到了关外，不是来反大清的，未想与朝廷作对。可是到了疙瘩梁，范蔼仁及其打手们竟把流民当奴才，天天指手画脚、呼来唤去的，也根本未瞧得起兄弟几个，他们算老几呀？我们辛勤劳作，汗珠子掉地摔八瓣儿，为的是糊口，凭啥还得给庄主卖命啊？实在让人忍无可忍，一气之下，哥儿几个就竖起了虎头旗，把大伙儿聚集在一块儿，组建了行帮，共同对付范蔼仁，不再受其欺侮。

四人越聊话越多，越唠越亲近，三位首领非常尊重太爷爷辈的袁小鬼，同样也另眼相看四太太，希望能将其请出来，也好当面赔个不是。袁小鬼满口答应，起身走到轿车前，掀开轿帘儿如此这般一讲，惊魂未定的四太太早被吊怕了，表示不想露面了。袁小鬼再三劝导，说什么自己乃平愿会的太爷爷辈，辈分高，资格老，辈数儿小的不仅尊重我，也得尊重你，人家真心诚意要赔罪，总得给个面子不是？下来吧，有我总师爷保驾呢，没事儿！四太太听罢，这才点头答应了，赶忙换了套衣服，又梳洗打扮一番，然后由袁小鬼搀扶着下得车来，缓步走到大帐前。仝槌、铁槌、石槌起身叩头下拜，异口同声地致歉道："请太奶奶息怒，小辈有眼不识泰山，多有得罪，在这儿给您赔礼了，可不是拜鸡头，而是拜砍鸡头。"

四太太哪能听得懂暗语呀，急得大睁双目直劲儿摇头，袁小鬼赶忙给以解释，净挑好听的说："四太太，三位首领讲了，之所以叩头下拜，绝非看在你是范庄主的四夫人、大太太钱氏四妹子的面子上，也未当成阔财主的家眷对待，而是看成自家人。'鸡头'意为说了算的人，或富户的家主，他们指的是范蔺仁。知道你在范家不得烟抽，怨恨范庄主和大夫人，心没往一处想，是两股道上跑的车。你这个有钱人家的大小姐也从未站在庄主一边欺压百姓，反过来却同情穷人，今儿个又来到了疙瘩梁，显然与山民一条心。这一切令三位首领十分佩服，认为你是砍鸡头的，即反对范蔺仁的，故而才由衷地下拜，以表感激之情。"

四太太听罢，总算不惧怕也不紧张了，或许是受现场气氛的感染，眼眶儿还湿润了，随即从内怀掏出用红布包着的三块儿百两银锭儿，说是为表心意，愿把这些养育子女的钱敬献给行帮。刚一进山，互不认识，更不了解，又从未打过交道，误会难免，请各位首领不必往心里去。现在看来，你们虽然言行显得粗鲁，但心肠好，真诚、直率，作为朋友够交。其实大家能够碰面就是缘分，今后将同处一个屋檐下，在一起相处的日子长着呢，希望多帮衬才是。

石槌站起身接过纹银，对四太太的慷慨解囊深深鞠躬拜谢，并请其就座，斟上热茶，大伙儿边品茶边天南海北地聊了起来。过了约一个时辰，谈兴正浓，然天色渐晚，只好作罢。"三槌"兄弟先请太爷爷、太奶奶上车，随后一骗腿儿上了马，在前边引领着车老板儿往山里的居处赶去，从此二人住了下来。

光阴似箭，一晃四个多月过去了，袁小鬼、四太太与豪爽、正直的"三槌"兄弟相处得十分融洽、不分彼此，像一家人一样。袁小鬼成了他们的管账先生，活儿干得很是认真，一点儿不含糊，还教其如何理财并帮着出谋划策。从交谈中得知，石槌今年三十有一，在三兄弟中年龄最大，仝槌和铁槌也二十大多了，都不算小了，不过皆未成家。由于石槌脑瓜儿灵活，思虑周到，遇事不慌，有主意，所以仝槌和铁槌打心眼儿里服气，愿意听他的。疙瘩梁有上百户从各地逃来的难民，大多数租种范蔺仁的土地，遇上年成不好，颗粒无收不说，反倒欠了一屁股债，全家老小不得不卖身顶账，成了范家的奴才。范蔺仁从不给奴才吃饱，不关心其生老病死，只让没完没了的干活儿，手脚稍慢非打即骂。"三槌"兄弟不是不敢娶亲，只是考虑到很多流民到这儿成了任人使唤的奴才，不能光想着自己的好事儿而不管众位弟兄姐妹的难处，应同甘共苦才是。大家期盼着有朝一日能遇到个为民造福的好官，以解开套在身上的枷锁，成为自由人，到那时候再一块儿大办婚礼，可谓喜上加喜。袁小鬼当时听了这些，心头不禁一阵酸楚，寻思道："唉，普天之下，上哪儿去找为民做主的好官呐？让山民们不当奴才而成为正身旗人，不再受苦受欺了，贫穷也好，富贵也罢，可以平起平坐了，难哪，只能是梦想啊！"

除此，二人还意外获知了范家堡子的不少秘闻，以及范蔼仁的贪得无厌、不择手段聚敛钱财、钱氏所谓宽宏背后的蝇营狗苟等，其人面兽心、歹毒心肠昭然若揭。四太太感慨万端，说道："不是有那么句话么，好人有好报，恶人有恶报。等着瞧吧，他俩早晚会遭报应的！"

四太太虽被钱氏派到疙瘩梁并封为掌印夫人，但事事处处丝毫不向着范氏家族，而是把手中之权交给了"三槌"兄弟，相信他们会管理好的。"三槌"兄弟为了让袁小鬼和四太太看清范蔼仁及大夫人的本来面目，还拿出了范氏家族违犯大清律的实物让二人一一过目，其中有十几份儿乡民的卖身契约、卖地契约，乃代书先生用墨笔写在黄缎子上的，有的是乾隆年间签下的，有的是嘉庆年间签下的。由于时间久远，黄缎子的颜色变暗，毛边也有损坏，皆为桩桩铁证。四太太抽出一份展开一看，只见上面写道：

契　约

兹立契约卖身为奴，立契人胡东财，河北涿县人氏。由于来疙瘩梁无种子播种，无牛具耕地，今愿将自己卖与范蔼仁名下为奴。为奴期间，皆由范蔼仁支使，不得抗用。待用范蔼仁田亩贰垧柒亩整及每年种子、牛具叁年，一应租息均按年期收柒分地息。若叁年偿还，一切清账，所签下的卖身为奴契约即可终结；若逾期不能如数偿还，则永为范蔼仁之奴。经双方与中见人言明，相互谈定，不得反悔。如若反悔，由中见人一面承管，空口无凭，立契为证。契约共两份，各执壹份，永存为证。

大清国嘉庆十九年十二月三日立

户族保人：沙林城　画押
齐常生　画押
丘富臣　画押
立契约人：胡东财　画押
租地东家：范蔼仁　画押

另一份卖身契是这样写的：

契　约

立卖身契约人郝丫丫，因母病乏银，故使用范蔼仁白银十五两二十钱三文，疗疾用尽，无力偿还。由中间人徐郎氏、鲍晓昌、王福全担保，郝丫丫本人同意，卖身抵债，终生为范蔼仁之奴，永不反悔，空口无凭，立契为证。契约共两份，各执一份，永存为证。

大清国乾隆五十九年五月十八日立
卖身奴：郝丫丫　画押
养奴人：范蔼仁　画押

还有一份卖地契约写道：

契　约

立契人哈拉塔，因手中乏银，难以维系，愿将祖上位于嘎牙河东段老牛圈子河套正南之田产卖与范蔼仁名下为业，言明地价九吊五百，再不退还，空口无凭，立字存照。

记开地亩四至：
东至荒界，
南至甸子，
北至河套，
西至山嘴子。

大清国嘉庆十九年正月初十立

中间人：那林宝　画押
包珠乐　画押
芦贵生　画押
刘永增　画押
李希玉　画押
立契人：哈拉塔　画押
买地人：范蔼仁　画押
借字人：吴万海　画押

仝槌又搬来一个木箱子，把盖儿搁开说道："你们看，里面装的全是卖身契，三百余份。我大致翻了翻，差不多每户皆签下了这种立奴契约，小命掐在养奴人手心儿里。灾民背井离乡逃荒到关外，不仅不能养家糊口，到头来自己也搭进去了，成了可怜的奴才，连娶妻生子这样的事儿自个儿说了都不算，必须得范蔼仁同意方可。大家被逼得在疙瘩梁实在没活路了，才不得不组建了帮会，扯起了虎头旗，决心与范大庄主争个高低。众山民推举石槌为嘎珊达，暗地里就是会首，我们不怕掉脑袋，即使官府来人了，照样敢跟他们讲理，掰扯掰扯谁是谁非……"

铁槌插话道："太爷爷、太奶奶，前些日子我们在钱氏家族的坟地里发现一个用石头砌的坑，上面扣块薄石板，四周的缝隙是用碎石块儿搀黄泥堵上的。时间一长，风吹雨淋的，薄石板裂开了，顺着裂缝儿往里一瞅，里面摞着两个深红色的木匣子。挪开薄石板，把木匣子取出打开一看，装的全是地契，其中必包括强行霸占的土地，一准是钱氏私藏的。"

袁小鬼听罢，异常兴奋，并未多问，心里思谋道："待找个机会亲自前去察看一下，这可是重要发现，乃范蔼仁强占土地之罪证，不可小觑。"

四太太也觉得心情挺舒畅，大开了眼界，长了不少见识。以前在娘家未出门子时，只知道些闺阃小事，嫁到范家也只知养孩子，一切全为自己想。哪像"三槌"兄弟呀，一心想着苦难之人，为其排忧解难，与大家抱成团儿共同对付范蔼仁，到现在也没顾上娶家口。以为大庄主在范家堡子有多么了不起呀，多么耀武扬威呀，跟土皇上似的说一不二呀，其实不然。真正厉害的当数"三槌"兄弟和山民们，架不住心齐呀，范蔼仁根本不是他们的对手，差远了。有一天，四太太对袁小鬼说："我早想明白了，这回到疙瘩梁来，决不给老钱婆子卖命，凡事拖起没完，唬她蒙她，搅黄了才解恨呢，到末了让老范头儿跟大老婆算账去。她自以为精明，鬼心眼儿多得是，在范家一手遮天，让你站着就甭想坐着。我也不白给，不来明的来暗的，使坏谁不会呀，不妨比试比试，看谁能干过谁！"

袁小鬼举双手赞同："对，说得好，就这么干！"

自此，二人多日以来不催不动，不光在疙瘩梁西山建演兵场没个动静，于山洞内设锻造兵刃的作坊连影儿都没有，更别说在当地招募丁勇了。夺魂僧者和静空大师见他俩天天该张罗的也不张罗，要么去林中小道溜达，要么逗弄二丫头玩儿，要么吃，要么睡，过起了甜美的小日子，似乎完全忘了自己干啥来了，心里又生气又无奈，一再提醒道："四太太、袁师爷，范庄主和大太太因为信着咱才派到疙瘩梁，来此不是游山玩水，而是有要务在身。不知你俩究竟咋想的，如果继续按兵不动，我们只能回去禀报大庄主了，乃不得已而为之，可别怪罪贫僧。"

四太太听罢，不以为然，以到疙瘩梁的时间不长、与当地山民尚不熟悉、过一段再说予以搪塞。袁小鬼却有点儿犯愁了："这可咋好？指不定哪天范庄主和大夫人来了，肯定得问起此事，到时候怎么回答呀，交代不下去呀！"

四太太笑着伸出二拇指点着他的鼻尖儿道："你呀，纯粹是聪明一世，糊涂一时，怎么一到真章儿就没主意了？赶紧去找'三槌'兄弟呀，他们准有招儿。"

袁小鬼一想也是，咋把这个茬儿忘了呢，二人立马去了大帐，见三位都在，遂将两个大和尚的话重复了一遍。石槌说："太爷爷、太奶奶，不用犯愁，那俩高僧由我们兄弟对付，你们尽管放心好了。"

四太太轻蔑地哼了一声道："什么高僧啊，他们也配？那两个秃驴是老钱婆子相好的，男盗女娼，恶心死人了。"

"三槌"兄弟相互对视一眼，只是笑了笑，没再说什么。转天用罢早膳，四太太忽然想起了一件事，遂问袁小鬼："哎，咱们来疙瘩梁的路上，你说到了地儿让我看场戏法儿，啥时候看哪？我还等着呢！"

袁小鬼拍了一下脑门儿道："咳，到这儿忙忙乎乎的竟给忘了，是说过这句话。前些日子'三槌'兄弟不是讲过么，在钱氏家族的坟茔地发现了范氏家族的土地大账，看来此言应该是准的。有件事我惦记好几年了，早就知道一些，还是钱如民亲口讲的呢！"

四太太急不可待地催促道："哎呀，别卖关子了，到底啥事儿，快说呀！"

袁小鬼接着告诉四太太，说是有一天，他拉钱如民去街边的小饭馆儿喝酒，三杯下肚后，钱如民便口吐真言了，那番话令他很吃惊，从此牢牢记在心里了。钱如民说："好兄弟，别看大哥眼下手头儿紧，老让你破费，时不时地请我喝上几盅儿。放心吧，大哥早晚得翻过身来，到时候肯定会报答老弟的，我心里有数。实不相瞒，我姐在大疙瘩梁那儿有处银窖，是她藏私房钱的地儿。这事儿就咱俩说说，你知我知，不能告诉别人，听见没？"

袁小鬼不禁暗自高兴，忙又为其斟上满满一杯酒，看似不经意地顺口说道："大哥，别胡嘞嘞了，有的说没的也说，我才不信呢，倘若让大太太知道了，不得剥你皮、抽你筋哪！"

双眼通红的钱如民哆哆嗦嗦地端起满满一杯酒一仰脖儿见了底，然后啪的一声把酒杯摔在地上，人已酩酊大醉，趴在桌子上嘴里仍嘟囔着："老弟，你……你别不信，是我姐……亲口告诉我的，她……再三叮嘱不让我往外说。等哪天……有工夫，我领你去那儿掏……掏几块儿银锭回来，咱俩好喝酒……"说着说着就坐不住了，身子歪向一边，袁小鬼忙将其搀回家，足足睡了一天一宿才到账房去巡班。

从那日起，袁小鬼的脑子一直画魂儿，钱如民所言到底是真是假呢，或只是酒后醉话呢？有一天闲下来时，便向其询问此事。这回他没喝酒，头脑挺清醒，一本正经地反问道："袁小鬼，此话谁讲的？本人从未说过，根本没这档子事儿。我姐手中的积蓄充其量不过姐夫给的那点儿体己钱，哪有什么银窖哇，你可不能胡诌八咧呀！"

尽管钱如民一再起誓发愿、矢口否认，可袁小鬼却入心了，此后特别注意观察这对儿姐弟的行踪。结果发现大太太每年都借口上坟，只带几个贴身侍女及亲随去疙瘩梁，天不亮就起程，显得十分诡秘，不知到那儿究竟干些啥。钱如民也动不动跑趟疙瘩梁，总是独往独来，不带任何人。还看见姐弟俩不知为何事常常不悦，有时在大太太房中吵得不可开交，其亲随守在门外，谁也不许近前。这些现象让他甚觉不解，但有一点是肯定的，那就是他们姐弟之间有着不可告人的秘密。

四太太听罢袁小鬼的讲述，产生了极大的兴趣，两眼直放光，恨不得立即找到所谓的银窖，有了大把大把的银圆，下辈子都不用愁了。袁小鬼也有同感，且跃跃欲试，认为此乃天赐良机，决不能错过。二人高兴异常，手舞足蹈，冷静下来后琢磨开了，想要成就这天大的好事儿得靠谁呢？噢，是了，非"三槌"兄弟莫属。他们已到疙瘩梁多年，对当地的情况很是熟悉，否则不可能在钱家坟茔地的石坑内发现私藏的地契，那是处十分隐蔽的地方。四太太又与袁小鬼合计了一番，决定把"三槌"兄弟请到自己的新舍，好好儿唠扯唠扯再作打算。

四太太一行刚到疙瘩梁时，住的是一处有正房和西厢房的土坯房，由于年头多了，颇为破旧，好在能住得下。所说的新舍啥时候盖的呢？还是两个月前的一天，热心的"三槌"兄弟来到四太太处，说是不能总让太爷爷、太奶奶住旧房子，得给建个新家，山里林木多，可就地取材，方便得很。三人说到做到，转天一早，就带领手下的众兄弟拿着斧头、锯等家巴什儿进山了，伐了颇为粗壮的桦树、椴树、松树、水曲柳等。运下山后，截木头的截木头，和泥的和泥，脱坯的脱坯，还是人多好干活儿，只用十多天便盖起了三大间坐北朝南的砖木结构新居。此房以椴木做梁子，以桦木做顶盖儿，上苫厚厚的房草。外墙用灰砖砌成，内壁加了一层带有花纹的水曲柳拼成的墙板，地面也铺了木板。窗框、窗棂子一色用白松做的，外面糊上从双城堡买回的毛头纸，上贴百蝶飞舞的窗花儿。院内有仓房、马棚、鸡舍，四周围着一圈儿用土坯砌成的院墙，一人多高，打远处一看，既像样儿又大气，可谓疙瘩梁首屈一指的住所。正赶上天气格外好，晴朗无云，阳光充足，将门窗全部打开，以便通风。半个月后，晾得差不多了，"三槌"兄弟帮着太爷爷、太奶奶搬进了新居。

当时，住在疙瘩梁的山民们较大的事不外乎三件，一件是娶媳妇儿，一件是发丧老人，一件是盖房子。四太太也不例外，入乡随俗嘛，打算把山民们请到家中热闹热闹。于是在袁小鬼的陪伴下，去集市买回一只梅花鹿、一头野猪、两只狍子、一条从嘎牙河网上来的百多斤重的大杆条。除此之外，铁槌一早还带些人进山了，射猎了飞龙、沙半鸡、天鹅、大雁等。一切备齐了，几个人一块儿忙活，有剁肉的，有收拾鱼的，有淘米的，有摘菜的，有上灶的，有于屋里院内摆桌子的。待七碟八碗马上可以上桌了，"三槌"兄弟方骑着马分头去各家各户，将疙瘩梁的男女老少一个不落地请到新居赴宴。一时间，老人们换上了刚缝好的袍子，孩子们穿上了新衣裳，哈哈们登上了新靴子，赫赫们戴上了鲜艳的头巾，有的腕挎一筐鸡蛋，有的手牵一只奶羊，有的肩扛一坛子酒，有的拎着一篮子坚果，纷纷前来贺喜。这些山民中，不仅有满洲人，也有达斡尔人、赫哲人、朝鲜族人，还有从河北、河南、山东等地来的汉人。好几个民族聚在一起，围坐桌边大口大口地喝酒，大口大口地吃肉，划拳行令，有说有笑，好不热闹。到了傍晚，于院外的空地上燃起了篝火，大家席地而坐，继续喝酒、吃肉。姑娘们没有了往日的矜持，小伙子们收敛了昔日的羞涩，手拉着手围着篝火又唱又跳，将黄河岸边的花儿歌舞带到了深山里。老人们时不时地打着节拍，边欣赏边唱和，互相呼应。孩子们你呼我叫，在人群中跑来钻去，追逐嬉戏。歌声、笑声、交谈声、喧闹声回响在疙瘩梁的上空，那是山民们最欢乐的日子，也是记忆犹新的日子，让人难以忘怀。

次日下晌，袁小鬼把"三槌"兄弟请进了新舍，坐定后，四太太分别为其斟上热茶。大家先是闲聊了一会儿，之后便进入了正题，袁小鬼直截了当地提出了一直以来心中的疑惑："听说范庄主的大夫人钱氏在大疙瘩梁有处银窖，不知是真是假，也不知具体在山里的什么地方，多年来始终是个谜。三位兄弟对这一带很熟悉，又都是嘎珊达，威望颇高，大伙儿都听你们指挥。依我看是时候了，干脆把山民们组织起来，在疙瘩梁秘密搜寻那处所谓的银窖。倘若能找到，把银子分给各家各户，生活不就宽绰些了么？什么事儿都不是孤立的，也不是没有缘由的，能传出大疙瘩梁有银窖，想必不是空穴来风。究竟应去哪条山沟找、估计谁有可能知道，你们哥儿几个不妨先商量一下，然后再决定下一步咋办。"

石槌思忖片刻，说道："我们未听说疙瘩梁有什么银窖，只知钱氏家族坟茔地肯定有说道，根据啥这么讲呢？那片坟茔地面积挺大，整个西山坡全给占了，早在十几年前就用木障子围上了，并有范家堡子的团练把守，晚上也是灯笼火把的，任何人不许靠近。我闯关东到疙瘩梁的一路上，还是头一回碰到派专人看管坟圈子这等事，其他地方真没有，觉得很是稀奇。我们曾乘大黑夜前去探寻过几次，结果遭到了围堵，要了兄弟们七条人命。那些团练非常凶狠，只要被其抓住便往死里打，来了就甭想回去，故而坟茔地的秘密至今没有彻底揭开。太爷爷、太奶奶，要说起来呢，老钱家的祖坟茔地确实值得重视。这些年来，那里看管得严严实实的，我们哥儿仁和把守坟茔地领头儿的虽然都归范蔼仁管，但没有任何往来，相互不认识。实际上，那几个领头的皆为钱氏亲点，派哪些团练亦是大太太亲定的，她若觉得谁不可靠，绝对来不了。团练们都乐不得担任此差，因为所挣银两比在范家堡子稍多些，基本上够养家糊口了。山民们恨透了钱氏，太可恶了，比范蔼仁还要厉害百倍。老少爷们儿岁岁年年住在这里，天天进山劳作，要是一不小心离钱家茔地近点儿，就会遭到一顿毒打并圈起来不让回家。我们曾向大庄主告钱氏的状，范蔼仁只当耳旁风，不予理会，似乎不敢惹大夫人不高兴，告也是白告……"

通过此次攀谈，袁小鬼有很大收获，得知了一个重要情况，就是钱氏家族的祖坟茔那儿说道不小，乃范蔼仁、钱氏的挂心之处。据此，愈加坚定了自己往日的判断，即那里是神秘之地，亦是藏宝之地，钱如民的银窖之说确定无疑。不过偷偷进入钱家祖坟茔地查找银窖之打算眼下不得不暂且放一放，待日后再说，为啥呢？因为那里由训练有素的团练把守，而"三槌"兄弟手下皆为山民，双方力量相差悬殊，不能吃眼前亏，只能从长计议。

那夺魂僧者和静空大师是在钱氏急三火四地催促下，与四太太前后脚儿到的疙瘩梁，吃住在看管钱氏家族祖坟茔地的守卫营里。为筹建演武场、招募丁勇、打造兵刃等事，曾多次进山找过四太太和袁小鬼，皆徒劳而返。这一日，二人又进山了，并暗下决心，不达目的决不罢休。其实他们到来之前，"三槌"兄弟早已得报大和尚一行四人进山了，也知道夺魂僧者和静空大师乃高僧，身怀绝技，十分厉害，于是便将此情告知了袁小鬼和四太太。袁小鬼站在地当间儿，双手背于身后边琢磨边自言自语道："两位大和尚武功高强，倘若失去耐性动起手来，咱是抵挡不住的。建演武场等事硬拖总不是办法，拖到一定时候照样顶不住，怎么办好呢？"

一旁的四太太却满不在乎，一摆手道："不用怕，让他来吧，我出头应付。这两个无耻之徒，以为谁都不知道所干的那些肮脏事儿呢，天天大模大样地在山里晃来晃去的，像个人似的，倒要看看有啥脸面见我！"

二人正说着，夺魂僧者和静空大师已大步流星地到了房舍前，紧随其后的三十多人，有范家堡子的大管家安顺、团练头领巴都里，还有石槌、仝槌、铁槌及手下众弟兄。大家进得院门，屋内面积毕竟有限，装不下那么多人，有些便站在门口儿或院子里了。两位和尚显得挺客气，揖手问安后，夺魂僧者说道："贫僧和师弟奉范庄主及其大夫人之命，于四个月前住进了疙瘩梁，四太太、袁师爷早知缘何而来。想必二位这些日子已遵照范庄主之意将一切安排妥当，究竟何时让山民们从自家走出进入山洞、何时开工打造兵刃？请示下，不可一而再、再而三地拖延了。除此还需开设演武场，招募丁勇，从中挑出三百壮汉习练武功。范庄主及大太太对此事尤为上心，已询问多次，时间紧迫，抓紧遵办为好。如果进展缓慢，收效甚微，范庄主怪罪下来，四太太很难找到合适的托词予以解释，那将十分被动，望细度之。"

乍一听，夺魂僧者语气平和，言辞恳切，无可挑剔。仔细一品，话中带刺儿，既有威胁之意，又有安抚之心。软中有硬，硬中有软，以软硬兼施的手段敲打四太太和袁小鬼，告诫不可违拗庄主之命，好自为之。四太太抱着膀端坐在椅子上，眯缝着双眼瞅着夺魂僧者，一脸的不屑，显然是没瞧得起对方，心里思谋道："哼！你也不撒泡尿照照自己啥样，以为是什么好物啊，不知羞耻，觍啥脸来教训我？都是因为你跟那个老骚狐狸勾勾搭搭，才把姑奶奶打发到深山老林里吃苦受罪，已经够窝囊了，非听你个和尚摆布？"想至此，抬起手指了指旁边的两把椅子，意思是请二位坐下说话。夺魂僧者和静空大师刚刚落座，四太太便阴阳怪气地开口了："哎哟，今儿个刮的哪股风啊，本太太的新房子可是头一回来了这么多贵客，还什么人都有呢，够全乎的了，令寒舍蓬荜生辉呀！俺的家乡在巴彦，小时候就诚谨敬佛，那儿有座大佛寺。记得老住持常讲什么佛寺乃圣洁之地，皈依佛门，剃度悟彻，不杀生，不偷盗，不邪淫，不妄语，不饮酒，方可为僧徒。我来到世上三十多年了，从未听说身穿袈裟的僧人还干那些辱没名声之事，可有人却真真切切看见了。不要把谁当成瞎子、傻子，若想人不知，除非己莫为，究竟是人是兽，不妨露露真容吧！我一向跟凡人说话，懒得同行为鬼祟之佛门败类打交道，觉得恶心……"她越说越生气，多少日子以来对钱氏的欺人太甚憋了一肚子火儿，今儿个总算碰到可以发泄的人了，旁敲侧击地一股脑儿全吐了出来，觉得无比痛快。

四太太的一番话出乎在场所有人的预料，没想到她这么厉害，那张嘴如同刀子，得理不让人，一点儿情面不留，专往心窝子捅，对两位大师也不例外。霎时间，屋里屋外静极了，掉根儿针都能听见，都感到十分惊诧，瞪大双目瞅着她。有的暗暗佩服其敢说敢干的勇气；有的偷偷竖起大拇指表示赞同；有的为其担心，显露出一脸的关切之情；有的则有几分胆怯，一个劲儿地冲其摆手，意思是别再说了，赶紧闭嘴吧，倘若被大庄主和钱氏知道定将不饶。坐在一旁的袁小鬼也替其捏了把汗，哪知她这么倔呀，不分对象是谁，什么难听的话都敢往外诌。两位大师手又黑，气急了给你一拳，不揍扁才怪呢！别看疙瘩梁地方大，根本没有能招架之人，一旦出手谁也搪不了，更帮不上忙，到那时可就吃大亏了。原本脑子不笨哪，这会儿怎么了，不是犯傻么，莫非喝了迷魂汤不成？

两位大和尚是什么反应呢？你想那能好受么，连不相干的人听了都觉得怪不好意思的，走也不是留也不是，何况本人乎？他们被深深刺痛了，脸红一阵儿白一阵儿的，额头沁出了一层汗珠儿，手也不知怎么放了，浑身不自在，如坐针毡哪！静空大师张了张嘴，似乎要为自己辩白，最终却一个字儿没进出来，心里思谋道："唉，能说啥呀，你有短处，被人家嘲笑讥讽不是活该么。我和二师兄真是昏了头了，当年上哪儿不好，非去范家堡子呀？此乃是非之地，结果沾了一身腥。谁也不怪，就怨自己，有啥法儿？硬挺吧！"想到这儿，开始口念佛号，阿弥陀佛，阿弥陀佛……

夺魂僧者要比静空大师老练点儿，因曾云游各地，不免碰到各种各样的人和事，阅历由浅至深，积累的经验也多些，在突发的事情面前，初始尚能沉住气。钱氏早已告诉过他，说是四太太动不动就旁敲侧击，数落咱俩的事儿。为了达到报复之目的，我已将其开到疙瘩梁了，这回看她还有没有精神头儿骂了，天天在深山老林里听狼嗥吧！现在一看，果不其然，四太太久憋心中的怒气终于开撒了，话里话外全是刺儿，连奚落带挖苦，屋里屋外三十多号人，加之心中有鬼，面对极为尴尬的处境能咋样？唯一做的就是一忍再忍、一压再压。他暗自思谋道："我和三师弟被范庄主及其大夫人派到疙瘩梁是身负使命的，不管遇到什么事，皆应控制住情绪，努力保持高僧的尊严，显得豁达大度、有涵养。要强迫自己将谩骂、嘲笑抛至脑后，不理那个茬儿，装聋作哑，像未听见一样，不能顶着干，否则人可就丢大发了。"这么想着，静了静心，干咳一声，慢条斯理地说："四太太，还是带我们去西山山洞看看吧，也好合计一下如何建洞中作坊及洞外演武场，此事迫在眉睫，比什么都重要啊！"不仅方才人身受辱只字未提，也未露出半点儿责怪之意，大家都觉得挺丢人的，他却表现得毫不在乎，让人感到脸皮够厚的了。

袁小鬼瞅了瞅夺魂僧者，又瞧了瞧四太太，寻思道："前几天我跟'三槌'兄弟说呢，范蔼仁不是派两位大和尚来催促建演武场等事么，不用往心里去，咱仍采取拖的办法，直至拖黄为止，三人皆表示同意。这个节骨眼儿上，如果他们能站出来说话，把眼下的难处、具体要求讲清，让大和尚竖起耳朵听听，效果或许会好些，比我和四太太说有力，人家是此地人，可信度强。"想至此，背过手偷偷捅了一下站在身后的石槌。

石槌领会其意，知道这是太爷爷让兄弟几个表态，随即开口道："二位大师，先正式介绍一下，我叫石槌，左边的这位叫仝槌，右边的这位叫铁槌，皆为山民公推的嘎珊达，范庄主都知道。大师刚刚所提到的要务跟四太太和袁师爷讲没用，他俩做不了主，更无法定。何况二人到疙瘩梁是客，来的时间又不长，知道啥呀？必须同哥儿几个商量才行。再者说了，修演武场、打通山洞建作坊哪儿那么容易呀，不是说干马上就能干的事儿。咱远的不讲，去年春天，庄主爷让我们把西山山洞收拾一下，再安扇铁门，准备往里放东西。结果怎么样？大伙儿干得正起劲儿呢，山洞顶部的大石头忽然掉落下来，活活砸死了三个山民，还有两个腿砸折了，至今仍躺在炕上下不了地，啥活儿也干不了。谁管了，谁给银子疗伤了？从药铺赊的账到现在还没算呢！如果真要动工也成，不过得把丑话说前头，有三条必须讲清。第一，我和这两位兄弟说了算不假，也能把山民组织起来，可总不能白干吧？庄主爷能否付工钱、每人每天挣多少，务必得交底。第二，施工过程中，最担心的就是发生意外，谁也不敢保证不出闪失，倘若再砸死人或伤了、残了怎么办？抚恤金给多少？请郎中上门诊治及抓药的钱谁掏？失去劳动力的全家老小谁养？像以前那样白干、白死、白伤肯定不行。第三，修演武场也好，打通山洞建作坊也罢，皆为较重的活计，肯定得出大力流大汗，是你们俩能干得了哇，还是我们仁能干得了？那得需要很多劳力，人从哪儿出？只能从疙瘩梁的山民和范家的奴才中出。想让我们干，庄主爷和大太太得亲自来一趟，有些话咱先讲下，不能将疙瘩梁的山民当奴才了，应给正身旗人的名分了，该享受的权利都得有，按干活儿多少挣银子。以上三条无可非议，乃合理要求，烦请二位大师予以转告之。"

袁小鬼见石槌把要求一一讲明了，两位和尚也听清了，说明此事并不是我和四太太硬拖着，人家疙瘩梁的山民存在这些想法，没按时开工是有原因的。他暗暗高兴，认为啥事儿都得有个度，不能过分，见好儿就收，别再继续下去了，得把话拉回来，于是开口道："这么的吧，咱还是依大师之意去西山山洞转转，看看将来怎么个干法，心中就有数了。二位大师是不知道哇，此活儿不单单很难干，关键是疙瘩梁的山民对那儿有忌讳，正经得好好儿合计合计呢！我到这儿之后，曾与山民和嘎珊达唠过多次，方知是咋回事儿，范庄主和大太太不一定晓得，不妨跟你们说说山洞的情况。西山，满语称白音塔拉阿林[1]，是座出名的石头山，周围的树木挺多，山洞共四个，其中一个既宽又长，另三个稍小些，皆为天然洞窟。乾隆十五年时，那里尚有十几处山洞，只是面积都不大。后来发生一次惊天动地的大地震，老人们则言地下的土龙抖了抖身上的鳞，就搅扰了几百里的荒山老林，地光闪闪，闷雷声声，成片的树木倒下了。随之山洪暴发，原先的一些小山洞没了，形成了四个大山洞，且逐渐变小。当然了，收缩的速度极其缓慢，若不注意，几年都看不出来。此次地动，给当地的猎户带来些许方便，可以把捕获的猎物堆放在山洞内，里面不潮也不干，温度适中，不易腐烂。范氏家族自从把西山占为己有后，范蔼仁常到这里来，并令管家带人收拾出其中那处最大的山洞。账房儿总师爷钱如民在世时，曾去盛京买了十几张铁板，在当时可是宝贝呀，花了不少银子。运回来后，请技高一筹的老铁匠焊了两扇大铁门，准备竖在山洞的洞口儿。遗憾的是铁门太沉了，百十号人一起用粗绳子往起立，忙活了七八天愣未整动，只好放弃了，而今那里仍是处没有门的大洞窟。据传从洞外经过，偶尔能听到里面有泉水流淌的哗哗声；身有疾患之人入洞待几天，一粒药不用服病就好了；双目失明或视力差的人进去住些日子，出洞后较前强多了，能看清东西了。每到傍晚，时常看到犹如黑老鸹大小的蝙蝠鸣叫着进出洞窟，人们都说此乃神洞，蝙蝠

---

[1] 阿林：满语，山。

是洞母娘娘的传报使者。故而山民们年年岁岁带着供品前去祭祀，跪求洞母娘娘保佑疙瘩梁山清水秀，五谷丰登，家家户户老幼平安。这回大伙儿闻听范庄主打算安门修洞建作坊，男女老少一致反对，没一个愿意干的，担心亵渎神灵会遭祸殃，这也是一直未开工的缘由。"

话音刚落，屋里屋外的人纷纷嚷嚷开了："对对对，袁师爷说出了我们的心里话，谁也不许在神洞内动土！"

"庄主爷和大太太不是决定开通洞穴建作坊么，那他们带亲随来干好了，山里人可不敢掺和，还想多活几天呢！"

"触犯神灵要遭报应的，几代都不得安宁，谁吃饱没事儿撑的非进神洞啊，咱们不去！"

夺魂僧者见大伙儿的反应如此强烈，当即犯了难："原先哪知道大山洞还有说道哇，范庄主和钱氏以为挺容易呢，实际上并非想象得那么简单。不过既然已经来了，也不能打退堂鼓啊，总得想法儿办成才是，咱的短处在人家手里攥着呢！倘若就此撂挑子，钱氏那脾气能饶人么，必然指责贫僧乃地地道道的窝囊废，连屁大个事儿都办不了，还能干什么？唉，没招儿哇，只能咬牙挺着了。"这么想着，随即脸一绷道："不管咋的，也得去看看那山洞，然后再合计怎么动土开工，否则，没法儿向范庄主及其大夫人交代，若是问我西山大洞窟啥样儿，咋回答呀？咱可先讲下，谁要是坚持不干，跟范庄主、大太太说去，贫僧只能按主子之意行事。至于有人故意捣乱，造谣惑众，该关押谁、惩治谁与贫僧无关，全由大庄主处理，我们师兄弟管不了那么多，到时候别落埋怨就行了。"

静空大师一看二师兄那架势，觉得僧侣万不可跟山民闹矛盾，这多不好，赶忙附其耳边小声儿劝道："二师兄啊，别急嘛，是不是缓一缓？大伙儿都不同意，咱俩硬拧着，不仅得罪了山民，事儿还干不成，得不偿失。实在不行暂先撤了吧，回趟范家堡子，向范庄主通报后再说。"

此时的夺魂僧者看上去情绪激动，烦躁不安，根本不理会师弟的劝导，更不细听讲些啥，反而提高嗓门儿又道："修演武场、打通山洞建作坊，这是范庄主及其大夫人经深思熟虑才定下的，不是我们师兄弟定的，不弄清山洞内到底啥样儿怎么开工？既然大家皆为范家堡子的人，就得听庄主的吩咐，心往一处想，劲儿往一处使，乖乖从命才是。如果继续拖延下去，出现意外或误了大事，贫僧可不讲情面，谁的责任谁担，让你吃不了兜着走！"

精明的袁小鬼见大师急眼了，心里琢磨开了："这好哇，你生气我不生气，没必要跟其愣顶。反正话已经说到家了，条件也讲明了，不达要求就死磨硬泡。无论你咋样，咱有一定之规，不给银子，不把奴才身份改喽，变成正身旗人，肯定不行。大和尚非要前往山洞走一遭，可以陪他去，别的不用管。"想到这儿，便冲四太太和"三槌"兄弟使了个眼色，意思是压住火儿，领其去山洞，看他怎么样。四人明白其意，点了点头，石槌说道："好啊，既然大师执意要去瞧瞧神洞，那就请吧！"言罢转身出门，头前带路，夺魂僧者、静空大师紧随其后，三十多人呼呼啦啦地去往西山脚下最大的洞窟。

一行人走了一个多时辰才到西山，抬眼一瞧，洞窟位于山路的左侧。地上东倒西卧着不少大石头，石面儿长有青苔，洞口儿周围攀附着藤蔓。绕过那些大石头，再登上天然的石阶便到了洞窟前，洞口儿横向比肩膀略宽，差不多一人高，出入不至于碰头。顶部及两侧的边缘齐整，如同铁锤凿成一般，宽度和高度刚好够一个人进去，真乃造物主之奇功啊！石槌站在洞口儿的右侧，也不说话，心想："恕不奉陪，把你们领到这儿已经不错了，自己过去看吧！"

夺魂僧者第一个进去的，里面很暗，弯弯曲曲，除转弯处较狭窄过不去人外，其余的地儿都挺宽敞，中间还有块大空地。看罢出来后，走到静空大师跟前说道："三师弟，洞内颇为宽绰，再把胳膊肘弯儿凿一凿，建作坊蛮够大，你去看看。"

静空大师像未听见似的，没理那个茬儿，仍站在人群中，心里挺有气："二师兄啊，脾气也太拗了，山民们不愿做的事儿你偏干，何苦呢？别忘了，咱到这儿是客，众意难违呀！"

夺魂僧者见师弟没动地儿，又让"三槌"兄弟领着管家安顺和团练头领巴都里进去瞅瞅，性格爽直的铁槌随口说道："哪位想看就去呗，大活人又丢不了，何必还得领着呢？我们以前总来，有啥可看的，谁愿意进谁进，我是不去呀！"此话一出，把夺魂僧者顶得直翻白眼。

安顺和巴都里本不愿来疙瘩梁，在范家堡子待着多舒服啊，非跑到深山老林里遭罪呢，还需建演武场、打通山洞什么的，自己啥也得不着。没招儿哇，受庄主爷的指派不得不来，心里却十分不痛快，所以此刻也未动弹。口无遮拦的四太太此前窝了一肚子火儿，刚刚好不容易找个机会冲夺魂僧者发泄了一通儿，可人家丝毫没在乎，这让她很不爽，越发来气了，当即接过了话茬儿："我说大和尚，你别支使这个、支使那个的好不好？老钱婆子是你家的人，可以随便使唤，你们爱咋整就咋整，总为难别人干什么？你是真不知道还是装不知道哇，建演武场也好，躲在山洞里偷偷打造兵刃也罢，都是违犯大清律的。若是被官府发现了，定你个谋反大罪是轻的，重者杀头，大家伙儿也得跟着连坐。我可不想死，才三十来岁，还没活够呢，不想惹那麻烦，更不允许任何人瓜连本姑奶奶。"

四太太的这番话犹如晴天霹雳，震得所有人，包括"三槌"兄弟目瞪口呆！他们原先并不清楚范庄主为何下令打通西山山洞，即使准备藏东西，也犯不着跑这么远。就算建作坊，究竟干什么用，没人打听。此时才恍然大悟，竟是在山洞里建锻造刀枪剑戟、斧钺钩叉的兵工厂，这还了得，吓死人了，不是等着掉脑袋嘛！现场立马乱套了，大呼上当，有些人转身就往回走，边走边叨咕："我可不沾违反大清律的边儿，自讨苦吃，小命没了，一家老小咋活呀？"

夺魂僧者早已气得七窍生烟，好你个四太太，忒不像话了，单单抓住贫僧不放，不仅不给留面子、揭老底儿，还往脸上抹黑，这不是往死里整么？我一再忍让，你却步步紧逼，没完没了，胡扯什么大太太是我家的人，把个出家之人和女流之辈放在一起，简直岂有此理！谁都知道本人乃僧侣，你这么做，不是明确告知在场的人我是假和尚？在众人面前将老底儿全部揭开了，瞒了那么些日子白费了，全露馅儿了，连身旁的师弟都知道了，弄得我里外不够人，决不能忍下去了，定要给她点儿颜色看看！想至此，只觉得满腔怒火噌地蹿上头顶，再也压不住了，随之露出一脸的杀气，手指四太太吼道："混账老四，胆子不小哇，竟敢血口喷人，污蔑贫僧和大太太有染，该当何罪？吾乃出家之人，以慈悲为怀，凡事忍让为先，不去计较。可你实在太过分了，不守妇道、不安分守己不说，还诬良为盗，留在世上纯粹是祸害，岂能容你？贫僧受佛祖之托，今天就于疙瘩梁了结你卿卿性命，从此不能在这片美丽的山林指手画脚，永远闭上那张玷辱我大和尚名声的臭嘴！"说罢两腿半蹲，双臂提起，运气丹田，哇哇哇大叫三声，咚咚咚跺地三下，震得山谷轰鸣，草木沙沙作响，轻枝折断，树叶飘落，打在人的脸上生疼。他两大步冲到四太太跟前，伸出右手直取其心窝儿，打算把那颗心掏出来，就此让她见阎王，省得活着让人心烦意乱！

站在旁边的静空大师一看这架势，不禁大惊失色，脸都白了。心里明镜似的，知道二师兄的功夫了得，那双手比牛耳尖刀还锋利百倍，可你凭什么出手杀生、夺人性命啊，难道平时恩师长眉长老一再宽容忍让、豁达大度之言这会儿全抛到九霄云外去了？太不冷静了，决不能任其所为，必须予以制止。时间紧迫，容不得多想，遂一跃而起，运用轻功以双手之气将对方所施放的气团推出，破其硬功。具体是怎么做的呢？当时夺魂僧者与四太太相对而立，静空大师嗖地直扑过去，正好站在了二人中间。紧接着运气丹田，两手同时伸出，与夺魂僧者贯注于右手之力相撞。前者采用的是硬功，后者采用的是轻功，当夺魂僧者所爆发的力量袭来时，静空大师则用所聚集的气团以柔克刚，犹如万层棉花挡在了四太太胸前，产生的力量也相当大，别人看不见，自己能感觉到。此气团忽地推过来，柔而锋，在这种情况下，无论是硬遇软，还是软碰硬，硬功之气只能甘拜下风，像弹簧一样弹了回来。就是说硬功也好，轻功也罢，所发出之力在相撞的瞬间抵消了。硬功再厉害，即使是千钧之力，运到棉花包上照样啥也不顶。静空大师就这样最终以轻功盖过了夺魂僧者的硬功，救了四太太一命，并把二师兄拉出了人群。

事已至此，如果夺魂僧者恪守忍让为先，能饶人处且饶人，就此放手，矛盾也可能暂时化解了。然而由于正在气头儿上，狂怒难当，不仅不肯善罢甘休，还较上劲了。只见他左脚一点地来了个旱地拔葱，身子嗖地蹿起三丈多高，从静空大师的头顶纵过，再俯冲而下，速度极快，想乘双脚落地之机踏死四太太。静空大师一瞅，无奈地摇了摇头，知道这时跑过去救四太太肯定不赶趟儿了，一切都晚了。为啥呢？他这儿刚一举步，夺魂僧者的双脚已经落地了，立马就把四太太踩扁了，黄花菜都凉了。三十多人都紧张得大气不敢出，有的把头扭过去不忍再看，有的用双手捂住眼睛蹲在地上，有的惊愕得大张着嘴巴半天合不拢，皆为四太太的性命担忧。袁小鬼更是吓得手足无措，脸色灰白，满脑门子冒冷汗，不是好声儿地哀号起来："哎呀，老天哪，快救救四太太吧！"随之浑身瘫软，扑通一声倒在地上起不来了。

别看四太太是个女子，还真没在乎，出奇的平静，仰头上望夺魂僧者，寻思道："大秃驴，折腾半天了，不就是想要姑奶奶的命嘛！好哇，来吧，让大家看看你的真面目，到底是个什么东西，还口口声声不杀生呢，出家人有言行不一的么？"她站在原地一动不动，没有流露出丝毫的惧怕，反正已经这样了，只等一死。

就在夺魂僧者下落的瞬间，忽然空中传来一声惊雷般大喊："混账，看老衲怎么惩戒你这少林孽种！"紧接着是双手击掌之啪啪声，又像是有只天大的巴掌狠拍峭壁发出的哐哐声，随之卷起一股旋风，呜呜呜地猛吹过来。继而狂风大作，飞沙走石，天昏地暗，众人不得不眯起眼睛。待睁开双目再看时，站在洞口儿旁的四太太安然无恙，在场的人也平安无事，唯夺魂僧者不知去向。四下一踅摸，发现洞南的一棵古榆下站着一位个头儿不高、身材瘦削、面容慈和、年近八旬的白胡子老僧，脖子上挂着一串儿佛珠儿。身着灰长衫儿，外罩大红袍儿，脚蹬皂鞋，穿着白色粗布袜，正在往人群中观瞧。见大伙儿都转过头看他，于是前行几步手打佛号道："阿弥陀佛！老衲路过此地，见一僧徒不守教规，一意孤行，实在看不下眼了，才不得不出手予以惩治，让施主们受惊了，真是对不起。现在没事了，尽管放心好了，请各位回到舍中安歇吧！"说罢，径直走到跪在地上连连叩头的静空大师面前，一把拽住其衣袖儿道："傻小子，别磕了，还不快跟老衲走！"

静空大师赶忙站起身，随其走到高高的古榆下，二人单脚一点地噌噌两声纵上树顶，又连续几纵便不见了踪影。一时间，大家全傻眼了，一句话也说不出来，只剩下愣怔的份儿了。此事不胫而走，一传十，十传百，不仅疙瘩梁的男女老少全知道了，范家堡子的家家户户也听说了。皆言由于大和尚夺魂僧者作恶多端，惹恼了洞神，结果被天降的活菩萨拿走了。这可应了"善有善报，恶有恶报，不是不报，时辰未到"那句话了，果真灵验哪！大管家安顺和团练头领巴都里回到范家堡子后，向范庄主和钱氏告知了详情，说是亲眼所见，在西山大洞窟前，一位八旬老僧救了四太太，惩戒了夺魂僧者，带走了静空大师，说话的口气好像是少林寺的。范蔼仁听罢，茫然失措，一屁股坐在椅子上，打了个唉声道："咳，总教头走了，咱的团练谁带？以后遇事连个商量的人都没有了，这可真是一着失算、满盘皆输啊！"

四太太和袁小鬼心情大好，总算出了一口恶气，身边从此没有催命鬼了。四太太还不无感慨地说："吃一堑，长一智。从今往后，我得把住自己的嘴，不能胡乱猜疑，冤枉好人。看来僧侣也千差万别，有善有恶，有好有坏。静空大师与夺魂僧者不是一路人，在紧急关头能够抛开往日的恩恩怨怨出手施救，使我脱离了险境，转危为安。由此证明，他是位修行不错、正经八百的高僧，否则，也不会那么听话、乖乖地跟着老僧走，咱以前错怪人家了，这辈子都不能忘了大师的救命之恩哪！"

疙瘩梁的三位首领石槌、仝槌、铁槌这回可长见识了，目睹了耀武扬威的大和尚夺魂僧者被一位神出鬼没的老僧收走了，相信确有主持正义的高人，且无处不在，来无影去无踪，不容置疑，佩服得五体投地。

事后，"三槌"兄弟坐下来仔细一想，忽然眼前一亮，哎呀，那日从天而降的世外高人咋那么面熟呢？模样儿以及说话的声音很像一位朝夕思念的老者，是不是他老人家回来了，眼下又去了哪里？或许已到鹿场也未可知。真若如此，咱得前去拜望，总不能让老人家指拨了一年多，竟不知姓甚名谁吧？

咋回事儿呢？三年前，"三槌"兄弟有幸结识了一位老者，使他们至今不能忘怀。疙瘩梁的东山坡下有一片椴、松混杂林，绿树成荫，泉水淙淙，麋鹿成群，不时可见松鼠于古松之间上蹿下跳地寻找松塔儿，塔儿内的松子儿是其美食。林中有块较大的空地，绿草茸茸，每天的清晨和傍晚，"三槌"兄弟必带领手下的小伙子们来这里习练武功，也是他们比武的赛场。石槌、仝槌、铁槌小时候在关里家就练童子功，站桩啊、打拳哪、舞弄棍棒啊，不仅蛮有兴致，而且已经养成习惯了，一日不练好像缺点儿什么似的。长大后也未扔掉，直至分别来到关外的疙瘩梁，仍朝夕习练不辍。由于认真刻苦，相互取长补短，时间不长，觉得功夫颇有长进。然毕竟是自悟的，没有专人指导，一招一式不够准确。

一日清晨，哥儿三个带领兄弟们在林中的空地打了一会儿拳后，又一块儿揣摩招数，继而开始对打，练习进招儿、接招儿。一对对儿小伙子们手拿家巴什儿，刀枪剑戟、斧钺钩叉样样儿有，你来我往，你进我退，步步紧逼，互不相让，像一群小黑熊似的在草地上摸爬滚打。站在圈儿外的众兄弟一眼不眨地瞅着，边看边拍手叫好儿，笑声回响在四野上空。正这时，一位赶鹿的老者从林旁经过，忽听林中传出刀剑棍棒相击之声，立即被吸引住了。先是停下脚步往林内瞅了瞅，然后走了过去，到了空地前站在那儿观瞧。过了不大工夫，石槌走到老者跟前细细打量，见其个子不高，面容清癯，胡须雪白。别看年纪大了，身板儿蛮结实，一块块儿的腱子肉突起硬棒，一看便知练过武功，或者一年三百六十五天总在山里走、沟里转，是个老山通，遂问道："老人家，打哪儿来呀，怎么还赶着鹿啊？"

老者并未收回目光，回道："噢，老朽从野鹿苑来，当然赶鹿了。"

石槌对老者的话深信不疑，因他知道吉林将军衙门在疙瘩梁的南山沟那儿设了驯鹿场，对外称野鹿苑。苑内有三百余只梅花鹿，由专人饲养，并派八旗官兵把守，常人不得靠近。每年旧历十月，吉林将军亲自带领属员前往京师敬献贡品，既有围场和各鹿苑饲养的梅花鹿、麋鹿，或全鹿、角鹿，或鹿干儿、鹿胎、鹿尾、鹿脯、鹿肋条，其中就包括疙瘩梁野鹿苑选送的用鹿肉制作的佳品，也有各地捕获的鲟鳇鱼、大杆条等，以备皇上及各宗室贵胄祭祀时用。住在疙瘩梁的"三槌"兄弟对吉林将军衙门所设置的鹿场并不陌生，因其早已名声在外，驯鹿人皆为衙门属下的八旗官兵，不由得产生了一种亲切感。然而他们只能从远处观瞧，不能走近，可望而不可即。此刻，石槌听了老者的自我介绍，寻思道："野鹿苑离疙瘩梁的东山坡可不近，隔好几道大山沟呢，那么远的路，老人家咋到我们这儿来了？不过，也不奇怪，人家不是驯鹿嘛，哪儿不能去呀，漫山遍野地转呗！"往下再未多想，亦未继续发问，转身又去指点兄弟们练功了。

老者看了一会儿，见小伙子们的招式不到位，功底不扎实，功力不深，与高超者相比差远了，心里不免有些着急，头摇得如同拨浪鼓儿，也不管三位首领是否高兴，直言不讳道："孩子们，你们这是练的啥功啊？拳脚拖泥带水不利落，没有力度，招数也不对。当然了，无论是哪种功，对健身固脾皆有益处，但要卫国保家可就不中用了。习武贵于精，在于钻，入于心。唯如此方能纵跃自如，动若猿猴，迅若驰兔，猛若虎豹，具有万夫不当之勇。"

"三槌"兄弟一听，老者只是路过此地，却很关心大伙儿的习练，讲得头头是道，品评准确。看来武功底子颇为厚实，是位行家里手，很是高兴，赶忙凑到老者身边，众手下亦围拢过来，想听听他还说啥。老者十分热心，也没客气，接着指点道："练功得由浅入深，循序渐进，底子薄不要紧，从基本步开练。不能小看基本步，此乃万功之首，一定要扎实。如同建房打地基，地基不稳不牢，房子岂能坚固？这么的吧，你们进山去伐棵粗树，再锯成一根根木桩子竖在空地上，木桩之间用绳子绑些横掌儿，必须捆结实。练习时，从地面跑步跃上高木桩，脚踩桩子快步走，在各个横掌儿之间侧身左右穿行，双眼不许往地上瞅，一直盯着横掌儿。孩子们，试试吧，天天练，别怕挨摔，别嫌腻歪，过几天我再来看！"说完赶着鹿头也不回地走了。

"三槌"兄弟望着老者离去的背影，心里思摸道："试试就试试，兄弟们不怕吃苦，只要有收效，流点儿汗也值。"

转天一早，三人便按老者之言忙活开了，带领众兄弟进山伐木。古树有的是，挑选又直又粗的椴树伐了一棵，然后用绳子捆上拖到大平场子内，把树干锯成一根根桩子，底部埋进事先挖好的坑里竖起，绑上横掌儿，高木架子很快搭成了。这下那块空地可热闹了，"三槌"兄弟天天带着小伙子们登木桩，在上面跑啊、跳哇、侧身疾走呀，越练越来劲儿，功夫明显见长，终于达到纵跃自如、身轻如燕的程度了。一日，那位赶鹿老者真的第二次来到了大平场，石槌令兄弟们跃上高木架子，展示自己所练就的功夫。老者边看边点头，脸上露出了笑容，不过并未表扬大家，而是进一步指点道："孩子们，光在高木架子上跑跳、穿横掌儿、身子灵活了不行，还得练手上功，即食指点木点石功，因为抵挡突袭全靠手之力。这种习练不能只凭一时热情或心血来潮，不能急躁，得慢慢来并持之以恒。手指肿成小棒槌不要紧，不要怕疼，越练痛感越小，越点指头越硬。只要咬牙坚持，勤学苦练，动脑思摸，总结经验，必有奇迹出现。小伙子们，老朽相信你们都是好样儿的，不要停下，接着来，练就一副钢筋铁骨才能派上用场！"说完转身又赶着鹿走了。

从此，疙瘩梁的后生们在"三槌"兄弟的监督下始练点指功，真是功夫不负有心人，不仅提高了手之力，还增强了耐受力，练到什么程度了呢？食指可将木棍点折成段儿、薄页岩石点碎成粉。半年后的一天头午，那位老者第三次造访了大平场子，这回没赶鹿，站在圈外静静地观瞧小伙子们的习练。瞧了一会儿，又点了点头，看样子颇为满意，不过仍然没有一句夸奖之语，而是说道："孩子们，老朽给你们留句赠言，共十六个字儿，即'驱邪安民，救困扶危，不贪不欺，凤阁生威。'只要照我说的做，就会天天遂心，事事如意，都记住了吗？"

小伙子们异口同声地回道："记住了！"

实际上，他们对此赠言似懂非懂，深究起来并不十分明了。前十二个字儿还算容易理解，就是要驱除邪祟，安定民心，扶助处境危急之人，救济生活困难之人，不欺侮弱者，不贪求一己之利。可四个字儿"凤阁生威"究竟何意呢？"三槌"兄弟琢磨了半晌，仍觉吃不准，走上前刚欲发问，老者却摆摆手道："不要问那么细了，暂时不明白，将来会懂的。务要记住，凡事无头自有头，待到头时必有头。眼下，疙瘩梁除了几个满洲大姓，就是从各地逃来的众姓穷苦难民，并要在此谋生，养家糊口，传宗接代。你们三兄弟心眼儿不坏，愿为山民办事，大家信得过，肩上的担子不轻啊，日后好自为之、同舟共济吧！老朽需回乡探望一下家人，啥时候返回说不准，或许后年吧，到那时还会来看你们的。真要是来不了，你们也要勤练不辍，少张扬，多用功，同声相应，同气相求，会遇上好心人的。行了，不说了，得走了，今儿个是特意向你们辞行的，不能再耽搁了，后会有期！"说着一闪身进了椴树林子，一晃便不见了。

　　"三槌"兄弟一年多来，与陌生的赶鹿老者虽然只见过三次面，却很有感情。老人家和蔼可亲，循循善诱，热心指点。要求后生们要扎扎实实的勤学苦练，掌握本领，多为山民谋利，不贪求私欲，是位多么令人崇仰、敬重的前辈呀！突然一走，还真有些恋恋不舍，好像少了什么似的，感到没有了依靠。打那以后，"三槌"兄弟牢记老者的嘱咐，除了带领小伙子们习练武功，就是帮助从关里逃至疙瘩梁的难民解决生活之必需。刚到时没有住的地儿，哥儿仨便把自己的房舍腾出来，夜晚则睡在帐篷里，冷了就挤在一块儿取暖，与难民同甘共苦，并抓紧时间为其盖房子。由于对难民不分长幼，不嫌贫病，待如手足，故而赢得了大家的信任，八方笑聚虎头旗下，在疙瘩梁也才有了一片天地，根本不在乎范家堡子的所谓团练。只要一闹腾起来，连大庄主范蔼仁都傻眼，声称这些人是难啃的骨头。

　　话说简短。有这么一天，"三槌"兄弟来到东山坡下的大平场子，比试走桩、踩檐并互相品评。两个时辰过去了，歇息时，三人像孩子似的你捅我一下、我拍他一掌地要玩起来，林中响起了打闹声儿、嬉笑声儿，好不乐乎！歇得差不多了，又一起走到石臼旁，习练食指削石功。偏巧这时，三位过路客从林边经过，听见里面传出运气后的迸发之声，知道有人在练功，遂循声而至。走在前面的是位身穿袈裟的僧侣，高个子，体态魁伟，浓眉大眼，黑红脸膛儿，留着虬髯，右肩挎个白布包袱，想必里面装些日用之物。身后跟着两个着民装的男子，看其打扮，好像是吉林当地人。那位和尚大步流星地走进了平场子，目光立即被眼前的高木架子吸引住了，仔细打量了一番，便指着木架子大声儿说道："老四，你快看看，这种搭法简直熟得不能再熟了，难道咱们一眨眼的工夫竟腾云驾雾般回到嵩山少林寺了，这不是天天练的木马站桩么？哎哟，可想死贫僧了，手脚都痒痒了！"说着向前疾走两步，身子一纵跃上了三米高的木架子上，点桩进退，左闪右钻，蹿上跳下，轻如猿猴，一边做着动作一边喊道："嘿，太好了，老四呀，你也来走一遭，然后再比试几拳。"话音刚落，左腿抬起，来了个金鸡独立。继而双手抱肩，右腿往上一踢，脚面刚好碰到鼻尖儿。紧接着一个鹞子翻身，连折仨跟头跃下高桩，动作干净利落，面不改色心不跳。站在高木架下的两人几乎看呆了，啧啧称赞好功夫，啪啪啪地鼓起掌来。

　　此时，"三槌"兄弟并未注意路客，因为手下的小兄弟们经常来这儿习武，仍专心致志地苦练点指功，边练边切磋，根本没往高木架子那头瞅。然掌声惊动了三人，停下手抬头望去，见一位大和尚健步走了过来，到了跟前一看，小伙子们正在石臼旁习练食指削石功。他太熟悉此功了，自己原本就是练这个的，没想到疙瘩梁的后生竟然也感兴趣，便停下观瞧，同来的另两个人也站那儿了。"三槌"兄弟没吱声儿，石槌拿过一片薄页岩石放在石臼上，继续与仝槌、铁槌比试。大和尚看了一会儿，发现三人有点儿功底，尚不到家，削石的姿势、角度不准确，不很会使那股劲儿，欠缺爆发力。于是弯下身拿起一块儿稍厚的石片，耐心指点道："小兄弟们，此功该练，但难于掌握，你们的方法不太对。练削石功必须全神贯注，动作要利落，一气呵成，瞅着别的地方削，焉能削得碎？要有自信，把浑身之气全部运到食指上，指下不能犹豫，所产生的力方可达千斤……"边说边示范，将手中的石片放在石臼上，运足气，伸出食指往石片上一敲，伴以嘿的一声吼，石片断成了两截儿，掉下石臼。接着又以食指点击一块儿手臂粗细的花岗岩，只听咔吧一声，花岗岩从中间儿折断。

这一稀有的神功让"三槌"兄弟大开眼界，知道不请而至的大和尚非同寻常，定是大力神到了疙瘩梁，慌忙叩拜在地道："敢问大师从何处来？有失远迎，万望恕罪！"

大和尚回道："贫僧从少林寺来，你们听没听说河南登封嵩山哪，去过没有？"

"三槌"兄弟摇摇头道："听说过，但没去过，只知道辽东的这一亩三分地儿。"

大和尚哈哈大笑，声如洪钟，边笑边道："好嘛，不管去哪儿，再熟悉也熟悉不过自己的家呀！无论是疙瘩梁，还是登封嵩山，都是大清国的土地，这不，我和师弟就是从河南云游到疙瘩梁的。贫僧有一事不明，想请教各位，这练功场内高木架的搭设很像少林寺的武场，你们从未去过嵩山，那么走桩、踩檐、点石等功法咋传到这儿的？疙瘩梁啊，疙瘩梁，未承想还是处小少林寺呢，贫僧这是又回家啦！"

"三槌"兄弟见大师父态度诚恳，性情豪爽，顿时喜欢上了，陌生感一扫而光，觉得如同遇到了故友一般亲密无间。石槌说道："大师父，实不相瞒，竖在这里的高木架子是在一位不知名的老者指导下搭建的，还传授了走桩、踩檐等功。据老人家讲，他在吉林将军衙门属下的野鹿苑干差，是驯鹿的。"

大和尚问道："点指功也是那位驯鹿老者教的吗？"

铁槌抢着回道："没错，是他教的，并给我们讲解该如何练功。老人家还说其徒弟能用食指把树木点出窟窿，将石板钻通，且不费吹灰之力，太神奇了。这已是三年前的事儿了，近日或许能回转，我们正期盼着呢！"

大和尚和那两个民装打扮的人一听，原来这些功法是从一位驯鹿老者那儿学来的，觉得很是不可思议，大和尚自言自语道："天下奇事无计数，是你始料不及的，难道此地还有一个少林不成？如有机会，定将前去拜望，不能错过。"随即又详细地询问一番，诸如老者长啥样儿啊、身材高矮呀、体态胖瘦哇、穿什么衣裳以及言行举止有什么特点等，"三槌"兄弟一一作答。大和尚听后会心地笑了，双手合十道："阿弥陀佛，知道了，知道了，恩师终于现身了。"

"三槌"兄弟不知所言何意，互相瞅了瞅，无奈地摇了摇头。仝槌说道："大师父，几天来，我们哥儿几个一直想去寻找那位驯鹿老者，总觉得差不多应该到疙瘩梁了。有这么件事儿，范家堡子的大庄主范蔼仁雇用了两位少林寺的高僧，一位叫夺魂僧者，一位叫静空大师，为其看家护院，训导团练，传授武功，并担任团练的总教头。这二人够坏的，只听范蔼仁及其大夫人钱氏的，让干啥就干啥，决无二话。他们前些日子到了疙瘩梁，与此同时，钱氏把四太太和账房儿袁师爷一块儿派来了，为的是将西山的一个大山洞修造成打制兵刃的作坊。山民们不愿干，四太太和袁师爷也尽量拖延，这可惹恼了二位大师，不仅气势汹汹地去四太太所住的新舍兴师问罪，还差点儿没踩死她。多亏一位八旬老仙翁及时赶到，带来了一阵风，眨眼工夫便把夺魂僧者卷走了，不知去向，静空大师则乖乖跟着老仙翁纵上高树离去。真的，一点儿也没扯玄，在场的人都看见了，要是不信可以问问，疙瘩梁的人没有不知道的。事后我们哥儿仨才回过味来，那位老仙翁的身材、相貌同驯鹿老者十分相像，很可能是同一个人。"

大和尚听后，心里全明白了，冲两位随行者说："现在看来，在范家堡子待了几年的夺魂僧者和静空大师已被恩师收回了，若果真如此，咱倒省事了。"

二人赞同地点了点头，其中那位年轻后生开口道："三位兄弟，初次见面，很是有缘，谢谢你们的信任。说实在的，我们之所以来疙瘩梁，就是为了追赶替范蔼仁做事的那两个僧徒，遗憾的是晚到了一步。给大家介绍一下吧，这位大师父乃嵩山少林寺很有名望的高僧、我的恩师一指金刚大法师。旁边这位乃大法师之四师弟、我的师叔鹰爪消魂侠庞荣，也是嵩山少林寺的高僧，因办要事才着民装出行的。本人是镇守吉、黑两地清查田亩行辕大营的富俊大人手下之部将——佐领班布泰，富俊大人已到任吉林将军，我也随之在将军衙门办差。为追寻范蔼仁雇用的两个僧侣，查办涉及旗民土地诸案，今日随师父、师叔来到疙瘩梁，有幸结识了三位兄弟，一些事还望多多帮忙呢！"

石槌高兴地说："哎哟，原来是久闻大名的世外高人，以及吉林将军麾下之干将来到了疙瘩梁，幸会，幸会呀！富俊大人的名字如雷贯耳，其孙儿班布泰也名声在外，今得一见，果然不凡。山民们皆知道大人为无依无靠的流民生计而日夜操劳，是百姓的贴心人，我们早就想去双城堡拜望他老人家了，也好把一肚子的苦水往外倒倒。可后来又一思谋，山野村夫哪能随随便便去叩见大人呢？清查田亩行辕大营不是我们该去的地儿。况且疙瘩梁除了少数坐地户外，大多数是从关内逃到此地的流民，并成为大庄主的债户、奴才，故而范蔼仁盯得很紧，轻易不许出山。山民们天天盼星星盼月亮般地盼着你们来呀，今儿个真就降临疙瘩梁了，此乃吉星高照哇！兄弟三人失敬了，少礼了，在这儿给恩人叩头赔罪了！"说着不顾班布泰的阻拦，与仝槌、铁槌一起跪在地上磕了三个响头，站起身后又介绍道："二位大师、班佐领，我们仨是这里的嘎珊达，我叫石槌，这位叫仝槌，那位叫铁槌。你说能不让人高兴么，正琢磨着怎样才能跟吉林将军衙门联系上，将疙瘩梁的现状禀报之，你们就来了，真是太好了。听说富俊大人随和、可亲，经常骑头小毛驴或青骡子走屯串户，了解情况，惩处恶霸，帮助村民解决实际困难，是位替百姓做主的好官。疙瘩梁离范家堡子不算远，山民们对范蔼仁的所作所为看在眼里，记在心里，桩桩件件三天三夜也讲不完。范蔼仁在范家堡子一手遮天，说一不二，仗势欺人，强占了不少土地。我们实在受不了他的气了，只想讨公道，不想做奴才。无奈之下，才不得不领着山民举起义旗，决不是跟大清朝廷作对。吉林将军若是知道真相，想必能够体谅此举，空口无凭，我们手中握有山民们写下的卖身契和一些地契。"

班布泰接茬儿道："说得对，不能给范蔼仁当奴才，要做正身旗人。眼下正在清查每家每户所占土地的数额，重新登记造册，范蔼仁也不例外。只要咱手里掌握其罪证，我们一定按大清律条予以惩治，还百姓一个公道，放心好了。"

班布泰的话音刚落，铁槌急着对石槌说："大哥，别在这儿唠了，赶紧请三位贵客去咱的大帐吧！备一桌素宴，大家好好儿庆贺一下今日的相聚，怎么样？"

未等石槌开口呢，一指禅师抢先表了态："嗯，我看这个提议不错，那就到大帐里坐坐。不过千万别麻烦，能填饱肚子便可，多谢了！"

于是一行六人步出椴树林子，铁槌头前带路，来到虎头旗下的大帐前，刚要进帐，却与从里面走出的两个人撞个满怀，定睛一看，是四太太和袁小鬼，他们是来找"三槌"兄弟的。二人见帐外站着三位陌生人，仔细一打量，其中身材魁伟的那位竟是来疙瘩梁路上遇到的神秘跛行客！不由得惊喜异常，扑通跪地叩拜道："恩人驾到，有失远迎，能在疙瘩梁相聚，是我们的荣幸啊！"

一指禅师忙道："施主快快请起，快快请起，千万别客气！"

四太太和袁小鬼站起身来，石槌走上前道："太爷爷、太奶奶，今天是个好日子，疙瘩梁来贵客了，你们知道所叩拜的恩人是谁么？乃河南登封嵩山少林寺的高僧一指金刚大法师。旁边这位是其四师弟鹰爪消魂侠庞荣，那位年轻后生是八旗佐领班布泰，乃双城堡清查田亩行辕大营富俊大人之属下，特意陪师父、师叔一块儿进山的。"

袁小鬼躬身施礼道："欢迎，欢迎，欢迎各位来疙瘩梁。恩人哪，那天一看您的身手就知道有来头儿，还真猜着了，原来是少林寺的大法师呀，快请进帐！"

一行人鱼贯而入，坐定后，石槌冲铁槌吩咐道："快去灶屋告诉厨子，备一桌丰盛的素宴，越快越好！"

铁槌答应一声转身刚欲出帐，四太太连忙阻止道："回来，别去了，厨子的素食做得并不地道，还不如我呢！本人从小在爷爷家就吃素食，每天用一次正经八百的斋饭，还时不时地随其赴素宴，早就不沾荤腥了。到了范家堡子仍吃素，不但会品，而且会做，不是吹呀，称得上行家了。山中野菜多的是，又新鲜又爽口，我给大师父露一手儿，品尝一下独具特色的素席。这么的吧，请客人到我家去，你们先聊着，有两个贴身丫鬟做帮手就行了，用不多长时间便能准备好。班佐领和'三槌'兄弟肯定吃不惯素食，我另外做几道荤菜，保证让你们吃了这次想下次。"

班布泰连连摆手道："不用，不用，我跟师父、师叔吃一样的。"

"三槌"兄弟也异口同声地说："太奶奶，我们还没吃过您做的素食呢，很想尝一尝，今天咱都用素宴啦！"

四太太笑道："行，瞧好儿吧，走喽！"

　　一行人出了大帐，跟随四太太来到新舍，分别就座后，侍女奉上了新沏的野菊花茶，请客人享用。四太太说："二位大师父、班佐领、'三槌'兄弟，你们由袁师爷陪着，边喝边聊，我一会儿就来。"说完转身出屋去了厨房，两个贴身丫鬟随其后，三人一块儿忙活开了，只听锅碗瓢盆一顿响，顶多半个时辰，味道鲜美的素宴便置办好了，一盘盘儿端进了屋，摆了满满一桌子。

　　大家围坐桌边开始用膳，一指禅师、庞荣、班布泰师徒一边品尝一边夸赞，说是每盘儿菜都各有特点，色香味俱全，确实不错。"三槌"兄弟更是觉得越嚼越有味儿，直嚷嚷太好吃了，没承想太奶奶竟有如此高超的厨艺，山野菜经其烹调后比肉还香。席间，一指禅师侧过头问四太太和袁小鬼："二位施主，你们到疙瘩梁后，不是要看戏法儿么，看到没有哇？"

　　二人听了很是吃惊，咦？怪了，大师父怎么知道的？四太太反问道："大师父，这可是来疙瘩梁的路上袁师爷跟我说的悄悄话，谁告诉您的？"

　　一指禅师爽朗地笑道："哈哈，谁告诉我的？贫僧亲耳所闻。那日若不是半道儿听着施主的这句话，也不会引起我的注意并装瘸挡在车轿前，看来咱们还真是有缘哪！"

　　四太太和袁小鬼听罢，愈加敬重眼前这位高僧，这不就是活神仙么，真了不得呀！袁小鬼放下筷子道："大师父，真人面前不说假话，戏法儿尚未看到。不过我们始终把这件事放在心上了，也相信范蔼仁、大太太造的孽快到头儿了，只是眼下一筹莫展，不知如何是好。"接着便详细地介绍了钱氏家族坟茔地的守护情况及其现状，声称要看的戏法儿正是在那里，关键是得能靠近祖茔方可。

　　庞荣说道："既然情况已基本弄清，事不宜迟，应赶紧行动，越早越好。大可不必担心是否安全，守护在那儿的小小团练何足挂齿，纵有千军万马，岂能挡住咱众兄弟？"

　　班布泰思忖片刻，问道："袁师爷，你对去钱家祖茔的路熟吗？"

　　袁小鬼略微犹豫了一下，然后回道："噢，不熟，我也是头一次来疙瘩梁，只听说钱家祖茔在西边。"

　　班布泰又问道："四太太，你肯定去过那儿，对坟地周围的环境清楚吧？"

　　四太太的脸上闪过一丝不易察觉的慌乱，瞟了一眼袁小鬼，这才回道："说实在的，我只去过一次，还是在原账房儿总师爷钱如民活着的时候，陪着老爷和大太太姐弟俩一块儿去上坟。到那儿后，燃上香，摆上供品，匆匆忙忙祭扫完就回去了。当时也没顾得上仔细瞅瞅祖茔的周边啥样儿，所以印象不深，不过路还是记得的。"

袁小鬼和四太太的异常神情没有逃过师徒三人的眼睛，早已看透其心思，知道他们有自己的打算，不可能把所掌握之钱家祖茔的秘密和盘托出。班布泰不动声色，佯装不知，看了看师父和师叔，然后说道："四太太、袁师爷、'三槌'兄弟，想必各位和我的心情一样，恨不得立马就能看到所谓的戏法儿。这样吧，今晚就行动，请四太太和袁师爷带着我们师徒先走一遭，夜探钱家祖茔。"

"三槌"兄弟一听着急了，异口同声地问道："哎，班佐领，咋把眼面前儿的哥儿仨给落下了？"

一指禅师接过了话茬儿："区区一件小事儿，何必兴师动众？再者说了，呼呼啦啦去那么多人，目标太大，容易打草惊蛇。你们兄弟天天忙得脚打后脑勺儿，一刻不得闲，够累的了，还是歇着吧！"

石槌说："大师父，我们知道去钱家祖茔的路，多个人多份儿力，少个人可不成席呀！放心吧，这其中的利害大家都懂，不会惊动那些团练的，多注意点儿就是了。"

仝槌、铁槌更是不依不饶："我们一定得去，戏法儿大家看才够热闹，就你们五个有此眼福，这不公平！"

班布泰一看此情此景，不禁乐了，风趣地说："好好好，一定要去就去吧，否则哥儿仨这道坎儿咋过呀，还不得把我给吃喽！但要切记，钱家祖茔不可小觑，防范很严，到那儿后不能轻举妄动，一切听从指挥。"

"三槌"兄弟齐声儿道："班佐领，我们保证做到，一切谨遵将门虎子之命！"

宴罢，天已经完全黑下来了，由于熊皮大帐所在的位置距钱家祖茔有一段儿不近的路程，四太太和袁小鬼便催促早点儿走。师徒三人很快换好了夜行衣，带上牛耳尖刀，"三槌"兄弟也是一身儿短打扮，他们悄悄儿出了门，大步流星地向西而去。路上，班布泰发现走在前面的四太太和袁小鬼时不时地往后瞅，见没人注意，便凑在一起嘀咕一阵子，声音很小，听不清说什么，觉得有点儿奇怪，遂冲师父努了努嘴。一指禅师会意，走到徒儿身边，压低声音道："我早就看见了，这二人一个是范蠡仁的夫人，一个是大庄主最信任的账房儿总师爷，不可能跟咱一条心。他俩眼睛盯的是钱，做梦也琢磨着有朝一日发大财，什么鬼点子都能想得出，得多提防着点儿，小心无大错。"

　　班布泰赞同地点点头，十分佩服师父的洞察力，别看少言寡语，一切皆在心中，要不咋能成为善男信女最崇仰的长眉长老之爱徒呢！急行了约一个时辰，远远望见前面西山坡有片黑乎乎的树林，四太太伸手一指道："看见了吧？那儿就是钱家祖茔。"

　　待大家走到近处一瞧，唯此地四面环山，山势高峻，山脚下长满了松树、杨树、榆树、槐树、柞树等，形成了杂木混生林，一些树干有两抱粗，郁郁葱葱。西山坡下可见突起二十几个坟头儿，上面插着长方小木牌儿，长有稀稀拉拉的蒿草。中间是一片较平坦之地，四周用青砖砌起了围墙，南北各留两扇对开的涂了一层黑漆的木质门，门楣上方的砖墙嵌出一个放门匾的地儿，匾上刻了四个大字"钱氏祖茔"。此刻已近亥时，星光朗朗，又是上弦月，颇为明亮，看得很真切。这里的确是处深邃、幽静之所在，掩映在遮天蔽日的密林之中，堪称一块难得的宝地，如果不注意，不易被发现。他们走到大门跟前，发现没有上锁，四太太轻轻把门推开，回过头小声儿嘱咐道："进去后往东走，可见三座青砖瓦房，里面住着守护的团练，都是壮小伙子，皆有武功，是怕歹人掘坟盗墓、偷走财宝才设的。咱必须小心从事，走路脚步要放轻，尽量别发出声音，以免被其察觉。"

　　一行八人进了门，一字纵向排开，蹑手蹑脚地朝东而去。这回庞荣走在前面，班布泰紧跟着师叔，一指禅师随其后，接着是"三槌"兄弟，四太太和袁小鬼落到最后尾儿。他俩为啥落后了呢？因二人不愿被团练看见自己来过，也不愿让更多的人知道这块宝地，只能走一步看一步。又碍于大师父的武功高强，不敢惹，加之心里有鬼，便一步一步慢慢往前挪，自然落在了后头。走了没多远，庞荣首先发现了建在一小片林中的三座青砖瓦房，随即向后摆了摆手，示意大伙儿赶紧隐蔽在草丛之中。他几大步蹿了过去，踮着脚走到三座房子跟前，见无人把守，紧靠东边的那座没上锁，贴近门口儿听了听，里面传出熟睡的鼾声。又到另两座的门前看了看，门上皆挂着锁，里面没有任何声音。转身又回到原处，把情况讲了讲，然后问四太太："这三座房子中，哪座是坟茔地主人住过的？"

　　四太太回道："东边那座是守护墓地的团练之住处，平时总有人；中间那座有正房五间，是大太太来上坟时的歇息之所；西边那座不住人，而是作为置放冥钱、冥器等祭祀用品的库房。"说这番话时，她明显感到有对儿眼睛盯着自己，谁呢？侧过头一瞅，原来是一指禅师，心里顿时有点儿发毛，赶忙补充道："大师父，我以前来过的那次祭扫完后，只在大太太的房内逗留了个把时辰，也没兴趣去附近转转。当时寻思又不是蔡家的祖茔，跟我没任何关系，再说一个坟圈子有啥可转悠的？看样子大太太最近没来这儿，所以团练把守也不严，咱没遇到一个看门望哨的，都睡得像死猪似的。依我之意不妨先回去，待详细打听一下后，再作打算不迟，有什么情况我会及时告知的。"

一指禅师站着没动地儿，也未接茬儿，脑瓜儿飞快地思索着，两眼四下搜寻着。聪明的班布泰猜出了师父此刻在想什么，便故意摆出一副兴趣索然的样子说："师父，我认为四太太所言极是，既然没啥看的了，也未发现什么异常之处，那就别耽搁了，赶紧回走吧！"

一指禅师点点头道："好吧，只能这样了。"

大家按原路折返，四太太和袁小鬼暗自高兴，觉得腿脚也轻快了，乐颠颠地回到了新舍。"三槌"兄弟到了住处之后，洗完脸便上了炕，正欲脱衣歇息，站在地当间儿的一指禅师一摆手道："走，回去，再探钱家坟茔！"

庞荣、班布泰自然明白其意，一个是师弟，一个是徒儿，三人可谓心照不宣。"三槌"兄弟却丈二和尚摸不着头脑，露出一脸的不解，怎么才到家又返回呢？全槌刚要开口发问，石槌忙冲其使个眼色，他立马把话咽回去了，并叫上铁槌起身跳下地，随师徒三人出了门。他们没按原路走，而是绕道而行，到了钱家祖茔后，在那片松林掩映下的三座青砖瓦房旁边的草丛中隐蔽下来，大睁双目盯向墓地的大门方向。

丑时刚过，正如一指禅师估计的那样，忽然大门处闪进两个黑影儿，边走边四下张望，鬼鬼祟祟的，从走路的形态看不是别人，正是四太太和袁小鬼。二人走走停停，并没往三座青砖瓦房这边来，而是向北门那儿去了。趴在草丛中的六人站起身来，尾随其后，很快出了北门，发现前面不远处有片林子，林中还有一座青砖瓦房，举架挺高，窗子里透出了灯光，显然里面有人。袁小鬼和四太太走到房门前，嘭嘭嘭敲了三下，门吱嘎一声开了，二人一闪身进了屋，窗户纸上透出了三个晃动的人影儿，班布泰他们立马躲到暗处观察动静。

不大一会儿，门开了，走出个灰白头发的老汉，右手提着红灯笼在前头照亮儿，袁小鬼和四太太跟在身后，急匆匆地进了北门，朝东边的三座青砖瓦房走去。到了中间那座房子前，老汉从怀里掏出钥匙打开门，三人进屋后点上了油灯。这一切，跟踪而至的一行人看得清清楚楚，班布泰早已按捺不住了，压低声音道："走，进去会一会！"说着轻轻推开了房门。

此时，那位老汉恰好面冲门站着，忽见进来六个人，一个也不认识，当即怔住了，半晌说不出话来，只是瞪着眼睛瞅着他们。四太太背对着门，正翻动着立在北墙的衣柜，袁小鬼举着灯笼在旁边照着，由于太过聚精会神了，竟未听见有异样的响动。少顷，真就翻出了十几个金元宝，爱财如命的两个人抿着嘴乐，不敢笑出声儿来，怕睡在东边那座房里的团练听见。刚一转身，忽见师徒三人和"三槌"兄弟站在跟前，吓得妈呀一声，慌忙扑通一声跪在地上磕着响头道："大师父呀、班佐领，我们故意隐瞒没有全说，自己却偷着来了，实在不应该呀，请高抬贵手饶过这一回吧！"

班布泰压低声音道："袁小鬼，可惜呀，看来是徒有其名哪，鬼心眼儿没用到正地方。以为我们跟你们抢金分银来了？这些是不义之财，搜刮之民脂民膏必须收归国库。别忘了，我们是大清朝廷派来的，为啥不把赃物所藏之处告知、帮助本朝为民除害、做点儿好事呢？目光未免太短浅了，赶紧起来吧！"

四太太和袁小鬼千恩万谢地站起身来并呈上金元宝，班布泰接过，交给庞荣保管，然后冲老汉问道："老人家，姓甚名谁呀？今年多大岁数了，是给钱家看坟茔的吧？"

老汉回道："大人说得没错，小老儿正是看坟的，姓李名青山，在家排行老六，人称'李老六'，今年五十有九。我与四太太的本家兄弟交往颇深，先辈又是同乡，知其在庄主爷跟前不受宠，在大太太那儿亦不得烟儿抽，否则，也不会派到疙瘩梁来，故而早就答应帮着弄点儿钱花。一言既出，驷马难追，总得遵守诺言不是？庄主爷的大夫人心狠手辣，不仅欺负四太太，对下人也不好，十分苛刻，大家敢怒不敢言。我原本和弟弟一块儿在这儿看坟，差不多二十年了，老老实实地守着，从未发生过坟茔被盗之事。前年弟弟突患重病，庄主和大太太根本不管，既不给碎银抓药疗疾，死了也不葬，用破席子一卷扔进山沟了。我恨透他们了，表面像个人似的，背地里一点儿人道都不讲，禽兽不如哇！"

班布泰又道："老人家，听说钱家祖茔这儿有个秘密之处，乃大太太私自藏匿财宝的地窖，不知是真是假？"

李老六回道："是真的，的确有个秘密之处，大太太亲自管。她弟弟钱如民活着时曾来过，团练们是不敢沾边儿呀，从不让任何人近前。"

班布泰继续问道："地窖在哪儿，你老知道吗？"

李老六回道："知道。"

班布泰说："那好，请你带我们去看看行吗？"

李老六爽快地答应道："行，走吧！"说罢从屋角儿拿过一把铁锹。

一行九人出了房门，在李老六的带领下，径直前往山脚下的那片杂木混生林，即钱家祖茔所在地。到了那儿，李老六走到西头儿第九座坟时停下了，手指坟头儿道："从表面看，此坟与其他坟一样，没啥区别，上面也插着灵牌。实际上是座空坟，灵牌是假的，旁边的供桌可以随意搬动。"说着搬移了供桌，用锹把桌下的泥土铲到一边，露出一块长方形的石板。挪开石板，现出一个大坑，跳下坑，可见冲坟的方向有个能钻进人的洞，洞内挖有土台阶。李老六手提灯笼弯着腰、脚踩台阶一步步往下挪，其他人跟在后头，到了底部四下一看，原来是处地室，足有一间屋子大小，中间儿并排陈放着六个楠木箱子，皆上了把铜锁。庞荣走到第一个箱子跟前蹲下身，右手握住铜锁用力一拧，咔嚓一声就开了，捅开箱盖儿一瞅，里面装的全是田亩大照和地契。大照是用墨笔写就的，这块地东到哪儿、西到哪儿、南到哪儿、北到哪儿、紧挨哪块地、多少亩多少顷、属于谁、分得土地之年月日等开列得详详细细、清清楚楚，下方卡有大清朝廷的官印以及土地所有者的画押。买卖土地时所立的契约，即地契上所列各项亦写得明明白白，既有立契人、买地人画押，也有中间人，有的还有嘎珊达画押。接着又将第二、第三、第四、第五个箱子的锁一一打开，里面装的同样是田亩大照和地契，所列各项同第一个箱子的一样。当打开最后一个箱子并翻看时，师徒三人不由得眼前一亮，原来竟是寻找、追查多时的范氏家族土地大账，肯定是钱如民偷偷藏匿于此的，不过并没有发现金银财宝。正疑惑时，李老六说："走，咱们先出去，再看另一座坟。"

一行人返回地面，走到第十二座坟头儿时，李老六言称这也是空坟，随即搬移供桌，铲掉桌下的泥土，掀开石板，露出了洞口儿。大家一个挨着一个地踩着土台阶而下，到了洞内一瞅，同样是处地室，靠墙摆放着十个楠木箱子，箱箱上锁。采取同样的办法破锁并一一打开后，晃得眼睛都睁不开了，里面装的皆为金银财宝，什么金条、金元宝、金锞子、银锞子、银票等。这又是一大发现，显然由于当时土匪猖獗，地痞横行，范蔼仁担心财物被盗抢，故而才秘藏于此。原先以为范蔼仁与大夫人各怀心腹事，不可能没有矛盾，钱氏又猴精的，必留心眼儿，祖茔之所谓的银窖皆为自己的私房钱。现在真相大白了，钱氏为干扰人们的视线，不顾一切地帮着丈夫转移田亩大照、地契、财宝，二人完全是一个鼻孔出气。所有这些都是富俊大人为清查田亩一直寻觅的范氏家族不择手段侵吞土地、财物之赃证，此刻全找到了，可谓喜事一桩啊！班布泰瞅着那些旗民的田亩大照、所立下的地契装在楠木箱子里，成了范蔼仁的私藏之物，作为向其进一步压榨、搜刮之把柄，感触万端，别有一番滋味在心头。当即吩咐石槌、仝槌、铁槌把十六个箱子全部搬出地室，然后将洞口儿封好，供桌按原样放置如初。又打发李老六去附近的屯子借来了一辆马车，大伙儿合力将箱子抬到车上，李老六年轻时就是个好车把式，由他将车赶往"三槌"兄弟设在疙瘩梁的大帐。到了地儿，铁槌抬头看了看天儿，已过寅时，伙夫准备早膳的锅碗瓢盆声传入耳鼓，立马嚷嚷开了："哎哟，咱们整整折腾了一宿呀，怪不得呢，肚子咕噜噜直叫，肠子肚子早就打架啦！"

石槌笑道："是闻到香味儿引出馋虫了吧？饿了也得忍着，先卸车。"

于是大伙儿在石槌的指挥下，把十六个楠木箱子从车上卸下，抬进大帐内，靠东侧摆好，再用一块苫布盖严。一切就绪，洗了把脸，围桌而坐，桌面儿已摆上了咸菜、大酱、鲜葱，中间儿放一盆香喷喷的小米粥和几盘儿刚出锅的苞米饼子，还冒着热气呢，让人看了食欲大增。四太太为每人盛了一碗粥，铁槌急不可待地抓起苞米饼子狼吞虎咽地吃了起来，四太太拍拍他的肩膀逗趣儿道："慢点儿，没人跟你抢，别噎着。"

膳罢，大家各自歇息，四太太和袁小鬼领着李老六回了家，说是让他看看新居盖得如何。到家没一会儿，班布泰手拿红布包儿也来了，一进屋便把红布包儿打开，取出里面的银锞子分别送给三人，说道："昨夜的行动只能瞒得了一时，瞒不了一世，范蔼仁用不多久便会察觉。老人家不能再回去看坟了，四太太和袁师爷留在疙瘩梁也不安全，钱氏必将追究财物的去向，首先怀疑的就是你们仨。依我看不如这样，睡一觉后打点打点行囊，明儿个一早拿上这些银锞子远走高飞，离范家堡子越远越好，找个合适的地方定居下来，安安稳稳地过日子，再不用担惊受怕了。"

三人听后很是感激，千恩万谢的，四太太回过头对李老六说："老人家，也谢谢你呀，帮了我不少忙。而今年纪大了，独自生活不容易，身边没人照顾哪儿成？干脆跟我们走吧，今后就在一起过，你老看行吗？"

李老六感动得老泪纵横，一个劲儿地点头道："行，行，那敢情好！"

转天用罢早膳，四太太来疙瘩梁时乘坐的那辆轿车和拉物品的马车皆已套好，"三槌"兄弟和师徒三人赶到新舍为其送行。两个贴身侍女首先上了轿车，将厚厚的羊毛垫子铺在座位上，省得由于路途遥远，主人会感到硌得慌。铺好后跳下车，上了一旁拉物品的马车，与四位男仆坐在一起。这时，袁小鬼才与怀抱二丫头的四太太出得门来，李老六跟在身边，向"三槌"兄弟和师徒三人告辞后上了轿车，两辆车在大家的祝福声中缓缓前行。走出没多远，四太太忽然又跑了回来，走到班布泰跟前说道："班佐领，有件事一直搁在我心里，现在要走了，觉得还是讲出来好。我刚出嫁那时在丈夫身边挺受宠，比前三房儿吃香。当年的中秋节那天晚上，全家围坐一起共吃团圆饭，范蔼仁格外高兴，嚷着非得喝高粱红不可。酒过三巡，大太太见他已是坐立不稳，醉眼迷离，便道：'老爷，喝得差不多了，早点儿回屋歇着吧，想去哪房处哇？'范蔼仁的舌头都硬了，嘿嘿笑道：'还……还用问么，去老四……老四那儿。'我赶紧走上前，和大太太一边一个地扶着他去了我的住处，在为其脱衣服时，他的嘴里嘟嘟嚷嚷不知说些什么，含糊不清，只听清了一句：'松岩十八磴，棒陀一线天。'此话一出，大太太飞快地瞟了我一眼，随即制止道：'行了，行了，闭嘴吧，别胡嘞嘞了，快睡觉吧！'范蔼仁倒蛮听话的，真就不嘟嚷了，翻过身去，没一会儿便打起了鼾声。第二天一早，范蔼仁醒酒了，大太太匆匆忙忙地推门进了屋，乘我去厨房之机，和老爷咬了半天耳朵，估计是将其昨晚醉酒所讲的话被我听到之情况告诉他了。说实在的，当时我根本没在意，可范蔼仁心里有鬼，怕我听到并记住那句话。大太太走后，他就反复问我昨晚到底听没听到说什么醉话了，记得不？我暗自琢磨开了：'看来那句话是范蔼仁心中的秘密，生怕别人知道，否则不会盯问个没完。多一事不如少一事，何必惹乱子？傻子才引火烧身呢！'于是一口咬定什么也没听见，更谈不上记得不记得，鬼才知道你都说啥了，谁听见了问谁去。范蔼仁不吱声儿了，也不再问了，起身出了门，此事总算搪塞过去了。其实我打小脑袋就好使，耳朵还拿话儿，大人们在一起闲唠嗑儿时，只要我在场并听见了，一般不会忘，这点儿小聪明在蔡家营子蛮出名呢！也不知那句话究竟啥意思，对你们是否有用，反正说出来就心安了，没什么可遗憾的了。"

班布泰说："四太太，不管有用没用，能直言相告，就是对我们的最大信任，谢谢了！想必范蔼仁不会凭空冒出这么句话，肯定有来头儿，不可小觑。钱氏都能如此上心，咱更得认真对待了，放心吧，会弄清楚的。"

四太太笑着点了点头，反身跑向轿车，师徒三人和"三槌"兄弟看着两辆车拐过山脚方回返大帐，班布泰边走边思摸："'松岩十八磴，棒陀一线天'这十个字儿代表几层意思呢，此乃黑话？还是联络暗号儿？或者指某个秘密之所在？噢，对了，爷爷的字曰松岩，莫非范蔼仁盯上爷爷了、认为碍了他的事、暗地里想下黑手？"想至此，看了看身边的庞荣，说道："师叔，不知您对范蔼仁说的那句话怎么看，我觉得够蹊跷的了。尤其是头两个字儿，我爷爷的别名就叫松岩，是巧合呢？还是特指爷爷？"

庞荣说："我也正琢磨呢，如果'松岩'二字真是特指你爷爷，那就没啥可奇怪的了。这不明摆着么，富俊大人公正无私，为黎民百姓得以安居、有地种、有粮吃，为大清社稷的稳定，情愿像黑老包似的以那把老骨头相拼。朝野上下谁不怕得罪人哪？可他不怕，毫不犹豫地接下了清查田亩这个难干的苦差事，一干就是五年。不少歹人为一己之利早跟大人较上劲了，将其视为眼中钉、肉中刺，咱得格外加小心，保护好大人的安全，千万不能出差错。"

一指禅师的脑袋瓜儿同样没闲着，也在思摸"松岩"二字："或许这一带有个地方或较大的嘎珊取名儿松岩？既然叫出去了，当地人就能知道，地名儿是保不了密的。"这么想着，遂问"三槌"兄弟："你们仔细回忆一下，以前是否听说疙瘩梁一带有个叫松岩的地儿？棒陀又在哪里？"

三人冥思苦索了半天，皆摇了摇头，铁槌甚至打了保票："肯定没有，咱方圆百里哪儿没去过呀？到处打围下套子，沟沟坎坎全跑遍了，从未听说有叫松岩、棒陀的地儿。"

师徒三人和"三槌"兄弟就这样一边走，一边仔细推敲、用心琢磨着，恨不得立刻破解四太太所说的"松岩""棒陀"究竟指的什么，过了一会儿，班布泰犹如忽然发现新大陆似的，连珠炮般道："哎，'松岩'是这么个意思吧，此地到处是松树林、混杂林，还有立陡的山崖、曲折幽深的岩洞，为说明其特点，就用'松岩'二字代替了。"

庞荣不置可否，问道："那么'棒陀'指的又是哪儿呢？"

一指禅师忙道："有门儿，不妨按此思路想想，周围的大山里有否叫棒啊、陀呀的地儿？"

话音刚落，细心人石槌立马接过了话荏儿："等等，大师父这一提醒，我倒想起来了，北边的深山里有个地方好像叫'暖木陀'。"

全槌十分肯定地说："没错，是有这么个地儿，又称'棒槌沟'。"

庞荣笑道："正可谓柳暗花明又一村哪，行啊，真有你们的，'棒陀'两个字儿这不全了嘛！"

班布泰高兴地说："是呀，有目标了，若想去棒陀，往北面的深山走便是了，不知棒槌沟离这儿大约多远？"

全槌回道："没多远，往北走二十来里地，拐过山脚就到了。那是处天然猎场，总有野兽出没，历届吉林将军常带人马前去打猎。嘉庆七年，吉林将军秀林曾派专人飞马驰京师，将一张头牌虎皮敬献给皇上，这只花斑虎就是在棒槌沟捕获的。"

一行六人说着说着便到了大帐，"三槌"兄弟各忙各的去了，师徒三人则坐下来仔细合计开了。班布泰说道："我以为暖木陀这个地方大有说道，从'松岩十八磴，棒陀一线天'十个字儿分析看，那里极为偏僻，地势凶险，很可能是范蔼仁的藏兵之处，为了躲避官府的监视、缉查，他们只能选择这样的地儿。四太太、袁小鬼和李老六总算办了件好事儿，帮忙发现了隐患，找到了毒痈，掌握了证据，而且就藏在咱们的眼皮底下。现在肩上的担子不轻啊，务必开动脑筋，打破砂锅问到底，只有弄清暖木陀的情况，方能做到心中有数、有的放矢，回去也好向将军禀报。"

一指禅师点点头道："嗯，说得对，富俊大人一准在等咱们的信儿。不过深入虎穴并不那么容易，对方肯定严加防范，必要时会破釜沉舟，拼死一搏。贫僧之意是争取不伤人，不流血，还能把要务顺利办妥，因此，得想出个万全之策，最好以计谋胜之。"

庞荣赞同道："师兄所言极是，我以为去那样一个藏兵要地，人不能太多，必须少而精。试想一下，呼呼啦啦去了一大帮人，站在光天化日之下，声势造得挺大，人家在暗处，咱们在明处，那不是飞蛾扑火么！"

师徒三人商量来商量去，最后决定立即前往棒槌沟，此次不让"三槌"兄弟去了，反正已经知道方位了，不过二十来里地，用不着带路，一直往深山里走就行了。"三槌"兄弟另有差事，就是保护好从钱家祖茔起出的十六个楠木箱子，里面装的可是极为重要的土地大账、田亩大照、地契和金银财宝，此乃范蔼仁的赃证。多年以来，范蔼仁之所以狂妄放肆、为所欲为，还不是知道官府不掌握他强占大量可耕地之证据、不便审理么？这块土地原先分给谁了，后来被何人霸占又卖给谁了，手中没有田亩大照或买卖土地之契约，难以定归属。这下好了，田亩大照、地契一样不少地摆在眼前，可用证据说话了，谁的罪谁顶，谁受害得平冤，不能稀里糊涂一锅粥了。基于此，这十六个箱子在没有移交清查田亩行辕大营之前，务必严加看管，丝毫马虎不得，不可出半点儿闪失，更不能被抢走。当"三槌"兄弟回到大帐、班布泰将此决定告知并叮嘱一番后，石槌表示道："班佐领、大师父，请放心，我们哥儿仨一定打起精神，六只眼睛决不闭，死死盯住十六个箱子，保证完璧归赵。各位路上要小心，时刻提高警惕，早去早回。"

就这样，师徒三人用罢午膳，打点好行囊，腰别匕首，带上干粮、咸菜，与"三槌"兄弟互道珍重后便出发了。进山的路确实难行，说是路，其实根本没有正经八百的山道，满目全是一片一片的松林、立陡立崖的石头山，且一色上坡儿，武功再高强也使不上劲儿，只能攀缘而行。他们从这块石头蹦到那块石头，再登着石头一点点儿往前挪，犹如上台阶，正可谓松岩十八磴啊！遇到长在半山腰的小树就拽着往上爬，还担心树枝折断，下面便是悬崖，一旦滚落必摔得粉身碎骨。故而每迈一步都十分小心，行进的速度很慢，直至傍黑儿才来到一片林木森森之地，远远望见南山坡上有座用树枝搭成的窝棚。三人走到跟前一看，窝棚内住着一位四十来岁的猎手，经打听，证实此处就是暖木陀，即棒槌沟。又问了问前面地势如何，猎手告知："这一带四野茫茫，渺无人烟，曾是打牲乌拉专用之地，出产为数不多的暖木。此木坚硬、直溜，纹路儿好看，是制作剑柄的上等木料。洗衣用的棒槌也是暖木做的，辽东各地的家家户户都离不开棒槌，便捷好用。久而久之，人们就将此地叫成了暖木陀或棒槌沟，所出产之暖木也随之名声在外了。"

师徒三人谢过猎手，为防被人注意，进入临近沟边的一片杨树林里，用树枝、蒿草搭了两座窝棚，一座在地上，一座在树上。当地人皆如此，出门在外或狩猎，白天短歇、夜晚睡觉皆在窝棚里，一搭就是两座。夏季天气炎热，夜晚便睡在搭于高树上的窝棚内，既风凉，又可瞭望四方，观察动静。为出行方便或需要随时应付突发情况时，就住在搭于地上的窝棚里，既能迅速躲闪，又可施展自如。由于到处是一片片的密林以及一人高的蒿草，很利于隐蔽，即使是搭在地面的窝棚，除非小兔子、小蛇经过此地能知道，一般人不走到近前根本发现不了。

师徒三人决定挤住在地上的窝棚里，为了不至于暴露，也未拢篝火，就着咸菜嚼几块干粮算是用晚膳了。由于走了二十多里难行的山路，此刻感到又困又乏，寻思好好儿睡一觉，明儿个就精神了。躺下不一会儿，忽听从窝棚的顶部传出一种特殊的声音，似乎有人蜻蜓点水般踩着上面的树枝一闪而过，轻快而敏捷，棚顶随之发生了轻微的震颤。三人不由得一惊，知道已经被发现了，来者是向他们示威的，告知别躲了，徒劳而已，一切都在我们的掌控之中。让一指禅师感到纳闷儿的是这脚踏树枝的嚓嚓声儿咋那么熟悉呢？可以肯定来者不是寻常人，轻功不错，遂向师弟和徒儿使了个眼色。三人一跃而起，蹿出窝棚，大睁双目四下仔细搜寻。夜色下，发现不远处有两个人，一个双手叉腰站在几棵古松之间，双眼盯向窝棚这边。另一个站在沟边的一棵白桦细枝上，如履平地，纹丝不动。由于树是从沟底长出来的，树梢与地面一般高，远看就像站在地上一样，没有轻身之功是做不到的。一指禅师很快反应过来，手打佛号道："阿弥陀佛，善哉，善哉，二位师弟怎么在这儿？让师兄好找哇，很是想念你们哪！"

庞荣也辨认出来了，对面那两个人不是别个，而是二师兄冲霄五毒侠和三师兄云水轻身侠，心里觉得好生纳闷儿："怪了，'三槌'兄弟不是说夺魂僧者和静空大师被一位八十多岁的少林寺老仙翁带走了么，怎么又来了暖木陀？或许是师父考虑到人无完人，总有犯错的时候，毕竟是自己的徒弟嘛，应给一个改过自新的机会，将功赎罪……"正琢磨呢，静空大师跳下细枝走了过来，手打佛号道："阿弥陀佛，大师兄，别来无恙？三弟也很想念你们。已知大师兄和四师弟密探钱家祖茔，收获颇丰，值得祝贺。估计二位不会就此收手，必来暖木陀，故而师弟先行一步，已在此恭候多时了。"

夺魂僧者随即也走到跟前，双手合十道："大师兄、四师弟，很长时间不见了，一向可好？我就弄不明白了，咱们皆为佛门弟子，又是同一师父的师兄弟，有手足之情，到底缘何不放过我俩，难道是清查田亩行辕大营的富俊令师兄和四弟把我和三弟捆去、等着受赏不成？"

一指禅师见二师弟还在气头上，若不消消火儿，你就是说啥，他也听不进去，便冲庞荣努了努嘴。庞荣会意，双手合十致以问候，并将班布泰介绍给二位师兄，互相见礼后，气氛有所缓和。一指禅师这才又道："岁月如梭，跟你俩一别转瞬已是四年，再见面竟是在荒山老林里。二师弟说得没错，咱哥儿几个乃佛门弟子，与世无争，大可不必为凡俗之事伤了手足之情。范家堡子的庄主范蔼仁欺压百姓，强取豪夺，横行无忌，乃称霸一方的恶棍。他的大夫人钱氏佛口蛇心，为人诡谲，唯利是图，与其沆瀣一气。师弟应擦亮眼睛，明辨是非，看清他们的本来面目，立即悬崖勒马，不可再助纣为虐，更不能站在朝廷的对立面，望好自为之。"

静空大师很不服气，反驳道："大师兄，咱不妨把话说开，我觉得你才沾染了世俗之气，为了名和利，主动投效吉林将军衙门，为其撑腰打气，早已病入膏肓，不可救药。大师兄有所不知，我和二师兄已远离范蔼仁，现在身边全是苦难之人。不知朝廷为何死死相逼，迫使他们不得不抛家舍业，躲进荒山野岭，衣食无着。难道大师兄不认为这些人很可怜并需要帮衬么？你要是遇到这样的事和这样的人该何去何从，助不助一臂之力？"

夺魂僧者冷冷地问道："大师兄，有没有胆量到我们住的地方瞧一瞧，畏惧否？"

一指禅师觉得此话有点儿伤和气，含有挑衅意味，心中暗想："求之不得呀，正合我意，也好借机看看庐山真面目。"随即回答得很干脆："头前带路，贫僧倒要领教一番！"

于是，一指禅师、庞荣、班布泰在夺魂僧者和静空大师的引领下进入了深山，跨过一条条深沟，穿过一片片林子，眼前呈现出一座不太高的石头山。山的东边是一片密林，南边是一块相对平坦的草地，搭建有十多座茅舍，还有马棚、牛栏、羊圈，几堆燃着的篝火噼啪作响。夺魂僧者打了一声口哨儿，随之从茅屋中跑出四十多个手执长矛、肩挎大刀的山民，其中一体格魁梧的壮汉双手高举一面旗帜，上绣"平妖除霸"四个大字，都怒目圆瞪，杀气腾腾，摆出一副势不两立的架势。从刀、矛的拿法及站步看，明显是受过训练的，毫无疑问，教官是夺魂僧者和静空大师。夺魂僧者手指人群说道："这些人原本都是无辜难民，头领也是当地的山民，何以成了官府剿除之匪徒？我和三师弟于心不忍，为他们助阵，何以成了助纣为虐？班佐领，麻烦转告吉林将军，擒拿也好，围剿也罢，有啥招儿全使出来吧，我们情愿奉陪到底！"说罢又打了一声口哨儿，四十多人迅即散去，很快便隐入夜幕下的林海之中。

静空大师揖手道："大师兄、四师弟，对不起了，刚见面又要告辞了。请记住，山野就是迷魂阵，林莽就是天罗地网，谅富俊也奈何不了，咱们后会有期！"说罢与夺魂僧者扬长而去，任一指禅师、庞荣、班布泰如何喊其回来，有话好好儿说，人家已消失得无影无踪。

师徒三人忙去各个茅舍察看，里面竟空空如也，一指禅师摇了摇头，很是无奈。不过仔细一琢磨，觉得这趟倒是没白来，不仅目睹了范蔼仁所养之兵，也见到了一直寻找的两位师弟。然而令人痛心的是师兄弟之间的误会越来越深，老二、老三虽口口声声仍称大师兄，但我的话却一句听不进，很难谈得拢，无法引导他们回归正道。暖木陀偏僻荒凉，林海茫茫，野兽成群，道路难行，又不知范蔼仁养兵之巢穴在何处，还不能在深山里乱转，万一迷路走不出来则于事无补。如此看来，继续拖延下去毫无意义，不如先回去面见吉林将军，把范蔼仁在暖木陀的养兵情况禀报之，再据此商量下一步怎么办。当他把自己的想法跟班布泰、庞荣说完后，二人认为此议甚好，让吉林将军及时掌握疙瘩梁的情况很必要，还可听听大人有何高见，打算怎么做。于是师徒三人当夜在窝棚内安歇，睡了个好觉，转天一早便急返双城堡。待赶到清查田亩行辕大营时，天色已晚，见这里也是空荡荡的，营房已拆除，七八个兵丁把拆下来的檩子、木板等集中到院内东南角，摞成三个木料垛，还有几大堆土坯，看样子是准备拉走的。班布泰知道，这肯定是爷爷的主意，老人家不管办什么事一向想得周到，木料、土坯放在这儿也浪费了，不如给那些从关里逃到此地落户的流民搭建房屋，全能用得上，不必现砍伐了，可省不少力气。三人走到正忙活着的宋起跟前，班布泰问道："宋起，将军大人呢？"

宋起扭过头一看，原来是佐领班布泰，忙道："噢，班佐领回来了，将军大人两天前已赶赴吉林将军衙门。临走时让我转告你们，办完差后直接返回江城，还留下一封信请您过目。"说着，从内怀掏出封着的牛皮口袋递上。

班布泰接过，用匕首划开封口儿的牛皮条儿，从里面抽出一纸墨笔草书，上曰："班布泰，余因急务，已返江城。若诸事功成，不必久延，将查抄之赃物与俘获之人押送吉林将军衙门，尽早结案，不可迟误。"所述言简意赅，然字迹潦草，可见当时甚忙，乃匆匆而就。班布泰将信函递于师父和师叔，待二人阅毕，方说道："虽然没有见到我爷爷，但从函件上已知他怎么想的了，那就是急需范蔼仁霸占土地和私自养兵之证据，既要有人证，也要有物证。这样一来，以后在审理范蔼仁违犯大清律一案时，便可据此写诉讼状，予以查究。倘若因为手中证据不足不能结案，只能重新去搜集，那就太耽误时间了，会误事的。不如索性原路返回，用点儿时间平掉暖木陀的匪患，然后按将军大人所叮嘱的将赃物和俘获之人一并押解吉林将军衙门。回返时途经疙瘩梁，用事先备好的车辆把从钱家坟茔起获的十六个箱子以及此前得到的地契、卖身契全部装上车拉走，同时将石槌、仝槌、铁槌和手下兄弟一并带回江城，收编入旗。他们从此可像正身旗人一样，过上安定的生活，再不用躲进林子里不敢见天日了。"

一指禅师点点头道："是呀，不能两手空空去将军衙门，大人必将询问暖木陀那边有何收获，咱们仨只能大眼瞪小眼无法回答，这怎么行？所以还得去找老二和老三。我知道说起来容易做起来难，不过事已至此，不能总碍于师兄弟情面了，最好以计谋制服之。如果不奏效，那就对不起了，不管愿意不愿意，必须强行将其押到江城。"

庞荣表示道："我看行，是得想办法控制住二师兄和三师兄，不可胡闹下去了。如果继续拖延，期间再干出什么蠢事，罪孽就更大了。不能眼瞅着他们与朝廷作对，越陷越深，回去无法向恩师长眉长老交代。"

班布泰思忖片刻，说道："师父、四师叔，我觉得想法挺好，可是二师叔、三师叔身处一个除了密林就是山峦之地，隐蔽性极强，寻找起来十分不易。"

庞荣却蛮有把握地说："班布泰，以我估计，暖木陀附近不会没有两位师叔的踪影。俗话讲得好，人过留名，雁过留声，只要认真打听，一准能找到他们的落脚之处。何况他俩在范蔼仁的地盘儿早就小有名气了，无论去哪儿，没有不透风的墙，消息会传出去的。"

一指禅师拍拍班布泰的肩膀道："徒儿，大可不必犯难，让宋起转告富俊大人，咱们会速办速决的，不日即返江城，请吉林将军静等佳音吧！"

班布泰应了一声，随即写下一纸信函，走到宋起跟前交之，并附耳嘀咕了几句。告辞后，与师父和四师叔转身离去，当晚在林中歇息，转天一早又上路了。

一指禅师、庞荣此次重返暖木陀，一个是协助班布泰平定匪患，一个是擒拿那些不值一提的乌合之众之靠山、曾跟自己朝夕相处的同门师兄弟冲霄五毒侠和云水轻身侠。这二位皆为世外高人，很有能耐，乃同一师父训教出来的，武功不分上下。师兄弟之间平时咋说咋好，这回叫起真章儿了，一指禅师和庞荣尽管都认为与朝廷作对就该治罪，可心里不仅不感到轻松，还非常不是滋味。一指禅师想得更多，若是冲吉林将军富俊大人说话，毫无疑问，捉拿得对，他们的种种做法显然与朝廷为敌，可谓犯上作乱，应当大义灭亲。若是冲恩师长眉长老说话，冲霄和云水乃其门下弟子，打小便收在自己身边，像父亲对儿子一样天天盼着快快长大，并将高超的武功毫无保留地传授之，经呕心沥血的培养才成为世外高人。几十年的形影相随，徒儿被朝廷缉拿归案，其师父会怎么想，心里能好受吗？这么一思谋，就有些犹豫了，心绪立马烦乱起来，犹如十五个吊桶打水，七上八下的，不知如何办才好，脚步也不知不觉慢了下来。

庞荣此刻咋个情状呢？同一指禅师一样，心里也翻腾开了。觉得好像悬在半空中，上不着天，下不着地，拿不定主意，矛盾得很。冲霄和云水是自己的二师兄、三师兄，同吃一锅饭，同睡一铺炕，亲如手足。想当年与弟弟庞庆被师父所救并领到少林寺时，年龄尚小，生活、起居等方面皆得到了师兄们无微不至的关照，这辈子都忘不了，应感激才是。现如今却要前去抓捕他们，亲人成了敌手，兄弟成了冤家，这么做合适么？想至此，侧过头瞅了瞅大师兄，看那表情似乎也在琢磨这件事。庞荣一向敬重、信任一指禅师，认为其心肠好，诚朴善良，不以武治于人。而且凡事从不做绝，得饶人处且饶人，给对方留条自省的回头路，促其猛醒、悔悟，重新做人。他对外人尚能如此，何况自家一个门派的师弟，千不看万不看，总得看在一同叩拜师门的缘分上，怎能说翻脸就翻脸、非拼个你死我活不可？自己又何尝不是这样想的，实在不忍心去对付二位师兄，舍不得下死手，这场较量太难了。咋办好呢？倘若和大师兄和盘托出自己的真实想法，他肯定不会听我的，也不是三言两语便能劝住的。要是大师兄看在师兄弟情分上不那么做，怎能对得起富俊大人的信任、长眉长老的教诲，又如何交代得了？要是抛开师兄弟情分这么做了，表面上似乎有些不妥，对不住二位师弟。实际上是在拯救他们，将其从泥潭中拽出来，离犯罪的路越远越好，不再做违反大清律的事儿。故而不能犹豫徘徊了，只能走这条阳关大道，站在朝廷一边，别无选择，坚决支持大师兄，把两个误入歧途之人拉回正道。想到这儿，又瞟了一眼一指禅师，大师兄未必真的不知道两位来无影去无踪的师弟去了哪里。再说了，凭大师兄的高超武功，不可能抓不到两位师弟，或许是想网开一面、睁一眼闭一眼？还是不忍兄弟反目、觉得日后不好收场？这么一思量，刚刚落体的心又悬起来了。师兄弟几个都知道，大师兄举足轻重，平日里无论遇到什么事儿，只有把他的思想做通了，一切方好办。二师兄、三师兄虽有能耐，但与大师兄的武功相比，还是略逊一筹的，所以必须得说服大师兄要顾全大局。我得怎么开口呢？嗯，有了，让班布泰出面颇为妥当。那是大师兄的徒儿呀，曾像对待自己的侄子一样予以呵护和训教，想必会听他的。于是紧走几步赶上班布泰，附在耳边如此这般一说，班布泰笑道："师叔，徒儿明白了，怪不得您和师父走得那么慢呢，原来心里有事儿呀！"说罢冲师叔努了努嘴，庞荣会意，快步往前去了。班布泰则放慢了脚步，边走边回头看，等着落在后面的、低着头行路的师父。

说起来，此时此刻心情较为轻松的当数班布泰，没啥负担，一路只是陪着师父和师叔，他们咋说我咋做。到了暖木陀，视其具体情况而定，争取尽快将夺魂僧者、静空大师捉拿归案。他按庞荣的嘱咐，待师父到了跟前，便紧皱眉头，装出一副无精打采的样子，脚步也拖拖拉拉的不利索。一指禅师抬眼瞅了瞅，问道："怎么了，刚才还好好儿的，这会儿愁眉苦脸、像霜打了似的？"

班布泰可怜巴巴地说："师父啊，赶紧想个办法吧，这次无论如何得把二师叔和三师叔带回江城。徒儿乃身担公务之人，早已立下军令状了，如果完不成差使，必遭将军大人的责罚。徒儿知道两位师叔的功夫了得，凭我那两下子怕是制服不了，只能靠师父和四师叔帮忙了，可心里总觉得没底呢！"

这时，走在前面的庞荣也放慢了脚步，回过头偷偷冲班布泰挤眉弄眼地打哑语，意思是装得挺像，接着来，哀求的话多说点儿，以便打动师父。一指禅师是什么人哪，乃少林寺的知名高僧，练就一身本领，更有眼观六路、耳听八方的能耐。别看他似乎啥也没注意，其实一切皆在其眼皮底下，什么都瞒不过去，早就看出徒儿之所以这么说，是背后有人指使，谁呢？跑不了庞荣。四师弟暗地里给出点子，让心爱的徒儿说服、哀求我，如能奏效，一时心血来潮便会往前冲，逮住那两个胡作非为的师弟。在此过程中，让我这个老大扮黑脸儿，老四扮红脸儿，想到这些，不由得暗暗发笑。其实呢，一指禅师的头脑一直没闲着，想得最多最周全，庞荣想到的，他都想到了；庞荣没想到的，他也想到了，可谓前前后后、左左右右通通想了一遍，此前应做几手儿准备、到时候会出现几种可能、该怎样应对等，思虑得很仔细。首先想到的是富俊大人未顾得上等我们回返行辕便行色匆匆地去了江城，这意味着什么呢？意味着吉林将军衙门有棘手之要事急待吉林将军到任处理，而且不能再拖延了，非立办不可。什么要事呢？这些日子以来，师徒三人在下头到处搜集、了解情况，事实已非常清楚，很多涉及土地归属的案子集中在了范蔼仁身上，那是一条长长的粗线，其触角伸展到各个地方，上上下下皆有他的人，我行我素，无视大清律条。朝廷对此很是着急，指令吉林将军衙门予以解决，不可拖延，富俊当然得早早赴任了。其次想到了自己的二师弟和三师弟，二人既是矛盾的焦点，又是那帮乌合之众的主心骨儿，故而难逃干系，根本绕不过去。不抓住师弟，解释不通不说，也无法向朝廷、吉林将军衙门、富俊大人交代。再有就是从目前形势看，确实如庞荣和班布泰所说，自己必须出山了，该出手时得出手了。是福不是祸，是祸躲不过，只能挺起胸膛面对。师兄弟之间的这场较量，其结果必将成为仇家，日后或许无法聚首了，更不会一起回少林寺跪叩恩师长眉长老了。经反复思忖，认为师兄弟此番是在独木桥上相遇，已没有相互避让的可能了，双方皆无退路，唯有一拼，龙争虎斗在所难免，没必要瞻前顾后了，只能如此。他很是无奈，叹了口气，自言自语道："咳，一指金刚侠呀，算了吧，是债终得还，此乃前生注定的，既来之，则安之吧！"叨咕完了，不知怎么，心情反倒不那么郁闷了，觉得亮堂了，随即冲前头的庞荣喊道："喂，干嘛走那么快呀，想把师兄和徒儿落下不成？等等我们，一块儿走！"

庞荣停下脚步，回过身大声儿说道："非也，不是我走得快，而是师兄只顾思摸心事了，脚步也就放慢了。"待一指禅师和班布泰到了跟前，接着又道："大师兄，你的心思四弟知道，不要发什么善心了，慈悲是有限度的，应当机立断，否则必留后患。二师兄和三师兄早已悖谬少林戒规，如不及时制止，则是对恩师那颗普度众生之心大不敬。必须令他们悬崖勒马，或者死马当活马医，拯救其心灵，回归正道，这可胜造七级浮屠啊！"

一指禅师手打佛号道："阿弥陀佛，师弟所言极是，贫僧已想明白了，务要拿下两个害群之马，以正视听。"

庞荣长舒一口气道："大师兄啊，四弟就等着这句话呢，不过得抓紧时间实施之。若想顺利将二师兄和三师兄制服，还得大师兄拿主意，我和班布泰听您的。"

一指禅师说道："我已思谋过了，只要擒住老二、老三，其他人可不费吹灰之力，一些事儿也会迎刃而解。师兄弟之间不得已而交手，乃少林派之内争，应当自己解决。庞荣啊，你是贫僧的四师弟，自然得参与其中，不能袖手旁观。班布泰是我的徒儿，属于晚辈，与老二、老三并不熟悉，就不要搅和进来了。"

庞荣立马表态道："大师兄言之有理，内外应有别，四弟没说的。"

班布泰一听着急了，忙道："师父、师叔，徒儿已经来了，当然得跟你们一起行动，总不能像根杆子似的杵在一旁，那不白来了嘛！"

一指禅师笑道："怎么会呢，班布泰，不能让你闲着，还有要务须马上做。咱们不妨双管齐下，我和你四师叔前往暖木陀，以锦囊妙计对付另两位师叔。你奔往疙瘩梁，那里有些事尚未四脚落地，让人不放心。既然再去，该查的、该建的、该安置的就得办得彻底些，不留尾巴。"

班布泰想了想，说道："师父考虑得颇周全，也挺仔细，徒儿琢磨着主要需办三件事：第一件是去暖木陀面见三位首领石槌、铁槌、仝槌，由于他们为人正直、仗义，是非分明，疾恶如仇，与范蔼仁势不两立，所以才另立门户，另树大旗。咱们去了以后，他仨很快就靠过来了，站在朝廷一边并积极揭发范蔼仁犯下的种种罪行。'三槌'兄弟曾提出请求，打算带领手下兄弟投奔吉林将军衙门，在富俊大人的麾下效力，当时我没答应，因尚未将此情向上通禀。现在时间又很紧，待赶往江城禀报吉林将军后，再回过头来办这件事肯定来不及。为了抓住三位首领的向朝之心，只能先斩后奏，立办。想必将军大人会了却他们的心愿，将其手下之人收编，愿意从军做马甲或当骑兵的，可直接入兵营。愿意农耕劳作、又不想在这气候寒冷、容易得大骨节病而影响长个儿的深山老林里安家的，可允许选处平原之地或迁往松花江两岸，既能进山打猎，也能开垦荒地，日子会好过些。总之，无论如何不能伤了'三槌'兄弟的心，尽量按他们的意愿办。收编过来后，咱就有了帮手、增加力量了，此乃求之不得。第二件是再返钱氏祖茔，一座坟墓一座坟墓地仔仔细细重新搜查一遍，看看还有否地室、暗道，争取把范家、钱家所有的文书、地契、卖身契、田亩大照、金银财宝全部起出，一一登记造册，一并交给吉林将军衙门，作为将军大人日后审案的依据。钱氏祖茔不可小觑，那里不单单是停放棺椁之地，也是范蔼仁及其大夫人藏匿赃证之地。此前，我们按守坟人的指点只搜查过一次，不过三座坟墓，差得远呢！在短时间内杀他个回马枪，不给范蔼仁以喘息之机，主动出击，该收的收，该烧的烧，该平掉的平掉，砍断其魔爪，想转移赃物都来不及。第三件是在疙瘩梁建立嘎珊，此乃当务之急，势在必行。近些年，那片深山老峪陆陆续续逃来了不少难民，靠租种土地过活，结果都成了控制此地的大庄主范蔼仁之奴才。他们为其劳作，进山狩猎，开垦荒地，累死累活，吃尽了苦头儿，所得猎物、打下的粮食却大多被其收缴。范蔼仁不劳而获，不流一滴汗，坐享其成，这太不公平了。五年来，徒儿在行辕始终跟随着富俊大人，一起清丈土地，一起安排旗民的生活，积累了不少经验。认为在双城堡施行的田亩分拨办法完全适用于疙瘩梁，愿意继续留下的住户，可建立起嘎珊，给屯子取个名儿，然后选出屯达、寨达，鼓励山民定居并组织起来一块儿跟范蔼仁斗，不再受其支使、压榨。安民之事最快得三天，办完了，我就率石槌等三位首领及手下兄弟前往石头口门小河沿前那片松林里等你们，会合后，咱一起回返江城，不知师父、师叔意下如何？"

一指禅师、庞荣听了这番话，十分惊讶，没承想徒儿早已胸有成竹，把一切思虑得周周到到，安排得妥妥帖帖，真是打心眼儿里高兴，连连点头表示赞同并暗竖大拇指，真乃后生可畏呀！班布泰接着问道："师父，我们到了小河沿，大约得等多长时间？"

一指禅师回道："说不太准，估计最多等半天两个时辰的，我们就会赶到。可别小瞧那片松林，面积不小，方圆五六里，草木葱茏，人烟稀少，几乎与世隔绝，乃范蔼仁反朝廷的秘密所在，里面必有暗道机关并藏匿着盗匪。你们到那儿后，不可声张，不可埋锅造饭，悄悄隐入松林外围的深丛之中，静静等着我们。"

班布泰逗趣儿道："哎哟，照师父这么说，我们还得饿肚皮呗？"

一指禅师笑道："徒儿，没那么笨吧？从疙瘩梁撤出前，多蒸些苞米饼子带着，预备点儿咸菜，渴了就喝小河沿的水，那可是现成的，管够！"

庞荣勾芡道："班布泰，谁让你是八旗武将呢，挨饿也得受着，能忍则忍，熬一会儿吧！"说罢，师徒三人不禁开怀大笑。

班布泰按师父之意，抱拳告辞后下了山道，穿过密林，直奔疙瘩梁而去。到了那儿，首先面见"三槌"兄弟，把怎么打算的详细讲了一遍。三位首领听罢非常高兴，异口同声地表示愿随班佐领去江城，直接入兵营。石槌又将手下的兄弟们召集到一块儿，讲明去向，愿意从军的，或在吉林将军衙门当差，或编入八旗兵营；愿意种田的，经通禀将军大人允准，可于松花江边选一块风景美丽、草木茂盛、土地肥沃之处安居，既可打猎，又可耕田，还可捕鱼，将来成为子孙繁衍生息之地。大伙儿一听乐坏了，哪有这样的好事呀，不是在做梦吧？掐掐胳膊觉得疼，哎呀，是真的！都感激万分，把班布泰看成了活神仙、大恩人，什么都听他的，让干啥就干啥。"三槌"兄弟的威望随之也提高了，受到山民的拥护，在班布泰的提议下，当夜去了钱氏祖茔。山民们原先惧怕骑在头上的范庄主，面对欺压，半个"不"字儿不敢说。现在一看，范蔼仁快要完蛋了，吉林将军衙门派人来了，三位首领围着班布泰跑前跑后的，不仅不再怕了，还敢于把范蔼仁在疙瘩梁犯下的桩桩罪行、藏匿私财的地窖、仓库、钱氏祖茔有哪几座是空坟、假坟等全部揭出来了。范蔼仁派来看守坟茔地的团练们一看这架势，早吓麻爪了，像耗子见猫似的，龟缩在屋里不敢出来。"三槌"兄弟带领山民们把钱氏祖茔的各个墓穴从地上到底下搜个遍，里面秘藏的财宝、田亩大照、地契、卖身契，以及本应进贡朝廷、暗地里私留的贡品全部起出，装了满满四车，暂时拉回大帐。

转天，班布泰在"三槌"兄弟的协助下，开始立屯寨、建嘎珊。正如他所说，此前曾无数次跟随爷爷走屯串户，安置难民，在这个过程中，摸索出一套切实可行的办法，十分奏效。近些年，由于频发灾荒，从关内逃到辽东一带的难民猛增，可谓蜂拥而至，多数为汉人，朝廷根本管不了。来了以后，两手空空，没房住，没地种，生活十分艰难。像范蔼仁之类的财主、富豪便乘机雇佣他们为自家干活儿，或者将土地租其耕种，流民们从此成了地地道道的奴才。原本百多户的山民都是他们的奴才，听其使唤，为其卖命，这回又增加了一批人，越发不可一世。财主、富豪横行乡里，为非作歹，抢男霸女，无法无天，造成社会动荡，秩序不安宁，百姓夜里不敢出门，杀人越货之事时有发生。班布泰所在行辕干的差事就是清查土地，安抚民心，把被强占的田亩从财主手里夺回并分给难民，还分拨耕牛、种子，使其定居下来，以求社会秩序的稳定与安宁。

疙瘩梁也不例外，班布泰根据深山老峪居住分散的特点，在山沟儿、河岸边等三至十里的距离内，十几户凑在一起建一个嘎珊，散居于林子里的七八户建个屯子，住在半山腰的五六户建个寨子。这样一来，疙瘩梁方圆几十里内出现了不少大小不等的屯寨，挨着哪儿便就地取名儿，什么头道沟、二道沟、三道梁子、柳树营子、四道岭子、八家子、亮水泉子等。还要选出屯达、寨达、嘎珊达，几个村寨共同选出一个总达，建立起必要的规章制度，相当于咸丰年间出现的乡镇。达爷主要做这么几件事：一个是向衙门申报户籍人口，本屯有多少户、多少口人、哈哈多少、赫赫多少、从哪儿来的、原先干什么营生、谁家添丁了等一一列清楚，必须准确无误。另一个是不断有新迁徙到此地的外来户，先由总达将其分拨到属下的各个屯达、寨达那儿，屯达、寨达再按总达之命予以安置。再一个是本村寨、嘎珊应分到多少田亩、需要多少耕牛、种子，由屯达报给总达，总达向吉林将军衙门申报。批复后，再按丁拨田，分给各个村寨。到了秋收时节，粮食入仓，各家各户需向吉林将军衙门缴纳租税。总达还要监管稽查，挨户检视，逃税者罚。屯寨之间发生争斗，先由屯达前去制止，如不奏效，总达才出面予以平息。那时的刑法很严厉，近似于野蛮，犯下轻罪则扒下裤子用皮鞭抽，犯下重罪则被活埋、活焚。难民们定居下来后，人心安定了，没几年便成为老户了。随着时间的推移，疙瘩梁的屯寨越来越多，人丁越来越兴旺，渐渐发展起来，这就是蛟河的最早开创史，应该说吉林将军衙门是做了贡献的，此乃后话。

回过头再讲一指禅师和四师弟庞荣半道儿与班布泰分手后，单脚一点地腾身而起纵上高树，以轻功飞行术前行。有的阿哥会问，真够怪的了，为啥有路不走非要上树呢？您有所不知，这一带的混杂林大多为百年古树，枝叶稠密，树干交叉生长，好像互不服气似的，争相往上蹿。此枝压彼枝，彼枝压此枝，树树相连，形成了登天宝塔，攀上树枝便可直上苍穹。师兄弟俩为抓紧时间赶路，不愿在密林中穿行，因每走一步皆需避开这棵树，绕过那棵树，前行的速度慢，既费时，又费力。再一个就是山里的蛇特别多，倘若不小心踩上了，伤到其要害处，蛇疼得翻转身子乱滚，其痛苦的样子让人看着可怜，那也是一条生命啊！为躲避草丛中的蛇，只能缓步慢行，这必然耽误一些时间。可事情急呀，等不得，多亏二人的轻功飞行术了得，故而才纵上高树，在晃动的树尖儿上踏枝跃进，蜻蜓点水般三五步一纵，眨眼间纵出十几棵古树，速度极快。只有到了水边或树林稀少的地方才跳下地，喝口水润润嗓子，再沿着河岸越崖疾驰。

走在前面的一指禅师人称"飞毛腿"，无论走山道还是走高树，行动非常敏捷，犹如黑影儿一闪而过，听不到半点儿声响，连林中的野兔、树上的小鸟都不会因此而惊跑、吓飞。紧随其后的庞荣十分信赖一指禅师，将其视为佛门的领路高僧，一向认为不管大师兄去哪儿，跟定准没错。他举目一望，空旷的山间白雾缭绕，寂寥的四野茫茫无边，要寻找的二位师兄自那日见到一面便匆匆离去，瞬间就消失了，到底去了哪里呢？一时间心里直犯嘀咕。

夺魂僧者和静空大师的行踪或许能瞒得过世人，却瞒不了一指禅师，早就猜到了两位师弟的落脚之处。作为大师兄，在少林寺与四个师弟同床共眠几十载，对每个师弟的禀性、德行、嗜好了如指掌。老二和老三已出家修行多年，颇为勤奋，肯于吃苦，每日需坐禅诵经，还要习练武功。所以他们不会与范蔼仁手下的那帮酒囊饭袋住在一起，必将在一个不被人注意的隐蔽之处诵经、练功，有要紧事时才会出现在众人面前。这么做也是为了防身，多人在一起扎堆容易暴露，万一遭官兵围堵，会很被动，不好脱身。人少目标小，行动自如，踪迹难以被发现。二人专攻心术，追求魂魄，抑扬五毒，需在阴暗之处行之，吸纳大地之阴气、阴风、阴霾，濡染自身之蕴毒之功，故所选择的住地应是山窟。如此看来，这一带必有大的洞穴，藏身之处不会离此太远，估计是在疙瘩梁与暖木陀之间。为做到心中有数，一指禅师事先曾向"三槌"兄弟打听过，因他们是这一带的老户，对周围的山川地理颇为熟悉。果不然从其口中得知，石头口门小河沿前那片松林的南边有座狼脑袋山，洞穴颇多，其中有两个狼群出没的大山洞，人想住进去，只能将野狼从洞中轰走。如果二位师弟真在那儿，现在直接去捉拿他们有些不妥，为啥呢？二人眼下已知自己不经意间站在了朝廷的对立面，有的做法客观上是在助纣为虐，倘若被官府抓住，必将治罪，作为练就一身功夫、出手凶狠的武僧岂能甘愿受缚？那便只有一条路可走，即拼力反抗。为不至于伤及师弟，只能智取，不能强擒，而且还不能让其再次逃脱，那将留下后患，对自己、对他人有百害而无一利。当他想到在少林寺曾多次聆听恩师的教诲，说是阴阳相克、阴气必以阳气治之时，忽然眼前一亮，一条智擒二僧的妙计闪现于脑际，何不采取以阳克阴、以火治寒、趁两个不争气的师弟没有防备之时以火攻治之？此法儿肯定奏效，待抓住之后押回江城，至于如何处治，则由吉林将军定夺。时间不等人，我虽然带着二位师弟下山了，但路是自己走的，顾不了那么多了，更无情面可讲。今后遭罪也好，受熬煎也罢，全是自找的，自作自受。恩师不是未给自省的机会，却不珍惜，怪不得任何人，抓住之后再向他们解释吧！

　　一指禅师就这样边走边琢磨，太阳快落山时便到了狼脑袋山的山脚下，这才告诉四师弟打算采取何种办法擒拿老二和老三。庞荣听后，连称妙哉也，佩服得直竖大拇指。师兄弟俩攀缘而上，动作十分灵活，到了山上，果然见有多处大小不等的洞穴，不过此时天色渐黑，看东西模糊不清，只好用树枝搭个小窝棚歇息了。转天一早，二人就着咸菜吃了两个苞米饼子、喝了一葫芦山泉水后，开始搜寻那两个仅有的大洞穴。

可谈何容易呀，有的洞口儿毫无遮挡，明摆着，一眼便可看到；有的洞口儿十分隐蔽，从远处根本发现不了，只有走到跟前方能看见；有的山洞前簇生着灌木丛或一人高的蒿草，把洞口儿堵得严严实实，必须绕过灌木丛或分开蒿草前行才能到洞前，费时又费力；有的山洞紧挨着高树，洞口儿被粗大的树干挡着，不仔细观瞧很难发现。师兄弟俩在狼脑袋山上转悠开了，大睁双目从早寻到晚，累得筋疲力尽，也未找到那两处大山洞，只好歇息了。

到了第三天头晌，真是工夫不负有心人，一指禅师和庞荣终于在山脊上找到两个东西相对、相距只二十来米的大洞穴，四周堆满了几十年的干枝干叶，一层摞一层，踩上去觉得很暄腾。洞口儿也横七竖八地堵些干树枝，想必是防备野兽误入，反倒为即将采取的火攻创造了条件。一指禅师让庞荣捡来不少干松枝分别堆在两个洞口儿前，因松枝上有松油，遇火易燃。为防备火着大了会引起山火，又往松枝和周围的干枝干叶上浇了点儿水，不一定非燃着，只冒烟便可。待一切准备就绪，一指禅师小声儿告诉庞荣："四师弟，不知老二、老三究竟待在哪个洞内，咱俩得分开，各守一个洞口儿。点燃松枝后，浓烟很快会往洞内扩散，进而伤及洞中人。情急之下，老二、老三不能赇等着挨呛，必然往外跑，咱俩便可乘机将其抓住。"

庞荣点点头，走到西边的洞口儿前，一指禅师站在东边的洞口儿前，二人同时点燃了堆在洞口儿的干松枝。由于松枝上淋了水，过了一会儿火才着起来，着得不大，浓烟向洞内窜去。正这时，忽听噌噌两声，从东边的洞中蹿出两个人来，被烟呛得蒙头转向，哪还顾得上四处察看呀，弯着腰大口大口地喘着粗气，还直劲儿咳嗽，似乎把浑身的武功全忘了。一指禅师定睛一瞅，不是别个，正是二师弟冲霄和三师弟云水，二人也看到他了。就在六只眼睛相对的瞬间，说时迟，那时快，一指禅师首先跳将起来，施展指上功夫，手起指落，冲二人的额头啪啪一点，致其当即昏迷，不省人事，没费吹灰之力便将两个武功高强的师弟制服了。庞荣走上前，拿出早已准备好的双股儿细铁链把他们从上身连同双臂捆至大腿根部，只能迈小步走路，想逃跑是不可能的。

过了一袋烟的工夫，二人醒转过来，睁眼一看，见大师兄和四师弟正站在跟前盯着自己。夺魂僧者气不打一处来，大声儿指责道："大师兄，没承想你和老四竟如此不仗义，耍起了阴损把戏，这算啥能耐呀，是佛门的规矩么？来吧，咱们一对一，见招儿分高下，比武论英雄。像这样背地里下毒手，没人服气，真要有个好歹，死都不瞑目！"

静空大师也理直气壮地嚷嚷道："二师兄说得没错，明人不做暗事，堂堂佛门弟子得对得起自己的名分，焉能耍把戏伤害手足？"

一指禅师既不还口，也不解释，听凭他们胡说八道。夺魂僧者见此越发来劲了，继续发泄心中的怨气，甚至恶语中伤，啥话解恨说啥，静空大师在一旁随声附和。一指禅师和庞荣则不予理会，就像没听见似的，待二人说够了，喊累了，闭嘴了，这才拽着铁索链慢慢朝石头口门小河沿前的松树林走去，按约定与先前到达的班布泰会合。到了地儿，进入林中，果然班布泰已等多时了。师徒见面来不及多说，一指禅师吩咐铁槌带领手下兄弟就地伐木，打造两辆囚车，必须结实、牢固。铁槌一挥手，十几个身强力壮的小伙子立马行动起来，有伐木的，有截头去尾的，有立架子的，有绑绳子的，有钉钉子的，喊里咔嚓一顿忙乎，粗木笼子很快造毕。然后将夺魂僧者和静空大师分别关了进去，任其喊破嗓子，概不应答，唯一要做的就是按时递水送饭，二人却拒绝进食。一指禅师见两个师弟丝毫没有悔过之意，很是生气，一摆手道："不吃就不吃，不用管他们，早晚得吃，除非不想活了！"

班布泰紧接着下了命令，让"三槌"兄弟带领手下把狼脑袋山的四周认真清查一下，搜寻范蔼仁设在此地的所有密营，一处不许落。大家分成几伙儿四面包抄，结果在松林以北的山沟里发现了五座密营，百余人，有待在帐篷内的，有躲在洞穴中的，有藏在树洞里的。由于教头夺魂僧者和静空大师被缚，致使群龙无首，惊恐万状，乱成一团，乖乖放下兵器受降，扑通通跪了满地，咣咣磕着响头求饶。班布泰仔细一打量，这些人中，男女老少皆有，大多数身子骨儿瘦弱，形容枯槁，脸色灰白，无精打采。有的身着破衣烂衫，七窟窿八眼难遮体；有的光着脚丫子，连双草鞋都没得穿；不少人裸露着膀子，只披张破皮子，狐狸皮呀，貉子皮呀，獾子皮等，身上被树枝划出一条条血道子。这哪是什么匪徒或乡丁啊，而是一帮被富豪欺压、盘剥、受尽苦难、在死亡线上挣扎的百姓，更谈不上具有技高一筹的武功了。越看越难过，恻隐之心油然而生，本来抓住匪徒可就地杀掉的，此刻不但下不了这个狠心，而且还十分可怜他们，一时不知如何办好了。站在旁边的庞荣也有同感，见一位壮年男子双脚磨出了血泡，脚面肿胀并已感染化脓，走路一瘸一拐的，忙将挂在腰间的药葫芦取下，倒出几粒红药丸儿递给他道："此乃消肿祛淤的，每日两粒，三天便可奏效，服下吧！"然后又脱下外衣，走到一个除了胯下用一块破皮子遮羞外、全身精光的小男孩儿跟前，给他披上并上下拽了拽。孩子怔怔地站在那儿仰脖儿瞅着他，蠕动着嘴唇，想要说什么，终于没有说出来。

一指禅师看到此情此景，想到自己游走四方，各处寻访，见过不少贫病交加之人，却从未一次碰到这么多同沿街讨饭的乞丐没啥区别的山民。他内心受到深深触动，鼻子酸酸的，眼圈儿也红了，双手合十，口中直念佛号："无量佛，无量佛，黎民怎能熬过这样难挨的时日呢，吾佛应快快降慈悲于天下呀！"

班布泰走到那些人跟前，问道："听说你们将是守护范家堡子及范蔼仁所占地盘儿之丁勇，那应该能打能斗才是呀，咋混到这步田地呢，难道可怜相是装出来的不成？能不能向本官说一说，到底是怎么个情况？"

大伙儿一看，今日终于有听自己说话的人了，久压心中的怨怒可以倾诉了，一肚子的苦水也可一吐为快了，随即争先恐后地喊冤叫屈，那位壮年男子说道："军爷呀，您是救命的大恩人哪，大家伙儿早就期盼着这一天的到来，总算能见到天日了。如果继续在深山里待下去，肯定活不成了，还将死无葬身之地。我曾亲眼看见同乡倒下后再也未能爬起来，无人收殓，尸首被野狼啃咬，最后只剩下一堆骨头棒子了，惨不忍睹哇！我们拖家带口的，哪个愿意放着好好儿的平民不当、非要钻进山沟里当土匪呀？可又有啥法儿呢，范蔼仁逼迫你来，哪儿敢说个'不'字儿呀，拒绝就没命。不仅如此，还派心腹看着我们，动弹不得。身上分文没有，全被他们刮去了，想跑都跑不出去，真不知这样的日子能熬多久。"

经详细询问，师徒三人方知这块儿叫阎王顶子，大清国刚建那时，还只是片虎啸狼嗥之地，没有人烟。满目净是起伏的山峦、黑黝黝的密林，一片连着一片，遍地是蒿草和獐狍野鹿。由于无路可走，连打猎的都很少涉足。顺治末年，此地归打牲乌拉衙门管，仍然未建村庄，只是派人进山采松子或捕捉野兽以获皮张，每年最多来两回，打完猎就走人了。直到嘉庆初年才有了人迹，打牲衙门派出的狩猎者越来越多，猎物进贡朝廷，一段时间后，逐渐发展成为向清宫大内敬献一应生活用品的原产地。

这样一个御用之地后来却被范蔼仁利用了，怎么个过程呢？当年，朝廷李姓吏部侍郎成亲时，娶的是范家之长女，不仅模样儿俊俏，也很会来事儿，娘家爹是范蔼仁，娘家妈是大夫人钱氏。从此，李氏家族与范氏家族做了亲家，范蔼仁凭借这种姻亲关系发展自己的势力，靠的便是大姑爷。吏部侍郎那是一般人么，既有权又有势，而且跟盛京将军和吉林将军的交情很深，办起事来十分痛快。为了帮助老丈人，他到处发帖子，其内容不外乎请盛京或吉林将军衙门通融一下，对范家堡子的大庄主范蔼仁多多予以宽容，遇有犯戒的事儿，大不见小不见就过去了，切勿深究等。衙门的上下人等一看范蔼仁与朝廷的吏部侍郎是这么个关系，谁放着人不交却惹那不痛快呀，贴乎还贴乎不过来呢，于是主动帮他的人渐渐多了，范家堡子的势力也越来越大了。范蔼仁并不满足，心里盘算着："范家堡子若想不被人欺、免遭土匪的抢劫，就得有自己的团练和武备，由庄丁护庄。"决定之后，便开始大张旗鼓地修建炮楼，在堡子四面安上护庄门，设置岗楼，派团练把守。不仅如此，觉得自己厉害了，没人敢惹，野心随之愈加膨胀，竟不愿服天朝管，总认为将来范家堡子不定发展成什么样子呢，我范某人没准儿有一天能当上土皇帝也未可知。不过，前提是必须想方设法占一块较大的地盘儿，扩充团练，增强武装力量，有朝一日方可与朝廷抗衡。

嘉庆十五年，范蔼仁通过朝廷吏部侍郎姑爷子的多方斡旋，如愿得到了阎王顶子的使用权，占了地方，建了饻子。到嘉庆二十年时，已建成了五座密营，人员都是从河北、河南、山东、山西等地来的，有逃难过来的，有串亲戚来的，也有被掳、被骗来的。咋骗的呢？当时的大清国从表面看，似乎国威势壮，百姓安居乐业，一片祥和的景象。其实不然，而是社会动荡，国势日危，治安状况不好，人心不稳，各个将军衙门内也挺黑暗，朝廷所面临的最大矛盾就是人口和土地。关里原本人口多，耕地少，加之旱涝虫雹等灾害频发，百姓辛辛苦苦劳作一年却颗粒无收。一家老小不能赊等着饿死呀，为了活下去只好逃难，往关外跑，认为那里人少、地多、河流多，盛产鱼虾，日子容易打发。尤其是辽东一带山高林密，泉水清澈，土质肥沃，乃满洲的发祥之地，有自己的语言和独特的风俗习惯，是穷人有衣穿、有饭吃的好地方。大清朝廷担心放汉人进来后，久而久之，满洲的习俗有可能改变，满洲的语言有可能废弃，从保护的角度出发，自乾隆年间便开始封禁。尽管如此，也未能挡住关内的难民纷纷冒死北上，朝廷派员阻拦，时常发生械斗，致使难民有被抓的，有被关的，有被杀的。

除了黎民百姓闯关谋生之外，朝中的官宦、各地的财主、富豪也未闲着，纷纷借机发展自己的势力。他们暗地里相互勾结，串通一气，仗仗财大势焰违背封禁之举，将偷偷跑过来的难民收到自己名下，予以保护并为其立下户籍，以便有正当居住的权利，朝廷就不抓了。难民们为能在辽东站住脚，不再东躲西藏，只好依附于这些人，任其支使。其时，辽东满族聚居地的日子好过一些，但甚缺生活必需品，比如布帛、丝绸啊、茶叶呀等，而且大多是从关里运进的，他们也欢迎商人把这些东西源源不绝地贩运到辽东来。商机不可错过，于是在州府县以及将军衙门直接管辖的地方出现了不少从关内来的小商贩，有的挑着挑子，有的担着担子，有的身背大囊袋，有的牵着驮马。卖梳子、篦子、针头线脑的，卖铜锅儿翡翠嘴儿大烟袋的，卖布头儿、绸缎的，卖棉鞋、皮靴的，卖满人戴的瓜皮小帽、汉人戴的棉帽以及老者戴的老姑帽的，卖苏绣、湘绣、绢丝，以及各种瓷器的，不一而足。还有些郎中身背布袋子、肩挑药匣子从关里家出来，一路既卖药又诊病，到了关卡，用银子予以贿赂便能入关，当地的官府一般对郎中不太管。正因如此，遂被难民利用上了，装扮成做买卖的或郎中混进来，大多都能顺利入关。

这些人到了辽东之后，带来一股清新的气息，活跃了当地的文化生活，并将坐地户也带动起来了。范蔼仁正是瞅准了此时机，凭借上通天、下通地的人脉关系，先是把认为对自己有用的人收到自家门下，其中有掌握一技之长的难民、商人、落魄江湖的小头领、郎中等。然后在辽东、锦州打出"积德堂"的名号，听起来挺响亮，意思是专向穷苦人施舍，给他们一碗粥喝，拯救其生命，积德于天下。按朝廷颁布的封禁条例而言，甭管是谁，无论打出什么旗号，皆不许收留难民。然范蔼仁却有这个能耐，上头有人哪，声称我范某是替天行道，从关里逃来的难民只要到了积德堂，我立马赏你一两银子，帮着落下户籍，保护人身安全，官府亦不会抓了。另外，你收了我的银子，咱就订立契约，以此为据，否则便不收。契约大多是这么写的："兹大清某年某月某日，某某某与积德堂某某某立契为据，某某某自愿以身许之，由积德堂料理谋生事宜，不得违拗，否则将赔偿在积德堂时的每年五百两纹银。"即是说你在我这儿订立了契约，便是积德堂的人了，吃喝拉撒全管。从今往后，必须听喝儿，让干啥就得干啥，无条件可讲。如果不服从或者想离开积德堂，那就算一下在我这儿呆了多长时间，按每年五百两纹银赔偿。这不等于卖身契么？要知道，五百两纹银在当时可不是个小数目，谁能赔得起呀，无奈之下，只能顺从或待下不走。这些人刚到辽东时，有的穷得叮当响，连顿饱饭都吃不上。又担心万一被逮住了，要么遣散，要么返乡，弄不好就得关入大牢。去了积德堂，给一两银子便能活命，还省得被官府抓，不用四处躲藏了，一个个就是这样被骗进来的。范蔼仁将他们领到了范家堡子，先是登记造册，然后吩咐管家予以安顿，紧接着脸一绷，声称既然立下了卖身契约，就得受家主支使，不能总在堡子里闲住。身板儿结实的青壮年或一家好几口人的，无论男女皆送到阎王顶子，男子由专人训导，教授武功，将来作为范家堡子的庄丁、打手，替家主卖命。年轻女子就不用说了，成为范蔼仁的囊中物了，没看上的或转手卖掉，或分给各房儿当使唤丫头；看上的则留在身边，随他。

这些人被带到阎王顶子后，当即傻眼了，原来此地竟是密营，一趟趟儿的房子搭盖得颇为特殊，跟牢房差不多，乃事先没想到的。从外表看，那些依山而建的房子还不错，一色用粗木搭成，举架挺高，房顶苫了一层厚厚的茅草。走进里头一瞅就不行了，全是长筒形的，根据离山沟远近的不同，所建房子的长度也不同，以步量之。离山沟近的，则建二百步长的；稍远点儿的，则建三百步长的；再远些的，则建五百步长的。通常盖房子都在南墙留门，而此长筒房子的门却开在两边的山墙，即山花门。推开木门，可见中间是条长走廊，两侧是屋子，一间挨着一间，一溜儿七八间。各屋之间咋隔的呢？即把一根根粗檩子的一头儿埋在地底下，上通房脊，中间是横掌儿，像木笼子一样，互相能看见，俗称人窖。每间屋盘一铺炕，需睡五六个人，挤得连身都翻不了。靠东墙放一桶清水，渴了时喝，西墙处置一空桶，用来装屎尿的。为防逃跑，从外面用铁链子反锁之，门口儿设看守。每天放出去三次，早午晚各一次，或是习练武功，或是锻造兵刃，事毕押回木笼屋，再用铁链子把门锁上。到了用膳的时候，有专人抬着两个大盆往里送，一盆是饭，一盆是菜，够不够就这些，吃没拉倒。

密营里除了一趟趟儿木笼房子外，还有三座房子，一座是布库①房，由师傅教授武功，习练拳脚以及刀法、枪法、剑法。夺魂僧者和静空大师刚到范家堡子时，范蔼仁及其大夫人为啥明知人家是寻找师兄的，却显得格外热情、长期留其住宿、千方百计施展欺骗、收买之能事呢？只因他们早就思谋好了，想让二位师父去阎王顶子，向密营里的人传授少林功夫。范蔼仁曾跪在地上冲天磕头道："少林大师能够造访，既是各路神仙的眷佑，也是范家修来的福气，乃天助我也！"由于范氏家族上下人等对二位大师毕恭毕敬，一日三餐调样儿做，范蔼仁及大夫人又总是嘘

---

① 布库：满语，摔跤。

寒问暖的，让夺魂僧者和静空大师很受感动，初始答应可帮其训导团练。天长日久，越处越近，对范庄主的所有请求全都应承，最后真的来到了阎王顶子，为范蔼仁招兵买马、扩充势力卖劲儿。师兄弟俩几乎天天长在布库房里，不接触外面任何人，别的没看着，只看到这处练武的地方了。加之进布库房的青、壮年男子皆着布库服，从未见过穿别的衣裳，所以不可能知其身份，更不知来此之细情。

另一座是烘炉房，即打铁、锻造兵器之地，里面备足了钎子、锤子、钳子，剪子等工具。炉膛儿内烧木头样子，给铁条、铁块儿加热，烧红后砸扁，再往凉水里一浸，用锉切削，方可磨制出利刃。

还有一座是扒皮楼子，把檩子的一头儿埋入地下，外面砌土坯而成。此房上下两层，上层作为审讯之处，下层是牢房，分地牢、水牢两种，乃专门用来惩治密营内一些不服管、三番五次反抗或逃跑之人，也包括范家堡子个别违拗大庄主的意志、不听喝儿、公然向外泄露本堡子秘密之人。他们全被抓到扒皮楼子关起来，带上手枷脚镣，啥时候表示服了，保证不逃了，啥时候开枷。阎王顶子的人皆言，只要关入扒皮楼子，就等于进了阎王殿，不死也得扒层皮。

师徒三人了解到这些情况后，无比愤怒，大骂范蔼仁太不是东西，一点儿人性没有，猪狗不如！这时，关在囚车里的夺魂僧者气呼呼地喊道：“我俩本是做好事，向他们传授武功以自保，却给关了起来，天理何在？”

静空大师同样振振有词：“大师兄，你为了名和利，心甘情愿被吉林将军衙门所收买，这种做法有违教规，不仅给少林寺和恩师丢份儿，连师弟都跟着脸红，能让人服气么？”

一指禅师冲徒儿使了个眼色，意思是把他俩放出来，班布泰问道：“师父，二位师叔浑身上下缠着铁链子呢，是否解开？”

一指禅师回道：“不能解，拽过来，让其看看这些可怜的父老乡亲，想想自己到底在帮谁。佛家应以慈悲为怀，普度众生，且习武为了强身。他们可倒好，以所学功夫为富豪呐喊助威，胡作非为，同情弱者之心安在？”

班布泰向庞荣、“三槌”兄弟一摆手，五人一块儿走到囚车跟前，把门儿打开。刚欲伸手往外拽铁链子，夺魂僧者和静空大师两腿用力一蹬，抵住了粗木条子，硬是不出来，还认为自己蛮有理，讲正义，嚷嚷个没完。庞荣劝道：“二位师兄啊，别犟了，最好听大师兄的，出来瞅一眼，瞧瞧你们所教之人受些啥罪吧！"

班布泰和"三槌"兄弟没管那套，一齐上手拽住二人身上的铁链子用力往外拖，一直拖至扒皮楼子。他俩四下一瞅，首先映入眼帘的便是扔到楼后已腐烂的尸体和堆堆白骨，令人不寒而栗。把一层的门推开，只见关在地牢、水牢中的男女老少个个瘦骨嶙峋，面如土色，或咳嗽不止，或嗉喽气喘，有的已奄奄一息，令人触目惊心。离开扒皮楼子，又去了那几趟儿长筒房子，看看这里的人居住在怎样一个环境下。静空大师见他们都关在像笼子一样的屋内，个个破衣烂衫，有的只披了张皮子，门口儿设专人把守，感到很是奇怪，便冲两个小伙子问道："你们是这儿的么？总待在里面哪儿成，为啥不出去走走？"

其中那个矮个儿说道："师父，不记得了？我叫朱三，他叫王五，大家都认识您，乃传授武功的教头。我们每天进了布库房子就得穿布库服，离开后务必脱下，换上自己这身儿七窟窿八眼的衣裳，难怪您认不出了。为防备逃跑，才将我们关在屋里，设门岗把着，不得随便出去。"

静空大师听罢，摇了摇头，没再发问，口中直念阿弥陀佛。夺魂僧者看了一圈儿后，被深深触动了，心里觉得很不好受，不喊不叫了，乖乖让铁槌牵着铁链子又进了囚车。一指禅师唤过班布泰，说道："咱下一步需带这些人走，可他们连遮体的衣裳都没有，有的光着膀子，有的只挡块遮羞布，这样走在路上有伤大雅呀，如何是好？"

班布泰想了想，回道："师父，如果带他们走的话，咱那几辆车上不是装着起出的赃物么，既有金银财宝，也有衣裤、绸缎、丝绢、布帛，可把衣裤拿出来让他们穿上。要是不够，再将绸缎、布帛分发下去，把身子围一围、裹一裹，别露肉不就无伤大雅了嘛！带他们去哪儿呢？阎王顶子太荒凉了，山沟沟又多，附近没什么能待的地儿。疙瘩梁比这儿稍好些，起码建了村寨，有了马群、牛群、羊群，到那儿可直接立户籍，编入嘎珊。愿意留在这儿也行，山沟沟有它的特点，清净、空旷，你是打猎呀，还是开垦荒地呀，只要肯干、勤快就饿不着。为了将来生活得更好，不至于受人欺压，不妨像疙瘩梁一样，把大伙儿组织起来，建立嘎珊，此地能建两三个，然后订立规章，选出嘎珊达。对于既不愿去疙瘩梁、又不想留在阎王顶子而打算返乡的，咱也答应，把赃物中的银两拿出一些给每人分点儿，作为路上的盘缠。起获的赃物本应交归国库，不准私自动用，对此早有规定。然情况特殊，现在只能这么做了，待回返吉林将军衙门，徒儿会向将军大人禀报的。倘若因先斩后奏而领罪，我认了，听凭朝廷处治。"

一指禅师听罢，认为想法很好，也很具体，可谓对这些人最为妥善的安置，遂说道："徒儿，这样吧，咱到了吉林将军衙门，贫僧同你一块儿向将军通禀，或许大人能够体谅，特事特办，想必不会怪罪。真要认定此种做法有违大清律，罪名由师父担着，与徒儿无关。"

班布泰忙道："师父，谢谢您的护徒之心，只是将军若追究责任，怎能让您顶罪呢？徒儿乃官家之人，肩负重任，该承担的必须承担，毫无二话。"

站在旁边的庞荣频频点头，称赏道："班布泰，说得好，有骨气，男子汉大丈夫就要顶天立地，敢做敢当！"

一指禅师没有再坚持，脸上露出一丝不易察觉的笑容，心里话："徒儿，可喜可贺呀，不仅成熟了，也成才了，不愧是将军大人的孙儿，好好儿干，前途无量啊！"

班布泰随即把大家集中在一起，讲明道理，并将准备怎样安置说了一遍。在场的人听了非常高兴，异口同声地表示哪儿也不去，就留在阎王顶子了，这里同样是大清的土地，会把其子民养活的。只是有点儿担心，因为我们大都是从关里逃到辽东的难民，有违封禁之策，官府若是派兵来抓怎么办？

班布泰说道："请各位父老、兄弟姐妹尽管放心，官府不仅不抓，还会给出路的，任由自己选。"

大伙儿扑通通全跪在地上了，纷纷磕着响头感谢天神的护佑，感谢朝廷的恩典！紧接着班布泰依照大清建屯寨之规定，就地组建起两个嘎珊，分别起了名字，一个叫北狼洞子，一个叫南狼洞子。每屯三十余户、五六十人，立了户籍，选出了嘎珊达，并给各户分些银子。还告诉大家今后可以安心过活了，打猎耕田，捕鱼捞虾，只要勤劳就饿不死人。一定要奉公守法，遵章守纪，每年秋季朝廷派人来收租税时，主动按数缴纳。我回到江城后，必向吉林将军禀报这里的情况，大人会通盘筹划的。过些日子还会来，给你们送耕牛，每屯十头，各户串换着用，再带些种子和口粮，够大伙儿暂渡难关了。说完又向"三槌"兄弟下了命令，将范蔼仁派到这里管事的扒皮楼子大楼主、二楼主、布库房的两个师爷、五座密营的五个班头儿等九人全部上绑，一并押解吉林将军衙门候审。

一个时辰后，诸事完毕，将搜缴的兵器、起获的赃物全部装上车，加之被押解人员坐的车以及囚车，前前后后共十五辆，由班布泰、一指禅师、庞荣、"三槌"兄弟护送。可是刚刚走出没多远，南、北狼洞子的男女老少呼喊着跑来了，十五辆车立马停下了。其中一个后生拉住班布泰和一指禅师的手不放，看样子似乎很害怕，颤声儿哀求道："军爷呀、大法师，别走了，非要走就带上我们吧，只有朝廷的人在身边，才能保护百姓的安全哪！"

一指禅师满脸疑惑地看着后生，觉得很是不解："怎么了？方才还乐呵呵的呢，这会儿神色为啥如此惶遽呢？眨眼工夫不会出什么事儿呀！"

班布泰心里更是纳闷儿："怪了，本来说得好好儿的，这么快就变卦了，为什么又不想留下了？"静下心仔细一琢磨："对呀，阎王顶子原是打牲衙门所在之地，范蔼仁占用后，能不尽心经营么？如此大的密营不会就这么几个头领，一准还有大头目隐藏在某个角落里，只是尚未擒拿到，否则难民们不会恐惧不安。从抓到的那九个头领的言行举止看，一个个狗头鼠脑的，除了穷横没别的能耐，不像掌大权之人。范蔼仁多狡猾呀，能把权力交给酒囊饭袋么，必会派心腹、亲信或有能力的人来管理。再从这些难民平日里所受的约束、刑罚，以及把范家堡子的所谓有罪之人送到扒皮楼子秘密关押这点来看，说明阎王顶子对于范蔼仁很重要，安排常住此处的管事人应是对付朝廷和吉林将军衙门所依靠之力，不该只大楼主、二楼主，布库房师爷及班头儿这几个人，顶多不过庄主的小腿子而已。真正握有实权的心腹、亲信正虎视眈眈地看着我们，非常危险，好悬让其脚底抹油溜之乎也，那损失可就大了，起码未能掐住范蔼仁的七寸。"想至此，便说出了自己的猜测，大伙儿听了直劲儿点头，人群中的一位中年汉子说道："军爷，我们天天不是圈在木笼房子里，就是去布库房习武练功，再不于烘炉房打铁造兵刃，其余任何事不让过问，更不许插手。说实在的，早就觉得奇怪了，为啥呢？因指不定哪天、也不知什么时候冷丁便会冒出一小撮人，皆来自范家堡子，耀武扬威的。其中有的是庄主的亲信，有的是本支，也有大太太钱氏的娘家人，称呼什么大掌柜的、二掌柜的、总爷、护院大爷等，这些人的下头才是楼主、师爷、班头儿。还不知他们住在什么地方，来无影去无踪，办完事儿就走，行动诡秘，难以捉摸。"

班布泰听了这番话，心里犯了寻思："他们的巢穴在哪儿？必须趁热打铁，挖出耗子洞，连窝端，一个不能跑掉，否则等于没有剿尽范蔼仁投放在深山老峪里的有生力量。特别是已经把疙瘩梁、阎王顶子给抄了，与此有关的人也抓了，那一小撮狂妄之徒若是得知此信息，能傻待在这儿不跑么？逃回范家堡子便会引起连锁反应，不仅惊扰了庄主范蔼仁，也会惊动州府县衙与范氏家族有牵连的大小官员，随之警觉起来并想方设法予以抵制，那将不利于清查，故而务必在短时间内找到其巢穴。估计那些人住的地儿离此不会太远，也不可能在牢狱一样的密营附近吃苦受罪，得选择一处相对安全、方便、居高临下之所在，既能过得舒服点儿，又能监视五座密营中之男女老少的一举一动。那么，谁能知道他们的隐蔽之处呢？被看管的难民肯定不晓得，楼主、师爷、班头儿也不清楚？不太可能，他们应该知道，只不过不一定敢讲，怕遭报复。除恶务尽，无论如何得让其开口，道出实情，不然就动真格的。"想好后，便令"三槌"兄弟把楼主、师爷、班头儿等九人拉下车带到自己跟前，正言厉色道："都给我听着，本将问你们，谁知道密营管事儿的住在哪儿？说出来可减轻处罚，有功者可就地释放。若是知道而不讲，那就是公然对抗朝廷，严加处治，概不轻饶！"

未承想这九个人皆一声不吭，连着问了好几遍仍装聋作哑，唯大楼主脑袋摇得如同拨浪鼓儿，意为不知道。班布泰一看，不给点儿厉害尝尝不奏效，遂冲铁槌努了努嘴。铁槌会意，走上前狠狠掐住大楼主的脖子，像拎小鸡似的提溜起来，致其当即憋得喘不上气儿，脸色青紫如猪肝，然并不讨饶，反倒挺硬气，只迸出仨字儿："不知道！"

班布泰大怒道："哼，你们这几只吸人血的臭虫，不知害死了多少无辜百姓。老天有眼，恶有恶报，到了给屈死的冤魂报仇雪恨的时候了，给我动手！"

话音刚落，铁槌从腰间欻地抽出匕首，只见寒光一闪，手起刀落，大楼主的左耳掉了下来，顿时鲜血直流，哇呀哇呀不是好声儿地惨叫。班布泰大睁双目死死盯着他那张疼得扭曲的脸，一字一板地说："大楼主，怎么样啊，这滋味不错吧？要是还不讲，可别怪我不客气，那就再体验一把，把右耳朵也割下。何去何从赶紧的，我可没那么大耐心等！"

未待大楼主做出反应，铁槌薅住其右耳举起匕首就要削，大楼主吓得一缩脖儿，脸都白了，知道扛不过去了，慌忙跪地哀求道："军爷饶命，军爷饶命，我说，我说还不成么？请给小的做主啊，没有不透风的墙，总爷要是得知露底了，非活剥小的皮不可呀！"

班布泰应承道："好吧，本将一定给你做主，说话算数。这儿已不是范蔼仁的一亩三分地了，甭想再一手遮天，不用怕，大胆讲！"

大楼主这才哆哆嗦嗦地说："军爷，阎王顶子的南边有处沟口，顺着沟口的小毛道儿往前走不多远便到大盘肠沟的老母猪河了。绕过河可见一条铁车旱道，路面不宽，辙印挺深，不太好走，乃去蛟河屯唯一可行之路。旱道两侧生长着一片片的柞树林子，紧挨林子的道东有座二层小楼，黑红相间的门脸儿，门楣上方挂着长方形的匾额，上书'山货栈'三个醒目的大字。楼的西侧开了处酒馆儿，专门招呼赶山之人小酌，边用膳边歇脚。表面上是座山货栈，迎来送往，广收山民的各种土产。实际上是阎王顶子密营的三位掌柜、账房儿总爷、护院大爷所住的团练总部，采用障眼法瞒着官府，怕知道底细予以查究。那里可谓是非之地，范庄主及其大夫人很少去，不过只要来阎王顶子，必住山货栈，为的是防备官兵进山剿匪。倘若官兵真的到了此地，只能抄袭密营，一般剿不到窝点。他们夫妻二人做事一向小心翼翼，尽量不露马脚，说什么留得青山在，来日绿林照样娇。"

另几个人见大楼主毫无保留地全端出来了，忙随声附和，并证明所言没错，句句是真，生怕自己的耳朵也被削掉。班布泰初步了解了情况，遂令"三槌"兄弟将九人押回车内，给大楼主的伤处包扎一下。又安抚了两个新建嘎珊的珊达及难民们，让他们安心过日子，不必惧怕匪徒、歹人，几条臭鱼翻不起大浪，我们现在就去收降山货栈。嘎珊达和难民听后不再惶恐了，心里踏实了，脸上露出了久违的笑容，将班布泰他们送出很远方回返。

班布泰等人押着十五辆车直奔山货栈而去，那也是长长一溜哇，犹如一字长蛇阵。一指禅师、庞荣、仝槌作为开路先锋走在最前面，中间是石槌及其手下，班布泰和铁槌殿后，前后间隔约半里远。刚过老母猪河，一指禅师和庞荣便先行奔向山货栈旁的小酒馆儿，准备以行路饥渴、需化斋填饱肚子、润润嗓子为由查个究竟。到了酒馆儿前，店小二真以为是前来化缘的和尚，赶忙出门相迎，柜台管账先生也未发现有什么异常。店小二将他们引领到紧挨南窗的东数第一张桌子边，待二人坐定，为其斟上了热茶，随后去了厨房。不一会儿，端来一小盆清炖大豆腐、四碟儿小菜、两海碗小米饭，请师父慢用。师兄弟俩边吃边暗中观察，看得出东边的山货栈生意挺红火，客人挺多，管事儿的不时迎进送出。伙计也不少，有提水壶的，有端杯子的，一面招呼着一面倒茶，楼上楼下人声嘈杂，说笑声不断。一指禅师把头伸出窗外往楼后瞅了瞅，见后院儿有座木板平房，是用来当仓房还是住人，一时弄不清楚。又抬起脚跺跺地，发出咚咚的响声，显然地面是悬空的，只以地板相隔。下头是地窖、地室还是暗道机关，里面是否藏着人，同样不得而知，心里思谋开了："范蔼仁及其大夫人的头脑不白给，身边的心腹也没闲着，肯定把大部分精力用到山货栈了，不可不百倍提高警惕。要想直取这处巢穴，硬拼不行，容易惊动歹徒。况且酒馆儿里有很多打尖用膳的，分辨不出哪个是本地之人，哪个是外来之客，真要动手不一定像先前估计得那么顺当，故而只能智取，不能强攻。"想到这儿，眼珠儿一转，计上心来，伸出左手食指在桌面儿点了三下。庞荣会意，赶紧吃完饭，结了账，与师兄一起出了酒馆儿，顺原路往回返，远远看见正向这边驶来的车队。一指禅师向走在前面的全槌招了招手，又指指林边，全槌立马明白了，于是按大法师之意引领车队下了道，钻进旁边的柞树林子，选了个背静之地，把大车小辆集中到一起，命戴着镣铐的楼主、师爷、班头儿蹲在一块儿。班布泰走到石槌跟前叮嘱道："让手下的兄弟们死死盯住他们几个，谁敢乱说乱动或想跑，格杀勿论！"

石槌表示道："请放心，一个也跑不了，我们包下了。"

班布泰点点头，转身出了林子，站在道边等候师父和四师叔。师兄弟俩放开大脚片疾步前行，很快便与班布泰会合了，三人一同进了柞树林。一指禅师见二十几个持刀仗剑的壮小伙儿将大楼主等人围在中间，严加看管，那认真劲儿让人看了很是放心，便冲石槌问道："怎么样，手下的兄弟们都有把子力气吧，想不想舒舒筋骨？"

石槌笑道："当然想，大法师，有啥活儿请尽管吩咐。"

小伙子们闻听此言纷纷围拢过来，异口同声道："大法师，让我们干啥都行，浑身的力气正没处使呢！"

一指禅师一抬手道："那好，除了石槌、铁槌及身担看管差务的留下，其他人随我来！"说着朝林子另一边的一处小平场走去，还特意绕了一个弯儿，班布泰、庞荣、全槌及属下的十多个兄弟紧随其后。

这里得说一下，此处是片柞树林，一棵挨着一棵，密密麻麻的，枝叶繁茂，像堵墙一样遮挡着人们的视线。只要拐个弯儿，尽管离得近，互相也看不见。一指禅师今天要变场戏法儿，准备智取山货栈的歹徒，此前的一举一动必须保密，尤其不能让被抓的大楼主等人发现，所以才绕弯儿而行。不过大家并不知道是咋回事儿，到了大平场，其中一瘦高个儿后生等不得了，急不可待地问道："大法师，咱们来这儿干啥呀？"

全槌嗔怪道："就你多嘴，大法师肯定有自己的打算，跟着干就行了，哪儿那么多废话！"小伙子一吐舌头不吱声儿了。

一指禅师拍了拍他的肩膀道："小伙子，不是浑身的劲儿没处使么，这回让你们出身臭汗，赶紧到附近伐些干树桩、砍些树枝来。"

这些后生们正当年，一个个像小牛犊子似的，有力气，手勤脚快，又能干，不大工夫便伐倒不少胳膊粗的干树桩，砍下一大堆树枝。一指禅师指挥他们把树桩、树枝扛到平场子内，围成一个小院儿，留出院门，把院内打扫干净，摆放一些木头墩子。又吩咐班布泰领几个人去装赃物的几辆车那儿，将箱内的布匹、幔帐取出拿来，抖开后将院子四周围上。一指禅师每次出行都背个囊袋，袋内备件袈裟，因必要时需换装。腰间还挂两个葫芦，一个装药，一个装水，缺一不可。他先是把袈裟从囊袋中取出，作为少林僧衣挂在院子西侧那支起的木架上，代表少林先师、少林风范、少林宗派，使人顿生肃穆之感。然后唤过班布泰，说道："徒儿，将我送你的那把代表少林宗派的短剑借师父用一用。"

班布泰共有三件兵刃，一柄匕首，一把腰刀，一柄短剑，乃一指金刚侠收其为徒时，作为纪念品送给他的。其中那柄短剑非同一般，打造精良，锋利无比，是有名的少林剑，只要看到它，就知道来自嵩山少林寺。班布泰特别喜欢这柄剑，出门在外总是随身携带，感到似乎有股正气护卫着自己，威慑之力大增。此刻，当听师父说需借短剑一用时，赶忙从背在身后的剑囊中抽出，双手递之。一指禅师接过，挂于僧衣的下方，剑柄朝上，剑锋冲下，泛着青光。继而叮嘱徒儿要严加护卫，不可大意，还附其耳边小声儿嘀咕几句。班布泰听罢，应承道："知道了，请放心，徒儿定按师父之意行之。"

一指禅师又强调道："务要记住贫僧的话，小心从事，绝对不许做错，否则这场戏就演砸了，那是大家都不愿看到的。"

班布泰频频点头称是，显得很有教养，礼貌而谦恭。准备好后，一指禅师和庞荣再返山货栈，不过庞荣没进去，而是躲在暗处。一指禅师交代道："我把楼内的人领走之后，你迅速进入山货栈，采用点穴之术将看守货栈的人制服。然后楼上楼下仔细搜查，看看有没有暗道、地室，里面是否藏有歹徒，如果发现了，一并带到柞树林子。争取好言劝他们去，尽量不捆绑，以免引起路人的注意，听明白没？"

庞荣回道："听明白了，大师兄，放心吧，不会出差错的。"

二人分开后，一指禅师这回没去小酒馆儿，而是径直来到了小二楼，一进屋便冲看门人手打佛号道："阿弥陀佛，请通报楼东，贫僧从少林寺来，打此路过，很想见他一面，不知能否赏光？"

看门人抬眼一瞅，见来人天庭饱满，地阁方圆，秃头虬髯，乃和尚无疑。又听说是少林寺的，根本没敢多问，只有肃然起敬的份儿了。因为两位团练总教头也是少林寺的高僧，哪儿敢得罪呀，忙躬身施礼道："久仰，久仰，请大师父稍候，小的这就去通禀！"说完转身噔噔噔上楼了。

店东一听来了位少林寺的和尚，当然是夺魂僧者和静空大师的同宗了，不可怠慢，赶忙起身下得楼来，见了面先施礼道："大师父远道而来，小栈蓬荜生辉，欢迎，欢迎！"

一指禅师双手合十道："幸会，幸会，贫僧同四师弟一块儿下山，刚刚云游至此，并且已在阎王顶子的修行洞里见到了二师弟夺魂僧者和三师弟静空大师，我是他们的师兄。我们师兄弟共五人，乃同一师父，即少林寺的长眉长老，恩师也到了辽东，过几天会来看望徒儿的。贫僧此前已与二师弟和三师弟定好了，准备一块儿来拜望店东，然有件急办之事需要他俩跑一趟，估计很快就会回来，故而才只身一人前来。今儿个将在此设聚议堂，举行一次法会，为啥呢？依照少林宗派之礼节，每到异地见了施主、故人，应一起向袈裟、少林宝剑叩拜，弘扬佛法，共叙友情。贫僧与二师弟、三师弟已四年未见了，十分想念，能够碰面非常不易。尤为可喜的是二位师弟联络了很多世俗友人，他们的朋友也是我的朋友，理应相识相知。所以恳请店东能给贫僧一个面子，一块儿去聚议堂坐坐，师兄弟四人将与各位施主共同诵经，叩拜佛祖，祈祷安康。"

店东一听，来者讲得头头是道，天衣无缝，这还有假么，谁能装得那么像啊，肯定是真的。再者说了，团练总教头待在阎王顶子的秘密洞穴里，除了少数几个人知道外，大多数并不知晓，可这位大和尚却一清二楚。巧的是夺魂僧者和静空大师也提起过他们师兄弟共五人，上有大师兄，下有两位师弟，与来者说得一字不差，全对上号了，没啥可怀疑的，于是表示道："大法师，本店东谢谢了，能与少林寺高僧共同诵经，叩拜佛祖，不胜荣幸之至，咱现在就去吧！"说罢吩咐管家暂停收购，留下两个伙计看守门户，其余人等一律前往聚议堂。旁边不是还有处小酒馆儿么，店东又亲自跑到那儿，站在地当间儿面冲正在用膳的顾客大声儿说道："哎呀，实在对不住了，本栈来了位贵客，有要事需办，只好早早撤幌儿了。希望大家抓紧点儿，欢迎改日再登门，本店东向各位道个过儿，请原谅！"

店小二、跑堂的听后，立马忙活开了，该结账的结账，该收拾的收拾，对每位顾客好言答对，并把门外的幌子摘了。用餐的也很理解，有的大口大口把饭菜扒拉到嘴里，有的干脆放下筷子不吃了，没一会儿全走了。一切就绪，山货栈只留下两个伙计看门，小酒馆儿则空无一人，门外上了把锁，其余的跟着一指禅师出了大门，朝前面的柞树林子走去。也就两袋烟的工夫便到了聚议堂，在一年轻后生的引领下进入院内，分别坐在木墩子上。

此时，庞荣见山货栈和小酒馆儿的人已经离去了，便从暗处走了出来，大摇大摆地进了山货栈。留下看门的两个伙计见来人了，以为是卖山货的，根本没防范，刚要上前问话，庞荣抬起右手照其额头啪啪点了两下，将他们定在那儿了。紧接着开始楼上楼下四处搜寻，无一漏失，结果在直达小酒馆儿的地室里发现一个中年男子，自称山货栈店东的朋友，也是收山货的。庞荣见其说话时显得特别紧张，且语无伦次、结结巴巴，觉得很是蹊跷，认定此人十分可疑，有说道，必须带走，就以强硬的口气请他一块儿去聚议堂。那人虽一再推托有事，不能前往，但拗不过庞荣，知道硬不去肯定不行，无奈之下，只好随其出了地室。

二人来到柞树林内的聚议堂，中年男子骨碌着眼珠子四下一趔摸，山货栈、小酒馆儿的人全到齐了，三位掌柜、账房儿总爷、护院大爷正坐在木墩子上与一位大和尚聊得热乎，便也找个木墩子坐下了，两只手一会儿放于双膝上，一会儿放于大腿两侧，很不自在。这些细节吸引了一指禅师的目光，见其眼神儿有些慌乱，躲躲闪闪，不敢正视，手足无措，恨不得有条地缝儿都能钻进去。加之山货栈的人本来有说有笑的，一看此人进来了，立即闭了嘴，都不出声儿了，更未向他打招呼，知道来者不寻常。为了活跃一下现场的气氛，一指禅师笑呵呵地开口道："众位施主，两位团练总教头办事去了，尚未转回，还得稍等一会儿。这样吧，咱们互相认识一下，贫僧先自我介绍，然后大掌柜再逐一予以引见，好不好？"

大家异口同声地赞同道："好，好！"

一指禅师说道："贫僧一指金刚侠，于河南嵩山少林寺修行，云游四方到此。这位是我的四师弟鹰爪消魂侠庞荣；另两位师弟同大家常在一起，一位是二师弟冲霄五毒侠，另起法号夺魂僧者；一位是三师弟云水轻身侠，另起法号静空大师，乃同一师父的师兄弟。二师弟、三师弟下山已四年之久，我作为大师兄能不惦念么？经师父允准，才云游辽东，在此地见到了他们。得知二位师弟承蒙各位施主的多方关照，别来无恙，一切顺利，贫僧感激不尽，在这儿谢谢大家了！"

话音刚落，坐在一指禅师身边的蓄须壮汉站了起来，先是鞠了一躬，然后说道："大法师，我来引见一下，敝人叫范德刚，任山货栈大掌柜；左边这位叫范德强，任二掌柜，我俩皆为范家堡子大庄主之侄，范蔼仁是我们的本家叔叔；右边这位叫钱兆年，任三掌柜，乃庄主的大夫人钱氏之侄；身后这位是大庄主之远房弟弟，名儿叫范赫群，任账房儿总爷；那两位一个叫钱积福，一个叫钱积善，任护院大爷，乃大太太钱氏之本家。"

一指禅师心里明镜似的，钱积福和钱积善实际上是团练总管，也是大太太钱氏的心腹，在阎王顶子山货栈可谓说了算的人。见火候儿已到，便缓步走到小院儿西侧木架子那儿，小心翼翼地取下袈裟捧在手里，说道："各位施主请看，此乃登封少林寺的袈裟，约百年历史，乃众僧侣一针一线织就的。"

院内的人呼啦一下全站了起来，神情肃穆，双目紧盯着袈裟仔细观瞧着。少顷，一指禅师又取下那柄短剑道："此乃少林寺留存之宝剑，锋利无比，独一无二，各位施主可一饱眼福。"

众人刚刚凑到跟前，只见大和尚脸色突变，右手仗剑，左手揪住范德刚的脖领子，轻蔑地说："好嘛，贫僧久闻阎王顶子山货栈大掌柜之名，今天总算见真人了！"

范德刚不禁一愣，忙问："大法师，有话好说，为啥薅我呀？"

一指禅师用鼻子哼了一声道："难道不该么？你是真不知道还是装不知道，非得贫僧提醒不成？山货栈的都听着，老老实实待在原地，不许乱说乱动，否则少林剑可不认人，先把大掌柜脑袋剁下来！"

大伙儿一听，全吓麻爪了，有的抱着头蹲在地上大气儿不敢出，有的坐在那儿张大嘴巴傻呆呆地望向一指禅师，有的喊爹唤娘、妈呀妈呀直叫，有的跪地咣咣磕着响头哀告道："大法师饶命，大法师饶命啊！"

一指禅师说道："这会儿知道害怕了，早干啥了？都抬起头来，看看谁来了？"

众人抬头一瞅，一位身穿四品武服的英俊小伙儿带领手下将院子围住了，只见他扫视一圈儿，朗声儿道："本将班布泰，在吉林将军衙门干差，今奉将军大人之命来到此地，清剿疙瘩梁、阎王顶子一带的匪徒。你们中间有的人坏事做尽，对抗朝廷，罪恶多端，必须予以严惩。识时务者乖乖受降，若胆敢放肆或欲行反抗，刀不饶人！"

话音刚落，"三槌"兄弟及十多个小伙子手持家巴什儿走上前来，将三位掌柜、账房儿总爷、两个护院大爷以及亲随、打手们逐一拿下并用粗绳子捆绑之。一指禅师双手合十口念佛号道："阿弥陀佛，善有善报，恶有恶报，平日多积点儿德，断不会有今天的下场啊！"

班布泰手一挥下令道："师叔、石槌，带领众兄弟把他们押下去！"

庞荣、石槌及手下听命，把六个头目和亲随、打手们押出小平场，径直朝不远处那停放着十五辆车的地儿走去。班布泰接着便向山货栈、小酒馆儿的伙计、店小二、跑堂儿的、打更的、上灶的交代政策，讲明出路，强调主犯必办，胁从不究，并将其当场释放，每人给点儿银两，让他们自谋生路。这些人感动得热泪盈眶，一时不知说啥好了，只知跪在地上千恩万谢，还是在一指禅师的多次催促下，方起身一步三回头地离去了。其后，班布泰与师父、仝槌、铁槌一同去了山货栈，收缴了所有财物，全部装入木箱内，再一箱一箱搬上车准备拉走。待人走车离后，铁槌点了一把火，山货栈及小酒馆儿呼啦一下着了起来，火光冲天，噼啪作响，只一袋烟的工夫便化为灰烬。

此刻，柞树林子内关在囚车里的夺魂僧者和静空大师安静多了，知道自己这几年无意中陷入了泥潭不能自拔，做了不少错事，不可饶恕，既然被吉林将军衙门派人擒获就跑不出去。也知道那一车车装的全是赃物，范蔼仁及其大夫人钱氏敢冒天下之大不韪，抢夺、强占民脂民膏，贪得无厌，犯下了累累罪行。而自己却不辨是非，被谎言和表象迷住了双眼，同他们穿一条裤子，不仅违犯了大清律，也亵渎了佛法。早知如此，悔不当初，只有听天由命、等候处治了。当山货栈的头目及亲随、打手们看到囚车里关着团练总教头，看到另两辆车里圈着阎王顶子密营的楼主、师爷、班头儿且被铁链子、粗绳子捆缚时，全耷拉脑袋了，知道彻底无望了，大掌柜仰天长叹道："完了，完了，连根儿都掘了，看来末日到了，该挨刀喽！"说完再一瞅，往日耀武扬威的二掌柜、三掌柜、账房儿总爷、护院大爷及打手们有的哆嗦成一个团儿，有的脸色灰白犹如死人幌子，有的吓尿了裤子，丑态百出，不堪入目。

班布泰等四人回到柞树林子后，见庞荣、石槌和几个小伙子正忙着埋锅造饭、往葫芦里灌水，便也伸手帮忙。待大家吃饱喝足了，班布泰这才下令起程，押解着十几辆车出了林子，朝东而去，奔赴江城。没承想走到半路却发现少了一个人，谁呢？就是庞荣从山货栈地室里搜出的那个中年男子，不知啥时候逃之夭夭了。班布泰后悔得直拍大腿："咳，咋就没看住呢，谁都没少，偏偏那小子跑了，还未来得及问清姓甚名谁呢！"

一指禅师上前劝慰道："徒儿，别急，不管那人是谁，早晚能抓住，让他再多活几天。"

那么，这位中年男子何许人也？班布泰他们回到江城又发生了哪些事情，富俊就任吉林将军后如何施政的，是否顺利，欲知详情，请听我朱伯西继续讲唱下章乌勒本。

第四章　乱世重逢

　　朱伯西我分出话茬儿，再讲讲吉林将军富俊，前书虽涉及一些，但不够详细。老大人不仅是一品封疆大吏，也是吉林通，可谓名副其实。诸位阿哥，您不妨翻翻吉林的历史，自康熙十五年原镇守宁古塔将军移驻吉林始，没有任何一位官员连续两朝就任吉林将军且在位时间长，唯富俊如此。嘉庆至道光年间，他曾先后四次执掌吉林将军印，即嘉庆八年六月首任，嘉庆十九年三月二任，嘉庆二十三年九月三任，道光四年四任。威望之高，能力之强，人人称道，众口一词，乾隆帝、嘉庆帝、道光帝对其信任有加，乃朝廷不可多得之名宦。老大人呕心沥血治理吉林，从中年到老年，把那颗忠于朝廷的赤诚之心以及过人的智略、充沛的精力全部用在了这片黑土地上。对地方事务的谙熟程度超乎寻常，父老乡亲们有目共睹，称其为可亲可敬的清官，百姓离不开他，历朝历代也忘不了他。这位从乾隆、嘉庆乃至道光的三朝老臣长期做地方官，新疆、蒙古、盛京、黑龙江、吉林皆待过，大半生都是在满洲的发祥之地辽东度过的。无论在哪儿任职，一向身体力行，精明干练。所担差务办得有条不紊，有始有终，极少出差错，而且把属员也带动起来了，得到了圣上的喜欢和重用。

　　时进道光四年，富俊从属相算，年龄应是六十有二。别看岁数儿大了，由于乐观、豁达，善于养生，故而身子骨儿十分硬朗，走起路来腿脚利落，脑后的辫子粗而发亮，思维敏捷，耳聪目明。他办差有个特点，即是不管去城镇还是到乡村，首先与百姓一起拉家常，通过闲聊建立感情，获知信息，了解下情。在处理民案时，认真细致，反复核查，不偏不倚，力求公正。谁摊上官司或遇上不可解的难事儿了，总是指名道姓地找富俊大人出主意，就信着他了。也难怪，经其手办过的所有案子，当事双方皆心服口服，没一个上访告状的。他有自己独特的癖性，虽然是一品大员，但从不以高官自居，不摆官架子，不讲排场，不修边幅，跟在身边时间长的人没有不知道的，并素有"富俊四癖"之说。

其一癖是不愿穿补服（即朝服），喜欢着民装。富俊外出办差，通常不穿与品级相对应的官服，而是一身儿平民打扮，或是深蓝色丝缎镶绦边的蒙古长衫儿，或是古铜色的满洲八旗长袍儿。还笑称服饰简约，穿着随便、得劲儿，少披老虎皮，省得吓跑小兔子。从其身旁走过的人打眼一看那装束，以为不是闲居的老者，就是乡野村夫，谁都不会想到是位将军，这在朝廷的官员中是很少有的。

当时的大清朝如何识别官员品级的高低呢？无非看两样东西，一个是头上戴的帽子，一个是身上穿的衣裳。朝廷的文武官员只要整衣戴冠出行，比其职衔低的州府县衙之官员一瞅其冠盖，便知来者官位的品级，并以与之相应的礼数迎送叩拜，排场也不一样。富俊是位文官，在吉林、盛京先后任过三品官、二品官、一品官，应穿什么样的衣裳呢？当然是补服，除了上朝、上公堂、参加重要活动、身处外交场合时需要穿，去各地巡视、到下边调查也要穿，既精神又威武。他曾穿过三种品级的官服：一种是三品孔雀补服，前后胸绣有蓝色的海水、浪花和孔雀；一种是二品锦鸡补服，前后胸同样绣有蓝色的海水、浪花和翩翩起舞的金色冠毛锦鸡；一种是一品仙鹤补服，前后胸绣着一片鲜红色的祥云，祥云中间有只飞翔的白仙鹤，生动、漂亮、光彩照人。那时候，盛京、吉林、黑龙江三地的将军与其他地方的将军职权范围有所不同，他们既管文又管武，需穿两种补服，一种是文官的，一种是武官的。富俊也不例外，除了有文官的一品仙鹤补服外，还有武官的一品麒麟补服并备有铠甲。补服的前后胸绣着头上长角、全身有鳞甲、象征祥瑞的麒麟，威仪凛然，望而生畏，四周是色彩斑斓的云霞、花朵。

富俊一生为官，去外地任职一般不带家眷，只让府邸中的家人宝靖阿跟在身边，后来又带上了孙儿班布泰。宝靖阿是位普普通通的白发老者，从小跟着卓特氏家族从蒙古草原来到辽东，十四岁时开始侍奉富俊的母亲哲代氏，可谓尽心尽力，照顾得无微不至，老夫人十分满意。富俊的父亲早年因病过世了，母亲后来也身染重疾，久治不愈。哲代氏考虑到当时于朝廷吏部任侍郎的儿子终朝每日不是办差，就是抱着书本彻夜研读，无暇料理自己的生活，很是不放心，便让贴身家人宝靖阿照顾儿子的起居。两个月后，老夫人的病势急转直下，于一日清晨溘然长逝了。

宝靖阿自打到了富俊身边，主子去哪儿，他跟到哪儿，从不离左右，整日为其衣食住行操劳，像对待自己的孩子一样精心，啥都想在头里。比如每天早晨起床端来温热的洗脸水呀，小心翼翼地为其梳理发辫呀，熬点儿姜汤、枸杞汤、人参汤给大人补补身子骨儿啊，晚上就寝时给掖掖被角儿等，总之是思虑周到，事无巨细。冬日里，每当富俊聚精会神地翻阅文件时，宝靖阿怕主子凉着，便为其轻轻披件衣裳。夏日里，见主子汗水淋淋，便拿把蒲扇坐在旁边一下一下地扇。每当膳后，担心主子口渴，便沏好香茗奉上，凉了再换一壶。主子啥时候歇息，老人家啥时候回房，否则就那么一眼不眨地守着。闲下来时，宝靖阿常常眉飞色舞地给主子讲有趣儿的故事，逗得富俊哈哈大笑，紧绷的神经立马感到轻松了，用膳时还能多吃一碗饭。别看宝靖阿个头儿不高，骨架不宽，精瘦精瘦的。然力气蛮大，布库技能超群，真若比试起来，身强力壮的小伙子未必是他的个儿，一不小心会被摔个嘴啃泥。他不张扬，不显山露水，不多言多语，心中只惦着一个人，那就是主子富俊。他对将军大人有多少件补服一清二楚，平时总是一个箱子一个箱子地装好，只要主子上朝便拿出一套为其穿上，不用的仍放在原处，从不乱翻乱动。主子调到新的地方，他首先要做的即是把衣服箱子捆紧装车，到了官衙再卸下，打开箱子取出衣裳晾晒。宝靖阿常说："我的家务较繁杂，为主子保管、收拾衣裳乃其中之一，不过做起来颇为轻松。因为虽然补服一套一套的，但大人很少穿，每月帮着穿脱顶多那么两三回，平时用不着。"

日复一日，年复一年，一晃十六载过去了。在十几年的朝夕相处中，富俊对宝靖阿充满了感情，十分尊敬这位长者，从不直呼其名。那时的叫法儿跟现在不同，不是单一的，也不是固定的。比如像富俊和老家人这种关系的，有称老哥哥的，有称老伯伯的，还有称老爷子的。富俊称宝靖阿为老哥哥，当自己的兄长看待，亲密无间，相依为命。宝靖阿不仅想得周到，干活儿利落，脑子也不白给，遇事挺有办法，曾为主子探得了不少重要情报。富俊每每惊喜之余，甚觉奇怪，老人家咋知道这么多呢？并且所提供的信息准确无误，可信度极高。究其原因，宝靖阿凭的就是多年养成的处处留心、勤于打听、事事较真儿之习惯，从而掌握了世间一些奇谈、秘闻、轶事，结果真就有了回报，以此帮助主子顺利审理了不少较为棘手的案子。如此一来，富俊对宝靖阿何止是尊敬啊，而是与孙儿班布泰一样，是自己的心腹、左右臂、不可或缺的好帮手，他曾不止一次地笑着说："我该满足了，别看身边这一老一小不起眼儿，快成出谋划策的智多星了，此乃上天赐给老夫的宝贝呀！"

　　富俊长期担任封疆大吏，之所以对任职之地的山山水水、沟沟岔岔以及风土人情了如指掌，对百姓的生活状况、期盼与诉求知道得清清楚楚，对棘手之事能够提出切实可行的办法予以解决，并有先见之明，其秘诀就在于能从府门走出去，与地位低下的黎民打成一片，滚爬在一起，吃住在一起，广开视听，用心观察，动脑琢磨，仔细分析，获知真情实况。老大人在下边什么样的衣裳都穿，新旧不嫌弃，穿啥衣裳吃喝啥，唬住不少人。服饰一变，身份随之也跟着变，时而是落魄的仕宦子弟，时而是镖行的代书先生，时而是私塾特聘的饱学之士，时而是能诵诸葛孔明、刘伯温马前课的占卜名师。他穿过七排纽襻儿的白汗褐儿，腰间系条白围裙，一看就是饭馆儿跑堂儿的，你想品尝哪道菜呀，是否来壶酒哇，问清后高声儿一吆喝，真挺像样儿。把衣裳一换，又成了码头上跑船的，与船老大唠得热热乎乎，与岸上的纤夫一起拉纤，出了一身透汗，从而对上游、下游水流的大小、水面儿宽窄、是否畅通、载重多少等一清二楚。再不就穿上货栈掌柜的长袍儿，外罩坎肩儿，手拿水烟袋，走几步弹弹袖子，说些行话，其言行举止挺像那么回事儿，一点儿看不漏。牛马市也是常去之地，手指在宽大的袖筒儿里一屈一伸地讲价，跟那些买卖牲口的贩子打哑语没啥区别。比如这匹红鬃马几岁了，牙口老不老哇，你出的价码低了点儿、看看我这个数儿中不中啊等，大都捏掐得较为准确。许多人信得过他，认为这是位好把式，经其手肯定卖掉不少牲口。富俊由此对牛马市的行情也略知一二，边学边用，外行变成了内行。这么做的目的只有一个，即话能与百姓说到一起，力能用到一块儿，同声相应，同气相求，体察民情，便于治理一方。由于富俊天生聪明，善于动脑，勤奋好学，知识面广，阅历深，容易与生活在社会底层的民众投缘，就是俗话讲的能随和人，故而接触的人多而杂，三教九流、五行八作皆能说上几句，不管去哪儿都能摸到社会跳动的脉搏，知道百姓的所思所想，边疆各族人民的冤屈、怨恨亦全在心里。正因皇上闻听富俊有这方面的能耐，所以一遇难办之要事，便派他前去当顶门杠，率领八旗官兵具体实施，处理得不但圆满，而且不留后患，朝中上下人等没有不佩服的。

　　其二癖是出行不打执事，不愿乘车轿，喜欢乘坐骑。富俊每次去各州府县巡视时，向来轻车简从，不铺张，不设仪仗，更不鸣锣开道。认为那种礼仪，既浪费人力，又浪费物力，无形中也给当地的官员添了不少麻烦，还是与人方便、与己方便为好。在清代，东北三地的将军出门时，皆习惯于骑马而行。他们青壮年时，几乎长在马背上，年岁大了，腿脚不灵便了，才不得不坐车轿。富俊也不例外，平时出行不愿坐人抬的轿，也不愿坐马拉的车轿，除非参加一些重要活动，比如祭奠哪、迎迓呀、随驾返京啊必须乘轿，多数情况下喜欢骑马，而且不挑剔马的品种如何、毛色好坏、个头儿高矮、是公是母、体格壮弱等，能跑路就行。除此以外，不管到什么地方，无论春夏秋冬，喜欢独往独来，不愿带仆人、随从、护兵，觉得有他们跟着不随便，还影响办差速度。一个人走多好哇，一身轻不说，想去哪儿就去哪儿，由着自个儿心思，自由自在，遇到问题随时解决。仆人、随从一多，前前后后呼呼啦啦跟了一大帮，必然引起人们的注意，继而近前围观，那就啥事儿也办不成了，不窝火才怪呢！可仆人、随从不放心哪，万一出点儿啥事儿咋办？到某个地方需要帮助，身边没人哪行？走到半道儿身子骨儿不舒服了，谁去请郎中疗治？富俊却嘿嘿一笑道："大可不必担心，本官又不是小孩子，能够应付可能发生的一切，你们该忙啥忙啥去。"如果非带随从不可，顶多允准去四五个，一色庶民打扮，并强调谁也不许暴露自己的身份。富俊若是到穷乡僻壤微服私访，便不骑马了，而骑大青骡子或小毛驴各处走，犹如乡间的农耕老翁漫游闲逛，一个十足的散游仙。驴耳朵一摇，张大嘴巴一叫，便说这是给主人唱歌呢！

更有趣儿的是他骑在驴背上，身后放一褡裢，像两个包袱似的一边一个，装得鼓鼓的。这是出行时所带之必不可少的物件，简直成万宝囊了，什么路上随时脱换的衣服哇，喝的水、吃的干粮啊，零用的散碎银子呀，还有文房四宝等不少东西。走着走着觉得累了就停下，取下褡裢，将驴往树上一拴，摘下草帽往脸上一扣，躺在旁边的草地上呼呼便睡，丝毫不在意凉不凉、潮不潮。到了哪个屯子，第一件事就是把褡裢从驴背上卸下，脸都来不及洗便开始办差。在田间、地头儿或农舍，则先将褡裢摊开，取出笔纸，然后与农夫攀谈，了解情况，边听边刷刷刷往下记。有时一忙起来天天闲不着，从这个屯子到那个屯子不停脚，老人家心疼小毛驴，怕累坏了，咋办呢？他挺有招儿，让随从背着褡裢走，自己牵着驴走村串户。久而久之，吉林一带乡间的男女老少皆知有位"褡裢老翁"，却不知道那就是吉林将军富俊大人。后来渐渐传开了，一传十，十传百，再到清查田亩行辕大营求见富俊时，既不称找将军，也不称找大人，而是口口声声要见"褡裢老翁"。富俊喜欢这个称谓，觉得亲切、近乎，无陌生感，更无距离感。自己就是民众中的一员，若能做到想百姓之所想，急百姓之所急，完全与其融为一体，那才算是合格的父母官。

其三癖是不稀罕山珍海味，喜食农家饭。富俊对吃什么从不讲究，作为朝廷的命官，每每身处特殊场合或参加盛宴时，天上飞的、地上跑的、水里游的一样儿不少，七碟八碗的美味佳肴摆满餐桌，然他对此不向往也不稀罕，唯对庄户人家常吃的苞米饼子、黏豆包、大葱蘸大酱情有独钟。每天用膳时，除了小米粥、黏豆包或苞米饼子外，两棵大葱、一碟儿大酱、一碗黄酒、半杯米醋必不可少，顿顿离不开，早已习惯了。说是有这几样儿足矣，可助人远游，终朝每日乐逍遥。还能讲出一番道理来："知道老夫为何喜食农家饭么？它好比一剂良药，黏食可解饥饿，大葱可驱体毒，黄酒可祛寒痹，米醋可防中风。"富俊下去察访无论到哪家哪户，主人都喜欢这位平易近人的老头儿，啥说道没有，像一家人一样。到用膳时，无须准备大鱼大肉，主人吃啥他吃啥，好待承，与那些追求灯红酒绿之徒根本不是一路人。老少爷们儿一点儿不怕他，心里有什么话不敢跟历届将军讲，唯独敢向"褡裢老翁"和盘托出，一吐为快，这样的地方官能不受尊重和欢迎嘛！

其四癖是不虚度年华，喜做"书虫"、画匠。富俊颇有天赋，打小就勤奋好学，涉猎了大量古籍。入仕后更加珍惜时光，一有空闲便钻入书房，静心翻阅各个流派的著述，精读各个朝代的名家诗词歌赋，摘记千古传诵的名句，从中获取丰富的知识，一日不读书好像缺点儿什么似的，而且学以致用。每到异地，只要时间允许，除了游历名山大川、人文景观，就是关注风土人情，洞悉民瘼，并做详细的记录以备用。除此还擅长水墨丹青，曾言"一日三餐可废，纪实绘画不可少，五行八作皆可入画。"他在长白山附近和双城一带办差期间，目睹了当地民生凋敝，家境贫穷的百姓在凄风苦雨中挣扎，感触颇多，竟突发奇想："不如把这些活生生的见证留下，有朝一日天子看到了，便可据此掌握下头的实情，有的放矢地颁下旨意，更好地治理之。"于是每天都抽出时间画一幅，渐渐越积累越多，结果一批佳作真就问世了。画面中，对辛勤劳作的庄稼汉、采参农、码头拉纤的纤夫、身背孩子洗衣的妇女以及开垦荒地、草原放牧、渔舟穿梭等情景有着逼真、生动的描画，成为珍贵的人文地理史料，给大清国留下了一笔不可多得的精神财富。

有一年夏季，大雨连日下个不停，致使松花江水泛滥，白亮亮一片，数百里沦为泽国，庄稼被淹。富俊急忙赶赴京师，在向皇上禀报下情的同时，呈上了自画的百幅"汪洋北国百姓啼饥号寒图"。当时的东北三地处于一种什么情况呢？旗民分得的土地由于多种原因，时间一长，有的摞荒了，有的被富豪大户强霸了，有的被大小官吏侵吞了，成为个人占有之田产。国家无法收缴租税，万千硕鼠得以中饱私囊，而百姓却无地可种。遇到荒年，颗粒无收，填不饱肚皮，只好外出逃难，四处乞讨，流离失所，苦不堪言。嘉庆帝御览百幅画作后，不禁泪沾龙袍，感叹不已，心情十分沉重，于是下了御旨，以国帑赈济灾民，由吉林将军富俊主持调查、处理东北三地旗民典地诸案。过了一段时间，经富俊及属下认真、细致的梳理，不少积案有了结论，一些新案得到了确认。皇上非常满意，龙心大悦，称赞其"邦基清土，卿心昭世"，给予了很高的评价。正是由于富俊脑子里装着各任职之地的名山大川、人文地理，熟悉民情，故而民间称其为"文神"。

此后，富俊又遵旨接下了大任，即重点对黑龙江、吉林两地重新进行田亩清查。这副担子可不轻，辛苦自不必说，还免不了骂，与人结怨。然富俊不管那套，乐而为之，一丝不苟，曾几次遭歹人暗算，皆化险为夷，缘何呢？就因他到哪儿不乘车轿，以"褡裢老翁"的身份出现，骑着大青骡子或小毛驴各处走，不管是大道还是小毛道儿全知道，想去什么地方不至于走冤枉路，谁要向他打听某户人家的位置一指一个准。还不住大帐，大地和乡民的炕头儿便是办差、歇息之处，今天在这家，明天去那家，歹人寻不到行踪，没有下手的机会，从而使其躲过了多次危难。他天天为旗民应得之土地忙前忙后，为食不果腹之百姓奔走呼号，任劳任怨，鞠躬尽瘁，故而民间又称其为"谷神"。富俊曾言"翁乃地理仙，寿永百百年"，其豁达大度、乐观向上、面对危险毫无惧色的气势令匪类胆寒。

富俊抛家舍业、义无反顾地带领孙儿班布泰及八旗骑兵前往双城堡，到那儿的当日便设立了清查田亩行辕，随即开始着手清丈各家各户所占土地数额，登记造册闲散田亩数额，收回富豪、地主、大户等积年强霸之耕地，分拨给无地可种之家户和逃难到此之流民。在这个过程中，他们宵衣旰食，风餐露宿，吃尽了辛苦。有付出就会有收获，不仅解决了不少旗民之间因土地归属不清而引发的纷争，也消除了多年的积怨。所采取的方法是首先到各家各户调查了解，然后据此一一盘究，掌握第一手材料。以说和、规劝为主，强制为辅，少抓、少罚、少囚、少剐，能放则放，租税能减则减。大事化小，小事化了，把一切暗藏之危机尽量化解，乃至烟消云散，使得田亩清查终有起色，拉林河两岸出现了片片新庄。不过此种做法也引起一些富豪、劣绅、大户的强烈不满，认为触犯了家族的利益，因而结下了切齿仇恨，埋下了祸根。范家堡子的庄主范蔼仁就是其中之一，此人乃辽东地方一霸，在朝廷、盛京皆有靠山，若出手予以惩治，那将是牵一发而动全身。他狐假虎威，肆无忌惮，跟富俊所设的清查田亩行辕对着干，有时在明处，有时在暗处，恨不得把这些官兵一个个掐死、害死才出气。

耿直、正义、有股子倔脾气、咬死理儿的富俊对这一切心知肚明，不过根本没在乎，并下决心非同范蔼仁干到底、拔掉这根毒钉不可。他身体力行，无论是烈日炎炎的夏季还是北风凛冽的冬季，双城堡的大地上总能见到其率领八旗官兵清丈土地的身影。渴了喝口清泉水，饿了嚼块硬干粮，从不叫苦，无一句怨言。当地百姓看在眼里，记在心里，为朝廷有这样一位清官拍手叫好儿，无数次感动得热泪盈眶。富俊有自己的人生信条，在所住的小土屋墙壁上画了一方棋盘，棋盘上放了个"卒"字儿的棋子，说道："你们别小看这个'卒'，一盘棋的胜负关键在于'卒'，人的一生能充当好卒子足矣。"正如所言，他既是个马前卒，又是个为民调停争端的和事佬，哪里需要便到哪里去，多么棘手、复杂的难解之事都能迎刃而解。富俊有句口头禅："老天让我来到世间，命中注定就是帮人解麻团儿。"由此得一绰号"解麻团将军"。有关这方面的故事太多了，在双城、拉林一带广为流传，朱伯西我不妨给大家讲几段儿。

第一个故事　脱坯师傅

富俊及其率领的八旗官兵所承担之差务不轻，除了清查田亩、重新登记造册、解决旗民之间的土地纠纷外，还要安置准备在辽东安家落户的旗人和汉人。住在双城、拉林河一带的居民大多是坐地户，也有一些是打京师移驻至此的闲散旗民，还有一些是从外地返回故乡的。这部分人来到此地后，首先得有个住处，需将他们安置在平原地带，为其盖房子，分给土地。这些土地中，有的是未经开垦的荒地，有的是从未耕种过的生地，有的是已停止耕种的撂荒地，有的是多年耕种的熟地。自家种也行，搭伙儿种也可，就是不准外租，外租土地违法。

那么，当时原本住在京师的闲散旗人日子过得好好儿的，为啥跑乡下来了呢？皆因皇上下了御旨，令其搬离京师，移驻辽东。说实在的，其中大多数人不愿去，可不愿挪窝儿也得挪呀，谁敢违抗圣命啊，脑袋还要不要了？无奈之下，只好携家带口前往。此举对他们而言是个巨变，原先在城里不愁吃不愁穿，冻不着饿不着，想干啥就干啥。想去馆子撮一顿不用现找，满街都是，随便挑；想出去散散心，有的是美景可供欣赏，十几天逛不完；想消遣解闷儿就去戏楼，各个戏班儿犹如走马灯般登台献艺，想听哪出点哪出。舒服自在，早已习惯于那种乐天知命的生活了。这回移居乡下可倒好，终朝每日面朝黄土背朝天，农活儿不会干，播种、间苗儿全不懂，连牲口都不知怎么使唤，纯粹是找罪遭、卖苦力来了。故而初始个个情绪不高，愁眉紧锁，后来才渐渐好些了。按照规定，凡是从城里移驻到乡间或返回故地的，朝廷动用国库银两为每户盖房四间，十一丈宽，二十丈长，四周围上用土坯垒的院墙。随着移驻的旗人越来越多，行辕忙不过来，就得雇佣当地的住户和泥瓦匠帮忙盖房子。请到谁皆乐而为之，先伐木截成段儿做檩子支起房架，再和泥脱土坯砌墙，最后垒院墙。还是人多好干活儿，大家齐动手，速度挺快，一座座房子立起来了，院墙也围上了，看上去蛮像样儿。

单说有一旗户，家中五口人，一对儿老夫妇和两个孙女，唯一的儿子尚在云南从军。老头儿乃尼玛察氏，即满洲杨姓，原是本地人，年轻时身强力壮，勤劳能干，木匠活儿有一套，是个好把式。到成亲的年龄了，经媒人介绍，将邻村的瓜尔佳氏，即满洲关姓姑娘娶进了家门，婚后先后生下两个男孩儿，其中一个没满月就夭折了。儿子十岁那年，夫妻二人携子去了京师，安顿下来后，仍以干木匠活儿为生。后来儿子长大成人了，也娶媳妇儿了，相继生下两个女儿，一家六口其乐融融。儿子二十五岁那年入了军旅，将妻子、女儿留在家中，由阿玛、额娘照管，老夫妇俩可谓尽心尽力。三年前，儿媳突患重病，虽多方求医问药，但无回天之力，最终还是走了，全家哭成一团。老夫妇俩尽管在京师居住多年，却一直思念着故土，总觉得城里不如乡下自在，这次便带着两个孙女回到老家，按规定住进了刚刚盖完的新房，只是院墙还未垒上。老夫妇俩六十多岁了，早已不比当年，身子骨儿都不好，老头儿、老太太根本干不了活儿。两个孙女是在城里出生的，大的十五岁，小的十三岁，没见过地咋种的、房子咋盖的，更别说脱坯、砌墙了。

这天头晌，富俊安排完行辕的事儿，身着民装一个人出得门来，打算去各处转转，看看那些从京师移驻至此的旗民安置得怎么样了。当走到行辕大西头儿时，见前面不远处有户人家，房子已经盖好了，院墙尚未垒，屋外有人影儿晃动。于是快步走到跟前，抬眼一瞅，南墙窗下堆着一堆土，里面挽些干草，两个闺女正在土堆旁边忙乎着，一个吃力地拎起半桶水往土堆中间儿倒，一个笨手笨脚地用铁锹和泥，泥点子哪儿都是，活儿没干咋样，自己快成泥人了。还有两位老者，老头儿蹲在东墙根儿，不错眼珠儿地盯着那两个闺女，时不时地指点几句，说一句得喘半天，看上去既着急又无奈，老太太站在一边直抹眼泪。富俊开口问道："老哥哥、老嫂子，急的哪门子呀？垒院墙的银子不是拨给各家各户了么，是没找到帮工还是咋的？"

老太太打了个唉声道："咳，银子是发到手了，舍不得用啊！三年前，儿媳得病死了，在云南八旗军营的儿子年纪不算大，不能总孤单一人生活，将来回到家得续弦，手头儿没钱哪行？所以我就把垒院墙的银子留下了，寻思不雇帮工了，还是自个儿干吧，好歹砌上能用就成。可你看见了吧，俩孙女吃奶的劲儿都使出来了，不会干哪，怎么也和不成这泥了，更别指望砌墙了。一早来了位拨什库帮忙，去井边提来两担水，没一会儿却因有事被人叫走了。孩子她爷爷老毛病又犯了，上气不接下气的，不仅干不了活儿，说话还费劲，愁死人了。老兄弟，能不能指点指点我孙女，这泥得怎么和、院墙得怎么砌？"

富俊笑道："行啊，老嫂子，不瞒您说，和泥、垒墙我是内行，跟谁都敢比试。这么的吧，外头风大，老哥哥本来就气喘，禁不得风吹，你俩进屋歇着，活儿由我来干，两个孙女打下手儿。"

老太太很是过意不去，忙道："哎呀，哪能麻烦老兄弟呢，也是一把年纪了，不能受累了，只需告诉她们咋干就行了。"

富俊风趣地说："老嫂子，您可小看老弟了，身板儿硬朗着呢，若是来个骑马蹲裆式，几条牛不见得拽得动。放心吧，累不着，没事儿，赶紧进屋吧！"

老太太一看拗不过，也就不再吱声儿了，弯下身扶起老伴儿相互挽扶着回屋了。富俊把衣袖儿、裤腿儿挽起，脱下鞋子放在一边，拎起木桶往土堆中间儿又倒了些水，光着脚在土堆里来回走着和泥，两个闺女也跟着照做。泥和好后，富俊拿过做土坯的木头模子放在地上，吩咐道："丫头哇，你俩用锹撮泥，倒进这个木框儿内。"

两个闺女乖乖按其所说一锹一锹地撮起泥倒进模子里，富俊则用铁铲将泥抹平、压实，然后把模子往起一拔，土坯便脱成了。三人在泥堆前忙得不亦乐乎，又撮泥又拔模子的，收效蛮显著呢，一块块的土坯摆了一地。那对儿老夫妇在屋里哪能坐得住哇，出来好几次，老太太边看边说："老兄弟，辛苦了，你是个热心肠儿，可帮了大忙了，谢谢了，否则不知猴年马月才能把院墙垒上。才刚我说朝廷发的那银子给儿子留着娶媳妇，看来不用了，等他回家后自己挣吧，银子应该给你才是呀！"

富俊嘿嘿笑道："老嫂子，不用客气，待着也是待着，不如干点活儿活动活动筋骨，这多舒服哇，银子还是给儿子留着吧！"

老太太问道："老兄弟，敢问尊姓大名，家住何处？"

富俊摆摆手道："老嫂子，不用问了，咱们是邻居，前后院儿住着，啥说没有，伸把手是应该的。"

老太太听罢，转身回了屋，端出一碗温水递给富俊道："老兄弟，喝口水润润嗓子，岁数不饶人哪，歇一会儿吧！"

富俊接过碗咕嘟咕嘟一口气喝个精光，抹抹嘴道："老嫂子，我不累，别忙乎了，院子里又是泥又是水的，小心摔着，快扶老哥回屋吧！"

老太太见自己帮不上啥忙，反倒碍手碍脚的，只好嘱咐两个孙女多学着点儿，给脱坯师傅当好下手儿，随后扶着老伴儿进屋了。说起来脱坯是个挺累的活儿，挑水呀，和泥呀，没把子力气还真干不动，壮小伙子干一会儿也得满头大汗，何况老者和十多岁的小姑娘呢？富俊此刻浑身上下没块儿干净地方，脸上也崩了不少泥点子，再与汗水混在一起，已瞅不出原来的模样了，即使站在谁面前，也不一定认得出此乃行辕的官员。你还别说，先头确有几位骑兵打此经过，富俊见属下的人来了，忙把头上的大草帽向下一压，蹲下身往起拔模子，骑兵竟然真就没认出自己的上司。

三人干得正欢呢，富俊偶然一抬头，远远看见宝靖阿急匆匆地朝这边走。老家人怎么来了呢？原来到了晌午，宝靖阿未见主子转回，心有些不落体，站也不是，坐也不是，上哪儿去了呢？他知道大人很忙，天天不是去这儿，就是去那儿，一大堆事儿等着处理。不过即使再忙，人是铁饭是钢，一顿不吃饿得慌，总得用午膳哪，于是出得行辕大门各处寻。东瞧瞧，西望望，再往前瞅瞅，忽然发现一户人家窗前干活儿的那人衣着很像主子，遂大声儿喊道："大人，大人！"

富俊装作未听见，也不吭声儿，蹲在地上该干啥干啥。两个闺女抬头看了看，以为在喊别人，便没在意，继续往模子里撮泥。宝靖阿走到富俊跟前弯下身一瞅，没错，正是主子，脱口惊问道："哎呦，大人，咋脱上土坯了？"

富俊扭过头冲其摆摆手道："小点声儿，别嚷嚷！"

宝靖阿仔细一打量，主子挽着袖子、裤腿儿，满身泥点子，脸上还有泥道子，一时竟不知说啥好了，局促地站在一旁。富俊却不以为然，冲其唤道："老哥，别光站着呀，过来伸把手，帮我把这些泥都脱成坯，明个儿还得用呢！"

宝靖阿当然得听主子的，二话没说，赶忙脱下外罩，拿把铁锹又撮泥又拔模子的，一直干到掌灯时分，脱了一百八块土坯，主仆二人方返回行辕。

转天一早，宝靖阿引领着四个兵丁又来到那户人家门前，不歇气儿地连续脱了三百六十块土坯，两天加起来拢共五百四十块，差不多够了，待土坯干后便可垒院墙了。老夫妇俩未见老兄弟来，便打听昨个儿是从哪儿来的脱坯师傅啊？一连问了好几遍，宝靖阿才朝行辕大营方向一指道："不远，从那边来的，是你们的屯邻。"

老太太感叹不已，说道："那位脱坯师傅勤劳又善良，干了一大天活儿，不吃一口饭，不要一文钱，天底下哪有这样好的人哪！"

老两口儿后来才知道帮自家脱坯的老兄弟竟是清查田亩行辕的大官富俊，此前曾三任吉林将军，乃朝廷的一品大员。脱坯师傅的故事很快便在辽东大地一阵风般传开了，越传越远，尽人皆知。

第二个故事　看牛棚的老头儿

按朝廷之规定，从京师移驻辽东的闲散旗民以及返乡之人除了能住上新房子、分得土地外，还给耕牛、牛具、锹、镐、犁杖等，并发些生活所需之银两和日用品。依照什么标准分配呢？通常情况下，每户给一头能干活儿的牛、一副牛具，外加一头猪，根据每个家庭劳动力的状况不同而分配不同的牛。劳力强的，一般分给相对体弱一些的牛犊子；劳力差的，不单单急需牲畜耕地、还需干些杂活儿，分得的则是成年牛，膘肥体壮。人口多的人家所得土地也多，故而给两头牛、两副牛具，外加一至两头猪，力求公平合理。有一天下晌，富俊途经一个刚组建不久、尚未取名儿的小屯子，见一座座房子基本盖好了，新来的旗民都住进去了，耕牛也分到户了，一派祥和的景象。当走到屯子东头儿时，发现前边不远处，七八头耕牛正悠闲地啃吃着地上的嫩草，旁边围了一堆人，有的高声儿嚷嚷着，有的扯开嗓门儿喊叫着，有的面红耳赤地争执着，还有两个壮汉已厮打在一起。富俊一看，这成何体统，急忙三步并作两步地跑到壮汉跟前边拉架边制止道："快松手！一个屯儿住着，低头不见抬头见的，怎么打起架来了？朝廷拨银给咱们盖新房子，分给土地、耕牛，是让大家安安稳稳过太平日子，不是比试谁胳膊粗力气大，这么做不怕坏了在旗兄弟的名声啊？"

两个壮汉像未听见似的，一个拽着对方的脖领子，一个薅着对方的头发，谁也没松手，就那么僵持着。富俊见不奏效，只好用力掰开双方的手将其拉开，板着脸说道："像话么，不觉得丢人哪？无论缘何都不该动手啊，哪像个男子汉大丈夫哇！"

两个壮汉仍不理茬儿，其中那个中溜个儿的指着高个儿的鼻尖儿吼道："你还是人么，咋胡说八道呢，那头黄牛明明分给我家了，啥时候成你家的了？"

高个儿一百个不服："你才胡说八道呢，睁大眼睛好好儿看看，本来就是我家的牛，凭啥硬说是你家的？"

富俊听明白了，原来是因分不清哪头牛是谁家的而引起了争执，觉得又好气又好笑。怎么回事呢？每家每户分得的耕牛是从赤峰那边买来的，其中黄牛居多，别的颜色较少。头头皆挺结实，蹄子、犄角不大，个头儿几乎一般高，大多是一两岁的牛犊子。此屯共十三户人家，人口都不多，全是新安置的旗人。每户得到一头牛，因为刚刚分至各家，所以这些牛尚不认识自家的主人。分配耕牛时，富俊曾叮嘱属下一位拨什库："你带着兵丁把牛牵到各户后，让他们先在院内立根木桩子，将牛拴上。拴个十天半拉儿月的，加之亲自饲养，牛就认识主人了。其间，要抓紧盖牛棚，以防风、防雨、防寒、防野兽侵袭，耕牛便会安稳地待在里面。不要嫌麻烦，一样儿一样儿地教他们做，人家一直住在城里，哪接触过这些呀，慢慢才会懂。"拨什库听令，领着兵丁将耕牛牵到各家各户并详细交代一番后，由于新组建的村屯挺多，转而又去另一个屯子了。或许是家主没注意听，或许是未当回事儿，除四五家把牛拴在院内的桩子上外，多数人家没拴。牛犊子喜欢聚群，未被拴的很快凑到了一起，况且黄牛颇多，站在一块儿都一样，便分不清哪头牛是谁家的了。于是大伙儿就在牛群旁挑开了，谁不想要好的呀，往往看哪头身量儿高、体又壮就说是自家的。那头牛的主人一听当然不干了，净想美事呢，我的牛咋成你的了？再敢胡掰跟你拼命！你一言我一语的互不相让，从吵吵发展到动手，这不就打起来了。

富俊弄清此情后，耐心地劝解道："乡亲们，不要吵了，同住一地，同吃一口井里的水那是缘分，亲兄弟还不一定能常见面呢，邻居可是天天见。无论如何别为小事儿伤了和气，应像一家人一样相处，真要舌头碰到牙了，也得有话好好儿说不是？"

那个高个儿壮汉一边上上下下打量着富俊，一边不是好气儿地说："哎，你是谁呀，真是站着说话不腰疼，挺爱管闲事儿呢！"

富俊并不介意，笑了笑道："我到这儿两年多了，住在前屯，咱们算是邻里，没事儿出来溜达溜达，正好碰上你们了。各位是从京师来的吧？大家刚刚安顿下来，相互之间尚不认识，用不多长时间就熟悉了。居家过日子不易，谁都有求着谁的时候，只要互相帮助，互相关照，没有解决不了的事儿。"

高个儿壮汉态度有所缓和："说得倒也是，谁都不愿吵架，应该好好儿相处，可这牛咋能分得清啊？"

富俊摆摆手道："没啥难的，好办，我给大家出个招儿。今年开春时，为建这个屯子，砍伐了不少树用来盖房子，有些没用上的倒木仍堆在山下。你们这就去抬回来，人多好干活儿，先搭处牛棚再说。"

在场的人倒挺听话，呼呼啦啦地全去了，到了山根儿底下，两人一伙儿抬回一些倒木，很快便搭起一个大牛棚。富俊围着牛棚转了一圈儿，点点头道："嗯，搭得还不赖，乡亲们若是信得着，辨牛之事就交给老夫了。今儿个是来不及了，天快黑了，明儿个一早，谁家的牛还给谁，肯定错不了。我比你们早来两年，行辕的那些官兵也都认识，会向他们打听出哪头牛是谁家的。现在请各位按老夫说的做，将那八头牛赶进牛棚里，我给大伙儿看着。"

此话一出，在场的人无不愕然："嘿，这老头儿莫非是吃饱撑的，干点啥儿不好，却有闲心给别人看牛棚？"

一位中年妇女直言不讳地问道："老人家，我没听错吧，不计报酬白给看？"

富俊回道："当然了，白看，一文不要，谁让咱是邻里了。只要大家和和气气的不吵架，遇事好好儿商量，老夫就高兴。噢，对了，谁去西边那个屯子把行辕的拨什库找来？"

一瘦长脸膛儿的后生应声儿道："我去！"说着撒丫子就跑走了。到了西屯，找到正在带领兵丁各处巡查的拨什库，告诉他："有个老头儿闲来无事溜达到我们屯儿，主动提出晚上为大伙儿看牛棚，让你赶紧去一趟。"

拨什库心里画了魂儿："这是谁呀？真够怪的，竟自告奋勇地帮着看牛棚，牛棚还用看吗？不管咋的，去瞧瞧再说。"想至此，向兵丁们交代一番后，便跟着后生走了。

二人进了屯子，径直来到东头儿，拨什库一看，原来所谓的老头儿不是别个，而是自己的顶头上司。刚要施礼，富俊忙冲其摆了摆手并使了个眼色，意思是礼节免了，不要声张，然后面冲人群说道："好了，天不早了，都回去歇着吧。大家也看到了，今晚老夫和这位拨什库一块儿看牛棚，明天一早谁的牛谁领回，说话算数，放心吧！"

大伙儿你看看我，我瞅瞅你，谁也没吱声儿，三三两两地各回各家了。待最后一个人离去后，富俊这才回过头来板着脸批评拨什库："我早就提醒过你，把牛牵到各户时，一定要教他们怎么饲养，怎么管理，讲明为啥必须入棚。你可倒好，如此粗枝大叶，原本可以避免的岔子，却由于交代得不细而引起了旗人间的冲突，不应该呀！"

拨什库低着头诺诺称是，知道大人对下属要求很严，哪儿敢辩解呀，只剩下虚心认错儿的份儿了。那么，富俊将如何辨识这八头牛的归属呢？各位有所不知，此前他曾留一手儿，在给各户分拨耕牛时，每头牛皆有标号，用刀刻在犄角的下方，那就是牛的印记，并一一予以登记造册。当天晚上，富俊打发拨什库返到行辕，取出此屯分配耕牛的登记册带回，二人按册比对，把每户分得的几号牛一头一头找出来，再为每头牛系上不同颜色的彩带作为标记。第二天一早，富俊开始给各户按号返牛，并讲明其根据，大伙儿高高兴兴地领到手后满意而去。此事不胫而走，当旗民们知道又拉架又看牛棚的老头儿真实身份时，无不感慨万端，纷纷竖起大拇指称赞不已。

第三个故事　好心的巴彦玛发

这个故事同样发生在一个组建不久的无名小屯儿，行辕为各家各户分拨了耕牛，还给送些柴米油盐以及生活所需之银两，每人六十钱。屯中的住户中，其中有两家是从京师来辽东的路上认识的，一家扎拉哩氏，即满洲张姓；一家吴扎拉氏，即满洲吴姓。张家四口人，一对儿老夫妇和儿子、儿媳，按规定领取生活费四六二百四十钱，即二两多银子。分得十垧熟地，加上多要的三垧生地，拢共十三垧。吴家是父子俩，按规定领取生活费二六一百二十钱银子，分得五垧熟地。这一日，张老汉来找吴老汉，说道："老弟呀，有件事儿咱商量商量，我家地多，种不过来，能不能让你儿壮壮给我家帮工，到秋后以一定数量的粮食作为报酬，你看咋样？"

吴老汉寻思一会儿，觉得也行，壮壮身板儿结实，有的是力气，种地累不死人，还能挣回口粮，便爽快地答应了。就这样，吴老汉的儿子壮壮去了张家，张姓的四口之家变成五口了，一块儿种那十三垧地。

单说此前，张老汉的老伴儿娄氏生怕领取到手的二两多生活用银丢喽，放到哪儿都觉得不安全，故而今儿个藏这儿，明儿个塞那儿，天天换地方。一来二去的，自己有时也糊涂了，记不得放哪儿了。就在壮壮来的第二天，娄氏想把银子再换个地儿，却说啥找不着了，炕席底下、被垛里、墙旮旯儿全翻遍了也没有。张家老少急得团团转，娄氏更是哭得鼻涕一把泪一把的，待静下心来一想，自家人不会拿，一准被外人偷走了。能是谁呢？噢，对了，帮工昨儿个刚到，今儿个银子就丢了，十有八九是他干的，随即叫来壮壮兴师问罪。小伙子这个窝火呀，气得连跺脚带叫屈的，才来两天就遭怀疑，我怎么知道银子放在哪儿？若是查不清，还不得背一辈子黑锅呀，简直冤出大天了！

吴老汉得知后，立马操起棍子来到了张家，进屋不分青红皂白地举起棍子就打儿子，边打边说："你个不争气的混账，竟干这种缺德事儿，再穷也不能偷哇！"

壮壮一面躲闪一面辩解道："阿玛，冤枉啊，纯粹是诬良为盗。若真是我干的，天打五雷轰，不得好死！"

谁的孩子谁了解，吴老汉相信一向老实厚道的儿子不会干这种事，遂转过头冲张老汉说道："听见了吧，钱不是壮壮偷的，未承想帮工倒帮出不是来了，怎能无端往我儿头上扣屎盆子呢？"

娄氏当即不爱听了，阴阳怪气地嘲讽道："哎呀，那可就奇了，我家除了壮壮无外人，若是没人拿，难道是银子长腿儿跑了？还是长膀儿飞了？"

吴老汉和壮壮寸步不让，反唇相讥，两家人各说各的理，吵得不可开交。这时，富俊正巧从门前经过，听见屋内哭的哭、叫的叫、喊的喊，房盖儿几乎快掀开了。哎，这是为啥呢？不妨看个究竟，随手推门进去了。两家人扭头一瞅，来个陌生人，反正都是新安置在屯子的，管他是谁呢，也没在意，回过头接着吵。富俊问道："怎么了？大伙儿好不容易凑到一起，都消消火儿，说说缘由我听听。"

气得脸红脖子粗的吴老汉首先开口道："老哥哥，你说哪有这种事儿呀，我们两家是来辽东的路上认识的，一边走一边聊，唠得挺投缘，到这儿以后处得也挺好。他家连生地带熟地分了十三垧，我家分了五垧熟地，没另要生地，寻思人口少，只爷儿俩，够吃就行了。他家地多，人手不够，张大哥便找到我，说是能否让我儿壮壮到他家帮工，咱也别算细账，到秋后给些粮食顶帮工钱。我当时是出于好心，一个大小伙子闲着也是闲着，邻里乡亲的住着，能帮则帮嘛，便应下了。哪知壮壮去的第二天，朝廷发给张家的二两多银子找不着了，一口咬定是帮工偷走了。我闻听后啥话没说，来了就把儿子揍了一顿，壮壮一再叫屈，发誓从未拿过一文银子。儿子是自己养的，能不知其脾气、禀性、啥人品吗，我认定壮壮不会偷别人的钱，这个保票还是敢打的。可他家不相信，劈头盖脸连损带怨的，谁能让啊，就跟他们掰扯起来了。如此诬赖好人，哪儿敢继续帮工啊？不干了！"

娄氏听罢，气得嘴唇直哆嗦，手指吴老汉连珠炮般数落开了："老吴头儿，你想得倒美，一拍屁股走人哪，没那么容易！你打保票？说得好听，这年头谁敢给谁打保票，你是他肚子里的蛔虫啊，年纪轻轻不学好的有的是。我问你，不是壮壮偷的谁偷？那些银子一直放在家里，从未动用过，也未少过一文。可你儿子一来钱就没了，而且连窝端，还口口声声称自己没拿。自家人总不会偷自家吧，你不觉得太邪门儿了吗？虽然未抓到现行，但明眼人一看便知跑不了壮壮，别无理狡辩了，那没用！"

富俊说道："行了，行了，别急也别恼，都别说了。这样吧，我来给你们断断，看看银子到底丢了没有，眼下在哪儿，可否？"

两家人异口同声地表示道："那敢情好，快给断断吧，要不都成心病了，先谢谢了！"

于是富俊让壮壮跟自己进了后面的小暖阁，向其询问昨儿个什么时辰来到张家的、啥时候出的工、晚上在哪屋歇息、今儿个是否出工等，壮壮不假思索地一一作答。原来小伙子昨儿个一早便到了张家，本身又恨活儿，是个急茬儿。未待气儿喘匀呢，就扛起锄头下地了，午饭是娄氏送到地头儿的，直到太阳落山方收工。壮壮洗了把脸后，与张家人一块儿在厨房用罢晚膳，觉得有点儿累，屋里、院外全没转，直接回到指定的房间歇息了，一觉睡到大天亮。吃完早饭又下地了，午饭仍是娄氏送至地头儿的，傍黑儿时回到张家便听说银子丢了。富俊据此分析，壮壮来到张家后，接连两天出满工，除了自己歇息的房间，未到其他屋子去过，故而不可能知道家中有多少银子以及放在哪儿，怎么会拿呢？况且也没机会。为了把握起见，富俊又经反复询问，壮壮神态自若，每次回答都一样，没有任何出入，可以肯定丢银子与他无关。这才与壮壮回到前屋，对吴老汉说："老弟呀，你们爷儿俩回家等着，我再问问。"

吴老汉点点头道："好，我听老哥的，只要能还儿子清白，等几天都行！"说完拉着壮壮转身出屋了。

富俊目送父子俩离去后，转过头来问娄氏："弟妹呀，置放或取出银子时，被外人看见过吗？"

娄氏回道："没有，外人看不见，每次都是关起门来办的。"

"银子放于何处，家里人是否全知晓？"

"只有我知道，有时也告诉老伴儿，儿子、儿媳不知。"

"时常变换地方吗？"

"是呀，总换，三天两头儿挪个地儿。"

富俊紧接着又问："最后这次是啥时候挪的，放在什么地方了？"

娄氏摸摸脑门儿想了想，然后答曰："是壮壮来的头天晚上挪的，好像是放在炕琴中间儿那个抽屉里了……噢，不对，放在一个小扁匣的二层格里了？也不是，或许藏在一件久未上身的旗袍儿内兜了？唉，到底放哪儿有点儿记不清了，不过所有可藏之地都翻遍了也未找到。老哥哥，咋办哪，那是朝廷发给的安家费，很多东西未来得及买呢，眨眼间全丢了，往后一家老小的日子可怎么过？我真是没用啊，白活呀！"

富俊劝慰道："弟妹呀，别上火，我估计那银子没丢，仍在家里，只是记不准放在什么地方了。看得出来，你们一家也不是不讲理的人，没想故意讹赖壮壮，一时情急而已。"说到这儿，从内怀掏出一个红布包儿递给娄氏道："这三两纹银你们先用着，家里的银子继续找，找到了就还我，找不着就送给你们了。人与人之间在交往过程中，难免出现这样那样的摩擦或矛盾，应怎么解决呢？就是不能凭想当然办事，进而出口伤人。要重证据，以和为贵，不能给满洲人脸上抹黑。"

娄氏听后，脸腾地红了，觉得自己方才对吴家父子有些过分，没有根据胡乱猜忌，致使人家无端受过，实在不该，表示不能收下那三两纹银。富俊又道："弟妹呀，别客气，我一个老头子花不了这么多，暂时也没有用钱的地儿，拿着吧！咱们前后屯住着，乡里乡亲的，这不算啥。"

娄氏见素不相识的老者如此诚心诚意相帮，很受感动，眼睛也湿润了。想到现在确实急需银子安家，这才伸手接过，施礼致谢道："老哥哥，谢谢您雪中送炭，帮我们大忙了，真是好心的巴彦玛发呀！咱认识一回，请问尊姓大名、住在哪个屯儿？日后也好串个门儿，常走动走动。"

富俊回道："老夫卓特氏，住在前屯，道西有片土坯房，到那儿就找着我了。"

张家来到此地不多日子，对周围的环境尚不熟悉，不知老哥所说的前屯具体指哪个屯子，还要再问时，富俊已转身出屋离去了。

三天后，张家夫妇和吴家父子一块儿去前屯找好心的巴彦玛发，到那儿一看，哪有什么屯子呀，只有处军营，经向一过路的后生打听，方知此乃吉林将军衙门设立之清查田亩行辕。四人走到门岗跟前说明来意，刚巧班布泰从院内出来，一听是找巴彦玛发的，估计指的是爷爷，便热情地引领他们去了东数第三间房子。此刻，富俊正坐在桌案前低头翻阅着已经核准的土地档册，身后站着两位亲随。四人进了屋，见正前方坐着一位老者，定睛一瞅，当即怔住了，哎呀，这不就是咱们要找的巴彦玛发嘛，原来是位八旗高官哪！富俊抬起头来，笑呵呵地打招呼道："你们来了，怎么，看上去是和好如初了？"

娄氏先施万福，然后从衣兜儿掏出个红布包儿道："老哥哥，是我错了，脑袋浑又犯疑，让孩子受了委屈。我那天晚上把银子放在碗架子后头就忘了，昨儿个打扫灶屋时才发现，一文没少。今儿个来，一是为拜望恩人，二是为还钱，这是三两纹银，请收好。"

富俊说道："找着就行了，这钱我不要了，送给你们两家了，一家一两五，刚刚安顿下来，正需要银子呢！你们是近邻，跟一家人没啥区别，往后好好儿相处，遇事多动脑，三思而后行。壮壮是个好后生，出外帮工却被家主冤枉，但并未因此而记仇，这就对了。人与人之间多些理解、宽容，社会方能安定、和谐，你们说是不是这个理儿呀？"

张家夫妇和吴家父子纷纷点头称是，连连鞠躬施礼，感谢好心的巴彦玛发缕析银踪。

诸位阿哥，富俊亲民、爱民的故事太多了，三天三夜讲不完，咱就不占用那么多时间了，还是把话拉回来，书归正传。就在富俊带领官兵为完成皇上交办的要务而竭尽全力的时候，接到了朝廷的折子，令他暂时结束清查田亩行辕诸务，赶赴吉林将军衙门大堂，就任吉林将军。其时，田亩清查仍在有序地进行，一部分旗户所占之土地已丈量完毕，一些转租、出让、转卖之陈年老账基本弄清，但与此有关的材料尚未得到全部认证，还有很多急待处理的事儿没来得及做。这种情况下，行辕只要已经展开调查了，就不好抽身，既需弄清数字之账，又需梳理同一家族甚至不同姓氏的传袭之账，光这些流水账就多了去了，卷宗堆起几大摞，下个准确的结论实乃不易。还有一种情况，某家某户所占有的土地数额究竟多少，往往是这家原先曾由吉林将军认定过，后来又经黑龙江将军二次认定；那家原先曾由伊兰将军认定过，后来又经盛京将军二次认定，前后不统一。此次要想重新甄别，确定归属，除了仔细审阅卷宗外，还需下去了解、调查其源头，官兵们已经这么做了，而且初见成效。富俊考虑到如果中途停手，所做过的那些将前功尽弃，太可惜了。如果继续往下查，抽丝剥茧得需一定的时间，起码现在不能动身赴吉。加之身边的四品护卫、佐领班布泰已同庞荣去蛟河一带寻找线索了，尚未返回，其结果不得而知，故而打算等三两天，二人回来后再一起去江城。无奈朝廷催得紧，连下三次急折，由细作①飞马打京师送到盛京，再从盛京转送双城堡。折中要求无论如何先放下手中的差务，赶快起程，吉林将军衙门不可一日空缺将军，并强调若误了行期而出现闪错，一切后果均由富俊承担。富俊一看拖不了，谁敢抗旨呀？脑袋要不要了，责任也负不起呀！于是命官兵停止调查，回到行辕，速行整理。要求账本按大清年代的前后顺序排列、归拢，一摞摞的卷宗用绳子捆上，一应文书、档册等全部入箱，不可折损或遗漏，待一切就绪，连同账本、卷宗一块儿由马驮护军送往江城。匆忙中，又草拟一纸信函留给在行辕处理后事的长宋起，让其见到班布泰后交之。亲随准备护送大人赴吉，富俊却拒绝道："不用，大可不必为我担心，自有安排，让宝靖阿陪着就行了。你们要记住，务必好生照管那些账目、卷宗、文书、档册等，不得由于粗心大意而出丝毫纰漏。此乃咱们的命根子，也是将近五年的辛劳成果，一定安全带回吉林将军衙门，以便给朝廷一个交代。"亲随诺诺称是，并请大人放心，保证万无一失，不会少一页纸头。

　　说起来，从嘉庆七年至道光三年，前后共十届、六位吉林将军坐镇吉林将军衙门，有秀林、富俊、赛冲阿、喜明、松林、松筠，其中在治理上屡见成效、功绩显著的当数声誉颇高的富俊。由于他善于疏导，想方设法安抚民众，措施得力，起到了积极作用，方使吉林地方混乱的治安状况趋于平稳，一些矛盾得以缓和，故而两任皇帝四次派其去吉林做父

---

① 　细作：满语，送信人。

母官。富俊之所以多次任吉林将军，除了本人能力强、亲民爱民、勤于政务、忠于朝廷、受到天子的宠信外，还与两位老臣的极力举荐密不可分。他们都是封疆大吏，又是务实之人，对东北之民情了如指掌。曾为解决民间田亩纠纷绞尽脑汁、四处奔波，深知此事关系到龙兴之地的安宁，所以始终关注着朝廷选贤任能，把有才干之人用在刀刃上。

咱们先讲讲在史料中记述较少的松萙大人，隶属蒙古正蓝旗，乾隆朝进士，曾任热河副都统，嘉靖十五年八月调任吉林副都统。为人忠厚，不喜张扬，办差兢兢业业，像头老黄牛似的吃苦耐劳，尤其胸怀坦荡、不计个人得失是出了名的。嘉庆二十一年二月，他到西宁平息民乱时，走遍了大小村落，察访了家家户户，想尽一切办法阻止村屯与村屯、旗人与汉人之间的械斗，因为双方拉架受过三次刀伤。身边的亲随不干了，这还了得，竟敢一而再、再而三地伤害大人，抽出利剑，非要置对方于死地不可。而松萙却捂着伤口说："不可动手，人在气头儿上难免失控，造成误伤情有可原，勿要计较。"其爱护百姓之心、宽宏大量之举感动了现场所有人，纷纷扔掉了手中的家巴什儿，扑通通跪了满地，声泪俱下地向大人谢罪。自此，不仅械斗停止了，民乱平息了，松萙还给当地留下了"爱民如子的大好将军"之美名。

嘉庆二十二年初，松萙被皇上从西宁召回，任命为吉林将军。转年九月调任热河都统，处理蒙边诸务，在其推荐下，由富俊接任吉林将军。一年后，即嘉庆二十四年十一月，鉴于富俊头脑机敏、应变能力强、有一口流利的俄语、此前曾接触过外交事务、多次就中俄边界之争端与对方打交道等方面的因素，嘉庆帝下了御旨，任其为理藩院尚书，专司与俄罗斯交涉，并将松萙从热河召回，二任吉林将军。此时，松萙年事已高，身子骨儿不是很好，还患有失眠症。白天忙于翻阅文书，审理各类积案，感到疲倦时偶尔能打个盹儿。夜晚却不能入眠，心里总琢磨关乎百姓生计的一些事，越想越睡不着，只能翻来覆去苦熬长夜。时进道光三年六月，鉴于松萙的身体状况越来越差，难以处理衙门的日常事务，道光帝下旨，由正在内阁当差的松筠接任吉林将军。在松筠没有正式卸任、松萙已离任的这个当口儿，吉林将军衙门诸事堆积如山，松萙大人看着心急如焚，有时也去衙门过问一下。当年九月，在一次升堂审理此前曾经手的土地纠纷案时，松萙发问后，跪在地上的人正回禀呢，侍卫忽然发现老大人头靠在椅背上，微闭双目一动不动，似乎睡着了。待仔细一瞅，感到了异样，忙伸手试了试鼻息，已没了呼吸，老大人竟溘然离世了，享年八十整。松萚将军重返吉林不到四年就走了，留下许多牵挂和遗憾，再不能为百姓排忧解难了，把那颗赤诚之心献给了这片黑土地，怎能不令人痛心、惋惜！

咱们再说说另一位与吉林有关的老大人，也是在皇上面前极力举荐富俊的伯乐，就是松筠将军，字湘浦，玛拉特氏，隶属蒙古正蓝旗。初始于理藩院任差，后升任内阁学士兼副都统，专司与俄罗斯交涉诸务，以其博学、睿智为乾隆帝所器重。当时，东北三地的封疆大吏必须面对两件大事，一件是与俄罗斯的边务纠纷，一件是旗民的土地归属之争，处理起来都很棘手，不仅需要称职的将军坐镇，属员也不能用孬种。然而十个指头伸出还不一般长呢，将军也好，属员也罢，见解有高有低，能力有强有弱，其办差效率大不一样，其仕途有顺有逆。有的热情很高，敢于挑重担，但由于缺乏经验，往往适得其反，致使解决问题不利而调离他任；有的缩手缩脚，面对急情没了章程，甚至束手无策，最后就地摔倒，被摘乌纱而返乡；有的既讲策略，又有魅力，及时发现症结所在，有针对性地速战速决而功名成就。松筠老大人乃其中的佼佼者，尽管年事已高，然思维敏捷，头脑清晰，记忆力不减当年。在与俄罗斯使臣就东北边务进行交涉时，态度恳切，言必有中，有理有据，寸步不让，很有民族气节，对方常常惧他三分。乾隆帝、嘉庆帝乃至道光帝对这位三朝元老所取得的成绩非常满意，对其办差能力给予了充分肯定，对其敦厚的品性称赞有加，为身边有这样一位谋士、重臣而龙心大悦。

松筠时年六十有九，比富俊年长七岁，是位好兄长，对老弟总是另眼相看。二人都曾于朝中任职，在长期的共事中，从同僚发展成知己，不仅意气相投，政见相同，行事作风也极为相似，皆雷厉风行，不拖泥带水，不以麾下呈文为依据，以亲自下去调查所得出的结论为准。属员们没有不知道他们的禀性啥样、如何为官的，办事不细不实、拈轻怕重、偷奸取巧、不身体力行者，甭想在其手下端饭碗，立马得走人。

道光三年九月，松萚老大人溘逝于吉林将军衙门大堂上，松筠此前已受命接任吉林将军。当时由于朝廷催得紧，所担差务没有来得及向下一任交代便从京师匆匆赴吉了，故而后任当涉及一些与前任有关的疑难问题时，免不了找松筠商议，这就需要经常回京理事，一时难以脱手。无奈人的精力是有限的，何况那么一大把年纪了，两头儿跑哪受得了哇，顾得了这头儿顾不了那头儿。而且大部分时间得在京师，致使吉林将军衙门急待处理的大事小情堆积如山，衙门外前来诉讼的各方人等如云，大门几乎推不开了。这种情况下，道光帝准备重新物色一位一品官接任吉林将军，就不让松筠来回跑了，省得累坏了身子骨儿。松筠得知此情后，立马上奏折，推荐早已离开理藩院、于双城堡田亩清查行辕大营办差的富俊，说是奴才现在就可以走，但吉林让人放心不下呀，土地归属引起的纷争与旗人、汉人之间产生的矛盾搅和在一起，事儿太多了，没人坐镇哪行？富俊曾三任吉林将军，对那里的山山水水都很熟悉，在地方治理上积累了丰富的经验。如能让其再次执掌吉林将军大印，不失为明智之举，只有他到了，奴才方能走，否则不敢动。道光帝阅毕，放下奏折仔细思忖，觉得言之有理，遂与众臣商议。大家一致认为松筠老大人的举荐可谓慧眼识英雄，富俊德才兼备，智略过人，所作所为有目共睹，无可挑剔，没有比他更合适的人选了，尽快接任吉林将军乃当务之急，松筠方能得以彻底脱身回到朝中。道光帝采纳了众臣之言，于道光四年二月下旨，命仍在双城堡清查田亩的富俊速返江城，赴任吉林将军。其时，松筠的办差重点一直放在京师那边，吉林将军衙门已经七八个月没有将军正经八百坐镇了，将军之职实际上等于空缺，可见朝廷连下三次催折事出有因。

　　富俊担心此去江城路上不是很安全，因为清查田亩不可避免要得罪一些人，甚至由于强烈不满而结下了仇怨，他们或许会在暗地里窥探自己的行踪，以便伺机报复。他又不愿兴师动众，更不想让亲随陪同，于是决定微服出行，并让老家人宝靖阿也换换装，一同秘密前往。富俊扮成要账先生，身着藏青色团寿长袍儿，外罩"万"子坎肩儿，头戴顶端镶有红玛瑙珠儿的瓜皮小帽，骑一头很不起眼儿的褐色、白眼圈儿、大耳朵的小毛驴。宝靖阿身穿深蓝色长袍儿，肩挎褡裢袋，腰系鹿皮围裙，也骑着与富俊那头毛色差不多的小毛驴，手握短杆儿皮鞭，一看便知乃为主人背账本的奴仆。二人一大早就上路了，边走边吆喝着，一副悠闲自得的样儿。饿了去道边儿的小酒馆儿打尖，渴了喝口清泉水，累了歇一会儿，不急也不慌。可能是道上的毛驴客颇多，他们的衣着打扮与常人又没啥两样，故而不被路人所注意。天刚擦黑儿，二人便到了吉林城外，疲惫不堪的小毛驴伸直脖子仰天大吼，震耳欲聋，好像在说："主人哪，总算要进城了，咱先去大车店喝口水吧，嗓子都冒烟了。"

　　宝靖阿拍了拍小毛驴笑道："叫唤啥？忘不了你呀，快走吧！"随即又冲富俊说道，"萨克达额真，依老叟看，最好先不去府衙，一露面，那些申冤告状的人还不得把大人围上啊，想歇歇脚都不容空儿。"

富俊问道："老哥哥，你怎么知道我要去府衙？"

宝靖阿回道："我观察额真多时了，一路上没说几句话，多美的景色也不看，净琢磨事儿了，恨不得一步就迈进府衙。老叟知道，额真此番重掌将军印乃临危受命，一大堆的难题等着您呢，肩上的担子不轻啊！可再着急也得悠着点儿，卷宗得一页一页看，积案得一桩一桩审理，矛盾得一个一个解决，心急吃不了热豆腐。远的不讲，就说眼目前儿吧，为了尽早赴任，您同官兵一起整理文书、档册，一连忙了两三天，到了晚上都不能很好安歇，总是和衣而卧，只要想起啥事儿了，立马起身就去办，这么下去哪行？铁打的身子也受不了。等会儿进了城，先找家客栈住下，睡上一宿好觉，养足精神，明儿个头晌再去府衙。何况班布泰还未回来，不知情况怎么样，有否收获，心里不托底。再有就是眼下仍在府衙任总管的秦名远及身边的人得知您来坐镇了，能甘心么？必想尽办法设置障碍，制造麻烦，不能让您顺当就是了。因此请额真别着急，先仔细想想该怎么办，犹如下棋，待把棋子摆好了再走不为晚矣。"

诸位阿哥，听到了吧？富俊身边的这位老家人的的确确是其不可或缺的宝贝，最关心、最理解主子了，主仆二人可谓心心相印。宝靖阿猜得没错，他所讲的正是富俊所想的，只不过后者比前者思虑得更细致、更全面而已。富俊十分清楚，朝廷之所以连续三次飞马传书，令自己放下手中的差务，速去吉林将军衙门正堂，实乃出于无奈。因为人无分身之术，顾此失彼会误事的，松筠老大人已经尽力了。作为吉林将军，属地内的大事小情、是非利害皆应牢记在心并一一解决，如同一个医道高明的郎中，通过望闻问切弄清脉象及病之症结所在予以疗治一样。凡是地方官，必须牢记天、地、人三个关口，即天灾、地害、人祸。尤其是人祸关乎民生大计，务要做到心中有数，兵来将挡，水来土掩，经过疏通、安抚，达到平灾驱祸之目的。纵有千难，万死不辞，想方设法予以克服，使百姓安居乐业，方堪称一地的父母官。

从嘉庆二十五年至道光四年已五载，总的来看，吉林地方天公还算作美，未给出太大的难题。只是道光初年夏季，松花江水涨至岸堤，百姓纷纷焚香祭祀神灵，请阿布卡恩都力护佑草本生灵，七八天后大水全线退去，除洼地的庄稼被淹外，其他地方基本保住了。还有一回是旱灾，发生在道光三年的春季，大地干裂，秧苗耷拉头，池塘干涸。幸好谷雨过后不久，龙王爷连续赐予两场透雨，紧接着暖阳高照，秧苗没有受到太大损失，旱情得以缓解。富俊认为吉林目前的老病症状仍是土地归属以及旗人与汉人之纷争，最大的矛盾来自官庄，官商勾结，鱼肉乡里，百姓怨声载道。身为庙堂之臣，既然食君禄，就应报皇恩，不能光占名分却不为社稷出力，必须有所作为。俗话讲得好：在其位，谋其政。当官的就是个泥瓦匠，对所守护之室该修补时得修补，除掉废坯，选用新坯，不可手软，不可姑息搪塞、畏葸不前。富俊之所以比老家人宝靖阿思虑得多，因其为掌印人，此印是皇上给的，千斤重啊，该如何掌？他很清楚吉林地方眼下仍保持着嘉庆二十五年的格局，纷争未结，矛盾未减，范家堡子的庄主范蔼仁没有被动一根汗毛，秦名远等不法之徒几次都像夹着尾巴的狼一样从眼皮底下溜过去了，这回就看你富俊有没有胆识、能不能收拾这些社会渣滓了。前些年，秦名远的恶行不是没败露过，无奈京师的一位侍郎为其说情，在任将军只好放过一马。加之他头脑灵活，善于阿谀奉承，又称松林为姨父的，又拜松筠为义父的，故而受益颇多。后来二位老人知道其人品不怎么样，遂不再理会了，但并未依法处置，至今仍逍遥法外。

单说主仆二人进了吉林城门，跳下坐骑，富俊将手中的缰绳交给宝靖阿一块儿牵着，边往前走边思摸："先上哪儿好呢？如果去府衙，真像老哥哥所言碰巧有告状的等在那儿，一准被围上，难以抽身。直接去客栈吧，也不妥。刚到江城，对一些新信息尚不掌握，总得扫听扫听，以便心里有底，不至于被动。一头钻进客房，向谁打听去？到老友家暂住一宿、顺便了解一下情况呢，好倒是好，不过那会给人家添些不必要的麻烦，影响夜晚安寝。"思来想去，一时拿不定主意，便对宝靖阿说："老哥哥，这样吧，咱们往小河沿儿走，那儿有处客栈，几位老友的家离客栈不远，不妨先去看看再说。"

宝靖阿听后，立刻想到了大人所说的老友是谁，即曾在吉林将军衙门做门房的老夕旦赵西丹、马木斤等人，皆为嘉庆八年以后认识的。富俊首任吉林将军时，这几位老八旗都健在，身板儿蛮硬朗，相互之间以兄弟相称。特别是老赵头儿给人留下的印象深，心地善良，性情耿直，见着不公平的事儿就得管，有话说在面儿上，从不掖着藏着，是位受人尊敬的长者。宝靖阿与赵西丹、马木斤的关系挺密切，到一起有唠不完的嗑儿，很长时间没聚了，能不惦念么？所以富俊未开口之前，他就寻思过，最好能去两位老哥们儿家小歇，不仅能见上一面，还可叙谈叙谈。没承想大人也是这么个打算，与主子想到一块儿去了，高兴得咧嘴直乐。

主仆二人穿过街道，尽量避开过往行人，朝东边的小河沿儿走去。

过了两袋烟的工夫便到了，远远望见岸边一块大石头上坐着两位白胡子老者，身旁各放一根拐杖，正直眉愣眼地往这边瞅呢！二人忽然同时站起身来，拿起拐杖就向富俊和宝靖阿走了过来，前头的那位边走边大声嚷嚷道："哎哟，实在是太奇了，我们老哥儿俩刚才还合计呢，觉得大人该回来了。这不，可倒不禁念叨，说曹操曹操就到了，哈哈哈！"

这位又说又笑的老者是谁呢？正是赵西丹，紧随其后的是马木斤。富俊刚刚还琢磨着去不去找他们呢，人家却像事先得到通报或有神人指路一样迎面出现了，真乃心有灵犀一点通啊，忙紧走几步上前问候道："二位老哥，一向可好？刚到江城咱就见面了，莫非知道老夫的心思？看起来二位老哥呀，坐在石头上望山观水，此乃神仙过的日子哟！"

马木斤笑道："将军大人，看见了吧，我们老哥儿俩好着呢，就是想你们哪！早已算计到要来了，果然不出所料哇，大伙儿都盼着呐！"

富俊逗趣儿道："老哥呀，咋猜得这么准呢，难道忽然又有占卜之能了？老弟得刮目相看喽！"

这时，宝靖阿才插空儿上前打招呼，然后冲富俊说道："额真哪，方才还寻思上哪儿歇脚呢，这下行了，哪儿都不用去了，就到二位老弟家住一晚吧，好好儿唠扯唠扯，诉诉别后情。"

未等富俊表态呢，赵西丹急不可待地说："大人哪，到城里了，当然得去老朽那儿住了，总要尽地主之谊呀，这还用说么，走，回家！"

前书讲过，富俊是一位亲民爱民、不摆官架子、不讲排场、不在乎身份和地位高低、平易近人的好官，在吉林交下了不少知心朋友，有的已成为心腹、耳目，赵西丹、马木斤便是其中的两位。他之所以身不在江城却能准确掌握此地动态，原因只有一个，就是靠这些老朋友帮忙。此刻，富俊二话没说，唤上宝靖阿，随着二位老人家离开江岸往西去了。走出没多远，来到与江岸斜对着的一座土坯房前，这便是赵西丹的居处，隔壁是马木斤的居处，离将军衙门不远。老赵头儿刚打开院门，老马头儿却坚持让去自己家，富俊躬身致谢道："谢谢马老哥的好意，住谁家都一样，今晚就在赵老哥处歇了，以后有机会再去马老哥家，这总成了吧？"说罢，四人又是一阵开怀大笑。

富俊第一个进了院儿，赵西丹接过宝靖阿手中的缰绳，牵着两头小毛驴走到东山墙旁边的马棚前，与自家的小毛驴拴在一起，又往木槽子里倒了些豆饼，爱抚地拍了拍驴背道："小家伙，驮着大人走那么远的路，辛苦了，想必早就饿了，快吃吧！"牲口也通人性，三头小毛驴好像此前就认识似的，不争也不抢，低下头啃着槽子里的豆饼，嚼得蛮香。

　　说起来，赵西丹和马木斤的住房还是嘉庆八年富俊首任吉林将军时，考虑到仍在将军衙门当差的几位立有战功、始终未成家的老骑兵晚年孤身一人过活原本就有很多不便，如果住处再今天漏雨、明天透风的，年纪大了实在难以应付，除了为其解决生活上的困难，住处也应舒服点儿。于是专门划拨了银两，在距江边不远的斜对过儿一块平场上盖了十几座坐北朝南的土坯房，围了院子，垒了院墙，分给屡建战功的老八旗住，此举实乃空前绝后，令人赞叹。过去那些年来，吉林将军换防频繁，来去匆匆，正所谓铁打的衙门流水的官，谁能把老兵的衣食住行放在心上呢？唯有富俊，故而都打心眼里感激，跟这位将军大人越处越投缘，越来越融洽，无话不谈。富俊在三任吉林将军后、调任京师理藩院任尚书时，几位老骑兵眼含热泪送出十多里，该回返了，还三步一回头地难舍难分呢！他们牢牢记住了富俊大人告辞时说过的话："老兄弟们，我喜欢吉林这片黑土地和居住在这里的人，并且产生了深厚的感情，永远不能忘怀。放心吧，虽然相隔两地，但将时时想着你们，只要有机会，定会回来看望各位的。"果不其然，富俊没有食言，还真兑现了，此次是四任吉林将军，骑着小毛驴而来。各位有所不知，富俊和宝靖阿骑的那两头褐色小毛驴，还是四年前赵西丹、马木斤等五位老骑兵凑钱给买的。当时富俊再三推辞，可人家说啥不牵回去，如数给银子吧，又死活不要。实在没招儿了，富俊只好接受了，并让孙儿班布泰送去些银两，声言若是执意不收，我爷爷可真生气了，再不理你们了，几位老兵才不得不勉强收下了。这不，不仅老朋友们相聚高兴异常，三头小毛驴也混熟了，显得特别亲近，或许因为它们都是从锦州一块儿贩来的吧！

　　老赵头儿将富俊和宝靖阿引进了东屋，沏上热茶，让二人先歇着，随即转身去了后厨房。富俊环顾四周，摆设简单，窗明几净，清爽整洁。北墙挂着赵西丹当年用的马鞭、腰刀，刀柄儿、刀鞘擦得锃光瓦亮，可以看出老人家对往昔的眷恋之情以及作为八旗老兵的自豪感，时时激起他对新生活的向往。又去西屋瞅了瞅，同样很干净，地上连根草棍儿都没有，一切井然有序。此时，两位老兵已经忙活开了，赵西丹从水缸里捞出一条打松花江捕来、又养了些日子的金翅大鲤鱼放在案子上，操起刀开膛破腹，刮掉鳞片；马木斤回家抱来一坛子白酒，里面泡着乌蛇、人参、鹿茸、龟甲等；宝靖阿也来帮忙了，生火、烧水、淘米、洗菜，锅碗瓢盆一顿响。半个时辰后，晚膳做好了，香喷喷的菜肴摆上炕桌。马木斤先请富俊、宝靖阿上了炕，又往杯子里斟满了酒，四人围坐在一起，边开怀畅饮边叙旧，你一言我一语的话不落地。过了一会儿，赵西丹夹起一块鱼肉放进富俊的碗里，然后端起酒杯连喝两口，用衣袖儿抹抹嘴道："大人有所不知，江城的男女老少听说您将接过松筠将军的担子，一各个高兴得不得了，四处奔走相告。一时间街谈巷议，皆言已经盼了多日了，终于没白盼，真正的父母官又回来了，此乃吉林父老乡亲的福分哪！老哥几个也乐坏了，又捕鱼又备酒肉的，只等相聚的那一天。不过未上任前，老哥得提醒您，吉林将军衙门府可不那么风平浪静，秦大门牙、柳小辫儿，就是后到的柳祥等人仍把持着衙门日常的一应事务，狂妄自大，除了将军，谁都不在话下。而为人耿正、廉洁奉公的副都统都克尼权势太弱，一年前调进衙门的，不仅控制不了他们，还受其排挤。恕老朽直言，多年来，将军衙门内鱼龙混杂，是非不辨，一些案件的审理异常缓慢，长时间没个头绪，难以下结论，因此应进行必要的整饬。不知大人是怎么打算的，啥时候处治范蔼仁，还是继续拖下去？大伙儿可都等着您快刀斩乱麻呢，给他来个喀里咔嚓，决不可手软。当官得为民做主，不能占着茅坑不拉屎，须干实事，给百姓一个交代，对得起头上的顶戴花翎，不辜负皇上的信赖。"

赵西丹在说这番话时，坐在旁边的老马头儿两次扯了扯他的衣襟儿，意思是富俊刚到，还未来得及去将军衙门正式赴任呢，你先劈头盖脸地造一通儿，大人会感到有压力的。而老赵头儿是个炮筒子脾气，有一说一，有二说二，直来直去，看不过眼的事儿想憋都憋不住，非端出来不可。况且自己同富俊已是几十年的交情了，无论讲得对与错、轻与重、深与浅，大人全能听进去。也就没顾及对方是何心情，热辣辣的酒一下肚，便把心里话一股脑儿全掏了出来，说完就不觉得憋得慌了。富俊太了解赵西丹的脾气了，对他的一通儿不仅不反感，还认为老朋友嘛，就应该这么爽快，有啥说啥，遂笑道："老哥讲得好，捅到要害处了，这还是轻的呢，骂一顿都不为过，当官不为民做主，不如回家卖红薯。"

富俊是怎么想的呢？经二十二年的治理，吉林地方有些变化，不过问题也不少。究其原因，首先得扪心自问，在办差过程中竭尽全力了吗？是在其位谋其政、脚踏实地地干事、更好的安抚民心、为民除害、使百姓安居乐业呢？还是像走马灯一样去这个来那个、犹如一片浮云飘在吉林上空？看来是后者。否则不会多年来的土地归属纷争依旧，旗人与汉人之间的矛盾未减，流民没有全部得到妥善的安置，豪强横行无忌，奸佞小人当道。比如范家堡子的庄主范蔼仁多年来，干了不少违反大清律的勾当，早在嘉庆八年自己首任吉林将军时就知道。然由于多种原因至今未予惩治，结果愈演愈烈，贻害无穷。再比如桂良大人所荐之尤成额从京师来到吉林，准备担任左翼官学教习之职，倒不算什么大事，可时过四载未予聘任。其时，嘉庆帝召众臣赴京晋见，商讨国政要事，吉林将军松萨也在其列，于京师耽搁数日，达禄副都统尚未处理完水患便调往山东平乱。就在这个节骨眼儿上，尤成额已到吉林，未承想却被秦名远钻了空子，欺上瞒下，企图偷梁换柱，致使本应任教习的尤成额一直无差使可干。记得道光三年四月，在京师见到了桂良大人，当提及此事时，自己无言以对。尽管那时早已离开将军衙门了，带领兵丁在双城堡忙于清查田亩重任，但也深感汗颜，于是请松萨兄办妥此事。老大人答应得挺痛快，谁知未等办呢，竟突发痼疾，仙逝于大堂之上。松筠接任吉林将军后，秦名远不可能向其禀报教习仍然空缺，因自己所要安插之人并未如愿。松筠当然不知此事的来龙去脉，尤成额就任左翼官学教习之职就随之搁浅了，无人过问，至今没有解决，实在说不过去。在双城堡清查田亩行辕大营的五年时间里，曾与各种各样的人打交道，与百姓同吃同住，感触颇深，可以说比任何时候都理解朝廷亲派的地方官吏如若不为百姓着想，不拯救民众于水火之中，那真是有罪呀，对不起皇上的知遇之恩。

就在四人推杯换盏、喝到兴头儿上的时候，忽从远处传来嗒嗒嗒的马蹄声儿和清脆的銮铃声儿，到了近前，只听院门吱嘎一声被推开了。赵西丹赶紧下了炕，哈腰刚穿上鞋，一位身着官服的武将已掀开门帘儿进得屋来，身后跟着两个戈什哈。他抬起头一瞅，原来是副都统都克尼，遂笑道："好嘛，来得早不如来得巧，快上炕，陪将军大人喝两杯！"

都克尼抹了一把脸上的汗，给坐在炕上的富俊见礼并自我介绍道："将军大人，在下乃吉林将军衙门副都统，名儿叫都克尼。松筠大人返京前留下话，让在下速去双城堡，接将军大人来吉。当时我身在五道沟，便从那儿直接赶到了行辕大营，见几位骑兵正在拆房舍，经打听方知大人一早就上路了。于是掉转马头，立即追赶，终未能撵上。到了江城见大人未在衙门府，猜想或许先看故友了，这才又来赵老爷子家，果不其然正在这里。"说着从内怀掏出一纸信函奉上："将军大人，这是行辕的宋起让在下转交您的。"

富俊接过，抽出信函展开细阅，内中是孙儿班布泰向自己禀报有关疙瘩梁的搜查情况，收获颇丰，心里暗暗高兴，又像忽然想起什么似的，问道："都克尼，见没见过一个叫尤成额的？"

都克尼答道："回大人，在下见过尤公子夫妇，也认识其身边的女帮手，是赵老爷子引见的，他们住在凤楼。"

赵西丹赶忙接过了话茬儿："副都统说的女帮手就是白面娘子，很能干，是个热心肠儿，肯于帮助人。尤公子自打来到吉林，不仅未能就任左翼官学教习之职，还让秦大门牙折腾够呛，那火可上大发了。四年多换了两任吉林将军，如果认定他当不上教习，总该向人家解释清楚，这么等下去，啥时候是个头儿哇？白面娘子很是气不忿儿，前些日子曾带着尤成额的夫人去衙门府求见松筠将军，却被秦大门牙手下的一帮虎狼之辈拒之门外。衙门府的门房何旺老弟看见茗兰站在那儿哭，旁边的白面娘子也陪着掉眼泪，怪可怜她们的，便悄悄告诉二人来找我这个不怕死的老头子。老朽听了茗兰的哭诉后，知道了事情的原委，转天就去衙门找秦大门牙，他不敢见我并躲了起来。当时，松筠将军在任，不过已去了京师，只见到了副都统都克尼，便把情况讲给他了。都大人听后，对尤公子的不幸遭遇深表同情，立即随我去凤楼看望尤成额夫妇，并告诉他们不要着急，四年都等了，不差十天半月的，朝廷新委任的吉林将军很快就要到任了。这不，真被他言中了，果然来了。"

马木斤高兴地说："这下好了，将军大人一向重视人才，尤公子总算有出头之日了。"

都克尼说道："大人，衙门府的上下人等已知新将军到吉，一切皆准备就绪，府邸也清扫干净了，只等大人赴任了。"

此刻，富俊再无心思喝酒，于是起身下了炕，冲宝靖阿吩咐道："老哥哥，不用陪我了，这两位戈什哈先送你去将军府邸歇息，我还有事要办。"

宝靖阿诺诺称是，随护兵出了屋，走到马棚那儿牵出两头小毛驴，两位戈什哈一人牵一头，推开院门径直朝南去了。三人走后，富俊让都克尼随自己去看望尤成额夫妇，赵西丹、马木斤表示要送一程，被富俊婉拒了，说是二位老哥已经累了，还是早点儿歇着吧！随即谢过两位老人家的热情款待，与都克尼出得门来，前往名声在外的凤楼。

那么，尤成额一家眼下生活得怎么样？有啥变化没有？身怀六甲的茗兰早该生产了，是男还是女？这恐怕是在座的各位所关心的。我来告诉您吧，他们在白面娘子的关照下，生活上没什么变化，依如往日。唯一让人高兴的就是添人进口了，茗兰于今年初春喜得贵子，模样儿周正、大眼生生、虎头虎脑的，一逗弄就笑，特别招人喜欢。尤成额每天仍耗在书房里，或读读八股文章，或写写诗词，以此打发日子，有时夜晚就歇在那儿。由于一直未能在将军衙门属下的左翼官学任职，尽管表面上不说什么，内心却十分焦虑，又不愿同夫人讲，怕她跟着着急。由于胸中的郁闷无法排解，所以总是高兴不起来，食不甘味，寝不安席，去年冬日曾两次病倒。他是个要强的文士，始终想不明白，是本人的文才不行呢，还是其他什么原因呢？到了吉林如同石沉大海，不仅未接到录用函，连个说法都没有。这种情况下，无论是谁都得上火，更不会甘心稀里糊涂地打起行李卷儿返回京师，只能硬挺着。

茗兰带着孩子住在二楼东屋，主要是担心其哭闹，影响夫君的功课或休息。她是个通达、贤惠的妻子，对爱根①体贴入微，凡事皆替对方考虑，委屈自己受，苦头儿自己尝，怨气自己咽，在丈夫面前总是一副笑脸儿，遇难解之事则轻声细语地予以安慰。尤成额病卧榻上，茗兰伺候在侧，又端水又喂药，日夜不得歇。

善良的白面娘子早在茗兰怀孕五个多月时，便决定放下手头儿所有的事儿，长期住在凤楼，陪伴尤公子那还有四个月左右将临产的夫人。她曾不止一次地嘱咐茗兰："姐姐，不用操心家里的事儿，啥也不用你动手，交给妹子和侍女就行了。你要处处小心，行动越慢越好，千万别扭着、闪着，每天在院子里溜达溜达。想吃什么吱声儿，让王师傅做，别忘了，现在不同于从前，姐姐一个人吃，却是两个人得呀，饿着我那小外甥可不成。"

茗兰怀孕八个多月时，小腿、双足浮肿，身子笨拙，行动不便。尽管如此，心里所想的仍不是自己，而是夫君，天天还是撑着做些力所能及的事。一日夜半时分，偶感风寒的尤成额发着高热，口干舌燥，想要喝杯热水。茗兰完全可以点上灯，唤醒侍女，让其去厨房烧点儿水端来。又考虑到侍女累一天了，此刻正睡得香，还是让她们多歇会儿吧！于是灯也没点，摸黑儿下了地，刚走到厨房门口儿，不小心被门槛儿绊了一下，随之咕咚一声便摔倒了。睡在西屋的白面娘子被响声惊醒，赶忙起身跳下地，点上灯端着出屋一看，见茗兰头东脚西躺在厨房门口儿，下身有血，当即吓得脚都软了，不是好声儿地唤侍女。小曼、小香慌慌张

---

① 爱根：满语，丈夫。

张跑来，尤成额也晃晃悠悠而至，庞庆、小满堂早已噔噔噔上了二楼，大伙儿小心翼翼地把茗兰抬到东屋炕上。全仗白面娘子四处求医问药，一日两次把药煎好让其服下，连续喝了十几服，由于治疗及时，茗兰无大碍，胎儿也保住了。

　　一个多月后的一天清晨，一声婴啼划过凤楼上空，茗兰顺利分娩，宝贝儿子呱呱落地，接生婆就是白面娘子。茗兰产后身子骨儿极其虚弱，疲乏无力，下肢还不听使唤，且吃不下饭，奶水不足，嗷嗷待哺的婴儿饿得直哭。白面娘子心里这个急呀，只好让小满堂去集市买羊奶喂孩子，自己则一刻不离茗兰左右，为其洗脸擦身、端屎端尿、按摩双腿。侍女见她一个人放下这样儿干那样儿，根本不得闲，想替其分担一些，常常抢着哄逗又哭又闹的婴儿。然茗兰不让，怕她们毛手毛脚的不知轻重，碰疼细皮嫩肉的儿子，只让妹子帮着伺候，就信着她了。这下可倒好，白面娘子朝天每日既要关照尤公子，也要无微不至地伺候茗兰，还要细心喂养没满月的婴儿，忙得脚打后脑勺儿，恨不得能有分身术。茗兰一看，这样下去哪儿成啊，把妹子累坏咋办？便吩咐小曼侍奉夫君，小香伺候自己，小满堂照管全家的饮食起居，孩子则全权交给白面娘子了。别看只是个婴儿，麻烦事儿比大人还多，一会儿吃奶，一会儿喝水，一会儿拉，一会儿尿，一会儿怕热着，一会儿怕凉着，都得照顾到，仍然忙得不亦乐乎。

　　那么，白面娘子一直待在凤楼，花仙楼谁照应啊？不用管了，早于半年前关门歇业了。白面娘子自打与尤成额夫妇及庞荣、庞庆同住凤楼后，公子与夫人的品德、为人全看在眼里，让她感动；出家修行的两位少林大师以慈悲为怀，普度众生之虔诚、犹如英雄好汉之豪情大义，让她敬佩；土地爷爷、班布泰哥哥以及行辕的官兵们为完成大清朝廷交给的重任，不辞辛苦、风餐露宿、夜以继日地清查土地，再苦再累毫无怨言，让她由衷赞叹，并庆幸自己能有缘与这些好人相识。常言道：跟什么人在一起就学什么人，近朱者赤，近墨者黑，此话不假。四年来的耳濡目染，白面娘子变了，明白了应该怎样活在世上，怎样做才能称得上是堂堂正正、光明磊落之人。当知道对方需要帮助时，能毫不犹豫地施以援手，使其从困境中解脱出来，这便是积德之举。又想到在秦名远的指使下所开的花仙楼，只为那些高官、富豪、商贾以及玩物丧志的纨绔子弟消遣作乐提供场所，与此同时，有多少可怜的姐妹陷入污泥中不能自拔，身染重病得不到疗治而仰天哀号。她的内心被深深触动了，觉得不能这样继续下去了，损人利己、只认钱不认人是有悖良心的，所犯罪孽必将受到老天的报应。终于有一天，白面娘子不仅未跟秦名远商量，坚决关掉了花仙楼，给了每位窑姐儿足够的银两作为盘缠和安家费用，让她们回乡自谋生路。一夜之间，花仙楼门前的灯红酒绿、车水马龙不见了，再也听不到往日的笙歌、看不到高高挂起的红灯笼了，四周一片沉寂。

　　秦名远转天便从安插在花仙楼的亲信、专司迎来送往的冯大爹口中得知这一消息，奇怪的是他既没暴跳如雷，也没找白面娘子兴师问罪，而是从此匿影藏形了。因为从花仙楼开张那天起，白面娘子就住在那儿了，平时很少回家。即使回去，也不让秦名远近身，显露出一脸的冷漠，心中只有恨，没有丝毫的爱恋。日久天长，秦名远对其没了兴趣，原本也谈不上爱，只是一种兽性的发泄。他心里明镜似的，白面娘子自作主张，把尤成额夫妇接到凤楼，身边有两位武功高超的大师保护，身后有富俊、班布泰作靠山，从未把我放在眼里，两人不是一股道上跑的车。何况将军衙门走了松筠，来了富俊，自己今后处境维艰，祖坟都哭不过来，哪有闲工夫哭乱葬岗子、与白面娘子争个高低？说实在的，有没有这个人已经不重要了，妓馆有的是，她在身边反倒不便，或许更加危险，不如分道扬镳，各走各的路。从此，秦名远不见影儿了，白面娘子再未看到过他，然暗地里却开始了较量，此乃后话。

　　还要提到一个人，即与白面娘子一同住在花仙楼的小金佛，现在怎样了呢？前书讲过，他和母亲自打被秦名远从穷山沟叫到城里后，日子好过多了，再不用犯愁吃穿了，心里对这位远房哥哥很是感激，表示愿意为其效劳，保证唯命是从，指东决不往西。花仙楼开张后，小金佛便按秦名远之意，以帮衬、保护白面娘子为由，暗地里对其行踪进行监视，包括每天干些啥、与哪些人经常联系等该告诉秦名远的，全部如实通报，使其便于掌握之。在这个过程中，白面娘子和小金佛认识了黑道儿的一些人，互相称兄道弟，视为朋友，不仅常打交道，还入伙儿了，有些行动也参与其中，小金佛同样将此情告诉秦名远了。唯有一事是背着他的，那就是小金佛被白面娘子天仙般的美貌所倾倒，私下里与其偷偷好上了，还在乎你什么远房哥哥呀，秦名远丝毫没有察觉，以为小金佛挺贴心呢，始终蒙在鼓里。

　　小金佛和白面娘子先后被庞荣擒获时，经茗兰反复开导，二人良心发现，改弦易辙，一起帮助尤成额夫妇渡过难关，时不时还同宿凤楼。

花仙楼关掉后，小金佛和白面娘子再不用抽工夫往凤楼跑了，而是彻底住在那儿了。时间一长，小金佛渐渐对这种平静的生活厌倦了，觉得毫无生气，犹如一潭死水，远没有与黑道儿的那帮哥儿们在一起刺激。那些人多牛啊，想吃啥、穿啥了，可伸手冲为自保而不敢得罪咱的富豪要；没钱花了，可四处打家劫舍，把把不空。自由自在，我行我素，今儿个替这个主子卖命，明儿个为那个主子效劳，谁给的报酬多谁就是爹。现在可倒好，天天陪着毫无瓜葛的尤成额一家，远离亲戚秦大哥，没人给钱花了，这种日子得过到猴年马月呀？终于在七月的一天头晌，全不顾与白面娘子往日的情分，怀揣银子说是去药房给茗兰抓药便出门了，这下可就肉包子打狗一去不回了，从此互不通气，彻底断了联系。

白面娘子是又气又恨又无奈，拍着桌子大骂道："这个兔崽子，不讲良心，不讲情意，还是人么？那就让他吃屎去吧，脚上的泡是自己走的，到头来怨不得任何人，有他后悔的那一天！"话虽这么说，但心里放不下，毕竟与小金佛在一起好几年了，能没感情么？不仅时常想起他，也打心眼儿里惦记他，闲来无事总是琢磨，这小子究竟钻到哪个耗子洞里去了？据我所知，他没地方可去呀，只能找黑道儿那帮哥儿们一起鬼混，或许投奔秦大门牙为其卖命。世上三百六十行，什么行当不能干，为啥非干坏事？看来小金佛是块坏坯子，不想好了，像只臭虫似的无缝不钻、无处不去，又像只屎壳郎专往脏地儿拱，不可救药了。以前跟他好时，也看不惯其为人，贪婪、好色不说，有时举止张狂，有时胆小如鼠，有时诡诈奸猾，有时愚笨可笑，是个两面人，让人琢磨不透，不得不存有戒心。唉，人哪，来到世上各有各的命，各有各的活法儿，谁也左右不了谁，没招儿哇！

单说这日用罢晚膳，茗兰斜靠在枕头上逗弄怀里的婴儿，尤成额坐在炕沿边儿一脸笑意地看着母子俩，白面娘子则在厨房烧水沏茶。正在此时，忽听院门吱嘎一声响，白面娘子赶紧跑出厨房从门缝儿往院子里瞅，见两位官员一前一后地走了进来，这在冷清、寂寞的凤楼可是很长时间没有过的事儿了。推开门仔细一打量，不由得一声惊呼，走在前面的竟是富俊将军，后面穿着武服的那位乃吉林将军衙门的副都统都克尼。她的心怦怦直跳，喜悦之情溢于言表，一时不知说啥好了，回过身仰脖儿便冲二楼喊道："尤公子、茗兰姐姐，衙门府来人看你们了，一位是土地爷爷，一位是都大人，喜从天降啊！"

二人一听，精神立马为之一振，茗兰忙把孩子放在炕上，坐直身子整理衣衫。尤成额则起身推门欲下楼迎接，来人已迎面进屋了，都克尼首先问候道："尤公子、少夫人，一向可好？今天是个非比寻常的日子，将军大人刚从双城堡归来，还未顾得上去府衙呢，却急着先来凤楼看望老朋友了，足见心里一直记挂着你们哪！"

夫妻二人无比激动，尤成额慌忙跪在地上叩道："晚生不知将军驾到，有失远迎，多有慢待，在这儿给大人叩头了！"

富俊抬抬手道："尤公子，不必多礼，快快请起！"

茗兰早已泪流沾襟，将军爷爷到舍，晚辈为表示对长辈的敬重，能不起身施礼么？可她力不从心，双腿疼得站不起来，只好跪在炕上叩道："松岩爷爷，谢谢，谢谢又来看望晚辈。大人的威名如雷贯耳，不仅为清查土地四处奔波，重新分拨旗田，使万民享有乐土，拯救苍生于饥寒，而且谙熟农耕，有乌圻贝勒①之称。不管在哪儿为官，首要的是关注民生，日夜为百姓操劳，父老乡亲无不尊崇，小女也为能有这样一位可亲可敬的爷爷感到无比自豪。由于身有疾患，难以下地施礼拜万福，只能在这儿给您老人家叩头了，请原谅晚辈不孝。"

富俊走到炕边将茗兰扶起道："孩子，身体不适，却仍行跪拜，爷爷看了心疼啊！我一向佩服桂良大人，年龄比我小二十几岁，魄力可不小，有远见，有胆识，乃后起之秀、大清国的栋梁。你是他的外甥女，来到凤楼便是到家了，把老夫当成家中的一分子就行了。"

茗兰掏出丝帕擦了擦顺脸淌下的泪水，尤成额走上前请二位大人就座，白面娘子奉上了热茶。富俊端起杯子呷了一口道："五年来，我一直承担着田亩清查之任，天天东跑西颠的，未待交差呢，又接皇命，今天将正式进驻吉林将军衙门。刚才在两位故友那儿闲聊时，赵老爷子提到你们并介绍了现状，说心里话，我听了有点儿着急。身为吉林将军没有安置妥帖，让你们受苦了，很是惭愧，也对不住桂良大人，故而便同都大人一块儿来了，顺便也看看老相识白面娘子。"

尤成额忙道："将军大人，千万别这么说，一切都过去了，不提了。"

白面娘子与尤成额夫妇不一样，别看年纪不大，刚二十出头儿，然久经世面，各色人等全见识过，地位多高的官宦一概不惧，何况面对的是再熟悉不过的土地爷爷。她施了个蹲礼道："将军大人、副都统大人，小女给二位请安了！大人来得正好，茗兰姐姐一家有一肚子委屈、怨愤

---

① 乌圻贝勒：满语，农神。

无处诉，这回既有说理的地儿了，也有愿意听的人了，我都替他们高兴。尤公子满腔热情地从京师来到吉林，却被当头泼了一瓢冷水，未能如愿就任左翼官学教习，一等就是四年，至今没个结果。世上哪有这种事呀，到底咋的总该给个痛快话吧？去衙门打听根本不让进，还声称什么为百姓办事，说出来能让人笑掉大牙！尤公子一家真够可怜的了，茗兰姐姐生完孩子后，不知缘何双腿不好使了，下不了炕，奶水又不足，或许是连着急带上火所致。婴儿可是少爷和少奶奶的心头肉，已经三个多月了，不能让他饿着，只好以羊奶喂养。我不仅同情他们的不幸遭遇，也恨世事的不公，好人受欺，坏人当道，天理难容。土地爷爷，您的公正无私世人皆知，您的知人之明有目共睹，一定得给少爷、少奶奶做主啊，他们全家将没齿不忘将军大人的恩德，京师的桂良大人也会感激不尽的。"

白面娘子口齿伶俐，句句在理，说到动情处，不禁潸然泪下，在场的人无不感动，富俊眼圈儿也红了，说道："尤公子、茗兰，我知道你们的处境十分困难，家人又不在身边，如果没有白面娘子帮衬着，恐怕会比现在还糟，作为一地的父母官难辞其咎。左翼官学教习缺额不是现在，而是好几年了，不从别的方面考虑，仅就授课质量而言，也早该补足了。至于应采取什么方式录用合适的人选，我们回去再商量商量，然万变不离其宗，那就是优胜劣汰，公平竞争。尤公子，本官可以保证，此事不会再拖了，马上就办，不妨做一下准备，别到时候措手不及。"

尤成额听罢，高兴极了，觉得笼罩在头顶的乌云刹那间散开了，脸上露出了久违的笑容，连连点头，诺诺称是，深深地鞠了一躬，对二位大人的到来一再表示感谢。接着大家又唠了一会儿闲嗑儿，富俊问了问茗兰还有什么需求及白面娘子的近况，然后起身告辞，与都克尼一起离开了凤楼。

雷厉风行是富俊的一贯作风，无论干什么，只要想好并决定了，必立办不拖。他和都克尼从凤楼一出来，便打消了先在老友那儿住一宿、转天再赴任的念头，而是直接前往将军衙门府。认为既然已从赵西丹口中了解一些情况了，就应据此抓紧时间办差，一项一项落实，一改往昔久拖不决、互相推诿、养痈遗患等做法。老夫已四任吉林将军，不少事儿以前是经手的，至今尚未解决，自己能没责任么？起码没尽心尽职。今后再不能辜负圣上的重托了，一定要认真司职，惩恶扬善，为民造福，替百姓申冤，还以公道，让吉林大地现出朗朗青天，能有新的起色。

富俊和都克尼赶到将军衙门府时，见府门大开，因衙门的上下人等早就得悉新任将军已到江城，故而没一个回家的，全在府内恭候。富俊一到，大家蜂拥而出，齐声儿叩拜将军大人。富俊于大堂的太师椅上落座后，众位属员依次呈上文书，大多为久压未决而留中的公案，只等新将军审阅批核。富俊大致翻了翻，见卷中所涉人数较多，来龙去脉颇为复杂，须细细梳理，短时间不会得出结论。接着开始翻阅吉林将军衙门各主事呈递的文书，首页一角有前任松筠的朱笔批示"请新一届将军酌定"字样。又翻开一大摞陈年案牍，发现最上面的几档公事、文本似曾相识，有份文本之"留中待议"字样，其中亦有富俊之名讳。仔细阅罢，实感惭愧，慨叹不已，早该了结的案子竟拖延至今，又到己手，称得上地地道道的老掉牙积案，涉及田亩转让、强行霸占以及由于频繁更迭、世代延续、渐渐理不出头绪、致使田产归属不清而引发的纷争之器。有的牵扯到土豪劣绅，有的牵扯地方官吏，有的牵扯朝野重臣，有的甚至瓜连皇上，成为吉林将军衙门经办之诸案中最为棘手的案子。亲故相保，实难公正，久拖不决，必生祸端，酿成大乱。方使得一些像范蔼仁那样的田庄逐渐坐大，成为地方之毒痈，予以铲除难上加难。

富俊挑高灯芯，继续翻着文本细览，多种积案跃然纸上，什么"呈办范家堡子私垦田亩殴械滋命案"，显然是动家伙置人死地了，乃一桩命案。什么"原驻防旗民田亩承租争讼案"，乃外户租耕、强抢土地案。还有什么"范蔼仁聚丁谋逆缉查积档"，这个更厉害，范蔼仁胆大包天，竟敢图谋不轨了。这些文本中，只范家堡子的积案、新案就二十多桩，富俊心想："看来已经到开刀的时候了，明知却不过问、绕着走或放过去不予理会，都是绝对不可以的。如果那样做，对朝廷而言是极端不负责任，对恶行而言是包庇、纵容，对无辜百姓而言是一种犯罪。以前在吉林将军任上审查这些案子时，就感到十分犯难，因为牵扯面儿广，所涉官宦多，上上下下皆有。有的是顶头上司，有的与自己同级，有的是下级，有的是老世交。方方面面都得顾及，一时半会儿又解决不了，很不好办，放在谁身上谁都头疼。无奈之下，只好写上"留中"二字，推给后任去处理。历届将军皆如此，一个一个往下推，推到今日，还是落到了我富俊头上，可谓自食其果呀！唉，不能责怪前任和同僚，自己的责任比谁都大，更不能再给后任留下麻烦，弃签"留中"，即使是老虎口，也要伸进手去拔牙。

趁富俊翻阅文本之空当儿，再来说说衙门府的上下人等是什么态度，内心是怎么想的。富俊没到任之前，大家早已闻知此信儿，背地里议论纷纷，不知新将军来后将怎样理事，是否着手审结积案，会有什么举动，咱得好好儿观察观察。如果不想干实事，走马观花，该处理的不处理，以各种借口继续拖，那咱也跟着一块儿拖；如果脚踏实地，毫不含糊，公案、积案必审理个水落石出，那咱就有多大劲儿使多大劲儿，一块儿干。今天，新将军终于到任了，进了府衙，既没跟众位属员寒暄，也没让摆宴接风，而是直接坐在大堂之上，一头扎进卷宗中，一页一页地翻看、详读，时不时在某页夹上纸条儿，并提起笔在纸条儿上写些什么，显然是有备而来。大伙儿一看这架势，心里有数了，暗暗高兴，从副都统都克尼到档房主事、掌案主事、刑司主事、文部主事以及笔帖式等排了一大溜儿，手里拿着呈文准备递上，请将军大人审阅。这些属员各管各口，手中皆有积案，多数是留中的，早就盼着能尽快批复，以减轻多年守卷之重压。

富俊伏案细研，大约过了半个时辰，抬头环视一圈儿，见这么多属员都手拿文本急切地等着自己审阅，一下子哪能看得过来呀，便对站在身边的都克尼附耳道："我先看看有关范家堡子的呈文，其余各类文本待明日一一详审，不用全在这儿等了，各位主事可以退班了。"

都克尼点点头，遂把将军的话转述给众官员，并请各位退下。大家转身刚往门外走，富俊又冲都克尼吩咐道："都大人，请文部主事过来，我要查阅两翼官学的档册。"

都克尼听令，随即向将要散去的官员们高声儿通报，将军大人请文部主事留下说话。已经步出大堂的文部主事常喜急忙返回，快速走到桌案前，恭恭敬敬地施礼道："将军大人，久未得见，甚是想念。见您忙得头不抬眼不睁的，在下未敢打扰，只要能看着，心里就舒坦了。"

富俊坐直身子笑道："常喜呀，俗话说得好，十年河东，十年河西。这不，你我又聚到一起了，在同一衙门办差不是很好么，把档册递上来吧！"

常喜闻言，忙将抱在怀里的几卷档册轻轻放在桌案上，然后站在一旁禀道："大人，您知道的，吉林将军衙门属下的左翼官学教习从嘉庆二十五年开始空额，一直没有补缺。四年前，除了京师桂良大人的外甥女婿尤成额、盛京卢涟大人的妻弟鲍昌欲求此职外，另外还有三位学士。然并无进展，只因总管秦名远从中作梗，节外生枝，才不得不搁浅。自松林、松筠两位将军大人相继坐镇至今，呈递申报入仕帖子的总共四十七人，由于久等无果，使他们进退两难，有的还来衙门递帖质问，有的甚至当面谩骂，要求给以解释。吾等担心生乱，惧而避之，长此以往，苦不堪言。此番大人新任，吾等企盼能果断处之，尽快定夺，给学士们一个交代，以振吉林将军衙门为民操劳之风。"

富俊听后没言语，重新伏在桌案上，低着头一卷一卷地翻看、细阅。说起来，文部主事乃将军衙门中事情最多、与民众接触最广的职务，上至两翼官学教习，下至各地旗籍诸民，执掌整肃教化之权，监察两翼官学教习之品学、才能、功过，负责减剔庸员、增补优贤之士。文部主事也是将军身边文武两臂之一臂，可谓不可或缺的帮手，关系将军衙门的声威，历来被朝野上下人等所看重。常喜乃满洲正黄旗人，从小在吉林长大，成人后入伍，嘉庆十四年于吉林将军赛冲阿手下办差。嘉庆十八年，赛冲阿调往四川成都任都统，临走前，在盛京将军衙门任职的富俊特意赶来送行。赛冲阿是位很有头脑、天资聪敏、智略过人、又有先见之明的一品官，知道富俊曾于嘉庆八年六月首任吉林将军，当年八月调走，虽然只在任两个月，但通晓吉林民情，受到百姓的拥戴。认为这样难得的好官将来必会再次承担吉林将军大任，于是便乘此见面之机，把自己颇为信任的四品官常喜向其引见之。赛冲阿手下那么多属员，为啥不引见别人，偏偏引见常喜呢？因为赛冲阿在吉林将军任上四年中，曾几次以办差能力高低为由考核属员，结果常喜总是拔取头筹。他认为此人在深入下层、扶赞官学、选贤任能等方面很有成效，是块可用的好坯子，再继续摔打摔打，未来前途无量。在这个时候，将其带到陌生的成都欠妥，不如留在故乡发挥才干，遂把此想法跟常喜说了。常喜当然希望留下，守家在地总比抛家舍业强，何况还有二老需要照顾，十分感谢大人的知遇之恩，赛冲阿这才决定向富俊推荐之。富俊早闻常喜为人诚朴，办差认真，对上峰忠心耿耿，指到哪儿打到哪儿，这样的属员哪有不愿要的？当即表示可暂先将其安排在盛京将军衙门。

一年后，即嘉庆十九年，富俊果不然接到圣旨，令其急返江城，二任吉林将军，常喜随之跟回。嘉庆二十二年，富俊再调盛京，没带已任文部主事的常喜走，让其继续留在吉林将军衙门。嘉庆二十三年，富俊三任吉林将军，两年头儿调往京师理藩院任尚书，不久被派往双城堡设立行辕，带领八旗官兵清查田亩。常喜则先后在松林、松筠手下办差，干得不错，二位将军都很满意。嘉庆二十五年春夏之交，尤成额从京师来吉林准备赴任左翼官学教习，常喜是知道的，因为此前他亲自接的写有尤成额名讳的帖子，而且是达禄副都统给办的。遗憾的是正赶上达禄带领官兵投入治理水患之中，其后又突接命令，前往山东平乱，便将此事全权委托给秦名远了。当年，富俊刚刚调往京师理藩院，坐镇吉林将军衙门的是松林大人，故而尤成额到吉林未与富俊、达禄碰上面，而是擦肩而过。

将军衙门的总管秦名远尽管没多大能耐，不过很会来事儿，善于揣摩主子心思，阿谀奉承有一套，故而被上峰看好，颇受器重。当他感到自己已站稳了脚跟，私欲随之膨胀，唯利是图，欺上瞒下，阳奉阴违，玩弄权术于股掌之间，由于伪装得好，松林将军并未看清其真面目。卢涟大人欲为妻弟鲍昌谋得左翼官学教习之职，求到了秦名远，并以重金贿赂之。拿人家手短，秦名远便不顾达禄副都统的委托，对来到吉林的尤成额不是置之不理，就是百般刁难，最后硬是给塞到了江北拘缉营。文部主事常喜只是四品官，在将军衙门里肯定远不如三品官的秦名远有实权了，人家身后还有靠山，有时甚至可代表将军说话，又特别霸道，所以对尤成额任教习这件事只能干着急。他曾问过秦名远："总管，达禄副都统交办的那个帖子已接很长时间了，啥时候录用啊？"

秦名远当然知道文部主事指的是尤成额，遂不阴不阳地说："主事勿挂心，此乃伪帖，由本官处理。"

常喜一听，对方是在故意搪塞，还声称什么"伪帖"，压根儿就没想办，能有啥招儿？胳膊拧不过大腿，只好不吱声儿了。

富俊是在清查田亩行辕大营听说尤成额遇阻未能任教习的，下绊子的人就是秦名远，当即气得火冒三丈，可又能怎样？自己早已离开吉林将军衙门了，不在其位，不谋其政，只能静观松林大人怎么处理了。

时进道光四年，当常喜得悉富俊再次调回衙门四任吉林将军时，高兴得觉都睡不着了，这可是期待已久的大喜事，尤成额终于有盼头了，于是首先做的即是把两翼官学档册重新整理一番。这不，富俊刚到任，常喜便把关于尤成额申报帖子的文本摆在手中档册的最上头放在案子上，希望将军大人第一眼就能看到并尽快解决，还尤成额以公道。

富俊阅毕两翼官学档册已是午夜时分了，合上文本后，心里很不是滋味儿，寻思道："尤成额的申报帖子送到吉林将军衙门时，正是我去京师理藩院之时，不管什么原因，至今未能如愿，我有不可推卸的责任。如果说尤公子不是那块料，没有文才，品德又不怎么样，即使桂良大人再是老友、旧交，这个面子也不能给。然事实并非如此，本人不仅才高八斗，而且人品出众，任官学教习绰绰有余，结果却未经考核而推到一边不管了，这纯粹是对人才的浪费。尤公子无端遭劫难，其夫人卧病在床，让人看着心疼，说明我这个将军没尽职。一定要彻底查清此事，还其本来面目，人尽其才，否则愧对朝廷的信任，也无颜面对桂良大人，更对不起尤成额一家。"想到这儿，抬起头来，目光落在了站在一旁的文部主事身上。在他的心里，仍把常喜看成是当年那个踏实肯干的年轻属员，实际上人家已到不惑之年，身着四品官的海水、浪花、云雁补服，蛮威武挺秀呢！富俊移开目光，开口道："常喜呀，我想听听你这位文部主事对尤成额怎么看，审报帖子是否采用？"

常喜回禀道："大人，卑职已查明，尤成额乃正人君子，终朝每日伏案苦读，是个地地道道的文士，从不惹是生非。由于怕担仰仗权贵举荐之嫌，尽管受了很大委屈，也未曾到衙门诉冤，一直忍气吞声，以学识自荐。如此难得的德才兼备之人不是多了，而是太少了，理当录用之。卑职以为两翼官学乃大清训育人才之所，教习一职非等闲之辈可担，用谁不用谁须慎而又慎。秦名远想要安排的鲍昌练过武功，然才学疏浅，只求功名而无所作为，若入两翼官学则将误人子弟，害莫大焉。想必大人知晓这些下情，是非曲直必会水落石出，吉林将军衙门欠下尤成额的四年文债早该还了。不能再彷徨犹豫了，应当机立断，言必信，行必果，这才是大人的一贯作风。卑职斗胆进言，当与不当，请大人审慎度之。"

文部主事的这番话讲得头头是道，有理有据，富俊听了，感到十分欣慰，与自己的想法不谋而合。真是不简单哪，对常喜得刮目相看了，这几年锻炼得不错，大有长进，于是点点头道："嗯，所言极是，如何公正对待四十七个申报帖子尚需琢磨琢磨，你有什么好办法？"

常喜不假思索地说："大人，很好办，设考榜，以学识高低择优录用。可召集那些递交申报帖子之士入考场，将军大人亲自任考官，独占鳌头者即是我们所要的，谁能不服？尤成额本是博览群书之文士，不惧考榜，相信定会交上令人满意的答卷。不过考试无常，一旦未答好排在后头了，只能自恨才浅，怨不得任何人，也不会给桂良大人留下责难口实。倘若鲍昌等人落榜了，大人可理直气壮地据实函告其靠山，他们焉能说出什么？"

富俊听罢，脸上露出了满意的笑容，这一点又和自己想到一块儿了。当即定夺，命都克尼、常喜做好准备，明日设考榜，作为本将军到任首办的第一件事。

朱伯西给大家简单介绍一下吉林官学。吉林乃圣朝根本之地，康熙二十三年，由八旗官员捐资，在距吉林文庙西南约半里地处修建了吉林官学，分左翼官学和右翼官学。左翼官学房屋八楹，那时称"间"为"楹"，八楹即八间。初建时，青砖砌墙，以草苫顶，后用青瓦盖顶。每楹前面有长廊，门的两侧各立一根大立柱，八楹共立十六根，显得非常气派，教授对象乃八旗中的正黄、镶黄、正白、正红之子弟。右翼官学房屋六楹，每楹前面同样有长廊，门的两侧各立一根大立柱，六楹共立十二根，也很不一般，教授对象乃八旗中的正蓝、镶蓝、镶红、镶白之子弟。每年春秋两季招收生员，每翼有教习四名，助教三名，主要教授清文，即满文，此乃国语。除此之外，还教汉语、汉文，再一个就是骑射。吉林官学名声在外，不次于盛京、黑龙江，培养了大批文武之士，成为社稷的栋梁之材。历届将军皆很重视，常去官学巡视，过问学生的受业情况，从中选拔优秀人才充实到将军衙门以及各州府县。还十分关注房屋的维修，乾隆七年进行了初次修葺，乾隆三十一年再次修葺，嘉庆十一年因遭火灾又修了一次。清代除了正式的春秋两季开科取士外，像吉林将军衙门这样为属下两翼官学选拔或补缺教习、助教也不可小觑，如同考状元一样，既严肃又认真，此次只为左翼官学补一教习缺额，右翼官学已满额。

富俊设下考榜后，常喜转天头晌便拟就了告示，经将军大人审阅毕，于江城较醒目的场所、街道张贴出去。在考榜告示的旁边还贴了一张告示，即富俊为整肃法纪、便于各方人士监督在职官员的所作所为而亲书的"约法三章"：

一、节简银粮，忌行百宴，铺张浪费者罚。

二、万民乐业，匪滋不生，贪污受贿者罚。

三、忠诚职守，勤于政务，赎官贻爵者罚。

这可是多年没有的事儿了，很快便轰动了全城，男女老少纷纷走出家门围观，边看边议论，无不佩服新将军的胆识和魄力，交口称赞"约法三章"措辞严厉，切中时弊，乃恣意妄为者的照妖镜。

尤成额早在四年前就呈递过帖子，其时乃呈帖第一人，这回需重新申报，为啥呢？榜上明文规定，以前呈上的帖子不算数，以此次为准，五天后参加榜试。在早文武之士若想入仕，首先需递交申报单子，即帖子，经审合格者参加面试，然后再入考场进行笔试。在填报帖子时，以正楷写上名讳、年龄、民族、籍贯、学历、家庭状况，要求工整、细致。考官主要通过这几点得知考生是出身于名宦之家呢，还是普通人家呀，曾在哪个学堂读书哇，官学还是私塾啊，由何人授课呀等，一目了然。从正楷字可看出你的书法如何，笔砚功夫达到什么程度，是否够得上录用的起码标准。尤成额按照要求认真填写完申报帖子并收好，一副胸有成竹的样子，没有丝毫临考前的慌乱，只等五日后的堂试了。

这天终于到了，白面娘子一大早就起来了，先去厨房叮嘱正在准备早膳的王师傅要把饭菜做得顺口儿，接着又让小曼伺候少爷洗漱，然后打开衣柜取出几件新衣裳，在茗兰的指点下为公子穿上。四年多来，尤成额因事事不顺、处处碰壁，所以心情很不好，肤无光泽，面容枯槁，十分憔悴。经过一番打扮后，立马变样儿了，眉端的愁绪不见了，显得精神多了，儒雅之风十足，比原先还要年轻。大家围桌用餐时，茗兰苦于无法亲自送夫君前往考场，又放心不下，便劝尤成额道："夫君，多吃点儿，肚子有底心不慌。到了考场什么都别想，静下心来，稳稳当当、仔仔细细答卷就行了。"又侧过头对身旁的白面娘子附耳道："妹子，还得辛苦跑一趟，陪公子去应试，有劳你了。路上要安抚公子别紧张，更不要有负担，心态平和是关键。我一点儿不担心公子堂上的笔试，只怕在回答考官的问话时，他不像你那样伶牙俐齿、能说会道的，万一讲不上去，考官不满意，很可能事倍功半。因此千万别忘提醒公子不要着急，把该回答的表述清楚，将学识展示出来，将军大人才会知人善任。成败在此一举，机会难得，拜托了，姐姐先谢谢了！"

白面娘子小声儿说道："外道了不是？妹子记住了，把心放到肚子里吧！我有一种预感，此去十拿九稳，必操胜券。根据啥呢？那天土地爷爷一到吉林城，连将军衙门还未去呢，就直接来凤楼看望你们了。此举即是告诉咱，请相信本官将秉公办事，只要公子是那块料，绝不埋没人才，一定会如愿的。姐姐，别操那没用的心了，好好儿在家待着，养足精神，静等佳音。"

茗兰听后，轻轻点了点了头，不再说什么了。用罢早膳，大伙儿把尤成额和白面娘子送出门，因时间尚早，二人并不着急赶路，而是边走边唠，白面娘子把茗兰的交代重复了一遍。到了将军衙门府，见副都统都克尼正站在门外迎接前来应试的考生，并把递上来的申报帖子收齐，交给文部主事常喜。几位笔帖式站在院内，一一嘱告各位考生，今日将军大人要亲任主考官，上堂开宗明义，进行会考，你们无须紧张，只要沉着冷静应考、认真答卷即可。将军大人一向主持公道，不徇私情，榜首者必夺筹。意思是请大家放心，谁答得好，而且成绩排在第一位，我们就选谁做教习，定当公正办理，以此安抚考生。文部主事把收到的申报帖子审清后，将每位考生的名讳用墨笔写在宣纸上并张贴于院墙，大伙儿皆围在那儿观瞧，看看有没有自己的名字，唯恐落下。尤成额、鲍昌也不例外，名字自然列在上面，一切都是公开的。

离考试时间还有一会儿，常喜便吩咐笔帖式引领着考生进入衙门府西院儿的青砖瓦顶会馆内，即筑建有年的"倡议堂"稍稍歇息一下。门楣上方所挂匾额"倡议堂"三个大字很是醒目，乃乾隆朝中期，满洲正蓝旗人恒禄任吉林将军时留下的墨宝。这么多年来，房屋已几次修葺，没少更窗换门，然匾额依旧。倡议堂是历届将军大人获悉言论之所，接待八方人士，开宗盛听，广征民瘼。室内布置得既庄重又典雅，具有吉林地方特色。冲正门的北墙悬挂着巨幅"五虎鸣瀑图"，画工精细，出自乾隆初年一位有名的丹青画师之手。画儿上的五只老虎姿势不同，神态各异，有的趴着，有的站着，有的前扑，有的狂奔，生动逼真，妙趣横生。再配以流泻的瀑布，使观者似乎听到了山泉流淌发出的叮咚声儿，犹如身临其境。过了一袋烟的工夫，常喜领着考生从倡议堂出来，穿过长廊尽头的小圆门，进入后面的"招贤堂"。此乃从倡议堂辟出的房屋，专门作为招收文武之士的会考之所，门口儿有差官把守。考生只要来到这里，就说明已办好了一应手续，经过审查，该填报的各项皆已完备。进了招贤堂，首先看到的是藏衣间，即放衣裳的地方。考生需将脱下的外袍儿和随身携带之囊袋等放入写着自己名讳的大木匣子内，自锁自取，然后进入赐衣间。凡是应试者都得在这里换上将军衙门备办的外衣，一色浅灰色长衫儿，没兜儿没带儿，以防携带作弊之物，穿好后才能进入招贤堂。屋内摆放着一排排方形高桌，一把把靠背椅，桌与桌互有间隔，以防传递纸条等，桌上有文房四宝，一人一具。待众考生就座后，常喜讲了讲考试之要旨，又强调一下应注意的事项，望各位遵守之。这时，副都统都克尼引领吉林将军进得屋来，并向考生做了介绍。富俊开口道："诸位考生，本将军今天有幸与大家见面，非常高兴，为了吉林的振兴，欢迎更多年轻、有才干之人前来应试。左翼官学教习空额已四年有余，早应补缺，却久拖未决，为上下人等所系念。我受前任之托，上任伊始，着手做的第一件事就是选拔适合担任教习之人。此职官只空额一名，却有四十多人求之，竞争比较激烈。为公平起见，特设考榜，以遴选品学兼优者堪任。下面由本将军出榜题，望各位广展智海，大显身手，交上令人满意的答卷。榜题不难，相比之下颇为简单，先要详审之，慎度之，而后作答。"说罢，提起桌案上的毛笔蘸饱墨，在一张红纸上写下"荀子"二字，甲题：《荀子》出自何代，何人所作，其遗著多少卷、多少篇，"劝学""儒效"为何卷何篇，任选两篇中的佳句共三节书之。

乙题：以下诸言源自何书？

子：君子周而不比

丑：天降大任于斯人也

酉：天行健，君子以自强不息

卯：绵绵若存，用之不勤

书毕，都克尼和常喜走到桌案前，各拿大红纸的一角将榜题贴在面冲考生的墙壁上。考生中有十几个人边看边议论，有的紧皱眉头道："还说颇为简单呢，这也太难了，从未见考官如此出题的，怎么作答呀？"

有的连题意都未弄懂，摸着后脑勺儿道："为什么还劝学？我们爱学习呀，不用劝，这究竟什么意思呢？"

有的更可笑，两手挂着下巴颏儿，双眼看着墙上的试题磕磕巴巴念不成句子："天行……健君子……以自……强不息"，还一个劲儿地问邻座考生："兄弟呀，你弄明白没，咋答呀？"

嗓门儿最大的当数鲍昌，抱着膀子嚷嚷道："哎哟，这算哪门子考试呀，口口声声说什么检验大家学识水平的高低。要我看哪，纯粹是故意难为人，甭管出啥题，总得让我们知道试题啥意思吧？"说实在的，他心里比谁都着急，好不容易有个当教习的机会了，还得参加考试，择优录取，此前的礼是白送了。考就考吧，也坐进招贤堂了，可人若倒霉呀，喝口凉水都塞牙，未承想当天就碰上了硬钉子，又是"劝学"又是"儒效"的，谁能啃得动啊？嚷嚷过后，见考官没吱声儿，静下心来寻思道："劝学……劝学……"忽然眼前一亮："哎，想起来了，劝学很好理解呀，老父时常劝我要认真学习，听得耳朵都磨出膙子了，不过那可是关起门来教导儿子，主考官怎么知道的？唉，真够丢脸的了。也罢，既然让我讲讲高堂老大人平日是怎么劝学的，只好如实回答了。"想到这儿，不再听周围的人说啥了，趴在桌子上闷头儿开答了。

说来这四十七位应试者中，大多数是正经八百的读书人，整日卷不离手。少数人则是纨绔子弟、庸碌之辈，家中既有大妻，又有小姜，天天玩鸟、遛马、赌钱，成营生了。再不就去烟花柳巷里混，没日没夜迷迷瞪瞪的，没心思读书。要知道，学习文化首先得能耐得住寂寞、坐得住板凳，要不咋说苦读寒窗呢，确实不容易。不爱学习的人虽然人在学堂里，但心早飞了，根本坐不住板凳。往往趁老师转身的工夫，他便开溜了，看都看不住，更有甚者，平时在答不出老师留的作业时，或抄别人的，或雇人代笔，到了真正需要临场作答就露馅儿了，瞪着一对儿眼睛不知所云。

此刻，考场的秩序有点儿乱，一些人仍在发牢骚。都克尼和常喜看着他们的丑态，听着不着边际的议论，暗自好笑。唉，真是愚昧无知到了极点，大清的应试者中，怎会有这样的人呢？连"劝学"的出处都不知，更别说默写了，还想到左翼官学任教习，真成笑话了。富俊也直摇头，见不制止不行了，便道："诸位考生，要保持考场肃静，不得妨碍他人。试题浅显易解，没有难度，只要平时稍下功夫皆能答上。请仔细审读，认真思索，用心答卷。如果继续发议论，将会把你逐出招贤堂，等于自己主动撤回申报帖子，不再给机会。"

那些考生听罢，你瞅瞅我，我看看你，立马闭嘴了。一个个坐在那儿，眼睛死盯着桌子上的文房四宝，脑袋一片空白，急得长吁短叹，抓耳挠腮。而尤成额等三十多位考生对这一切全然不知，埋头答卷，一声不出。考场内安静了，负责护卫的差官在院子里走来走去，时不时地提醒那些等在门外、陪着应试者一块儿来的家人、仆从不要大声儿说话，保持考场周围肃静，以免分散考生的注意力。实际上，他们比考生还紧张，心提到嗓子眼儿，生怕答不上来，一遍遍地为其祈祷，但愿顺遂，有问必答。也有不紧张的，比如白面娘子，看上去颇为轻松，坐在大门对面的上马石上东瞧瞧西望望的，只等尤成额从院内走出。她心里有底，平日里，目睹了尤公子手不离卷，勤勉苦读，积累了广博的知识。坚信功夫不负有心人，只要不出意外，定会拔得头筹，所以她心里一点儿都不慌。

铜钟连响三声，一个时辰的榜试终结了，常喜开始按桌收卷子。在答卷的过程中，有的考生一字答不出或写上一两句，索性不答了，放下卷子扬长而去。有的草草作答或答出一半儿，明知入选无望，也就不愿坐在椅子上干受罪了，只过一个钟点便抬屁股走人了，所以十多张桌子已经空了。当常喜收到尤成额桌前时，尤公子站起身来，双手拿着卷子恭恭敬敬地递上。常喜接过，点了点头，估计能答得不错。因为早就注意到了，尤公子神态自若，没有丝毫的紧张感，一直刷刷地写着。到钟声敲响时，已认真检查两遍了，整个考场像他这样的没几个。

收完卷子，都克尼领着余下的考生去驿馆用膳、歇息，下晌再回到招贤堂听结果。常喜则捧着卷子出了招贤堂，穿过长廊尽头的小圆门来到倡议堂，交给等在那儿的将军大人。富俊一张张地翻阅着试卷，无论答得好与坏，都看得非常仔细，并记下了每张卷子的名讳。当翻到尤成额的答卷时，发现不但字写得工整，而且格式也很规范。先审甲题，答曰：

《荀子》出自战国末期，荀况所作，又名孙卿，山西南境人。其遗著共二十卷，三十二篇，"劝学"乃第一卷第一篇，"儒效"乃第四卷第八篇。默写佳句三节，一节"劝学"："君子曰：学不可以已，青，出之于蓝而青于蓝；冰，水为之而寒于水。木直中绳，輮以为轮，其曲中规，虽有槁暴，不复挺者，輮使之然也。故木受绳则直，金就砺则利，君子博学而日三省乎已，则知明而行无过矣。"

二节"劝学"："积土成山，风雨兴焉；积水成渊，蛟龙生焉；积善成德，而神明自得，圣心循焉。故不积跬步，无以至千里；不积小流，无以成江河。骐骥一跃，不能十步；驽马十驾，功在不舍。锲而舍之，朽木不折；锲而不舍，金石可镂。蚓无爪牙之利，筋骨之强，上食埃土，下饮黄泉，用心一也。蟹六跪而二螯，非蛇鳝之穴无所寄托者，用心躁也。是故无冥冥之志者，无照照之明；无惛惛之事者，无赫赫之功。行衢道者不至，事两君者不容。目不能两视而明，耳不能两听而聪。腾蛇无足而飞，鼫鼠五技而穷。《诗》曰：'鸤鸠在桑，其子七分。淑人君子，其仪一分。其仪一分，心如结分。'故君子结于一也。"

三节"儒效"："故人无师无法而知，则必为盗；勇，则必为贼；云能，则必为乱；察，则必为怪；辩，则必为诞。人有师有法而知，则速通；勇，则速威；云能，则速成；察，则速尽；辩，则速论。故有师法者，人之大宝也；无师法者，人之大殃也。"

富俊看罢甲题，又惊又喜，拍案叫绝："妙哉，妙哉，积年未见如此难得之才子，堪可为师也！"为啥赞不绝口呢？当然是有原因的。尤成额默写的三节佳句十分精准，一字不差，犹如荀子的"劝学""儒效"摆在面前。倘若不把全书背得滚瓜烂熟，牢牢刻在脑子里，绝对达不到这个程度。要知道，不光吉林将军衙门选录教习如此出题，往昔的八股科考全是这样，每篇文章皆需背诵。主考官富俊在众多书海中随意抽出两篇作为试题，考生唯有遍读古籍并铭记于心，才能对答如流。古人讲究熟而默记，默记贵在通晓，通晓方可默记，博闻强识，一语中的，便有夺魁之可能。即是说考官问啥，你就能答啥，若只瞄准一个靶子，问那么多能知道么？所以必须得通读大量古籍，在理解的基础上熟记，方可做到在考官出任何一道题时，都在自己的掌握之列，否则将名落孙山。说实在的，别看每位举子皆苦读十几载，那也不一定能把古籍看全，更谈不上背诵熟记了。

富俊平时也十分注重知识的积累，认为人的一生不能彷徨歧途或虚度年华，应珍惜寸阴，孜孜不倦的学习，奋发有为。尤其是年轻人要多读书，用心学，把全部精力倾注书海之中，以便丰富自己的知识，不断挖掘自己的智能，为振兴大清献出一份儿力。目前，吉林将军衙门正是用人之际，为官者要慧眼识英才，选拔那些勤勉好学、志向远大之人入仕，挑起肩上的重担。正因为富俊求贤若渴，故而才想到了荀子的"劝学"篇、"儒效"篇，篇中所告诉人们之应该怎样学习、如何做人等，恰恰合乎此次设考榜的中心要旨。尤成额选出佳句三节中之一节取自"劝学"篇，是说学习不可随意终结，三天打鱼两天晒网也不行，必须坚持下去，持之以恒，方能达到青出于蓝而胜于蓝之境地。人之苦读，如同把木料做成车轮，把金属削成利器，全靠打造磨制之功，才会对人类有用，人类便因此赢得了最高的智慧。也就是古人所讲的学无止境，只要功夫深，铁杵磨成绣花针，此乃一个道理。

二节也取自"劝学"篇，是说所有的成功都源于点点滴滴的积累，只有从一做起，方能积沙成塔，集腋成裘。无论干什么，务要专心致志，切记驰心旁骛，有志者事竟成。

三节取自"儒效"篇，是讲在社会上如何立足，应效仿什么，怎样才能把"人"字写好。文中强调需靠两条，一条是师教，一条是法度，这对一个人的健康成长极为重要。人的智慧，人的胆识，人的能力，人的作为，人对事物准确的观察、见解的通达、分辨是非的火眼金睛、剖析问题的透辟、谈吐的犀利、果断等皆来自师教，不学无术之人是立不起来的，在社会上也站不住脚。除此之外，还要有法制观念，凡事依法而行，以法度规范自己的所作所为，否则必出盗贼，成为害群之马。听从老师的教诲，以法度约束言与行，就会成为有用的人，乃人类之宝。此节申明了师教和法度的重要，立人立本在于学，在于教，在于自觉遵守法律。国家也如此，倡行教育，重视德才兼备，严格执法，人与人之间才会和谐共处，社会才会蓬勃发展。否则必将导致秩序紊乱，引发灾难，招惹祸殃。

富俊接着往下看第二命题，即乙题，答曰：

"君子周而不比"源自《论语》

"天将降大任于斯人也"源自《孟子》

"天行健，君子以自强不息"源自《周易》

"绵绵若存，用之不勤"源自《道德经》

乙题同样答得完全正确，毫无谬误，富俊甚为高兴，感慨万端，抬起头对身边的常喜、都克尼说道："不得不承认吉林将军衙门负有延误子弟入仕之过呀，尤成额这样的文士早应坐于庙堂了，却得之晚矣。为官者如果不严于律己，玩忽职守，那将贻害一方一域，后患无穷，我们都要引以为戒才是。"说完又低下头审阅其他考生的答卷，发现有几位答得也挺好，比如来宝、德成、喜尔仲、乌巴图、尧子兴等，不过与尤成额相比稍逊一筹，做教习不行。当审到最后一张，即鲍昌的答卷时，觉得颇有意思，还是有生以来头一回看到如此答题的。鲍昌误以为主考官知道自己是悖谬父命而前来应试的，依据对命题的错误理解胡诌起"劝学"一文来，可谓风马牛不相及。答卷中陈述了本人乃习武之士，自幼始练刀剑棍棒和如意铜锤，一直坚持至今。由于看到在盛京将军衙门任吏部侍郎的姐夫卢涟平日深居简出，天天与古籍、文房四宝为伴，不受风吹雨淋之苦，只要出行便以车轿代步，很是羡慕。于是几次请求家严为自己谋取官学之任，结果不予支持，均遭怒拒。当时难过已极，泪流满面，痛不欲生，转而哀求家慈帮忙。老母心疼儿子，便来到女儿家，让女婿出山，其夫人也在一旁催促。卢涟无奈之下，只好致函辽西故友、于嘉庆七年当过吉林将军的秀林，说是请想办法为妻弟鲍昌谋得吉林将军衙门属下之左翼官学教习之职，若补正教习无望，替补教习也可，以解夫人苦缠之烦。信的末尾是千恩万谢，万谢千恩。秀林看在旧友的面子上不能不管哪，可又苦于早已不在吉林将军衙门了，眼下身在甘肃，远水解不了近渴，找谁办好呢？左思右想，猛然想到了秦名远，曾在自己的手下任差，平时关系不错，又言听计从，应该能帮上忙，随即发去信函，并告知卢涟直接与秦名远取得联系。卢涟与秦名远不是很熟，只几面之交，总不能白求人吧，遂取出白银千两馈赠之。秦名远受人之托，又接人之银，觉得头拱地也得办成。正欲运作之时，未承想忽然蹦出个尤成额来，而且达禄副都统已打过招呼了，只等人家来赴任了。这下秦名远的火可上大发了，又生气又无奈，于是采取了偷梁换柱之法，打算用鲍昌代替尤成额，但久未如愿。后来良心发现，觉得与尤公子原来无冤无仇，不该坏了人家的好事，那会受天谴的。可又无颜回盛京，惧怕家严之厉色，对不住家慈之良苦用心。就在进退两难、犹豫不定之时，恰逢将军大人设考榜，其中的命题之一"劝学"正与其家严训谕十载的劝学之言相吻合，故而答之。恨自己不肯认真读书、未下苦功夫学才落到今天这个下场。俗话讲，败子回头金不换，亡羊而补牢，未为迟也。

富俊审完这张离题万里的答卷，知道了此前求职的来龙去脉，不仅没生气，反而乐了："嗯，看来鲍昌走得距正道不算远，后生可教也。真是可怜天下父母心哪，谁不希望自己的儿子成为龙虎之将呢？谆谆教导、循循善诱尤为重要，其家严不必一味责怪也。"然后冲副都统问道："都大人，眼下将军衙门各部武职有何空缺？"

都克尼回道："城巡狩七品武职的骁骑校依里布因病退役，尚未补缺；城防巡查八品武职久未补缺；校场武备六品武职的副将佟海新选调京师建锐营，需补缺。"

富俊思忖片刻，说道："可将鲍昌留在衙门，校场武备六品武职副将对他而言尚显高就，难当此任，当后勉之。补城巡狩七品武职之缺比较合适，二位以为如何？"

都克尼点头道："我看行，听说鲍昌的武功不错，正好可以发挥他的一技之长。"

常喜也表示赞同，并道："将军大人，光顾审阅答卷了，午膳还没用呢，肠子肚子早打架了吧？"

富俊笑道："哈哈，可不是么，你这一提呀，倒勾出馋虫来了。走，去后堂，让厨师炒几盘儿菜，咱们边吃边聊，把准备录用谁、任何职议一议，下晌得宣布呢！"说罢，三人起身出了倡议堂，向后堂走去。

到了申时，常喜和都克尼引领众考生来到将军衙门中堂，一字排开，总共三十二位，占考生的三分之二。为啥少三分之一呢？因为头晌那些或根本答不上、或草草作答的考生知道没有录取的可能，早已提前离开招贤堂径自回家了，原本就没想来。富俊正襟危坐于太师椅上，向桌案下看了看，朗声儿宣道："本将军审阅了各位的答卷，水平参差不齐，有的答得不错，有的还算可以，有的差一截儿，望今后继续努力。本衙门根据各位递交的申报帖子及命题答卷，从德与才两个方面综合考量，选录如下：来宝、德成、喜尔仲为吉林将军衙门属下两翼官学候补教习，分拨左右翼试用，届期三载，依教优长另行补正或分到衙门各部任职，由文部主事常大人负责选派。请各位切记，将来不管在哪儿干差，务要勤勉忠职，克己奉公，尽心尽力，优则擢升，劣则除缺，望好自为之，听清了吗？"

来宝、德成、喜尔仲一起跪地叩头道："听清了，谢将军大人抬爱，所言必牢记在心！"然后站起身来，高高兴兴地随常喜退堂而去。

富俊接着宣道："将军衙门有三个武职缺额，由乌巴图补校场武备六品武职副将之缺，尧子兴补城防巡查八品武职之缺。"说到这儿忽然停住了，向堂下扫了一眼问道："鲍昌何在？"

鲍昌此刻正无精打采地站在队列里，心灰意冷，情绪低落，因在交完试卷后，下去一打听，知道全答错了。"劝学"根本不是像自己理解的乃老父训教之言，而是荀况遗著中之一篇，所答驴唇不对马嘴，令人啼笑皆非，脑袋顿时就大了。看来此次彻底玩儿完了，未得到红鸭蛋，只能背着黑鸭蛋回盛京了，怎么向父母交代呀？那时，"红鸭蛋"即指朱笔批阅，所画红圈儿为对号儿；"黑鸭蛋"即指墨笔批阅，所画黑圈儿为错号儿。就在他愁眉紧锁、胡思乱想之时，忽听将军唤自己的名字，慌忙出列，扑通一声跪在地上叩道："鲍昌叩见大人！咳，平时不下功夫学，用时方恨少，卷子答得一塌糊涂，无话可说。我知道，家严不会饶过不争气的儿子，家慈也会大失所望，是做儿子的不孝，对不起二位高堂的养育之恩，悔之晚矣。蠢辈真的觉得无颜面对将军大人，有条地缝儿都想钻进去，我错了，我错了……"说着说着，已经泣不成声了。

都克尼见此，怕他情绪过于激动再出个一差二错的，便上前将其扶起道："鲍昌，冷静点儿，男子汉大丈夫哭什么呀？将军大人对年轻后生一向是既爱护又严格，希望都能成为有用之材，就像父亲对待子女一样，但凡有可能都会给机会的。"

富俊说道："鲍昌啊，从你的答卷中获悉了内情，得知此前曾以其他方式谋求官学教习之职未果，知错必改就是好样儿的。念你在答卷中说了实话，尚属坦诚，看出求职心切，不想自暴自弃，愿意趁年轻力壮多为大清效力，让本将军颇受感动。考虑到虽文采欠缺，但武功习练有年，自有优长，可补城巡狩七品武职骁骑校。从今往后，要严于律己，振奋精神，踏踏实实习文，认认真真习武，朝能文能武的方向努力。功夫不负有心人，有付出就会有收获，相信前面的路会越走越宽的。"

鲍昌一下子怔住了，初始以为耳朵出了毛病听错了，转而环视了一圈儿在场的人，大家都在看着自己，没错，是真的，的的确确被将军衙门录用了，激动得重又跪在地上连连叩头致谢道："谢谢，谢谢将军大人给了机会，小的没齿不忘，为吉林地方的安宁愿效犬马之劳！"

富俊抬了抬手道："起来吧，嘴巴说得好听没用，就看以后的行动了，本将军拭目以待。"转而吩咐都克尼："都大人，可以走了，送他们去赴任吧！"

都克尼上前一步道："乌巴图、尧子兴、鲍昌，请随我来！"说着大步流星地出了中堂，三人紧随其后，前往任职之处。

待都克尼安排完毕返回中堂时，见将军大人仍坐在那儿，其他未被录用的考生不见了，只有尤成额和常喜从院外唤来的白面娘子静候一旁。富俊说道："都大人，方才我让余下的二十六位考生退下了，虽然所答试卷还算入流，但留在官学不够格。鉴于眼下正是用人之际，你征求一下他们的意见，愿留者，可先在副都统手下当马甲或巴雅喇①，于军前效力，视日后表现另酌升迁。不愿留者，可随其便，一两年后，本将军会再设考榜选才。务必好生抚慰，给以鼓励，告知不要气馁，机会有的是，就看能不能把握住。唯如此，方可使他们有盼头，放下包袱，感戴而归，继续努力。"都克尼诺诺称是，表示一切按将军大人之意办。

尤成额自打进考场到现在，始终一声不吭，也没想主动同任何人搭话。今儿个一早，初见前来应试的考生都怨声载道，对吉林将军衙门一肚子气，自己也有同感，只是觉得委屈无处诉、没有发泄而已。到了下晌，听罢将军大人宣布了录用名单，又见大多数考生虽然没有如愿被录为左翼官学教习，但对量才而用的做法皆未提出异议，而且颇为满意。现场反应也不一样，有的感激之情，溢于言表；有的自惭形秽，发自肺腑；有的涕泪满面，后悔莫及；有的毫不气馁，再待时机。他的内心深受触动，敬重将军大人勇于主持公道，言行一致，表里如一。感喟其思虑周到，办事细致，设身处地为考生着想。使得被录用者雄心勃勃，大展身手，未被录用者重整旗鼓，以利再战。能做到这样实在不容易，真乃体恤民情的父母官，难得呀！这么一想，心气平和了，心情舒畅了，苦恼、愤懑随之一扫而光、烟消云散了。这时，只听将军大人亲切地唤道："尤公子！"

尤成额赶忙应声儿道："晚生在！"随即走到紫色檀香木桌案前，双膝跪倒叩道："晚生尤成额叩见大人！"

坐在太师椅上的富俊站起身来，面带微笑道："经过设考榜选优，有些考生已各得其所，总算完成一件必办之事，本将军很是高兴。请尤公

---

① 巴雅喇：满语，传报人。

子随我来，咱们去会客厅，边喝茶边聊天，放松放松。噢，白面娘子也不能落下呀，一块儿走。"

于是富俊在前，都克尼、常喜在后，尤成额和白面娘子紧紧跟随，缓步穿过长廊，进入南面的会客厅，即将军接待来客或与知己、故旧谈心之处。室内散发着扑鼻的香草味儿，陈设颇为雅致，三面墙上皆挂有历代名家的墨宝及风格独特的水墨画、水彩画。画幅都不大，所表现的天地十分广阔，有白雪皑皑的群峰，有潺潺流淌的山泉，有暖阳高照的田野，充满诗情画意，令人心旷神怡。五人坐定后，衙役奉上了香茗，富俊请大家品茶。白面娘子哪有这心思呀，只想立马知道尤公子是否被将军衙门录用了，可土地爷爷偏偏不提此茬儿，急得坐立不安的。尤成额同样焦炙万分，只是出于礼貌不能发问，尽力镇静自己，继续等待，不过神情已分明流露出了内心的急切。这一切，富俊全看在眼里，呷了一口茶后开口道："尤公子，俗话讲得好，人生难得一知己。本将军之所以单独请你到会客厅，是对其深湛学识的尊重，对修养、才能的认可。以往不算太熟，只见过两次面，不甚了了。耳闻不如目见，今天亲睹公子的答卷，不但文字工整，有问必答，而且准确无误，如读原著，此乃非一日之功也。公子博览群书，满腹经纶，十三经等宝典刻于脑中，犹如国学之藏书屋，难能可贵，钦佩之至。从心而论，早就渴望能与公子这样有才气之人共创文化之光，振兴吉林，巩固北疆，也是一直以来之夙愿。从今日起，任你为左翼官学五品补正教习，试用二载，依教优长经审合格后，擢升为四品教习。在吉林将军衙门为首席两翼官学总教学，除教授子弟外，兼顾教习、补正教习、候补教习的考核、升迁诸务。"说到这儿，指了指常喜道："这位是文部主事常大人，公子早就认识了，有什么困难尽管提出来，凡事找他协办就是了，抓紧时间做好莅任的准备。"

坐在尤成额身边的白面娘子听了可高兴坏了，乐得嘴都合不拢了，未等尤公子给将军大人叩头呢，抢先站起身来道："土地爷爷，您老人家是天下最公正、最无私、最讲良心的将军了，终于使我家公子如愿以偿了，小女代表尤公子及其夫人在此谢谢大人的录用、提携之恩！"随即扑通一声跪在地上，咣咣咣连磕了三个响头，接着又道："土地爷爷，小女要先行一步了，想必病中的茗兰姐姐早已等不及了，我得赶紧回家报喜呀，省得她惦念。也要告知凤楼的老老少少，大家肯定急得火上房了，正翘首企盼呢！"说罢，未待富俊表态，一阵风般跑出了会客厅。

富俊伸出食指点了点白面娘子的背影儿笑道："这丫头，风风火火的，也好，总得有个通风报信的嘛！想必各位比她还高兴呢，咱接着唠，待聊得差不多了，一块儿喝两盅儿如何？"

都克尼、常喜不住地点头，尤成额仍感到有些拘谨、放不开，又不好拒绝，除表示感谢外，只有听便了。正这时，门军来报，说是班佐领带领一些人赶着十几辆车到了将军衙门。都克尼和常喜刚要出门迎接，风尘仆仆的班布泰已快步而入，先给三位大人施礼，然后禀道："爷爷，告诉您一个期盼已久的好消息，我见到一指金刚大法师了，并随孙儿一同回返。此番对大疙瘩梁的钱家祖茔和阎王顶子进行了搜查和清剿，查抄出不少范蔼仁私自藏匿的赃物、地契、卖身契以及范氏家族的土地大账，俘获其派驻在那儿的心腹，收降了所谓的乡丁百余人，囚禁了团练总教头夺魂僧者和静空大师，师叔庞荣和'三槌'兄弟押解着人犯正候在衙门外。"

富俊听罢，命副都统都大人带领亲随帮着班布泰、"三槌"兄弟将押解的人犯一一收监，听候发落。又让文部主事常大人派衙役去把来宝、德成、喜尔仲、乌巴图、尧子兴、鲍昌等人请来，再到后堂告知大厨速速备宴，以素食为主，鱼肉兼而有之，为清剿阎王顶子的有功人员接风洗尘，为新人入仕吉林将军衙门庆贺。吩咐完毕，这才叫上尤成额一块儿出了门，见到了一指金刚侠和鹰爪消魂侠。一阵寒暄过后，富俊为双方做了引见，随即左手拉着大法师，右手拉着庞荣，在众人的簇拥下往后堂走去。此时，都克尼依将军之命，率领亲随与班布泰、"三槌"兄弟及手下先将人犯押至刑司，严加看管。接着命车夫赶着装满赃物的十几辆车来到偏院儿，将大小箱子全部卸下，一一清点入库。诸事完毕，把库门锁好，要求衙役昼夜巡逻，不可马虎大意，谁出纰漏拿谁是问，之后领着班布泰他们匆匆去了后堂。

大约过了半个时辰，酒宴备好了，常喜见人到齐了，先给大家引见了来宝等人，班布泰则介绍了仝槌、铁槌、石槌及手下的众兄弟，小伙子们纷纷跪在地上给将军大人叩头，富俊表示欢迎并请各位落座。宴席共摆两桌，一桌坐的是富俊、常喜、一指禅师、庞荣及尤成额等新入仕之六人，富俊为主人；另一桌坐的是都克尼、班布泰、仝槌、铁槌、石槌及手下的兄弟们，都克尼为主人。都大人显得尤为高兴，他与富俊的孙儿班布泰此前互知其名，但从未见过。今天是首次碰面，往后又一起共事，班布泰在副都统麾下任一重要武职，做其左膀右臂。加之"三槌"

带着手下众兄弟投奔了朝廷，将在自己的统领下为大清效力，给将军衙门增加了新鲜血液，你说他能不乐嘛！

开宴伊始，富俊首先表达了自己此时此刻的心情，说道："今天是个特殊的日子，对于吉林将军衙门而言，可谓双喜临门。其一喜是班布泰在两位大师的协助下，对疙瘩梁、阎王顶子进行了搜查和清剿，挖出了范氏家族秘藏于钱氏祖茔的赃证，捣毁了范蔼仁设在阎王顶子的窝点，为当地居民建了嘎珊，且颇为顺利、圆满，比预想的还要好。在这个过程中，他们为吉林地方的安宁跋山涉水，明察暗访，获得了极为重要的贼赃贼证，为除掉埋藏在阎王顶子多年的毒痈铺平了道路。尤其让人敬佩的是二位高僧谨遵佛门戒律，善恶分明，不因师兄弟之情袒护逆僧之恶行，而是向将军衙门施以援手，鼎力相助，以正压邪，功不可没。本将军准备把大师的功绩上报朝廷，奏请嘉奖，让天下人皆知少林高僧的善举和公德。二位大师辛苦了，为吉林办了件大好事，我代表将军衙门和父老乡亲谢谢你们！"说着深深地鞠了一躬。

一指禅师和庞荣赶忙起身揖礼道："使不得，使不得，将军大人客气了。千万别言谢，驱除邪祟、扶危济困人人有责，应该做的。"

富俊接着又道："其二喜是本将军上任后，办的第一件事就是补左翼官学教习之空额，设考榜招贤，选取德才兼备之人入仕。强国之本在于发展经济，而教育则是培养新生一代准备从事社会生活的整个过程，必须给以足够的重视。然教习之缺一拖四年，耽搁至今，有碍吉林满洲八旗子弟之及时训迪，实在不该。经过考核，已于半个时辰前决定择优录用才学出类拔萃的文士尤成额任教，并担当两翼官学总教习，此乃吉林之大幸也。"

话音刚落，尤成额便站起躬身施礼道："大人过奖了，晚生不敢当，今后一定不负将军的信任。愿把自己所学毫无保留地传授给八旗子弟，将毕生精力倾注于吉林的教育事业，鞠躬尽瘁，死而后已！"大家报之以热烈的掌声。

席间，一指禅师打量着坐在对面的尤成额，见其仪表堂堂，五官端正，印堂有光，耳垂搭肩，认定福分不浅，其祖上必有佛缘。相面者历来如此，若视某人眉宇不凡，目光炯炯，神态自若，谈吐不俗，举止稳健，性情沉静，头脑敏思，深藏若虚，大有文殊菩萨点化之光，那么将来很可能成为名儒。他越看越觉得尤成额有这些相兆，日后肯定大有作为，愈加敬重，遂起身走到跟前，挨其而坐，轻声儿说道："尤教习，贫僧观你的面相，很像胸怀五车之人，未来将前途无量。今日能有机会结识两翼官学总教习，真是有缘哪，乃贫僧之幸也。"紧接着又问了问妻儿及家世，尤公子一一作答，二人聊得甚为投机。

此刻，富俊虽然以主人的身份时不时地招呼大家尽情喝酒，并与以茶代酒的一指禅师、庞荣碰杯，互道老友之情，但脑子却未闲着，一直在琢磨事儿，首先想到的是仍关在囚车内的夺魂僧者和静空大师该如何处理。二人均为少林寺的高僧，又是一指金刚大法师的师弟、庞荣的师兄，他们之间有同堂坐禅、同师学技之谊，皆应是我们的朋友。可二人来到辽东竟一脚迈进范家堡子，为范蔼仁训练逆兵，干出了违犯大清律、有伤天理之事，其所作所为本该大劈。然仔细审度，他们是在不明真相的情况下，由于受范蔼仁的蛊惑、欺骗，一时分不清是非而盲目出手或不得已而为之，好在尚未造成更严重的后果。其师父长眉长老乃大清的得道名僧，因不放心徒儿，眼下正在辽东一带云游。不妨将他请到将军衙门，同三位弟子一起说服夺魂僧者和静空大师，以师情感化之，以师训悟彻之。使其认识到自己的错误，分清是非曲直，迷途知返，回心向佛，日后也可帮助朝廷做些有益之事。这么一想，感到轻松些了，继而又思摸尤成额一家："尤公子乃一介书生，肩不能担担，手不能提篮，终朝每日背诵四书五经，生活上得由仆人伺候。入仕后，他将为两翼官学效力，相信会尽其所能，不辜负将军衙门的重用和信任。其夫人茗兰乃名门闺秀，同样满腹经纶，为跟随夫君而告别亲人来到吉林。未承想却屡遭不顺，伤心又无奈，且产后得病，卧床不起。这种情况下，尤成额必然时时刻刻牵挂着病重的爱妻，怎能一心一意为官学的未来操劳呢？作为吉林地方的父母官，不仅要关心百姓的衣食住行，也要为属员排忧解难，使其轻装上任……"

一个时辰后，席散了，富俊吩咐"三槌"带领小兄弟们去将军衙门属下的小红楼驿馆歇息，然后走到一指禅师、庞荣跟前说道："大法师、庞大师，想必二位比我更清楚，由于多种原因，夺魂僧者和静空大师走上了邪路，犯下了不可饶恕的罪过。考虑你们皆为少林寺高僧，又是同一师父的兄弟，本将军不忍重罚，破例暂不关入大牢，并愿以宽广的胸怀接纳之，请进驿馆，以礼相待，好生服侍。你们有手足之情，应耐心引导，劝其远离邪恶，回归正道，以光佛法。事关重大，要严加防范，勿使其逃遁。现在就把他们交给二位了，希望通过说服、感化，晓以是非阐明利害，能收到预想的效果。"

二人非常感动，千恩万谢，一指禅师由衷地表示道："请将军大人放心，贫僧一定劝说两位师弟低头认罪，回心转意，尽快帮助衙门清除匪逆。此前不是未劝过，可他俩尚未想通，仍坚持己见，请容我几天，继续争取之。"

富俊点点头道："好，可以理解，若想从罪恶的泥潭里拔出腿来，是需要点儿时间。春风化雨，润泽如玉，相信心田之门终会被打开，本将军拭目以待，静候佳音。都大人和班佐领将亲自送你们去驿馆，连续十几天的劳顿已经十分疲惫，早早安歇才是。我还有事需与尤教习相商，无法陪同前往，深感抱歉，请二位大师海涵。"

一指禅师说道："您太客气了，贫僧这就告辞，先行一步，不打扰大人了。"说罢出得门来，庞荣、都克尼、班布泰随其后，一同往偏院儿走去。

这里咱们多说几句。富俊对夺魂僧者、静空大师采取的策略不是一棍子打死，而是尽量想办法争取过来为我所用，显然是极为高明的，说到不少人心坎儿里去了，包括其孙儿。因为班布泰知道，是大法师和庞荣亲手将夺魂僧者、静空大师抓获的，师兄弟重新聚到一起应该高兴才是，可师傅和师叔心里却十分难过，当晚整宿未曾合眼。也是呀，亲如手足的师兄弟得到恩师的允准，一块儿下了嵩山，打算到关外走一走，见见世面。原本想去盛京，又想去吉林长白等地，最后决定朝辽东而来。未承想半道儿分手后，老二、老三鬼使神差去了范家堡子的范蔺仁处，从此住了下来，改了名号，受其摆布，为其卖命，走上了歧途。不仅不能一块儿返嵩山了，回去也无法向恩师长眉长老交代，心里能好受么，肯定是又着急又生气，恨铁不成钢。在前往江城的路上，他听到师父和师叔边走边小声儿商量着，好像是说见到了吉林将军，不妨诚乞大人开恩，手下留情，从轻发落。或者请求把二位师弟带回嵩山，交给住持，按佛门之规予以处置。然而见了面后，他们又觉得张不开嘴为师兄弟求情，毕竟犯下了大罪，理当依法惩治，僧侣也不例外。如果提出请求，肯定令将军大人左右为难，给人家找麻烦的事儿不能做，终未启齿。万万未料到自己没好意思讲出的话，富俊大人却替他们说了，可以想象，当时那种感激之情无法用语言来形容，连班布泰都为其高兴。他也暗暗捏了一把汗："夺魂僧者和静空大师眼下执迷不悟，经过说服教育真能迷途知返、痛改前非，那当然最好，不管怎样，总算给他们机会了。倘若把握不住，思想上仍顶牛，放着阳关大道不走，偏走独木桥，那可怪不得任何人，何去何从，就看自己选哪条路了。爷爷的做法可谓既讲究策略，又不失原则，很得人心。难怪大家皆服气，的确无可挑剔，以后得多学着点儿。"

一行四人很快进了偏院儿，走到囚车前，都克尼命看守打开囚笼，请二位师父下车。夺魂僧者和静空大师从疙瘩梁到江城的一路上，始终端坐在囚车内闭目合掌诵经，两耳不闻周边事，水不饮食不进，谁若与其答话，一概不理。一指禅师、庞荣曾几次走到跟前送水送饭，人家权当没看见，丝毫反应没有。这会儿将囚笼打开后，不管你咋说，二人硬是不出来，就像钉在那儿一样。实在没招儿了，都克尼令看守将其强行拉出，然后连同一指禅师、庞荣一并送到驿馆，班布泰还派人把仍在凤楼的庞庆也叫去了。当晚，师兄弟五人同住一室，一指禅师眼含热泪动情地说："各位师弟，自从少林寺一别，好几年才相聚，实乃不该呀！千错万错都是我的错，没有尽早找到你们，使得在那么长的时间里未能见面，老二、老三还走错了路、投错了主。从现在起，请各位师弟翻过前事不提，以今日聚首为契机，共谋佛门普度，安抚民怨，祈福求祥，此乃师兄弟拜别恩师远涉东土之初衷也。"

话音刚落，夺魂僧者便愤愤地开口道："师弟再叫你一声大师兄，明告诉你们，别枉费心机了，那没用。我和老三既然已成阶下囚，要关要剐随便，没啥可说的，痛快点儿就行了，哪儿那么多废话！"

静空大师又把老话搬出来了："大师兄，我一直想不明白，咱们是同一师父的少林弟子，看着自己的师弟关进囚笼，你的脸上就光彩了？作为老大，更不该施计擒拿我们，有能耐真刀真枪比试呀，背地里下绊子怎能让人服？"

夺魂僧者随声附和道："说得好，死都不服，要不现在就拉出去遛遛！"

二人嘴硬得很，你一句我一句的话不落地，一百个不服，一千个不满，说到激动处，夺魂僧者还把伙房送来的饭菜扔了满地。这下可把庞氏兄弟气坏了，当即与他俩吵了起来，各讲各的理，谁也不让谁。一指禅师起身出了屋，告诉站在门口儿的都克尼和班布泰："都大人，这样吧，你们不妨回去，该歇就歇，该睡就睡。请放心，没事儿，这儿有贫僧呢，谁也跑不了。"

都克尼点点头道："那好，大法师，我和班佐领先回去，把亲随留下，有什么事儿及时联系。"接着又向身边的亲随做了一番交代，然后与班布泰去了灶房，叮嘱厨师继续给两位师父送水送饭，直到他们吃了、喝了为止，一切安排妥当方告辞离去。

再说将军衙门后堂共进晚宴的众人走后，屋内立马安静下来，富俊示意尤成额坐下，让常喜陪在一旁，说道："尤公子，噢，今后再不能这么称呼了，过几天正式入仕吉林将军衙门，咱们便同朝为官了。你是大清的栋梁之材，又是本将军选中的教授八旗子弟之先生，望多多出谋划策，使吉林两翼官学教育有新的起色。只有热情不行，还要有足够的思想准备，操心挨累，任重道远。上任之前，首先得把家中的人和事安顿妥帖，无后顾之忧才能安心教学。据我所知，一指金刚大法师双掌十指能传送功力，尤其食指非常厉害，可点穴通窍，驱除风寒，称得上道行颇深的疗疾活神仙，多种疑难杂症都不在话下。明日我陪他去凤楼，请其为茗兰诊治，相信对病体的恢复会大有裨益的。再有就是顺便看看白面娘子，多年前，我得悉了她的不幸遭遇，小小年纪便吃苦受罪、甚至被歹人欺辱、摧残，很值得同情。好在她不甘沉沦，没有因此而失去活下去的勇气，咬牙挺过来了。还是个热心肠儿，主动为你们提供了住处，帮着料理家务带孩子，使得公子的学习也未耽搁，一个弱女子能做到这一点着实难得呀！"

尤成额听后，甚为感动，眼眶里含着泪水，起身致谢道："晚生谢谢将军大人的体恤属员之心，想得太周到了，早就期盼着医术高明之人能治好夫人的病，看着她有双腿却不能走，又着急又心痛。大法师若肯亲自登门疗疾，真是求之不得呀，祖祖辈辈不会忘此大恩大德。大人所言极是，白面娘子热情爽朗，心地善良，乐于助人，帮助萍水相逢的一家人脱离窘境，渡过难关，我作为直接受益者不知如何感谢才好。从与其四年多的接触中，发现她胆大心细，见多识广，脑筋活泛，善于结交各界朋友，五行八作皆有，且游刃有余，是位让人敬佩的女中豪杰。晚生常想，倘若将军身边能有白面娘子这样的人出主意，肯定不会差，一准是个好帮手。可惜她是个女子，经历坎坷，出身微贱……"

二人正唠着呢，从驿馆返回的都克尼、班布泰进了后堂，恰巧听到了尤成额的这番话。都克尼走到跟前，先是向将军禀报了把夺魂僧者和静空大师送到驿馆后，态度仍很蛮横、拒不认错等情况，接着又道："大人，您不是常说眼下是用人之际么？在下也看出来了，正像尤教习讲的，白面娘子的确精明强干、有头脑、点子多，不妨大胆起用，请其出山。江北拘缉营目前仍圈着一些不该关的人，男女老少都有，包括沿街乞讨的、偷鸡摸狗的、打架斗殴的以及各地逃难的流民等。这么多年过去了，至今没有选中一位既有能力、又可信赖的管事人，也未彻底弄清所关之人中，哪些是无罪的，哪些是有罪的，哪些是犯下滔天大罪杀不可赦的。致使怨声载道，积羽成舟，年年鼓包，令历届将军十分头疼。在下以为现在是该解决的时候了，如果把白面娘子派去，本身具有与各种各样的人打交道之本领，通过认真调查、仔细甄别、加强管理，相信会有改观的。"

副都统讲的这些，富俊作为老吉林人能不知道么？全在心里装着呢！只是马上要办的事情太多了，如何把棋子摆正，哪个先动，哪个后动，怎么走好，一直苦思不决。朝廷上下人等皆知，富俊向来崇尚荀子之言，重在教、在法、在用，败子可以回头。故而大半生不但在各地精心培养了不少文武之士，而且不拘一格提拔人才，其中有的还是大盗出身。他认为凡是所谓江洋大盗必有奇才奇志，由于生不逢时或家境贫寒，为了生计不得不四处奔走，无机会进学堂读书，个人的智能才没有用到该用的地方，甚至误入歧途。究其原因，一个是朝廷对这部分人疏于管理，一个是地方官吏没有因势利导、充分发挥其专长所致。爱民表现在关心民之疾苦，不管是何出身、干什么行当的，应一视同仁。爱民还在于指拨大家如何做好人，做对社会有用的人，人尽其才，物尽其用。富俊对此深有体会，世上有多少卫国干城之将出身不那么显赫，半世经历非常坎坷，自身或许还有污点，不过不要紧，总比那些饱食终日、无所用心之酒囊饭袋强得多，经过教育是可以改弦易辙走上正道的。归根结底，人的力量是无穷的，意志是不可违背的，然必须正确予以引导、驾驭，此乃朝廷命官应尽之责。富俊常讲："好驭手愿骑骐骥，关键在于调教。"基于此，他身边的人虽出身各异，有高有低，有优有劣，但最有奇能，遇百事皆能迎刃而解。富俊还有句口头禅："我不喜欢泥面人，喜欢蛟龙、猛虎，也爱摆弄毒蝎、黄蜂。"此刻，当尤成额和都克尼提到了白面娘子时，他说："很好嘛，白面娘子如果是那块料，决不埋没人才，本将军必当面迎请。话虽这么说，但干什么都得有个程序，一步一步来。如同做饭一样，生火、烧水、淘米、下锅，水的多少需放得正合适，火候儿大小需掌握得恰到好处，焖出的饭才又香又松软。对于白面娘子而言，我以为不是用不用的问题，而是一定得用，只是尚未到用她的时候，不要轻易移动这个棋子。你们想想，四年来，尤教习一家一直是白面娘子帮衬着，现在仍离不开，里里外外全靠她张罗。正因如此，尤教习也就不用去思虑柴米油盐那些杂七杂八的事儿了，可以彻底脱身，把全部精力投入两翼官学上，这不比什么都重要么？都大人，从明天起，你和班布泰把从阎王顶子俘获之人一一进行核实，分辨出黑白、真假、罪恶轻重。凡是在范蔼仁的逼迫下不得不去那儿的，本人此前是良民，有点儿小毛病，比如爱占便宜了、小偷小摸了、打架斗殴了等，这不算啥大事儿，可以从轻发落。有本领有专长的，可留在火器营或健锐营，充实八旗军的力量。啥能耐没有的，愿意在吉林讨生活可以留下，不愿留者，给点儿银子作为盘缠放其回乡。不过要讲清，将军衙门已经有他们的前科册子了，是上了账的，倘若再干违法之事，两罪并罚，决不轻饶。对于罪不可赦或欠下血债、有人命官司的，由刑司查究清楚后上报朝廷，待秋日斩决，杀一儆百，引以为戒。在具体办理过程中，切忌粗枝大叶、草率从事，一定要认真、细致，丁是丁，卯是卯，不可出现丝毫谬误，将处理结果造册并呈本将军过目。我们目前所查实的范蔼仁所犯罪行已是秃子脑袋虱子明摆着，不管是抓他还是剐他，皆可信手拈来，谅其跑不了，也无处可逃。关键在于是否完全掌握他的罪行，明的已知，暗的或许还有遗漏，起码现在不敢打包票。据我所知，范蔼仁恶贯满盈，宗宗件件皆属于祸灭九族之罪，故而几十年来不得不处处小心谨慎，行踪十分诡秘。他采取了乌龟下蛋的策略，即把逆兵窝点、暗道设于四处，东几个西几个，目的是防止清兵发现踪迹后一网打尽。我们务必找到乌龟蛋的窝儿，一窝一窝地刨，一窝一窝地端，就像端锅一样，彻底清除所有隐患。他还采取了葡萄架上爬葡萄蔓的策略，即上下左右连线，四处爬蔓，使得恶势力遍布各地，面儿铺得越来越广。我们要做摘葡萄的好手儿，无论秧蔓爬到何处，必须把葡萄全部摘下，装进篮子里，不能落下一粒。这就要牢牢掌握爬往四处的葡萄蔓，将主根、枝杈、秧蔓都掐在股掌之中，到那个时候，恐怕得请出白面娘子施展奇能了。总之一句话，要打有准备之仗，先攥住老虎的须子，迫使其不服也得服，匍匐在我们脚下听从调遣。切记，在具体实施过程中，不要声张，更不能大肆宣扬，只需闷头儿做就行了。至于争取夺魂僧者和静空大师为我所用，不能操之过急，思想上的转变需要时间，不可能一朝一夕就能认识到自己的错误和罪行。一定要耐心劝化，水到才能渠成，想必功夫不会白下。好了，天不早了，都回去歇着吧，孙儿呀，你把尤教习送到凤楼。"班布泰应了一声，四人起身出了后堂，各回各家。

转天头晌，富俊只身一人前往小红楼驿馆，进了大门刚想去客厅，却被门房拦住了。他不认识将军，因其未着官服，来衙门没几天，故而尚未见过。门房连珠炮般一顿盘问，富俊并未回答，而是笑着说道："不用问那么多了，老夫来看昨晚入住的一指金刚大法师，不进去也行，你去通报一声，请他下楼就是了。"

门房不屑一顾："这老头儿，咋那么没礼貌呢，大法师可是出名的高僧啊，你让下楼人家就下呀，总该报上名讳吧？"

富俊说："报名讳就不必了，麻烦你跑一趟吧，大法师肯定能下楼。"

门房见拗不过，只好放富俊进了客厅，然后噔噔噔上了二楼，走到最里边的那间屋，向大法师如实通报。一指禅师忽听楼下有人找，感到十分纳闷儿，这是谁呢？吉林城没有熟悉的人哪，赶忙穿上外袍出了屋。也凑巧了，此时，驿馆的管家柳祥、外号儿"柳小辫儿"正好从账房出来。他早已从将军衙门总管秦名远口中得悉老倔头儿富俊又回来任吉林将军了，叮嘱其嘴巴闭严点儿，不可乱说乱动，更不能无事生非，惹出没必要的麻烦。富俊一向六亲不认，不管你是怎么个来头儿，只要被他抓住小辫子没好儿，轻易不会放手，想逃脱难上加难。况且尤成额也跟着翻身了，腰板儿立马直了，倘若把旧账全折腾出来，咱哥儿俩还不知咋样呢，只能硬挺了，熬到哪天算哪天吧！柳祥对秦名远的这番话真往心里去了，又紧张又害怕，天天大气儿不敢喘，从不多说一句话，生怕落下把柄，只因此前也同样做过不少见不得人的事儿。

朱伯西在本部乌勒本开篇时曾讲过，尤成额一行刚到吉林便来到这处将军衙门属下的小红楼驿馆，四年过去了，而今一切如旧，只是比以前更阔气、更排场了。当年的管家是杜宝，后来突患暴病一命呜呼了，秦名远就把身边的亲信、与杜宝一丘之貉的柳祥提起来了，由于有总管做后台，管家这个位子自然稳如泰山。秦名远也好，柳祥也罢，皆为心怀叵测之人，乃吉林将军衙门内的蛀虫。那会儿，松萫将军老来多病，大事都管不过来，哪有精神头儿关注驿馆哪，平时很少登门。偶尔去一回，柳祥等人便围着身前身后转，净拣好听的说，竭尽阿谀奉承之能事，结果老大人被他们迷惑住了，认为管家柳祥干得不错，值得信赖，久而久之，竟成为将军身边的香饽饽。松萫交印时，松筠匆忙接印，千头万绪尚未归拢好，又不得不匆忙离任，仍回到内阁办差。正是在这种情况下，秦名远再次乘机钻了空子，使得两届将军皆不知尤成额千里迢迢赴吉准备任教习一事，更不知被总管和当时的管家杜宝以及柳祥合谋送到了江北拘缉营。此次富俊一回来，秦名远、柳祥等人知道这位将军很难对付，凡事较真儿，一是一，二是二，从不囫囵吞枣。他们担心尤成额的事儿不定哪天露了馅儿，到那时就糟了，富俊决不会轻饶，所以总是忐忑不安、小心翼翼地，暗暗祈祷千万别出一差二错。昨天傍晚，班布泰、都克尼及其亲随带着一指禅师等四位大师来到驿馆时，柳祥一看副都统登门了，身旁的班布泰职位虽然比都克尼低两级，只是四品佐领，但那是将军大人的宝贝孙子呀，也得像军爷一样侍奉，不能有丝毫怠慢。于是赶忙笑脸儿相迎，热情接待，又端茶又送果品的，使出浑身解数极力讨好儿之。当得知四位大师需住在驿馆时，不仅将其安排在走廊尽头的那间幽静、宽敞、明亮的东屋，还令手下把对过儿的西屋倒出来，床铺桌椅全搬走，设立禅堂，北墙挂上佛祖像，地上放张供桌，摆上供品，燃上香，香烟缭绕，庄严肃穆。一指禅师不知细情，见柳祥跑前跑后忙得一脑门子汗，把师兄弟几个安排得妥妥帖帖，大事小情想得周周到到，印象不错，觉得这位管家能力挺强，腿脚勤快，有眼力见儿。

当柳祥慢腾腾地来到客厅时，忽见富俊大人正候在那儿，又见门房引领着大法师下得楼来，知道他不认识站在客厅的是吉林将军，这不闯下大祸了么？一时又气又怕又不便发火儿，慌忙走上前把门房拉到一边，扑通一声跪在地上叩头道："不知将军大人驾到，小的有失远迎，万望恕罪！"

富俊对柳祥略知一二，根本未理茬儿，眼皮都没挑，转身走出客厅，面带微笑地冲着已到跟前的一指禅师问候道："大法师，怎么样，昨夜歇息得如何，住得惯吗？"

一指禅师揖手道："谢大人关照，歇息得很好，这里环境舒适，十分安静，上了炕一觉睡到大天亮。如果没猜错的话，大人是有事而来，派个侍卫通报一声就行了，何必劳您大驾亲自跑一趟？不仅不坐轿，随从也不带，这样的将军实在少见哪，贫僧敬佩之至！"

富俊说道："大法师，搅扰了，的确有件事求您帮忙。听说您是治疗疑难杂症的高手儿，我的属员、新任左翼官学教习尤成额的内荆产后患病，双腿不好使，难以行走。可否请您上门为其诊治，服点儿灵丹妙药，也好药到病除，本将军替尤教习全家先谢谢了。"

一指禅师听罢，没有丝毫犹豫，爽快地答应道："将军大人不必客气，更谈不上谢，应该的，贫僧一定尽力而为。"说着顺手摸了摸腰间的小布袋儿，好好儿挂着呢！这可不是装衣物用的，而是用来装各种各样灵丹妙药的，可谓百宝袋。接着又道："将军大人，若无别的事，咱现在就去？"

富俊头一摆道："好哇，走吧！"

于是二人肩并肩地出了驿馆，边走边聊，径直向东而去。管家柳祥想献媚取宠却无机会，遗憾得直拍大腿，只好跟在屁股后头撵，见人家头也没回地走出挺远了，这才不得不停下脚步，像根麻秆儿似的杵在那儿，既尴尬又狼狈。他越寻思越窝火，新任将军登门，正好可以借机展示一下自己迎来送往的本事，未承想全泡汤了。哼！都是那个有眼不识泰山的蠢蛋门房惹的祸，争面子的事儿干不来，反倒给添堵，看我怎么收拾你，反身气急败坏地找门房大发雷霆去了。

再说文部主事常喜不仅头脑聪明，善解人意，举止沉稳，考虑问题还细密周到，啥事儿都能想到头里。他在富俊身边办差那么多年了，早吃透其脾气禀性了，知道大人无论干啥，从来都是有条不紊，干净利落，不留尾巴。而且本性纯厚，为人诚朴，关心属员，让你觉得暖呼呼的，也常常为此感动不已。今儿个头晌，他发现富俊将军处理完衙门的诸事后，不骑马也不坐轿，急匆匆地往驿馆所在方向去了，估计是去见住在那儿的师父们。因为此前大人曾说过，尤教习的心理负担挺重，其夫人正卧病在炕，不妨请大法师给瞧瞧，如能治愈不更好么，那便解了尤教习的后顾之忧了。常喜仔细一思量，若真是这样，驿馆距凤楼正经有段路呢，步行太慢，耽误时间，应当骑马去。随即赶忙跑到后院儿，从马厩里牵出富俊的红鬃马，另外又备了两匹，一人牵着三匹坐骑的缰绳出了后院儿，往小红楼驿馆那边迎去。果不其然，没出多远，就见富俊和一指禅师走了过来，常喜紧走几步迎上前道："将军大人、大法师，打算去凤楼吧？马已备好，每人一匹，骑上吧！"

富俊从心里喜欢常喜这个机灵劲儿，想得周到，办事稳妥，从不张扬，遂笑道："嗯，来得正好，走吧，一块儿去！"说着接过缰绳，一骗腿儿上了红鬃马，一指禅师跨上另匹黑马，三人三骥并辔前行，朝凤楼驰去。

过了约半个时辰，一行三人便看见坐落于江东岸的小木楼了，院外草木青青，幽雅而恬静。正在屋内忙乎着的白面娘子听到远处传来了嗒嗒的马蹄声儿，立即放下手中的活计，叫上尤成额出了大门，往西一瞅，见跑在最前面的是土地爷爷，紧跟着的肯定是一指金刚大法师了，文部主事常喜随其后，心里一阵高兴。三人很快到了跟前，翻身跳下马，未等尤成额见礼呢，白面娘子抢先开了腔儿："哎哟，太好了，不仅土地爷爷驾到，还带来了大法师以及我家公子的顶头上司常大人，凤楼今天可是蓬荜生辉呀！早就听说大法师的大名，还是庞家哥哥告诉的呢，今儿个终于有幸得见，谢谢特意为茗兰姐姐疗疾，快请进！"说罢一面与尤成额一起把客人引进门，一面吩咐侍女上茶，三人于一楼的厅堂落座，由尤成额招呼着。

欣喜若狂的白面娘子一步两蹬地跑上楼，直接去了茗兰住的东屋，回身关上门乐不可支地嚷嚷开了："姐姐，贵客登门了，土地爷爷带着懂医道的大法师来了，还有文部主事常大人陪同，这下可好了，姐姐的病有救了！"

茗兰此时正和衣躺在炕上，忍受着病痛的折磨，这些日子越发严重，一翻身腰部疼得像断了似的，两条腿犹如针扎一般。她是个要强的女子，从不哼哼唧唧的，总是咬紧牙关硬挺着。实在疼得厉害了，就用被子蒙住头呻吟几声，生怕被夫君听见，担心其原本心情就不好，再看到自己这个样子，更得雪上加霜了。当听白面娘子说贵客已经到了，茗兰挣扎着坐了起来，白面娘子拿过枕头倚在其身后，又给披上一件外衣，把头发捋了捋，这才叮嘱道："姐姐，你等着，妹子这就把客人领来，马上便能看到了。"说罢转身推门出了屋，下楼了。

没一会儿，富俊、一指禅师、常喜便在白面娘子的引领下进了东屋，茗兰为表示对贵客的尊重，也不管双腿是否听使唤了，忙让白面娘子搀扶自己下地跪拜，富俊走到炕边劝阻道："孩子，万万不可，咱不讲那些礼节，你的心意爷爷领了，快坐下说话。"

茗兰执意不肯，遂跪在炕上眼含热泪叩道："松岩爷爷，小女听夫君讲，您从双城堡归来所做的第一件事就是为补缺左翼官学教习而忙前忙后，设立考榜，审阅试卷，成额终于如愿以偿。今儿个又请大法师登门为小女疗疾，真不知如何感激才好，只能在炕上叩拜万福了，谢谢将军大人，谢谢大法师，谢谢常大人！"

富俊上前将茗兰扶起，让她靠在枕头上，然后坐下冲尤成额说道："既然是一家人，就得唠点儿心里话，有些事你可能不知道，班布泰和白面娘子已经告诉我了，茗兰的病与到吉林后的遭遇有关。你们来这儿四年多了，又添丁了，所带盘缠快用光了。为了省些银两，茗兰同下人一样，天天吃的是粗茶淡饭，鱼肉不动，未购置一件新衣，还变卖了自己的首饰贴补家用。最让人感动的是所有这些都是瞒着你的，不愿让丈夫为生计操心，只需读好书就行了，你自然始终蒙在鼓里，今儿个我把这层窗户纸捅破了。尤教习呀，茗兰是个难得的好妻子，隐忍、贤惠，有苦往肚子里咽，一心为丈夫着想，打着灯笼都找不着哇，今后要好好儿疼她。若是做得不好，我这个大胡子爷爷可不饶，一准找你算账！"

尤成额听了这番话，倍感惊讶，激动不已，眼圈儿红了，看着茗兰轻声儿道："夫人，真是难为你了，一直为我吃苦受累，对不起。唉，我咋如此愚笨呢，终朝每日只背诵那些诗词歌赋，这些事儿一点儿未曾想到啊！"

富俊接着又道："茗兰哪，我还知道你不愧为京师闻名的才女，为了减轻家中的负担，支付日常开销，背着尤教习让小满堂去集市卖画儿。老夫有幸得到了五张丹青，上写出自'凤楼女'之手，'凤楼女'指的就是你吧？五张丹青的画名我都背下来了，一是'松江花月夜'，二是'渔歌蓑笠翁'，三是'龙潭瑞雪'，四是'北山古刹'，五是'牧归'，对不对？"

茗兰听罢，一下子怔住了，继而恍然大悟，脸腾地红了，不好意思地说："松岩爷爷，原来就是您……哎呀，让您老见笑了。那天，小满堂乐颠颠地跑回家告诉我，说是一位诸葛装束的算命先生看中少奶奶的丹青了，把五张全包了，给不少银子呢！其实不过几张画儿，哪值那么多钱呀，练练笔而已。小女一直庆幸遇上好人了，在最困难的时候，用那些银两帮我们渡过了难关，心里特别感激。做梦没想到买走画儿的竟是爷爷呀，实在太巧了，小女代夫君谢谢啦！"

富俊笑道："谁说那五张丹青不值钱？我看值，真值！所得银两尽管用，干净得很，皆为老夫的俸禄，算是略表心意了。茗兰哪，我接任吉林将军没几天，千头万绪总得捋清了，然后再一件一件地做。此番来到凤楼，既是看望你们的，又是还债的。一指金刚大法师乃河南嵩山少林寺长眉长老的亲传大弟子、当今的世外高僧，也是吉林将军衙门敬请的佛家大师。为了北地周边的安宁，大法师奔走各地，风里来雨里去，很是辛苦，昨晚方从阎王顶子回返江城。今儿个刚刚得知尤教习之夫人身有疾患，行动困难，奔儿都没打，立即随老夫一起来了。大法师有起死回生之神功，接触过不少疑难杂症，积累了丰富的经验，何况你只是腰腿疼，放心吧，肯定能治好。"

茗兰眼含热泪连连致谢道："谢谢将军爷爷，谢谢大法师，给你们添麻烦了，能得到世外高人的诊治，小女太幸运了。"

一指禅师起身手打佛号道："阿弥陀佛，善哉，善哉！贫僧十分敬重尤公子的文才，少夫人也是女中魁首，又不得不饱受病痛的折磨，让人心里不好受，这才随将军大人前来给以疗治，请伸出右手把把脉。"说着走到炕沿边儿，将脉枕放在茗兰伸出的手腕下，闭目凝神地开始号脉。富俊和常喜则由小满堂引领着下了楼，进入厅堂，坐在桌边品茶。一指禅师把了一会儿右手脉，又把了一会儿左手脉，看了看舌苔，以空拳对腰部和双腿轻轻叩诊，然后从腰间解下布袋儿，取出一个玻璃瓶儿，拧开盖儿，顿时散发出一股药香味儿，往手上倒了几滴药液，涂抹在茗兰的腰部和双腿上，边涂边道："这是贫僧浸泡了二十多年的百步活络酒，药力很大，只要擦在身上，瞬间便能渗入筋骨，周身生热发汗，大有通七窍、驱寒痹、熨热力、活经络、化瘀滞之功效。接下来将以气功为你调理，会感到热胀酸痛，难以忍受，疼得厉害就喊两声。从脉象得知，少夫人初得此病时，虽然及时服药了，但并未有针对性的调理，饮食上营养欠缺，故而病情没能得以缓解，且越来越重。然大可不必担心，运用药物和气功疗法，是能够标本兼治的，会像从前一样能跑能跳，只是需要一些时间。治疗期间，你得有信心，好好儿配合。如果能下地了，就尽量多活动活动，那对病体的恢复将大有益处。"

茗兰点点头道："大法师，谢谢您为我鼓劲儿，请放心，一定按您的话去做，以积极的态度战胜病魔。"

一指禅师涂完药酒后，开始发功了，不到一分钟，茗兰便有了感觉，似乎一束束光柱射入后腰和两腿各穴位，又疼又胀又麻又酸，灼热难忍，渐渐的腰部、腿脚、两臂乃至周身大汗淋漓。茗兰深信大法师的神功，期盼着能为自己治好病，早早站起来，再难受也咬紧牙关挺着，一声不吭，旁边的白面娘子时不时地为其拭去顺脸滚落的汗珠儿。过了两袋烟的工夫，一指禅师长舒了一口气，双臂垂落，缓缓收功，然后说道："好了，今天就到这儿，少夫人的体力已损耗不少，首次做的时间不宜太长。"随即从布袋儿里拿出一个小葫芦，打开盖儿倒出三十粒黄豆大小的药丸儿，用纸包好递给茗兰交代道："每日早晚各服一次，每次五粒，三天服完。我会隔天再来，仍以一指功施治，接着继续服三十粒药丸儿，九天之内做五次气功疗法、服九十粒药丸儿，少夫人便可以下地行走了。"

此话一出，躺在炕上的茗兰抬起上半身惊喜地大睁双目看着大法师，继而眼泪噼里啪啦往下掉，颤声儿致谢道："谢谢大法师，谢谢大法师！"

目睹了整个治疗过程的尤成额、白面娘子以及小满堂似乎不太敢相信，你瞅瞅我，我看看你，心里都在画魂儿："就这么个治法儿，九天后便可见成效，能那么快么？不过没别的招儿哇，一天天推着看吧，反正治总比不治强。"

一指禅师在尤成额、白面娘子的陪同下来到一楼厅堂，常喜起身相请道："大法师，累了吧，快坐下歇歇！"

一指禅师摇摇头表示不累，刚刚坐定，侍女便为其斟上了热茶。这时，富俊从内怀掏出一个红布包儿，冲白面娘子道："小白丫，四年多来，你主动帮助素不相识的尤教习一家，操持家务，照料病人，且无怨无悔，难能可贵，我代表将军衙门谢谢你。如果可以的话，暂时还得辛苦你关照他们，帮着茗兰抚育小少爷健康成长。这些银两是爷爷对你所做过的一切之奖赏，也是一点儿心意，收下吧！"说着把红布包儿递了过去。

白面娘子执意不肯收，说道："土地爷爷，您是知道的，当年造成尤公子和茗兰姐姐身陷困境我是有责任的，暗地里懊悔不已，出手相帮是为了赎罪。在后来的相处中，二人的文才、品德让小女敬佩，从其身上学到了很多东西，而且越处越投缘，甚至觉得离不开了，也很愿意照顾他们，因此而受奖心里有愧，实不敢当。"

富俊点点头道："嗯，小白丫成熟了，能够独立思考了，得刮目相看了。今后还要多做好事、善事，看到谁有困难主动施以援手，在帮助别人时，自己的心灵也得到了救赎。倘若人人都这么做，社会风气将大有改观，社会的安宁秩序将得到维持，值得大力提倡。你已先行一步了，给大家做个表率吧，表现得好就得以资鼓励，若坚持拒领心意，爷爷可不高兴了。"

白面娘子一听土地爷爷这么说，觉得不便再推却，只好收下并致以谢意。大家又聊了一会儿，富俊、常喜、一指禅师才起身告辞，出了院子跨上马原路返回。

第三天，一指禅师只身来到凤楼，仍以一指功为茗兰施治，并补以十粒药丸儿。第五天发完功后，茗兰果真觉得见好，腰部、双腿疼痛明显减轻，像被一股仙气吹了似的。第七天便能站起来了，在侍女的搀扶下，把着桌子可以慢慢挪几步了。到了第九天，不用任何人搀扶，竟在院子里走了几圈儿，只是腿脚尚不十分利落。茗兰激动得不能自持，扑到夫君怀里喜极而泣，尤成额忙掏出丝帕为妻子擦拭着泪水。大伙儿都为茗兰高兴，个个欢欣鼓舞，纷纷竖起大拇指称赞大法师的一指神功。当天下晌，常喜骑马来到凤楼，见茗兰迎出大门给自己鞠躬下拜，那真是喜出望外呀，乐得嘴都合不拢了，连连表示祝贺！进屋后，说是将军大人很忙，抽不出时间亲自前来探望，这才打发自己到凤楼看看少夫人的疗效如何。未承想恢复得如此之快，竟像常人一样行动自如了，过些日子还不得能跑能跳哇，喜事一桩啊！接着又向白面娘子询问了家中的近况、有否困难等，然后告诉尤成额："明日辰时正刻，衙门将备彩轿来凤楼，迎接公子正式入仕两翼官学，请做好准备。"

在场的人一听乐坏了，这一天终于盼来了，可谓双喜临门哪，那是千声祝福、万声感谢呀，你一言我一语话不落地。常喜说道："好了，我可通报完了，得赶快回去给将军大人报喜，一直惦着少夫人的病治得怎样了，等着听信儿呢！天不早了，你们也该张罗张罗了，告辞了！"说罢起身出屋，尤成额等人将其送出大门外，一直看着所骑的黑马隐入一片树林中方返回。

常喜一走，凤楼的上下人等立马忙活开了，茗兰从衣柜里拿出了新长袍儿、新坎肩儿、新帽子、新靴子，仔细检查一遍后，一一摆在炕上晾一晾，去去潮气；尤成额把靠墙摞着的红木箱子全部打开，从中挑选出教学所用的书籍，一本一本地集中到一个箱子里备用；小满堂去河边提来一桶水，把挑书担子找了出来，刷了又刷，擦了又擦，破损的地方补了又补；白面娘子从仓房里拎出半袋麦子交给厨师王师傅，让其去米铺磨磨，明儿个早膳全家吃宽心面；两个侍女清扫楼上楼下、屋里屋外，连犄角旮旯儿都扫得干干净净，还将各处所堆放的东西重新进行了归拢。大家忙得不亦乐乎，傍黑儿时才算就绪，用罢晚膳，一起聊了一会儿便早早安歇了。

当晚，小满堂躺在炕上，一会儿看看靠墙边放着的书担子，一会儿瞅瞅柜子上摆着的白面娘子给做的新衣裳，翻来覆去说啥睡不着了，越寻思越兴奋。离开京师时，老爷就曾嘱告要尽心尽力地侍奉少爷，为其挑好书担子。可是到了吉林后，天不遂人愿，少爷教习未当成，自己的书担子也未挑成，每天只是侍奉二位小主子。四年过去了，书担子始终放在墙角处，从未动过，每每看见，心里就酸酸的。直到昨儿个下晌，常大人前来通报，转天辰时将迎接公子入官学，当即顿觉一扇始终关着的大门突然打开了，眼前立马亮堂了，喜悦的心情溢于言表。一个是为少爷、少奶奶高兴，苦日子总算熬出头了，可以学有所用了。再一个是自己也可按老爷的嘱托做了，终于挑起了书担子，还能跟着少爷风光一把……

那个时候，陪着公子的书童所挑的担子是两个竹箱子，每个箱子分上下两层。其中一个的上层装着盥洗用的毛巾、牙刷、梳子、搪瓷缸以及路上吃的干粮、果品、肉干儿等，下层则是换洗的衣服、薄丝被、小枕头，半道儿若是累了，可随时拿出来或铺或盖。另一个的上层装着压纸石和文房四宝，下层放的全是书籍，皆为主人离不开的东西，走到哪儿带到哪儿。无论去的地方有多远，主人是骑马还是坐轿，书童只能挑着担子在后头跟随。昨晚小满堂在收拾书担子时，就曾问过少爷打算带哪几本书，尤成额告知："官学的教学情况尚不清楚，只把每日必看的《史记》《十三经》带上即可，以后需要再添不迟。"小满堂照做了，把应放进担子的一应物品都装好了，一样儿不落。

次日清晨，公鸡报晓，凤楼的上下人等全起来了，白面娘子赶紧下楼去厨房，打算亲自做宽心面，把面和好放那儿醒一会儿，然后再切成条儿。可进去一瞅，还是起晚了，王师傅比她先行一步，正在将刚刚切完的又白、又长、粗细均匀的面条摆放在面案上，只等下锅了。她转身出来，待大家都洗漱完毕了，便吩咐王师傅煮面。不一会儿，香喷喷、热腾腾的面条做得了，倒进绿瓷盆里，白面娘子小心翼翼地端到桌子上，一碗一碗地盛出后，兴冲冲地招呼道："快来呀，庆贺公子入仕，庆贺茗兰姐姐康复，吃宽心面喽！"

话音刚落，一个个乐颠颠地跑来了，围桌而坐，边品尝边夸赞王师傅的厨艺了得，竟能把面条做得如此好吃，不比山珍海味差。膳罢，茗兰和白面娘子分别为尤成额、小满堂换上了新衣，左观右瞧地打量着。这时，忽听院外吹起了唢呐，敲起了锣鼓，传来了噼噼啪啪的鞭炮声儿。忙跑出门一看，见一队人马抬着两台轿子向凤楼走来，为首的是位骑着高头大马、身着四品补服的官员，细一瞅，乃文部主事常大人，左右两侧各跟着三个随从。身后的第一台轿子是空的，本应这位四品官坐，为显得隆重、声势大，便没有坐轿，选择骑马而行。空轿的后头是台彩轿，装饰得华丽、漂亮，显然是给尤成额预备的。看热闹的男女老少多的是，兴高采烈、连呼带叫的，把路都堵住了，常喜身边的随从不得不高声儿喊道："让开路，让开路，往两边站站！"边喊边分开人群，在让出的一条窄道上缓缓前行，渐渐靠近了凤楼。

一个小校跑着来到院门前，双手抱拳通报道："常大人到，迎接尤教习前往左翼官学赴任，可喜可贺！"

尤成额夫妇回以谢意，赶忙迎上两步，向刚刚走到跟前的常大人施礼问候。常喜跳下马来，面带微笑地上下打量着尤成额，见其从头到脚好一番精心打扮，猜想肯定是茗兰和白面娘子的主意，看得对方怪不好意思的。尤成额今日内穿白色丝绸衣裤，外着棕色长缎袍儿，上印淡黄色福团。何为"福团"？即一个团儿一个团儿的两只蝙蝠相对、取用"蝠"字之谐音"福"。长袍儿的外面罩着紫缎镶绦、红琵琶襟儿的坎肩儿，头戴一顶黑底镶蓝丝绦的便帽，脚蹬皂色丝纱印花面儿的文士靴。冷眼一瞅，脖颈处露出的是白丝绸内衣领，棕色缎袍儿上印着淡黄色的福团，再以紫缎镶绦、红琵琶襟儿坎肩儿搭配，显得格外鲜亮、醒目，这还是在京师时，茗兰拉着夫君到绸缎庄挑选合适的料子量身定做的。常喜亲切地拍了拍尤公子的肩膀道："嗯，不错，精神抖擞、风度翩翩哪！本官奉命率领两翼官学的学正、教习、候补教习以及所有生员前来接您入学馆，正式作为教习传授知识。按照礼节，走之前，需叩拜供奉的祖先牌位，由于祖上有德，才培育出文才出众的后生，也要叩拜先师、亚圣，然后方能上轿。"

这里插说几句。自有清以来，盛京、吉林、黑龙江三地受京师影响，满洲各家各户世代皆重视子弟受业，并供奉孔子、孟子的画像，祈祝有朝一日金榜题名，官运亨通，光宗耀祖。凡科考及第或被州府县衙张榜录用之文士皆受到世人的尊敬，视为文曲星光照，乃光耀门楣之大事。除隆重的迎接礼仪外，还要叩拜孔孟之圣像，且十字披红、胸戴大红花，乘坐彩轿，鼓乐齐鸣，出门时阖家叩贺礼。家主需宰杀一只雄鸡，把鸡血洒在庭院内，敬献众神祇、土地爷儿、宅神、喜神等，以诚谢多年来守宅之安宁及对中榜者的庇佑。这一切做完之后，才打鼓敲锣骑马游街，一路风光地前往应去之地。吉林将军衙门也不例外，迎接尤成额入仕左翼官学，成为深受仰慕的教习，礼仪是不可少的。吉林已好几年未有这等喜事了，今日在江城出现了，一传十，十传百，住在周围的居民扶老携幼地前来观看，不无羡慕地赞叹道："瞧哇，这一家子多风光啊，是得好好儿训育儿孙哪，将来有出息，到那时，咱也能满门灵光呢！"

尤成额于京师的家中西墙专有一个供奉神龛的地儿，即供奉三代宗亲的牌位，也供奉先师孔子、亚圣孟子之画像。离家时，他把神龛和孔孟圣像装入书箱带了出来，一路上心中暗暗朝拜祖先和圣贤。住进吉林的凤楼后，在二楼尽头那间北屋的西墙上供放了神龛，供奉了孔孟画像，终朝每日于晨昏之时焚香叩拜。此刻，当常大人提出需叩拜先祖、圣贤时，尤成额夫妇一边答应着，一边同其一块儿进入楼内，上了二楼来到北屋，面冲西墙向早已焚香供奉的神龛和孔孟圣像叩头。拜罢站起身，常喜从亲随双手捧着的彩釉铜盘内拿起红绸子和大红花，亲自为尤成额披红戴花。然后下得楼来，走到院子中间儿，白面娘子给尤成额、茗兰各一只酒杯，进屋端来米酒为每只杯子斟满，二人跪地将酒杯高高举过头顶，再把杯中酒泼洒在地，敬天敬地，望庇佑子孙，光耀门第。之后，凤楼的上下人等跪在院子里，由王师傅操刀，将事先早已准备好的一只大红公鸡宰杀，把鸡血洒在通往大门的甬道上和凤楼的四周。再用高秆把公鸡挑起，竖在院子中央，献给守宅之神鹰享用。接着摆上香炉，插满香，点燃后香火红红，象征入仕者的前程文光普照，万事锦上添花。

供奉完毕，茗兰及家人将尤公子和小满堂送到大门口儿，千叮咛万嘱咐了一番。常喜骗腿儿上了马仍走在前头，尤成额坐进了彩轿，轿旁是挑着书担子、身穿黑色长裤、绛色马褂儿的小满堂，看上去蛮精神。紧跟彩轿的是那台空轿，其后是两翼官学的学正、教习、候补教习及众生员，最后面是秧歌队、高跷队，还有打鼓的、敲锣的、吹唢呐的，整整排了一大溜儿，好不喜庆。街道两旁人山人海，水泄不通，又鼓掌又叫好儿的，欢笑声儿、呼喊声儿、议论声儿、赞叹声儿混杂在一起，好不热闹。尤成额终于如愿以偿，正式入仕左翼官学任补正教习，官职为五品，两年后任教习，官职晋升为四品。从此苦尽甘来，昂首阔步地走上了育人之路，令人感动，令人高兴，为他道贺，为他祝福！

富俊第四次坐镇吉林将军衙门的第二天，便张贴告示、设考榜，着手办理已拖延五年之久的左翼官学教习补缺事宜。三日后开考，当天确定了人选，第十天补正教习就到任了，将军衙门的上下人等及江城百姓无不称赞新将军雷厉风行的办差作风。说来几位前任之所以久拖不决，其中一个主要原因就是人人皆知两翼官学非同一般，乃夫子所在之地，在当时的大清国声望很高，受到尊崇、敬重。当教习不同于浑身上下都是土、在大地里风吹日晒的庄稼汉，而是天天穿着整洁的衣服坐在学馆里，年年拿着俸禄，吃穿不愁，这么好的差事谁不想干哪？一些不学无术者千方百计地往官学里挤，凭借此肥缺混日子。也不是任人都能混得上，能来的全是有根基的，或是朝廷重臣的子孙，或是地方官吏的内亲外戚，一个个纷纷来将军衙门找自己的亲朋好友说情。在任将军或负责此事的属下官员碍着面子，谁都不想得罪，既不说行，也不说不行，左右为难，一时不知如何是好，只能一拖再拖。这回富俊谁的面子也不看，采取设考榜、公平竞争、择优录取的办法，参选者全部齐登大雅之堂，用试卷说话，以德才取人。结果效果甚佳，对最终夺魁者尤成额的入仕，将军衙门的上下人等皆举双手赞成，无一微词、异议，且无不敬佩将军大人勇于主持公道，一视同仁，让人心服口服。

那么，一指禅师给茗兰施治的这九天里，富俊还在忙什么呢？他是个闲不住的人，干事儿麻利，往往是左右开弓，双管齐下，且收效甚佳。富俊常讲："世间最贵者，当有宁事之心，天下兴焉。谁不想无所牵挂地睡宿安稳觉、做个好梦啊？人人都想，国家亦然。怎么办呢？就清廷的对头而言，本将军之意是能争取一个就争取一个，能减少一个就减少一个，对头越少越好，唯如此方可迎来社稷的安宁、祥和以至长远。"正是基于这样一种想法，他才命都克尼和班布泰对从阎王顶子抓获的范蔼仁派出之头领及其亲随、打手们进行调查核实，要求务必认真细致，准确掌握所犯罪行，不可遗漏，不可出现错谬，查毕一并呈上。经甄别，按所犯罪行大小给以不同的处理，其中的大多数尽量争取过来，为大清效力。他还叮嘱庞氏兄弟一定要耐心规劝夺魂僧者和静空大师，使其认清是非，回归正道。二位师父虽有大罪，与范蔼仁沆瀣一气，但若能幡然醒悟，不敢说为吉林将军衙门增加了力量，至少为朝廷减少两个对手。说服一个尚未认识到自己罪行的人回到正道上固然不容易，不过世上没有克服不了的困难，只要尽力了，就会有效果。与此同时，又提出要选出能者操持、管理江北拘缉营，不能像以往那样是非不清、正邪不分了，必须下大力气根治这个积年的顽痼，使其变成一个育人的塾堂。除此之外，他考虑近些年来，江河日下，风俗颓败，偷窃、殴斗之事日增，谦恭、礼让难以传扬。于是令常喜充分做好迎接新人的准备，此次选录颇有才学的尤成额等能人贤者入仕两翼官学，可谓如虎添翼，吉林文运亨通有望了。此乃吉林将军衙门在道光四年的一件大喜事，要大张旗鼓地操办一下，越热烈越红火越好。按照以往的礼仪，入仕的官学教习应十字披红、骑彩衣马游街，表示大清朝尊师重教，重视文治。此次难得的机会不能错过，既尽人皆知了，又达到宣传目的了，使正气上升、邪气下降。他自己则投入始终萦系于心的范蔼仁之大案中去，白天处理衙门诸务，晚上和衣而卧，四更天便爬起来坐在油灯下一本一本地翻阅卷宗。九天里，没睡上一宿囫囵觉，没来得及细细品味一壶香茗，没四平八稳地吃上一顿好饭，常常是一手拿着饽饽，一手拿块儿咸菜，嘴里嚼着，眼睛却不离档册。多么壮的身板儿也禁不住这么折腾啊，何况是位老者呢？眼瞅着日渐消瘦。可富俊全然不在乎，却把老家人宝靖阿心疼坏了，时不时地唠叨几句："萨克达额真哪，看上去现在比清查土地那会儿还要累，长此下去哪儿行啊，身子骨儿受不了哇，得悠着点儿。"富俊像未听见似的，只是嘿嘿一笑，该干啥还干啥。

一天傍晚，宝靖阿手托一套内衣进了书房，对正在灯下低头翻阅卷宗的富俊说："大人哪，身上那套内衣穿十多天了，该洗洗了，把这套换上吧！"

富俊心想："行啊，老哥说啥是啥吧，否则禁不住这顿磨呀！"于是乖乖脱下换了。

宝靖阿手指上衣又道："大人，衣兜儿里有样东西忘了吧？拿出来看看。"

富俊一愣，忙掏出细瞧，原来是用黄绫包着的一串儿佛珠儿，猛然想起是位老僧的，拍了拍脑门儿高兴地说："哎呀，老哥哥，可得谢谢你了，这几天太忙了，险些把大事误了。一切都好了，迎刃而解了，老仙翁来助阵啦！"

此话把宝靖阿给说糊涂了，丈二和尚摸不着头脑，根本不解其意，一时也怔住了。那么，这串儿佛珠儿到底哪儿来的呢？还是富俊在双城堡行辕大营时得到的。其时，班布泰不在行辕，已奉命同庞荣去疙瘩梁阎王顶子一带调查范蔼仁私自养兵的细情了。此间，富俊不仅接到了圣旨，也接到了从盛京转来的督催前往吉林将军衙门坐镇的帖子，要求立即启程。这可把他急坏了，除了抓紧时间将官兵们已清丈完的田亩数额以及调查、处理土地纠纷的情况记录在案，还需在小孤屯、大崴子、三道梁子、牤牛沟、老伙计窝棚等地建立新屯寨，每屯选一个屯达，五个屯选一个总屯达，并要安排好流人的生产生活。连续忙活了五天五夜，只是抽空儿打个盹儿，诸事毕方略感轻松。

这日，富俊吩咐宝靖阿收拾行囊，自己则去林子里漫步，喝了几口清泉水，呼吸一下新鲜空气，嘴里嚼着红皮大萝卜。回到行辕后，换了一身儿干净衣裳，从马棚里牵出小毛驴一骗腿儿骑上了。宝靖阿见其又要独自出门，哪能放心哪，刚准备去牵毛驴一块儿走，却被富俊制止了："老哥，别去了，不用陪着我，忙你的。就这身儿打扮走东串西、常来常往的，谁知道是干啥营生的？放心好了，安全着呢，用不多长时间就回来了，出去转悠转悠而已。"

宝靖阿当然知道主子的脾气，他若说不行，你就别犟，犟也没用，只能听喝儿。于是叮咛了几句，又给拽了拽衣裳，转身回到屋内继续收拾行囊。

　　富俊骑着小毛驴，驴背上放着个用鹿皮缝制的褡裢，是大孤屯的一位老妪送给他的，专门搭在牲口背上，比人背的褡裢既长又宽，不仅能放东西，也是个装饰。再看那头小毛驴，毛色发亮，精神、壮实，放上鹿皮褡裢一点缀，越发招人喜欢。其实呢，褡裢里装的全是用不着的布片、棉絮等，塞得鼓鼓的，外人一瞅，会以为这骑驴老客一准有不少银票呢！富俊身着蓝缎长袍儿，外罩紫红绦子镶边儿的黑坎肩儿，头上扣顶部缀着红玛瑙的瓜皮小帽，帽子前檐儿镶块白玉，戴着一副墨镜，脚穿白色粗布袜，蹬一双黑丝绢上绣牡丹的文士靴，显得很是素雅。只看这身儿装束，谁都得认为此人颇有修养，或是饱学之士闲来无事随意郊游，或是店铺掌柜去哪儿讨债，或是教书匠出外踏青，或是算命先生游走四方，肯定不是做官的。

　　富俊此次缘何外出呢？正像他所说的，其实没啥事儿，就是觉得这些日子太累了，神经总是绷得紧紧的，想放松放松，没什么目的地。小毛驴跟在富俊身边五六年了，知道主人的脾气、喜好，出行往往都是任自己往前走，走到哪儿算到哪儿。它见主人没吆喝，便像每回出行一样，踏着茸茸的绿草，沿着乡间小道向双城堡的集市而去。富俊骑在驴背上东瞧瞧西望望，初始蛮有精神，没一会儿感到有些困倦，便趴在驴脖子上打起盹儿来，瞅着像是睡着了，然耳能听声，眼能看路，时刻警惕着，已是多年养成的习惯了。每次骑驴出行，尽管常常打盹儿、睡觉，有时还仰面躺在驴背上小酣，却从未掉下过。这头小毛驴很通人气，感到主人睡着了，走得愈加稳当，慢腾腾有节奏地前行，犹如一片小舟在荡漾的春波中悠游。

　　小毛驴走啊走，背上的富俊微闭双目睡得正香，忽觉毛驴停下了，并未睁眼，还那么眯着。毛驴站了一会儿，见主人没动静，便打了两声响鼻，打算将主人唤醒。富俊这才睁眼四下瞅了瞅，哎，此地好眼熟哇，原来已到三人堡子小集市了，距双城堡的大集市尚有五里多地。赶集的男女老少还不少，来来往往的，吆喝声儿、说笑声儿、讲买讲卖声儿混杂在一起，热闹得很。随着一阵清风吹拂，飘来了油炸麻花、馓子的香味儿，搅得肚子里的馋虫直劲儿鼓动。富俊抬起上身，发现毛驴前面的地上坐着一位年近八旬的和尚，身穿袈裟，外罩半长不短的布斗篷，脑袋裹着蓝包头。此人长相很有特点，面容慈和，宽额头，高鼻梁儿，一对儿罗汉耳。雪白的眉峰下弯，眉梢耷拉到两颊，颔下银须飘洒胸前，颇具仙风道骨，令人肃然起敬。再看他那风尘仆仆的样子，可能是远道而来，觉得疲顿了，坐在地上歇歇脚，抬头仰望着富俊，嘴里念叨着："快人一语，快马一鞭，万年一念，一念万年，若知明日，老僧敢言。"

富俊又瞅了瞅小毛驴，此刻竟是头冲和尚站着，心里有点儿着急，赶忙吆喝道："喂，怎么杵在佛家跟前呀？快绕过去，驾！"

奇怪的是小毛驴头一遭不听主人的，任凭富俊怎么喊，它却一动不动，坐在地上的游僧揖手道："阿弥陀佛，这位施主，你我萍水相逢，想必是今生有缘也。虽然此前不认识，但小毛驴显得挺亲近，看见老衲就不走了，莫不是让我碰上贵人了？幸会，幸会！"说着站了起来，拍了拍身上的土。

富俊方才在驴背上似睡非睡地眯了一觉，感觉挺舒坦的，听了游僧的这番话，立马来了精神，跳下毛驴抱拳施礼道："今儿个能路遇仙家，乃祥瑞之兆，借老仙翁吉言，老夫才是碰上贵人了。"说罢，见道的左边有处茶馆儿，门口儿一侧摆张高柜台，柜台一角挂着带红穗儿的蓝板幌子，上写"龙井毛峰，干鲜果品，瓜子松仁"字样，显然是可以边喝茶边品尝各种干果，于是又道："老仙翁，既然有缘幸会，不妨进茶馆儿小坐，老夫请您品茶如何？"

游僧倒很实在，也未推让，点点头道："好哇，好哇，正口渴呢，谢谢施主！"

富俊牵着小毛驴走至道边，将缰绳系在拴马桩上，瞧了一眼褡裢却并未取下。因对这一带较熟悉，知道此地风气尚可，很少有丢失物品的。所以就像其他赶集的一样，不管进哪个商铺办事，从不背着褡裢，而是留在牲口背上。他引领游僧进了茶馆儿，在靠窗边的桌边就座，吩咐跑堂儿的上壶龙井茶，又点了几样儿干果。待茶水和干果摆在了桌子上，游僧一点儿没客气，边品茶边嚼着干果，吃得蛮香。富俊首先开口道："敢问老仙翁从何而来，准备到何处去，在哪座宝刹修行啊？"

游僧回道："老衲远在河南少林寺修行，此次是从蛟河而来，云游辽东福地将近三个月了。途经盛京时，拜谒了千山古寺，来到吉林拜谒了拉法、北山古寺，前往何处尚未定。"说完先是目不转睛地看着富俊，继而上上下下打量了一番，呷了口茶后接着言道："大官人，您骑驴而卧，似乎睡意正浓。毛驴在老衲面前已站一会儿了，仍不见主人醒转，便打了两声响鼻，官人方起身。老衲观察有时，官人大白天的能在驴背上睡踏实，想必是数日劳累、百务缠身所致，够辛苦的了。又见毛驴自由自在地信步而行，可以断定官人外出无目的，只是为了散散心、排遣一下忙碌所带来的疲惫而已，待回去之后，还不知得熬上多少时日呢！此种劳心智之人，既不是商行的掌柜，也不是追求功名利禄的文士，而是朝廷派驻到地方的重臣，为国为民冥思苦索，把毕生精力倾注于一方水土的治理，可钦可敬。"

富俊听了极为惊讶，心里话："仙家真是了得，太神了，咋推测得这么准呢？"

游僧继续说道："大官人，老衲还猜到了您既不在京师办差，也不在州府县衙，而是在大片土地上摸爬滚打。从您言谈举止以及出行一不坐轿、二不骑马、跨上小毛驴四处游走、无一随从陪同来看，驻地离此不远，顶多四里地，即朝廷委派重臣于双城堡设立的清查田亩行辕大营，您便是在那儿坐镇的赫赫有名的富俊大人，称得上远离红尘、不贪图利禄、不忘民以食为天、为保全家家户户的耕地而不懈努力的劳心者。老衲虽从衣着上看不出大官员的品级，但总还是父母官嘛，吉林将军的大任正等着您，在这儿给您施礼下拜了！"说着站起身来，口诵佛号，双手合十揖礼，刚要下拜，富俊赶忙一把扶住道："老仙翁，不必多礼，您猜得没错，吾乃富俊也。刚刚可以喘口气了，的确为散心出外随便走走，有幸巧遇仙翁，老夫应该给您下拜才是呀！"说着抱拳躬身深深施礼，然后请其就座并给斟上热茶，边倒边说："仙翁的眼力好哇，我经常着便装外出，头一回被认出来，老夫敬服了。"

游僧并未因此而放过，立即接过了话茬儿："富俊哪，请允许老衲直呼大名，您不单单是散心，此乃搪塞之词。俗话讲得好：'没心没肺者外出，百日不知愁；繁难缠身者外出，片刻心不宁。'别看您上半身趴在驴脖子上，两条腿耷拉着似乎睡得挺香，实则半睡半醒，脑子并未得闲，反复思虑着桩桩大事，难道还需瞒着老衲么？可不可以告知，究竟哪些烦冗之事缠绕心间？老衲愿帮官人排忧解难。这样吧，您蘸着茶水在桌面上写个字，啥字儿都行，只要是想写的，老衲据此便知官人的心思了。"

富俊见游僧推测准确，言必有中，谈吐风雅、自信，内心早已钦佩之至，遂伸出食指往茶杯里蘸了一下，低头思摸道："我是骑驴而来，不是乘车而至，不管怎么着，总还是走嘛。"于是随手写了个"走"字，然后抬起头来，笑眯眯地瞅着老仙翁，看其对此字能说出什么子丑寅卯来。

游僧双眼盯着桌面上的字儿思忖片刻，开口道："这'走'字嘛，是说官人要离开清查田亩行辕大营了，不日将赴新任。把'走'字分开，上头是个'土'字，下头是两个'人'字，据此推断官人已不再更多惦念土地清查、分拨之事了，那么在思虑什么呢？噢，有了，是在为前后左右的一些人着急犯愁，对不对？"

富俊没有作答，反问道："请问仙家，老夫在想些什么人？"

游僧回道："从'走'的字面儿看，压在心头之上让您盘算、牵挂的人还真不少，至少四五位以上。这些人中，有的是敌手，有的是朋友，有的是务必争取的，有的是急需帮助的，且有男有女。"

富俊紧接着又问："何以见得有男有女？"

游僧手指"走"字道："官人请看，'土'字下头挨着的'人'字正瞧像'卜'字，竖为阳，横为阴，阳为男，阴为女，故而男女皆有。"

富俊听罢，暗暗赞叹眼前的游僧确有奇功，能穿透人的内心，犹如肚子里的蛔虫，不由你不信服。是呀，这些日子天天盘算的就是如何清算范蔼仁等恶霸的罪恶，惩治八旗败类秦名远一众歹徒，说服夺魂僧者、静空大师回归正道，帮助尤成额一家脱离窘境，牵挂着各地逃来的流民是否全部得到妥善的安置，一点儿也没错，随即连连点头道："仙翁真乃神人也，老夫有眼不识泰山，原来是大师驾临了，失敬，失敬！正如仙翁所测，本官受命清查田亩、安民抚众暂告终结，余务与盛京、吉林一并办理，最晚后天赶到吉林将军衙门就任吉林将军。唉，逝者重负千钧，尚未释解，来者又接旨匆匆，首尾难顾。左思右想，彻夜不眠，方骑驴于旷野赏玩，只为散心耳。老仙翁所言，切中要害，万事皆与人有关。眼下确实在盘算几个人，乃案中人、逃匿人、欠债人，必须予以严惩，否则会留下后患，有悖民意、圣恩也。"

游僧说道："富俊哪，佛言善缘终得结，好事有人帮。您心中一直盘算的案中人已被拿下了，不日将押入吉林将军衙门，说明为民保平安之心感动了天地，值得祝贺呀！"

富俊听了一愣，心想："莫不是班布泰、庞荣没白跑，此去疙瘩梁有重大收获，端了范蔼仁的老窝了？"刚欲发问，游僧手一摆道："大官人，不必问了，很快会知道的。老衲该走了，临别留下一句赠言：'多求谐，少积怨，多盈笑，少恋血。'唯按此话去做，方能事半功倍，在吉林将军任上一顺百顺，顺而又顺，巧度十载远凡尘、万事空啊！此乃佛家偈语，请于晨钟暮鼓时，仔细揣摩之。也是与官人前生有缘，今儿个讨得一杯茶，以此略表谢意吧！"说完起身拔腿就走。

富俊一看着急了，连忙上前拉住游僧的胳膊道："老仙翁，话未说完哪能走啊，老夫不少事儿需讨教呢！"

游僧说："大官人，还讨教什么呀，老衲不都讲清楚了么，再讲也是啰唆。那临别赠言就是十二字符，管保后半生享用不尽，望切记切行。富俊哪，你非寻常之人，凡事会办得比出家人更巧妙、上乘、周至。话不便言实，虚虚实实，实实虚虚，自去领悟，自去践行，必会功成名就的。走喽，走喽，回河南嵩山老家去也！"边说边欲往外走。

富俊并未松手："老仙翁，请等等，老夫还不知仙家的尊姓大名呢，能否告知并留个念想啊？"

游僧点点头道："嗯，此话倒是提醒了我，不用问名号了，老衲有两件事需求大官人。"说着从怀里掏出一串儿佛珠儿递给富俊道："第一件是请您把佛珠儿交给老大，即一指金刚侠，告知从今往后，师兄弟之间的事皆由他自行处理。第二件事始终让老衲记挂于心，无法释怀，唯大官人能帮上忙……"

富俊十分好奇，插问道："老仙翁，什么事儿让您如此惦念哪？"

游僧接着说道："曾一日，天气晴朗，万里无云，老衲出外化缘。走到半路，天忽然阴了下来，继而乌云压顶，闪电雷鸣，随之下起了瓢泼大雨。那两天原本就偶感风寒，经雨一淋，浑身又湿又冷，不由得打起了哆嗦。抬眼一看，前面不远处有座二层小木楼，忙跟跟跄跄地跑到跟前，未待敲门呢，眼前一黑便晕倒在这家大门口儿了。过了不知多长时间，雨停了，老衲醒转过来，觉得连站起的力气都没有。这时，二楼的一扇窗户打开了，一女子伸出头往外看时，正好发现了我，忙回头冲屋内喊道：'快，师父倒在大门口儿了，赶紧扶进来！'话音刚落，从楼内跑出两个侍女，一边一个将我搀进屋，这才看见那位女施主是位即将生产的孕妇。她吩咐侍女冲了碗糖姜水给我喝，又找出一套干爽的衣裳、一双傻鞋让我换上，用罢热腾腾的斋饭后，觉得好些了。经询问，方知那户人家所居之宅为凤楼，女施主叫茗兰，其夫婿叫尤成额。家里的人都出去了，可能是由于大雨阻隔尚未返回，只有她们三位女子在舍中。我很是感激，谢过后离去，不过从此心里压上了块大石头，为啥呢？因见那位女施主长得倒挺有福相，吉星高照，必有大贵。然仔细端详，印堂晦暗，两眼无光，似有愁绪萦怀，眉宇间还显露出其夫有官星相克，仕途不顺。老衲也帮不上什么忙，唯一能做的就是为可怜的女施主一家诵经祈祷，求菩萨大发慈悲，早日时来运转，喜降凤楼。富俊哪，您仪表堂堂，具有北斗之威，驱遁官星之人非将军莫属，茗兰之心事拜托了。民之苦，民之冤，民之怨，倾听诉求者当为一方父母官，铲除邪祟者亦为一方父母官，关键是肯不肯于做。请代为向女施主一家问候，老衲将继续为其诵经祈祷，祝愿他们远离邪恶，早脱苦海，阿弥陀佛！"说完一闪身扬长而去。

富俊急忙追出，四下一瞅，老仙翁早已无影无踪。又跑到十字路口，朝着刚刚隐去的方向久久凝望，怅然若失，不忍离去。无奈人已走了，惋惜有啥用？只好叹息着回到茶馆儿，结算了茶钱，赏给跑堂儿的几文碎银。跑堂儿的接过，千恩万谢，殷勤地将他送出门，从拴马桩上解下缰绳扶其上了毛驴，富俊轻轻拍了一下毛驴道："老伙计，走吧，咱们该回家了。"小毛驴真像能听懂主人言似的，打了一声响鼻儿，扬起四蹄嗒嗒嗒小跑着往回返。

富俊骑在驴背上，头脑可没闲着，越寻思越觉得蹊跷。本打算诸事办完，将赴江城接任新职，趁这个空当儿歇息一天。不知为何突发奇想，非要骑小毛驴出外走走不可，还无目的地，任其行之。毛驴偏偏往三人堡子小集市去了，又天缘巧合遇到了世外高人，站在人家跟前不走了，且见亦匆匆，别亦匆匆。老仙翁坐禅河南嵩山少林寺，修行甚深，眉宇间透着一股刚毅，言谈举止不俗，使你不得不尊崇、信服。特别是所言值得推敲，令人玩味，什么"多求谐，少积怨，多盈笑，少恋血"十二字符啊，什么"你非寻常之人，凡事会办得比出家人更巧妙、上乘、周至"呀，什么"具有北斗之威，驱遁官星之人非将军莫属"哇，什么"巧度十载远凡尘、万事空"啊，什么"民之苦，民之冤，民之怨，倾听诉求者当为一方父母官"哪等。这些话语很有分量，字字千钧，字字珠玑，是在点化、规劝我，作为一地的将军该如何掌握好手中的权柄，真正做到体恤黎民，爱护百姓，勿要一味地生杀予夺。大师的训诲非常中肯，循循善诱，有的放矢，掷地有声，实乃难得，够后半辈子享用了。知心呵，知音呵，感谢神人相助，老仙翁乃富俊的恩师也！接着又想到了游僧不肯告知名号，却让把佛珠儿交给大法师，并交代从此师兄弟之间的事儿皆有他自行处理。而且直呼其老大一指金刚侠，听起来特别亲切，显然是道行高之人对自己徒儿的称谓，非知近之人不会如此。这说明游僧不仅熟知大法师，还十分喜欢、器重、信任，难道老仙翁乃一指金刚侠的师父长眉长老？真要这样那可太巧了，很多事都好办了，争取、劝说夺魂僧者、静空大师为我所用，或许可在短时间内奏效。对了，我得尽快见到大法师，把佛珠儿交给他，然后静观其变。想至此，摸了摸装在衣兜儿里的佛珠儿，这可是件宝贝呀，说不定是打开心锁的钥匙呢，千万不能弄丢了。

富俊回到行辕后，见宝靖阿已经准备好了，次日便与其一同上路了，赶往江城赴任。到了吉林将军衙门，在短短的几天里，又是翻阅各主事呈上的档册、文书，又是前往凤楼看望尤成额一家，又是设考榜择优选任左翼官学教习，又是迎接从阎王顶子归来的班布泰等人，紧接着又投入审查范蔼仁的大案中去。加之衙门需要处理的事儿太多了，根本应付不过来，天天没早没晚地干，忙得头不抬眼不睁的，连歇气的工夫都没有，结果竟把游僧托交佛珠儿之事忘脑后去了。全仗宝靖阿发现并及时提醒，他才想起来，能不高兴么，眼下啥最重要？交还佛珠儿最重要，别的皆可暂时放一放。事不宜迟，富俊放下手中的档册、卷宗，把黄绫包儿揣进内怀出得门来，也没带随从，只身前往小红楼驿馆。

细细品之，游僧所言及留下的佛经偈语可谓语重心长，鉴往知来，值得警醒，甚至把将军任在余下的时间里该如何做都一一点化了。富俊聪明过人，深刻领会了仙家之意，悟彻其理，切记十二字符并依其做了。在四任吉林将军的四年中，想百姓之所想，急百姓之所急，施以德政，取得了可喜的佳绩，此乃后话。

单讲富俊很快到了驿馆，上得二楼，走到尽头的东屋，推开门一看，大法师、庞氏兄弟、班布泰正坐在一块儿闲聊呢，其中庞庆说得正欢。四人见将军大人来了，忙起身让座，班布泰为爷爷斟上了热茶。各位阿哥有所不知，师兄弟五人中，现在最高兴的当数庞庆。自打兄长庞荣陪同班布泰去了疙瘩梁，留在凤楼的他除了保护尤成额一家的安全，再无别的事可做。天天早上起来先去小树林站桩、练通儿拳脚，回来后劈劈桦子、担担水、扫扫院子，没一会儿就干完了。其他时间打坐、诵经、拜佛，每每独处时，暗自盼着兄长早点儿回来。令人惊喜的是终于在一天傍晚，不仅兄长回来了，大师兄、二师兄、三师兄也随其而至，师兄弟们又像在少林寺那样睡一铺炕了，一起练功，一起诵经拜佛，觉得开心多了。班布泰把师父、师叔们安顿好后，自己的心也长草了，只要一有空儿就往驿馆跑，不但可以伺候伺候几位师父，而且可以通过交谈，劝说二师叔、三师叔回心转意，何乐而不为呢！富俊早看出孙儿的心思了，每当用完晚膳，便向守在身边的班布泰催促道："孙子，爷爷这儿有宝靖阿呢，不用你守着了，去吧！"班布泰一蹦老高，推开门撒丫子就跑，乐颠颠地朝驿馆而去，几乎成那儿的常客了。

　　此刻的东屋内，夺魂僧者和静空大师去小树林打拳了，尚未回返。富俊坐在桌旁边喝茶边打量着师兄弟三人，见各个气色很好，精精神神的，遂笑了笑道："大法师呀，老夫此番来，既是看望各位师父的，也是向您道歉的，这几天忙昏头了，竟把一件要紧的事儿给忘了。那还是来江城赴任的前一天，我骑着毛驴出外随便走走，到了三人堡子集市，遇上一位年近八旬的老仙翁，自称是从河南登封少林寺而来，于辽东一带游方已三个多月了。我们在茶馆儿聊了一会儿，很是投缘，临别时，老仙翁托我把一样东西交给您并转达一句话，即从今往后，师兄弟之间的事儿皆由一指金刚侠自行处理。回到行辕后，让我转交的东西乃佛家所用之物，又是老仙翁珍爱之物，做工精致，外形美观，雕刻技艺高超，怕弄脏了，便用黄绫包上了。今日特意带来交给您，对不起，耽误了几天，敬希见谅。"说着，从衣兜儿掏出黄绫包儿，双手递给大法师。在场的人都十分好奇，眼睛全盯着黄绫包儿，不知里面装的是何物。

　　一指禅师接过后，并未马上打开，而是急切地问道："将军大人，那位老仙翁个头儿高矮、体态胖瘦、长相啥样儿？"

　　富俊便将其给自己留下的印象，包括衣着、举止、身材、长相、谈吐等一一描述一番，师兄弟三人听后全乐了，异口同声道："将军大人，老仙翁就是我们的恩师长眉长老，正不知眼下云游到什么地方呢，却被您碰到了，真是有缘哪！"

　　一指禅师打开黄绫包儿一看，原来是串儿棕红色的佛珠儿，不禁有些激动，自言自语道："师父，您老人家今在何处？弟子曾查知您到过拉法、蛟河，遗憾的是前去寻找未果，一直惦记着呢！"随后冲富俊说道："将军大人，师兄弟几个都认识这串儿佛珠儿，乃恩师随身携带之物。之所以托您交给贫僧，想必有些事已知，并且有训教传谕。"说着两手抻直佛珠儿，低下头来仔细观瞧，从左至右一个珠子一个珠子地细摸细瞅。当触到最后一粒珠子时，觉得有些异样，似乎不是一个整体，略松，珠子正中有道肉眼看不见的缝儿。轻轻一拧，珠子开了，内有一薄薄的纸片。原来此珠儿是由两瓣儿合成，每瓣儿均有丝扣，自左向右旋转便可开，圆圆的木珠儿随之分成两个半拉儿的珠子。一指禅师小心翼翼地取出纸片展开，见上面果真写有手谕："五徒别少林，分赴辽东有余，师其念焉。三月舍寺东游，广布佛法，闻两逆徒助纣为虐，汝等俘之，佛祖悯人，务引其知返。嘱告将军戒屠戮，世态乖违，人心散离，忌伤众，宽赢人。箪食壶浆，心向王师，江山安矣。金刚、消魂、消锋携逆徒回寺，师自裁夺，以行佛规。寒露重阳，恰逢嵩山、武当、峨眉百届三山法会，吾返程也。汝等勿误盛节，翘盼，阿弥陀佛。"看罢，将纸片递于将军大人，请其详阅。富俊看完交还大法师，师兄弟三人共同研读师训，犹如恩师就在眼前，感到分外亲切，又跪在地上虔诚地顶礼膜拜，遥祝恩师归途安顺。起身后，庞荣对一指禅师说："大师兄，依师父之手谕，咱们在吉林的时间不多了，得抓紧劝导二师兄和三师兄，否则来不及了，真够急人的。"

富俊接茬儿道："庞大师，不要着急，可以共同想办法，老仙翁强调的'忌伤众，宽赢人'对每人而言都是重要明示。说实在的，在未赴任吉林将军前，我就有一朝掌权柄必开杀戒、清除恶气、洗雪一腔愤懑之打算。然细细想来，万万不妥，还是目光短浅哪！人心皆是肉长的，仇怨宜解不宜结，要以抚慰为先、劝化为主，心中之愤懑需慢慢疏导，继而得以化解。这些日子我也在揣度，若想全面、彻底地清剿范蔼仁几十年苦心经营之秘密巢穴，最好采用分化范氏家族成员的方法，首恶必办，胁从不问，你们不是已经尝试过了么？与袁小鬼和范蔼仁的四夫人一块儿夜探钱家坟茔，结果真就拿到了范氏家族违犯大清律的诸多罪证，这是个很有说服力的例子。"

听了富俊这番话，师兄弟三人觉得轻松不少，感动于将军的宽宏大量，无论干了多么大的错事，哪怕犯了罪，只要愿意悔改，都给出路。一指禅师双目盯着手中的佛珠儿思忖良久，方恍然大悟，说道："明白了，看来师父请将军把心爱之物交给我们，是有意安排的，目的是将佛珠儿作为一把开心锁，打开老二、老三的心。"

庞庆赞同道："没错，见到佛珠儿就是见到恩师了，咱就用这串儿佛珠儿拉回两位执迷不悟的师兄吧，一准能行。"

一指禅师转向富俊道："将军大人，我们兄弟三个合计合计，准备一下，今晚再同二师弟、三师弟唠唠。好在还有恩师的手谕，估计会柳暗花明的，等着明日听喜讯吧！"

富俊笑道："好哇，本将军静候佳音，先告辞了！"说罢转身出了屋，师兄弟三人和班布泰赶紧跟随下了楼，将其送到大门外。

那么，夺魂僧者和静空大师被请进驿馆后是怎么个情况呢？初始，尽管四周环境幽静，所住居室十分舒适，又有专人侍奉，一会儿沏茶、一会儿送点心、一会递热毛巾的，伺候得周周到到，二人的抵触情绪却没有丝毫收敛，对这一切从不正眼瞅，似乎什么都未看见，该怎样还怎样。老大金刚、老四庞荣、老五庞庆没事时便与老二、老三促膝谈心，把范蔼仁为固守范家堡子的地盘儿，妄图永远一手遮天，竟敢目无国法，暗通土匪，杀人越货，私设公堂，凡是违拗自己意志者随意处治，杀人犹如拍死蚊子一样轻而易举等大逆不道之罪证一一摆出来，他们不愿听，更不愿相信这是真的，总是闭目而坐，一言不发。可二人毕竟是佛家弟子，从小耳濡目染了佛门的教规，戒杀生、戒淫邪、戒恶舌、戒妄语、戒贪欲已牢牢刻在脑子里，自觉遵之，与范蔼仁根本不是一路人，怎能辨不出黑白、嗅不出香臭呢？也觉得范蔼仁做人做事不地道，太过分。何况目睹其图谋不轨，暗地里私开作坊制造兵刃，招兵买马，看到了从钱家坟茔抄出的一张张地契、卖身契及搜刮的金银财宝，能不触目惊心么？听到了一桩桩血案、一件件罪行，内心能不受到触动么？他俩的心也是肉长的，不是那种抱着屎橛子给麻花都不换的人，凡事压不过一个"理"字，在事实面前不得不承认自己有眼无珠看错了人，陷入了钱氏花言巧语设下的迷魂阵。在范蔼仁的蒙骗、蛊惑、挑唆下，不辨真伪，颠倒黑白，将官府视为害民之祸端。甚至认为大师兄被官家收买并充当打手，反过来却把帮助范蔼仁看作是为民撑腰，是在做好事、善事，这才堂而皇之地成为范家堡子的座上宾，走上了背师违戒之路。二人在师兄弟们的多次规劝之下，虽然对自己的错误做法有了认识，但嘴巴却不愿服输，脸始终绷着。尤其是老二冲霄一向争强好胜，从小就有股子不服大师兄的劲儿，你让这样，我偏那样，甭想管我，只听师父的。不过他们五个现在可是住在一间屋内，天天吃在一起、睡在一块儿，又有几十年的兄弟情分，一来二去的，老二、老三便绷不住了，态度有所缓和，也肯于开口说话了。

一指禅师、庞氏兄弟和班布泰回到了二楼的住处，简单合计了一下今天的佛事该如何做，接着便忙活开了。老大金刚先是吩咐老四、老五和徒儿把佛堂清扫干净，拭去窗台、供桌等处的灰尘，地上不得有一根草棍儿。然后拿着银子下楼去找柳祥，请其打发伙计到附近的店铺买点儿线香、果品回来，越快越好。柳祥二话没说，满口答应，并立刻派人去办。人就是这样，俗话讲：看人下菜碟。柳祥见吉林将军对几位大师很是敬重，其孙儿班布泰又常来常往的，哪儿敢不尽心尽力照顾啊？反比以前更有眼力见儿了，让干啥就干啥，不带说个不字儿的，时不时地围在身边献殷勤。总之一句话，他就是根儿墙头草，哪边风硬往哪边倒，没事时常常寻思："咳，当初要是知道尤成额能有今天，也不会跟在秦名远屁股后头仗势欺人了。结果油水大都被其捞去了，自己未得多少不说，还让人恨得一贴老膏药，可把我害苦了，肠子都悔青了。"这么一想，就像换了个人似的，处处表现自己如何有悔罪之心、抱歉之意，试图改变大家的看法。特别是在富俊将军、都克尼副都统、常喜主事跟前，只要有机会，便极力讨好儿之。

半个时辰后，一切准备就绪，一指禅师、庞荣、庞庆穿上了袈裟，重新燃香、摆供品，将恩师的佛珠儿放在佛祖像下，这才又回了东屋。没一会儿，夺魂僧者和静空大师收功回来了，一指禅师说道："老二、老三，就等你俩了，恩师驾到，抓紧入佛堂，先做佛事，而后聆听师谕。"

二人听罢，赶忙脱下练功穿的那身儿短打扮，换上了袈裟，师兄弟五人推门出屋去佛堂，班布泰作为一指禅师的弟子随其后。进了佛堂，首先映入眼帘的是供奉在西墙的佛祖像，正在迎候弟子们到来，似乎在说："佛门广大，佛光普照，朝佛者乃我虔诚弟子。万念皆空，襟怀坦荡，胸装万万亿亿恒河沙……"班布泰回身将门关上，敲木鱼声儿、诵经声儿随即响起，大约过了一个时辰，佛事结束，一指禅师站起身来道："弟子一指金刚侠受长眉长老之命，代传师谕！"说着从佛祖像下捧起佛珠儿走到老二、老三跟前。

夺魂僧者和静空大师一看，确实是师父平日手腕上戴的那串儿棕红色木质佛珠儿，见佛珠儿如见人，大师兄不是故弄玄虚，难怪声称恩师驾到呢，老人家果真不放心哪。师父那么大年纪了，还不辞辛苦四处游方，广布佛法，普度众生。徒儿却浑浑噩噩好几年，忘了下山所为何，没有履行师训，有悖其谆谆教诲。当恩师知道徒儿的所作所为时，采取了收回又放过的做法，不外乎是给一条自新之路。然徒儿没有把握住，仍不知悔改，我行我素，老人家肯定既生气又懊恼，否则怎会不辞而别？唉，徒儿早已不是当年不懂事的孩子了，长成壮年汉子了，却不知好歹，真是浑哪，就这么回寺，有何颜面见恩师呀……二人正寻思呢，金刚又道："冲霄、云水，听听恩师的手谕吧！"说着将装在其中一粒佛珠儿中的薄纸片取出展开，从头至尾念了一遍。

二人听罢，仿佛从噩梦中突然醒来，又回到了佛祖怀抱，激动得扑通通跪叩在地，夺魂僧者哭拜道："师父，迷途弟子冲霄不听大师兄的劝告，放任自流，干下了大逆不道之事。虽然已知范蔼仁罪行累累，但吃了人家的，喝了人家的，深陷其中难以自拔，弟子有罪，罪不可赦呀！"

静空大师忏悔道："师父，迷途弟子云水修行不到家，所做的事、所走的路全错了。没有履行恩师殷殷嘱托的为民祈福之言，违反了佛门规矩，让您失望了，弟子后悔莫及，愿受佛祖惩戒！"

一指禅师见老二、老三言出肺腑，内心深自愧恨，这才长长出了一口气，上前将其一一扶起道："师谕之意是让咱们师兄弟同心勠力，协助吉林将军衙门铲除余孽，揭发范蔼仁的谋逆之举，还百姓一个朗朗青天。望二位师弟以师谕为念，好自为之，改过自新，不辱佛门，待回到少林寺，恩师方会既往不咎。"

夺魂僧者表示道："大师兄，冲霄想好了，也服气了，心甘情愿接受将军大人的任何处治。我的罪孽深重，不仅对不起恩师的苦心栽培，也对不起师兄的多年关照，还无缘无故地错怪了老四、老五，跟与自己有几十年同窗之谊的师兄弟过不去，实在不该。我和老三尽管始终在一起，且同时被缚，然走到今天这一步，错儿不在他，而在我。云水曾多次劝我赶紧离开范家堡子，此乃是非窝不是咱该呆的地儿。我却听不进去，觉得自己有一身功夫，走遍天下无敌手，啥也不用在乎。结果却钻进了范蔼仁夫妇设下的圈套，迷失了方向，在错误的道路上越走越远。刚被大师兄和四师弟囚至江城时，心里一百个不服，认为此乃奇耻大辱，有朝一日非找回面子不可。几天来听了师兄和师弟苦口婆心的规劝，今又看到恩师的佛珠儿、手谕，方改变了原先那些愚蠢的想法，认识到大师兄之所以这么做，是代恩师以佛法束缚违反佛门规矩的迷途弟子，是在往正道上拉我呀！"说着又是一阵儿悔泪长流，静空大师也跟着抹眼泪。

一指禅师好言抚慰，见二人情绪逐渐平定下来了，便指着站在一旁的班布泰道："冲霄、云水，前两天给你们引见，不理不睬。现在正式介绍一下，这位是我的徒弟、富俊将军的孙儿、八旗四品佐领班布泰，从今往后，可视为咱师兄弟五人的徒弟了。"

班布泰抱拳施礼道："二师叔、三师叔，请原谅徒儿多有得罪之处，打也好，骂也罢，绝无二话，今后还将多多向师叔讨教。吉林将军衙门今儿个是吉星高照哇，又多了两位身怀绝技、武功超群的护国大师，乃大清之福祉也！"

冲霄和云水揖手道："惭愧，惭愧，早闻班佐领大名，后生可畏呀！"

一指禅师摆摆手道："好了，好了，先不说了，有话回房唠。"

一行人出了佛堂，回到东屋，班布泰重新沏了一壶热茶。当晚，师兄弟五人才算真正聚到了一起，边喝边聊，掏掏心窝子话，诉诉委屈，泄泄火气，解解疙瘩。越聊话越多，越唠越热乎，至夜半更深时，竟激动得哭抱在一起，像小孩子似的你捶我一下，我拍你一掌，满屋洋溢着兄弟般的暖暖亲情。班布泰看着这一切，那是打心眼儿里高兴，功夫终于没白下呀，总算收到了奇效，暗暗佩服爷爷的以抚慰为先、劝化为主的做法实在是高明。

次晨起床后，班布泰随师父、师叔去驿馆东边的小树林打了一通儿拳，练了一会儿气功便告辞了，急匆匆地跑回将军衙门向爷爷报告喜讯，说是夺魂僧者和静空大师看了佛珠儿，听了师谕，哭拜在地，愧悔不迭，彻底回心转意了。二人表示无颜面见将军，打算负荆请罪，求得大人原谅并愿接受任何处治。富俊听罢，同样非常高兴，说道："告诉他们，负荆请罪就免了，本将军心领了。两位高僧能认识到自己错在哪儿，迷途知返，重新皈依佛门，站在朝廷一边，还算很及时，是件大好事。冲霄和云水是范家堡子团练的军师、总教头，将其争取过来，等于砍掉了范蔼仁的一只胳膊，使我们得到了破解范氏家族发家史的钥匙。眼下对于范蔼仁的社会网、朝中网以及伸向吉林、盛京、黑龙江等地的魔掌究竟有多大范围、浑水有多深尚不十分清楚，今后有与其打过交道的二位大师相助，或许能迎刃而解，此乃天助大清也！孙儿，你现在就去后堂，告诉大厨今晚设酒宴，素食要备办得丰盛些。再派人去小红楼驿馆把柳祥叫来，让他帮着张罗张罗，抓紧点儿！"班布泰得令而去。

到了酉时，该开宴了，将军衙门的上下人等全去了后堂。班布泰和都克尼赶往驿馆接来了少林寺的大师，见将军大人已在门外恭候，师兄弟五人走到跟前手打佛号揖礼，富俊抱拳还礼后，将他们请进后堂，分宾主而坐。这次盛宴，可以说是吉林将军衙门有史以来最隆重、最热烈、到场人数最多的大团聚了，共备五桌。第一桌就座的是富俊将军、五位大师及都克尼、班布泰、乌巴图、尧子兴、鲍昌等武官；第二桌是常喜、尤成额、来宝、德成、喜尔仲等文官；第三桌是已颐养天年的赵西丹、马木斤等老八旗；第四、第五桌是驻守在吉林将军衙门的众兵勇、衙役等。开宴前，富俊起身说道："尊敬的各位大师，我代表吉林将军衙门上下人等欢迎你们的到来，并备办了素宴，以此诚谢一指金刚大法师、鹰爪消魂侠庞荣、如意削锋侠庞庆的大力协助，迎迓冲霄五毒侠、云水轻身侠的转向回归，庆贺五位师兄弟的再次聚首。特别是冲霄、云水两位大师在明辨是非后，能悬崖勒马，幡然悔悟，反戈一击，本将军既欣慰又感动。不久前，曾有幸亲睹大清名僧、坐禅河南嵩山少林寺的长眉长老之仙颜，聆听了老人家的训育、教诲以及对未来世道风云的预测，受益匪浅。对其胸怀四海、各处游方、不辞辛苦感叹不已，对其广施法力、普度众生十分敬佩，从而倍加尊崇少林之风。在座的诸位大师皆为长眉长老的亲传弟子，都身手不凡，能到敝衙门协助本官抚民施政，惩恶扬善，真乃莫大荣耀。通过此次聚会相识相知，望今后精诚团结，凝集八方力量，共扫残渣余孽，为吉林地方的安宁做出贡献，黎民百姓将会永世铭记在心的，谢谢你们！"

席间，富俊领着师兄弟五人挨桌给众位引见，冲霄和云水从将军衙门上下人等和老八旗的脸上看不出对自己有丝毫的轻蔑，而是投以真诚、信任的目光，想到此前在范家堡子的所作所为，感到无地自容，愧悔莫及。当走到文官席前时，众位起身施礼，抱拳参拜五位大师。富俊还特意将尤成额介绍给冲霄和云水，夸赞这位左翼官学教习品性敦厚，待人诚恳，读书万卷，文才出众，不可多得。其夫人乃名门闺秀、本朝的才女，嘉庆皇爷在世时，十分喜欢她的水墨丹青，每每赞不绝口……刚说到这儿，一指禅师忽然手拍脑门儿似乎想起了什么，侧过头冲二师弟说道："冲霄，尤教习的夫人三个月前突患由风、寒、湿等引起的腰脊痹症，腰部、肢体疼痛，双腿不能站立。我用一指功法和丹药给予了疗治，不过效果尚不尽人意，虽然可以下地行走了，但动作仍不太利落，恢复到正常需一些时日。你有驱散五毒之功，倘若在此基础上继续施治，以毒攻毒，相信神技必现。"

一旁的云水接过了话茬儿："大师兄所言极是，二师兄疗治痹症确有神功，且奇方在心，定会手到病除的。"

富俊笑道："那太好了，这回还非请冲霄大师帮忙不可了，本官将静观您一展奇功疗疾，在此代尤教习夫妇先谢谢了！"说罢，深深鞠了一躬。

冲霄忙双手合十揖礼道："将军大人，千万不要客气，贫僧理应上门给以诊治，一定尽力就是了。"

盛宴结束后，冲霄大师没有回到驿馆，而是在班布泰、尤成额的引领下，直接去凤楼为茗兰疗疾。大家有所不知，这老二长大成人后，养成个好习惯，即不拘泥所学知识，遇事好动脑，仔细琢磨、研习，直至弄明白为止，故而得到了长眉长老的偏爱。举个例子说吧，师父传授的活络筋骨拳脚原本可以达到通经活血、祛风祛寒之目的，冲霄也屡试不爽。后来在小树林练功时，发现地上时不时地爬有毒蝎、蜈蚣、土蛇子等，师父和大师兄劝其少碰那些东西，以免中毒遭害。可他不在乎，偏伸手去抓，还啃咬其尾，尝尝啥滋味，只觉得又苦又辣又咸，两腮发麻。啃咬完后，把口中的唾液涂在麻雀的头上，立即便会昏睡过去；涂在马或牛的眼睛上方，黑眼珠儿会起一层白蒙，看不见路；涂在自己的眼皮上，一连好几天瞅不清东西，打不起精神。师兄弟们问他怎么了，要么不说，要么胡编一通儿，要么声称中了邪风所致。闲下来时，就去小树林里转，一次次地从蝎子、蜈蚣、土蛇子、癞蛤蟆身上取出毒腺焙干，研磨成粉，再加入乌头等，终于制成了"夺魂散"。此药十分了得，在沙场上两军交手、其中一方处于劣势的情况下，只需顺风向对方扬撒"夺魂散"，官兵们便会因视力迷离恍惚而被擒，使战局转败为胜。后来经过反复试验，在"夺魂散"的基础上，又配制成了"夺魂五毒针"。此药更厉害，倘若不小心中针，立即晕厥，伤口溃烂，数日后不治而亡，其效果远远超出了少林门派的真传。

说来甚是神奇，茗兰所患的腰脊痹症在冲霄的多次施治下，两个月后真就痊愈了。不仅行动自如，能跑能跳，而且精力较前充沛了，头脑愈加清晰了，根本看不出曾患过重疾。全家人高兴得天天给菩萨烧香磕头，并向冲霄大师致以深深的谢意，感谢却病之恩。

诸位阿哥，朱伯西我好长时间未提吉林将军衙门的总管秦名远了，难道调离了不成？不，没有走，仍在衙门任原职。这小子可谓奸猾透顶，去年九月，他便得知富俊有可能回来四任吉林将军，心里不免有些发慌，于是早早做了准备，呈上一纸文书，说是奉养的继父亡故，需丁忧。何为"丁忧"？即自己的父亲或母亲去世了，身在职场的儿子得向上峰递假条，请求允准回家为老人办理丧事并守孝。其时，松林将军刚过世，此前继任其职的松筠在京师内阁所担差务尚未交接，需两地来回跑，吉林处于空当儿时，朝廷让副都统都克尼暂时代行将军之权。都克尼一看秦名远的假条，其继父病逝，需丁忧，这种事无论谁是上司都得答应，当即批准了。秦名远得为继父守孝三年，此时尚不到一年，自然没有返回任上。富俊一到任，便发现总管不在，都克尼遂将其已递假条之事禀之。富俊对秦名远的人品是了解的，知其长期与当地的恶霸、豪绅暗中勾连，干了不少坏事，一些积案也与他有关，所以早在双城堡清查田亩行辕大营之初便有了防范。而今得知此情，并不觉得有啥奇怪，心里话："秦大总管，隐蔽挺深哪，甭管是真丁忧，还是假丁忧，总得露面儿吧？

纸里包不住火，会有真相大白的那一天，将军衙门不可有这样的害群之马！"富俊不是有十几位退役的老哥儿们在江城么，都是其心腹、耳目，秦名远刚到吉林将军衙门那会儿，当门子的赵西丹、马木斤背地里就开始注意他的一举一动了，看看经常跟哪些人来往，干些什么见不得人的勾当，亲信是谁，小红楼驿馆的管家柳祥也未跑出他们的视线。眼下，他表面上看起来老实多了，究竟是真老实，还是假老实，这些老八旗可经管着呢，想不被人知没那么容易。

就在将军衙门为庆贺少林寺五位大师重新在江城聚首而操办了盛宴的第四天亥时，赵西丹、马木斤来到了将军衙门，请门房通禀求见将军大人。富俊每日用罢晚膳后，先出外溜达一圈儿，然后回到衙门翻阅堆在桌案上、白天没时间看的一摞摞文本、卷宗，直到敲过三更都放不下。即使准备歇息躺在炕上了，脑子也不闲着，寻思这琢磨那的，一时半会儿不能入睡。今日也如此，他正聚精会神地审阅一提案呢，门房报称老八旗赵老爷子、马老爷子求见，说是有要事禀告。富俊吩咐赶紧放人进来，心里却有点儿纳闷："哎？今儿个下晌还与二位打过照面呢，当时没说有啥要紧的事儿呀，或许是觉得不方便讲，晚上才又特意前来？"这么想着，顺手拿起外袍披在身上，快步出了二门，将已到跟前的两位老人家迎进书房。为什么没去客厅而到书房呢？富俊平时喜欢在书房办公务，累了可以躺在长椅上歇歇或眯一小觉，待缓过乏了再起来，继续伏几该审的审，该查的查。毕竟已到古稀之年了，精力不像年轻人那样旺盛了，时有疲惫之感，过度劳心劳神有些吃不消了。富俊请两位老者就座，又端来香茗放在茶几上，然后说道："老哥哥，我知道，你们无事不登三宝殿，尤其是晚上而至，必有急情，说吧！"

马木斤开口道："大人，您猜猜我们发现什么了？"

赵西丹急不可待地甩出一句："这下好哇，咱们不用四处找了，人家就在江城呢！"

富俊是丈二和尚摸不着头脑，问道："老哥哥，你们说的到底是谁呀？"

赵西丹笑了笑道："还能是谁？秦大门牙呗，啥时候回来的不清楚，但这小子的狐狸尾巴已经露出来了。"

富俊点点头道："嗯，这可是个好消息，怎么发现的？"

赵西丹回道："三天前，我和老马参加了庆贺五位大师重新聚首的盛宴，看见柳小辫儿忙活得最欢，里一趟外一趟的脚不沾地儿。待人都到齐开宴了，他一屁股坐到我们桌了，那也没闲着，不是给这个斟酒，就是给那个夹菜，显得特别热情，劝酒嗑儿一套一套的，希望大家喝得尽兴。酒过三巡，一个小厨子走到柳小辫儿跟前捂着嘴耳语几句，他冷丁一惊，四下瞅了瞅，起身就去灶房了，这一走半天没回来。柳小辫儿是秦名远的亲信、小红楼驿馆的管家，平时衙门迎来送往、杂七杂八的事儿不少，特别是备办酒席宴时，他会把驿馆的大事小情全放下而到府内帮忙，几乎回回不落。为的是什么呢？因为知道这种场合肯定少不了将军大人，可乘机大献殷勤，围在身前身后转，多说奉承话，极力讨好儿之，以便给将军留下好印象，每每一直陪到散席方离开。还真没白忙乎，效果不错，前两任将军对其颇为信任，加之总管秦名远的提携，管家的位子坐得挺牢稳。这回可够反常的，盛宴上竟不辞而别，没啥要紧事儿哪能走呢？其中肯定有说道。我觉得应探探虚实，便给老马使了个眼色，我们老哥儿俩在大家畅怀痛饮时悄悄离席，出了大门，从前院儿绕到后院儿，隐在仓库旁盯着灶房的后门。不一会儿，柳小辫儿出来了，身后跟着那个冲他咬耳朵的小厨子，肩上挑着副担子，上头用白布蒙着，估计里面装的是吃食，看上去走路很小心。二人到了前院儿大门口儿，柳小辫儿接过担子，独自出门朝西街去了。我和老马见小厨子原路返回了，这才出了大门，远远跟在柳小辫儿后头。他一口气走到秦家大院方停下，敲了敲黑铁门，里面没人应声儿，轻轻一推就进去了，原来门没插。我和老马在墙角处盯着，院内一点儿动静没有，看门的老霍头儿住的那间小房空着，一直等到星星出来，也未见柳小辫儿的影儿。此后一连三日天一擦黑儿，我们老哥儿俩便去秦家大院附近转悠，到了酉时，柳小辫儿必挑担子来。种种迹象表明，很可能是秦名远回来了，柳小辫儿给他送吃的。不过从担子的轻重看，好像装了不少饭菜，几个人吃不了。今儿晚他又挑着担子去秦家大院了，像每回一样，我俩等了两个时辰也未见出来，只好急匆匆地赶到衙门向大人禀告。我们认为现在已到抓捕秦名远的时候了，决不能让这小子跑喽，倘若逃走了，必惊动其身边的那帮人，下一步不定干出啥事儿呢！"

富俊点点头道："老哥所言极是，正犯愁没处去寻呢，那也是狡兔三窟哇，到底还是现身了。此信儿来得非常及时，做得很好，谢谢二位。请尽管放心，如何把他从耗子洞里揪出来，我自有办法，不会让其逍遥法外的。你们连着折腾了三四天，一大把年纪肯定吃不消，想必早就累了，快回去歇着吧！"说罢站起身来，将两位老人家送到大门外，见其走远了，抬头看了看天，夜已深，心想："太晚了，同大师们一块儿住在驿馆的孙儿早已进入了梦乡，让他好好儿睡个安稳觉吧，明儿个再商量也不迟。"

次日天刚蒙蒙亮，富俊就起来了，去小树林打了一会儿拳，活动活动腿脚，锻炼锻炼筋骨。回到衙门洗了把脸，草草用罢早膳，吩咐侍从去驿馆将班布泰叫回，随即又让人唤来了都克尼。工夫不大，班布泰疾步进入将军衙门侧厅，见爷爷和都大人正等在那里。坐下后，富俊先把昨晚赵西丹和马木斤特地到衙门送信儿的经过讲了一遍，认为事不宜迟，应尽快弄清秦名远究竟藏身何处。接着又道："现已查明，他在吉林将军衙门任总管这几年里，借职务便利之机，贪污受贿，大捞不义之财。所掌管的银库出入账目混乱，私自购买田产、房产等，皆以化名而为。除此，还私通土匪，又是范蔼仁的狗头军师，向其提供各种信息，密报将军衙门之内情，帮其出谋划策，犯下了不可饶恕的罪行，擒拿的时机已经成熟。"

都克尼表示赞同将军的想法，并道："秦名远归案后，可通过审讯掌握其他罪证，扩大战果，有助于揭穿范蔼仁的阴谋诡计，使其多年以来与朝廷唱对台戏的罪行暴露无遗。"

在合计采用什么方法予以擒拿时，班布泰说道："依我看，不妨把情况向几位大师通报一下，听听他们的意见。有老八旗传递信息，有师父和师叔相助，秦名远插翅难逃。"

富俊思忖片刻，说道："好吧，可以向几位大师说明一下情况，共同拿出个稳妥的办法，集思广益，群策群力嘛！如果在驿馆商议，容易被注意，事儿未等办呢，却引起了各种各样的猜测，不利于行动的实施。班布泰，你马上去驿馆，把大师请到衙门来，还是小心为上。"

班布泰听命，拔腿就往驿馆跑，很快便将五位大师请到了衙门的侧厅。富俊首先介绍了目前所掌握的有关将军衙门总管秦名远蓄意谋反、暗中与富豪、劣绅、土匪勾搭连环、与大清朝廷为敌等情况，又讲了目前尚不知确切的藏身之处、只要发现、必予以擒拿之想法，请大家帮着出出主意。还特别强调道："秦名远在吉林的根子很深，从嘉庆中期到现在，已积蓄了十多年的人气力量，上至将军、都统、参领，下至各州府县衙的官员，还有范蔼仁等残渣余孽以及黑道上的狐朋狗友鼎力相助，形成了一张庞大的关系网，犹如蜘蛛网一样，即使扯断几根也无关紧要，动摇不了多年形成的人脉，须全部彻底摧毁方可。无论采取什么行动，一定要谨慎小心，保守机密，不能出丝毫纰漏。万一由于疏忽大意而走漏了风声，他立即便会知晓并采取相应的对策，设置障碍，不利于我们破获牵扯东北三地许多积案。不可把此次行动看成是仅仅捉拿秦名远一个人，要知道，牵一发而动全身，其周围的人必将随之而起，暗中与我们较劲。各位请想，秦名远明知新将军已上任，也知道衙门在找他、查他，那所谓的丁忧时限未到，却敢明目张胆地回到吉林。只能说明他已做好了充分准备，或许在向我们示威，或许试探一下，看看新将军有什么举动。此人信息十分灵通，肯定知晓我们对疙瘩梁、阎王顶子进行了清剿，与范蔼仁也是通了气的，这个时候回江城乃善者不来、来者不善。因此大家要慎之又慎，困难要充分估计到，不可盲目乐观，以为抓住秦名远就万事大吉了，那就错了，必须认真对待。"

冲霄大师首先开口道："将军大人，贫僧和三师弟同秦名远打过几次交道，觉得此人心狠手辣，阴险诡诈。这个时候提前返吉，很可能已知师兄弟们站在了衙门一边，遇到什么事不会袖手旁观。如果他等不及了有所动作，贫僧以为不妨将计就计，静观其变，不主动出击。这样一来，他摸不着底细，不知将军的意图，反而会惊恐不安。慌乱中，即使不想收敛，我们也易于抓其破绽而取之。"

话音刚落，金刚、云水、庞荣、庞庆纷纷表示赞同，觉得他的分析颇为准确，有的放矢，有理有据，应予采纳。都克尼、班布泰也认为言之有理，采取行动前，应尽量避免打草惊蛇，关键得先弄清秦名远藏在什么地方。就在大家议论之时，侧厅的门被轻轻推开了，尤成额、白面娘子走了进来，后面跟着小满堂，肩上挑着副担子，大伙儿赶忙起身相迎。小满堂把担子放下，掀开蒙在上面的白布，里面装的可不是书籍或文房四宝，而是散发着香味儿的吃食。富俊笑问道："哎，你们怎知大师在我这儿？难道茗兰担心衙门后厨菜烧得不好、招待不周，特意打发三位给送午膳来了？"

尤成额忙道："噢，不，是这么回事。我刚刚到官学授课，对教学的进度及有关情况尚不熟悉，昨晚求教于两位教习，并一起住在了学馆，没有回家。头晌刚刚给学生授完课，夫人怕我们饿肚子，便打发白面娘子和小满堂挑着不少吃食送到了学馆。那么多哪能吃得了哇，除了给两位教习留下一些，余下的全挑到了衙门，寻思再去把几位大师请来，和将军大人一块儿品尝。未承想大师们恰好都在，不用现请了！"

班布泰走到担子跟前，弯下身先后端出两个瓷锅放在桌子上，掀开盖儿一看，其中一个里面装着浇汁金翅大鲤鱼，上下两层，每层各一盘儿；另一个装着一瓶白酒、好几盘素菜以及香喷喷的乌拉白小米饭，还冒着热气呢！白面娘子开口道："土地爷爷、大师们，尤教习说得不完全对，倘若以为我们光担心公子能否吃好，根本不挂记着在座的各位，那可是冤枉人了。今儿个一早，茗兰姐姐就把我和小满堂喊起来了，让我俩去江边钓鱼。松花江的金翅大鲤鱼味美肉厚，钓两条回来，收拾完立刻就做，又香又鲜好吃着哪！我和小满堂拿起鱼竿儿便往江边跑，到那儿以后，挽起裤腿儿站在水中甩了线。真够快的，只一袋烟工夫，两把竿儿全咬钩了，提起一瞧，嚯！钩儿上挂的果真是亮闪闪的金翅大鲤鱼。等我们回到家中，茗兰姐姐已把几样儿嫩绿的青菜摘完洗净，只等下锅了，说是多做点儿，让将军爷爷和几位大师也尝尝。当然了，知道大师不吃肉，不喝酒，几样儿素菜炒得蛮地道。那不是王师傅做的，而是我和茗兰姐姐的手艺。饭菜管够，酒可不管够，这瓶白酒只给土地爷爷预备的，都大人和班佐领不过跟着沾光而已。"说罢咯咯咯地笑了起来，如同银铃一般，感染着在场的每一个人，大伙儿也忍不住乐了。

富俊说道："小白丫呀，代我谢谢茗兰的一片心意，想必你们仨还未来得及吃就先送这儿来了，大家一块儿尝鲜吧！不过吃可是吃，不能白吃，得有回报才行。坐下，坐下，咱边吃边聊。"

白面娘子把瓷锅里的菜一样儿一样儿端了出来，摆了满满一桌子，把素菜放在几位大师跟前。随后为土地爷爷、都大人、班佐领、尤公子分别斟上酒，又转了一下鱼盘儿，使鱼头冲向将军大人，请其先动筷。富俊夹了一块儿肉放进嘴里，大伙儿方伸筷，边品尝边夸赞称得上美味佳肴，色香味俱全。过了一会儿，白面娘子说："土地爷爷，刚才进来时，听见你们正在唠秦大门牙。那是个地地道道的大坏蛋，我恨死他了，把尤公子和夫人害惨了！"

富俊喝了一口酒，放下杯子道："小白丫，我不是说了么，这顿饭你不能白吃，得有回报。秦名远离开吉林有几个月了，五天前发现秦家大院有了动静，估计他回来了，是否住在那儿尚不确定。此人十分狡猾，行踪不定，已经有了防备。我们打算予以擒拿，又怕不知底里打草惊蛇，使其溜之乎也，正为此而绞尽脑汁呢！爷爷知道你认识的人多，各行各业都有，其中也有秦名远的心腹和手下，不知有没有办法找到他的巢穴？"

白面娘子听了这番话，深受感动，寻思道："土地爷爷仍跟从前一样，没有小瞧我，也未计较曾经开过妓馆以及跟黑道上的人胡混之经历，不仅不当外人看，还特别信任，就凭这，也应该为其做点儿什么。再者说了，真要抓住秦大门牙并给以处治，几年来瘀滞于胸中的恶气可出了，尤成额夫妇满肚子的委屈可泄了，将军衙门的蛀虫可除了，何乐而不为？此忙必帮，义不容辞！"想到这儿，便爽快地说："土地爷爷，据我昔日对秦大门牙的了解，找他哪儿都不用去，只到江北拘缉营一带转转就行，定能发现其踪迹。小女愿在将军面前立下军令状，前往江北明察暗访，要是搜出这小子，大人准备赏我什么吧？"说完，忽闪着一对儿水灵灵的大眼睛笑眯眯地盯着富俊。

富俊熟知白面娘子其人，想当年蛮风光的，名声不小，家喻户晓。从小就是杂艺班里的名角，后来开过妓院，有颇为广泛的社会关系网，在各帮派中挺有人缘，黑道上亦有人脉。这几年与尤成额一家住在一起，接触得多了，受公子及夫人的影响开始大变样了，善良的本性凸显出来，同情弱者，助人为乐。此刻听了白面娘子的主动请缨，富俊打心眼儿里高兴，笑道："一言既出，驷马难追，想要什么，本官就赏什么，咋样，痛快吧？老夫没看错人，今天的白面娘子仍是当年的小白丫，详细讲讲吧，爷爷洗耳恭听。"

白面娘子反倒有点儿不好意思了，脸腾地红了，说道："照理呢，在各位大人和大师面前，一个女流之辈不能随便讲话。可小女感觉到了你们的信任，也非常敬重各位，所以愿意把自己的想法说一说。我是个炮筒子脾气，一提起秦大门牙气就不打一处来，这些年始终憋在心里，没地儿发泄。将军大人能给撒气的机会，让小女痛快痛快，干嘛不充分利用啊，在此先谢谢了！依我看，最好别去秦家大院，里面修了暗道、夹层墙，易于藏身，若对这些心中无数，即使明知秦大门牙躲在那儿，也不好找。他不太可能住在家中，平时都很少回去，多半是在江北拘缉营附近鬼混，住的地儿也是一天三换。那一带可谓藏污纳垢之地，啥人都有，啥事儿都干，其中有不少人是秦名远的耳目，往往未等咱们到地儿呢，人家早就知道了。因此只能抄秦名远的后路，一竿子直接杵到北大营那儿，肯定能打听出他的下落或发现踪迹。我这几年一直陪着尤公子和茗兰姐姐待在凤楼，哪儿都没去，心里痒痒的。这回也该露一手儿了，去那儿转转，让各位大人和大师们看看打小便在江湖上混的小白丫到底有多大能耐！"说完又憋不住乐了。

一指禅师思忖片刻，说道："将军大人，贫僧以为白面娘子所言极是，秦名远猴精的，不会傻等在家中被抓。行动之前，必须掌握线索，方能顺藤摸瓜，主动出击，胜算也就大了。如果需要，我们师兄弟可于暗中保护白面娘子，助一臂之力。"

富俊点点头道："嗯，抄后路颇为便捷，不用撒大网了，省不少事儿，你们几位意下如何？"

都克尼、班布泰没有提出异议，认为应该打有准备之仗，此乃万全之策。冲霄、云水、庞荣、庞庆则纷纷表示赞同，并明确了自己的态度，我们虽是佛家人，具有佛门心，以慈悲为怀，但对虎狼之辈决不留情。肩担惩戒恶魔之任，该狠时不能手软，只要将军大人用得着，知会一声就成。

富俊说道："好哇，本将军谢谢了，那就请小白丫准备准备，抓紧时间跑趟江北，可否透露一下打算怎么寻访？"

白面娘子一本正经地说："将军大人，这可是小女的秘密，恕难从命，请原谅。哎哟，别光顾说话呀，快点儿吃吧，凉了味道就不那么鲜美了，岂不把我和茗兰姐姐的厨艺给糟践了？"

都克尼指了指桌面儿道："说得对，都赶紧伸筷，先把佳肴消灭了再说！"

大伙儿不再吱声儿了，闷头儿吃了起来，待把桌子上的饭菜全部填进肚，富俊方放下筷子道："尤教习，回去跟茗兰说一下，小白丫一走，家里的事只能由她多操心了，也会更累了，得悠着点儿。"

尤成额忙道："谢大人关心，夫人的病先后经两位大师的疗治已彻底康复了，啥活儿都能干了，儿子也能照看着。加之还有侍女帮着忙乎，没有丝毫不便，大人不用惦着。白面娘子这回可是肩负重任，干的是大事，我们都支持她，晚生想帮还帮不上呢！"

白面娘子接过了话茬儿："土地爷爷，尤公子说得没错，茗兰姐姐若是知道我被将军选中替衙门办差，高兴还来不及呢，这也是为国从戎啊，不但会全力支持，而且会感到无比荣耀的。"

富俊笑道："好，这我就放心了，回去后抓紧安排一下，走之前，到衙门来一趟。今天有劳各位大师了，也谢谢尤教习送来的美味佳肴，金翅大鲤鱼把老夫的馋虫都引出来啦！"

大家又与将军聊了一会儿便起身告辞了，五位大师回了驿馆，尤成额前往学馆，白面娘子和挑着装有杯盘担子的小满堂返回凤楼。当晚，五位大师于小树林练完功后，洗漱完毕早早上炕歇了，可冲霄和云水却翻来覆去说啥睡不着了，索性趴在被窝里小声儿唠了起来。二人觉得自从到了吉林将军衙门府，将军大人及衙门的上下人等，包括副都统都克尼、文部主事常喜、佐领班布泰给予了充分的尊重，口口声声称大师，没有丝毫的轻蔑，过去的事儿只字不提。不存戒心，十分信任，较大的举动必在一起商量，征求意见。大师兄和两位师弟处处表现得仍像以前那么亲近，同在一间屋，同睡一铺炕，有啥说啥，半点儿隔阂没有。再想想自己的所作所为，实在不该，对不起将军大人那忧国忧民的赤诚之心。越唠扯越感到汗颜无地，总不能一声不响眛着吧？得为衙门做点儿啥。范蔼仁之所以闹腾得欢，又招兵买马又锻造兵刃的，不就是仰仗咱俩为其做靠山么，当作与大清朝廷对着干的两把利剑了。这些日子也都看见了，范蔼仁横行乡里，欺压百姓，强占民脂民膏，公然违反大清律，罪恶滔滔。既然剃度为僧，就应超凡脱俗，广布佛法，普度众生，使天下人出苦海。咱现在与其天天在驿馆里闲待，无所事事，不如回到范家堡子现身说法，规劝范蔼仁向朝廷认罪，改邪归正，别再干出伤天害理的事了，否则会在罪恶的泥潭里越陷越深的。倘若怎么劝都不认罪，继续与朝廷作对，不能坐视不管，纵有金锁网也要想办法冲破，协助将军大人惩治之。云水思摸一会儿，说道："二师兄，咱们的想法倒挺好，也应这么做。可毕竟到将军衙门时间不长，要是提出回范家堡子现身说法，富俊将军能信么？脑子还不得画魂儿呀，万一不让去咋办？总得琢磨出个什么辙，把心掏出来给他看，使其相信才能行。"

冲霄平时无论做什么事一向麻利，只要想好并决定了，必立即实施，一天不能拖。此刻听师弟这一说，觉得云水有点儿前怕狼后怕虎，便道："老三哪，不用想那么多，将军若真信不过，不放咱们走，那也留不住，必须去，不能再等了。你已经看见了，连白面娘子都能主动请缨闯山门，我们还称高僧呢，却白吃干饭不干事儿，未免太丢人了吧？"

云水劝道："二师兄，不要急，我觉得现在提出离开江城不是时候，弄不好会引起不必要的怀疑。将军大人或许认为此乃托词，又未钻到咱心里去，哪能知道是真是假？轻易不会答应，还是从长计议吧！"

冲霄一听来气了，嗓门儿也跟着大了："老三，怕的是哪门子呀，咋净说泄气话呢？我就不信那个邪。算了，你留下，我自己去，看看五毒侠能否走出江城！"

云水仍耐着性子道："二师兄，有话慢慢说，发什么火儿呀？咱哥儿俩不是在商量嘛！"

冲霄随即甩出一句："商量个屁，就这么定了，天亮动身！"

云水坚持道："我不同意，无论干啥，总得打个招呼不是？一拍屁股走人了，真要问起来，那不更说不清了嘛！"

两个人你一句我一句地争论开了，一声比一声高，谁也不让谁。冲霄本是点火就着，不掖着藏着。云水试图说服师兄，反倒把对方惹恼了，一掀被子腾地坐了起来，气哼哼地盯着他。此前，大师兄金刚虽然早已躺下了，但并未睡着，正在闭着眼睛想心事。晌午用膳时，富俊将军讲了讲下一步准备怎么做，白面娘子也提出了很好的建议，我们师兄弟得出点儿力吧，具体做些什么呢？绞尽脑汁地想啊想，越寻思越精神，结果睡意全无。正这时，忽听老二和老三小声儿嘀咕开了，说什么要离开江城，去范家堡子劝服范蔼仁走正道，又怕引起将军的怀疑而不允。说着说着冲霄来气了，声音也不由得提高了，若不是云水压着，就得吵起来。实际上，冲霄和云水要做的，金刚早就想到了，希望二位师弟能主动提出前往范家堡子，为将军衙门最终剿除土匪、恶霸铺平道路。他俩认识那里的人，当过团练的总教头，熟悉情况，也最方便接近范蔼仁。其优势别人不具备，只要二返脚回去，范蔼仁必会往心里去，恐怕连板凳都坐不住了。然而尽管心里这么想，却一直没说出来，因为不知两位师弟到底怎么打算的。毕竟过来只个把月，是真的站在了衙门一边，还是权宜之计，很难看得透。身为大师兄，说话得掌握分寸，这种时候发问，二位师弟很可能会以为是在替将军探口气，是对他们的不信任。琢磨来琢磨去，觉得此话不该自己说出口，只看他们俩有没有帮助衙门干事儿的心思了。这会儿一听，心里挺高兴，看来老二、老三还算有良心，果真站到了衙门一边，勇于改过自新，仍是原来的师弟，称得上恩师的好弟子。哪知两人说着说着竟弄僵了，想装睡偷听都不成，不能不干预了，只好坐起劝道："冲霄，小点声儿，哪来那么大火气呀？你和云水说得都对，都在理，都是我的好师弟，师兄相信你们。据我观察，富俊将军乃胸怀坦荡之人，不仅敬重恩师长眉长老，对咱师兄弟也高看一眼，很是信得过。你们的想法挺好，明儿个不妨去趟衙门，开门见山地向将军讲清意图，我陪你俩去。"

睡在炕梢儿面冲墙的庞荣其实早就醒了，也不眯着了，翻过身来接茬儿道："好哇，我也去，帮师兄说说。"

于是四人便小声儿合计开了，明天该怎样向将军大人献上真心。越合计越兴奋，你一言我一语的话不落地，唯庞庆酣然入梦，呼噜声儿震天。

次晨，师兄弟五人练功时，庞庆方得知此情并举双手赞成。用罢早膳，金刚领着四位师弟径直前往将军衙门，面见将军大人。富俊则热情接待，一瞅他们的神情便知准是想出惩治范蔼仁的好点子了，遂问道："昨晚老夫一夜未眠，反复思考范家堡子的事儿，想必大师们也是为此而来吧？"

一指禅师回道："将军大人，您说对了一半儿，的确如此，不过还另有别情。"

富俊笑道："噢？讲讲看。"

一指禅师便把昨夜师兄弟几个在一起都唠扯些啥原原本本地学了一遍，话音刚落，冲霄急不可待地开口道："将军大人，本僧和三师弟有眼无珠，修行不到家，做了不该做的事，惹出了不少麻烦。谁惹的谁就应担责，我们对范家堡子的情况比较熟悉，不是夸口，那里的上下人等不仅认识我俩，还都听喝儿，范蔼仁也不得不让几分。是他请我和老三为其训练庄丁的，指挥大权操在我们手里，这就等于握住了范家堡子的开门钥匙，掐住了他们的命脉。将军大人，贫僧和三师弟犯了大错，违反了佛门教规，理应受到惩罚。大人却不计前嫌，以坦荡的胸怀接纳之，并处处给以关照，不胜感激。越是这样越觉得愧疚，卧不安、食无味，心里只有一个想法，就是为朝廷出力，为自己赎罪。我同老三合计了半宿，打算回范家堡子会会庄主范蔼仁，行应行之举，办应办之事，不知大人能否信得过并让我们了却心愿？"

富俊笑道："冲霄大师，想到哪儿去了？咱们以心换心，彼此的心意相通，早已是一家人了，相信你们说的每一句话、所办的每一件事都是站在大清朝廷一边的，还犹豫什么？想干就干吧，本将军全力支持！"那掷地有声的话语感染了在场的每一个人，也缓解了紧张、沉闷的气氛，接着又道："二位大师为使众生得到解脱，不辞辛劳，不顾安危，深明大义，主动请缨深入虎穴，不能不令人赞佩。请大师正告范蔼仁，不要以为攀附权贵便可为所欲为，那是痴心妄想，玩火者必自焚。要及早收敛逆心，勿存侥幸，大清律铁面无私，身溺渊中难保命，瞻前顾后慎思之。"然后又告诉一指禅师，各位师父想做什么，由大法师自行酌定，如果需要，班佐领可随行之。

五位大师与富俊将军议妥之后，起身告辞，回到驿馆，又经一番仔细商量，定下了日后联络之法。金刚叮嘱道："冲霄、云水，出门在外要处处小心，遇事多动脑，三思而后行。范蔼仁及其大夫人钱氏不可小觑，乃地地道道的老狐狸，眼下不知是否听说了你俩已反戈。估计即使知道了，也会装作不知，还会继续施以笼络的手段，不甘愿放弃这棵救命稻草。表面上，他们对你俩会比以前更加敬重，唯命是听，百依百顺。暗地里却虎视眈眈，早有对策，要尽把戏。务要切记：他有千条妙计，咱有一定之规。决不可被其蒙蔽，受骗上当，吃过一次亏就要吸取教训，不能再吃二次亏。恩师留字嘱告，三山法会不许迟误，故而一切需抓紧，师兄随时与你们联系。"

云水说道："大师兄，请放心，我们定按你的话去做，不会上当受骗了，过些日子将把在范家堡子所行之事告知。"

金刚点点头道："那好，如果没别的事，用罢午膳就打点行囊，备齐一应物品，晚上睡宿好觉，明儿个一早上路。"

转天清晨，冲霄、云水用罢早膳，向师兄、师弟告别，也没让出城相送，揖手施礼而去。金刚、庞荣、庞庆目送二人拐过山脚，进入一片密林，仍久久伫立道边。他们对老二、老三的人品是相信的，心地善良，没有恶意，只怕以慈悲为怀、不识蛇蝎之心而上当，弄不好再陷入范蔼仁、钱氏设下的迷魂阵可就得不偿失了。心里都思量着："到了关键时刻将亲自前往，暗中保护冲霄和云水，师兄弟五人携起手来，共同对付范蔼仁，做到万无一失。"

师兄弟三人回到驿馆，刚准备去佛堂，屋门被推开了。抬头一看，将军大人、都克尼副都统和班布泰佐领来了，一指禅师赶忙迎上前道："何劳将军大驾？有事儿尽管宣嘛，这可让我们很是过意不去呀，快请进！"

三人就座后，庞庆分别为其斟上热茶，富俊开口道："本想早点儿来，两位大师此次前往范家堡子，是为衙门办大事去了，我作为吉林将军得送一送。可身不由己呀，衙门的事儿太多了，刚刚安排完便赶来了。"说道这儿，四下瞅了瞅，问道："冲霄和云水大师呢？"

一指禅师回道："大人，二师弟是个急猴子，与三师弟一大清早就上路了，现在起码走出二三十里了。昨儿个下晌，师兄弟几个合计过，认为目前是三方争兵，不可偏废，务必进行适当调配，我们也应做一下分工。一方是吉林将军衙门，此乃主帅之位，有良将为谋，务必保护好大人的安全，严防匪徒乘机攻击，也是第一要务。另一方是范家堡子，冲霄和云水已去，须密切关注，必要时施以援手。眼下不用惦记，凭两位师弟之武能，肯定应付得了，过一两个月接应不迟。到那时，四脚落地了，天也放亮儿了。再有一方就是白面娘子，只身探狼窝，即便有本事，也不能大意，我们师兄弟得帮她，多个人多份儿力。"

富俊说道："谢谢大师考虑得如此细致，安排得如此周到，有劳各位了。将军衙门这方不必费心，我身边有以都大人为首的训练有素的兵马，已经足够了。还是请多多顾及一下范家堡子、白面娘子这两方吧，因为去的人多不便行动，反而误事，只需暗中配合……"

几个人正唠着呢，忽听门外传来了脚步声，扭头一看，白面娘子撩起门帘儿进来了，左胳膊挎一花布包儿。上下一打量，一身儿短打扮，上穿绣着菊花的浅蓝色丝绸衣，下穿藏青色软缎裤，腰系镶着黄绦子的石榴红围裙。黑、红、黄、蓝四种颜色搭配在一起甚是显眼，特别精神，很像作坊的女掌柜或成衣铺的裁缝。见富俊将军、都克尼副都统、班布泰佐领也在，忙把布包儿放下，躬身行万福："小女给大人、大师见礼了！各位有所不知，我突然有了占卜之术，测算得蛮准的。本打算到将军衙门向土地爷爷告别的，后来一琢磨不能去那儿，将军的心里肯定挂记着马上要办的大事，没准儿正在驿馆同大师们商议呢，于是出门就直奔这儿来了。怎么样，果然不出所料，既拜见了大人，又拜望了大师，一举两得呀！"说完咯咯咯地笑了起来，两颊现出了小酒窝儿。

富俊一看白面娘子笑得特别开心，也忍不住乐了，边笑边道："小白丫是谁呀，聪明得很，来得早不如来得巧，快坐吧！"

白面娘子施了个蹲礼道："谢大人！"然后坐在了班布泰身旁的那把椅子上。

富俊说道："小白丫，爷爷本想先来驿馆送送冲霄、云水两位大师，然后去凤楼看你准备得怎么样了。未承想两位大师一早就出发了，你的腿比我还快，竟跑到驿馆来了，看样子是要上路吧？"

白面娘子点点头道："嗯，一会儿就走。"

富俊接着又道："我思虑再三，觉得把你一个人派出去甚为不妥，毕竟是个女子，且孤立无援。眼下世道颇乱，什么事都可能发生，万一出个一差二错，后悔可就来不及了。想来想去，决定由班布泰陪同前往，再挑选两位武功高强的随从交给你全权调遣。这样一来，身边有人保护了，大路、小道儿皆能走，甚至可以坐着车轿吹吹打打地去江北，没人敢拦。"

白面娘子摆摆手道："不用，不用，爷爷想得太多了，身边有三个人陪着，如同给快骥套上了笼头，支巴不开，不自在。我就像那无拘无束的野兔，喜欢漫山遍野地跑，从未觉得世上有多么可怕。什么张飞、李逵的，全敢跟他们过招儿，逃不出我的手心儿。自打前天向将军夸下了海口，欲抖抖往日的威风，协助将军衙门及早抓住秦大门牙，我便着手准备了。请将军大人把心放进肚子里吧，既然敢立下军令状，自告奋勇出征，就有办法干成。俗话讲得好，见什么人唱什么戏，站什么门市吆喝什么嗑儿，等着好消息吧！"

富俊说："小白丫，此行若真能如愿，本将军不单单是深表谢意了，还得为你请功呢！不过万万不能轻敌，必须认真对待，身边有人，遇事总可以商量着办。要不这样，可任选一位，看谁合适尽量提出来，反正不能让你独自去江北，否则不光我这位将军哪，谁都不会放心的。"

白面娘子思忖片刻，说道："土地爷爷，究竟是独往独来，还是有人陪同，小女不是没琢磨过。最终还是觉得人少目标小，行动方便，不易引起怀疑，故而不想动用衙门的一兵一卒。再者说了，即使搬兵，也不能是班大哥呀，他一直在您身边，不可随便离开。万一遇上急难险事，有佐领护驾，相对安全些。我同庞大哥打过好几年交道了，互相颇为熟悉，配合也很默契。必要时，或许得麻烦大法师把庞大哥借我一用，有功夫了得的鹰爪消魂侠在身边保护，我怕啥呀？身价还跟着提高百倍呢！"

一指禅师笑着答应道："行啊，贫僧有求必应，到时候四师弟就交给你了。"

白面娘子躬身致谢道："谢谢大法师！小女来驿馆，是向各位辞行的，不知还有什么要交代的？"

富俊问道："小白丫，家里都安排好了么？有什么困难或需要帮忙的尽管提出来。"

白面娘子回道："土地爷爷，一切安排定当，没有困难，也不需帮助。小女此番出门，尤公子一再鼓励，茗兰姐姐全力支持，感觉就像出征一样，任何事都得放下，了无牵挂，一心对敌。家中诸事，包括柴米油盐皆由小满堂打理，看家、护院、跑集市、挑书担子他都能干，差不了。尤公子和茗兰姐姐由小曼、小香侍奉，每天从早到晚应干些啥，我一样儿一样儿全告诉她俩了，并叮嘱务必做到让少爷、少奶奶满意才行。"

大伙儿听后，皆点了点头，认为想得很周全。一指禅师问道："能否告诉我，你庞大哥啥时候出发？"

　　白面娘子回道："现在不用去，先忙你们的，听我信儿，该用时自有搬兵之术。如果没什么事儿了，小女就此别过，不用担心，也不用打听我的行踪，到时候必当来见各位大人和大师，后会有期！"说完犹如壮士般抱拳告辞，颇有巾帼不让须眉之气，拿起花布包儿转身出屋。富俊等人下楼相送，出了驿馆院门，白面娘子回头挥了挥手，大步流星地向北走去。

　　前书讲过，白面娘子七八岁便随东坡杂艺班闯荡江湖，后来由于走钢丝的技艺高超渐渐有了名气，所经之地家喻户晓。开花仙楼时，经小金佛牵线，使其认识了黑道上的一些人。曾有一段时间，相互之间来往密切，打得火热。其中几个头目对白面娘子总是高看一眼，也愿意听其吩咐，他们几个便是此行要找的人。别看白面娘子平时大大咧咧的，性格爽朗，有说有笑，其实心蛮细的。她一边走一边思摸："土地爷爷不是说了么，眼下世道挺乱，出门在外，应多加注意才是。秦大门牙那帮人嗅觉十分灵敏，说不准知不知晓我现在的底细，还是隐蔽点儿颇为稳妥，不妨化化装，省得被路人认出来。"想至此，走到一片柳林边站住了，四下瞅了瞅，见没人注意，快速钻入林中，折下一些细柳枝，麻利地剥去外皮，然后坐在树墩子上，那双灵巧的双手将一根根柳条撖上绕下、横拉竖拽，一口气编了六个元宝筐儿。抬头看了看天儿，太阳西斜，天色渐晚。于是解开花布包儿，拿出两件衣裳，把身上的那套换下，又用包头布把脑袋一围，纯粹一乡村大嫂。换衣服的目的是为了能顺利穿过热闹的街市，因为认识她的人多，需十分小心才是。如果穿戴太显眼，容易引起人们异样的目光，再指手画脚地胡乱猜测一番，会惹出不必要的麻烦。一切就绪，用皮条儿把元宝筐穿在一块儿，撖根干木棒挑起扛在肩上，大摇大摆地朝前边不远处的屯子走去。到了近前，亮开嗓门儿吆喝道："柳条筐喽，元宝筐喽，快买呀，贱卖啦……"小白丫不简单吧？摇身一变，成了沿街叫卖的小贩了，那吆喝声儿，那肩扛木棒的架势，谁也看不出任何破绽，你别说，还真有上前问价的："哎，大嫂，这筐咋卖呀？"

　　白面娘子回道："贱卖了，一文钱一个，天晚了，着急回家呢！"见对方无心买，也不停留，急匆匆地穿过屯子，朝北街去了。之所以途经此屯，只因这是条近道儿，路又熟。

　　白面娘子很快出了北街，按照江湖上的规矩，先往江北拘缉营附近的那片杨树林子走去。她知道，穿过林子，后面有座小庙，由于多年无人修缮，很是破旧。原先庙门前卧着一对儿石狮子，不知怎么弄的，后来只剩一只了。小庙有个看门的，俗称"看门狗"，此人还真姓苟，当地人叫他苟大爷，住在小庙旁的青砖拱门房子中。西边有块富户家族的茔地，所雇的看坟人原先就住在那间青砖房里，主人来上坟时，请一些僧道为逝者诵经，祈祷早日升天。三年后，主人携一家老小迁往外地，将看坟人辞了，再也没来上过坟，小庙及那座青砖房便被黑道的人占了，看门人换成了苟大爷。住下后，里里外外收拾一番，小庙的四周围上了柞木障子，又有杨树林子挡风，倒也不错，成了江北一景。附近的家家户户皆知杨树林子后有座小庙，住在那儿的苟大爷是给黑道老大看门的，很少有人涉足。

这里插讲几句。当时的大清百姓分旗人、民人两种，旗人即指满洲人，有家有业；民人即指汉人或其他民族的人，没有家业，讨个差使非常不易，常遭欺凌。汉人中的一些老户大多是由于家乡受灾而从关内逃荒至此，闯过了封禁，最后安居在这里。渐渐的民人中有的成富户了，有的仍很贫穷，大致分为上、中、下三层。下层人比较多，社会地位低下，从事各种所谓下等职业，比如艺人、脚夫、吹鼓手等，属于下九流，全是些不入流或与官府没关系的人。当时有那么句嗑儿："石公公，花鸨娘，水老鸹，会不着你，也能会着他。"此话什么意思呢？"石公公"指的是石匠，也包括铁匠、木匠、泥瓦匠等，都是卖苦力的，往往是边干活儿边聊天，心窝子话一股脑儿地往外搬。"花鸨娘"指的是妓院老鸨子，平时也笼络一帮人，除了以出卖色相、肉体为生的妓女，就是迷恋窑子的嫖客，没事儿时常往一块儿凑。"水老鸹"指的是撑船的，冬季歇息，春、夏、秋三季纷纷来到松花江边，为船主撑船或搬运货物，只要在一起，就天南海北唠个没完。总之，同声相应，同气相求，生活在社会底层之人愿扎堆儿，互相能淘换到各种信息，比如可以了解当下局势是否平稳哪，行情是否看好哇，需采取什么方法应对等等。也可发泄一下心中的怒气，诉诉冤情，得到些许安慰、同情、帮助，继续将苦日子撑下去。渐渐的越聚越多，越来越熟，人熟为宝啊，唠得对心思了，觉得缘分到了，便按江湖上的规矩拜把子，成为兄弟，往后遇事好有个照应。除此之外，还可找到唱亮歌的人。什么是"唱亮歌的人"呢？即指反清义士。"亮"字嘛，有"日"和"月"才能明亮，与前朝的"明"字意同。

清王朝经历了康乾盛世，到了嘉庆朝便开始由盛转衰，各种矛盾逐渐暴露出来。加之灾害频发，从关里逃到关外的汉人越来越多，生活贫困，受到土豪的重利盘剥以及官府的欺压，使其既无立足之地，又无路可走。官逼民反，反清的地下暗流随之涌动，不过还只是细流。进入道光朝之后，越来越大发了，义军频频起事，摁下葫芦起来瓢。过去讲究"六制"，即一官、二吏、三僧、四道、五工、六农、七猎、八民、九儒、十丐，其中的"七猎、八民"也有称"七匠、八娼"的，指的是人的社会等级。前四制，即官吏、僧道衣食住行不愁，生活有着落，故而少有入围者，郎中或于作坊中干活儿的工匠亦不算多。生活最差的就是乞丐和娼妓，人数较多，极其贫困。这个等级什么人都有，其中有被称为"六婆"的，包括以介绍人口买卖为业、从中取利的牙婆；为男女双方牵线、说合以促成亲事的媒婆；开设妓院做人肉生意的虔婆，即鸨母；以装神弄鬼、替人祈祷为业的药婆，即巫师；以接生为业的稳婆，即接生婆；为家主占吉凶、测宜忌的师婆。也有瘾君子，指抽大烟上瘾者，有阿芙蓉之癖；醉鬼，有刘伶之癖；耍钱的、推牌九的、打麻将的，有竹城之癖；登台唱戏的，有周郎之癖；还有季常之癖、断袖分桃之癖、新台之癖等。总之，什么人找什么人，鲶鱼找鲶鱼，嘎牙子找嘎牙子，闲来无事便往一块儿凑，从中找知己、觅知音，那时社会就这样。

单说这苟大爷是个老江湖，外号儿"黑狗"，五十多岁，光棍儿一条，讲义气，为同道兄弟可两肋插刀。别看年纪不小了，身板儿倒挺硬朗，手大脚大，肩宽腰圆，一脸黑胡茬儿，专干看门报信儿的差事，很得道上老大的信任。黑道有黑道的规矩，甭管是谁，若想求见老大绝非易事，比登天还难。那得怎么办呢？必须先拜苟大爷，由他牵线引路，方可得见。倘若在他这儿卡壳了，那就甭想见，咋来的咋回去。你要不服，硬闯庙门或通过其他途径求见，越过苟大爷这道坎儿，不仅见不到，还得被"剜了眼"，就是被杀了或废了，即使活在世上，也是痛苦一生。故而不可小觑这看门狗，那是拜上堂的第一门、第一关、第一卡，由老大养着，吃穿不愁。要求他必须忠贞，嘴巴子把得牢，稳稳当当做事，不张扬，不显山露水。所挣的饷钱中，包括正银、赏银、拜门银三份儿收入，根本花不了，富得流油，天天吃香的喝辣的，犹如神仙过的日子，一般人比不了。白面娘子这次来当然也不例外，需先找到苟大爷，因很长时间未登门了，不知老大换了没有。她一边往杨树林子走，一边四下踅摸，见周围还是老样子，没啥变化，穿过林子前方三十米远便是那座小庙。于是清了清嗓子，按黑道的规矩放开喉咙唱起了"搭伙歌"：

　　　　伙计好，

伙计妙，

缺吃少穿伙计要。

伙计好，

伙计妙，

断头台上相关照。

唱着唱着就走到了小庙前，见石狮子底座上躺着一个人，光着膀子，身上盖件粗布褂子，正打着呼噜呢！白面娘子仍高一声低一声地继续唱，那人总算醒了，不过躺着没动，睡眼迷离地扫了一眼白面娘子，遂问道："哎，你是从哪儿钻出来的，我咋不认识？"

白面娘子回道："我是前屯的，家中的羊不见了，就找到这儿来了。"

那人掀开粗布褂子坐起身，显得很不耐烦："吃饱没事儿撑的呀，羊丢了与我何干？刚刚喝了一顿痛快酒，寻思好好儿睡一觉，却被你给吵醒了，这不是成心么？对了，你怎么会唱'搭伙歌'，跟谁学的？"

白面娘子漫不经心地说："这还用学么，听人唱一遍就会了，瞎哼哼呗，请问贵姓啊？"

那人口气有所缓和："免贵姓费。"

白面娘子又问："咋不回家睡觉呢，莫不是在这儿看门儿？"

那人回道："是呀！"说完又赶紧把话拉了回来："不，我不是看门的，喝完酒正好溜达到这儿。"

白面娘子白了他一眼道："哼，男子汉大丈夫说话应掷地有声，吐口吐沫都能砸出坑来。你可倒好，说了不算、算了不说的，半点儿出息没有，老弟是小费、外号儿'草上飞'吧？"

这一问不要紧，当即把那人震住了，忙站起身连连作揖到："是，我是草上飞，大嫂是……"

白面娘子撇了撇嘴，摘下包头布，把发髻往后一推，忽闪着一双美丽的大眼睛道："年龄不大，忘性不小，好好儿看看我是谁？"

草上飞大睁双目上上下下、仔仔细细打量一番后，惊诧道："哎呀妈呀，我的祖奶奶，这不是鸨母白面娘子嘛！道上的人都说你金盆洗手不干了，也不打算搭理我们了，眼下在哪儿发财呢？"

白面娘子一挑眉毛道："说得容易，发什么财呀，还是老样子。小费呀，你有所不知，去年我突患伤寒倒炕了，一躺就是五个多月，以为肯定一命呜呼了。后来胡乱服了些草药竟挺了过来，身子骨儿渐渐恢复了，好人一个。现在给一大户当管家婆，尽管再忙，心里却总惦记着兄弟们，这不就找上门来了。"说罢见对方两眼紧盯着自己，那神态似乎有些犯疑，紧接着又道："老弟，这儿怎么只你一个人哪，看门望风的苟大爷呢？大哥过江龙，还有云中燕、窜山虎、雪中豹、小金佛都在哪儿，他们一向可好？"

草上飞回道："看来鸨母还行，有点儿情分，没忘了当年给花仙楼护场子的兄弟们，连绰号都记得准确无误。放心吧，他们挺好的，给哪个主子卖命不得用钱供着？啥也不缺，吃穿不愁……"

白面娘子打断道："别说那些没用的，告诉我，兄弟们上哪儿去了？我想见他们。"

草上飞毕竟好几年没看到白面娘子了，对其眼下干些啥真的不清楚，所说的话也不太敢相信，便敷衍道："哎呀，这个么……我可有些日子没跟他们联系了，最近也没一个来这儿的，哪知道哇！"

白面娘子双眼一立道："草上飞，要是识趣儿就别耍滑头，我是容易糊弄的傻瓜吗？方才还说得那么肯定呢，一调腔啥也不知道了，谁信呢？你明知我和小金佛好过一阵子，不就是想看看他嘛，为啥隐瞒不让见？"

草上飞当然知道白面娘子不好惹，从小随杂艺班在江湖上闯荡时，其师傅教她的可是少林功夫，有两下子。开妓院当老鸨那时也是前呼后拥的，净跟上层人物和入流的官员打交道了，平时很少回家。秦名远那么厉害拿她都没辙，反过来得听她的，不让往花仙楼跑真就不敢去，不得不派小金佛盯着，结果不仅没看住，俩人背地里还好上了。草上飞不知道的是白面娘子与尤成额一家及庞氏兄弟结识后，同住凤楼，相处融洽，情同手足。少林寺的两位大和尚庞荣、庞庆每日早晚去林子里习武时，白面娘子有时也跟着去，先是站在旁边看，记住要领，然后照着比画。做得不对或不到位，大师及时给以纠正，一来二去便像模像样了，并始练掌腕、手指功夫。庞氏兄弟的鹰爪功厉害无比，独一无二，十指如铁杵。庞荣常讲，无论男女皆可学此功，关键在于苦练、勤练、用心，还要不怕流汗、不怕吃苦方可练就。白面娘子原本天资聪敏，悟性高，学啥像啥。加之善于动脑，边练边琢磨，故而长进很快，已基本掌握鹰爪功的一招一式了，十指也有把子力气了。

草上飞见白面娘子变脸了，暗自寻思道："这主儿是不好对付，可无论多难缠总得拖拖看，不能马上告诉她，实在不行再说。"随即摆出一副受了委屈的样子，摊开双手道："祖奶奶，我确实不晓得他们在哪儿，要是知道能不告诉你么？"

白面娘子听罢，越发来气了，走上前伸出右手一把薅住其左耳并逐渐加劲儿，草上飞疼得嗷嗷直叫，两手用力去掰那掐住耳朵的手指，可哪里掰得开呀，两根手指犹如铁钳般死死地夹着。白面娘子说道："小费，咋样啊，这滋味不错吧？若是识时务就别把老娘惹急了，照实说，免得遭罪，否则没你好果子吃！"

说实在的，草上飞一开始没太在意，此前从未领教过白面娘子有多大能耐。以为自己的功夫不错，面对的不过一个女流之辈，尽管小时候跟师父学过少林功，也强不到哪儿去，不在话下。没承想白面娘子真不白给，竟有如此厉害的手上功夫，没两下子很难挣脱，好汉不吃眼前亏，只好告饶道："哎哟，祖奶奶，快松手，我服了还不成么？"白面娘子并未松手，草上飞眼珠儿一转又道："行了，行了，祖奶奶，跟我走吧，领你去见他们。"

白面娘子是个鬼灵精，一般人唬不了，一看小费那样儿，就猜出是想来个金蝉脱壳，靠草上飞之功溜之乎也，做梦！必须得控制住，绝不能让他跑掉，方可从其口中得知那帮人在哪儿，随之右手从耳朵处滑下紧紧攥住其左手腕。草上飞不由得暗暗叫苦，整个人几乎堆缩成一个团儿了，咋的呢？左手腕被白面娘子一攥不要紧，好像立马被锁住了似的，动弹不得。若想逃脱，只能白白送给人家一条胳膊，那也不敢保证一定能跑得了。他见无法脱身，转而一想，犯不上跟白面娘子较劲，何况原先曾在一块儿混过，告诉她也没啥，遂道："姐姐，说实话，刚才你提到的那几位兄弟已不在这儿了，云中燕、窜山虎去范家堡子了，眼下只有已成为老大的过江龙、兄弟们尊称为龙爷时不时地回小庙看看，身边的跟班乃苟大爷，手下有几十号人。想知道得更细点儿，可找小金佛，现在是龙爷的心腹，天天吆五喝六的，下边的兄弟都怕他。姐姐，听我一句劝，别去会过江龙了，就见小金佛吧。反正你跟他有一腿，再怎么着，也不会太过分。"

白面娘子思忖片刻，觉得言之有理，自己与过江龙相识毕竟是小金佛介绍的，只是在花仙楼时打过交道，歇业后就不来往了，贸然去见不一定妥当。还是应先找小金佛，别的姑且不讲，起码对其脾气、秉性了如指掌，能聊得来，或许可成为自己的帮手，再从他的口中打听到所要知道的有关情况。想至此，松开手问道："小费，去哪儿能找到小金佛？"

草上飞甩了甩手腕子，不屑地哼了一声道："不知他是长能耐了还是咋的，行踪诡秘，独往独来，总是私下里与过江龙联系，从不通过我。

我也懒得问，更不想四下打听，没工夫管那些闲事儿，吃饱喝得睡一觉比啥都强，只需看好小庙就行了。姐姐，对不起了，此忙帮不上，自己去寻吧，看你的运气如何了。费某人不敢骗姐姐，若有半句假话不得好死，天打五雷轰。顺便提醒一句，别忘了江湖上那套嗑儿：'石公公，花鸨娘，水老鸹，会不着你，也能会着他。'去试试吧！"说罢转身走进小庙旁的青砖房，很快又出来了，左手提着一小筐儿苞米面饼子，右手拎着一只烤熟的野兔，皮薄肉厚，白里透红，闪着亮光，直往下滴油汁儿，香味扑鼻。他把小筐儿放在石狮子底座儿上，晃了晃手中的兔肉道："姐姐，跑了那么远的路，肠子肚子早打架了吧？咱们姐弟见面不易，不能让你空肚子走，来吧，尝尝我烤的野兔味道如何。"

白面娘子还真饿了，也没客气，拽下一条兔腿坐在石狮子底座儿上吃了起来，又连啃了两个饼子，喝了一大碗水。吃饱喝得后，起身谢过小费便告辞了，边走边思摸："到什么地方去找小金佛呢？草上飞把江湖上那套嗑儿搬出来显然是一种暗示，可与小金佛不沾边呀，别说正在黑道上混，即使生活无着落，也不会去江边的码头给船主撑船、当帮工，他根本吃不了那苦。更不会去作坊跟工匠师傅学艺，就现在的身板儿，干不了石匠、铁匠、泥瓦匠。噢，对了，真有个地儿备不住去，即烟花柳巷。"转念又一想："不成啊，娼妓所呆之处女子不便去，被老鸨子看见也不让进哪，怎么办？唉，没别的招儿，只能拉上小费。若是不跟我走，对不起了，就来个软硬兼施。"想到这儿，反身折回。

此刻，草上飞正沾沾自喜呢，边喝酒边津津有味地嚼着兔肉，寻思道："谢天谢地，总算把那主儿送走了，咱可惹不起，忒厉害。"一抬头，见白面娘子二番脚回来了，心中好生纳闷儿："这是唱的哪儿出哇，来了走、走了回的，不会是又想出什么幺蛾子吧？"赶忙起身迎上前，假惺惺地问道："姐姐，还有什么事？尽管讲，只要老弟能办到的。"

白面娘子先说软话："好兄弟，帮人帮到底，只有你能帮我找到小金佛，算姐求你了，走吧！"

草上飞根本不想去，多一事不如少一事，谁知这老鸨找小金佛干啥，惹出麻烦还不得吃不了兜着走？于是推辞道："姐姐，我不能动地儿，得看着小庙。不是早就说了么，此忙老弟帮不上，还是自己去吧！"说罢转身就往青砖房走。

白面娘子见软的不行，便来硬的了，紧走两步赶上前，一把抢过草上飞手中的兔肉往地上一摔，拽住左胳膊就朝杨树林拖。草上飞哪能扛得住那铁钳般的手劲儿呀，疼得龇牙咧嘴的，只好告饶，心不甘情不愿地跟着去了。路上，白面娘子说道："老弟，谢谢你的提醒，我估摸小金佛没事儿必在烟花柳巷混。到了街里，咱一家一家地找，进妓馆你比我方便，逢人就打听，哪怕他钻进耗子洞，也得给姐提出来，听见没？"

草上飞明知不照此话办不行，能说啥呀，只剩下诺诺称是的份儿了。半个时辰后，二人进了街里，草上飞接连去了三家门面较小的妓馆，经打听，没有小金佛。又拐向另一条街，这里颇为热闹，人来人往的，铺面多，门口儿皆挂着幌子和红灯笼。他们边走边瞧，走到尽头，有座二层青砖小楼很是醒目，悠扬的乐曲从楼内传出，男男女女的嬉笑声儿、打情骂俏声儿清晰可闻。站定细观，小楼的门楣上挂着一块黑底红字长方木匾，上刻楷书"醋苑"二字。此妓馆名声在外，馆内的娼妓大多是从江南买来的，都眉清目秀，体态娇娆，如出水芙蓉，吸引着嫖客们纷至沓来。妓馆应接不暇，生意很是兴隆，天天灯火通明，笙歌达旦。草上飞大模大样地进去之后，从一楼到二楼，只要碰见身穿白汗褂儿、给各屋沏茶送水的小白脸儿就上前打听。这些年轻男子是妓馆从当地专门挑选来的，皆有潘郎之貌，举止得体，态度谦卑，嘴巴还甜。草上飞一连询问了三四个小白脸儿，又点头又哈腰的，好话说尽，也没人回答小金佛是否在这儿。无奈之下，只好出了妓馆，告诉等在外头的白面娘子，说是里面没有小金佛。白面娘子一听，气不打一处来，怒目横眉地盯着草上飞低声儿骂道："混账！胆儿不小哇，竟敢糊弄老娘，明明找到了，愣说没见影儿，难道这么一会儿肉皮子又紧了，想放松放松不成？"

草上飞急得直跺脚，生怕她再薅自己的耳朵或掐手腕子，那可太疼了，实在挺不了哇，忙起誓发愿道："祖奶奶，我问了一大圈儿，确实没个结果。有的小白脸儿说只认识窜山虎、云中燕，是这里的常客，不知何因，最近未登门。至于小金佛，皆摇头表示不认识，是真是假，鬼才知道。祖奶奶若不信，我可冲天发誓，有半句假话，必遭雷劈！"说着抬头上望，忽然二楼东头儿的那间屋子吸引了他的目光，眼前一亮，好像想起什么似的拍了拍脑门儿道："哎哟，祖奶奶，你把我吓得啥都忘了，想起来了，想起来了！前些日子小金佛曾喜滋滋地告诉我，说是醋苑的头牌窑姐儿万人迷被他包月了，晚上常住在那儿，很少回家。看来不是吹牛，你瞅瞅，楼上楼下的每间屋子全挂乳白色的窗帘儿，唯独最东头儿亮着灯的那间挂着兰花布窗帘儿，左右两边和底边镶着黄穗儿，很是显眼，那便是头牌接客之处。若无特殊情况，小金佛必在里面，这会儿或许正搂着美人儿销魂呢！"

白面娘子仰脖儿瞅了瞅，为万无一失，追问道："小费，我要听实话，有否把握，能叫准不？倘若存心欺骗老娘，决不轻饶！"

草上飞十分肯定地说："没错，一准在那儿，敢拿脑袋担保。"

白面娘子从内怀掏出十两纹银扔给小费道："好吧，那就信一回，谅你也不敢蒙骗老娘，回去吧，后会有期！"

草上飞谢过，随即告辞，拿着纹银乐颠颠地往回走。白面娘子见其走远了，方转身离去，考虑到夜晚行路不安全，便找了一处小店住下。第二天一早，结清了店钱，原路返回江城，直接去了驿馆，拜见三位大师，把所查到的情况原原本本地讲了一遍，接着又道："至于过江龙及其手下是否知道范蔼仁所干下的违犯大清律的事儿、相互之间究竟是什么关系、暗地里是否与秦大门牙有勾连、这条线有多长多粗等，尚且不清楚，有待继续详查。不过凭我几年来与小金佛打交道得知，他们在黑道上绝非等闲之辈，而是有头有脸儿的人，下边的小泥鳅没有不惧怕的。事实正是如此，即使不得不投靠哪个主儿，也得挑门槛儿高的，咱摁住其中一两个，或许是找到秦名远的突破口。"

一指禅师听后，认为白面娘子不简单，有能耐，只要出马就有收获，让人佩服，于是说道："你的意思是若想知道秦名远藏在哪儿，至关重要的是得先抓住过江龙一伙儿中的人，你以为先擒谁最为妥当？"

白面娘子不假思索地回道："当然是小金佛了，奸懒馋滑又好色，没多大脓水，会点儿武功却不精，还不如我呢！由于眼下是过江龙的心腹，故而在黑道那帮人中的地位随之比以前高了，为有所防范，身边或许有保镖跟着，否则不敢一个人出来进去的。小金佛虽然是秦名远的亲戚，但对其一些做法也看不惯，二人的关系若即若离。草上飞说他常去醋苑消遣，独霸那里的头牌窑姐儿，时不时地还包宿，没有足够的银子肯定不行。那么，谁能大把大把地给他钱花呢？一切行为都是有目的的，如果是秦名远，又缘何如此？其中必有不可告人的秘密。再有就是醋苑二楼东头儿那间屋或许只是他的虚设之地，挂个幌子而已，另有藏身之处，以防被抓。小女之所以急匆匆返回，一来是通报一下调查所得，看看下一步该怎么办，请三位大师给出出主意。二来是刚刚摸到小金佛的线索，倘若有个风吹草动，他很可能脚底抹油溜了。据此想建议衙门尽早捉拿之，撬开他的嘴，方能得到咱们所要的。"

庞氏兄弟对白面娘子的分析很是赞同，庞荣说道："这样看来，小金佛是个关键人物，要想获知秦名远的行踪，先从他下手颇为稳妥。应当机立断，不能拖延，只需告诉我们所在醋苑的准确位置便可。"

一指禅师问道："白面娘子，小金佛离开凤楼后，对所发生的一些事儿知道否？"

白面娘子想了想，回道："他应该知道土地爷爷已回将军衙门掌印、尤公子已赴任左翼官学教习，不一定知道我怎么想的，一年多来是个什么状况。这次见到草上飞，从其说话的口气中，感觉到他虽然防范我，但由于不知底细或认为女流之辈干不了啥，总还是多多少少透露一些，没有守口如瓶。"

一指禅师说道："白面娘子，依贫僧之意，在他们未弄清真情实况前，你不妨将计就计，大大方方地去见小金佛，重修旧好，取得其信任。我们在得到将军大人的允准并前去擒拿他时，将连你一同俘获，估计小金佛不会起疑心，你便可从他的嘴里套出秦名远藏身何处。"

话音刚落，庞荣、庞庆异口同声地叫起好儿来，此乃妙招儿也！白面娘子也风趣地说："不愧为大法师呀，堪比智多星吴用啊，与小女的想法不谋而合，总可以借机自夸一回了。走，是时候了，去见土地爷爷！"说罢站起身来，与三位大师一块儿出了驿馆，前往将军衙门，面见了吉林将军富俊大人，关上门密商一番后，行动方案就此敲定了。

回过头咱接着说秦名远。他自打向衙门递上了丁忧的假条，既未回家，也未去外地，而是一直待在江城，根本没动窝儿。那么，其继父果真刚刚离世吗？纯属一派胡言，继父早于十多年前就故去了，人总不能死两次吧？秦名远之所以用为继父奔丧之由向衙门告假，其实是因为当时其姨夫松菻将军身子骨儿欠佳需离任，听说富俊将接任吉林将军，立马慌神儿了，也坐不住板凳了，心里犹如十五个吊桶打水，七上八下的。他知道富俊办差认真，对自己所犯下的贪赃枉法之罪绝不会放过，非查个底朝上不可，待证据确凿，必严加处治。往日的靠山秀林大人早已调往甘肃，鞭长莫及，帮不上忙，没有给撑腰的了。富俊身边有几位大和尚帮着出谋划策，上任之后，首先得调查范蔼仁违犯大清律的桩桩大罪，渐渐铺展开来，肯定牵涉自己，事情就会败露，总不能赇等着挨查、束手待毙吧？无奈之下，只好以告假暂避风头，妄图躲过此劫。十多天后，闻听任吉林将军的不是富俊，而是松筠，暂时还需兼任京师内阁之职，不得不京师、吉林两边跑。他稍稍松了一口气，马上又紧张起来了，心中暗想："一人兼二职不是长久之计，用不多长时间，富俊恐怕还得回来接。到那时，尤成额便可顺顺当当的录用为左翼官学教习，鲍昌自然没希望了，这不是让我坐蜡吗？"他天天琢磨这些事儿，又不知如何应对，能不犯愁么？吃不好睡不香的。后来得知松莍将军猝死于大堂之上，七个月后，果不其然，松筠离任，富俊接任，执掌吉林将军大印。秦名远这下更上火了，急得犹如热锅上的蚂蚁团团转，恨得牙根儿痒。越寻思越来气，我秦某人凭啥栽在一个瘸老头儿身上啊？既然你富俊不给我出路，我也不能让你舒坦了，那就一不做，二不休，破釜沉舟，拼个鱼死网破，拔掉这根眼中钉，即使杀不了他，也得害了尤成额，决不能让个四体不勤、五谷不分的书生占便宜，谁叫你半道儿蹦出来给我添堵了。从此便躲在家里，白天不露面，一到晚上就出去四处活动，用各种方式和手段网罗愿意为自己卖命的各色人等，领到秦家大院练功习武，以便有朝一日能助一臂之力。功夫没白下，还真网罗来二十多人，遗憾的是虽然各有各的能耐，但谁也不服谁。一盘散沙不行啊，必须得有个武功超群的高手儿把大家组织起来，再加以适当的管束方可。于是每当天一擦黑儿，秦名远仍出门各处溜达，两只眼睛不停地四下踅摸着，看看能不能碰上一个只要有钱花，就肯于死心塌地为主子干事儿的亡命徒，然一连多日，没有丝毫收获。

当年八月的中秋之夜，秦名远像往日一样，用罢晚膳便从家中出来了，打算去江边遛遛。途经大车店时，见店主和门房正拽着一个瘦弱的中年汉子的胳膊往外拖，边拖边骂："你个穷鬼，身上分文没有还想赖着不走，哪有白住的店哪？赶紧给我滚，滚得远远的！"到了门外往地上一扔，回头就进屋了。

旁边一些看热闹的人议论纷纷，有的说："这种人撵出去就对了，活该，谁让他不干正事儿了。"

那个道："这小子白来世上走一回，江湖上没混明白，学了点儿武功还用不到正地方，最后竟落得连个栖身之处都没有……"

秦名远一听，暗自高兴："嘿，太巧了，有武功好哇，恰恰就是我所要找的人，真是踏破铁鞋无觅处，得来全不费功夫啊！"见那人从地上爬起来，拍拍身上的土，趔趔趄趄地往江岸走去，便不动声色地尾随其后。

中年汉子何许人也？姓李名二孟，今年三十有一，因有盗窃之能，得一外号儿"李二扒"，至今未成家，光棍儿一条。老家在山东，年轻时，曾跟距家不远的一座深山古寺的和尚学过武功，其功夫在村子里算数得着的。后因遭灾而离开故土独闯辽东，从此开始混迹江湖，结交一些不三不四的人，啥缺德冒烟的事儿都干，梁上君子照做，只要能弄到钱花就行。认识他的人不知其本名，皆以为"李二扒"就是大号呢，坏名声随之传扬出去了。今年初春的一天傍晚，李二扒在经过一段山路时，不小心两脚踏空滚下了山崖，还算命大，没摔死，只是晕了过去。后被路人发现，见其浑身是伤，不知家住哪里，便把他抬到了大车店，就此在那里将养，每天除了交住店钱、饭钱，还得抓药疗伤。初始尚有几个狐朋狗友前来探望，渐渐的一个不见影了，腰兜儿的银子只出不进，眼瞅着一天比一天少。半年后，身子骨儿倒是养好了，但腰兜儿已镚子儿皆无，时常饿肚子不说，店钱也交不起了，只能是今天推明天，明天推后天。店主当然不让了，这不，终于在中秋之夜将其撵了出来，怎么哀求再住一宿都不准。他现在可谓是穷困潦倒，无依无靠，别说吃块月饼啊，连栖身之地都没有。当晃晃悠悠地来到松花江边时，举头上望，皎洁的圆月高挂空中，星光闪烁，月色清幽。放眼远观，青山连绵，江水涟漪，杨柳依依，美不胜收。这是个阖家团圆的日子，男女老少纷纷手提果匣儿来到江岸，为月神、月娘娘供奉月饼和各种果品，边赏月边聊天。中秋之夜到江边赏月已成为当地的习俗了，家家如此，热闹异常，其乐无穷。而此刻的李二扒心情坏到了极点，不仅无心赏月，也不愿这样苦熬日子了，只想一死，一了百了。可去何处才能痛痛快快如愿呢？江边赏月的人越来越多，你呼我唤，男欢女笑，没有一块儿宁静之地。又不能在众目睽睽之下，去寻那倒映在水面上的江中之月，唉，死都找不到个没人的地儿。他在江岸徘徊了一会儿后，便向下游走去，并未注意到有个人正留心观察自己。走啊走，走出好远再一看，这块儿没人，随即下了堤岸往水里走，江水很快没过了脚脖子，裤腿儿也湿了。一边走一边四下瞅，生怕被人发现，不知不觉中已进入了深水处，水没腰了。就在这时，忽听岸上有人喊道："兄弟，好死不如赖活着，何苦非走这条绝路呢？"

此人便是秦名远，这一嗓子不要紧，李二扒冷丁一激灵，下意识地站住了。本以为这块儿远离人群，是个僻静之处，正好可投身江中，不至于搅乱大家中秋赏月的兴致，未承想此地也有人。他猛然一回头，影影绰绰看见岸上的一棵歪脖树下站个男子，反背着双手，一副坦然自若的样儿，寻思道："这种闲来无事、有到江边逛游之雅兴的人我见得多了，他们多半家境殷实，衣食无忧，人人自扫门前雪，哪管他家瓦上霜，能顾我啥？该死该活全由自己，不嫌累随他喊去吧！"想至此，回转身继续朝江心走，水越来越深，快没到胸口儿了，只听那人又喊道："兄弟，有啥想不开的？是缺银子还是没老婆呀，或是被人欺负了，能不能跟大哥说说？世上没有过不去的坎儿，不管咋的有大哥呢，肯定给你做主，说话算数！"

李二扒听了这番话，心里觉得热乎乎的，此人是干什么的？我与他素昧平生，心肠咋这么好呢，遂再次停下脚步回过头向岸边张望，见那人仍站在歪脖树下未动，一边摆手一边喊道："兄弟，过来，快过来，把难处告诉大哥，一准帮你。再不可解的事儿，只要有大哥在，没有摆不平的，过来吧，咱哥儿俩唠唠！"

李二扒终于动心了，看上去人家是真想救我，否则怎么站在那儿不走哇？行了，先别死了，过去听听他讲些啥。于是返身往回走，越走水越浅，提溜着裤腿儿上了岸，走到秦名远跟前站住了，上上下下打量着。见其也是个中年男子，年龄大自己六七岁，门牙往外龇龇着。衣着颇为讲究，上身穿一件紫缎长袍儿，外罩琵琶襟儿褐色坎肩儿，下穿黑缎裤，一看便知不是同自己一样的下层人。再瞅瞅四周，静悄悄的，没一个赏月的，人都在上游呢，此处只有他们两个。心里很是纳闷儿，为什么唯独他在此闲游，莫不是跟上我了？遂开口问道："这位大哥，我是因为活不下去了，所以才寻一个僻静之地了却一生，您怎么也到这儿来了？"

秦名远并不回答，只是说："兄弟，看上去顶多三十二三岁，年纪不算大，为何非寻短见呢？不值得呀！这条命是父母给的，能活下来就不易，应该珍惜才对。原先是做什么的？哪里人？只要说清楚了，大哥不会坐视不管的。"

李二扒听罢，不仅不感到那么绝望了，心里还立马亮堂了，哎呀，多亏本人命大、造化大呀，尚未到阎王爷收二扒的时候。没准儿是老天发慈悲呢，让我好好儿活着，这是哪辈子修来的福哟！这么想着，索性将自己的身世一股脑儿和盘托出，并讲了刚刚已被大车店的店主轰了出来，现在是吃没吃、穿没穿、住没住，实在活不下去了。寻思不如两眼一闭去阴曹，了无牵挂，倒也清净。

秦名远问道："能在江湖上闯荡那么多年，总得有点儿本事，功夫如何呀？"

李二扒是个混世魔王，一听此话，就像抓住了救命稻草，往日的能说会道、大吹牛皮派上了用场。先是声称自己不仅有飞檐走壁之功，也有上天入地擒拿之能，还拜坐禅古刹的老僧为师，学得一身武功，随后便伸胳膊撂腿儿地比画开了，又打拳又翻跟头的，使出浑身解数，累得呼哧带喘，头、脸、衣服、裤子上全是沙子。秦名远摆了摆手，假惺惺地笑道："行了，行了，别折腾了，跟我走吧！"

李二扒高兴极了，真是没想到啊，竟能绝处逢生，该着我命中注定有贵人相帮，出头之日随之而来也未可知，往后保不齐会发大财呢！于是又作揖又致谢的，浑身也有劲儿了，乐颠颠地跟着秦名远沿江岸往回走。到了上游时，已是月悬中天，逗留在此的男男女女仍不见少。他俩的心思当然不在赏月上，亦无心享受月夜下江中渔火点点的良辰美景，而是一步不停地前行。过了两袋烟的工夫，来到了秦家大院，看门人老霍头儿将黑铁门推开，二人穿过院子直接进入中堂。首先映入李二扒眼帘的是屋内不俗的陈设，墙壁上挂有多幅名人字画，桌案上摆着一尊白瓷弥勒佛，约三尺高，满面笑容，憨态可掬。只要看见这尊佛，烦乱的心绪便会畅快起来，忧郁、愁闷不再萦怀，全部被抛至九霄云外。秦名远唤来一位老奴仆，吩咐其带着李二扒去偏屋洗个热水澡，再给找几件衣服换上。老奴仆一边应承着，一边瞅了一眼李二扒，说道："跟我来！"言罢转身就往偏屋走，李二扒赶忙随其后。

时候不大，李二扒洗漱完毕，换上了质地上好的新衣裤，在老奴仆的引领下回到中堂。抬眼一看，救命恩人早已脱下紫缎长袍儿，穿了一套丝绸英雄衫，腰间系着黑缎带，正坐在茶几旁喝着香茗，显然是在等自己。李二扒自打进入这座宽绰的宅院，看到未曾见过的十分雅致的摆设，就有一种异样的感觉，当即长出了一口气，知道自己真的遇上贵人了，心也放到肚子里了。认为此宅非寻常之家，救命恩人亦非寻常之人，来头儿不小。故而当重新回到中堂再见秦名远时，便不是原先那只是揖手致谢的样儿了，而是提起长衫扑通一声跪在地上，咣咣磕着响头道："恩人哪，小的与大哥萍水相逢，却百般劝慰并主动相帮，感激不尽。救人一命胜造七级浮屠，在此给您叩头了，谢谢救命之恩，今生今世没齿不忘！"

秦名远弯下身将其扶起道："兄弟，不必如此，更不必客气，大哥没那么多讲究。看来咱俩有缘哪，鬼使神差让我在江边碰上你了，实在太巧了，快坐下说话。"

李二扒听命，走到茶几的另一侧坐下，老奴仆为其斟上一杯热茶后退下。秦名远呷了一口茶，放下杯子道："老弟，从今往后，你我以兄弟相称，如果愿意的话，可长住这里。你也看见了，房子多的是，爱住哪间住哪间。想吃什么尽管说，先把身子骨儿养养，待壮实些了，再干事儿也不迟，肯定累不着，你看咋样？"

李二扒当然求之不得呀，忙表示道："那敢情好，谢谢大哥，只要我能干的尽管吩咐。斗胆问一句，老弟尚不知大哥姓甚名谁以及在哪儿干差，能否告知？也好清楚自己该如何称呼您。再者说了，不牢记恩人的名讳，小的算什么人哪，也太对不住大哥的真心诚意了，知恩图报嘛！"

秦名远笑了笑道："好哇，可以告诉你，我在吉林将军衙门当差，任总管、总师爷，大号秦名远。"

李二扒不听便罢，一听吓得脸都变色了，好悬没叫出声儿来！早就听说将军衙门有个叫秦名远、人送绰号"秦大门牙"的，阴险狡诈，心狠手辣，一肚子坏水儿。做梦没想到竟让我给碰上了，看来今后得在他身边听喝儿了，万一伺候不好，再出个一差二错的，惹得人家不满意，还不得收拾我呀？指不定啥时候就没命了，咋死的都不知道。他静了静心，站起身来，手提长衫重又跪地叩道："秦大总管在上，小的出身卑微，与总师爷不是一个层次的人，也从未与高官打过交道。小的该死，有眼无珠，不知天高地厚，闯进了总管大人府，多有得罪，这就告退，容后再谢救命之恩！"说罢起身便走。

秦名远上前一把将其拽住道："忙什么呀，是大哥请老弟上门的，还能让你走不成？快坐下！"

李二扒哪敢硬来呀，只好回转身，乖乖坐在椅子上。这时，秦名远的态度不像先前那样温和了，而是急转直下，如同换了一张面孔，摆出一副咄咄逼人的架势，冷冷地说："李二扒，知道我是谁了吧？实不相瞒，因为看中了你，所以才施救的。从今以后，必须按我的吩咐去做，指东不能往西，无条件服从，将来才能过上神仙般的日子，再不用愁吃愁穿愁住了，否则没你好儿，听明白没？"说完故意显露出一脸杀气，瞪大双目死死盯着对方，观察是个什么反应。见其像具僵尸一般坐在那儿，蠕动着嘴唇想要说什么，却一句也讲不出来，更不敢动地儿。估计这是吓酥骨了，从心理上已被降住了，接着又道："李二扒，看来你有些健忘啊，要不要提醒一下？是我救了你，没我就没有你，做人得讲良心，方能在世上混。眼下正是用人之际，你可不要小看自己呀，是被我选中的将才，也相信能干大事，错不了。不要三心二意了，更不要胡思乱想了，那已经没用了。告诉你没啥，想从那扇铁门走出去，比登天还难！老弟是个聪明人，识时务者为俊杰，听大哥的吧，不会亏待你，会得到许多好处呢!"言罢不容分说,起身拉着李二扒的胳膊就走,推开另一间屋子的门。此乃宴客厅,窗台上摆放着一盆盆的花卉,有的含苞待放,有的正盛开着,鲜艳夺目。东墙上挂着一排鸟笼子,各种各样叫不出名儿的小鸟叽叽喳喳地叫着,清脆悦耳。靠在西墙的铁架子上放着鱼缸,水中的鱼儿自由自在地游来游去,舒适而悠闲。从宴客厅穿过去,进入紧挨着的一间不起眼儿的小屋,秦名远说道:"你先在这儿养几天,有人送水送饭,啥都不用自己动手。记住,老老实实待着,可以在宴客厅活动活动,甭想打什么歪主意!"说完把门一关走了。

第六天头晌,秦名远来到小屋,唤出李二扒,假模假式地询问一番后,领其出了前门,绕到后院儿,进入东厢房。把摆在地当间儿的一张大木床挪开,再将床下地面铺着的一层木板掀起,露出个较宽的地窖口儿,上面扣着一张铁板,有锁环儿但没上锁。掴起铁板,顺着斜搭在窖口儿的梯子下去,里面是处地室,墙上挂着刀枪剑戟,斧钺钩叉,二十几个壮汉正在练功。李二扒仔细一瞅,那位老奴仆也在其中,手持一柄六十斤重的鬼头大刀舞得呼呼响,早已汗流浃背了。秦名远给他一一予以引见,各有各的名号,什么小无常、单刀慢、棍中王、赶山鞭、绊马锁、小屠匠等,都身怀绝技。那位对外扮成老奴仆的便是教头,曾于五台山习武,已年过半百了,仍体壮如牛。因其面色黝黑,鼻宽嘴阔,发起怒来两眼冒凶光,故而得一绰号"赛阎罗"。他走上前来,代表众兄弟表示欢迎并请李二扒露一手儿,秦名远也在一旁鼓动。

说实在的,李二扒心里还真没底,觉得自己那两下子在家乡能数得上,在这儿未必,顶好能弄个比上不足,比下有余。可再怎么样,也得给大家个面子,不能做缩头乌龟呀,于是顺手操起三截棍走到地当间儿舞了起来。尽管舞得上下翻飞,令人眼花缭乱,然一看就是花架子,没真功夫,在场的人皆嗤之以鼻。放下三截棍,又与小无常比剑法,打了两个回合,结果不分上下。秦名远看在眼里,喜在心中,刚刚紧绷的脸松弛了,以为是李二扒手下留情,没把本事全露出来,头一次与兄弟交锋,总得让对方下得了台。不过又很想知道李二扒究竟有多大能耐,当用不当用,便冲教头使了个眼色。赛阎罗会意,带领大家出了地室,来到院外小树林中的一片空地上。这里竖着两根粗木杆子,称为试武杆,足有六丈高,两杆之间有一条铁索链。每天练功时,要求从地面跃上左边的高杆后,在铁索链上站立、行走,走到右边的高杆处,手把杆子头朝下滑落到地。然后站起身,重新跃上右边的高杆,走过铁索链,于左边的高杆处头朝下滑落到地，看谁用的时间短。秦名远自打令人立起这两根试武杆，至今已月余，网罗来的这些人天天你上他下地折腾，却没有一个能通过铁索链。教头赛阎罗的武功四十岁以前还可以，现在年纪大了，胳膊腿都硬了，练轻功谈何容易？相比之下，手下那帮人更不行，秦名远为此很是生气。这回把李二扒带来了，正好借机让他试一试，检验一下本事高低。

这时，众人已围成一圈儿，秦名远双手抱膀站在一旁，赛阎罗向李二扒讲了一下此功的要求。李二扒听罢，心中窃喜："哎呀，你们不知道哇，我可是惯偷，没有高超的轻功端不了这碗饭，爬树、上房顶、穿屋檐乃雕虫小技，不仅常练也常用。上高杆走铁索对我而言实在是太容易了，轻车熟路、小菜一碟呀，好吧，本爷让你们开开眼！"想至此，在众目睽睽之下，大模大样地走到左边杆子处，运了运气，噌的一声蹿上高杆，在铁索链上从左至右、从右至左像猿猴似的来回走了三趟，速度之快令人咂舌。接下来又在杆子上倒立，气不长出心不跳，手一松，身体贴着杆子滑下，滚翻落地，前后不到两分钟。秦名远乐坏了，大门牙越发往外龇龇着，嘴都合不拢了。李二扒走到他跟前抱拳道："大哥，这不算啥能耐，咱们回大院儿，老弟再露一手儿如何？"

秦名远更高兴了："好哇，老弟，咱拭目以待。"随即冲大伙儿一挥手道："走！"

这帮人回到院内，李二扒走到青砖瓦房前，单脚一点地噌地跃上房顶，从东头儿只三纵便到了西头儿，双手把住房檐儿脑袋朝下，身子紧紧贴在灰瓦上。大伙儿屏住呼吸睁大双目瞅着，这要是不小心掉下来，还不得摔个头破血流啊！而李二扒就像贴树皮，胸腹部如同钩子般固定在灰瓦上，纹丝不动，双手则伸向房檐下，竭力去够窗棂，在场所有人的心都提到了嗓子眼儿。就在此时，只见李二扒忽地直射下来，众人吓得一声惊叫，以为这下肯定没命了。未承想他的脑袋在即将接触地面的瞬间抬了起来，紧接着一个翻身，稳稳地站在地上，什么事儿也没发生。赛阎罗及手下的兄弟们呼啦一下将其围住了，纷纷竖起大拇指表示服气，李二扒这下可了不得了，简直是他们眼中的圣人了。赛阎罗见李二扒功夫比自己强，遂按主子之意主动让位，由他当教头，执掌今后的习练。从此，走投无路的惯偷摇身一变，成为这个团伙的新成员。秦名远很是得意，犹如凭空得了件宝贝似的爱不释手，天天好吃好喝供着，大把大把给银子花，尽量使其满意，为的就是防止日后改弦易辙。

秦名远在网罗这些社会渣滓时，可谓费尽了心机，凡是认为能替自己卖命的，全在脑中过了一遍筛子，其中包括小金佛。闻听此人离开凤楼后，重操旧业，仍在黑道混，便开始四下踅摸。说句心里话。他对小金佛充满了怨恨，当年本打算让其到花仙楼看着白面娘子的，结果咋样？这小子却全然不顾亲情，反倒背着自己和白面娘子勾搭成奸。这哪是人干的事儿呀，决不能放过他，此仇不报非君子，必须予以收拾。现在终于是时候了，先把小金佛找到，想方设法笼络之，然后让其为自己效劳。如不顺从，就地往死里整，以解夺妻之恨，我秦某人哪能吃这种亏呢！后来得知小金佛和那几个拜把子兄弟过江龙、雪中豹、窜山虎、云中燕等常住江北的一座小庙，便打发赛阎罗前去传话儿，说是很长时间不见，想自家弟弟了。如果可以，请随来人到秦家大院待几天，哥儿俩也好亲近亲近。

小金佛也挺鬼，对秦名远是存有戒心的，生怕因跟白面娘子有一腿而受到报复，所以回到黑道一直未主动与其联系。这回当大哥的冰释前嫌，派人专程上门迎请，做弟弟的总得给个面子吧？否则说不过去呀，便随赛阎罗去了。到了秦家大院，秦名远显得特别高兴，不仅热情款待，还关切地询问离开凤楼一年多过得咋样，眼下有什么困难没有？跟哥用不着客气，尽管提。在外头混手头儿紧哪儿成啊，哥这儿有钱，你可随便花，多少都行，没了再给，只要弟弟觉得痛快就好。小金佛一听，当即感动得热泪盈眶，还得是自家哥哥呀，无论到啥时候不带不管的。所存的那点儿戒心也就随之烟消云散了，只剩有朝一日报恩了，一再表示只要是大哥让办之事，弟弟绝不含糊，赴汤蹈火，在所不辞。秦名远一看有门儿了，立马投其所好，又给买新衣又给银子的，各种饰品也没少送。还答应将来为其置办处房产，不能老住在外面，总得有自己的窝儿。小金佛越发感激涕零，一时不知说啥好了，对这位大哥佩服得五体投地。腰兜儿的钱一多，不单单去上等饭庄解解馋，还去赌场过过瘾，再去烟花柳巷包头牌。老鸨子才不管你是什么身份呢，只要腰兜儿鼓、肯于往外掏银子，点谁给谁，有钱能使鬼推磨嘛！一来二去的，小金佛独霸了醋苑年轻貌美、新开脸儿的头牌"万人迷"，鸨母持意把他俩调换到了二楼东头儿那间屋，环境幽静，无闲人打扰。二人终朝每日在一起缠磨，茶饭妓馆全包，反正嫖客有的是金锞子、银元宝，求之不得全花在我这儿。

秦名远也未闲着，稳坐钓鱼台静观其变，见火候儿差不离儿了，一天头晌，把小金佛唤到跟前，笑呵呵地问道："小老弟，咋样啊，在哥这儿呆得不错吧，玩儿得尽情么，银子够不够用？"

小金佛回道："托大哥的福，钱足够用，玩儿得痛快着呢，赶上神仙过的日子了。"

秦名远点点头道："噢，那就好，暂时收收心，给哥办件正事儿吧！"

小金佛忙道："大哥请讲，不管啥事儿，头拱地也得办成。"

秦名远收敛了笑容，说道："小老弟恐怕不知道，这几年大哥心里一直不痛快，有个人暗地里总跟我作对，我俩可谓不共戴天。他的野心不小，不仅要惩治范家堡子的庄主范蔼仁，也要把我收拾掉，为此大哥目前只能东躲西藏的……"

小金佛插问道："他是谁呀，胃口那么大？"

秦名远回道："就是坐镇吉林将军衙门的瘸老头儿富俊，简直成我一块心病了，他活着，我的气儿没个喘匀乎，现在已到了有他没我、有我没他的地步。思来想去没别的招儿，只能一不做二不休，将其宰了，从衙门彻底消失，永远闭上那张到处调查我的嘴巴。此事必须秘密进行，只能用自己人，想必你也猜到了，唯小老弟莫属。至于在什么时间、什么地点、怎么动手，一切随你，我只要他的人头。"

小金佛一听，当即怔住了，什么？取吉林将军富俊项上之头，是不是耳朵出毛病了？再一看秦名远那样儿，一脸凶气，牙关咬得咯咯响，既不是胡诌，也不是开玩笑，的确动真格的了。这一惊非同小可，面色煞白，头冒冷汗，浑身直劲儿哆嗦，腿肚子都朝前了。只听说秦大门牙阴险狡诈、吃人不吐骨头，未承想杀红眼了，胆大包天，竟敢要当朝一品官的性命，罪不容诛啊！不干吧，花了人家那么多银子，给了不少好处，半辈子也还不上，他不可能饶过我。干吧，这可是连坐九族的大罪，自己死了不要紧，还得拐带着亲族、家属、邻居活不成，这可如何是好？再瞅瞅秦名远，一对儿鼠眼正阴冷地盯着自己，能剜到你心里，令人不寒而栗。唉，谁让我不知好歹、吃人家花人家的了，人情债总得还，只能是一条道跑到黑了。此刻的小金佛彻底被秦名远的横施淫威吓住了，尽管极不情愿，也得硬撑着，遂答应道："行，没说的，就是上刀山下火海也心甘情愿，谁让我欠哥的了。"

秦名远不禁喜形于色，刚要说点儿鼓励的话，小金佛紧接着讨价还价道："不过答应可是答应，这么大个事儿，一个人哪能干得了哇，得有条件的。富俊是吉林将军，身边有亲随、侍卫跟从，保护甚严，难以近前。加之一个人孤掌难鸣，到时候叫天天不应，叫地地不灵，没帮手哪儿行？大哥知道的，老弟的几个拜把子兄弟都不是吃素的，如果将他们及手下招呼来一块儿干，或许有点儿把握。动手前需做些准备，你得给我三千两银子，为啥呢？养着那帮生死弟兄啊，无论吃的、穿的、用的、花的，全得用钱打发，唯有将其笼络住，人家才能去卖命。大哥若是不愿破费，真就办不了，即使让小老弟死在哥面前也认了。"

秦名远听后，暗自思摸道："我现在的处境十分危险，几乎已到穷途末路了，只能孤注一掷、拼死一搏了。倘若运气不好，成为富俊的刀下鬼，攒那么多家产有啥用？还不如为救自己而派上用场呢，何况又有范蔺仁做后盾。留得青山在，不怕没柴烧，只要小金佛把富俊杀了，该舍的就得舍，雇人干事儿总得出点儿血，哪有白卖力气的？"想至此，二话没说，从牙缝儿里挤出一个字儿："成！"

小金佛接下这个黑道所说的"暗差"后，立马张罗开了，先向过江龙讲明了秦名远的打算以及请咱们出手相帮的缘由，至于帮还是不帮，当然得听大哥的，不知意下如何？过江龙纯粹是个人渣，性情粗暴胆子大，天不怕地不怕，只要给足银子，什么天怒人怨的事儿都敢干，人肝也敢尝一尝。他听了小金佛的一番话，立刻来精神了，正好最近手头儿紧，既然有利可图，为啥不干？二话没说便答应了。随后把窜山虎、云中燕、草上飞、雪中豹和手下的兄弟们聚到一起，连看庙门的苟大爷也未落下，全带到了秦家大院。小金佛不知从哪儿又雇来一些盗贼、江湖骗子、地痞流氓充当打手，皆因腰兜儿有银子，全是奔钱来的。所凑的这帮乌合之众由过江龙管着，每天除了练武，就是大吃大喝，浑浑噩噩，一醉方休，要么狂喜，要么暴跳如雷，要么为一件小事吵得昏天黑地。其中一个具有百步连环腿之能、绰号叫"卷地风"的，脾气急躁，说话嘴损，以为自己有两下子，在兄弟中功夫算是数得着的，对过江龙不太服气，平时话里话外有所流露。一次习练时，二人话不投机顶上牛了，旁边还有为卷地风帮腔儿的，矛头直指过江龙。过江龙一气之下，挥起刀咔嚓一声便将卷地风从头顶劈到胯下，在场的人全吓傻了，没有敢吱声儿的。他这样做的目的显然是杀鸡给猴看，以此震慑不服自己的人，敢于顶撞老大，这就是下场。当时小金佛怕他再要其他兄弟的命，扑通一声给过江龙跪下了，咣咣磕着响头哀求道："老大呀，原本人就不多，事儿还没办呢，先起内讧了，这哪儿成啊？千万不可自相残杀呀，请大哥手下留情，饶了兄弟们吧！"

过江龙瞪着一双牛眼盯着那几个帮腔儿的好一会儿，见早都吓筛糠了，这才扔下刀转身离去。云中燕、窜山虎一看，这过江龙心太狠，翻脸不认人，很难交得下，给多少钱也不能跟他混饭吃。遂于一天深夜，二人悄没声儿地离开秦家大院，偷偷去了范家堡子的大庄主范蔼仁处，反正在哪儿干都一样，总比待在老大身边指不定哪天脑袋掉了强。草上飞相比之下胆子小，然鬼心眼儿多，善于自保。尽管认为过江龙太过分，却从不在其跟前说什么，担心万一哪句话听着不顺耳或杵肺管子了，一变脸把他宰了，成为刀下的冤鬼。为不至于天天担惊受怕，气儿能喘匀乎些，便主动提出做眼线，时不时地回老窝小庙看看，可离过江龙远点儿。

小金佛为两个拜把子兄弟的离去很生过江龙的气，可又不得不听人家的，因为武功有两下子，比自己强多了。加之此人暴戾成性，心肠歹毒，不出手便罢，出手就是狠的，想夺谁性命只能用这样的人。他不止一次地暗自思忖，取富俊人头决不能拖，只要有机会就赶紧办。成与不成不重要，宁可沿街乞讨，也不会再为秦名远效劳了，太难为人了，谁能总干要命的暗差呀？眼下是没招儿了，硬着头皮也得挺着，花人家手短哪！他曾小心翼翼地与过江龙商量："大哥出马，一个顶俩。能否到将军衙门附近打探一下，以便掌握富俊出入之规律，再据此制定擒拿方案？"

过江龙心里老大不乐意，寻思道："这才几天哪，银子尚未供足呢，就想巧使唤人，凭啥听你的？没门儿！"这么想着，白了小金佛一眼，像未听见似的，根本不动地儿。小金佛当然知道这是不愿意去，多一句也不敢说，便让草上飞去。草上飞则声称道有道矩，行有行规，早就讲下了，我是守门护驾的，别的事儿不干。可倒好，以一个堂而皇之的理由拒绝了，谁也说不出什么来。小金佛这个时候不想惹兄弟们不高兴，生怕逼急了再走两个，自己不得唱独角戏呀！万般无奈之下，不得不亲自出马，几次扮成小商贩去将军衙门附近转悠，见那里戒备森严，手持兵器的巡哨在门外走来走去，院内的官兵只要出动就是一彪人马。富俊也不比在行辕大营了，那时常常一个人出行，要么骑大青骡子，要么骑小毛驴，身边顶多有老家人宝靖阿跟着。现在不同了，外出有时骑马，有时坐轿，身边跟着随从，副都统都克尼、佐领班布泰不离左右，必要时，还有一指禅师等世外高人保驾。尤其班布泰乃富俊的孙儿，保护爷爷的安全肯定是一马当先，遇有危情必以性命相拼，歹徒轻易不敢造次。另外便是富俊一天出入衙门好儿趟，时间不定，有时一大早就离开了，有时半夜了还未返回，根本没个规律，无从下手，小金佛为此很是犯愁。那边秦名远着急呀，三天两头儿催促道："小老弟呀，怎么样啊，准备这些天了，一直不见动静，啥时候下手哇？夜长梦多，不能再拖了。富俊待在府衙还好办，哪天去京师就难了，必须速战速决，否则我要限时了。"

小金佛哪儿敢回嘴呀，只能诺诺称是，并请大哥放心，一定尽早办。背地里这火可上大发了，满嘴起燎泡，吃不下饭睡不好觉，看着白花花的银子反倒头疼了。他有气无处撒，天天往醋苑跑，在万人迷的怀里一躺就是大半晌。作为窑姐儿当然得小心伺候嫖客了，不能随便离开，老鸨子也没辙，人家给银子了。小金佛现在最不愿意见的便是秦名远，认为纯粹一个催命鬼、丧门星，与其结识可倒八辈子血霉了。而秦名远呢，别看表面催得紧，实际上心一直悬着，为啥呀？就怕小金佛撂挑子。银子的确花了不少，倘若逼急了，那小子不给你干或者跑了，即使抓回来砍喽，又能得到啥？不仅心头之患未除，范蔼仁那儿也交代不下去呀！故而对小金佛只能是又哄又追又施威。

前几天，范蔼仁的大夫人忽然来到秦家大院，与秦名远躲在小暖阁里密议，还把小金佛唤去了。钱氏恶狠狠地说："范家堡子的团练正在加紧训练，兵器全部备好，准备近日行动。不过此前必须除掉富俊，只有在将军衙门没有主心骨儿的情况下，万事才好办。放心吧，朝廷想要抓住人犯没那么容易，总不至于傻得等着官兵上门吧？此前早已远走高飞了，让他们连影儿都看不见。富俊这是自作自受，仇家不光大庄主，遍布各地，都对其恨之入骨，盼着他早早升天，咱也是为民除害了。"

小金佛听了这番话才如梦方醒："哎呀，原来吉林将军衙门的总管竟与范蔼仁沆瀣一气呀，隐藏挺深哪！"

钱氏此次还带来一帮新招募的打手，其中三个头领皆有背景，一个叫贾旺，乃出了名的地痞无赖，打家劫舍，欺行霸市，无所不为。另一个叫毕衍，乃江洋大盗，只认钱，不认人，有奶便是娘。再一个叫仇友，乃劫牢反狱被抓之囚徒，趁看守不备，刚从监舍逃出来。总之，这是一帮穷凶极恶的亡命徒，范蔼仁施以重金并许愿将其收买，让大夫人亲自交给秦名远，安置在后院儿的地室，作为过江龙的手下，由小金佛统领。钱氏在秦名远的引领下去了地室，吩咐赛阎罗把大伙儿聚到一起，然后交代道："请各位听好了，务必在八月中秋前后选个良辰吉日送富俊见阎王，动作要利落，一刀毙命，只许成功，不许失败。"

面对主子的淫威，都立下军令状，不杀富俊，决不罢休！钱氏仍不放心，令人摆上供桌，倒了一大碗酒，每人将食指咬破，鲜血滴进酒碗里，再喝上一口，以此聚拢人心，互相打气。大家照做后，钱氏又独出心裁地提出一个更恶毒的做法，即让几个领头儿的剁指冲天盟誓，这回可下狠茬子了。秦名远命李二扒搬来一个柳木墩子，旁边放一把利斧，头领需把左手的小指搭在木墩子的边缘，自行操斧剁掉小指的一节。一个个还真没在乎，乖乖行之，发誓必成就此事，以回报庄主爷和秦总管，否则点天灯，以死治罪。轮到小金佛时，他战战兢兢地把左手小指搭在柳木墩子的边缘，举起斧子一咬牙一瞪眼咣的一声剁了下去，手指的小节掉在地上，顿时鲜血直流。站在旁边的过江龙从火盆里抽出烧红的烙铁往断指处一贴，只听滋啦一声，断指处立马变得焦黑，血是止住了，小金佛却疼得昏了过去。钱氏冲仇友努了努嘴，仇友会意，端来一盆冷水哗啦一声朝其头上泼，小金佛方从昏迷中苏醒，浑身仍在冒冷汗。待几个领头儿的剁完手指，钱氏一字一板地说："我先把话撂这儿，若出师不利，一次未成，就继续剁手指，一节一节地剁，直至办成为止。可以告诉你们，所有用掉的银子除秦总管出一小部分外，大头儿全是庄主爷拿的，钱总不能白花吧？该怎么做，自己照量着办！"

在场领头儿的皆已尝过剁手指的滋味了，那可是疼得撕心裂肺呀，当然不想来二回了。纷纷表示请范庄主、大太太、秦总管放心，这几天就要富俊的命，事成之后，提其脑袋去见主子。钱氏听罢，这才点点头，转身离去。过江龙觉得不是味儿了，这是何苦哇，事儿还没办呢，干嘛非剁手指不可呀，也太划不来了。不行，不能待在地室了，憋闷倒能忍，不定哪天又想出什么新花样儿再折腾我们，没必要如此听喝儿吧？干脆回老窝儿去，银子还得供着，到时候随叫随到，准保出人就是了，否则便放挺儿。想至此，连招呼都没打，带上手下的兄弟们出了地室，扬长而去。秦名远怕他把不认账，银子岂不白花？根本未敢拦，只好仍让李二扒领着那帮人练功。

三天后的晌午，愁眉苦脸的小金佛来到醋苑，万人迷赶紧迎上前，挎其胳膊进了自己那间屋。坐下后，小金佛喝起了闷酒，没喝几口便托着左手妈呀妈呀直叫唤。陪在一旁的万人迷仔细一瞅，见其左手小指用白纱布缠着，上面渗出了血水，不禁大惊失色，忙问缘何如此？小金佛并不回答，时而喝口酒，时而哼哼几声，时而望着窗外发呆，不知在想些什么，整个下晌一句话没说。直到天擦黑儿时，脸已红得如关公，才把杯子一扔，仰面躺在炕上打起了鼾声，酒气熏天。这时，老鸨的丫鬟领着一位年轻男子上了二楼，走到东头儿万人迷的屋前，边敲门边轻声儿唤道："姐姐，姐姐！"

万人迷把门开条缝儿，问道："啥事儿？"

丫鬟回道："姐姐，有位少爷求见小爷，说是小爷欠他钱，专程上门要账的。"

万人迷点点头道："噢，知道了。"顺手关上门，反身走到炕边，推了推小金佛道："小爷，醒醒，醒醒，一位少爷在门外候着，声称你欠他钱，见还是不见？"一连说了三遍，小金佛方醒转，睡眼迷离地问明白咋回事儿后，感到好生奇怪，心里思摸道："我不欠任何人钱哪，再说住在醋苑一般人不知道哇，他咋找来的？一准有人透露出去了，哼！跑不了眼前这个臭婊子。"想至此，一骨碌爬了起来，手指万人迷的鼻尖儿骂道："好哇，你个骚货，爷爷没少给银子吧？天天提醒你要保密，把嘴巴闭严了，别各处胡勒勒。结果咋样？全当耳旁风了，到底还是把我给递出去了，活腻歪吱声儿啊！"

万人迷感到十分委屈，眼眶里含着泪水，起誓发愿道："小爷，不能冤枉人哪，我不傻不茶的，又时不时得到小爷一些好处，干嘛出卖你呀？若真是对外讲了，必遭天谴，不得好死！"

小金佛嗓门儿越发高了："臭婊子，就是你宣扬出去的，还嘴硬，给我闭喽！"

万人迷也来气了，尖着嗓子嚷嚷道："我吃饱撑地找骂呀，这地方谁都可以来，只要露面了，没有不透风的墙，能瞒得住吗？除非具有隐身之术，还得把人家的嘴巴缝上，否则跑不了你……"

二人正吵得不可开交呢，只听吱嘎一声响，等在外头的来客推门进来了。他身穿天蓝色长衫儿，外罩米色绣花坎肩儿，头戴一顶瓜皮小帽，手拿一把圆形百蝶香扇。长相标致，衣着讲究，阔气而英俊，站在门口儿四下观瞧着。先是抬头看看天棚，瞅瞅墙壁的装饰，环顾一下屋内的摆设。然后定睛盯了万人迷几秒钟，再上下打量一番，方啧啧称赞道："嗯，果然名不虚传，如花似玉，美若天仙哪！"

小金佛见此人未经允许擅自闯入，还品头论足的，也太不懂礼貌了。刚想发怒，看那身儿打扮看，显然是位公子哥儿，不知啥来头儿，只好把话咽回去了，心想："怪了，我从来不跟读书人打交道，更谈不上欠他钱，这是哪位呢？"于是开口问道："请问少爷从何而来，姓甚名谁？"

那人收回目光，可能是屋内酒味儿太大了，直打鼻子，便摇了摇手中的香扇，再往身后一背，并不报字号，而是冲其挖苦道："你吵吵啥呀？挺有精神头儿哇，在这儿耍开威风了。不能怪罪万人迷，与她一点儿关系没有，我是慕名而来。小金佛，不错呀，走桃花运了，挺过瘾吧？小弟特意前来祝贺！"

小金佛一听更蒙了，这是从哪儿蹦出个小弟呢，根本不认识呀，还能叫出我的诨号"小金佛"。以前到任何一家妓馆消遣，从未报过此号，连万人迷都不知道，只称我小爷，他是怎么知道的？这么想着，两眼直勾勾地盯着对方没作声儿。来者也盯着小金佛，看着看着，禁不住扑哧一声乐了。小金佛白了他一眼，没好气儿地给了一句："笑啥？"说的同时，仍在注意观察着对方，那站立的姿势、举手投足的做派、说话的腔调儿、脸颊两侧的酒窝儿以及迷人的眼神看上去咋这么熟呢？实际上，小金佛的这种感觉没错，一个自己熟知的人已经刻入心里了，尽管换了服饰、化了装，然精神状态、音容笑貌是改不了的，一时或许认不出，但很快就能辨认得清。果不其然，小金佛忽然怔住了，脑袋顿时大了："哎哟，我的妈呀，这哪是什么少爷、公子哥儿啊，分明是白面娘子嘛！越怕见越躲不过，她咋知道我在醉苑包下了头牌窑姐儿？竟找上门来了，总不能不认哪！"遂让万人迷暂到一楼客厅回避，等接待完少爷再回来。

万人迷没说什么，看了看来者，转身出屋，扭搭扭搭地下楼了。小金佛把房门关好，见白面娘子背对自己脸冲窗外轻轻摇着手中的香扇，便走过去在其旁边跪下道："白面娘子，许久未见，一向可好？真是老天有眼哪，知道我终朝每日思念你，这不，又让咱俩见面了，谢天谢地！"

白面娘子一声没吭，也不瞅他，绷着脸站在地当间儿一动不动。小金佛又道："姑奶奶，消消气，饶了我吧！知道你瞧不起我，恨铁不成钢，打我骂我皆可，只要觉得痛快，任凭处置。"

白面娘子转过身来，两眼闪着泪花儿，强压怒火道："小金佛，难得你还认识本娘子，别说什么天天思念我，鬼才相信，躺在窑姐儿怀里能想我么，真让人恶心！"

小金佛赶忙向前爬了几步，刚要抱其大腿继续求饶，白面娘子一闪身躲开道："别碰我！小金佛，我就不明白了，为什么放着康庄大道不走，非走独木桥，而且是跟范蔼仁、秦名远同流合污？还不顾廉耻地重新回到这种肮脏之地，亏你干得出来，临走连个招呼都不打，哪有一点儿情分可言！"

小金佛张了张嘴，似乎想解释解释，终于没有说出口。白面娘子瞟了他一眼，一抬手道："行了，别跪着了，起来吧！"小金佛没敢动。白面娘子双目一瞪道："耳朵聋了，听见没有，赶紧起来！"

小金佛这才磕了个响头道："谢谢姑奶奶！"然后站起身来，请白面娘子坐下说话，并为其倒了一杯茶。

白面娘子坐在靠走廊窗户的一把椅子上，努力使自己平静下来，说道："小金佛，今儿个来是想问件事儿，务必得照实讲，不许诓我。否则立马走人，从今往后再不理你了，彻底断交。"

小金佛一听白面娘子的语气有所缓和，心就不那么慌了，赶忙道："有事儿尽管问，只要是我知道的，保证无半句假话。也差不多能估摸出要问啥，离开凤楼后，我无处可去，只能回到黑道那帮哥儿们身边。向你交个实底儿吧，我们仍像原先一样，谁出钱为谁办事消灾，眼下不仅听秦名远使唤，还多了个范蔼仁。兄弟们皆认为靠上好主儿了，有钱有势不说，出手又大方，银子可劲儿花。再不必为吃穿犯愁了，更不用过穷日子了，天天自由自在的，觉得挺好。不知你现在过得咋样，如果不愿在凤楼呆了，干脆跟着我得了。咱们重修旧好，只要乖乖听喝儿，银子全给你，行不？"

白面娘子听罢，早已气得七窍生烟，霍地站起身来，扬起右手啪的一个嘴巴扇过去，立着眼低声儿吼道："住口！你这个不知香臭的东西，范蔼仁、秦名远能白白供养你们吗？傻子都能想明白为啥，是不是出卖良心了，说！"

小金佛捂着热辣辣的左脸辩解道："姑奶奶，范庄主的祖上不一般，由于水上运粮有功而受过皇封，永享皇恩，坟头儿立座六眼透龙碑的有几个呀？秦名远是吉林将军衙门的总管、历届将军的亲信，乃一跺脚地三颤的人物，为他们干事有错吗？人活在世上没钱玩儿不转……"话未说完，房门咣啷一声被踢开了，穿着佐领武服的班布泰走了进来，身后跟着鹰爪消魂侠庞荣，班布泰宣道："小金佛，本将奉将军大人之命，前来拿你归案！"说着把盖有吉林将军大红印章的缉捕令举到他面前，小金佛当即瘫倒在地，庞荣上前用绳子将其五花大绑。

班布泰又唤来老鸨子和大茶壶，声称他二人窝藏匪徒，犯连坐之罪，将同小金佛一起带走，回将军衙门问话。老鸨子、大茶壶吓坏了，扑通一声跪在地上，磕着响头哀求道："官爷，妓馆的门是敞开的，谁都可以进，有钱便可包下头牌。小的此前确实不知小爷的身份，也无权过问客人是干什么的，绝无故意窝藏匪徒之意。望官爷高抬贵手，饶过小的不知之罪，以后定会多加注意。"

班布泰抬抬手道："行了，行了，起来吧，饶你们一回，交三百两罚银！"老鸨子千恩万谢，赶忙去账房取来纹银递上才算了事。

班布泰接着装模作样地冲白面娘子问道："请问少爷，你到这儿干什么，常与小金佛来往么？"

白面娘子回道："不常来往，我是来向小金佛讨账的，他欠我钱。"

班布泰转过头又问老鸨子："你认识这位少爷么，他与小金佛是不是一块儿来的？"

老鸨子回道："官爷，小的不认识这位少爷，平时未见登门。今儿个是头一遭，进来就说是找小爷讨账的，他们二人肯定不是一伙儿的。"

班布泰听罢，没再吱声儿，遂与庞荣押着小金佛下到一楼，出了醋苑，一指禅师正等在大门外。那么，大法师为啥没进妓馆呢？原来他与徒儿和四师弟到了醋苑门前时，就跟二人讲了："我等在外面，实在不愿进这种平庸鄙俗之地，只能委屈师弟了，你俩快去快回。倘若里头有武功高强之人无端干预或妨碍公务，马上知会一声，贫僧再上楼不迟。"班布泰非常理解佛家之人对人肉生意场所的鄙弃，自己也有同感，本打算不让师叔进去，但庞荣不放心，坚持陪着徒弟同行，便只剩一指禅师等在外面了。

班布泰一行押着小金佛回到了吉林将军衙门，向将军大人禀报后，富俊连夜升堂突审。在审讯过程中，小金佛表现得十分狡猾，对所涉及的一些具体的人和事不是装聋作哑，就是避重就轻，再不干脆矢口否认，拒不认罪。富俊一看，这样耗下去不行，没有足够的证据无法定罪。如果现在就将其投进牢房，穿上囚服，镣铐相加，效果不一定好，很可能适得其反。一番思索后，决定换一种方式让嫌犯开口，随即宣布退堂，并令班布泰唤来了白面娘子，对她说："小白丫，爷爷有要事相商，还请施以援手。你与小金佛曾有较深的交往，了解其脾气、秉性，如果出面予以规劝，或许能听你的。可向其交底，有罪就得认，躲是躲不过去的。秦名远坏事干尽，与朝廷背道而驰，必须与其划清界限，千万不能跟在屁股后面继续蹚浑水了，到时候后悔都来不及了。时间不等人，摆在小金佛面前的只有一条路，即如实交代自己所犯罪行，反戈一击，揭发同道，将功赎罪，弃暗投明。知己知彼方能百战百胜，若想让他从思想上彻底转变，你就得有耐心，以情感之，以心化之，争取将其拉过来。我们通过他的交代，便能掌握秦名远这些日子究竟干了什么，进而抓住真凭实据，将其捉拿归案，绳之以法，听明白没？"

白面娘子点点头道："明白了，土地爷爷，放心吧，小女知道其中的利害，会尽力而为的。"

富俊又冲站在一旁的班布泰吩咐道："就目前情况看，小金佛是重要人犯，想法儿撬开他的嘴乃当务之急。衙门方面应配合白面娘子的收降，采用心理战术，给以嫌犯特殊的待遇，使他感到自己同别人一样，不被歧视，受到尊重，必会收到理想的效果。这样吧，让驿馆在几位大师所住房间旁边腾出两间屋，打扫干净后，一间给白面娘子住，一间给小金佛住。务要严守机密，不能让任何人知道，将军衙门内有秦名远的人，一旦走漏风声，则将带来不必要的麻烦。尤其需避开柳祥，让他只知里面有人住，但不知是小金佛。一日三餐由小白丫备办，因为她知道小金佛的口味，做好后，你和庞大师送过去，以此拉近感情，相信三五天就会有结果。"

班布泰听令，将近亥时，才唤上两个侍从与一指禅师、庞荣、白面娘子一块儿带着小金佛前往驿馆，因为每天这个时辰，没有特殊的客人需要安排住宿，柳祥已离开驿馆回家了。一行人很快到了驿馆，直接上楼进入大师们的房间，庞庆为每人斟上了热茶。班布泰推开对过儿挨排两间屋的门，见刚好没人住，遂命侍从赶紧打扫干净，更换被褥。事毕，白面娘子住进了左边的那间屋，小金佛住进了右边的那间屋，并在其门外设了岗，看守便是那两位侍从，其他住宿之人不可靠近。

转天用罢早膳，白面娘子便去了小金佛那屋与其拉家常，或共忆往事，或唠唠昔日的花仙楼，或互相打听打听共同认识的一些人混得咋样了，就是只字不提秦名远、范蔼仁以及黑道上的兄弟，一连三天皆如此。小金佛吃着白面娘子所做的可口饭菜，穿着白面娘子为他准备的换洗衣服，住在窗明几净的房间里，门外又有哨兵把守，不用担心是否安全，觉得颇为放松，心情渐渐好些了。到了第四天，白面娘子开始切入正题，耐心劝导，分析时世，晓以利害，指明出路。可小金佛却油盐不进，无论你说啥，我只是支着耳朵听，耷拉着脑袋不接茬儿。白面娘子是个聪明的女子，善于察言观色，暗自思摸道："不可让他有侥幸心理，以为能挨过去，必须一竿子插到底，直杵痛处。"想至此，忽然话锋一转，数落道："小金佛，你能瞒过别人，还能瞒过我么？那日我去醋苑，刚走到万人迷的屋门口儿，就听你冲她大声儿嚷嚷，担心她出卖你。到底怕的是啥呀？贼人才胆虚呢，肯定是干了见不得人的事儿。秦名远除了供给银子花，还得到什么好处了，值得如此卖命？实话告诉你，现在他是吉林将军准备查办的头号要犯，罪行累累，十恶不赦。你却不知好歹，围着他身前身后转，听其使唤，任其摆布，是缺心眼儿呀，还是活够了？我一向认为你的脑袋不白给，是个鬼灵精，这会儿怎么了，咋忽然不转弯儿了，成死脑瓜骨了，难道我愿让你走窟窿桥不成？"

小金佛听到这儿，抬头瞅了瞅白面娘子，张了张嘴，欲言又止，再次低下了头。白面娘子看出对方犹豫不决，便趁热打铁，接着又道："小金佛，别犯糊涂了，赶紧猛醒吧，将军衙门这次是下了狠茬子的，无路可逃。知道为啥抓你吗？人家早就摸到须子了，逮着你，等于薅住秦名远的尾巴了。明眼人一看便知，秦名远肯于舍出那么多钱让你去名声在外的醋苑混，好吃好喝供着，睡着头牌窑姐儿，天天如此，绝不是无缘无故的，必有所图。再说了，有谁能像他似的大把大把地往外掏银子呀？就是那些阔少也办不到，每月不过三天两宿而已，唯秦名远是下了血本的。这就说明让你所干之事非同小可，生死攸关，弄不好脑袋指不定保不住呢，如不悬崖勒马，替罪羊是当定了。"

小金佛听了这番话，觉得骑虎难下了，想拖又拖不了，想说又不敢说，事儿太大了，真要实话实说，小命就没了，一时急得抓耳挠腮，原本白净的脸红得如同猴腚。白面娘子这两天就发现他总是下意识地护着左手，像拿着什么宝贝怕人看见似的始终缩在袖筒儿里，于是冷不丁一把拽过那用白纱布缠着小指的手，小金佛疼得急赤白脸地喊道："哎哟，快放开，快放开！"

白面娘子松开手，以一种不容置疑的口气说道："解下纱布，我看看！"

小金佛无奈，只好慢慢解下一层层纱布，露出少了一节的小手指。细看断指处，显然是锐器所致，伤口已经化脓，周围红肿。白面娘子二话没说，起身出屋，去对过儿大师们住的房间要了红伤药回来，先以白酒清洗伤口，然后敷上药面儿，再用新纱布包好。一切妥帖，方开口问道："小金佛，怎么弄的，难道连这也保密吗？其实我早就知道了，只是想亲耳听你讲，看看对我还有没有点儿情、存没存点儿意。若绝口不谈，可真让我寒心了，那么对不起了，从今往后咱俩分道扬镳。"说罢脸一绷，眼睛望向窗外。

　　白面娘子当然是故意诈唬他的，知道小金佛胆量小，没主见，只要紧逼不松口，就会乱了方寸，以前两人在一起时，常用这种办法制之。小金佛确实挺怕白面娘子那张嘴的，伶牙俐齿，得理不饶人。每每对阵，他总是嘴下败将，乖乖交代，啥也瞒不了。这回又被白面娘子连珠炮般的盘问给轰蒙了，见其真生气了，一时不知所措，捂着左手小声儿道："这是……是范庄主的大夫人钱氏出的高招儿，让我们自己用斧子剁的，以此举盟誓。"

　　白面娘子瞪大双目道："什么？为了他们的一己之利竟逼人自残，亏那老妖婆想得出来，如此狠毒，如此凶虐，令人发指！小金佛，十指连心哪，你却忍受了，凭什么呀？到了这步田地得为自己想想了，若是继续替他们瞒着，执迷不悟，同流合污，那可傻透腔儿了。机会失去将不再来，赶紧醒醒吧，向将军衙门说清楚，唯如此方能自救，因为你已经深陷范蔼仁、秦名远联手反叛朝廷的罪恶泥潭里了。三天前在大堂上，将军大人之所以没有揭你的老底儿，目的是留有充分悔过的余地，认清形势，主动交代，求一条生路。何去何从，别人说破嘴皮都没用，关键是看自己走哪条路了。"

　　小金佛眉头紧皱，长吁短叹，仍不敢说，两手抱着头噼里啪啦掉起眼泪了。白面娘子见其有悔过之意了，立马添了一把火，又道："小金佛，啥时候变得这么窝囊啊，天大的事儿有我白面娘子顶着，怕的哪门子呀？再说了，咱俩是什么关系别人或许不知道，你心里可明镜似的。难道忘了，以前在一起的时候，好多事儿不都是我替你出面嘛！不管现在如何，总归情意在，我还能骗你呀。到了该说实话的时候了。"

　　小金佛不由得抽泣起来，鼻涕一把泪一把的，边哭边道："唉，白面娘子，你是不知内情啊，我犯下不可饶恕的大罪了，将军大人肯定得下令砍我的头哇，后悔也来不及了。"

　　话音刚落，一直站在门外听声儿的富俊推门进屋了，身后跟着都克尼、班布泰。此乃事先合计好的，先由白面娘子规劝小金佛，到一定火候儿了，即对方准备开口了，他们再应声儿而入，就地升堂。然此次审讯不同以往，颇为特殊，主审官富俊不是在大堂之上正襟危坐，桌案放着惊堂木，执刀仗剑、威风凛凛的武士肃立两旁，现场气氛萧森。而是态度十分温和，与人犯以谈心的方式进行交流，引导其说出事实真相。富俊审案时，向来不主张逼供、催供、诱供，更不武供，即不问青红皂白地先拳脚相加胖揍一顿，如不老实招供，再施以各种刑罚逼其开口。他认为用棍棒得来的口供不靠谱儿，大多为了保命而胡诌一气，反倒给最后的审理带来麻烦。首先应想方设法揣度人犯的心理，是打算和盘托出呢？还是犹豫不决呢？甚或是死硬到底呢？然后再据此采取不同的方法得到是否有罪的证据，以情感之为首选。就小金佛而言，谁能解开其心结、说服其揭发同伙、站在朝廷一边呢？当然得是家人、亲人，故友，此人非白面娘子莫属。事实证明果然起了作用，小金佛在白面娘子的耐心启发、劝导下，悔泪长流，终于决定交代自己所犯罪行了。富俊不仅没有严词喝问，还示意班布泰搬把椅子让他坐下说话，又亲自给倒了杯茶润润喉，并以慈祥的目光看其喝了口茶后，方缓缓说道："小金佛，本将军对你多少有些了解，出生于贫苦之家，饱尝了生活的艰辛，对母亲颇为孝顺，骨子里不坏。无论有多么大的错儿，干了多少违反大清律的事儿，我相信那绝非本意，而是受制于人，不得已而为之。别看你天天不愁吃，不愁穿，逛妓院，手中有大把的银子可随意挥霍。但心里并不高兴，只因不愿被当枪使，而期盼能过上自由自在的日子。我体谅你，理解你的苦衷，且以吉林将军的名义保证，只要没有丝毫隐瞒，道出实情，哪怕犯下了滔天大罪，也会尽量为你请求免死，给个重新做人的机会，将来报答朝廷，为国出力，本官说话是算数的。"

白面娘子接过了话茬儿："听见了吧？土地爷爷用心良苦啊，这是在挽救你呢，还不快谢谢大人！"

小金佛赶忙站起身来，扑通一声跪在地上叩道："谢谢将军大人救命之恩，小的真浑哪，罪该万死呀，我说，我全说！"

富俊抬了抬手道："起来吧，是否有诚意，就看你的行动了，坐下慢慢说。"

小金佛坐回到椅子上，静了静心，遂把范蔼仁和秦名远私通土匪、招兵买马、准备近日发难、逼迫自己领着黑道的兄弟们务取将军大人之头等事竹筒儿倒豆子一股脑儿全说了。富俊听罢，问道："秦名远眼下身在何处？"

小金佛答道："回大人，他的行踪十分诡秘，从不告诉任何人，亲信也不例外。有时一连好几天不见影儿，曾扬言要去范家堡子，不知是真是假。不过有一点是肯定的，秦家大院的后院儿有处地室，里面藏匿一些歹徒，有的是秦名远雇来的，有的是钱氏送来的，有的是我黑道的兄弟。所花所用银两皆由秦名远、范蔼仁支付，秦名远时不时地去那儿瞅一眼，几个头目的膳食还是将军衙门提供的呢！"

富俊不禁一惊，忙问："送膳食的人是谁？"

小金佛回道："禀大人，乃这处小红楼驿馆的管家柳祥。"

此话一出，富俊恍然大悟："噢，小金佛所言没错，与前些日子赵老爷子反映的柳祥挑着饭食偷偷送到秦家大院之事相吻合。虽然秘密跟踪了好几天，但始终未发现有什么异常举动，当时以为是送给借为养父丁忧之机而躲在家中闭门谢客的秦名远了。现在真相已大白，原来是柳祥遵秦名远之命，背地里供养那几个暗藏于秦家大院地室的歹徒首领。"想至此，接着又道："小金佛，我问你，愿不愿协助大清朝廷清除孽根，立功赎罪？"

小金佛忙不迭地回道："愿意，愿意，只要大人不弃，让小的干啥都行。"

富俊说道："那好，今儿个先唠到这儿，你暂时需要待在驿馆，有什么要求尽管提。要记住，唯有改邪归正，彻底站在朝廷一边，才能走上光明之路，还有很多差事等着你去做呢！"

富俊的这几句话，让小金佛感到十分温暖，似乎回到了久违的土地爷爷怀抱，激动得热泪盈眶，一再叩头谢恩。富俊起身出屋，都克尼、班布泰、白面娘子随其后，直接进入对过儿大师们住的房间，一指禅师、庞荣、庞庆都在，富俊向副都统下了命令："情况已经清楚了，为避免打草惊蛇，须从内而外。先派人监视目前已掌握的秦名远安插并把持将军衙门属下各个驿馆的亲信柳祥等人，控制在我们的视线之内，不能使其察觉有什么异常，要在暗中进行。此举绝对不能露，不得让将军衙门的上下人等感到身处紧张的氛围之中，一切照旧，事不宜迟，立即去办。"

都克尼得令，转身出屋，向守护在小金佛房门外的侍从交代一番后，迅疾离去，回返将军衙门。富俊又冲白面娘子竖起大拇指道："小白丫，干得不错，挺有办法，本将军先给你记一功！不过差务尚未完成，帮人帮到底，还需继续说服小金佛，让他把身边及黑道的人尽量笼络过来，将功补过，为朝廷出力。那些人中，有的原先很守本分，自食其力，后来由于各种原因或生活所迫，受人蛊惑、蒙蔽做了坏事。不是么，为了要我的人头，钱氏、秦名远竟逼着一个个剁掉手指，这也太残忍了，真乃野蛮凶狠，可恶至极！还是那句话，无论他们犯了多大的罪，只要良心发现，调转枪口，痛改前非，本将军既往不咎。请你替我转述这些话，把本官的心意、朝廷的态度一一告知，何去何从，三思而行。"

白面娘子表示道："土地爷爷，小女懂了，也会尽力的。正如爷爷说的，据我所知，草上飞等人当年确因家境贫寒、衣食无着、被逼无奈才走上这条路的，又被范蔼仁、秦名远推进了火坑，拯救他们就是积德行善了，谢谢将军大人！"

富俊侧过头向班布泰吩咐道："孙儿，小白丫和小金佛前去劝说或许有危险，个别的死硬分子非常野蛮，不仅不听规谏，还容易走极端。因此千万要注意保护，不得出一差二错，听明白没？"

班布泰抱拳道："孙儿明白，请放心，会安排妥帖的。"

富俊不无感慨地说："唉，若不是官身不由己，真想去会会那些歹徒，秦名远不是誓取我的首级么？好哇，来吧，老夫从未被什么杀呀、剐呀吓倒过，让那些不明真相之人见识见识，看看我是否该杀。如果不是，便可明了真正该杀的人是谁，继而停下罪恶的脚步，反身站到朝廷一边，为民除害，重新做人，实现自我救赎。相信正义终将战胜邪恶，到了那一天，我们才能称得上可向国人交代了。大法师，我琢磨着是时候了，饭菜该端上席了。"

一指禅师一听就明白了，将军之言是指范蔼仁、秦名远之流所犯下的反叛朝廷之罪的所有证据已全部在手，现在该收网了，可谓万事俱备、只欠东风了，遂笑道："没错，贫僧举双手赞同！"

富俊又道："吉林将军衙门这边的事儿全交给都大人了，对此我心中有数，也有把握。觉得没底的是范家堡子那边，不知冲霄和云水两位大师去了之后怎么样了，估计也差不多了。如果可以的话，不妨双管齐下，两边一齐动，使这把火燃得更旺些，饭菜出锅则会更快、更顺利，大法师以为如何？"

一指禅师表示道："将军之言正合贫僧之意，说心里话，这些日子总是记挂着大人的安危，头绪纷繁，千万条线皆集中在您的身上，担子不轻啊！我和两个师弟不敢有丝毫的疏忽，始终未敢离开驿馆。这下行了，既然大人胸有成竹、打算收网了，便可放心了，贫僧将带着庞荣、庞庆一起前往范家堡子。范蔼仁在那儿经营了数十年，横行霸道，一手遮天，没人敢惹，是个虎狼窝。冲霄和云水虽然已去一段时间了，但生怕因势单力薄而事与愿违，所以越快点儿动身越好，同四位师弟合力惩治范蔼仁。估计秦名远已做好准备了，所藏匿之地不会离此太远，更不可能去范家堡子，他得与范蔼仁在两地遥相呼应，暗中勾连。为啥呢？显而易见，秦名远要是去了范家堡子，江城这边群龙无首，必然乱了阵脚，还怎么发难？因而肯定在城内一个不易被发现的极为秘密之地，暗中指挥那些歹徒并做其后盾。他能够冲将军大人公开叫号儿，就说明已到狗急跳墙的地步了，必将一意孤行，死了也要找个垫背的。大人千万要提高警惕，小心谨慎，不可大意，到了关键时刻，我们师兄弟会全力以赴的。"

富俊点点头道："大法师所言极是，也提醒了本官，秦名远极有可能躲于附近，一定要找到。范家堡子是本案主犯之巢穴，大戏全在那儿呢，几位大师乃先锋官哪，吾将调集兵马见机而行。江城这边目前有两个堡垒，一个是暗哨草上飞，大头儿在其后；一个是秦家大院，里面藏着一些十分危险的亡命徒。本官以为在去会草上飞的同时，务要控制住秦家大院，擒拿地室的歹徒，及早消除祸害。"

班布泰说："那帮歹徒中，有的武功尚好，不如趁师父、师叔在，明晚就去捉拿之。我对秦家大院早已摸清楚了，旮旯旮旯都知道，完全可以带路，这得感谢柳祥呢！前些日子发现他去那儿送吃食，为知详情，便找个借口去了趟秦家大院，里里外外踅摸了一圈儿，可惜当时不掌握后院儿一间不起眼儿的房子下边有处地室，结果啥也没查出来。"

富俊思忖片刻，说道："依我看，为防万一，还是兵分两路，同时行动，时间就定在明晚……"话未说完，前去将军衙门的副都统都克尼向兵马司交代了对柳祥等人的监控后，急匆匆地返回驿馆，向将军大人做了禀报。几个人又商量了一会儿，诸项定下后，一同回到衙门，富俊将军下了命令：命都克尼点出二百兵，做好准备，明日下晌由白面娘子、小金佛带路，前往江北擒拿过江龙、草上飞等人；命佐领关大鹏率一哨人马前往江北拘缉营，按照事先掌握的人员清册，抓捕秦名远安插的爪牙，不能让他们在那里继续为非作歹了；命班布泰领兵前往秦家大院搜查所藏匿之歹徒，并亲笔拟就了缉捕文告，告称："秦名远及其爪牙乃朝廷要犯，人赃俱在，须速速捉拿归案。乖乖就擒尚可保命，倘若负隅顽抗，杀无赦！"上盖吉林将军大印。通常情况下，班布泰既然已获将军之命，即使不率兵马，也可与三位大师一块儿穿上夜行衣，强行闯入秦家大院进行搜查，这是合乎大清律条的。为了使此次行动更有把握，决定带上"三槌"兄弟，还有将军衙门的十几个小校及手下兵丁。他们只是作为后续接应，专门负责护卫，严加看守被俘歹徒，该捆绑的捆绑，该上枷的上枷，待清剿完毕，一并押解将军衙门。

准备就绪，转天戌时，班布泰率三位大师及一哨人马乘夜悄悄赶往秦家大院。到了那儿，先令众小校带领兵丁将房宅四周团团围住，然后冲师父使了个眼色。一指禅师会意，闪到院墙的西北角，双腿一屈，身子噌地向上一纵跃入院内。班布泰与庞荣、庞庆、"三槌"兄弟来到院门外左侧更夫所住的青砖小房前，见一切如旧，没啥变化，只是小房的对面，即院门右侧又盖了一间大些的青砖房。前书讲过，更夫霍振江在早也是八旗兵，于军营干了几十年，虽未立过大功，但小功不断，身上留下好几处伤疤。退役后，也像赵西丹、马木斤一样，曾在将军衙门属下的驿馆当过门子。由于年岁一年比一年大，身子骨儿又弱，后来门子也干不了了，便被总管秦名远要来了，为其看宅护院。班布泰一行推门进了屋，庞荣上前将已睡着的老霍头儿推醒，问道："老人家，一向可好，认不认识我了？"

迷迷瞪瞪的老霍头儿大睁双目仔细一瞅，连连点头道："认识，认识，你不是赵老爷子的朋友么，有些日子没见了，今儿个怎么来了？"

庞荣说道："老人家，事情紧急，没工夫唠这个，容后再聊。我们是来找秦名远的，他在不在？"

老霍头儿回道："不在，究竟去哪儿了，谁也不知道，平时很少回来。"

庞荣又问："对过儿的那间看上去也是更房，谁住啊？"

老霍头儿答曰："赛阎罗。"

班布泰明白了，赛阎罗不仅是秦名远的管家，也是所豢养的那帮歹徒之头领，除了在地室督促他们习练武功外，还要监管秦家大院的安全，当然得住在更房里了，随即一挥手道："走！"

几个人相继出了门，走在最后的铁槌回头告诫老霍头儿："老老实实在屋待着，不许乱说乱动，否则刀不留情。"

老霍头儿一声没出，只是摆了摆手，意思是你们去吧，该干啥干啥，我这儿放心，肯定予以配合。班布泰一行进入对过儿的大青砖房一看，屋内空空如也，未见赛阎罗，反身便出来了。原来赛阎罗那老东西每天晌午吃饱喝得了，必须睡一觉，到了晚上才会有精神各处巡查，属夜猫子的。当晚，他像往日一样，蹲在院内一棵高高的杨树上四下瞭望，观察动静。这是棵生长了四十多年的穿天杨，树干粗壮，枝杈繁茂。赛阎罗所在的位置十分隐蔽，加上稠密的树叶遮挡，很难被发现，且居高临下，他能看到来人，来人却看不到他。秦名远的防范意识很强，每次离开宅院，都将一应诸务交给老管家赛阎罗。叮嘱其千万要小心，不可麻痹大意，官府没准儿啥时候听到风声了，便会派兵来此搜查，必须随时做好应对的准备。赛阎罗表面上诺诺应承，背地里却不以为然，富俊能知道啥呀，不至于捕风捉影吧？真要是派兵，估计是副都统都克尼或佐领班布泰带人来，最多挥舞几下长矛短剑、喊儿嗓子造造声势而已。他们的辗转腾挪功夫是不错，不过论力气可比我差远了，根本不是个儿。还告诉手下的众兄弟不用在乎，一切听我的，乖乖在地室里待着，不让出去就别离窝儿。自从过江龙带着手下兄弟离开、由李二扒领着大伙儿练功之后，他天天没事儿便里里外外地转悠，只盼着草上飞或小金佛来，因为可从他们的口中得知一些信息。然这些日子一直未见二人的影儿，气得常常大骂小金佛："这个好吃懒做的货，钻进哪个耗子洞里啃食去了？不用猜，肯定又被醋苑那个头牌万人迷拖住腿了，只知打情骂俏，不干正事儿，真没出息！"

此刻，赛阎罗蹲在树上已一个时辰了，感到两腿有些发麻。刚想起身伸伸腰换个姿势，忽见不知从哪儿钻出一哨人马把房宅围住了，不由得猛然一惊，意识到这是衙门派的兵，跳下树跑到后院儿通报已来不及了。接着发现五六个人推门进了老霍头儿的更房，很快就出来了，又去自己那间屋瞅了瞅，心里思摸道："哼，看你们到底有啥能耐，做梦想不到后院儿有处地室吧？顶多把老霍头儿逮起来。那老糟头子什么也不知道，啥用没有，愿抓就抓，误不了大事，不到裉劲儿时候，我是不会现身的。真要公开露面了，决轻饶不了你们，一巴掌下去，非拍死几个不可，让小子们尝尝我赛阎罗的厉害！"正琢磨呢，见那几个人单脚一点地纵身跃入墙内径直往后院儿去了，哎哟，大事不好！刚要呼喊，只觉后脑勺儿被什么东西杵了一下，立马浑身瘫软，四肢打战，蹲不住坐不稳，随之一个跟头从树的顶端大头朝下摔了下去。要知道，赛阎罗在秦家大院一向横膀子逛，谁也不敢惹。闲来无事时，不是吃就是喝，净养肥膘了，落得个肚腹滚圆、脑袋大、脖子粗、两颊的赘肉往下耷拉着。虽说体大力不亏，但身子沉哪，从那么高的树上摔下来还能有好儿吗？当即晕过去了。待苏醒过来时，感到昏沉沉的，睁不开眼睛，五脏六腑疼得如刀割，身子动弹不得，脸上似乎有小虫在爬。伸手一摸，满头满脸全是血，正不住地往下淌呢，以为是枝杈把头皮刮烂了。他勉强抬起左胳膊用衣袖胡乱抹了抹脸上的血，费力睁开双目一看，吓得妈呀一声，一个从未见过的大和尚站在面前，两手叉腰道："赛阎罗，久仰啊，知道怎么掉下来的吗？"

赛阎罗彻底蒙圈了，一双无神的眼睛死死盯着大和尚，嘴巴张了几张却说不出一句话。这位大和尚便是一指金刚侠，方才在腾身而起纵入院内的一瞬间，两眼并未闲着，迅疾扫视四周及上下各处，此乃武林高手必须具备的功夫，不仅动作要快，眼睛也得跟上，以防患未然。否则光顾翻墙了，对方万一投来暗器怎么办？墙根儿及隐蔽处藏着准备逮你的人怎么办？只能赌等着吃亏。一指禅师在纵身腾跃的同时，已将院内看了个一清二楚，空无一人，唯见穿天杨上有个黑影儿，想必是赛阎罗无疑了。落地后，顺势折了两个跟头到了树下，紧接着一个鹞子翻身，随即是猿猴上树，脚踩枝杈蹿了几蹿便到了顶端，隐在赛阎罗身后。平地提气拔葱上树十分不易，要求速度快，动作轻巧，不得发出声响，未经十几年的苦练是做不到的。如果说没一点儿声响也不太可能，然高树不是静止的，哪怕微风吹拂，枝杈都会摇晃，树叶发出沙沙的响声，刚巧把噌噌噌的上树声儿给淹没了。而此刻的赛阎罗是蹲在树上的，当一指禅师翻滚到树下时，由于有茂密的枝叶遮挡，只能直上直下地瞅，故而难以看到树下有人，自然发现不了一指禅师。当他斜向观望并发现院外的几个人正在进出更房时，双目一眨不眨地盯着，看有什么动静没有，丝毫未提防别个，想不到早已有人蹿上树并站在了自己背后。又为什么傻傻地只朝一个方向瞅呢？因其不具备高超的武林功夫，没有眼观六路、耳听八方的能耐。当一指禅师看见班布泰他们翻墙而入时，便伸出右手食指冲赛阎罗后脑穴位处点了一下，那手指犹如铁杵，得亏没使劲儿，若是稍微用点儿力，脑袋还不捅个窟窿啊！尽管轻轻一点，赛阎罗也受不了哇，浑身立刻散架子了，大头朝下摔到地上。一指禅师随之也跳下树来，低头一看，见其呼吸急促，头部肿大，满脸是血，口吐白沫儿，除了眼睛能动外，再无生气，知道不行了，遂揖手道："赛阎罗，我们有要事需办，你就躺在这儿继续给秦名远站岗、看家护院吧，阿弥陀佛！"说完便追赶班布泰他们去了。

　　一指禅师与班布泰、庞荣、庞庆、"三槌"兄弟会合后，一同去了后院儿，进入那个不起眼儿的房间，把大木床挪开，将铺在地上的木板一块块儿撂到一旁，露出了扣在地窖口儿的铁板，发现已上了锁。班布泰小声儿吩咐石槌道："赶紧去更房，问问老霍头儿开启地室铁板的钥匙在哪儿，快去快回！"

　　石槌反身出屋，疾步来到大门口儿，打开门闩进入院外的更房，向老霍头儿说明来意，对方告知钥匙在赛阎罗身上。石槌来到奄奄一息的赛阎罗跟前，弯下腰从衣兜里翻出一串儿钥匙，起身便往后院儿跑，进了那间房，挑出一把钥匙打开铁板上的锁。掬起铁板，六人依次蹬着顺在里面的梯子下到地室，见那帮歹徒有的坐着，有的蹲着，有的靠墙微闭双目眯着，有的四仰八叉躺在地上打着呼噜。没睡觉的已听到铁板掀起的声儿了，以为赛阎罗来了，谁也没在意，该怎样还怎样。未承想进地室的竟是六个壮汉，仔细一瞅，全是陌生人，正愣神儿之际，班布泰大喝道："都给我听着，站在你们面前的是吉林将军衙门的官兵，奉将军之命到此清剿。丑话说在头里，务必放老实点儿，乖乖就范，谁敢轻举妄动，概不留情！"说罢晃了晃手中的短剑。

由于事发突然，毫无防备，多数歹徒原地未动，不敢作声儿。小无常、单刀慢、棍中王、赶山鞭等则一跃而起，拉开架式刚欲反抗，却被三位大师三下五除二给撂倒了，躺在地上直哼哼。而贾旺、毕衍、仇友见来人不多，哪肯束手待毙，起身便往地室口儿跑，班布泰他们挡都没挡，任其所为。这时，院外的数十个八旗兵在小校的带领下早已守候在地窖口儿，见三个歹徒一个挨一个地登梯而上，暗自好笑，不动声色。走在最前面的贾旺到了地室口儿抻脖儿往外一瞅，一双双眼睛正盯着自己，吓得妈呀一声，赶紧退了回来，两脚恰好踩在了紧随其后的毕衍脑袋上，结果三人噼里啪啦地重又滚落而下。小校及众兵丁立即进入地室，用绳子把歹徒一个个全绑上了，并给小无常、单刀慢、仇友、毕衍等死硬分子戴上枷，然后拉出地室。庞荣、庞庆对地室的犄角旮旯儿仔仔细细搜查一番，见再无藏匿之人，这才出了地室。紧接着又将秦家大院的各个房间逐摸个遍，搜出未来得及花掉的纹银千两，经过高树下时，发现赛阎罗已经蹬腿儿了，到阎王爷那儿报到去了。班布泰见缉查完毕，人赃俱获，遂命一小校带几个兵丁留下，把守、看管秦家大院，等候处理。要求他们用吉林将军亲笔书就的"缉封查抄"四个大字、上盖富俊大印、写有大清年号的封条把秦宅的大房小屋全封上，还要在黑铁门上张贴告示，以广视听。

班布泰率领一哨人马押着众歹徒胜利班师，到了将军衙门面见吉林将军富俊，把人赃俱表奏之，上下欢腾。一指禅师揖手道："将军大人，按照此前的既定安排，我与两位师弟这就告辞了，前往范家堡子去会冲霄和云水。江城这边有都大人和班佐领在，贫僧颇为放心，遗憾的是秦名远在逃，相信他跑不了，早晚必抓获，只是大人还得费点儿心罢了。今后若有什么事，可及时与我们联系，随叫随到，不知大人有否吩咐或需交代的？"

富俊说道："噢，没有，没有。各位大师这些日子够辛苦的了，今夜不妨于驿馆小歇，明日一早上路不迟。"

一指禅师笑了笑道："谢谢将军大人，不必了，两位师弟还在范家堡子等我们，心里不定多着急呢！"

富俊只好作罢，就此别过，陪着三位大师走到大门外，吩咐孙儿代送，并道："班布泰，是时候了，送走大师后，带领人马前往各个驿馆，把已经被控制的柳祥等人抓捕归案。"

班布泰领命，跟随师父、师叔回到驿馆，帮着收拾好行囊，备足干粮带上水。然后一块儿下得楼来，推开大门离去，一直将其送出五六里方恋恋不舍地返回将军衙门，率领一哨人马奔赴各个驿馆。自此，五位师兄弟于范家堡子会合，施巧计把那儿折腾得人仰马翻，范蔼仁和钱氏吓得屁滚尿流，这才有了"驼背和尚夜闹范家堡，六僧人齐聚义开新灶"之传说，此乃后话①。

转天，秦家大院被查封的消息一阵风般传开了，江城的男女老少奔走相告，纷纷走出家门前去看个究竟。到了那儿，见院内有八旗兵看守，所有的房间全用白纸黑字的封条封上了，黑铁门上还赫然张贴着告示，人心大快，七嘴八舌地议论开了。有位白发老者说："这可真是今非昔比呀，以前别说站在秦宅门口儿观瞧哇，即使在附近转悠也不行啊，倘若被那帮如狼似虎的看家狗看见了，打不死也得扒层皮呀！"

一中年妇女接茬儿道："是呀，是呀，谁愿找那不自在呢？咱只能离得远远的，甚至绕道儿走，实在太可恶了，路都被他给霸了。"

一虎彪彪的小伙子说："现在好了，将军衙门给百姓出气了，开始收拾秦名远了，这才叫痛快呢！也难怪，坏事干尽的人终会遭报应的，活该，此乃自作自受……"

一时间，秦名远成了万众诅咒的叛逆，被查抄的秦家大院成为一道惩恶扬善的风景线，凡从此经过之人无不驻足观看。

另两路人马分别在关大鹏、都克尼的率领下，于当天下晌同时出发，走到江北的一岔路口分手，一路前往拘缉营，一路由小金佛、白面娘子带路，前往小庙。都克尼这路一到地儿，正在庙旁那间小房内喝茶的草上飞便听到了动静，以为有人求见过江龙，遂站起身推开门抻脖儿往外瞅，却发现不仅同伙儿来了，八旗兵也站在距小庙稍远一点儿的道边，

---

① 在《德青天传》原本中，曾讲有少林寺五大僧人以及长眉长老新收门生驼背和尚受师命，前往辽东范家庄惩治违诫之徒、鞭挞脊杖、聚义立坛盟誓等情节，因这部分内容已遗失，故而未能收入说部中，至上下文断接。

知道坏事儿了，赶忙又缩回去了。都克尼冲小金佛和白面娘子使了个眼色，二人会意，走到小房前推门而入，见草上飞已吓得浑身直筛糠，堆水在椅子上。白面娘子首先开口道："小费，今儿个是来当面致谢的，要不是你给我引路，哪能那么顺利地找到小金佛？谢谢了！实话告诉你，吉林将军衙门马上要对秦名远实施抓捕了，因其违反大清律，收买、利用流氓、盗匪、叛贼与朝廷唱对台戏，犯下了滔天大罪。现在证据确凿，他已经自身难保了，还能顾得上你们么？小金佛是个聪明人，选择了反正，站在朝廷一边，决定不再替秦名远卖命了。你打算怎么办？庙门外的八旗官兵可都等着呢，就看咋选择了，还是多为自己想想吧！"

小金佛则用亲身经历予以规劝，既讲了秦名远的狠毒，也列举了范蔺仁的凶残。并说由于当初不明真相，前些天曾把兄弟们带到了秦名远那边，都是我的错儿，不能继续错下去了，只有回头方可保命。草上飞听罢，叹了口气道："唉，仔细想想，你做得对，我也干够了。反正得被囚，那就不如早点儿，省得这颗心终日提到嗓子眼儿，寝食不安、担惊受怕的，比坐牢还难受。"说到这儿，与二人一同出了屋，走到身穿武服的都克尼跟前跪叩道："大人，小的有罪，情愿投降，听凭发落，让干啥就干啥。"

都克尼双手往后一背道："起来吧！本官愿意相信你真心悔过，悬崖勒马，但要以实际行动证明之。可否由你带路，领我们去见过江龙，将功赎罪？"

草上飞满口应承，谢过后，领着八旗官兵朝江北的一片密林走去。过了约半个时辰，天刚擦黑儿，人马到了林边，可见林内有几座狩猎者为晒兽皮而临时搭的马架子，估计是过江龙的手下住在里面。还有一座土坯房，看上去是新盖的，自然是老大的歇息之处了。草上飞平时不常来，过江龙也不许他没啥事儿总往这儿出溜，除非需向其传报什么重要信息或有人要求见龙爷，他才能去。求见之人得先与草上飞联系，由他去通报过江龙，答应了，方可领去。倘若过江龙不想见，草上飞便告知老大不在，过几天再说吧，就这么给支走了，所采取的拒绝见客的方法同苟大爷在时一样。还有一种情况，即草上飞若发现有兵马从小庙附近经过并向密林方向而去，则立即抄小道儿前去通报过江龙，看看该怎么办，再依其命行事。由此可见，草上飞所干的差事就是为同伙儿充当眼线，迎来送往，通风报信。过江龙及其手下为安全起见，从不在一个地方长住，三天两头儿挪窝儿。这就要求做眼线的必须精明，还得熟悉路，从哪条道走近，去哪儿会过江龙。见面后，什么情况下可以说话，什么情况下只能当哑巴或装作不认识，都得熟记于心，即兴应对，而且对黑道及绺子所使用的暗语、禁忌了如指掌，对答如流。按照规矩，草上飞无论带谁来，都是他一个人先进去，这次也不例外，都克尼向其叮嘱一番后，遂命官兵及小金佛、白面娘子隐藏在道边的高草棵子里。

此刻的草上飞称得上除了高兴还是高兴，一想到很快便能脱离秦名远、范蔼仁、投靠吉林将军衙门了，从此不用怕任何人要挟了，不必过那种惶惶不可终日的生活了，可以挺胸做人了，心里就像雷雨过后太阳钻出了云层，觉得一下子亮堂了。加之他把此事看得过于简单了，不就是把老大骗出来么，凭我一通儿摇唇鼓舌，那还不容易？所以当他进入林子去土坯房见过江龙时，抑制不住的兴奋全显现在脸上，未有丝毫掩饰。而对方一看他那乐不可支的样儿，顿时觉得不对了，为啥呢？因为草上飞自打替秦名远做事，从未乐呵过，总是愁眉苦脸的。不管愿不愿意，一切得听人家的，要求务必同朝廷对着干，还预谋要杀害吉林将军富俊。每每想到这些，浑身直冒冷汗，认为太危险，干不得。再有便是特别惧怕过江龙，深知此人犹如凶神恶煞，不光对手下，即使是拜把子兄弟哪句话说错了，立马翻脸，先揍几拳解解恨再说，这是轻的，重的则要命。他曾目睹卷地风被除掉的情景，事后很是寒心，既不敢说啥，也不敢劝，更不敢像云中燕、窜山虎那样拔腿去了范家堡子，因自己没那两下子。无奈之下，只能硬着头皮寄人篱下，不仅受过江龙管，还得小心翼翼从事，生怕哪件事没办妥帖而惹恼了人家，连说话都不敢大声儿。正是由于草上飞今儿个的神态与往日大相径庭，过江龙好长时间未见了，当然会感到奇怪，暗自寻思道："他怎么了？平时不这样啊，见到我吓得哆哆嗦嗦、缩头缩脑犹如龟孙子不说，大气儿也不敢喘，好像有今儿个没明儿个似的。这回倒好，眉飞色舞的，乐得嘴都合不拢了。啥事儿那么高兴啊？太反常了，得防着点儿。"想至此，警惕地四下瞅了瞅，问道："小费，喜滋滋地来见我，所为何事？"

由于此话说得太快，未给对方容空儿，草上飞竟被问住了，不由得倒吸了一口凉气。再看过江龙，正瞪着一对儿露有凶光的鹰眼盯着自己，懊悔极了，思摸道："唉，我真够蠢的了，太大意了，咋将都大人的一再叮嘱抛至脑后了呢？来这儿是引过江龙出林子的，千不该万不该，不该一脸喜气呀，结果把所想的全暴露在其面前了。"后悔已经没用了，总得回话呀，于是故作漫不经心地说："噢，小弟没啥事儿，多日不见想大哥了。今儿个天气特别好，晴空朗朗，万里无云，天天在林子里不觉闷得慌么？不如小弟陪大哥出外走走，散散心。"

过江龙听罢，越发怀疑了，脸一绷道："你小子不老老实实在小庙守着，跑到这儿来声称什么陪我散散心，吃饱没事儿撑的呀？一进门就看出你不是好乐，说吧，是不是投靠吉林将军衙门了？人家是答应给一官半职了，还是送金山银山了，要不咋会一调腔就坐过去了，而且不是自己来的吧？照实讲，若有半句假话，必劈了你个兔崽子！"

草上飞吓坏了，知道由于自己考虑不周，彻底露了馅儿，一时不知如何是好。其实呢，如果这个时候稳住架儿，不慌不忙地边琢磨边应对，或许就过去了。可他早蒙圈了，平日里的那点儿小聪明派不上用场了，伶俐的口齿也变得笨嘴拙舌竟结巴上了："小弟……我真的……是想大哥了……所说全……是实话。"

狡诈的过江龙知道已一语破的，眼珠子骨碌碌乱转，勉强挤出一丝笑容，拍了拍草上飞的肩膀道："行了，行了，是大哥不对，错怪你了。好哇，难得这份儿思兄之情，咱哥儿俩出去转转，你等会儿，我去穿件外袍儿就来！"说着进了后屋。

草上飞真以为过江龙上当了，心中窃喜，稳稳当当地坐在椅子上候着。等啊等，一袋烟工夫过去了，仍不见出来，又没有理由往里闯，只能耐着性子继续等。此刻，藏在草丛中的都克尼双目一直盯向密林，开始觉得不对劲儿了："草上飞进去半天了，咋还未把过江龙引出来呢，或许是出岔子了？不对，不能再等了，得赶紧行动！"随即手一挥，官兵们一跃而起，快速冲进巢窟，却发现每个马架子空无一人，唯草上飞坐在土坯房内。经仔细搜查，原来后屋的北墙开有一扇小门，过江龙谎称穿外袍儿从此门溜出，带着手下穿过东边的山洞逃往后山了。草上飞气得直跺脚，恨自己愚蠢透顶，未想到过江龙能从后小门溜之乎也。都克尼问道："除了你，还有谁可与过江龙联系，估计会逃向哪里？"

草上飞回道："都大人，小金佛十多天前尚可直接面见过江龙，不过现在也得通过我方能得见。过江龙既是黑道老大，又是几个拜把子兄弟之长，还是秦名远亲点之头领，虽各有分工，但一切都得听他的。小的猜测，过江龙或许带领兄弟们逃往范家堡子了，因为云中燕、窜山虎也在那儿，总还是拜把子兄弟。"

都克尼没说什么，考虑在此逗留已毫无意义，遂命官兵原路返回，待向将军禀报后再作打算。大约一个时辰的急行军，人马顺利到达将军衙门，都克尼带着白面娘子、小金佛、草上飞面见将军大人，把此次清剿扑空的情况从头至尾讲了一遍。富俊听罢，想了想，说道："倘若过江龙及其手下真的逃往范家堡子，我们将不惜一切代价捉拿之，不能让其得逞，否则对五位大师十分不利。我倒觉得从过江龙的脾气、禀性看，不太可能马上去那儿，因其不愿听人摆布，没准儿正躲在某个地方谋划着下一步该怎么办。小金佛、草上飞，依你们平日对他的了解，以为如何？"

小金佛回道："大人所言极是，过江龙一向不知天高地厚，自以为是，尤其近些日子动不动就口出狂言，说是非干件大事不可，以显示自己的能耐。他和秦名远一样，仇恨心、报复心极强，且贪得无厌，所以才被秦名远一眼看中并让其当领头儿的。要干的大事即是替范蔼仁、秦名远出气，了结将军大人的性命，以便得到更多的赏银。正是基于此，过江龙在这个时候才不会去范家堡子，所谓的大事尚未办，拿什么去请功啊？"

白面娘子看了看草上飞，单刀直入道："小费，将军大人既往不咎，恩重如山。你又是个知恩图报之人，若想痛改前非，那就必须见诸行动，有啥说啥。据我所知，你们不止这一处巢穴，除了小庙，还有不下四五个藏身之处，该说说了吧？"

草上飞迟疑片刻，才开口道："将军大人，小的是眼线，专门与过江龙联络，为其通风报信。虽然怕他、恨他、不愿见他，但既然干这个，就得硬着头皮打交道，为的是混口饭吃。白面娘子说得对，我们确实有几个藏身之处，为防万一，兄弟们分散到其他巢窟，由雪中豹带着……"说到这儿忽然停住了。

白面娘子鼓励道："老弟，不用怕，姐姐给你撑腰，接着讲，那几处巢穴在哪儿？"

草上飞先是咳嗽一声，稳定稳定情绪，随后便竹筒倒豆子，详细介绍了四处巢穴的所在地点。富俊听罢，下了命令，由副都统都克尼点出五百骑兵，带上小金佛、草上飞，立即开拔追寻过江龙一伙儿，对那四处巢穴进行清剿，还特别叮嘱小金佛、草上飞："这是一次难得的机会，就看你二人了，一定要珍惜并把握住。若能协助官府捉拿过江龙等，便可洗刷曾经犯下的一些罪恶，从黑道回归正道，重新做人。"

小金佛、草上飞跪地叩道："请将军放心，小的决不辜负大人的信任，定将竭尽全力，以报不杀之恩！"

一旁的白面娘子见没让自己参战着急了，赶忙提醒道："土地爷爷，您把小女忘了吧？我得和他俩一块儿去。"

富俊当然没忘，他是位对属下非常体贴的将军，在给都克尼下令时，本打算仍由白面娘子、小金佛、草上飞陪同前往。可考虑小白丫从打自告奋勇协助衙门剿除匪患，天天东跑西颠的，有时一个人出去，已一连多日没有好好儿歇息了。毕竟是个女子，体力不如男人，便决定不让她去了，说道："小白丫，有小金佛和草上飞引路，都大人亲自率兵前去捉拿过江龙一伙儿，难道还不放心么？你的功劳不小哇，也够累的了，该回凤楼歇歇、养养精神了，茗兰肯定早就想这个妹子了，陪陪她吧！"

白面娘子听罢，扑哧一声乐了，将军大人都这么说了，不好再坚持，告辞后乖乖回到了凤楼。都克尼则率领五百骑兵出发了，按草上飞提供的地点，前往江北一带搜寻过江龙，连查三处巢穴，踪影全无，估计这伙儿歹徒已聚合一处了。接着又马不停蹄地赶到了马尾山后沟的罗圈营子，果然发现了一片密林遮掩下的十来座帐篷，歹徒们全躲藏在里面。都克尼命官兵分散开来，将帐篷团团围住进行包剿，正睡大觉的头领过江龙、雪中豹于梦中束手就擒，同时被俘七十余人。过江龙后悔莫及，唉，要是早点儿跑到范家堡子，何必挨抓呢！他又急又气又恨，竟一口咬掉了舌尖儿，顺嘴淌血，昏死过去。清理完现场，都克尼令随从把过江龙抬到马背上，然后率领骑兵押解着七十余歹徒回返将军衙门。

第二天下晌，富俊缓步来到大堂，身后跟着都克尼、常喜、班布泰等。刚刚入座，佐领关大鹏疾步而进叩见将军，禀道："奉大人之命，已将秦名远派往江北拘缉营执掌管理大权的爪牙二十七人全部抓获，无一漏网并带回关押。留下一部分官兵正在清查这些人的家宅及资财，责令将不义之财登记造册，以备案待审。我们还对拘缉营一带进行了地毯式搜寻，没有发现秦名远的踪迹，可以肯定，他未藏身在那儿。"

富俊点了点头，说道："好哇，班布泰已将秦名远安插在各个驿馆的亲信柳祥等十五人抓捕到案，我坚信，他就在不远的地方躲藏，蹦跶不了几天了。若想砍断其魔爪，可先提审柳祥，通过招供，尽快将他们一伙儿所干下的反叛朝廷之勾当理清，过些日子范家堡子也会有头绪了。到那时，范蔼仁、秦名远两案可一并核查，按律定罪，上报朝廷，以安民心。"

都克尼说道："大人所言极是，秦名远和柳祥一起办差有年，时常看见他们鬼鬼祟祟的，不知在密谋什么。衙门内曾出现一些怪异之事，只要一查，皆与他俩有关，抓住柳祥，就等于揪住秦名远的狐狸尾巴了。"

话音刚落，一小校进来禀道："将军大人，左翼官学教习尤成额的夫人候在大门外，请求面见将军，看样子非常着急，且泪流不止。"

富俊听罢，很是纳闷儿："咦？怪了，啥事儿至于这样啊，茗兰竟亲自跑到衙门来？"于是命道："宣进！"小校转身退下。

不一会儿，泪涟涟的茗兰在白面娘子的搀扶下走了进来，小满堂随其后。富俊抬头一瞅，三人顺脸往下淌汗，浑身湿淋淋的，头发有被火燎过的痕迹，小满堂脚上的那双鹿皮靴子前脸儿已经开口并成灰黑色了，不禁一惊！刚要发问，白面娘子急不可待地开口了："土地爷爷呀，不好了，也不知是哪个挨千刀地放了把火，把凤楼给点着了。那可全是用木头造的呀，年深日久，木头又干又燥，火苗儿呼啦一下就从二楼蹿起来了，整条西街烟气腾腾的。慌乱之中，我们啥也顾不上了，赶忙把正在屋内的教习一家救出。周围的邻居大呼小叫地提着水桶赶来，好几十人呢，总算把火扑灭了，待准备坐下歇一会儿时，却发现尤公子不见了。初始以为火着得太旺，不能近前，故而躲到一边去了。后来一想不可能啊，他肯定得救火呀，是不是被熏晕了？大伙儿赶紧分头找，结果在房门外东墙角处发现一张折叠的纸片，大人请看！"说着从衣兜儿掏出，双手奉上。

富俊接过，展开纸片，站在两侧的都克尼、常喜、班布泰也凑上前来，见上面用墨笔写了十个字："想见尤成额，除非在梦里。"这一看不要紧，都惊诧不已，难道尤教习被歹徒抓走当人质了？真若如此，那可凶多吉少哇！正着急呢，又一小校匆匆进了大堂，急切地禀道："大人，衙门外来了几位朝廷的官员，是传圣旨的。"

此话一出，大堂内的气氛立刻紧张起来，白面娘子和小满堂扶着茗兰赶忙退至后堂回避，随从及众衙役亦退下。这时，一行人鱼贯而入，站定后，钦差双手捧着圣旨道："本钦差奉皇命，请吉林将军富俊接旨！"

富俊起身走下堂来，整饬衣冠，匍匐在地叩道："奴才接旨。"

钦差展开圣旨高声儿宣道："近日邪端犯上，大内难宁。卿忠贞勤劳，朕股肱之臣，妖言安生焉。特宣燕山同尔速审具奏，钦此。"

宣罢，富俊口呼"奴才知道了"，接过圣旨，叩头谢恩，但没有立即起身。他不止一次地接过皇上的圣旨，却从未像今天这样越听越糊涂，不明所言何意，感到莫名其妙。"妖言安生"这四个字儿吓了他一大跳，怎么了，出啥事儿了？又不能当着属下的面儿向钦差发问，那可就大不敬了，只说了句"奴才知道了"。实际上，他什么也不知道，心中万分焦急，百思不得其解："兴许是自己不小心，无意中得罪哪位朝中大员了，对方在皇上面前奏了一本？或是由于思虑不周，处理不当，闯下大祸了？"钦差等了一会儿，仍不见富俊起身，便将圣旨卷起，双手捧着放在桌案上，然后走到富俊跟前，附身轻轻拍拍其肩膀道："将军大人，圣旨已宣毕，为何不起身？"

富俊一听，方缓过神儿来，慢慢站起，这才看清宣旨的钦差竟是老友玉德之子桂良大人，一股暖流顿时涌上心头。二人寒暄几句后，富俊令常喜好生款待随钦差而来的官员，然后拉着桂良出了大堂，进了书房，请其正座，刚要下拜，桂良忙起身把富俊摁到太师椅下，躬身下拜道："松岩大人，您德高望重，是我的恩师。燕山乃后辈，岂能颠倒过来给晚生下拜？实乃不敢当啊！不久前，我从湖广返京，圣上暂命协助刑部梳理积案，故而有幸来吉并借机拜望您，还要感谢大人帮外甥女婿得以入仕之劳呢！"

富俊摇摇头道："哪里，哪里，千万别言谢，尤成额是凭借出众之文才入仕的，实在谈不上帮忙。燕山哪，你了解我的禀性，当着真人不说假话，听完圣旨，一时是丈二和尚摸不着头脑，'妖言安生'何意呀？到底出什么事了，还是有人在圣上面前故意挟嫌报复？"

桂良忙道："大人，别着急，容晚生慢慢禀明原委，再共同计议。一听圣旨便知，皇上十分信任大人，未有丝毫怀疑，不必多想。事情是这样的：去年三月初，皇六子和硕恭亲王奕䜣于宫中丢失了宝刀'白虹'，此乃皇上亲赐之物，自然不可小觑。'白虹'之称谓，源于明代吴承恩在《西游记》里的诗句：'一派白虹起，千寻雪浪飞。海风吹不断，江月照还依。'可是半年之后，一首可恶的民谣流传开了：'得虹刀，披黄袍；得虹刀，披龙袍；得虹刀，披皇袍；现白虹，拜新皇。'这显然是反朝廷的，犯了大逆不道之罪，而且一张写有此民谣的纸片被刑部得到并呈给了皇上。皇上看后，龙颜大怒，当即下旨，追溯源头，依法究办。经查，这首民谣来自龙兴之地，但不能确定到底是吉林呢，还是盛京或黑龙江。最近又有人造谣，说什么'若追虹刀事，富俊难逃脱'，矛头直指将军大人。初始，皇上及满朝文武十分气愤，然细细品味，没有一个相信的。皆认为大人一向襟怀坦白，耿正无私，在清查田亩过程中秉公办事，或许是因而得罪了一些人，所以才故意栽赃陷害的。皇上思虑再三，特命晚生前来，问清此言从何而生，有否显露蛛丝马迹，寻出始作俑者，以洗大人不白之冤。"

富俊听罢，长出了一口气，说道："丹心埋忠骨，何惧腥血污？平生秉正气，终见红日出。燕山哪，老夫不在乎这些，也没啥可怕的，既然坐在这个位置上，对一些贪赃妄求之人总不能熟视无睹吧？往后该得罪的还得得罪，该处治的必须处治，做一天和尚撞一天钟，岂奈我何！"说到这儿，想到尤成额一个时辰前突然失踪，茗兰还在后堂哭泣，燕山既然来了，又是其舅，怎可隐瞒？应直言相告才是。于是便将此事和盘托出，也讲了自己的猜测，估计是被歹人掳走，并恳请燕山帮着出个主意。随后亲自去了后堂，把茗兰等三人请到书房，拜见桂良大人。

茗兰是红着眼圈儿进来的，做梦没想到舅舅在此，当即哭拜在地，白面娘子、小满堂也上前施礼跪叩。桂良可是久经战阵的沙场武将，什么惊涛骇浪未见过？虽然得知外甥女婿被劫，事态严重，生死未卜，但显得异常冷静、自若、凝重，先是轻声儿劝慰道："茗兰，别哭，碰到难解之事勿悲戚或焦躁，毫无裨益。天下舵工不惧浪，天下英雄不怕死，越遇凶险越要沉稳，越身处逆境越要坚强。唯有善观世事之能，方可善观世事之变，晓其利害，巧妙应对，各个击破，化险为夷。"

茗兰边听边点头，觉得舅舅的这些应事经脱口而出，不仅安抚了自己，也启迪了在场的人，使大家获益匪浅。桂良接着又爱抚地拍拍外甥女的肩膀道："茗兰，稳住架儿，相信将军大人定会还你夫君的，只需静待佳音。你和成额已好几年未见家人了，事成之后，该回京师或去长沙与亲人团聚些日子了，望多多珍重。"然后转过头来对富俊说："将军大人，晚生所呈圣旨，请详度之。看来眼下恶风挺猛，一浪高过一浪，务要静观动向，稳而平之。皇上素来敬重老大人之忠贞，不听邪言鬼祟，故而又颁御旨又遣钦差速速到吉的，护臣之心昭然也。晚生深信大人因忠勤而遭非议，甚至惹出祸端，不必放在心上。等有结果了，望大人赴京回朝面圣，详奏之。晚生不便多扰，明日将返京，以免皇上系念。"

几个人聊了一会儿后，桂良站起身来，向富俊深施一礼，步出书房，回到大堂，在都克尼、常喜的陪同下，与随行官员一起前往驿馆安歇。富俊吩咐班布泰派人把茗兰的儿子、两个侍女及王师傅接来，暂时安顿到驿馆，以方便照看可爱的小少爷，并叮嘱白面娘子、小满堂好生陪着，多多劝慰，有什么困难吱声儿。

翌日辰时，桂良用罢早膳，同外甥女、外孙别过，出得驿馆，翻身上马，与随行官员启程返京，富俊带领属下送出十里方回。这里朱伯西得多说两句，桂良乃嘉庆、道光两朝的重要佐臣，性情坦率，办事沉稳，有头脑，机敏过人。尽管官职已到高位，却从不张扬，对前辈、老臣十分尊重，谦虚恭谨，自称晚生。他知道，吉林将军富俊多年来始终忠于朝廷，忠于皇上，勤勤恳恳，任劳任怨，秉公执法，不徇私情，是位不可多得的好官。在率领骑兵清查田亩、铲除叛逆的过程中，免不了得罪一些图谋不轨之人，他们反过来为了一己私利而陷害忠良，一点儿不奇怪。基于此，桂良才奉皇命千里迢迢来到吉林，除了向富俊传旨外，还一再强调圣上信任你，满朝文武也相信你，不用把流言蜚语当回事儿。纸里包不住火，早晚会真相大白的，反叛者必被绳之以法。又考虑自己初来乍到，一些事没有参与，情况不甚了解，不可讲得太多，那会干扰大人的行动步骤，无意中带来不必要的压力，所以只是从大的方面叮嘱几句便告辞了，可谓用心良苦也。

富俊送走钦差一行后，回到衙门立马升堂，审讯小红楼驿馆的管家柳祥。大堂之上，富俊正襟危坐于正中，左边是副都统都克尼、文案主事常喜，右边是佐领班布泰、关大鹏，堂下两侧分别站着一排执刀仗剑的武士，都威风凛凛。衙役咚咚咚猛击堂鼓，戴着镣铐的柳祥在两个狱卒的押解下进入大堂，扑通一声跪倒在地。"威——武——"之声随即响起，富俊啪地一拍惊堂木道："柳祥，知罪否？不用提醒吧，从实招来！"这一拍不要紧，堂下摆放的各种刑具、锁链哐啷啷、哗啦啦一齐响，令人毛骨悚然。

柳祥紧张得直冒冷汗，却又抱着一种侥幸心理故作镇静，摆出一副满不在乎的样子。以为自己平日里装得挺老实，在各位大人面前一向小心行事，把小红楼驿馆管理得井井有条。尽管在衙门的眼皮底下办差，谁也没抓到我任何把柄，不仅不认罪，还反问道："将军大人在上，小的平素勤恳办差，奉公守法，实在不知犯了什么罪，招啥呀？"

富俊冷冷地说："你不会不知道，本将军在审案中，同诸多大盗匪首较量过，同凶神恶煞对峙过，最终他们皆败下阵来，乖乖招供。你也一样，不信就试试，想蒙混过关，对抗到底，做梦！"

柳祥跪在那儿不吭声儿，也不抬头，心里合计着："哼！别看你是将军，拿不出证据来，能把我怎样？还不是干瞅着。"

富俊早已将其心思看透了，接着单刀直入道："柳祥，以为我们不掌握证据是吧？实不相瞒，你在将军衙门属下的小红楼驿馆办差十几年，干的坏事太多了，罪行累累，不胜枚举。首先回答我，秦名远在哪儿？

记住，就这一次机会，讲不讲由你！"

柳祥一听"秦名远"三个字儿，冷丁一激灵，继而全身不住地哆嗦，寻思道："哎呀妈呀，这富俊真乃非同寻常，太厉害了，哪壶不开提哪壶，最怕提的就是秦总管，偏偏第一个端的便是他。那可是衙门正在缉拿的要犯哪，也涉及我的小命是否能保住，得赶紧把自己摘出来，要不就麻烦了。"想至此，结结巴巴地回道："大人，秦总管……秦师爷乃小的上司，行踪……诡秘，去哪儿怎会告诉我？小的确实……不知其眼下在何处。"

富俊又问："知道他都干了哪些违法之事吗？"

柳祥敷衍道："要说秦总管平日里……贪吃贪喝、多拿点儿银子……这事儿倒是有，别的就不晓得了。"

富俊见他不往正题上谈，拒不招供，索性不再问了，站起身手一摆道："将人犯打入死牢，退堂！"说罢拂袖而去。

柳祥事先根本未料到富俊这么个审法儿，三言五语就给定死罪了，上哪儿说理去？正愣神儿时，忽见两位武士手握砍刀向自己走来，慌忙就地打了个滚儿想躲开，早有狱卒像提小鸡似的将其从地上薅起。柳祥吓得魂飞魄散，脸都白了，不是好声儿地大喊道："大人，将军大人哪，小的求您了，快让他们住手吧，我招，招还不成么？"

稳坐于后堂的富俊听得清清楚楚，反身回到大堂，冲狱卒使了个眼色。狱卒会意松开手，只听扑通一声响，柳祥摔了个嘴啃泥，富俊向案下一指道："别啰唆，快快招来！"

柳祥稳了稳神儿，四下瞅了瞅，刚要开口又闭上了，心里话："秦总管哪，对不起了，兄弟实在保不了你了。千万别恨我呀，要恨就恨将军吧，是他们逼的，不得不说了。唉，这下算彻底完了，招不招都是个死啊……"

富俊见其仍有些犹豫，举棋不定，于是换了一种口气道："柳祥啊，我知道你不是主谋，而是受人指使，被人利用，乃从犯。你出身于贫苦之家，原是个本分人，后来被秦名远带坏了，走上了邪路。本将军对事一是一，二是二，谁的罪谁领，不冤枉一个好人，也不放过一个坏人。你当然清楚，在秦名远的操纵下，你们一伙儿无视国法，贪占勒索，巧取豪夺，恣意妄为，并网罗歹徒背叛大清，犯下了不赦之罪。不过只要肯招，低头认罪，本官可上表朝廷，免你一死，何去何从自定。奉劝一句，别犯糊涂，认清形势，勿要错过千载一时的赎罪机会。侥幸心理要不得，既然抓你，就有证据，难逃干系。给你点儿时间，好好儿想想，若拒不交代，那可没人能救得了了。"

柳祥听了这番话，觉得还有一线生机，便不那么慌了。是呀，将军说得对，我不是主谋，顶多是胁从，都到这份儿上了，还替别人着想啊？蝼蚁尚求一生，何况人乎？干脆招了吧，保命要紧，于是一咬牙道："禀大人，小的知道秦名远在哪儿，这会儿正躲藏于衙门后院儿那座小楼上层的顶棚，我负责给送饭。他都这样了，还洋洋得意地吹嘘呢，说什么本大总管可是绝顶聪明，衙门的上下人等都是蠢蛋，谁也想不到我会在他们眼皮底下消消停停待着。俗话讲：'灯下黑，灯下安，灯下藏身最稳当。'既然架势拉开了，那就抖起来看，最后的赢家肯定是我秦某人。他确实以各种手段网罗了不少人，干啥的都有，能耐有大有小。天天用钱供着，其中大部分花销由范蔼仁出，小部分由秦名远出，是下了血本的，曾多次密谋要……要……"说到这儿停住了。

富俊鼓励道："不用怕，大胆讲，要什么？"

柳祥回道："要取将军大人的首级，大话是撂到那儿了，不过至今没有敢下手的。秦名远也曾找过我，说是你常去衙门，接触瘸老头儿的机会多，他也不会防备，只要小心从事，容易得手。可小的哪能干这种丧尽天良的事儿呀，即便有那贼心，也没那贼胆儿，便以各种理由推托，今天推明天，明天推后天。秦名远一看，手下这些人让做啥都听喝儿，就是要将军的命不干，而且长时间没个结果。他气坏了，火冒三丈，竟狗急跳墙，唆使几个兄弟劫走了尤成额，声称只要本师爷出手，必是出其不意之举，给衙门多制造些麻烦。教习失踪了，所担当的课业无人教授，那些八旗子弟自然会不满并抱怨不已。吉林的父老乡亲由此也会认为将军无能，管理不当，维持治安不到位，连个教习都保护不了，还能干什么呀，太不称职了。这样一来，朝廷很可能将大人调离将军任，甚至罢官、摘去乌纱也未可知……"

富俊插问道："秦名远将尤成额劫走后，藏于何处？"

柳祥回道："大人，小的不敢撒谎，真不知道。秦名远手下的那些人各有分工，有负责联络的，有看门放哨的，有通风报信的，我专管钱粮和一应用品。他曾不止一次地告诫我们，自己干自己的，别人的事儿不要插手，更不许乱打听……"

审讯只进行了半个时辰，期间，主审官的问话、人犯的招供，文部主事常喜一字不漏地记录在案。审毕，常喜拿着供词簿走到柳祥跟前，从头至尾念了一遍，确定无误，让其在上面签字、画押。富俊办案就这么痛快，退堂后，命令班布泰率兵勇前去捉拿秦名远。

吉林将军衙门的后院儿有座二层小楼，里面存放着陈年老账和文书、档册，平时几乎无人去。此楼建于嘉庆初年，青砖墙，起脊顶，上铺灰瓦，其他为木质结构，外墙有雕饰，大多为花卉。为防止文档受潮，上下两层皆吊木棚，室内宽敞明亮，通风好，又干燥又保暖。上脊棚乃明清以来就有的建筑形式，两脊各留有小门儿，便于出入或定期修缮。秦名远藏于二层的棚顶，由于过于自信，以为手下会是生死弟兄，与朝廷势不两立，到啥时候都不会出卖主子。天天又有专人送膳食，此刻正四仰八叉地躺在铺着山羊皮的棚板上呼呼大睡、不时地打着鼾声、或许还做着美梦呢！当班布泰率兵勇冲上二楼、哐啷一声踹开小门儿、一把将其薅起时，他才从梦中醒来，见神兵天降，不禁大惊失色，未待喊出声儿，已被五花大绑押出小楼。

吉林将军衙门总管秦大门牙被抓获，江城一阵风地传开了，人们初始是震惊，接着是解恨，很快便成为街头巷尾、茶余饭后的谈资了。富俊没有耽搁，立即升堂，提审人犯。面对审讯，秦名远满不在乎，心想："本师爷十几年没白忙乎，根基深，别看秀林将军远在甘肃，照样是棵可以依靠的大树，为我遮风挡雨，你富俊能怎样？这回就当哑巴了，想撬开我的嘴，没那么容易，咱不妨较量较量！"于是摆出一副死猪不怕开水烫的架势，任你问啥，就是一言不发。富俊也不急，耐着性子从早到晚、从深夜到天明连轴转地审，不给饭吃，不让睡觉，使其没有喘息之机。两天之后，秦名远挺不住了，气急败坏地喊了起来："富俊，别费劲儿了，一条命够顶了。实话告诉你吧，手下兄弟，包括范蔼仁所做的一切皆是本人的主意，要杀要剐随便，哪怕下油锅、点天灯，我要吭一声就不姓秦！"

富俊见其终于开口说话了，遂问道："秦名远，不用嘴硬，凤楼是你指使人放的火，尤教习也是你派人劫的，关在哪儿了？"

秦名远冷笑道："没错，全是我干的，至于尤成额关在什么地方，为啥要告诉你呢？别忘了，本人专玩儿灯下黑，再过几天，他就一命呜呼了，看你怎么交代。富俊哪，你既然不让我过好日子，我也不让你继续当将军，等着朝廷治罪吧！"

富俊见秦名远死硬到底了，又冒出一句"专玩儿灯下黑"，决定不再审了，命孙儿重新搜查衙门后院儿的那座小楼，看看能不能获得有价值的线索。班布泰得令，带领几位小校去了小楼，里里外外、上上下下、旮旮旯旯儿仔仔细细地搜了一遍，结果发现铺在棚板上的山羊皮下角处有一小纸团儿，捡起展开一看，上面写满了"裤裆街"三个字。字迹潦草，似乎是随意划拉的，之后揉巴揉巴就扔了，除此再未搜到别的什么。班布泰令小校们撤回，把字纸交给了在正厅等候的爷爷，富俊边看边思摸："裤裆街离此不太远，乃江城的一条老街，已有三百多年的历史了。上面的字的确是秦名远的笔体，他不写别个，为啥偏偏写这仨字儿呢，难道那条街的某处是联络点？或是装兵器的暗库？还是关尤教习之地？此疑团必须解开。"正这时，得知秦名远已落网的赵西丹、马木斤等几位老八旗来了，后面还跟着茗兰、白面娘子、小满堂，一进屋，老赵头儿便嚷嚷开了："将军大人，好哇，到底把秦大门牙从耗子洞里薅出来了，整个江城都传遍了，大快人心哪！"

老马头儿兴奋地说："衙门的上下人等正议论纷纷呢，说是秦名远表面像个人似的，又担任将军衙门的总管，天天不是围着各位大人转，就是对下属呼来唤去的，看上去颇为尽职尽责。未承想心肠如蛇蝎，背地里净做不是人该干的事儿，还打起将军大人的主意了，真是吃了豹子胆了，这回可到算总账的时候了……"

小满堂插言道："街上的男女老少也仨一帮、俩一伙儿地议论不休，有人声称见过秦名远去范家堡子，肯定是与大庄主范蔼仁勾搭连环，没准儿是其狗头军师呢，得好好儿审审，让他彻底交代！"

茗兰接茬儿道："大人，不知审得怎么样了，秦名远交代没？小女的夫君有信儿没？"

富俊回道："已审过一堂，秦名远尚未开口，放心吧，一切会水落石出的。刚刚从其藏身处搜到一小纸团儿，上写'裤裆街'三个字，或许与尤教习有关。正好各位来了，不妨出出主意，看看怎么办更为妥帖。"

话音刚落，白面娘子便道："土地爷爷，小女有个想法，不知当讲不当讲？"

富俊风趣地说："哎哟，小白丫怎么还客气上了？道眼多可是出了名的，谁敢封你的嘴呀，讲来听听！"

白面娘子谢过，说道："尤公子是昨儿个下晌失踪的，今儿个秦名远被抓，可据此推测其一步未曾离开藏身之处。若真是他派手下干的，从时间上看，不可能把尤公子关到很远的地方，那样容易败露，再者也不容空儿。十有八九在城内的某处关着，裤裆街的面儿大，别的地方不用去，不妨先到那儿查查。"

富俊言道："小白丫，你说的这些我都想过，裤裆街位于江城中心，人口多，房屋密集，是个鱼龙混杂之地。如果事先没个抓挠儿，对这条长街的巷子又不熟，想找到关押尤教习之处谈何容易？"

白面娘子点点头道："的确很难，可秦名远硬是不吐真言，咱也指望不上，总不能干等啊！不如这样，先派人去裤裆街转转，人越少越好，呼呼啦啦一大帮太显眼，对搜寻不利。小女对吉林的老街巷颇熟，小金佛也差不离，这些天由于良心发现，有不小的转变，觉得对不起大人的宽宏，很想立功赎罪。将军大人下令吧，让班佐领带着我俩去裤裆街走一遭，各处查查看，或许能有所收获。"

富俊思忖片刻，说道："好吧，主意不错，就这么定了。"随即命身边的关大鹏去后院儿暂押嫌犯的拘留房，把小金佛提来。

不一会儿，关大鹏带着小金佛进了正厅，富俊将尤成额被秦名远的手下劫走、眼下不知关在哪儿等情况讲了讲。小金佛表示很是同情，并道："秦名远打算对将军大人下手也好，劫走尤教习也罢，都不是亲为，而是派其爪牙去干，因他不想白白送命。估计是把尤教习关在一个外人轻易不能进的地儿……"说到这儿停下了，似乎想起了什么，忽然一拍脑门儿道："对呀，前些日子的一天头晌，秦名远让我把四百两纹银用红布包好，送到裤裆街的彤大奶子处。银子是送去了，但未见到本人，由一位老堂役转交的。据小的所知，彤大奶子是秦名远的老相识，还认了干亲呢，关系挺密切，尤教习能不能关在她那儿呀？"

白面娘子一听，小金佛所说的地点与刚刚搜寻到的那张纸上所写之地十分吻合，非常高兴，说道："小金佛，你的猜测不是没有道理，无论结果怎样，总算办了件人事儿。那就见诸行动吧，咱们一起去趟裤裆街，会会彤大奶子如何？"

小金佛爽快地答应道："好哇，我可以带路，只是彤大奶子处庭院森严，高墙壁垒，对她的其他情况知之甚少，光咱俩行么？"

富俊说道："小金佛，不用担心，班佐领跟你俩一块儿去。要切记，不能性急，更不能露出马脚，须小心谨慎，探个究竟再说，立即出发！"

这时，一旁的茗兰着急了，其心中一直系念着夫君的安危，便恳请将军大人允准自己一同前往。富俊劝道："茗兰，别去了，你走了，儿子怎么办，只靠侍女照顾哪儿成啊？他们仨只是打前站，先去探一探，真若发现了尤教习，除非能平平安安带回，否则不可盲目施救，须回禀后再决定怎么办。你呢，就在驿馆乖乖待着，该干啥干啥，把心放宽，等着听信儿。"茗兰一听大人这么说，只好点点头，不再坚持了。

单讲女扮男装的白面娘子和班布泰由小金佛带路，径直前往裤裆街，走了约一个时辰，远远望见了彤大奶子家。到了跟前一看，发现这座宅院与邻里房舍迥然不同，周围各条胡同的巷子里全是绿瓦青砖、石砌小门楼的平房，整齐雅观，十分清静。咱彤大奶子家特殊，大门两侧各长两棵长青松，两扇金黄色的木板大门用桐油漆成，明光闪亮。大门上方有两道醒目的横木，仿佛是商家悬挂匾额用的，只不过没见什么牌匾，而是贴着"招财进宝"四个硕大的红字，十分耀眼。院子一色用碗口粗细的黄花松原木围成，木栅高高，阴森森的，显得既古怪又神秘。外人路过都得仰脸张望，那也不一定能看清院套里的真面貌，只知绝非一般人家所有。江城自明清以来就是流筏的集散地，汇聚了长白林海丰饶的木材资源，此种构筑在吉林并不新鲜。班布泰仔细审视着这块陌生之地，看了半天也未猜出究竟是何等所在，此种门的式样是属于哪类行业，在商埠中很少见。他边寻思边走向前用力推那两扇木板门，可大门只是微微晃了晃，没有推开，原来里边有两道门闩插着。又贴近大门的缝隙往里面观瞧，庭院内静悄悄的，连个人影儿都没有，遂冲身后的白面娘子摇了摇头。

此时的白面娘子也在思索，彤大奶子到底是何等人氏？单从这座气派的宅院看，也不可小觑。再一瞅小金佛，到了院门前就瘪茄子了，头都不敢抬，猫着腰一个劲儿往后缩，心里似乎在打着小算盘，阿弥陀佛，千万别让我上前去喊人。白面娘子知道就凭小金佛那德行，这里真不是他能常来的地方，此刻没时间搭理他。凭着早年在江湖上跑趟的经验，望了望这森严高峻的构筑，也觉得眼力不及了，暗自猜测着："此地是暗娼之所？那又何必以木栅围之，不像；是哪方财主在此新开设的宝局？可院里院外并没有来往的车轿和阔佬，冷清而寂静，也不像；难道是尚未发现的匪窟？真若是还来对了，必须留心观察，即使探不到尤公子的下落，也要把这里的一切弄清楚。"突然间，她的目光停留在大门两侧贴着的几张彩绘的群女像上，并引起了联想。白面娘子自打结识了尤成额和茗兰小姐，耳濡目染，无形之中受到影响。加之学了不少诗文、礼仪，望见群女彩像，便想到了公子吟诵的"窈窕淑女，君子好逑"之诗句，不由得眼前一亮："对呀，这些美女像或许是生意幌子，此院所经营的行当必与美女有关。"随之回过身薅着小金佛的耳朵说："装什么哑，这骚臭的地场还能少了你呀，说说跟彤大奶子办了哪些肮脏事儿！"

小金佛赶忙解释道："不，不是，不像你猜得那样。我是来过一趟，那是替秦名远送银子，并未见着彤大奶子，而是交给了下人。我真不认识彤大美人，听说她凡人不搭语，不是任谁都能贴乎上的，秦名远也得拿银子巴结。"

小金佛脱口而出的话，引起了白面娘子和班布泰的注意，互相使了个眼色后，便让小金佛讲讲他所知道的彤大奶子。小金佛为了好好儿表现，尽量讨好儿以赎罪，先是绞尽脑汁回忆所闻之事，然后说道："咱可先讲下，我不认识彤大奶子，所知道的全是听来的，不一定准。有人讲这个黄金板门大院是妓馆，虽不属吉林一流，但在江城颇有名气。彤大奶子是出了名的美人儿，怎么来的江城一直是个谜，有人说是一位阔佬领来的，也有人说是秦名远打威远堡拐来的。还有人说彤大奶子是靠秦名远帮忙，在这一带买下平房三十多间，整个院套儿皆为土坯房，乃很不起眼儿的民居，只是围上了木栅高墙，外观才挺显赫。秦名远为彤大奶子出了一部分银子，与她合伙经营这个妓院，彤大奶子是鸨母，秦名远是不露声色的大茶壶，靠自己是将军衙门的总管、总师爷之大名，税官和地保不敢过问，痞子也不敢来此捣乱。彤大奶子巧妙经营，不嫌弃粗俗、贫贱的下层各色人等光顾，使得妓院越开越红火，到这儿宿窑姐的有匠人、技工、脚力，大多是往返船家的老大、舵公、桨手，也有下江放木排的，上门的嫖客比哪个妓院都多。吉林位居松花江中游，长白山森林的木筏、松花江黄金水道的沙金从此经过，彤大奶子这些年正是靠这片宝地日进斗金，挣了数万两白银。不少工人在下江一走半年或数月，一回到吉林江城，便把攒下来的积蓄全扔在彤大奶子的每间小平房里了。她六亲不认，只认白花花的银子，谁的腰兜儿鼓囊，才能讨得彤大奶子的奉承，把最年轻最漂亮的姑娘引见之。常有搂着窑姐儿不放苦缠的，直到银两皆无，还欠下了钱，还不上账有被打死的，无人过问。"

经小金佛的一番介绍，引起了白面娘子和班布泰的警觉，觉得彤大奶子的影子比先前清晰了。白面娘子暗自思忖道："因为心疼茗兰姐姐带个褓褓中的婴孩儿十分辛苦，尤公子又突然失踪，使她的精神完全崩溃了，不单单身体支撑不住要垮下来，也照顾不了可怜的小宝贝，很是急人。所以就没顾深浅，自告奋勇在将军大人面前揽下此差使，与班布泰一块儿察访彤大奶子，尽快寻得尤公子，以安抚茗兰姐姐忧伤的心。心情好了，孩子就有奶水吃了，这条线牵扯的是一家三口啊！看来劫数未尽，事与愿违，有些急于求成了。事情并不像预想得那么简单，彤大奶子不是个省油的灯，她的来历还得密探。在人们的印象中，只知秦名远巴结彤大奶子，其身边又有不少阔佬，孰真孰假，尚不清楚。至于尤公子的失踪与彤大奶子有否关联，亦有待详查，既然来了，总不能空手回转将军衙门吧？"班布泰也是天不怕、地不怕的脾气，啥都不在乎，就喜欢碰刺猬。俩人一合计，管他河深河浅，总得会会彤大奶子，摸摸这里的情况再想辙。于是让小金佛煞后，他俩走近木板门前，班布泰起先挺客气，轻轻拍门道："彤老板在家么？"等了等，听听没声儿，接着再敲。过了一会儿，仍无动静，便按捺不住了，用拳头边使劲儿砸门边喊道；"开门，开门哪！"

由于声响很大，惊动了屋子里的人，随之出来一位头戴琥珀顶珠瓜皮小帽、身着长袍儿、外罩福字团花彩缎大坎肩儿、下穿白细布宽裤、扎着绑腿的老堂役，一看穿戴就不一般，仗着彤大奶子有钱有势，做佣人的也傲气十足。他迈着四方步，不紧不慢地前往走，到了院门跟前没有打开大门，而是从门缝儿往外瞅了瞅，见是两位年轻后生，很不耐烦地呵斥道："谁呀，乱敲什么？没看门上挂着红布条嘛，今儿个梳理内廷，我家奶奶有话，无论谁，不待客！"说完，转身就走。

这时，白面娘子才看到木板大门上方挂有一串儿红布条，忙客气地叫住老堂役道："老人家，请等等，我们远道而来，有事求见彤老板，麻烦通报一下。"

老堂役根本不理茬儿，照样反背双手往里走，头都不回，边走边道："啥事儿我没经过？什么远道近道的，想进来找彤大奶奶啥谎不撒呀，见得多了。也不报报带多少银子，有银子让你们进，没有哇，少捣蛋，休谈！"

眼看老堂役快开门进屋了，白面娘子仍一个劲儿地说好话，班布泰急了，冲着门内喊道："站住，我们是将军衙门的，为一桩公案来找彤老板，开门！"

老堂役一听是将军衙门的，站住了，然毫不畏缩，态度越发轻慢，回过身往前走两步，冷笑道："什么，将军衙门的？更跟我家八竿子打不着。大奶奶有吩咐，我们是吃女人姻粉的，不懂啥叫重案，其他任何事一不知，二不沾，三不管，四不理，请回吧，你们找错门了！"

班布泰气坏了，刚想从院外纵进去好好儿治一治老堂役，被白面娘子一把拽住了："师哥，别忘了爷爷的嘱咐，咱们不是跟彤大奶子怄气的，为的是尤公子，急不得，更不可莽撞。"

班布泰想了想，不得不压下怒气，忍住了。白面娘子接着便向老堂役好言好语地解释道："老人家，我兄弟性急，望多多担待。请帮帮忙吧，此事很重要，与秦名远有关，是将军大人让我们来找你家彤老板的，开开门好吗？"

老堂役沉思片刻，摇摇头道："实话告诉你，门是不能开，死了这条心吧。谁都知晓我家奶奶菩萨心肠，初到吉林可谓瞎家雀子乱闯，置下这些家业不易。在藏龙卧虎之地谋食，知道有多少王公贵戚盯着？总是小心翼翼的，生怕得罪了哪路太岁。说句俗套话，求财得仰仗地头蛇呀，多亏秦大总管指点，才算勉强走到今天。没人家下话，任何事不敢妄为，他说的比圣旨还顶用。若是惹恼了秦大总管，还有我们喘气的地儿么？弄不好命都得搭上。除此，我家奶奶我行我素，与秦大总管泾渭不扰。请转告将军大人，冰冻三尺非一日之寒，能饶人处且饶人。"说完，转身进屋了，院子里又鸦雀无声了。

彤大奶子身边的这位老堂役语出惊人，白面娘子和班布泰万万想不到在这向被世人蔑视、鄙弃的低俗之地竟有不凡之士，哪里是什么堂役呀，大人身边也少见有这般口才的人。说实在的，凭白面娘子念的那点儿书，开头听着还明白，后头越听越糊涂，根本不懂其意，只觉得深奥不解。二人心情十分不快，这也太扫兴、太不顺当了，徒劳大半日，不仅尤公子的消息毫无所获，又遭彤大奶子佣人的巧言数落，还吃了闭门羹，真够窝火的。这时，站在后侧的小金佛走上前，说道："你们别怪彤大奶子，秦名远就是这种人，独断专行，说一不二，不听不行。对我们那些手下人也是这样，一切他说了算，谁也不敢违拗，否则非骂即打，那是个没有心肝的阎王。"

班布泰分析道："你俩想过没，彤大奶子为啥如此小心谨慎？一个开妓馆的，来客人了，连大门都不让进，又那么听秦名远的，未免太奇怪了。此处根本不像妓馆，那么是不是歹徒的据点呢？还有一些他的爪牙没有抓到，一瞅咱们就不是逛窑子的，想必是怕被发现才不让进的。看来这处阴森森的高院大有讲究，不是那么容易跨进的，非得有一场龙争虎斗不可。"

三人简单合计了一下，认为继续等下去毫无意义，人家不开门，硬闯不是办法，也不应惊动更多人。不妨先回去，把所见所闻一五一十地学给将军大人听，大家一块儿破解彤大奶子这一窝子人有何隐匿未露的枝节，好好儿商议商议再决定下一步怎么办。于是反身往回走，没走出几步，发现周围不知何时聚来了一些人。原来他们方才大声儿叫门的举动引起了邻里的好奇，一位中年妇女走到跟前，关切地问道："你们是哪儿的？头一次来江城吧，京师里有没有人哪？没有靠山可别揽瓷器活儿，不能小看这大院，一般人惹不起。我和妹妹就住附近，整天提心吊胆的，常瞧见来大院讨债的，也有到此寻找丢失儿女的外乡人，都哭哭啼啼的，结果也像你们一样不让进。若是愣闯，便遭踢打，不讲理呀！"

人群里，一个壮年汉子说道："你们有所不知，彤大奶子的闺房艳事传得沸沸扬扬，这一带的人都听说了。据讲她原本是丐女，姿容秀丽，一次偶然邂逅，野钓京骑贝勒，从此一步青云，财势骤盛。将军衙门的总管秦名远得知后，为巴结彤大奶子，认其干妹子。彤大奶子来吉林，身边带有两个心腹，一老一少、一男一女，称老者为'潘爷'，称少者为'胖姑'。二人皆会武功，办事干练，独当一面，彤大奶子很放心，把料理妓院的一应诸事几乎全托付给他俩了，是其主要帮手和管家人。凡来妓院的常客，也都跟着彤大奶子一样称呼他们，俨如二掌柜、三掌柜，挺有权势。"

班布泰他们一听，方知刚才出来的老堂役不是什么仆人，而是二掌柜潘爷无疑了。三人同大伙儿唠了一会儿，得知了一些信息，见天色已晚，便施礼辞别众位好心人，表示或许还会讨扰大家，后会有期。

白面娘子和班布泰带着小金佛走在回返的路上，心里特别着急，恨不得一步就跨进将军衙门，直奔将军的书房而去，快快拜见大人，把此行的情况禀报之。他老人家可是一肚子文韬武略，精明强干，必能识别那二掌柜让我们转告的话是何用心。紧走快赶，到了将军衙门，前脚刚一迈进大院，就感到气氛不大对劲儿。发现不仅调来了不少兵马，衙门里的官员进进出出的，互不答话，神色紧张，还增加了许多生面孔，皆为附近州县的大人和捕快。进了门，见正厅外站有数名武士，握刀挺立，戒备森严。白面娘子和班布泰头一次看到这种情势，吃惊不小，估计是衙门出大事了。门口儿的卫士见班佐领回来了，知道大人正在等待回话，不敢怠慢，急忙闪开一条道，请他们进去。三人进屋一看，将军大人正聚精会神地听取众文武官员的奏报，便站住了。富俊抬眼瞅了瞅，手一摆打断了副都统都克尼的话，命班布泰先将小金佛带回后院儿为案犯专设的拘处，交讫后速回议事。班布泰领命，带走了小金佛，没一会儿就回来了，悄悄坐在白面娘子身旁。二人虽见将军一脸严肃、凝重的神情，但总算平安无事，心里平静了许多。不过仍很惦记衙门里缘何有这么大的举动，究竟发生了什么要紧之事，又不敢造次发问，只能耐心等着了。

富俊为官有个习惯，哪怕自己正在用膳、或正在熟睡、或正在审阅档册，只要有人察访归来，有案情禀报，必摆在头一位，仔细听完才办别的事。他曾说过："为官者勤政，头聪耳灵，唯求源头活水，勿做糊涂官。"

白面娘子和班布泰正琢磨呢，果不其然，富俊冲他俩问道："裤裆街的情况咋样？怪我考虑不周，往返徒劳了吧？"

白面娘子一愣，反问道："土地爷爷，还未来得及禀报呐，您老怎么知道往返徒劳啊？"

富俊笑道："班佐领一进屋，那张阴沉的脸就告诉我此行不顺利，对吧？"很显然，大人的笑，是有意缓和一下堂内长时间沉闷的气氛。

班布泰回道："大人，不能说完全徒劳无益，我们了解了一些重要情况。"随后便详细地介绍了在彤大奶子家院外所见到的一切，讲了周围的邻人是怎么议论的，还有那位老堂役让他们向将军大人转达的话。

富俊大人听罢，说道："要我看哪，老堂役讲得中肯，旁观者清，彤大奶子这个人不简单。夫子有训：'没有远虑，必有近忧。'老夫近日有些察觉，这不，已经自尝苦果了，惨哉呀！你们走后，我才发现主次颠倒了，被老狐狸秦名远的伎俩所蒙骗，舍本求末，这边去找彤大奶子，那边秦名远跑了。应该是任他死不开口，也要穷追到底，不给半点儿喘息之机。我们对歹徒估计不足，尤其是柳祥，表面上装出一副怕死的假象，人被关起来了，暗中仍与过江龙联络。秦名远当夜在大牢里佯装患了绞肠痧，满地打滚儿，大喊要去茅厕，甚至撞头寻死，众看守一时不知所措。副都统都大人考虑到秦名远是吉林众多积案的首犯，擒获不易，恐生意外，担心真要有个三长两短，难交上差。情急生乱，都大人忙令一看守背着秦名远去茅厕，另有三名看守押解。谁知竟上了当，黑夜中，不知从哪儿蹿出蒙面高手儿，接连刺伤毫无防备的三名看守，于混乱中劫走了秦名远，可见嚣张已极。我们盲目乐观，以为得计，到头来却让歹徒得逞。方才经大家回忆，茅塞顿开，找出了蛛丝马迹，是秦名远、柳祥、过江龙等采用声东击西、金蝉脱壳，把老夫和众位欺骗了，如何向朝廷交代呀！"富俊边说边搓手，官员们也频频叹息。

副都统都克尼站起身来，跪在地上请求道："将军和众位大人，由于末将愚顽、疏忽而酿此大祸，追悔莫及。唯望不瓜连各位，恳请大人下令将我五花大绑，押送京师都察院，此乃罪有应得，挨刀挨剐甘愿受罚。"

富俊说道："都大人，尔何行此举？要说重罪难赦、愧负朝廷重托及皇恩者，乃我富俊也！本官蒙赐将军顶戴，承捧皇家虎印，理应居安思危，殚精竭虑。然却浮傲失谋，运幄错谬，忘记伯温'事未预而先策'之训，致使顽寇夭遁得计，富俊难推主责。都大人，不要独揽其过，快快请起！"言罢俯身将都克尼扶起，搀到座位上，接着又道："众位大人，奏报朝廷请罪等事宜，我自当负荆。眼下危难之际，追责相斥，实愚钝而不齿。事关至急要务者，集思广益，精诚同心，趁贼寇初逃未几，举全力搜捕，不可迟怠片刻，富俊诚谢矣！亡羊而补牢，未为迟也，速速整旌旗鼓，精神抖擞，围剿匪徒密穴，必将逃犯抓捕归案！"

富俊接下来与众位大人议决，人尽其用，细致分工，分拨儿审讯。组成两支精干文武官员，由班布泰内外联络，沟通侦情，双管齐下，以收事半功倍之效。富俊见众位大人各司其职，紧张有序地忙碌开了，疲惫的身心才略感轻松，抬头瞅瞅仍坐在椅子上愁眉紧锁的白面娘子，走过去道："小白丫，爷爷知道你为茗兰伤心，不要怕，歹徒再狡猾，也逃不出咱的掌心，会救出尤公子的。走吧，到书房坐坐。"

白面娘子站起身来，上前扶着爷爷，一老一小向书房走去。她自从有幸认识富俊将军及其孙儿，感到乃一生莫大的福气，尤其敬佩和崇拜土地爷爷的博学和为人。富俊是朝廷命官、封疆大吏，肩负重任，非一般人等能高攀得上的。他又像一位好管事的慈祥老者，其貌不扬，不坐堂时从不着官服，喜穿百姓衣，手提一壶烈酒，访茅屋，踏田埂，与农夫交谈，对方竟不知其为一品大将军。富俊大人就像亲爷爷，把无父无母的白面娘子看成自己的亲孙女，一口一个小白丫地叫着，白面娘子的心里比蜜甜。二人进了屋，富俊让她坐下并为其倒了杯热茶，说道："小白丫，爷爷知道，此前你为尤公子一家做了很多事，教习被劫的调查也与班布泰一块儿去跑，真是难为你了。当下突发的案犯逃逸之事也全听到了，的确万分紧急，衙门的上下人等皆枕戈待旦，准备出征。小白丫，这些日子哪儿都不能去，那母子俩就托付给你了。好好儿陪伴茗兰，为其宽心解愁，照看婴孩儿，防生疾患。茗兰信任你，你就是她的主心骨儿，一刻也离不开，辛苦你了。放心吧，我们将竭尽全力寻找并救出尤公子，让他们一家早日团圆。"

这时，班布泰进来禀报，盛京衙门的图格陪同京师都察院之差官郎布理到府，要见大人。富俊忙安抚白面娘子几句，让她去驿馆告诉茗兰，凡事不必惦记，这边自有安排。然后整饬衣冠，与班布泰前往客厅，边走边寻思："京师都察院派人到此，难道清查田亩又生枝节？真若如此，必与范蔼仁案有关。吾当坦然面对，为官一身清，何惧鬼举刀。"为啥想到这儿了呢？因为他认识图格，现在是佐领衔，屯田主事。在盛京任职时，图格曾是其手下，为人诚恳、正直，也得过富俊的提携，对大人很是敬重。富俊这几年被皇上派做外官，于双城堡设立了清查田亩行辕，终朝每日忙碌于丈量土地，登记造册，确定归属。这是谁都不愿解的百年乱麻账，农事、民事、刑事、军事像一锅粥般搅和在一起，一干就是五载。尽管已调任吉林将军，也未脱开一些理不清的积案，这不，连京师都察院的人都介入了。大人耿正无私，为官大半生，还真没跟监察吏纪的都察院打过交道，这是头一次。

富俊走进客厅，只见图格正谦恭地陪着年轻的差官说着什么，双方只寒暄几句。那位差官可能嫌等候时间长了，有些不耐烦，既未礼让，也未说句客套话，从皮囊中取出烙有都察院火印的公函交给富俊。富俊见他那趾高气扬的傲慢样儿，早已猜出八九分，按其资历、年岁，都远在自己之下，不过就是仰仗着都察院左副都御使博启图的权势有恃无恐，满朝皆知。博启图，满洲镶黄旗人，其姊乃嘉庆帝之恭顺皇贵妃钮祜禄氏。道光帝承继大宝时，依仗先皇仁宗之孝和睿皇后、恭顺皇贵妃的帮助和支持，尊奉为皇考，故而博启图颇有声望。差官虽然狗仗人势，但富俊胸怀宽广，并不介意，仍笑脸礼待上差。未等开讫火印公函呢，郎布理便数落开了："哎呀，大老远奔你这一亩三分地儿来可真不易呀，快累死本官了，还不都是为了你嘛！将军本应为皇上解忧，只可叹尔等一味着眼于清查田亩诸务，弄得四面树敌，惹得庶民怨声载道，甚至闹到了龙廷。这不，皇上旨下，一应在案人等并其庭审所记文书、档册悉数呈交都察院核定。你赶紧看看我家大人公函吧，完事本官就走，待不惯这土里土气的地方。"

富俊听了这番话，暗自好笑："京师的官员饱食终日，清高自大，竟如此德行，真是令人齿冷。"随即展开公函，楷书倒挺工整匀称，文字不多，上书：

富俊将军勋鉴：谨启者兹为双城堡地亩田产勘务酿怨愤，考荒田旧契顺治迄今久有年矣，积债难讼。将军居执尊位，维和维稳，滋端增事，安求乐业。怨怼上聪，业由民部转都察院处理，一应档册、诉讼文书悉存待奏。博启图下浣顿首富俊阅罢，脸都气白了，什么"酿怨愤"，什么"唯和唯稳，滋端增事"，纯属颠倒黑白，一派胡言。满纸皆为身后以皇家贵胄为依托的范蔼仁之类张目，为秦名远一伙作奸犯科者开脱，漠视无立锥之地的众血泪赤贫者之生计。若依此浑噩怪论，为虎作伥，社稷安能不生祸端？他非常生气，恨不得当着差官的面儿撕碎公函，驱逐其滚出衙门。可老将军毕竟是久在官场之人，考虑差官终是来传达左副都御使口信儿的，没必要与其计较，思摸道："先把此账记下，抓紧安排好将军衙门的一应诸事，等抓到秦名远，救回尤成额，再去京师面君，向皇上交差。任你们有多大来头儿，身后是何靠山，老夫有一定之规。像郎布理这样的人最喜欢煽风点火，善于兴风作浪，成事不足，败事有余。若稍有不慎，他便会给制造麻烦，还须警惕为妙。我的对头是左都御使满达礼，背地里不知收受多少范蔼仁的雪花银，待老夫详查，那些妄图包庇祸国殃民的众贼之举休想得逞！"尽管心里一个劲儿地翻腾，然并不流露出来，而是满脸带笑道："不愧是都察院的大人哪，思虑周全，求快求稳。老夫年近古稀，何尝不想早一天痛痛快快地向皇上交差、推出这摊子双手抱刺猬的活儿呀？只可惜要犯秦名远已在歹徒的帮助下逃遁。烦请差官代为向左都御使大人禀报，本官乃受皇命担此大任，事必有终，不敢抗圣命而交上一本乱账，尽速捕拿逃犯，亲赴京师将要犯并案档呈报圣上。"

郎布理见富俊口气执拗、强硬，遂站起身来，一字一板地说："本差官是奉左副都御使大人带火印公函八百里到吉林，就怕你不体察朝廷之良苦用心，不是已经传知了么，就不用管那么多了。将军大人哪，你本是朝中老臣，年事已高，该颐养天年了。别为秦名远那些人的琐事操心了，不可有违朝廷之命，处理所有的纠葛之事由我们全权代劳吧！"

富俊越听越看清了他们的用心，不就是让我蒙在鼓里，试图包庇那些人的丑恶嘴脸么？往日里只听辘轳把响，不知井在哪儿。现在明白了，原来有股很强的邪风、暗流在冲击着清查田亩之举，而且异常猛烈。当年范蔼仁奉承、利用嵩山少林寺高僧夺魂僧者和静空大师，乘武备松弛之机招兵买马，啸聚庄勇，与秦名远等密结朋党，联络各方势力，遥相呼应，跟朝廷对着干，气焰十分嚣张，看来症结就在满达礼一伙。老臣我殚虑社稷不永，几番上疏先帝，应将自大清定鼎百余年以来，东北各地农耕田亩积账重新核查清理，严禁府州县闲散土地撂荒或财主、权贵巧取豪夺、吞占良田，致使贫富不均，盗匪滋生。先帝信任老臣，委以大任，从此带领官兵披星戴月在黑土地上摸爬滚打，田亩清查方见成效。

此举有人喜，有人忧，有人怒，有人恨，结怨于权贵。老夫只要一息尚存，这辆为百姓生计而转的小车就得推到底，不平民愤誓不罢休。富俊想到这些，尤感肩上担子的沉重，对待此等劣辈非一言两语可以争取的，且又不可不巧言应对，便软硬兼施道："此言差矣，俗话说得好，没生过孩子的人不知肚子痛啥滋味儿。郎布理大人请谅，老夫在其位，谋其政，亦系无奈耳。故此，既在将军任上，就得挑起这副担子，不可受任何人蛊惑，务必管下去无疑。秦名远乃我衙门府里任职多年的总管，本将军不处置自己的属下，却推出去交给你们，有违臣子之责。请转告左副都御使大人，麻烦他为此小事操心了，一切有我。"

富俊的这番话左右逢源，竟把郎布理气得牛眼珠子一阵儿扁，一阵儿长，一阵儿红得像猴腚。本以为摆出一副不可一世的架势，便能震住倔老头子富俊，实现他们的如意算盘。未承想到头来憋了一肚子气，干瞪眼说不出一句话，连常喜特意请江城名厨为其烹饪的人参哈什蚂羹都没喝，在盛京衙门的图格陪同下，打马回京了。

差官走后，富俊丝毫没有感到轻松，深知他必向满达礼、博启图搬弄是非，挑唆其向太后告黑状，诬陷我老夫。越琢磨越觉此事非同一般，不可小觑，必须认真对待。又联想到近日负案在逃的秦名远，于将军衙门的眼皮底下竟能遁迹，必有内应，而且京师立马知晓，迅速派人到吉林明目张胆地干涉办案。可以断定，在深宫大内，太后的耳朵里可能早就灌满了谣言，且此风将会祸及皇上。纵然皇上信任老臣，久之必蒙太后申斥，十分被动，有伤圣聪。富俊不想则已，想来心惊肉跳，起身疾步回到书房，唤孙儿侍候文房四宝。班布泰一听便知，爷爷又要发感慨了，这是老习惯了，每有激情之事，定展纸研墨，信笔挥毫，以抒胸臆。说来富俊大半生家资空空，然小轩中书法记事则摞如小山，书就后均署时日，自曰"笔轩"，藏满书室。富俊焚香，遥向京师宫阙大礼下拜，老泪纵横，饱墨挥毫道：

圣上啊，圣上，奴才老来庸碌愚钝，筹谋不周，酿成祸端，致圣上系念，有辱圣恩，罪难恕也。臣近悉谤告清田策者若炽，诋诬先帝遗志而不知悔，助纣为虐而不知羞，此皆误国误民、图谋不轨者为。帝素喜臣性，精诚耿正，疾恶如仇。今有悖清律、作奸犯科者一应归案，赃证昭昭，法网恢恢，非攀高结贵、流言粉饰可逍遥也。祈帝谗言勿惑，虚情勿悯。臣必当依法秉公审理，尽快身背铮铮铁卷叩拜丹墀，以释帝念，以报先帝知遇之恩。

道光四年仲秋 富俊叩首

书罢，将狼毫插入香木笔架，长出了一口气，心情似乎同当年在龙廷叩见皇上禀奏完毕那般爽快。班布泰手捧水盆和毛巾站立在旁，富俊回转身来洗了洗手，擦了擦，问道："孙儿，侧厅还有人吗？"

班布泰回道："爷爷，从京师那个差官到此直至离去，都克尼、常喜等大人不知他们缘何而来，心里惦挂着您，怕因什么事再上火，所以始终未走，正悄没声儿地在侧厅候着呢！"

富俊听了很是感动，转身出门，穿过长廊往侧厅走，班布泰紧随其后。一进屋，富俊便道："让各位大人惦记了，不必担心，不管什么情势下，咱们务将皇上交办的差事办好，不惧东南西北风。差官走了，我的肚子也饿了，原本好意想让差官品尝一下咱江城的人参哈什蚂羹，可惜他们没那福气。来，咱们偏得了，再让大厨炒几盘菜，共进精诚团结宴。"

话音刚落，只听门外传来一声亮嗓："不烦劳大厨师傅了，我们上灶，看看手艺如何？"

众人随之望去，进来两位女子，一位是身搭羊剪绒透龙花素质连珠穗披肩、内穿荷叶纹旗袍儿的茗兰，秀美的面容依然显得十分憔悴，另一位是白面娘子。富俊忙起身迎上前，心疼地看着茗兰，犹如万箭穿心。她本是京中著名的才女，多少王公贵胄苦苦追求，舅舅桂良大人就看中了尤成额公子，并将胞妹之女许配之。没多久，茗兰便陪着夫君远离京师，来吉林求取功名。谁想路漫漫，坎坷何其多，总算如愿以偿地当上了左翼官学教习，而今公子却下落不明，这突如其来的打击谁能受得了哇！富俊关切地问道："茗兰，你和孩子好么？身为一方父母官，竟保护不住……"

茗兰马上打断道："松岩爷爷，您老别说了，小女都懂，也能理解。听白面娘子讲京师来了上差，不知所为何事，不太放心，这才跟着妹子来了。公子被劫，踪影全无，已使众位大人日夜难眠。秦名远又逃跑了，一难加一难，小女帮不上忙，还给大家添麻烦，真是对不起。请将军大人别着急，小女能承受，有难同当嘛！"

富俊点点头道："茗兰，你能这么想，老夫就放心了。请你相信我们，仍按照既定计划兵分两路，一路追捕秦名远，一路请高僧帮忙尽早找到尤教习。本官自有锦囊妙计，何况手下无弱兵，明天就开审，会给你一个满意的交代。为了能让我们全力以赴地寻找尤教习，你得帮助我呀，那就是要保重身体，少忧伤，把小宝贝养得胖胖的，别让爷爷为此分心。好了，去后厨吧，和小白丫一块儿给大家露一手儿，我们的肠子肚子早打架了。"

茗兰和白面娘子答应一声转身出屋去了后堂，在大厨的帮忙下，很快便把香喷喷的饭菜备好并端进屋，大家围桌而坐，边品尝边异口同声地夸赞不次于曾给乾隆爷献御膳的"天颐轩"名厨手艺。二十多天来，在场的人总算看到了茗兰小姐那微露的笑意，内心稍感宽慰些。

各位听者，朱伯西我趁富俊大人与属下用晚膳之机，再讲讲秦名远昨夜逃跑的情况。一贯伤害尤成额、罪行累累的秦名远前些日子终落法网，在进入关键的审讯之时，昨晚午夜，这个狡猾的狐狸谎称患了绞肠痧，在看守的押解下去往院内茅厕的途中被同党救走。刚过丑时，监押官副都统都克尼敲响富俊的房门，惊报此通天大案，痛心疾首，后悔莫及。富俊大人久经战阵，什么危难险情都遇到过，听了都克尼的禀报，也吃了一惊。自再任吉林将军后，设了考榜，择优增补一些文武之士入左翼官学和健锐营，继而将重犯秦名远缉拿归案，进入审理阶段。稍许喘口气时，得报要犯突然逃遁，犹如晴天霹雳！冷静下来后，并未因此而指责憨厚忠诚的都大人，而是严肃地说："事已至此，悔恨何用？不可张扬，保守秘密，对监犯人等严加拘控。事不宜迟，去把几位佐领叫来，一块儿合计合计。"

都克尼领命，转身出屋，很快便带着属下佐领回来了。富俊让各位就座，首先共同分析、回忆了这些日子将军衙门的大事小情，然后逐渐缩小范围，把所议之重点放在了吉林将军衙门的后角小院儿。那里幽雅清静，四周白杨环绕，院外有木栅围墙，院内有一溜儿十间青砖瓦房，原为京师众大人、差官们来到江城、或为年节备宴、或为某爵爷庆寿而运取松江鲜牲的临时居所。嘉庆以后，此事均归打牲乌拉衙门统理，这些房舍便闲置了。富俊此番受命四任吉林将军，从双城堡带来了尚未结案的各类档册，此房恰好派上了用场。小院套儿从此不再清静了，旗兵驻守，人来人往，俨然一个新设的旗衙门。这十大间房舍，南向的那间装了满满一屋子档册；东侧四间供副都统都克尼、佐领班布泰和仝槌、铁槌、石槌办差与护卫专用；西侧五间则为本案缉拿来的待审嫌犯拘留处，由"三槌"兄弟从蛟河带来的兵勇轮流看守。这五间房依次是小金佛和草上飞住一间；挨着小金佛、草上飞的是柳祥，挨着柳祥的是过江龙，挨着过江龙的是秦名远，剩下那间则是看守兵丁的歇息之处。很明显，秦名远逃跑前，能得以互相通气和暗地里相助者，最近便的人就是过江龙和柳祥。

从这些天对他们的观察可知，小金佛经白面娘子的规劝，有悔过之表现，与秦名远逃跑大致可以排除。草上飞匪性虽足，但无主见，胆子小，在班布泰的严加惩治下，天天抖落自己的罪孽，近期大有改变。至于柳祥可难说，在押期间没见有半点儿悔罪之意，整天低着头一言不发，不知在琢磨些啥。初被擒时，仍有股子为上司秦大总管两肋插刀、在所不辞的劲儿，此人阴险狡诈，诡计多端，没见服输过，秦名远脱逃很可能与他有关。最后一个是过江龙，另个绰号叫"窜地龙"，乃范蔼仁的亲信。在大庄主与众匪之间往来穿梭，通风报信，很像水泊梁山的鼓上蚤时迁，神出鬼没。现已查明，他是范蔼仁和秦名远监视将军衙门动向的暗哨，夜里来夜里去，没少为他们卖命。在押期间，曾经大骂小金佛、草上飞出卖弟兄，胆小如鼠，没骨气。时不时还四仰八叉地装死狗，妄图伺机而动，秦名远出逃与过江龙不无干系。把五个人的所言所行过了一遍筛子后，大家的目光都集中到了富俊身上，因为皆知将军是出了名的智多星，总是给人以信心和力量。富俊看了看在座的各位，开口道："咱们挨着人头捋了一遍，就是要在烂麻团里理出线头儿来，找出破案切入点。谁是开锁的钥匙呢？不妨在柳祥、过江龙、草上飞三人身上下功夫，给他来个敲山震虎，看谁先跳出来。"接着又面授机宜，得这么着这么着，大家洗耳恭听，心领神会，心里亮堂了许多，直至寅时方各自歇息。

班布泰从裤裆街回来的第二天头晌，都克尼便命"三槌"兄弟将草上飞、过江龙、柳祥从监室提出，押至东侧第一间屋候审。没一会儿，只听外面一声高喊："将军大人到！"随之八旗将士的跑步声儿、刀枪剑戟的撞击声儿、震耳欲聋的喊杀声儿撼天动地，任何人听了都会胆寒。富俊大人在都克尼、班布泰的陪同下，健步走了进来，怒目横眉，一脸神威。草上飞、过江龙、柳祥蹲在地上，龟缩着身躯，辫子头低得快挨地了。富俊向都克尼和班布泰使了个眼色，暗示要精心点儿，逐一验视，不可错漏，察言观色揪帮凶。他先给三嫌犯来了个下马威，然后双目死死盯着柳祥和过江龙，试图从其瑟瑟发抖的情态中找出蛛丝马迹。片刻，突然抬手指着他们吼道："来人哪，都给我绑上，拉出去！"

金槌、铁槌、石槌应声而入，一个个膀大腰圆，紧瞪双目，上前死死薅住嫌犯的衣领往外拖。三人以为"拉出去"就是立即斩首，未承想富俊竟如此断案，不问青红皂白便定死罪了，不禁大惊！尤其是草上飞万分惶恐，浑身筛了糠，不是好声儿地哀叫道："大人，小的前夜啥也没干，冤枉啊，大人饶命啊！"

富俊毫不理会，转身就走，都克尼、班布泰随其后，径直来到大堂。富俊正襟危坐于太师椅上，左边是兼做录士的常喜，右边是副都统都克尼、佐领班布泰，桌案两侧各站一排执刀仗剑的武士，威严肃穆。这时，只听一声高喊："带人犯！"

"三槌"兄弟立即将草上飞、过江龙、柳祥押上堂来，到了桌案前，草上飞扑通一声跪下了。过江龙和柳祥仍站着不肯跪，铁槌、石槌上前当的一脚踢其后腿，二人身子一歪跪倒在地。富俊决定仍采用敲山震虎的办法审讯，随即啪地一拍惊堂木道："大胆匪类，以为本将军好欺骗的么？众目睽睽，竟敢合谋帮助大清重犯秦名远逃遁，证据早在掌握中，已犯凌迟大罪。各位恐怕皆知什么是凌迟之罪吧？就是用锋利的牛耳尖刀先分割你的肢体，然后切断咽喉，再把身上的肉从上至下一刀刀片下来，须要剐割一千多刀，直到剩个骨头架子为止。分秒贵如金，本将军无暇奉陪，只想弄清谁是逃犯同谋？招了，可恕尔不死；不招，刀斧手伺候，自行其便！"

话音刚落，两侧站堂的武士齐声儿道"动刑喽——动刑喽——"喊声山摇地动，摄人心魄。

众武士不容分说，走上前摁倒了还在跪着的三人，扯大腿的扯大腿，掐脖子的掐脖子，欻啦啦撕下衣衫，"三槌"兄弟手握闪着寒光的牛耳尖刀，揪住三人的胸脯肉就要割，吓得草上飞慌忙颤声儿哀告道："大人哪，小的求您了，别下刀哇，那晚我睡得如死狗，确实什么都不知道啊！"而过江龙和柳祥则紧闭双目，摆出一副死猪不怕开水烫的架势，一声不吭。

富俊见此，觉得基本与事先的预料相合，随即手一摆。"三槌"兄弟立马退至一旁，武士们也都松了手，然后说道："柳祥，你死不开口，想必是渴了吧？用不用把臭泔水提来，从鼻子往里灌哪？"

柳祥一听，将军冲自己来了，肯定不是无缘无故的，看来是抓到一些把柄了，不交代点儿难以混过关，于是开口道："我说，秦名远曾授我暗语：'夜狗三叫，速谋援救。'小的被囚后，一连几夜闻得狗叫，不过我什么都未做。前来者是何人事先不知，逃往何处也不知，不敢胡诌。"

富俊知其避重就轻，继续审下去效果并不好，徒劳无益。不如将其押回，严控其室，磨其锐性，再择时机另审，遂向仝槌和铁槌使了个眼色。二人会意走上前来，一边一个提溜起柳祥带下堂去。富俊最擅长攻心、对症下药了，不仅不接着审了，还别出心裁的小声儿令班布泰过一会儿将草上飞和过江龙带至虎啸厅。又向都克尼耳语几句，都大人边听边点头，而后起身去了厨房。初始，草上飞和过江龙以为将军大人为查清秦名远出逃底细，必升堂严加拷问，弄不好得动大刑。未承想堂上毫发无损，又被带到了小客厅，厅内正中放一张大圆桌，桌面儿摆满了佳肴，香气扑鼻，越发惊愕，以为领错了门，直劲儿往后退。坐在桌边的富俊笑道："二位请坐吧，到这儿来的都是客，咱们好好儿聊聊。"

二人连头都不敢抬，哪里敢坐，站在那儿不知如何是好，内心十分忐忑，不知将军大人这是唱的哪儿出。原来富俊在虎啸厅摆下的是野意合心宴，用鹤、雉、鸠、鹌鹑、飞龙之大小禽蛋加桂花、大枣、枸杞、莲子同烹而就，清香雅淡，补心养肾，隐含同心团圆之寓意。正这时，都大人，常大人推门而进，身后跟着白面娘子和小金佛。过江龙一看，先是一愣，继而脸色骤变。白面娘子走到草上飞跟前，说道："小费，怎么了，那敢闯的劲儿哪儿去了，赶紧坐呀！"然后侧过身面冲过江龙，右手放于肋间，头一低施了个蹲礼道："郭大哥，想什么呐，大人请你入座呢！"见其没反应，紧接着又道："大哥，莫非是妹子惹你生气了？那就在这儿给大哥赔罪了，不能让妹子一直弯着腰不准起来吧？"

说实在的，以过江龙为首的黑道上那帮人都打心眼儿里喜欢美貌、聪慧、武功不一般的白面娘子，要说有气，也是因为小金佛引起的，那么多弟兄，唯小金佛得到了白面娘子，各个忌妒得要死。而过江龙除了对此不满，还有股子怒火，认为小金佛抛弃生死哥儿们，迅速反水，没有良心。我那么信任你，为了自保竟背信弃义，关键时刻站到富俊一边，罪过一笔勾销，真是没有骨气。此刻听了白面娘子的道歉，态度那么诚恳，声音那么动听，心里犹如十五个吊桶打水，七上八下的。唉，还是白妹子聪明啊，不像我们这帮弟兄，为范蔼仁和秦名远卖命干，到头来没得啥便宜不说，还成了朝廷缉拿的帮凶和要犯，远不如一个女流之辈呀！越寻思越觉得自己太窝囊，都到这份儿了，还装哪门子相儿啊，遂弯下身将白面娘子扶起道："白妹子，女人中你是好样儿的，大哥不如你。"

白面娘子笑道："行了，先不说这些，快入席吧，各位大人都等半天了。"

这时，过江龙才抬起头来，双目看着桌面上的各样菜品，心想："我活了三十有七载，有生以来头一次进将军府赴宴，不会是在做梦吧？"愣怔之时，还是白面娘子将其拉到小金佛旁边坐下了。过江龙注意到，同桌吃饭的除了富俊将军以及他们四人之外，再有就是吉林将军衙门的副都统都克尼、文部主事常喜、佐领班布泰。看来这丰盛的宴席真是为我和草上飞特备的，愈加百思不得其解，甚或有受宠若惊之感。富俊端起酒杯冲小金佛、草上飞、过江龙说道："今日老夫格外高兴，不是啥年节，总还是与几位头一次打交道，俗话讲得好，不打不相识嘛！你们不必客气，大家难得相聚，一块儿吃顿舒心饭，边吃边唠。"说罢一仰脖儿，杯中酒下了肚。

刚开始，草上飞、过江龙，包括小金佛都很拘谨，放不开，白面娘子边给他们夹菜边道："咋都腼腆得像个大姑娘啊，快吃吧，可别辜负了大人的一片心意哟！"三人这才敢动筷了。

富俊见气氛有所缓和，觉得是时候了，又喝了一口酒道："草上飞，不，还是叫你费路十吧，谁不希望有自己堂堂正正的名号啊！起绰号，用匿名，多因人间不平，生活所迫，又遭歹人蛊惑，误入歧途。人非圣贤，孰能无过？迷途知返，败子回头金不换，就是好样儿的。本将军由于多年任一方父母官，养成了一种怪癖，即常去民间询访一些天涯沦落人之身世。拯救世人，就要先晓彻其人生殊途，洞悉其心，知其情所由衷，然后方可对症下药，治疗疾患。今日老夫就测测你的人生路，看看说得对否，想听么？"

草上飞一听要测自己的身世，不以为然，心想："当官的怎能知道一个普通人家的孩子从光腚娃娃起、直至现在的经历呢？连我都说不清楚，纯属逗趣儿。"富俊见其脸上现出不屑的神情，遂问道："谁是费老六？"

草上飞冷丁一激灵，立马站起身深鞠一躬道："谢大人问起，费老六乃小的得以重生之养父，乃救命恩公。"

富俊说道："这就对了，人生最怕无情人，本将军钦佩费老六。嘉庆二年秋的一天，砍柴奴费老六从山上回来，路过一座破马架子时，听到里面传出孩子的哭声。他不忍走开，便问几个从身边匆匆而过的农夫，皆言此屯因闹瘟病，住户几乎躲光了，或许孩子的父母不在世了也未可知。费老六放下推柴的独轮小车，走进屋去，见炕上躺着一男一女，已被伤寒夺走了性命，抛下个嗷嗷待哺的周岁男孩儿，遂将其抱到柴草车上回了家。从此，费老六除了为财主家砍柴外，还当起了爹，一把屎一把尿地拉扯着孩子，为其取名儿费路十。可叹天不假寿，五年后费老六砍柴时不小心坠落山崖，一命呜呼。刚刚六岁的小费被费老六的主人以还债的名义卖给一李姓大户，从此羊入虎口，沦为李家奴。小费成年后，不甘心终朝每日为主家卖命，于一日深夜逃出，来到江城。总得活下去呀，混饭吃的杂役难寻，偏巧松花江岸江狗子招看守一堆堆原木垛子的护场奴才，小费便去了。哪知一年四季都得守在江边，再冷再热不能动地儿，没有工钱又吃不饱。无奈之下，再次逃走，开始闯荡江湖。后来入了黑道，结识了一帮兄弟，现为秦名远、范蔼仁所诱惑，钻进了他们编织的大口袋，与朝廷作对，干了不少坏事。不过如能改邪归正，弃暗投明，未为晚也。从今往后，走阳关大道，为朝廷效力，也算对得起费老六的养育之恩了。"

草上飞听到这儿，似乎受到了深深触动，眼睛也湿润了。白面娘子趁热打铁道："老弟，将军大人最忌杀戮，为拯救走上歧途的人是下了些功夫的。你有所不知，大人曾几次派官兵和老八旗四处了解你们为啥能走上反朝廷的邪路，你的身世是赵西丹等老人家不辞辛苦地到拉林河刘家崴子，即你的出生地打听到的。人心都是肉长的，将军大人与你非亲非故，对所犯之罪不是简单处治了事，而是想办法从泥潭中拉出来，其良苦用心连老天也会感动，自己好好儿想想吧！"

草上飞终于忍不住了，眼泪噼里啪啦往下掉，真诚地致谢道："谢谢将军大人的不杀之恩，谢谢都大人的信任，谢谢老八旗爷爷的关怀。小的自打降了将军衙门，感觉有了依靠，知恩不报非君子，便一心想立功以表衷肠。前儿晚可下有了机会，遗憾的是我对夜里发生了什么完全不知道，转天见各位大人查看秦名远的住屋，才听说他逃跑了。我那几天已发现柳祥的举止不太正常，心里也产生过怀疑，只是未说而已。出事之后，方恍然大悟，原来他是在为秦名远的逃跑做准备。柳祥平时不声不语，天天几乎不出屋，总在炕上倒着，有几次送进的饭食都不吃。可是近几天变了，专于夜深人静之时出屋去茅厕解手，我曾碰见过几回。我出于好信儿，有一天到了夜半，便悄悄起炕下地了。我的住屋挨着柳祥，没一会儿，果不然听到那屋的门吱嘎一声开了。于是赶忙出得门来，在后面偷偷跟着，想看看究竟干些啥。大月亮地儿的不易躲藏，好在四周老杨树又高又粗，树影婆娑，风再一刮，发出点儿声音也听不见，遂隐在了茅厕墙角处。结果真就瞧见了惊人之举，柳祥哪是出来撒尿哇，而是秘密会人。此人身穿黑衣，头戴黑面罩，从高树上飞快地滑下，纵入院内，与柳祥会合后交谈几句就分开了，随即单脚一点地嗖地跃上树，在风吹树叶发出的响声中消失了，动作利落而迅捷。黑衣人一上树，柳祥警惕地四下瞅了瞅，立马转身返回屋。我当时极其紧张，心惊肉跳，不知如何是好。考虑自己降过来不久，所犯罪孽已经不少了，几天来柳祥又没啥动静，若是告知衙门，人家能信么？多一事不如少一事，弄不好再刮连到自己就犯不上了，还是当睁眼瞎颇为稳妥，所以就搁心里了，未向任何人提起。"

富俊笑道："小费，怕刮连自己是借口，恐怕是担心秦名远一伙儿有朝一日下毒手，对我们的能力没有信心是主要的吧？"草上飞摸摸后脑勺儿不吱声儿了。

富俊又冲低头不语的过江龙道："过江龙，不，本官也称呼你的大号郭庄儿。"

过江龙忽听将军说出自己好久不用的名字，猛然一惊，辛酸的往事闪现在眼前，像一把利剑撕裂他麻木不仁的心，抬起头来十分不解地望着大人。富俊继续说道："郭庄儿，你打小便失去了父母，从此沦落街头，成为阿什河畔的丐儿，三五聚伙，乞讨求食。十二岁那年，被卖锅碗瓢盆的郭老汉碰到了，因其膝下无子，只有一个女儿，加之看你挺机灵，遂领回家中，认作义子。郭老汉乃五常八家崴子人氏，喜欢义子的聪明以及肯于吃苦，便让你随了郭姓，起名郭庄儿。六年后，郭老汉因你缠恋他的出嫁女屡劝不听，一气之下，将你赶出了家门。恰逢范蔼仁护庄人手不够，你就去了范家堡子，开始习武练功。你生性放荡，时间不长便看中了范庄主的大夫人钱氏，并因此而得罪了人家。在那儿没法儿待了，不得不离开范家堡子，一脚迈入了黑道，成为江湖游盗，又被秦名远收罗到手，充当他的帮凶。"

过江龙听罢，羞愧得无地自容，起身扑通一声跪在地上磕着响头道："大人哪，小的有眼无珠，您是活神仙，对我这见不得人的丑事都一清二楚，小的有罪呀！"

白面娘子接过了话茬儿："郭大哥，不要自作聪明，有罪就得领。大哥有所不知，少林寺高僧夺魂僧者和静空大师早已认清了范蔼仁的真面目，而今是将军大人的谋士，什么秘密能瞒得过去呀，快把你们合谋干的见不得人的勾当竹筒倒豆子、痛痛快快讲出来吧，我都替你着急。"

过江龙见大势已去，啥招儿没有了，只好心一横道："将军大人，小的瞒不过您的神机妙算，打心眼儿里服了，愿意老实招供。自打被八旗官兵抓住，从未想就此罢手，而是歹念不死。一日傍晚，我在院内碰上了柳祥，他走过来故意掉我脚下一个小纸团儿。捡起回屋一看，纸片上画着一条往缸外蹦的鱼，此乃暗语，即救主，协助秦名远出牢。从那天起，便静候秦名远发出异样的声响，以便冒死相助。前儿个夜半，忽听秦名远那屋有异动，大声儿嚷嚷肚子疼，说是患了绞肠痧。我乘都大人派手下兵丁背其去茅厕之机，偷偷赤脚溜了出来，甩流石制造混乱，帮助黑衣人刺伤看守，放走了秦名远，随即赶紧跑回房钻进了被窝儿。"

都克尼起身将过江龙扶起，请其坐回椅子上，富俊这才问道："郭庄儿，可知那蒙面人何许人也？"

过江龙回道："禀大人，就那身儿装束和武功来看，乃云中燕无疑。我与他很久没有联系了，范蔼仁立下了规矩，不担活儿者不准私下跟干活者打连连，为的是防止走漏风声，贻害全局。大人，小的不敢再隐瞒，要想弄清底细，必须撬开柳小辫儿的嘴，他肯定知道。"

富俊心里十分清楚，柳祥不仅诡计多端，而且有老猪腰子。刚刚审讯时，不管怎么威胁恫吓，他一口咬定什么都没做，继续逼其吐出真情，不是轻而易举的事儿。现在已知秦名远在押期间真正的内应就是柳祥，当务之急是无论如何也得想办法制服之，从其嘴里获知线索，顺藤摸瓜，尽快找到秦名远的藏匿之地，进而摸清尤教习究竟身在何处。事不宜迟，直追到底，不能给歹徒喘息之机。于是便道："俗话讲得好，众人拾柴火焰高，人多智谋大。在座的各位都动动脑筋，知无不言，言无不尽，共议追查秦名远和争取柳祥反正的计策。"

班布泰开口道："我认为惩治柳小辫儿没啥难的，他那是鼻孔插大葱硬装象儿，其实也是个怕死鬼。不同的人采取不同的方法，对症下药，对他可照旧那么办。"

深受感动的过江龙说道："云中燕可谓我们弟兄中最为歹毒之人，很受范蔼仁的器重，常住在范家堡子，没啥要事不出来。前几天亲自出马到江城，目的就是帮助秦名远逃走，也是小的该死，助了他一臂之力。大人这样信任我们，为了赎罪，献上一个拙办法。小的以为云中燕纵有三头六臂，带着秦名远走，目标太显眼，难以远遁，定藏城内，以后再找机会逃之夭夭。故而不妨派出大批人马，于同一时间分别清查江城，想必秦名远无法逃脱天罗地网。"

白面娘子直言道："郭大哥，清查江城是最起码的，这算啥计谋？我认为板门大院彤大奶子处很值得怀疑，上次与班佐领去时，好话说了一大堆，人家根本不让进。那个不给开门的老堂役话说得很硬气，是冲着将军大人来的，看样子来头儿不小，其中必有缘故，没准儿秦名远就猫在里边呢！"

白面娘子的话像把火一样燃了起来，大家的情绪随之高涨，你一言我一语话不落地，注意力集中在了裤裆街那位奇怪的女人彤大奶子身上。这时，"三槌"兄弟笑嘻嘻地推门而入，铁槌大声儿说道："大喜嘞，大喜嘞，给大人报喜嘞，快看呐，谁回来了？"

大伙儿扭头一看，只见少林寺高僧庞荣、庞庆迈着大步走了进来，到了富俊跟前双手合十揖礼道："多日不见，贫僧给将军大人请安了！"

富俊惊喜万分，赶忙站起躬身还礼道："哎哟，这可真是大喜呀，盼英雄，英雄就到，你们怎么来了？长眉长老、大法师和冲霄、云水一向可好？"

庞荣回道："好，都好，他们让我俩代为向大人问安呢！"说罢兄弟二人又向围过来的都克尼、班布泰、白面娘子揖手问候，三人还礼后，都大人请他们坐下聊，白面娘子斟上了热茶。

富俊先是唤进守候在门外的侍卫，令其将小金佛、草上飞、过江龙带至后院儿拘押处，各回各屋。接着让班布泰去后堂，吩咐大厨抓紧备素宴，为二位大师接风洗尘。然后坐在庞荣、庞庆身边，亲切地说："大师有所不知，你们一走，可把大家想苦了，天天叨念哪，耳根子早发热了吧？快把别后的情况说来听听！"

庞荣道："大人，我们也很想各位呀！重阳节前，大师兄领着四位师弟星夜兼程赶回河南少林寺，叩见了恩师长眉长老，并如期参加了嵩山、峨眉、武当三山法会，会后返回嵩山古刹，在佛前日夜潜心诵经，弥补游方所疏漏之功业。前不久，恩师长眉长老唤我们五个弟子到佛前，训示曰：'老衲近时不宁，需闭坐数旬，以便养心。这期间，金刚代掌寺院，冲霄、云水则要养性克诚，悟经勿怠，以补前愆。眼下，天子之佐臣吉林将军不顺，万事缠身；茗兰伉俪，鹊桥两分。庞荣、庞庆，汝本尤教习驭夫，富俊有事，理应下山相助，事毕速速归寺。'说实在的，前些日子回到少林寺后，一想起茗兰一家，心里就觉得不落体。又听了恩师的这番话，立马坐不住了，很替天天为民事操心、可钦可敬的大人着急，恨不得一步就迈进将军帐前效力。金刚大师兄也深深系念着将军、众位大人以及尤教习，这次送我兄弟下山直至城外告别时，还不忘嘱咐道：'恩师通易卜神算，既然命你俩赶赴吉林，必有远虑。路上不可耽搁，注意安全，早早拜见将军大人，并代贫僧致意。'我兄弟来的这一道边走边合计，分析来分析去，可以断定，此事一准是秦名远等大胆恶徒所为，休得饶他，必须将其搜到，救出尤公子。"

庞荣兄弟的到来，可谓如虎添翼，使在座的各位踌躇满志，信心大增。富俊由衷地敬仰长眉长老，遥向嵩山拜谢道："老仙翁慧眼神算，本官正陷入难上加难的困境，不仅尤成额教习失踪，要犯秦名远又在同伙儿的合谋下逃遁。就在这关键时刻，老仙翁派二位弟子前来一展身手，真乃及时雨呀，谢谢了！"拜罢转向庞荣、庞庆道："二位大师长途劳顿，十分辛苦，先去歇歇，过一会儿咱们再畅叙别情。"

庞荣忙道："大人，我们习惯了，不觉累。不如趁这个空当儿，白面娘子领我们去驿馆看看茗兰妹子吧，好在离得近，很快就回来。"

富俊连连点头道："好哇，好哇！"白面娘子便同庞氏兄弟一块儿出去了。

半个时辰后，富俊在小客厅设素宴，为庞氏兄弟接风洗尘，到场的有都克尼、常喜、班布泰、白面娘子，茗兰由于身体欠佳婉谢了。富俊大人坐主位，请庞氏兄弟坐左右位，庞荣谦让道："我和弟弟本受湖广总督桂良大人所雇，做尤公子一家的役佣，从京师来到吉林。后来发生了一系列的事，全仗白面娘子代为操劳，并且为侍奉苦命的茗兰母子终朝每日不得闲，可谓劳苦功高，该坐上席。"

白面娘子极力推辞，最后还是富俊大人发话了："别客气了，今天是给二位大师接风，理应坐上席，请吧！"庞氏兄弟这才遵从而坐，白面娘子挨着庞荣，那边是班布泰；都克尼挨着庞庆，那边是常喜。富俊首先举杯道："本官代表吉林将军衙门向嵩山少林寺众位仙长、高僧大德的虔诚祝福致以谢意，欢迎消魂、消锋二位大师重返吉林，共除妖孽，老夫先干为敬！"说完一仰脖儿，满满一杯长白参茸老白干下了肚。

庞荣以茶代酒道："各位大人，贫僧和弟弟此次遵师命前来助阵，也是因为确实放心不下。方才见茗兰妹子身体虚弱，精神恍惚，思夫心切，泪流涟涟，心里很不好受。让我们共同举杯，祈求上苍保佑茗兰一家，吉人自有天相，相信尤公子会早日脱离羁绊、平安归来的！"大家站起身来，举杯共祝，一饮而尽。

庞荣接着又道："贫僧向大家报个喜讯，我们在来吉林的路上巧遇一位大贵人，在其身处险境时曾出手施救，他有话让代为转告大人呐！"

富俊笑道："好嘛，二位大师碰到谁了？快讲来听听！"

于是庞荣讲起了这段奇遇，庞庆也时不时地补充几句，经过是这样的：庞氏兄弟那日下山前，考虑到此去路途遥远，穿着袈裟得谨遵佛家礼序，遇事不好周旋，不利于沟通。为行走方便，迅速融入市井，多了解一些信息，还是穿上百姓衣较为妥当。二人遂脱下僧服，把原先赶大车的那身儿衣裳找出来穿上，很像游侠的紧身小打扮。衣内藏一把匕首，带着攀登用的索钩等物，腰间缠着一把藤鞭，既是赶车用的鞭子，又是长龙摆尾的藤蛇刀。兄弟俩告别了大师兄便出发了，一路施展轻功术，行走如飞，如期来到闻名于世的"天下第一关"城下。守门的八旗兵查验过"通关卡契"顺利放行，二人来到道边一处临时支起并挂着幌子的小棚子向施主化缘，对方端上两碗豆腐脑儿、四个苞米饼子、一碟咸黄瓜，胡乱填饱了肚子后，直奔出关的大道而去。

说来很巧，庞氏兄弟刚过前卫营，就听身后传来嗒嗒嗒的马蹄声。回头一看，只见旌旗招展，尘土飞扬，跑在最前面的是五个骑兵，边向前奔边大声儿喊道："回避喽，回避喽，王爷的车轿过来了，小心马踏着喽！"

骑兵这么一喊，果然奏效，走在道上的男女老少哇，车马呀，一些推独轮车、拉木炭的车夫们哪，互相招呼着赶紧往两侧躲，让出中央的大路，待官府的车轿过去了，再继续赶路，生怕被撞着。那几个开路的骑兵驰过之后，紧跟着过来的是腰别刀剑的兵勇，长长的一大溜儿，打着旌旗伞盖，其中一面镶黄边儿、绣红穗儿、刺有"京旗督巡"四个蓝色大字的大纛最显眼。后头是一辆四马拉的黄缨穗儿、黄帷幔的雕花彩轿，驭手紧紧拽着缰绳，不停地吆喝着，车辚辚，马萧萧，尘飞扬。庞氏兄弟是赶车的好手儿，不仅喜欢车，也喜欢骏马。拉着彩轿的四匹红鬃烈马引起了他们的注意，高身量，粗蹄碗，喷鼻咆哮，雄威勇悍，一匹比一匹可人。二人迷恋得站在那儿不动步了，久久凝望，称赞不已。正在品评之际，由于人喊马嘶的喧嚣打破了周边的宁静，惊动了道边右侧密林中站在高高穿天杨上的一只白头大雕，突然嘎嘎叫着从树巅俯冲而下，鹰翅几乎扫到了轿幔，在彩轿上方盘旋一圈儿后，飞向道边左侧的莽林。就在这一瞬间，竟把拉着雕花轿车的四匹红鬃烈马惊得前蹄竖立，欲挣脱逃之。你想啊，那马拉轿车上的根根长皮绳都是用西域的牦牛皮精制而成，坚韧无比，马如何能逃脱得了啊，索性拉着轿车炝蹶子，车身忽而离地半尺高，忽而又落下，快把彩轿颠零碎了。驭手惊慌失措，咋吆喝都不听，终被甩出几丈外的沟壑里丧了命。四匹火龙驹相互撕咬着、暴跳着，要么四蹄蹬开狂奔，要么疯了似的横冲直撞，要么扬鬃竖尾地拖着彩轿左突右冲，尽管兵勇们死命地围阻也无济于事。那些打着旌旗伞盖的旗兵们什么都不顾了，全扔了，一个个跟头把式地哭喊着在后面追惊马，口里念叨着："王爷呀，王爷，奴才罪恶滔天哪，千万别出啥事儿呀！"

"王爷呀，奴才可惹大祸了，您要有个好歹，我们也不活了，求求阿布卡恩都力保佑王爷吧！"

站在道边避让的人看到这惊心动魄的场面全傻了，心都快要跳出来了，各个搓手顿足干着急，一点儿辙没有，谁有这等神力能将惊马捉住啊，异口同声地大叫道："我的妈呀，这可惨了，若是再不停下，车里的人必死无疑了！"彩轿里也传出了女子"救命啊，救命啊"的哭喊声。

这时，只见王爷从彩轿里探出头来，冲众官兵呵斥道："混账，都白吃干饭的，快上车勒住马！"

话音刚落，彩轿冷丁起而又落，王爷的头可能碰到轿顶了，随即便没声儿了。官兵们在后面追呀追，累得呼哧带喘也未撵上，瘫倒一大片。就在这千钧一发之际，方才还在饶有兴致地欣赏红鬃烈马的庞荣、庞庆忽见险象环生，不由得惊叫一声："大事不好！"遂疾步向前，撵过追兵，先后噌噌跃上轿车，庞庆紧勒缰绳，庞荣从腰间抽出藤鞭叭叭叭连抽几鞭子，四匹烈马当即两耳滴血，双腿直打战，不得不站住了。二人麻利地卸下马，牵到道旁粗树下拴好，然后跳上彩轿，将车内已被震昏的一男两女抱下车来，平放在地上。这时，追赶惊马的兵勇们方大呼小叫地赶到，见轿车里的人已被救出，没有大碍，万分感激，扑通通跪地叩头道："谢谢二位壮士，你们犹如马神爷下凡哪，不仅救了王爷、福晋，也救了小的们命了！"

庞荣见王爷额头有一长条伤口在流血，忙从腰间取下小布袋，找出红伤药敷上以止血。又拿出内装琥珀安魂散的小葫芦，打开盖，用手捏一点儿往三人的鼻孔里抹。不一会儿，三人开始打喷嚏，最先苏醒的是那个侍女，一骨碌爬起来跪在王爷的夫人身旁，边轻轻推着边唤道："福晋，醒醒，快醒醒，都怪奴才没照顾好，奴才有罪呀！"

庞荣说道："不要怕，没啥大事儿，很快就会缓醒。"接着又冲周围的人吩咐道："草地太潮，去拾些干柴垫在地上，再铺上皮子。伤者受到惊吓，得躺一会儿，静静心就好了。"

此刻，庞氏兄弟在这些兵勇的眼里成了活神仙，唯命是听。一位领兵的头目带着手下很快捡来了细枝条，又从彩轿内取出熊皮、鹿皮、狍皮铺在干柴上，再把二人抬到皮子上，侍女则从水罐中倒出一杯水一勺儿一勺儿地分别喂给王爷和福晋。少顷，福晋醒了过来，王爷随后也睁开了双眼，定了定神，冲那位领兵头目吩咐道："段春哪，扶我坐起来。"

领兵头目一听王爷说话了，喜出望外，边答应"嗻！"边蹲下身搀扶道："王爷，您可醒了，谢天谢地，吓死奴才了。"

兵勇们立马围拢过来，跪地叩头请安，侍女给王爷系系衣襟，捋捋发辫，用手巾轻轻擦拭脸和手。王爷以眼神儿示意众兵勇退后，左右环顾，看到了道边树下拴着的四匹红鬃烈马正在啃吃着青草，又瞅了瞅眼前两位陌生的壮士，方从噩梦中彻底清醒过来。段春跪在地上叩道："王爷洪福齐天，危境之中幸遇贵人，从死神手里救下。千错万错都是奴才的错儿，对不起王爷和福晋，请赐罪于奴才。"

王爷晃了晃双臂，骨头节儿咔咔作响，爽朗地笑道："罢了，罢了，本王爷还没糊涂。段春哪，我平日里嘴皮子几乎磨破了，嘱咐尔等天上不会掉馅饼，把式不练祸临头。这下好，今日可开眼界了，真金火中炼，天外有天，人外有人哪！"说至此，便令段春搀扶自己站起来。

庞氏兄弟看出王爷的意思了，这是要感谢救命之恩，庞庆忙道："王爷，您头上有伤，刚敷过药，稍许歇息为好，勿激动。"

王爷这才坐着没动，又道："我有话说，请二位近前，坐身边来。"

庞荣和庞庆坐过去后，王爷说道："二位壮士有所不知，我一生爱马，不惜千金广罗名骥，这四匹红鬃烈马可谓京中出了名的火龙驹。御手乃万里挑一的'莫林巴图鲁'①，由于一时不慎，辕马受惊而惹大乱，我也险遭横祸。全仗遇到了世外高人，把我们夫妇俩从阎罗手里抢了回来，谢谢救命的大恩人，万分感激不尽哪！"

庞荣说道："王爷何必在心？谁遇到危难都会鼎力相助的，此乃人应遵之公德，不言'谢'字。"

王爷问道："敢问二位何方人氏？做何种营生？"

庞荣考虑到惊马已经制伏，前边要走很远的路，既不愿继续耽搁下去，也不愿暴露身份，于是便道："回王爷，我们兄弟住在东边那个屯子，乃乡野农夫，还有事需办，得先走一步了。"说完与庞庆一块儿起身，揖手告辞后，转身就要离去。

王爷哪里肯放，执意不让走，吩咐领兵头目赶紧拦住，段春说道：

---

① 莫林巴图鲁：满语：驯马英雄。

"二位壮士可是积了大德了，你们真有福气，知道救的是谁吗？乃当今圣上之御弟和硕惇亲王及其诰命夫人，尚未给以褒奖、赏赐，怎能放走呢？"

惇亲王招手道："来来，请坐下，咱们话还没唠完呢！"

庞荣、庞庆只好重又坐下，惇亲王说道："二位壮士，我很钦佩你们方才那临危不惧、力挽狂澜、降伏惊马之举，仗义施救，非常人可为，是我平生遇到的奇人，乃地地道道的大英雄。可是不知何因，二位对我问的话却敷衍以对，感觉待人不够恳切，心怀不够坦荡。你们是什么乡野农夫？大丈夫应光明磊落，或许能欺瞒别人，然很难骗得过本王爷。当时，我虽困在车内，但外面的一切动向皆知。在车里骨碌来骨碌去，好不容易挣扎着爬起来，便呼喊众兵将赶紧制伏惊马，结果他们被甩得越来越远，觉得恐怕活不成了。可喜的是天不灭我，就在脑袋碰在木框上刚要失去知觉时，忽见两个飞人如雄鹰一般扑向轿车，而后又用灵丹唤醒我。看到那四匹爱驹双耳带血，正是驯驽之窍，知其必为驭马老手儿。在荒野巧遇二位英雄，大难不死，此乃缘分哪！"

庞荣、庞庆见惇亲王仁慈、诚恳，同富俊将军和桂良总督一样平易近人，可亲可敬，很受感动，双膝跪地叩头道："小的不知王爷、福晋驾到，万望恕罪！"

惇亲王忙道："免了，免了，快快起身，我不是说了么，咱们有缘哪，以后见王爷的礼节全免了！段春哪，我和福晋没事儿了，可以起程了。不如这样，你派小校先行一步，知会锦州府尹，就说王爷的车驾随后即到，省得他们急着迎候。天不早了，二位英雄也同我们齐到锦州驿馆，好好儿叙谈叙谈，不会耽误你们办事的。"

王爷既然有话，庞荣、庞庆也不便违拗，只能听命，段春还分别给每人一匹马。简单修理一下彩轿后，解下红鬃烈马套上车，王爷和福晋由贴身丫鬟搀扶着重新坐入轿内，庞氏兄弟便随惇亲王的车驾到了锦州，州府文武官员迎接礼仪隆重繁缛自不必说。当天晚上，庞荣和庞庆受到王爷和福晋优渥的礼遇，信任有加，并被安排在其旁边的房间歇息，比段春挨得近。惇亲王并不急于召见州府的文武官员，而是偕夫人与庞荣、庞庆在客厅攀谈，兴致颇浓。二人在王爷的坦诚相待下，如实地把自己本是少林寺长眉长老之爱徒，受湖广总督桂良大人的雇用，四年前护送尤成额夫妇赴吉林求取功名所受到的屈辱和不幸遭遇以及富俊大人的无私相助等，一五一十地讲了一遍。正因为他俩始终跟随着茗兰一家，发生的大事小情都装在心里，所以讲得很细，情动之处几乎是在哭诉。王爷和夫人如听天下奇闻，完全被吸引住了，并被他们的坎坷经历所震撼，福晋感叹道："王爷呀，这简直像听汉人说评书了，世上竟有此等事！"

惇亲王言道："二位大师，不瞒你们说，我正是为此事出行盛京的。前不久，皇上阅览奏折，内有涉及富俊于双城堡清查田亩牵罪疏，皆为都察院呈递的折子。由于皇上向来敬重、信任富俊老臣，认为其刚正不阿，办差认真，不谋私情，故委以清田棘务，对谗言屡有驳斥。然此风近期日炽，皇上不单御览疏文中涉及将军，寿康皇太后亦有圣训，即皇上应宽仁爱民，本朝上下宜宣和谐之音。皇上降旨本王为东北三地巡督，暗访原委，始作俑者何也？现已初有定论，不外乎范家堡子大庄主范蔼仁等人。富俊也过于耿直，能饶人处且饶人，凡积案必有其因，不可树敌太多，闹得太后和皇上不得消停。二位本佛家子弟，以慈悲为怀，戒杀生，少积怨，以宽容之心待人，世道何求不宁？你们去吉林代我转告富俊，圣上治国欲改前风，施行法治，倡导仁政则得民心焉，且忌惹太后嗔怪，使皇上为难。本王此行不到吉林，让他理清积年之重案档卷，留待议定，近日抽暇务必来盛京面叙。"言罢特赐庞荣、庞庆各鲛皮短剑一把，乃江南名匠锻造之精品，剑柄镶有九颗蓝宝石，熠熠生辉。王爷手指两把剑道："送恩人留念，不成敬意，后会有期。到了江城，需要时可带此剑去裤裆街板门大院，必有人相助，诸事可解。"

富俊大人万万没有想到庞荣、庞庆半路搭救了皇上之御弟和硕惇亲王绵恺，而且相互结缘，知道一些皇宫大内的消息，真乃及时雨呀！说来富俊的确够不顺的了，其属下尤成额刚刚如愿以偿就任左翼官学教习，缺额得以补足，教学开始走上正轨。突然凤楼起火，尤成额失踪，继而被关押的秦名远于月黑夜逃走，他感到了大有风雨欲来之势。博启图派差官传书，得知朝中逆风颇盛，认为这是可以预见的，不足惧。当庞氏兄弟到吉后，转告了惇亲王的口信儿，对这位老臣来说犹如晴天霹雳，打击非同小可。如今皇上也开始退让和自责了，清查田亩将会虎头蛇尾，最终仍是富者乐悠悠，穷者泪涟涟。不管咋样，富俊毕竟是当朝重臣，襟怀坦荡，担忧之心在众人面前丝毫没有显露出来，而且举杯敬酒道："二位大师功高盖世，所救之王爷是先帝仁宗第三子、当朝最受尊敬的亲王，百官都喜欢与其倾吐胸臆，王爷安康乃万民之洪福。在你们没到之前，都察院的差官已来吉林指手画脚，趾高气扬地斥责老夫，闹得上下不安。当时，我对差官之所以傲慢无礼的奥秘虽猜到几分，但仍不敢妄测，只是愤懑在怀。差官走后，我让班布泰研墨，在书房挥毫奏明天阙，向皇上发泄郁郁积怨。未承想而今奥秘被二位大师破解了，为老夫带来颇为及时的信息，谢谢你们！"

白面娘子说："土地爷爷，这回好了，庞家哥哥一来，我们就有了帮手，不怕任何邪恶之人恐吓了。我和班佐领去过裤裆街板门大院，当时就觉得特别奇怪，连个堂役都那么狂妄，缘何如此？听庞大哥这么一讲明白了，裤裆街板门大院是惇亲王挂了号的，说明彤大奶子绝非一般。我们当时向周围的邻人了解过，对其来历讲法不一，甚或大相径庭。看来必须得弄清楚她和秦名远是怎么认识的，有什么过往，尤公子的失踪与她有否关联。"

班布泰接茬儿道："板门大院很有说道，从外表看，好像是暗娼之所。实在不行，我和'三槌'兄弟带帮兵丁将其围上，狠狠查一查。"

庞庆连连摆手道："不可，不可，决不能盲动。我和兄长好奇，进入吉林城时天还未亮，就没有马上来将军衙门，想着先打听打听，暗探一下那神秘的裤裆街板门大院啥样，房主究竟何许人也？有哪些长处才讨得了王爷和福晋的信任和青睐。我们到那儿一看，板门大院确与周围的宅院不同，木栅围墙，前后皆有用木板制成的两扇向内对开的大门，非常显眼，想必主人很重视自我保护。围着木栅墙绕了一圈儿，才发现后门沿街有三幢相连的青砖瓦房，犹如砖墙。遂从后院儿攀登越脊而入，站定一看，原来幢幢房舍相连，整个大院足有四十余幢之多。院套儿很大，从上观之，中间筑有砖墙，前后分隔成品字形三个院落。前院儿房屋不多，不知所为何用；后院儿分隔成东西两个整齐的院落，西院落不知作何用场。这三个小院儿别具匠心，设计很有特点，墙中有墙，各有门道，皆为独立的四合院儿。我们从后院儿西侧房脊行至东侧房脊，来到东小院儿，发现有一幢房舍亮着灯，说明屋里有人。悄悄等候片刻，见一老年妇女打下屋推门而出，直接去了后角茅厕。等她从里面出来，我俩从房顶跳下，将其带到暗处。经询问，方知此人雇来不久，专司看门和打扫庭院。兄长给了她银两，叮嘱日后为免受瓜葛，把嘴闭严，什么都别说，老嬷嬷一一答应。她虽然知道得不多，但也大致了解一些，这个板门大院全为女人居所。女主人姓彤，名甜甜，人称'彤大奶子'。她和贴身丫鬟住一幢正房，左右两侧各有一幢厢房，分别为女主人专用的库房、女佣们的居室。带门楼儿的下屋是第四幢，主要用来作厨房、沐浴间和看门老嬷嬷的歇息之处。我们也问了后院儿西院套儿的情况，老嬷嬷详情不知，只知居住者多为残疾人，由房主彤甜甜出银供养。前面的大院套儿除了彤甜甜管理外，秦名远也过问，具体细情不详。老嬷嬷告诉我们，这个大院儿非同寻常，听说原先是吉林将军秀林的私宅，秀林调往甘肃后，由将军衙门秦总管代为管护。还有人讲秀林与京师的一位王爷交情甚厚，王爷就占用了这个大院套儿，不知怎么后来又交给彤甜甜管了。彤甜甜是位姿容秀美、风度翩翩、性格泼辣的女佳人，自称是皇上御弟惇亲王福晋的妹子，不愿居深宫大内，偏爱江城山水，顺便替王爷和福晋办事，广行善举。到底是真是假，将军大人，您得派人好好儿察访一番。"

富俊想了想道："如此说来，倘若所言为真，裤裆街板门大院的彤甜甜便是王爷的人了，看来我又遇难事了。老夫在嘉庆爷坐殿时就担任清查田亩之差，时常听到逆耳之音，不过从不往心里去，手中有先帝尚方宝剑，何惧几块顽石挡路？如今时过境迁，世事多变，应谨遵亲王之口信儿而行之。我明日即去盛京，叩拜惇亲王，领悟圣意。事不宜迟，你们不必等我，在两位大师的帮助下，尽快捉住秦名远，救出尤教习。为此，老夫还得求助于小白丫，你曾去过裤裆街，板门大院的家主彤甜甜与你年龄相仿，两个女人之间容易沟通。只能麻烦再跑一趟了，在两位师父的协助下，二探板门大院，揭开彤甜甜的神秘面纱，或许她就是那开锁的钥匙。"

用罢接风宴，富俊并未休息，而是准备与都克尼、常喜、班布泰前往小红楼驿馆看望茗兰，庞荣、庞庆可顺便跟回。富俊很是惦记茗兰，其夫被劫后，更是放心不下。有位郎中曾告诉他，如果一个人遇到愁心的事儿不露声色，更不向别人讲，只是暗自忧伤洗泪；有话总憋在心里，愤懑得不到宣泄，烦闷得不到释放，郁郁寡欢，日积月累，很容易坐病，严重的将会伤及一生。富俊始终记着郎中的话，深知茗兰性格内向，愈加替其担忧，生怕出个一差二错。去往驿馆的路上，富俊问常喜："常大人，凤楼被烧后，修复进展得怎么样了？要抓紧时间，尽早让白面娘子陪着茗兰搬回去住，使其心情能稍好一些。"

常喜回道："大人，修复很顺利，一切都在有序地进行，再有个三天五日即可搬回。"

富俊松了口气，点点头道："嗯，越快越好。回迁之前，派衙役把凤楼的里里外外打扫干净，一应诸事安排得妥妥帖帖，以示将军衙门对属员的关怀，让他们有家的感觉。"

常喜诺诺称是，表示定遵令照办，绝不含糊。

富俊一行刚到驿馆的院门前，白面娘子便抢先跑进院儿，推开大门噔噔噔上了二楼，还未到茗兰那屋就喊开了："姐姐，姐姐，土地爷爷看你来了！"

此刻，侍女小曼已把煎好的汤药放在炕桌上，小满堂正清洗着药罐子，斜靠于炕头儿的茗兰刚欲起身喝药，白面娘子闯了进来。茗兰一听松岩爷爷来了，也顾不上吃药了，赶忙披衣下了地，鞋还未穿上呢，富俊已经进屋了，笑着问候道："茗兰，母子二人怎么样啊，还好吧？这些日子大家都在为尤公子的事分头忙碌着，你放心，一定会把教习找回来，完璧归赵，不办利索，老夫宁肯摘掉乌纱帽。常大人负责左翼官学的管理，有啥为难之事不用客气，你可让白面娘子找他，会妥善处理的。"

常喜说道："将军大人所言极是，尤教习是我的属下，家中的事当然得管了。四五天后，请茗兰小姐带着家人搬回凤楼，房屋已经修葺一新。外廊、栏杆、四壁该粉刷的粉刷了，该涂漆的涂漆了，新打造的松木铁箍大门也安好了。只剩点儿零七八碎的小活儿了，很快便可交工了，请放心吧！"

茗兰眼含热泪躬身施礼道："谢谢将军爷爷，谢谢各位大人，给大家添麻烦了。我和孩子挺好的，有那么多人关照，一切都会过去的。"

白面娘子高兴地说："姐姐，这就对了，不许再落泪了，得心疼小少爷不是？你要相信土地爷爷和众位大人，公子不会有事的，庞家哥哥不是又千里迢迢从河南来了吗？妹子已经嘱咐过小满堂和侍女了，让他们好好儿陪伴少奶奶，我们就要去抓逃犯秦大门牙、营救尤公子了，在家等着听好消息吧！"

富俊说道："茗兰，务要多保重，你不上火，才能照顾好孩子。我明儿个去盛京拜见惇亲王，需耽搁几日，别着急，很快便可见分晓。"

大家聊了一会儿，又向茗兰嘱咐一番，而后便告辞了，庞荣、庞庆仍被安排在东屋歇息，富俊和都克尼、常喜、班布泰则回返将军衙门。

转天头晌，富俊与众官员话别后，出得衙门，坐进了班布泰为其备好的双马小轿车。这种车当年很时兴，轮轴和框架是铁制的，车辕、门框、窗框都是选用上好木料做的，再涂上油漆，结实耐用。车上安有摇铃，有些达官显贵只套一匹马，轿车行驶于街上，铃声如歌，引来不少羡慕的眼光。班布泰备的这挂轿车远比单套轿车实用得多，完全是按照双套两匹骏马设计的，更坚固，更安全，便于长途行路，里面不仅有采暖设施，还有双铺双盖，可容两人安寝，十分舒适。班布泰举起鞭子一摇晃，道了声："爷爷，坐好啊，上路啦！"两匹快骥像通人语似的，四蹄蹬开，飞一般向盛京奔去。

坐在车内的富俊没有心思观瞧一路的风光，心急如焚，只想尽快见到惇亲王，因为吉林将军衙门的上下人等都在等待着将军回去颁令呢，涉及范蔼仁、秦名远一伙究竟是关还是放。爷儿俩可谓马不停蹄，终于在第三天头晌到了盛京，富俊都没顾上用膳，直接前往王爷府叩见惇亲王绵恺。行过大礼后，王爷将其领进内堂，屏退贴身侍从，俩人叙谈起来。惇亲王一向敬重富俊的为人，深知其脾气、禀性，早已心中有数。故而不论富俊怎么讲，即使是发火儿，王爷都洗耳恭听，时不时地插几句，想法儿让对方平静下来。富俊强忍怒火道："殿下，为何做的明明是圣上交办的要务，且公正无私，背地里却总有人掣肘作梗，在朝中还遭非议，岂非咄咄怪事？为了大清社稷的稳定，应把那些恣意妄为者、假公济私者、设置障碍者、违犯大清律条者抓起来，严审细查，予以问罪才是。"

惇亲王摇摇头道："老将军，言重了，世事难以预料。清查田亩之举措虽自乾隆朝高宗皇爷提出，但真正做起来，还是从嘉庆朝仁宗皇爷开始的。乾嘉两朝不少名臣皆畏葸此任落到自己名下，甚至退缩躲避，尽量不在皇上跟前露面。偏是你富俊不惧，不嫌沾腥，让挑重担决无二话，皇上是知道的。"

富俊感叹道："是啊，可总是一波未平、一波又起呀，费力不讨好儿啊！"

惇亲王说道："有一点我必须告知，太后和皇上都深知老将军忠心耿耿，为了大清社稷鞠躬尽瘁，对此感激不尽。只不过一时有一时的苦衷，道光皇兄承继大统时日不久，江南水患、冀鲁蝗祸、国库银匮齐奏，今非昔比。太后期盼国泰民安，人人宽厚相待，和睦融洽，老将军要领悟太后和圣上的体恤苦心也。人生在世，安能事事随意？委曲求全亦是宽厚，英雄不唱昨日经。鉴于老将军年事已高，何况将军衙门卷案甚繁，够操心的了，不劳思虑了。不如将多年未解之积案交给后生们，由他们去斟酌办理吧，你也难得一个清静。"

富俊听罢，心知肚明，最怕出现的预感终于出现了，且无言以对。诸位阿哥，本书曾多次提及富俊率领官兵在双城堡设立清查田亩行辕大营，讲得略显零碎，不够细致，其中也涉及屯田事务。为易于谙其原尾，需要向大家补述一番。嘉庆朝屯田要略，乃大清朝廷之固国良策，名垂青史。其要义者何，请各位阅览嘉庆十七年四月初二日上谕，便可一目了然：

八旗生齿日繁，京城各佐领下户口日增，生计拮据，虽经添设养育兵额，而养赡仍未能周普。朕宵旰筹思，无时或释。前日举行大阅典礼，各旗营队伍整齐，在南苑先期训练，祗遵约束。朕嘉旗人服习教令，更念养先于教，为之谋衣食者益不可不周。国家经费有常，旧设甲额现已无可复增，各旗闲散人等为额缺所限，不获挑食名粮。其中年轻可造之才，或闲居，甚或血气方刚，游荡滋事，尤为可惜。因思东三省原系国家根本之地，而吉林土膏沃衍，地广人稀。闻近来柳条边外采参山场日渐移远，其间空旷之地不下千余里，悉属膏腴之壤，内地流民，并有私侵耕植者。从前乾隆年间，我皇考高宗纯皇帝轸念八旗人众，分拨拉林地方，给予田亩，俾资垦种，迄今该旗人等甚享其利。今若仰循成宪，斟酌办理，将在京闲散旗人陆续资送前往吉林，以闲旷地亩拨给管业，或自行耕种，或招佃取租，均足以资养赡。将来地利日兴，家计日裕，旗人等在彼尽可练习骑射，其才艺优者仍可备挑京中差使，于教养之道实为两得。著传谕赛冲阿，即查明吉林地方自柳条边外至采参山场其间道里共有若干，可将参场界址移近若干里。自此以外，所有闲旷之地悉数开垦，计可分赡旗人若干户。并度地势，如何酌盖土锉草房，俾藉栖止。其应用牛具籽种每户约需若干。再该处现有闲散官员是否足资统束，抑或须增设佐领、骁骑校之处，详细妥议章程，并绘图贴说具奏，候朕酌度。或先派旗人数百户前往试行，俟办有成效，将来即可永资乐利。此事经营伊始，该将军等毋得畏难观望，务尽心筹划，以副委任。将此谕令知之。钦此。

读罢这篇上谕，深敬嘉庆皇爷良苦用心。国家富强，必求国晏民安，民安则以食为天，足食则赖以谋食之地。民有立锥之地，应时耕耘，安生流民之忧。富俊多年奔波，受命清查双城一带万亩平畴沃土肥壤。自大清开国历朝迄今，人口增加、流徙，农田占有、租佃、撂荒几度变迁。富者愈富，佃奴多如牛毛；贫者愈穷，久无立锥之地，社会难宁，为匪盗酿祸推波助澜。经几年来的认真梳理，效果斐然，现清查田亩告一段落。富俊结案之时，发现借权势窃据东北三省数十万亩良田，最大的地主便有范蔼仁等人。又如借权势招揽佃农佣工，即占有田产的地棍，如秦名远等权贵，皆有自己的靠山、自己的兵马，这在大清国历朝是罕见的。州府疏于治理，日久天长，使之坐大，成为一域之霸，任何州府不敢惹，连朝廷都不敢轻碰。富俊遇上这些棘手境况，锐意要以雄兵铲除毒瘤，烈火随之燃起来了。一方以范蔼仁、秦名远等为首的人，攀龙附凤，为其张目，诬陷富俊屠戮无辜。一方以富俊为首的吉林将军衙门，欲行先皇嘉庆御旨，清查田亩，处理巧取豪夺者，以平民怨，防微杜渐。富俊办事，泾渭分明，从不苟且偷安，难免得罪清查田亩中的拦路虎。这虎有大有小，有显有贵，有财奴虎，有地痞虎，有勋爵虎，有皇亲虎，碰谁谁张牙舞爪。富俊哪里听邪，专啃"刺头"，到末了终于闹腾到皇帝那儿去了，道光觉得到了这个地步可就不好办了。你想啊，范蔼仁等人皆有皇亲国戚，秦名远与一些在任大将军也有默契关系，手心手背都是肉，只想大事化小，小事化了，睁一眼闭一眼过去吧！这不，皇上把善于周旋的御弟搬了出来，此乃惇亲王受命为三省巡督的奥秘。王爷绵恺很擅讲，处事圆滑，他点拨富俊道："老将军，依本王之见，你在吉林将军任上得把尤成额找回来，免得桂良总来找我，给其外甥女一个阖家团圆的宁静日子就可以了。"

富俊问道："王爷，范蔼仁怎么办？"

惇亲王手一摆道："唉，就交给博启图吧！"

富俊又问："那么，我吉林将军衙门的总管秦名远呢？"

惇亲王说："秦名远？老将军哪，你性刚烈，人家惧你，你对人家不甚知悉。这些年来，秦名远身陷将军衙门那个最繁杂的乱差使里，实属不易呀！他先后侍奉过松萁、松筠、加上您共三位吉林将军，前两位皆言其干差兢兢业业，管理得井井有条。你恐怕也听说了，他跟嘉庆八年至十四年曾任吉林将军的秀林关系不一般，缘何如此呢？有一年，秀林将军率兵在湖广围剿叛匪时，不小心被冷箭射中，身负重伤，昏死在牸牛寨。已是骁骑校的秦名远带领手下赶到陌生的牸牛寨，撒下人马漫山遍野地搜寻，终于在牸牛河附近找到了气息奄奄的秀林，背了百余里，走出群峰，救回吉林。兵部称赞秦名远智勇双全，如神兵天降，把一品大员从死神手里夺了回来，获阿什哈尼哈番。老将军此次调查秦名远罪状时，秀林从甘肃奏文皇上，以一品顶戴衔保奏秦名远免罪，皇上交本王酌议。我想告知将军，袒护秦名远者非秀林一人，大有人在。这位总管于吉林将军衙门后院儿因禁期间，虽然把守严密，但还是被秦名远之友、范蔼仁部众云中燕在内应的帮助下救走了。秦名远本人亦有申辩，待将军回到吉林后，可直接问他。需要提醒的是将军对秦名远切忌动武，可询问有关案情，然后将其交给博启图，我自有安排。"

富俊听罢，气得浑身战栗，脸都白了，刚要与其争辩，早已看在眼里的惇亲王忙笑着说："老将军，别急，且息怒。您有所不知，恭慈皇太后曾屡训皇上，说是你没有先祖和皇考的智谋，初登大宝，务行政通人和，凡事宜解不宜结，无碍大计的鸡毛蒜皮之事别管，勿因臣子吵架而不能自制。天子位居九鼎，皇恩浩荡，安有不求国晏民安的？自然得谨遵太后之命了。老将军乃三朝佐臣，一向很有涵养，倘若如是，本王亦释圣命矣，众望所归，以慰圣心。"

富俊一听亲王已讲到这个份儿上，纵然有一腔积愤，还有何可说？不想继续逗留，遂婉辞酒饭，匆匆叩别亲王和福晋，班布泰已等在轿车旁，准备早早赶回吉林。富俊前脚刚刚迈出府门，猛然想起庞荣和庞庆谈到的关于彤甜甜的身份之事，觉得必须当着亲王的面儿问清楚，免得得罪王爷和福晋，忙又折了回去。就在他反身时，恰好亲王和福晋因已察觉到老将军心情不快，所以双双也走出门来，打算送一送，结果三人撞了个满怀。惇亲王笑道："将军，我方才不是说了么，何必如此匆忙呢，已经传下话了，大厨正在备膳，待喝完我的饯行酒再上轿不迟呀！"

富俊谦恭地说："感谢王爷和福晋的盛意，不必了，衙门有一堆事等着处理。只是忽然想起还未向王爷和福晋道歉呢，彤甜甜住在我的一亩三分地，听说是王爷和福晋的身边人。老夫反应迟钝，多有怠慢，请见谅。"

惇亲王没有正面回答："噢，甜甜这孩子任性，是你们拉林河的人。总是想老家，流眼泪，夫人心疼，这才准她回北边居住的。"

福晋接茬儿道："甜甜是个不错的闺女，心眼儿好，愿意做善事，我很惦记她，烦请将军多多关照啊！"

富俊一听全明白了，庞荣所言果然是真，于是再次与王爷和福晋告别。走到府门外，班布泰搀其上了轿车，身下铺着暄腾的羊羔皮，后背和腰间给垫上被子，关紧车门，叮咛道："爷爷，坐稳喽，养养神，最好能睡上一小觉，等醒了，咱就到家了！"说完鞭子一扬上路了。

富俊打心眼儿里喜欢孙儿，不仅能文能武，还像保姆一样照顾他。班布泰每次陪爷爷外出，都把自己的马拴在轿车后边跟着，不另用驭手，亲自执鞭驾驭。因为他最知道爷爷什么时候要阅卷，什么时候累了需眯上一觉，也好据此掌握车行速度的快慢。班布泰平日里习惯于观察爷爷的一言一行，一举一动，揣摩其想些啥，把里里外外的大事小情都想在前面，富俊很是称心，不止一次地夸赞道："喔莫罗，你是爷爷肚子里的虫啊，啥也瞒不过哟！"这次来到盛京，班布泰见爷爷未顾得上歇息，大半个时辰都在跟王爷谈事，不想吃不想喝，太劳累了。回返吉林的路上，发现爷爷的气色不好，心情异常沉重，往常跟自己有说有笑的，这会儿闷坐在车里一声不吭，很是心疼。盛京至吉林的旱路原本就崎岖不平，加之这两天又下了几场大雨，越发泥泞难行，轿车左右摇晃着向前移动。班布泰既要找稍平的道走，又要紧勒缰绳控制着两匹马，后来索性跳下车踏着泥路牵马走，为的是防止车轮陷入泥坑或碾轧在尖石上，让爷爷在车里不会感到过于颠簸。走出三十多里后，富俊耐不住性子了，掀开轿帘儿道："喔莫罗，车内太闷了，我得下去透透气，真不如骑马来得痛快，给我卸下一匹。"

　　班布泰一声吆喝，轿车立即停住了，随即卸下一匹马，放好鞍鞯，把缰绳交给爷爷道："孙儿不能骑马陪着您老，路不好走，可要留心哪！"

　　富俊应了一声，一骗腿儿上了坐骑，于是爷爷骑马走在前头，孙子赶车跟在后头，一老一小缓缓走在漫长的泥泞土道上，谁也不说话，对一路的景色视而不见，经过铁岭那诱人的古塔遗迹都浑然不觉，因为祖孙俩的心没在这上。班布泰惦记着年事已高的爷爷，担心老人家郁闷不乐的，一时想不开再上火，别憋出病来。富俊的思绪仍停留在与绵恺亲王的面谈之中，由此引起一番回念，往事如梭。五载行辕，拉林夜渡，双城晓月，朝夕丈亩。以为只要解民倒悬，均平地亩，便可荒田走牛，百姓安食，皆大欢喜。实则想得过于简单，清查田亩涉及千家万户，一旦触犯私利，勃然大怒，势若兵火，结果是穷欢富怨，痛及权贵。如今皇上刻意求安，浅尝辄止，是受命之时难以料到的。碰了头方悟彻，皆缘秉性刚直，疾恶如仇，拙于世道应酬，难与善谋的赛冲阿、稳健的松萁、豪勇的秀林等将军比肩，才到这步田地。想至此，反倒觉得轻松了，甚而豁然开朗了，老夫不贪一文之利，何惧个人沉浮，赢得百姓感激皇上恩德，也就心满意足了。到头来辞官乡里，安享天年，任它东南西北风呢！正这时，一只野兔从草丛中蹦出，蹿向土道，好险没被富俊的坐骑踩上，大黑马一闪身，猛然将沉思着的富俊甩了出去。班布泰一路上最怕出现的险情发生了，虽然看在眼里，但前去施救已经不赶趟儿了，全仗拜一指金刚大法师门下为徒时学了数招儿，以腾空术从轿车上忽地跃起，扑向爷爷，致使富俊沉重的躯体没有实实在在地摔到泥石满地的土路上，而是砸在了孙儿身上，班布泰仰面紧紧抱住了爷爷。富俊终因年事已高，加之冷不防被甩，身子噌地蹿了出去，下坐力大，脑袋磕在了孙儿的肩胛骨上，当即晕了过去。班布泰吓坏了，大声儿唤道："爷爷，摔哪儿了？醒醒，快醒醒！"

过了一会儿，富俊苏醒过来，睁开眼一瞅，自己躺在孙儿的怀里，班布泰快急哭了，遂问道："喔莫罗，没事儿，扶爷爷上车。"

班布泰小心翼翼地将爷爷抱进车，平放在羊羔皮上，刚要解开衣衫看看伤，富俊摆了摆手道："不用看了，无大碍，起车吧，早些回家再说。"

班布泰只好作罢，遂从内怀掏出大法师送给的一直未派上用场的小小"保身瓶"，内装活血止痛红伤药，倒出几丸儿给爷爷服下。又为其盖上被子，然后跳下车，把大黑马套上，赶着车继续前行。富俊静静躺在那儿，觉得头发沉，右臂和左脚踝骨处疼痛难忍，根本动不得。过了两袋烟的工夫，药劲儿上来了，疼痛有所缓解，只想睡一觉，便微闭双目眯着。

自打富俊、班布泰离开吉林将军衙门前往盛京后，副都统都克尼、文部主事常喜以及白面娘子、茗兰等人总觉得没着没落的，心里一直牵挂着祖孙俩。特别是富俊将军，为完成清查田亩之重任，五年来，远离一品大员的丰衣美食，一头扎向双城堡。天天像个为氏族生计奔波的穆昆达，为流民盖房子，分牛具，拨籽种，劝阻因争熟地而引发的殴斗，还要充当排难解纷的和事佬，有时会遭到诬陷、辱骂，受了不少委屈。而朝廷往往被别有用心之人的鼓噪所迷惑，动不动就冷言冷语敲打几句，使其蒙受不白之冤，郁郁寡欢，头添华发。此番去见惇亲王，大家也为他捏了一把汗，生怕那颗赤胆忠心受挫，暗暗祝愿老人家可要多多保重啊，翘首企盼着早早归来。好几天过去了，今儿个总算回来了，班布泰赶着车到了将军衙门院门前。上下人等一窝蜂地迎上去，方知大人受了伤，赶忙搀扶进府衙。都克尼唤来郎中，经诊察，发现全身有多处擦伤，右小臂骨折，左脚踝骨裂，且伤处红肿，显然摔得不轻，若不是班布泰及时扑过去施救则更糟。郎中开了方子，既有治疗跌打损伤的敷药，也有口服的接骨药，叮嘱要按时服药，专人护理，静躺为宜。

富俊盛京一行摔伤的消息，很快便被皇上和皇太后知悉了，遂特派郎太医赶往吉林，为将军疗伤。陪同郎太医来江城的，还有都察院左副都御使博启图，到了将军衙门后，一块儿入堂屋拜见富俊。伺候在侧的班布泰见京师来人了，刚要扶起躺在炕上的爷爷，郎太医和博启图忙上前轻轻按住并顺势坐在炕边，博启图首先代为转达太后和皇上的系念，富俊谢恩。然后他又好言劝慰，说是啥也没有身子骨儿重要哇，老胳膊老腿的，愈合较慢。不妨放弃一切政务吧，好好儿养伤，别操没用的心了。说实在的，富俊一见博启图，心里就犯了寻思，差官回京不多日，他为何也来吉林？正想发问，博启图早已看出对方心思了，立马从怀里掏出一份信函交之。富俊展开一看，乃惇亲王的手谕：

　　松岩如晤：盛京面叙，返京奏帝，帝欣允矣。惊悉虎驾欠安，痛惜甚甚，恭祈早愈。帝旨博启图赴吉，三省清查田亩一应讼案，责其承办速奏。

　　　　道光四年秋稔　　　　　　　　　　　　　　　　　　　绵恺

　　富俊阅罢，笑容可掬地说："博大人，那就有劳您了，将军衙门的其他事宜也有劳您吧！"随即命班布泰请来了都克尼，引见给博启图。互相寒暄数语后，富俊吩咐都大人为左副都御使安排宿处，再陪其去府衙，见见将军衙门的上下人等，还可去后院儿转转，禀报一下有关范蔼仁、秦名远积案的详情。都克尼引领博启图离开后，郎太医开始为富俊诊病，查体、号脉、观舌苔后，说道："由于将军的年岁大了，所以骨伤的疗治需要些时日，不可性急，最好静养，少活动。我给将军带来了东印度的接骨药，按时服用，即见神效。"

　　富俊表示道："谢谢太医，大老远从京师跑来为老夫疗疾，真是辛苦了！"说罢，让班布泰送太医去后堂用膳，然后到驿馆歇息。转天一早，郎太医起程返京，班布泰送出四十余里方回。

　　博启图的突然来吉，使得都克尼不知如何行事是好，便乘其在驿馆歇息之时，跑到富俊大人处询问之。富俊说道："老夫未承想他这么快就来了，我们就遵照惇亲王钧意，对范蔼仁的调查暂停，交给博启图。秦名远为吉林将军衙门的故人，与尤成额失踪案有关，能否抓获他，是一场善与恶的较量。故而要继续查找，务必从耗子洞里揪出来，审问完毕后也交给博启图，想怎么处置随他，咱们不管。唉，老夫现在动不了，不能同你们一块儿去寻索尤教习，望都大人着即会同诸方代我行事，拜托尔等精诚竭力一搏了。"

　　都克尼谨遵富俊大人之命，将庞荣、庞庆和白面娘子请到自己在将军衙门旁边的官邸，转达将军对下一步行动的安排，共议捉拿秦名远归案、平安找回尤公子之策。白面娘子最信着庞氏兄弟了，执意要听庞家哥哥的高见，都克尼更是一个劲儿地点头，庞荣也就不谦让了，开口道：

"好吧，我先说说。从所掌握的线索分析，已经很清楚了，尤成额的失踪与秦名远有直接关系，两人之间实际上是因果相关的一宗事，即只要擒住秦名远，尤成额随之便会水落石出。到哪儿去找秦名远呢？从眼下看，用不着撒下人马各处找了，所有的指向都集中在裤裆街板门大院的家主肜甜甜身上。此人依仗王爷之威，有潘爷、胖姑等人的推波助澜，加之长期接受秦名远的恩惠，目空一切，凡人不搭语，难以走近她。而秦名远为自身安危可下抓住了这根救命稻草，心甘情愿匍匐在肜甜甜的脚下，心腹爪牙皆奉其如圣母，自然也都千方百计地庇护秦名远，绝对不会道出其藏匿之处，因为他们之间休戚相关。肜甜甜并不知道我和庞庆的身份，即使登门造访，会以为仅是凭王爷之短剑求助于她，暗地里还得观察我们究竟有多大能耐。因此必须露几手儿，把秦名远找出来，摆在她面前，使其无话可讲……"

刚说到这儿，门被推开了，四人抬头一看，班布泰和亲随带着柳祥来了。柳祥刚要给副都统叩头下拜，都克尼忙将其扶住道："不必如此，缘何而来？"

班布泰接过了话茬儿道："噢，是这样的，他跟看守讲，说是有要事求见都大人，我就带着来了。"

柳祥说道："都大人、班佐领，小的被关押这些天里，晚上睡不着觉就思摸，将军和各位大人待我这么好，又特别讲义气，若是继续瞒下去，那还是人吗？不能总犯糊涂哇，不应再受秦名远'不求同生，但求同死'的鬼话骗了，更不该卖力死保他了，所以就来了。是想禀告大人，秦名远并没有逃出江城，他待的地儿我知道。"

听了柳祥的话，大家非常兴奋，都克尼让他坐下慢慢说。柳祥谢过，坐在椅子上，接着又道："我曾随秦名远去过裤裆街板门大院，说是此宅子是秀林大人调任吉林将军期间，将一家金铺掌柜的私邸买下并发现一处房舍内有早年挖的地道，里面有砖道通风孔，关锁地门，自成独立门户。如有什么事需要躲藏，可长期隐蔽于此，不易被人察觉，故一直秘而不宣。后来秦名远把这儿当成了他的密室，常与心腹聚议要事，不是跟随他的兄弟都知晓。"

白面娘子不以为然："这算什么好地方啊，上面的地门一扣，那不赡等着被人一窝端嘛！"

柳祥说："哪儿像你想得那么简单呀，地室另有与外边联络的秘密通道，秦名远为啥对我和甯山虎、云中燕高看一眼、又赏银子又送金条的，就怕我们反水，揭这个老底儿。都大人，我记得很清楚，其中有一条暗道口就在您坐的太师椅后边的帷幔下面。"

都克尼立马站起身来，拉开帷幔，搬桌子，挪椅子，卷地毯，隐约可见地上确有一个长方形的地道口，上头扣着木板，与地面平行。由于长期不用，木板的缝隙已被尘土添满，仅有大致的轮廓，不仔细看很难发现。都克尼虽是吉林将军衙门的副都统，但到任的时间不算长，真不知屋内竟有个暗道。柳祥说："秦名远这几年一直充任将军衙门总管，此暗道可直通秀林大人的内宅，没准儿是他给凿开的也未可知。"

都克尼好奇地抬起脚使劲儿踩地，感觉很硬实，木板下似乎不是悬空的。遂令班布泰去找家巴什儿，没一会儿拿着根铁棍转回，想把木板撬开，可费了挺大力气就是撬不动。又取来铁镐刨，没几下便将厚厚的木板刨裂了，露出了青砖，原来地道口儿已被堵死。都克尼决意挖开看个究竟，于是大家一齐动手起砖，起完第四层，地道口儿的木板门终于露出来了。庞荣手抓门上的大铁环用力一拽，果然下面是一米宽的洞口儿，出来一股儿寒气。班布泰俯身往里望，见洞壁上竖着一个窄梯，里面漆黑一片，估计地道又深又长，没有火把照明根本无法下去。柳祥说道："此地室有两个出口，这是其中的一个，既然已被砌死，说明早就废弃了。另一个出口在距板门大院东边不远的一片小树林中独有的两棵穿天杨之间，铁板上有一层薄薄的泥土覆盖，肯定仍在用。我们起先不知板门大院的女主人叫啥名儿，只知其绰号，缎子旗袍儿一穿，光彩照人，是个人见人爱的美人儿呢！"

白面娘子瞪他一眼道："柳小辫儿，咋三句话不离本行呢，总忘不了唠扯女人。"

柳祥自知语失，不该说这话，瞅了瞅都克尼，忙道："噢，我的意思是向都大人禀报板门大院的家主身边有两个保镖，一个人称'潘爷'，一个人称'胖姑'，挺有能耐，且忠心护主。我估摸着地道的入口处一准是靠他俩或云中燕、窜山虎把守着，云中燕手黑着呢，要是没有十分把握，不能轻易冒险。"

都克尼说："柳祥，只要你真心悔过，我们欢迎，今天的行动就证明了这一点。先回去吧，继续想，想到什么了及时禀告，争取立功赎罪。"

柳祥点头哈腰地诺诺称是，班布泰和亲随将其带走后，都克尼转向庞氏兄弟道："二位大师，咱已经掌握了裤裆街板门大院的机关暗道，尽管尚不知彤甜甜的底细，也可按将军大人的吩咐去做，事不宜迟，先逮秦名远。不妨双管齐下，我带人马守在小树林中地室的出口儿，断秦名远的逃路，倘有内贼外窜，立即擒拿。二位师父身带短剑，与白面娘子一块儿前往板门大院去会彤甜甜，见机行事。因其有王爷庇护，遇事要谨慎，决不可妄动。具体怎么做，你们仨合计合计，我明儿个就带人在地道出口儿等你们，连守几天，相信不会白等。"

庞荣和庞庆可是少林寺长眉长老的得意高徒，机敏过人，性情沉稳，功夫了得。正因如此，恩师才让兄弟俩二返脚来吉林，助富俊一臂之力。庞荣想了想，说道："彤甜甜孤傲不群，又自恃有王爷做靠山，谁也不放在眼里。我虽有王爷赏赐的鲛皮短剑，但前去捉拿彤甜甜十分得意的秦名远，肯定不会认同，耍起娇来王爷都让她三分。最要紧的是秦名远朝中有人，逮他是将军大人逆王爷之命而为，必须慎而又慎。如果彤甜甜不肯，闹到王爷那里，秦名远更得受到保护了，我们的努力将全部落空，岂不前功尽弃？因此只能施巧计，速战速决。我已经想好怎么做了，请都大人放心，不会让你失望的。"

都克尼又千叮咛、万嘱咐一番后，三人方告辞出了官邸，来到一个较为僻静的地方，庞荣把自己的想法详细说了一遍，白面娘子和庞庆连声儿赞同。于是各自分头准备，紧张忙碌了一阵儿后，待三人再聚到一起时，互相一看，不禁哈哈大笑起来。怎么的呢？庞荣和庞庆倒没啥变化，衣着未改，依旧是壮士打扮。白面娘子的变化可大了，扮成了一个穷困潦倒的乞丐，脸上用锅底灰左抹一道子，右涂一道子，蓬头垢面，衣衫褴褛，赤脚穿着前脸儿已顶出窟窿的鞋子，根本看不出原来的模样儿了。庞荣特别嘱告白面娘子："我们从惇亲王的夫人口中得知，彤甜甜好行善事，或许不是很坏的人。这台戏就靠妹子演主角了，在任何情况下不准改口，不能说错，就照我交代的去演，越活灵活现越好，装得越像，成功率越大。"

白面娘子频频点头道："嗯，知道了，瞧好吧，别忘了，本人可是演杂耍儿的，打小就登台哟！"

一切就绪，三人用罢晚膳，又从衙门借了两匹马，庞庆骑一匹，庞荣和白面娘子骑一匹，于戌时出发了。当夜，北斗升天，繁星烁烁。在飞马去裤裆街的路上，嗒嗒嗒的马蹄声惊动了家家户户的看门狗，立马传来了阵阵犬吠声，有的人家随之亮起了灯光，此乃江城常见之景象。富俊大人嘉庆年间初进吉林时，曾写下题为《夜色》的小诗，其中就有"夜闻邻犬吠，喜报征人归"之美句。工夫不大，三人便到了裤裆街板门大院门前，翻身跳下马。白面娘子与班布泰曾来过这里，算是熟悉，抬起手刚要敲门，庞荣忙给她使了个眼色，意思是你咋忘了自己所扮演的角色了？白面娘子一吐舌头做了个鬼脸儿，赶紧放下手，拍了拍脑门儿站在一边了。庞荣把缰绳交给庞庆，上前去叫门："彤老板，彤老板，开门哪！"

片刻，只听院里正房的门吱嘎一声开了，出来一位老者，慢腾腾地朝院门这边走。白面娘子一看，正是那天让给将军大人传口信儿的老堂役，到了跟前把门闩一拉，推开一条缝儿，盛气凌人地问道："哪位呀？都什么时候了还来搅扰，不让歇息了？"

庞荣说道："老人家，我们兄弟打京师而来，路过此地，求见彤老板，麻烦转达一声。"

老堂役故伎重演，根本不理茬儿，刚欲关上大门，庞荣立即从内怀掏出那把短剑在他眼前晃了晃，话都没说一句。老堂役眼神儿那个好使呀，马上把门推开，满脸堆笑地躬身施礼道："哎呀，都怪老朽眼拙，不知上差驾到，快请，请！"随即又回身冲院里喊道："胖姑，快出来，迎接上差呀！"

这一嗓子还真亮堂，只见正房的屋门被推开了，拥出四五个女人，为首的那位胖如地缸，然行动却灵巧，快速跑到跟前，憨声憨气地问候道："三位好啊，又是人又是马的，贵客登门，喜事随至呀，快请进！"说着上前接过庞庆手中的缰绳，交给另两个女人牵着。

于是老堂役在前头引路，庞荣、庞庆随后跟进，白面娘子故意把脚步放慢，与他们保持一定的距离，目的是与身边的胖姑多些接触的机会，身后是那几个女人。进了院儿，两个牵马的女人径直去了西侧的马棚，从马棚旁边的小茅屋里走出一个老马倌儿，把缰绳接了过去，一一拴好，喂上草料。庞荣、庞庆自迈入板门大院的门槛儿，两眼就没闲着，一边走一边四下踅摸，注意观察房屋的布局，哪里有路，通到哪里，哪里有天井，机关暗道可能设在哪座房舍等，因为他们须尽快掌握这里的情况。此刻，胖姑一直在偷偷打量着白面娘子，见其身着破衣烂衫，脸也没洗，脏兮兮的，低着头在后面跟着，一声不吭，样子十分着人怜，寻思道："这两个该杀的上差，一块儿来的，撂下人家不管了，瞧不起咱穷姊妹还是咋的？这姑娘的境遇同十三年前的我一样，天爷祖奶奶呀，怎么又冒出一个小可怜见的？"想到这儿，侧过身拉着白面娘子的手，爱抚地将抿她那乱蓬蓬的头发，大声儿说道："妹子，别怕，有我呐！看你不像他们一起的，告诉姐，是捡来的，还是抢来的？或是准备把你卖到窑子里？这俩男盗女娼的混账东西，不得好死，非天打雷劈不可！"

走在前面的三人忽听从身后传来了胖姑气哼哼的谩骂之声，一时不知所以然，庞荣、庞庆以为白面娘子惹祸了，老堂役以为胖姑看不上来客，无缘无故发火。待回头看时，老堂役见胖姑用手指了一下白面娘子，这才注意到了女子的装束，完全理解了胖姑火儿从何来，并冲其摇了摇头。胖姑会意，不吱声儿了，搂着白面娘子的肩膀和大家一同进了客厅。客厅很大，正面高挂着明末清初大画家江韬的"虎啸龙吟图"，两侧硕大的白瓷瓶上分别印有和合二仙像，虎头铜炉里燃着桂香，靠墙的地面摆放着一盆盆翠绿的兰草，令人精神舒爽。白面娘子看着厅堂的陈设，心里很是纳闷儿："咦？这里也不像与班布泰初访时所辨析的是纳娼之窑舍，究竟是干什么营生的呢？"正琢磨着，只见老堂役热情相请庞荣和庞庆坐于上宾席，又吩咐侍女奉上香茗，分别为客人斟上。胖姑把白面娘子拉到庞荣身边扶其坐好后，随老堂役一块儿出了屋，可能是通报去了。

少顷，忽听胖姑在厅外喊了一嗓子："大奶奶来了！"话音刚落，客厅小圆门的水晶帘子"哗啦"一声被侍女撩起，老堂役和胖姑先进了屋，分别站立两侧。庞荣、庞庆和白面娘子看这阵势，知道女主人要上场了，便礼貌地起身相迎。这时，彤甜甜由两个丫鬟陪着缓步走了进来，面无表情，目不斜视，稳稳坐在正中的太师椅上。为使其坐得舒服点儿，其中一个丫鬟将抱于胸前的外包金丝绒的小木凳轻轻放在她的脚下，以便暖脚。另一个头梳钻天锥的小丫鬟手捧香木盘，盘子上放有主人专用的景泰蓝瓷杯，规规矩矩地站在身旁，看得出彤甜甜在接待外客时很能放份儿。白面娘子上上下下打量开了，见其头梳高高的盘云髻，髻上插一支亮闪闪的金簪。身着上绣群蝶戏菊的紫缎紧身旗袍儿，尤显身材修长，外罩石榴红丝质坎肩儿，脚穿前脸儿有小绒球的寸子鞋，端庄秀丽，姿色不凡。再仔细一瞅容貌，竟惊诧得心怦怦直跳，差点儿没叫出声儿来！不仅眉眼口鼻和自己太像了，两颊也有酒窝儿，肤色亦那么白皙，简直就是一个模子里刻出来的，难道坐在眼前的彤甜甜是自己失散多年的一奶同胞姐姐大白丫？庞荣见其有些失态，忙拽了一下她的衣袖。白面娘子侧过头一看，见庞家二位哥哥都在盯着自己并使了个眼色，意思是我们和你有同感，不过要稳住架儿，不露声色，尽量保持镇静。这一切彤甜甜丝毫没有察觉，她谁也不看，先端起小丫鬟捧着的香木盘里的景泰蓝瓷杯呷了一口茶，放下杯子后，开始低头欣赏自己的长指甲，左看看右瞧瞧，过了一会儿方开口道："三位辛苦了，请坐吧！"

庞氏兄弟和白面娘子坐下后，彤甜甜接着又道："你们拿着老王爷的鲛皮短剑来我这儿干吗？别以为得了那玩意儿就敢胡作非为，老娘可不在乎这个。"

此话一出，屋内的气氛顿时紧张起来，鸦雀无声。庞氏兄弟用余光一扫，瞥见老堂役和胖姑手中皆掐暗器，只要彤甜甜发出个动静，必是一场激烈的打斗。二人互觑一眼，起身向前走三步，抱拳施礼，庞荣说道："彤老板，初次见面，给您请安了！介绍一下，我俩是兄弟，我叫庞荣，弟弟叫庞庆，都在当朝湖广总督桂良大人身边效力。前数日，途经盛京，巧遇当今皇上御弟、惇亲王的车驾出巡，四匹火龙驹突然被白头大雕惊吓，拉着内坐王爷和福晋的轿车狂奔，驭手丧命，领兵头目和士卒都被抛得远远的，彩轿几乎颠零碎了。就在这生死关头，我们兄弟跳上车制伏了惊马，救出受伤的王爷和福晋。王爷在锦州设宴致谢，赠鲛皮短剑留念，并嘱咐我俩来吉林裤裆街板门大院拜识彤老板，转告王爷、福晋平安吉祥。"

彤甜甜听庞荣讲这件事的时候，初始浑身紧张，屏气凝神，继而吓得汗毛都竖起来了，心惊肉跳！一直到得知王爷和福晋被平安救下，这才长出了一口气，眼泪也止不住了，完全没有了倨傲无礼的样子。她显然受了感动，起身走到庞荣、庞庆跟前施了个蹲礼道："王爷和福晋之所以叫你们来这里，是因为太累太忙了，想让我代其感谢二位的救命大恩，谢谢，谢谢啦！"

老堂役走了过来，说道："大奶奶，见到恩人，感激的话千言万语说不完，明儿个备宴，开怀畅饮述衷肠！"

彤甜甜这时注意到，胖姑不知啥时候站在了那个蓬头垢面的女子身后，双手搭在其肩膀上，嘴噘得老高，便走了过去。胖姑的注意力没在女主人身上，也不瞅她，只是低下眼侧过头望着白面娘子所穿的那双窟窿鞋。彤甜甜随其目光看去，陌生女子那一身儿既脏又破的衣衫很是刺眼，同情之心油然而生，转而又愤怒不已，手指白面娘子冲庞氏兄弟吼道："你俩给我站起来，快说说，这是怎么回事？"

其实呢，刚才庞荣在向彤甜甜陈述救王爷的经过时，眼角儿不时地扫视白面娘子的一举一动，见其装出一副可怜兮兮的样子，很是招人疼爱，对她的聪慧和领悟能力由衷满意。而且看到胖姑独自陪伴着白面娘子，心里期盼着快点儿将彤甜甜的目光吸引过去，戏就演到家了。当忽然听到彤甜甜喊了一嗓子时，兄弟俩暗地里乐了，赶忙故作慌张地站起来，庞荣说道："彤老板，请息怒，方才只顾回您的话了，事儿得一件一件说，一张嘴忙不开呀！您看这个妹子多可怜啊，我们兄弟来吉林的半道上遇到了她，当时正要寻死上吊呢，谁也不能眼瞅着不是？好说歹说才给劝住了。想到听王爷和福晋讲过彤老板敬佛行善，索性就带其投奔您这儿了，给点残羹剩饭、旧衣裳，也算赏她一条小命了。"

庞庆紧接着对白面娘子说："妹子，别怕，这就是我曾告诉你的救苦救难的活菩萨，快给大奶奶磕个头！"

白面娘子本来从小就失去了父母，无依无靠，流落江湖，四海为家，是个苦命人。一想到这些，不用做戏，泪水立马溢出了眼眶儿，哭着跪在地上咣咣磕着响头叩谢大奶奶的收留之恩。哭声那么凄惨，那么揪心，那么感人，使得彤甜甜、胖姑和丫鬟们也不禁抽搭开了，继而哭成了一团。老堂役赶紧好言劝慰主子，劝了半天无济于事，只好把胖姑拉到一边，面有愠色道："快住声吧，你跟着凑啥热闹啊，不心疼咱家大奶奶了？"

这话还真起作用了，胖姑止住了哭声，回头又劝大奶奶别哭了，彤甜甜抱着白面娘子互相擦拭着眼泪。过了一会儿，彤甜甜坐回到太师椅上，说道："这位妹子确实可怜，很是招人疼，我决定收下了。两位救命的大恩人，从今儿个起，咱们就是一家人了，我该叫你们哥哥。为使大家尽快熟悉，相互有个照应，先给介绍一下。这位姓潘名中顺，京城门头沟人氏，既是本人的保镖，又是板门大院的护卫，负责处理本院一应诸务，大伙儿尊称为'潘爷'。那个胖丫头是管家，院内人员的衣食住行由她和潘爷统筹安排，也是个苦命的孩子，从小不知生身父母是谁。十三年前我俩在拉林河相遇，当时她十二岁，从此姐妹相称，始终跟在身边。从没起过大号，长得又胖，得一绰号'胖姑'，尚未找婆家。这几年，范家堡子来了两位少林寺的高僧坐镇，法号分别为夺魂僧者、静空大师。我听到这个信儿后，觉得机会难得，就让胖姑前去拜师，习练武功。练了一年有余，臂力增强了，武功尚差得远，回来跟着潘爷继续学。板门大院的环境不错，颇为幽静，二位大哥多住些日子，好好儿叙谈叙谈，人熟为宝嘛！胖姑啊，赶紧吩咐厨师备便宴，大哥走那么远的路，早已又饿又乏，用罢膳好早点儿歇息。"

庞庆忙道："彤老板，不必麻烦了，我们路上已经吃过了。"

彤甜甜点点头道："噢，那好吧！潘爷呀，给二位大哥安排一个清静的房间，舒舒服服睡一觉，解解乏，明儿个咱接着唠！"

潘中顺答应一声，头前带路，庞荣、庞庆向彤甜甜告辞后跟出。彤甜甜目送三人离去，遂侧过头对白面娘子说道："老妹子，走吧，今晚睡在我那儿。"

白面娘子假意推诿道："不行不行，我是个穷要饭的，四处流浪，浑身是土，又脏又臭，哪敢与大奶奶同宿啊！"

彤甜甜笑道："说哪里话，出身卑微怎么了？我不嫌弃。"

彤甜甜的居室很讲究，宽敞、洁净，卧室挨排三间，头室她住，二室胖姑住，三室为沐浴间。由于北地冬季严寒，显贵人家均如此筑屋，一色朝阳，另有密室，非主家人不许擅入。室内搭锅灶，烧火做饭，更衣沐浴，房外设茅厕，由嬷嬷清扫。胖姑直接把白面娘子领到了自己住的二室，甜甜吩咐她带老妹子去沐浴间洗个澡，梳梳头，再给换套新衣裳。胖姑先生火烧热水，然后出去抱来新被子、新褥子和两套衣裳，边把褥子铺在炕上边告诉白面娘子："老妹子，你是不知道哇，大奶奶心眼儿好，这些铺盖都是她的，让拿出来给你用，我还没享过这福呢！"

白面娘子站在地当间儿左观观，右瞧瞧，忽然被四壁吸引住了，细一看全是用小块涂漆的楠木镶嵌的，上有雕花，非常漂亮，感觉好像置身于一间花屋。胖姑说："大奶奶住的屋子比这屋还亮堂，墙面也是用打磨过的一万块儿楠木拼成的，听说原来是秀林将军和大夫人的卧室，咱这屋子是二夫人的居室。"

白面娘子问道："大奶奶是京城人，那儿多好哇，为啥到吉林来？"

胖姑说："大奶奶可不是京城人，父母从关里逃荒到东北，她出生在拉林河。从小父母双亡，逃难时又与妹妹走散，她便成了流浪儿，沿街乞讨，后来给渔霸当晒网、织网的童工。有一年得了重病，差点儿没死了，刚将养好，就被渔霸卖到盛京的一家妓院，幸好乘人不备半道儿逃了。大奶奶吉人天相，偏巧遇上王爷偕眷出巡归来，福晋见其模样儿俊俏、清秀，喜欢得不得了，遂带回京师拜了干姐妹。从此大奶奶便是格格了，住在王爷府内，过上了锦衣玉食的生活，天天除了读书写字，就是学习琴棋书画。不知你方才在客厅是否注意到，挂于正面墙上的那幅名画就是老王爷赏赐的，大奶奶特别喜欢。她心里一直怀念自己的出生之地，不忘拉林河，加之母亲也葬在那儿，故而总想回去。老王爷和福晋拗不过，于是请吉林将军在江城给踅摸个合适的居处，便来到了这里，闲暇时，常回拉林老家寻找故人。"

听了胖姑的一番话，白面娘子更加确信板门大院的女主人彤甜甜就是自己十四年前走散的亲姐姐，此乃阿布卡恩都力的眷佑啊，让我圆了思亲梦，姐妹终于可以团聚了！正在她按捺不住心中的喜悦之时，胖姑告知洗澡水已经烧热了，进去好好儿洗洗，不用着急。白面娘子谢过，回身拿起炕上的新衣裳，撩起门帘儿去了沐浴间。过了两袋烟的工夫，白面娘子洗罢，换上了新衣，出了沐浴间回到屋内，见彤甜甜也在，正坐在椅子上与胖姑闲聊着。二人抬头一看，不由得一声惊呼，张大的嘴巴半天合不拢，不是在做梦吧，这不又一个活脱脱的彤甜甜嘛！胖姑忙起身走上前把白面娘子拉到甜甜身旁一打量，那身材、那长相、那肤色一模一样，分不出伯仲，都那么美丽，那么光彩照人，招人爱看。彤甜甜眼睛湿润了，仔细端详着白面娘子的体貌，两手抚摸其脸颊，颤声儿道：“你……是我的妹妹小白丫吧？”

白面娘子使劲儿点点头道：“没错，我是小白丫，见面的头一眼就认出你是姐姐大白丫了。”说罢，一头扎进甜甜怀里，任喜悦的泪水不住地流。

甜甜紧紧搂着白面娘子喃喃道：“小白丫，我的好妹妹，你还活着，今生今世总算见到了，见到了……”

一旁的胖姑也激动得热泪盈眶，上前一把将二人抱住了，高兴地说：“太好了，太好了，梦境变成了现实，值得庆贺！我正觉得奇怪呢，大奶奶平时虽然同情穷苦人，但从不让谁到自己的居处，哪怕是孩子也不准。能在身边久坐的人不过二三，唯跟我最合得来，当成亲姐姐一样看待，无话不谈，只因同是天涯沦落人。今儿个却一反常态，破天荒头一遭把陌生人领来同宿一处，这可太不易了。现在明白了，原来是好人有好报，年年岁岁所虔诚叩拜的拉林河神母娘娘显灵了，赐福于大奶奶，把日夜思念的亲人送来了，满足了彤氏姐妹心中的祈愿。今天可是个吉星高照的日子，快别站着了，坐下好好儿亲近亲近，唠扯唠扯。”

甜甜松开手，掏出丝帕为妹妹擦拭着泪水，说道：“小白丫，走，到姐姐屋去，胖姑也去，今晚咱们姐儿仨同住一间屋，同睡一铺炕，叙叙别后情，我就盼着这一天呢！”

夜深了，三人来到头室，和衣躺在热炕上。此刻，白面娘子初始对板门大院的厌恶、鄙视一扫而光，并有一种家的感觉，那么温暖，那么亲切，恨不得把满腹的委屈一股脑儿吐出，十几年的辛酸泪一下子流完，那会无比痛快，从此与姐姐快快乐乐地生活。她在回忆自己的不幸遭遇时，当年被咆哮的拉林河水吞没、冥冥之中被人救起、跟赛燕青师傅学艺、随杂艺班四处搭台、邵勤的可恶、秦名远的无耻、不愿苟活投河自尽、身置妓院的八面逢迎等场景历历在目，悲愤、屈辱、痛苦、感激之情一齐涌上心头，讲得声泪俱下。随着白面娘子泣不成声的就是甜甜和胖姑了，三个女人搂抱在一起，泪水流在一起，话说到一块儿。甜甜动情地说："小白丫，姐在客厅与你一照面儿，也不知怎么了，就觉得有缘，打心眼儿里喜欢，愿跟你亲近，一举一动都对我心，好像老早就认识似的。人们都说双胞胎心相通，遇事相互有感应，看来此言真对呀，姐姐何尝不期盼着立刻找到你呀！我也吃了不少苦，遭了不少罪，只能咬牙挺着，想法儿活下去。后来巧遇贵人王爷和福晋，跟着去了京师，从此成了金枝玉叶，不愁吃穿。可我并不快乐，心里始终记挂着亲人，宁肯离开安适的京城，也要回到北地的老家拉林，就为寻找你这个唯一的妹妹，不知是否活在世上。噢，小白丫，你把左手伸出来让姐看看。"

白面娘子顺从地伸出纤细的左手，甜甜拉过一看，小指明显短了一节。继而捧着左手摩挲着，爱抚地贴在脸颊上，亲也亲不够。就这样，三个女人没有丝毫困意，只有唠不完的嗑儿。甜甜搂着妹妹，胖姑偎依在白面娘子身旁，几乎成一体了，似乎生怕有人再把她们分开。直到三更敲过，白面娘子才开始进入正题，郑重地说："二位姐姐，我从小长这么大，一直没取彤姓大号，在杂艺班时起了艺名，叫白面娘子。作为妹妹，不能不告诉姐姐实情，希望你们能按我说的去做。"

甜甜和胖姑异口同声道："当然了，见到妹妹更有主心骨儿了，不听你的听谁的呀？"

白面娘子说："我和庞荣、庞庆这次到板门大院，不仅是按王爷、福晋之意前来看望你们，还为吉林将军办一桩公案。说来十分可气，茗兰之夫尤成额博学多才，不愿凭祖上声名在京师谋取仕途，便由其舅湖广总督桂良大人所雇用的庞氏兄弟陪同，于嘉庆二十五年初夏赴吉林左翼官学任教习。时任吉林将军衙门总管的秦名远因已收受盛京衙门吏部侍郎卢涟的贿赂，所以便想移花接木，让其妻弟鲍昌顶替。于是从中作梗，百般刁难，派人将尤成额夫妇送到江北拘缉营，使之申述无门，受尽屈辱。直至道光四年富俊四任吉林将军，在审理积案时，方弄清此事的来龙去脉，随即设考榜，在大人的主持下，凭答卷择优录用。结果尤成额榜上有名，夺得头筹，正式成为吉林左翼官学教习。秦名远因此怀恨在心，一个月前将尤成额劫走，至今音信皆无，生死不明。其妻担惊受怕，郁郁寡欢，身子骨儿每况愈下，令人揪心不已。姐姐，据我所知，你虽与秦名远一直打交道，但不一定了解其人品，说他罪恶昭彰，心狠手辣，一点儿不为过。别的且不讲，这些年来，他跟咱姐儿俩何止是认识？心里明镜似的，只有双胞胎才会长得如此相像，还知道你我的乳名以及都在寻找对方。可他却牙口缝儿不欠，那边凌辱着我，这边围着你极力周旋，眼瞅着一对儿姐妹不能团聚，实则为了自保，世上还有比他更坏的人吗？我一向认为看谁有困难是该主动相帮，每个人都应如此，但不能不问青红皂白而施以援手。我估计眼下秦名远藏在板门大院，若真是这样，你肯定是受其蛊惑、不明底里才助其逃避官府的追查，妹子讲得对么？"

甜甜迟疑片刻，说道："妹子，姐姐不瞒你，秦名远是在这儿。所说的一些事，姐听了既吃惊，又气愤，他在我跟前只字未提过。我到吉林来，是老王爷给搭的桥，一应诸事全靠潘爷去张罗，去疏通。正因如此，潘爷跟秦名远以及范家堡子的庄主范蔼仁接触的机会多，关系比我近。近些日子胖姑曾告诉我，说是大院出现几个生面孔，不知是干何营生的。我听了没太往心里去，寻思反正有潘爷呢，一切由他安排、处理，也就没有细问。妹妹有所不知，刚到江城那会儿，两眼一抹黑，谁也不认识，秦名远帮我出了不少力，跑前跑后地跟着忙乎，心里很是感激。后来他讲了不少富俊的坏话，说什么那癞老头儿总跟我过不去，动不动就找碴儿，要么就问罪开刀，够难伺候的了。我听了挺有气，这不明摆着欺负人吗？所以对富俊的印象不是很好。"

白面娘子说："富俊大人乃三朝元老，是皇上信任的佐臣，尽人皆知。我可领你们去将军衙门，只要与大人见个面、攀谈一会儿，便知道他是什么样的人了……"

暂且不讲白面娘子和甜甜、胖姑越唠越投机，解开一些对吉林将军衙门和富俊大人的误解，对秦名远有了进一步的了解。再说潘爷领着庞荣、庞庆出了客厅，来到一个颇为宽敞的房间，说道："今晚二位就住在这里，相比之下，较别的屋清静，便于歇息。要是起夜，不必出门，容易受凉，外屋地已备好了大木桶，往里尿就行了，明早自有人拎出倒掉。需要提醒的是大奶奶喜欢狗，院子里养了十几条从蒙古买来的猎犬，生性、厉害，我都曾被咬过，你们千万别去惹。对门儿歇着的三个仆从供二位支使，有什么事儿需要帮忙，可唤他们去做。"交代完毕，勉强挤出一丝笑容，转身退出了。

庞氏兄弟心知肚明，潘爷之所以用狗吓唬人，显然是为了防范。看来初进大院被迎进客厅时，对立的双方便形成了，即以潘爷为一方，以我俩为一方。潘爷表面上有说有笑，暗地里却在较劲，随时准备拿出看家本事与对方比试。什么看家本事呢？就是充分利用那些看家犬，一见生人必叫，让任何心存不轨之人皆寸步难行。潘爷肯定很自信，认为这护院狗我俩难以对付，想闹也闹不出个啥名堂来，只要狗叫，本爷就开抓。我们缘何而来呀，还不是要弄清板门大院究竟是个什么所在，特别是地道口在哪屋？秦名远藏在哪儿？吉林将军衙门副都统都大人正率手下在小树林内的地道出口焦急地等着与我们会合呢！第一步已经实现，顺利地进入了板门大院，下一步就是站稳脚跟，尽快摸清各个房间的底细。聪明的白面娘子久经世面，什么人都能应付，深信她一准会赢得甜甜和胖姑的好感。我们兄弟也不能当孬种，要施展所学之能耐，把板门大院查个底朝上。

书中暗表，庞荣和庞庆带个丐女突然造访板门大院，对此首先引起怀疑的就是老堂役潘爷。他有些功夫，负责大院里里外外的护卫，还要保护彤甜甜的安全。潘爷早年追随赛冲阿将军，成为其健锐马步营中的一名骁骑校，转战南北，屡立战功。有一年参加平定荆州匪乱时，他身负重伤，授"雅勒哈巴图鲁"，即像豹子一样的勇将。赛冲阿是嘉庆皇爷的虎臣，遂将自己的这位爱将带回京师养伤，派太医诊治。潘中顺伤愈后，身子骨儿大不如前，便想离开军营，干个力所能及的差事。当时，嘉庆帝之三子绵恺亲王正在习练武功，赛冲阿和桂良便向其极力举荐潘中顺做武师，得允后，从此在王府里教授武功。前些年惇亲王和福晋偶遇甜甜，非常喜欢，福晋与其拜了干姐妹。后来甜甜缠磨王爷和福晋要回吉林，二人只好答应，惇亲王把潘中顺派了去，并请时任吉林将军的松蒜予以妥善安置，松蒜则将潘中顺和彤甜甜全权托付给将军衙门的总管秦名远，令其好生侍候。秦大门牙多鬼呀，最善于察言观色了，发现潘中顺习惯于动脑筋，什么事考虑得最多，彤甜甜很听他的，便知这是王爷和福晋的贴心人。于是对潘爷远远高于彤甜甜，三日一小宴，五日一大宴，时不时地馈送金银首饰等。当得悉其已两丧妻室，眼下尚未续弦，便从烟花柳巷买来冯氏小娇，大办三天，操持合卺。秦名远收买了潘中顺，就控制了彤甜甜，遇到什么不可解的事儿找潘爷，潘爷找甜甜，甜甜再找王爷和福晋，没有办不成的。秦名远能在板门大院隐蔽下来，自然离不开潘爷的帮忙和谋划，今儿个大院突然来了几个生人，他能不犯疑吗？尤其看见庞荣、庞庆格外眼晕，心里思摸道："这两个人到底干啥的？还大摇大摆地来，难道真实用意只是因为救了王爷和福晋、特意上门向大奶奶报个功、讨个赏？不会那么简单。"这么想着，便暗暗嘱咐甜甜："大奶奶，我久经战阵，什么高手儿都见过。现在习武的人多了，谅他俩比胖姑那样的初学者也强不到哪儿去。不过得小心为上，别被其蒙骗喽，这俩人就交给我对付吧！"

然而潘中顺再狡猾，还是疏忽了，没有及时识破庞荣设下的连环套。来的路上，庞荣心里一直盘算着，此去板门大院，他们一准紧紧盯着我兄弟俩的一举一动。为啥呢？白面娘子扮成可怜巴巴的丐女，浑身上下脏兮兮的，谁愿看她呀，注意力肯定吸引到我和庞庆身上了，无形中减少了白面娘子的危险，要想接近彤甜甜和胖姑，不会有人提防。这样，我兄弟俩为一方，白面娘子为一方，互相既有配合，又各显其能，双管齐下，何愁揪不出秦名远、找不到尤成额。庞荣此计果然奏效，白面娘子这出戏演得很到位，甜甜和胖姑真以为她是二位壮士半路救下而带进大院的要饭花子，并给予了深切同情，连潘爷都没看出有假，唬得一愣一愣的。

潘中顺走后，庞荣、庞庆没有急于歇息，而是沏了一壶茶，一边喝着，一边注意倾听周围的动静。到了丑时，整个大院静悄悄的，一点声儿没有，估计所有的人皆已进入了梦乡。于是二人换上了紧身黑色夜行衣，戴上黑帽子、黑面罩儿，脚穿带钉子的登脊软靴。腰间别着匕首，缠着锁链，内怀揣着迷蒙粉、攀爬钩、毒狗丸等，轻轻推窗而出，对门儿的那几个明说是侍候客人、暗地里监视他俩行为的仆役丝毫没有察觉，睡得蛮香。因白天二人被迎进大院时，早已把四周看个清清楚楚，窗外紧挨着烟筒垛子。所以在蹿出的同时，便能准确的飞身跃上，随之脚尖儿一点折了个跟头纵至房顶。正巧皎洁的明月悬在中天，月色溶溶，院内一排排屋舍尽收眼底。夜行人最烦看家狗了，偏偏南北两个大院全靠猎犬守着，时不时地叫几声，传递平安信息。庞氏兄弟出生于农家，户户皆养狗，熟知狗的习性，有一套联络夜狗的技巧。狗也是软的欺，硬的怕，溜须强者，恫吓弱者。狗中亦有首领，曰"头狗"，头狗把最凶狠的狗制伏了，其余的狗便都听喝儿了。俗话说："人有人言，兽有兽语"，一点儿不假。庞荣和庞庆知道治狗须会斗狗，得掌握并会模仿各种狗的叫声，什么凶狗、孬狗、穷狗、阔狗、丢崽子的狗、失群的狗等，都能学得活灵活现，惟妙惟肖。藏在暗处捏着鼻子那么一哼哼，狗准会当真，竖起耳朵到处踅摸这个陌生的同类在哪儿，要干什么。二人今晚可不是没事儿斗狗玩儿，而是要密探板门大院，首先得征服那些凶恶的看家狗，使其老老实实待在窝里。他俩蹲在房顶的黑旮旯儿处，庞荣挺胸运气头一扬，用手捏住鼻子，张嘴鼓舌从胸腔里发出似凶猛的大狼狗聚群之时的吼叫声，意思是告诉群狗，谁敢不服我的令，立马咬死你！庞庆则趴在地上，捂着嘴发出一种受凶狗欺负吓得要命的窝囊狗的哀号声。要知道，深夜里万籁俱静，如此大的犬吠声能传出老远，所有的狗立马都被惊醒了。它们纷纷从窝里蹿出，在院子里东窜西跑，显得很不安分，似乎有什么危险袭来，汪汪汪叫个不停。紧接着一阵阵凄惨的叫声儿，众狗又听到同类中有皮肉被撕裂、疼痛难忍的哀鸣声儿，有母狗为护崽子、疯了似的扑向大狼狗的相互撕咬声，有小狗被大狼狗咬死后、咔咔咔的嚼骨头声儿以及满嘴喷香的吧嗒声。大狼狗似乎并不因此而满足，仍在夜风中不停地狂叫，告知同类谁若不怕死，那就来吧，作为我的口中餐！两个院落的狗全吓蔫了，也不窜来窜去地叫唤了，一只只夹着尾巴躲进窝里，静等主人前来帮忙。

庞荣和庞庆一看，所打的这场天昏地暗的狗仗见效了，时机已到。随即腾身而起，像一股儿轻风从一排排屋脊上掠过，从外面晾晒的素色和花色衣裳推测，前院儿两排房住的有男有女，女人比男人多。中间是道青砖高墙，有门通到后院儿，已知的两个独立小院儿，左侧院内的那座房是彤甜甜的居处。他俩迅速来到右侧小院儿，跳下屋脊，走到房前，贴近窗台，用指尖舔着吐沫揉破窗纸。然后打小洞处往里观瞧，见南北各一铺炕，上面睡的全是孩子。二人看罢，相互示意，房舍情况已经明了，两个大院住着三十多人，男女老少皆有，根本不是什么娼妓之所。那么，彤甜甜究竟在江城是做什么行当的？所谓暗道应在哪一栋房舍里？不得而知。庞荣抬头看了看天，启明星快出来了，不能再耽搁了。遂冲庞庆挥了挥手，两人按原路返回，仍从窗户跳入屋内，收起夜具，脱衣上炕倒头便睡，鼾声如雷。潘中顺一早来看望他俩，笑呵呵地问道："怎么样，二位歇息得如何呀？"

庞荣躺在热炕上，伸了个懒腰道："嗯，不错，昨儿个可能太累了，一觉睡到大天亮。"

用早膳时，潘中顺陪着庞氏兄弟来到后堂，刚刚落座，彤甜甜拉着白面娘子的手走了进来，跟在后面的是胖姑，坐在了他们的对面。三人抬眼一瞅，庞荣、庞庆倒没啥明显反应，心里自是为白面娘子巧遇姐姐而高兴。潘爷当即怔住了，不错眼珠儿地盯着白面娘子，咦？这可太奇了，昨日还是个又脏又丑的丐女，今儿个怎么面若桃花了？而且长相和主子极其相似，一样风姿秀逸，一样美丽动人，难道此人是大奶奶一直寻找的妹妹？正寻思呢，彤甜甜笑着开口了："告诉大家一个天大的喜讯，菩萨显灵了，把十四年前走散的双胞胎妹妹送到了我身边，你们看，长得像不像？真是做梦都想不到哇，太让人高兴了，我们姐儿俩昨晚聊了一宿未曾合眼，离别情三天三夜也说不完哪！她叫白面娘子，这么多年遭遇了许多坎坷和不幸，初始被现任吉林将军、人称土地爷爷的富俊大人收留了，眼下也有了安身之处。虽然是个苦命人，但仔细想想，还算幸运，不管怎样，我们终于相聚了，世上有多少人家骨肉分离不能团圆。从妹妹口中得知，吉林将军衙门的总管秦名远干了不少违犯大清律的事儿，官府曾将其收监，本人拒不认罪，后来在同伙儿的帮助下逃脱了，将军衙门正在全力抓捕。妹妹和两位壮士此次登门，就是为了寻找此人而来，并请我们协助之，我的意思是……"

未待甜甜说完，愣怔半晌的潘中顺插言道："大奶奶，我早就猜到这几位是富俊大人派来的，将军有求于咱，能帮的一定帮。不过天下这么大，我们总在大院里待着，怎能知道秦名远在哪儿呀？甭管咋说吧，既然是大人的贵客上门，那就是瞧得起咱，务必上宾款待。何况姐妹重逢，喜事临门，应好好儿庆贺一番才是。不如晚上全院上下人等尽情把酒欢歌，借大奶奶的光沾点喜兴，这事我操办。"

白面娘子和庞氏兄弟一听，便知潘中顺这是在拐弯抹角地搪塞捉拿秦名远，庞庆刚欲直言，白面娘子忙冲其使了个眼色，顺水推舟道："好哇，潘爷办事就是周到，应该庆贺，我在这儿先谢了。庞家哥哥呀，我姐姐也好，潘爷也罢，那都是讲良心、要面子的人，将军大人的事儿能不帮么，放心吧！"

潘中顺暗自思摸道："看上去庞氏兄弟和白面娘子的关系十分密切，不像是八旗军营的人，那又凭啥来捉拿秦总管、替富俊效劳呢？能在危急时刻毫不犹豫地勇拦惊马救王爷，肯定身手不凡。本爷也不是吃素的，不妨跟他们比试比试，便可知道究竟是干什么的了。"想至此，说道："二位壮士，正好头晌没啥事儿，老叟这几天忙忙乎乎的，未得空儿舒舒筋骨，吃完饭咱们过几招儿咋样？权当给大奶奶姐妹俩助兴了，让大伙儿开开眼。"

庞荣、庞庆异口同声道："潘爷有此兴趣，岂敢不奉陪？我兄弟乃无名小辈，愿向高手儿请教。"

膳罢，大家出了后堂来到院子，潘中顺在众目睽睽之下，很想借机展示一下自己的功夫，于是摆开架式道："二位壮士，准备好了么？上手吧！"

庞荣先是深深鞠了一躬，然后说道："武场有武场的规矩，俩人斗一人太没礼貌，那不是欺侮人么？我先来！"说完也拉开了架势。

潘中顺不屑一顾："按年岁，老叟得让着你，况且又是王爷的救命恩人、我们主子的贵客，不能留下话柄，说是板门大院的人不讲究，不仗义。"

庞荣笑道："不必，不必，我们哥儿们从来都是只知还手，不先动手，请潘爷进招儿吧！"

潘中顺活到这大把年纪，很少碰到如此不知天高地厚的年轻人，心想："天天杂事那么多，哪有闲工夫哄两个笨蛋玩儿呀，干脆速战速决。"于是便道："这样吧，先习练习练，两招儿决胜负可否？"

庞荣赞同道："好嘛，请潘爷赐教。"

话音刚落，潘中顺立马来了个骑马蹲裆式，腰杆子一挺，两腿半蹲，双目圆瞪，伸出左右拳向内一举道："壮士来吧，把老叟的拳头打开。"

潘中顺这两个拳头一攥，犹如石头般坚硬，没有一定功夫的人很难打开。庞荣是谁呀，乃少林寺长眉长老的爱徒并亲传指上功，取名号鹰爪消魂侠，这点儿小伎俩能被唬住么？于是收起架势，走到跟前道："潘爷，对不起，小辈得罪了！"随之左右手的大拇指和食指张开，往对方的双拳上一放。潘中顺立即觉得两个拳头好像插进了火炉子里，炙热难耐，慌忙后退一步，收回双拳，两臂顺势甩了过去，张开十指冲庞荣双耳而来。庞荣暗暗高兴，未承想这潘爷还有十指功法，算是个能耐，跟谁学的呢？得试试他的功法究竟有多深。说时迟，那时快，就在潘中顺两手十指伸向庞荣的耳际时，他迅速来个鲤鱼分水，反手一钩，用力掐住了对方的十个手指头，使其无论如何也挣脱不了，且越掐越重。潘中顺感觉那手指像钉子，几乎嵌入肉里，骨头快要断了，疼得满头大汗。庞荣见此，适时地抽回手，说道："潘爷，这不算数，您不是说还有一招儿么？那就请吧！"

潘中顺定了定神，向大家一挥手道："请各位跟我来！"说罢头前带路，把众人引到院子西头儿，那里有块场地，立着数根钻天松木杆儿，杆子与杆子之间以粗麻绳系之，足有十几丈高。庞氏兄弟知道，习武之人为苦练攀缘之术，多有此类设施，少林寺也有。潘中顺二话没说，纵身攀杆儿而上，到顶端后再头朝下顺杆儿落地，动作干净利落。

庞庆问道："潘爷，小辈想请教一下，你能不能手不攀杆儿而到顶？"

潘中顺摸摸后脑勺儿道："手不攀杆儿怎么能上去？"

庞荣、庞庆未等他的话音落地，便各自从所站的杆子下单脚一点地，斜身像燕子一般飞向了高杆，空中一个鹞子翻身，分别轻松立于杆子顶端。继而脚踏杆顶腾挪，比武对打，各展神技，像两只大鹏搏斗，像两只老虎厮拼，像两条巨蟒翻滚。大家皆站在圈儿外仰头观望，都看得张嘴咂舌，眼花缭乱，心惊肉跳，完全陶醉了，在板门大院上哪儿能观赏到如此高超的武功啊，只剩下拍手叫绝的份儿了。此刻，唯潘中顺显得很不自在，脸红一阵白一阵的，心里思摸开了："这俩小子不白给，小觑不得，真有两下子。原以为自己的功夫了得，在板门大院无人可比，首屈一指。庞荣、庞庆的到来，又给了我显示本事的机会，所以才把大伙儿都给鼓动来了。这下可倒好，输得太没面子了，怎么办呢？"忽然一个坏主意闪过脑际，高杆儿是他亲自立的，最上头一截儿是后接的，安有铁插板。若扳动机关，上截儿顿时脱落，绳子立断，致使站在杆顶的人坠地，或伤或亡。此人的心术不正啊，自己不能稳操胜券，竟想出如此伤天害理的损招儿来。他抬头一看，见庞荣、庞庆站在杆顶上，或金鸡独立，或双手合十，口中背诵佛经。于是悄悄走了过去，猛然按动高杆儿下边的铁扳手，只听顶端发出嚓啷啷一声巨响，震耳欲聋，犹如地动山摇。高杆随之倒地，两个黑影儿被甩了出去，那截儿木杆儿和铁插板也掉了下来，砸得地面的尘土飞起老高。在场的众人当即吓傻了，皆紧闭双眼，不忍看见两位壮士被摔下的惨状。待回过神儿来，胖姑哭喊着直奔潘中顺冲了过去，手指其脑门儿怒骂道："狼心狗肺的坏老潘，人家咋得罪你了，至于非要命不可么？那兄弟俩可是王爷的大恩人哪，活活被你给害了，这不是给大奶奶上眼药吗？你不得好死呀，让王爷千刀万剐、点天灯吧！"

甜甜原本与白面娘子站在人群中，一边有一搭无一搭地闲聊着，一边仰头望着高杆上的人比武，觉得十分惊险，渐渐被庞荣、庞庆非凡的高空武技所折服。长期以来，在她的心目中，潘爷就是无人可比的世外高人。此番再见庞氏兄弟的高杆比武，可谓大开了眼界，那动作迅疾如闪电，几乎看不出双脚是如何站立于杆子之端，辗转腾挪，轻若燕雀，如履平地。武林有句俗话："把式不是吹的，露两手儿便能分出高下。"

甜甜虽然没练过武功，但能看得懂，知道这回潘爷露馅儿了，差得远呢，务必得虚心向人家学学。"哪知就在一瞬间，危情顿生，灾祸临头，潘爷偷偷按动高杆儿的铁扳手，放倒了高杆，摔下了庞家兄弟。甜甜气冲头顶，又喊又叫，大发雷霆道："潘爷，你太让我寒心了，还够'人'字两撇么？我一向敬重你，觉得人不错，处处听你的。未承想人品这么坏，明着比不过人家，暗地里下绊子。再者说了，你和两位壮士初次见面，没有任何过节儿，却下如此歹毒的黑手，富俊不得冲我要人吗？王爷和福晋那儿也交代不下去呀！胖姑，赶紧给我绑上，送王爷府发落！"

潘中顺见甜甜变脸了，知道惹了大乱子，慌忙跪地磕头求饶。这时，忽然不知从哪儿传来了响亮的一嗓子："彤老板，放了他吧！"

大家循声望去，只见庞荣、庞庆从场地的北侧走了过来，好像什么事儿都未发生。一个个惊诧不已，全蒙圈了，不知来者是人还是鬼。方才还眼睁睁地看着兄弟俩在高杆倒地之时被甩出老远，以为必死无疑了，非摔成肉饼不可。这会儿竟大摇大摆地走了回来，且毫发无损，简直太神奇了，便将二人围在中间，上上下下打量着。胖姑转悲为喜，笑着嚷嚷开了："此乃天神的护佑啊，是人也好，是鬼也罢，见着影儿就行了！"

庞荣说道："这种低能劣技算得了什么？你看我们哥儿俩不是挺好么，安然无恙。"

跪在地上的潘中顺可吓坏了，顾不上甜甜大瞪双目冲自己发火了，赶忙爬到庞荣、庞庆跟前，匍匐在地痛哭流涕道："老叟有眼无珠，不知高人在此，比武无能，觉得挂不住脸，才做出人所不齿的勾当。请二位千万高抬贵手，别跟老叟一般见识，饶恕这一回吧！"

庞荣抬了抬手道："潘爷请起，看在曾于赛冲阿老将军马前效力的份儿上，可以放过你。"

站在一旁的甜甜虽然对潘爷的举动很气愤，但毕竟是陪护自己的人，总得护着点儿，遂走到庞荣、庞庆跟前致歉道："二位大哥，都是潘爷不好，毛手毛脚的，不小心碰错了机关，让你们受惊了，请原谅……"

潘中顺打断道："大奶奶，别说了，有错儿就得认，老叟给您丢脸了。"

庞庆实在憋不住了，说道："彤老板，听了王爷和福晋的介绍，我们很敬重您的人品。然未承想板门大院的保镖能以连盗贼都不用的暗器伤害来客，未免太不光明磊落了！潘爷说得对，有眼不识泰山，小瞧我们兄弟了。实话告诉你，方才一纵上杆顶，就估计到你心怀叵测，于杆底暗藏杀机。不过我们愿意往好了想，以为你们为防范冤家对头被迫设下了护身铜，不必大惊小怪。万万没想到竟敢用此对付我兄弟，欲置于死地，可见你心如蛇蝎，滥杀无辜。我和兄长练就的旋天术名闻武林，当一觉杆尖儿抖动，迅施老鹰腾云之法，凌空御风，轻功生翼，翩然而落，此拙技怎能慑服我？"

在场的人像听神话一般，既惊奇，又敬慕，佩服得五体投地。潘中顺也顾不上老面子了，双手抱拳躬身下拜道："老叟习武多年，走南闯北，头一次领教如此超凡的轻功，敢问二位得艺何山，恩师何人？"

庞庆回道："我们兄弟自幼入了佛门，坐禅少林寺，恩师是长眉长老。胖姑不是曾在范家堡子拜师习武么？那两位师父也是长眉长老的弟子，乃我俩的二师兄、三师兄。"

潘中顺忙道："哎呀，原来是嵩山少林寺的高僧啊，失敬，失敬！我与胖姑一块儿去的范家堡子，有幸叩见静空大师和夺魂僧者，夺魂大师还答应传授老叟五毒功法呐！"

胖姑更是高兴，拍拍脑门儿道："对呀，我想起来了，静空大师曾说过，大师兄一指禅师和两位师弟都听吉林将军衙门的富俊调遣，那您二位就是桂良大人雇佣的驭手、陪护其外甥女来吉林的庞氏大师了，幸会，幸会，徒弟胖姑给二位师叔叩头啦！"说着"扑通"一声跪在地上，咣咣磕了两个响头。

庞庆弯下身把胖姑扶起，胖姑显得分外亲热，一定拉二位师叔到自己的住处坐坐，看看徒弟的武功练得咋样，好好儿指点指点。还是白面娘子给劝住了，说道："胖姑姐，急的哪门子？学功夫好办呀，以后时间长着呢！妹子不是跟你说了么，我们这次来是有大事要办，难道姐姐忘了？"胖姑一伸舌头，不吱声儿了。

甜甜接过了话茬儿："二位大师的功夫了得，果然名不虚传，让我们一饱眼福了，就冲这一点，也得感谢将军大人把你们派来。潘爷呀，今晚不是要设宴庆贺我们姐妹相逢么，正好顺便给二位大师压压惊。告诉后厨，荤素皆有，准备得丰盛些。好了，先散了，各忙各的吧！"说罢叫上白面娘子和胖姑，一块儿回了住处。

姐妹三人一进屋，甜甜便脱鞋上炕躺下了，看上去略显疲惫。白面娘子知道可能因昨晚一宿没睡，刚才又在院子里站了半天所致，忙从炕柜里拿出金丝小绒被给盖上，说道："姐姐，你累了，睡一觉吧！"言罢轻轻按摩头部穴位，以便其快速入睡。

甜甜微闭双目，若有所思，少顷，打了个唉声道："咳，妹子，在早我没主心骨儿，都听别人的，许多事儿不知底里。用早膳时你也听到了，潘爷不情愿把秦名远交出来，他俩颇为知近。老人家的脾气倔，讲义气，要脸面，为朋友可两肋插刀。我自打离开王爷府来到吉林，潘爷一直跟在身边，任劳任怨的，大事小情全靠他张罗，操了不少心，对我那是十个头儿的，无可挑剔。看在姐姐的份儿上，你们得手下留情，不要硬来，尽量说服、争取之。秦名远受甘肃都统秀林大人之托，这些年不管心里怎么想的，对我们有求必应，为吃喝拉撒一些事儿跑前跑后的，没少帮忙。听了妹妹的一番倾诉，此人够坏的，肯定不是无缘无故帮我们，而是有所图。不管怎样，秦名远可以给你们，但有个要求，不能杀他。将军大人过于较真，秦名远又在其手下干过，关系似乎不太融洽，我信不过富俊能公正处置，还是交给王爷酌情裁夺吧！胖姑哇，待会儿你去潘爷那儿，把我的意思转告他，别较劲了，官府的决定咱改不了，也管不了那么多，乖乖把秦名远交出就是了。"说完翻了个身，不再吱声儿了，很快便睡着了。

白面娘子为其披了披被角儿，嘱咐胖姑姐照顾着点儿，随即抽身前往庞家哥哥处。进了屋，先将甜甜的一番话告知，然后又道："现已得知，板门大院对外之事由潘中顺全权处理，此人倔巴，认死理儿，与秦名远的交情不错，要小心应对。甜甜是个积德行善之人，住在院内的男女老少中，有的是无家可归的孤儿，有的是流落街头的乞丐，有的是误入娼门、身染重病的窑姐儿，她很同情这些挣扎在社会底层的人并领回板门大院供养。左邻右舍因不明真相，背地里多有贬语非议，使其遭到误解，甜甜对此不以为然，深信自己做的是好事，何惧他人指指点点。甜甜的住屋共有三大间，她住的那屋是当年秀林与大夫人的卧室，我住的屋是其二夫人的卧室，秀林将军另有一套会客、批阅公文和临时歇息之所，由潘中顺住着，地道的入口应在那儿屋。搜寻秦名远的重任就交给二位哥哥了，胖姑也可帮忙，我得陪着甜甜姐姐。事成之后，请转告将军和都大人，为了查明尤公子的下落，我需在板门大院住一段时日，并让他们放心，我知道该怎么做，不用惦记。也请茗兰姐姐别着急，在家带好小少爷，静候佳音。"说完，三人又互通了信息，白面娘子匆匆离去。

此刻的庞氏兄弟异常兴奋，啧啧称赞小白丫真乃女中豪杰，在最短的时间里，通过与分别十几年、刚刚见面的姐姐促膝长谈，便探到了大院几十座房舍中唯一的一间屋内的地道，实在不简单。即使是推断，秀林将军翻阅文牍之处挖有地道，也是合情合理的。事不宜迟，夜长梦多，要赶紧弄清地道入口的准确位置，秦名远很可能藏在里面，别的招儿没有，只能想办法让房间的主人开口。二人合计一番后，出得门来，直奔潘中顺的住处而去。到地儿一打量，眼前的这座房子同甜甜住的那幢相仿，也是砖瓦结构，外部式样基本一致，举架不高。未待叫门，或许是屋内的人发现有客到舍，或许是潘中顺已估计到庞氏兄弟必来找他，早有准备并下话了，只见立马从屋里走出一男一女两个用人，衣着打扮都挺利索，先是打千儿、施蹲礼问安，然后做了个请的手势道："小的恭迎二位大师，请！"

女仆头前带路，庞荣、庞庆随其后，进入会客厅，鸟笼里的八哥儿问候道："大人好，大人好！"环顾四周，阳光充足，窗明几净，墙壁同样是用小楠木块儿拼成的，东墙留有月亮门，上挂布帘儿。庞荣掀帘儿而入，见里面挨排三间屋，刚要细瞧，潘中顺笑着从头一间迎出，说道："哎哟，下人通禀二位大师登门，事先也没知会一声，有失远迎啊！"

庞荣故作羡慕状："潘爷，行啊，一个人住三大间屋，够宽敞的了。"

潘中顺忙解释道："非也，旁边这两间最近几位朋友住着，前儿个才走。"

庞荣刚要进屋瞧瞧，潘中顺立马挡在前面道："噢，里面挺乱的，尚未来得及打扫，暂时放一些平日练功用的器物，没啥可看的，快请客厅坐吧！"

二人进了客厅，见庞庆已先行稳坐在太师椅上，用人摆上了几盘儿干果，沏好了茉莉花茶。潘中顺向庞庆点点头，请庞荣就座，令用人退下。兄弟俩既未动茶几上的干果，也未品茶，庞荣开门见山地直呼其名道："潘中顺，咱也不必客套了，我俩缘何而来，你很清楚。你的大名我们早有耳闻，当年在八旗军营时，有一次身负重伤，被赛冲阿将军带回京师治疗、调养。伤愈后，想在宫室谋一安逸之差使，曾求桂良总督帮忙。大人便同赛冲阿老将军一起向嘉庆皇爷举荐，方被允准在绵恺王爷府内任武师，也才有后日之荣。冠冕堂皇的话咱不讲，俗语云：'滴水之恩，当涌泉相报'，做人总得讲良心吧？桂良大人之外甥女茗兰与夫君之所以在吉林遭欺数载，就因为秦名远受贿妒才，从中作梗，想必这些你都清楚。现已查明，尤成额的失踪与秦名远有关，秦名远逃离监舍后藏匿板门大院，说说吧，想怎么做？再交交手也成，随你！"

潘中顺一听，腿肚子直转筋，哪儿还敢跟大师交手啊，不比不知道，自己的武功差远了，根本不是对手。咳，这些年没少接受秦名远的恩惠，在云中燕、窜山虎带着范蔼仁的手书请求救救秦名远时，彤甜甜犹豫不决，不太想管。是潘中顺一再说服其能帮则帮，实在不愿帮，可睁一眼闭一眼，他来想办法把秦名远藏匿起来。这不没事儿找事儿吃饱撑的么，现在富俊派人找上门来了，怎么办是好？潘中顺憋得满头是汗，最后想出个道眼，干脆往彤甜甜身上推，谁敢把她怎么样？于是敷衍道："二位大师，这事儿我说了不算，得看大奶奶啥意思。"

庞庆站起身来，拽住他的胳膊道："那好哇，走吧，到大奶奶那儿去！"

潘中顺要起了死狗，身子使劲儿往后挣，愣不迈步，庞荣冲庞庆摆了摆手，说道："潘中顺，还装什么呀，你在这个大院是怎样一个身份，以为我们看不出来么？别怪事先没提醒你，务必放老实点儿，我们已让过几招儿，没去计较，够宽宏的了。如果不知自己吃几碗干饭的，不识好歹，继续死磨硬泡，撕破脸可没你好受的。既然连朋友都不能做，那就好办了，刀不容人，不能让昧良心做坏事的苟且之徒在世上多逗留一天，何去何从，自己酌量着办！"

潘中顺自知无力回天，耷拉脑袋了，只好说道："二位大师，实不相瞒，老叟这些年锦衣玉食，全凭王爷照应，也得到范蔼仁、秦名远不少好处。吃了人家嘴软，拿了人家手短，欠了一屁股人情债，就得处处听其摆布。您不是想看看那两间屋么，正是云中燕、窜山虎、雪中豹住着，各个杀人不眨眼，手黑得很。不服不成啊，我老喽，要是年轻时候，十几个一起上也不在话下……"

庞荣打断道："少啰唆，活阎王来了也不怕，领我去看地道。"

潘中顺搪塞道："地道有啥可看的？我从不去那儿，老早就没人用了。"

庞庆说道："你从不去那儿？好办哪，随我们一块儿去瞧瞧，不就知道有没有人用了嘛！"

潘中顺一看这架势，不去肯定不行，只得老老实实听令，乖乖领路，带着庞荣、庞庆穿过月亮门，走到挨排三间屋的尽头，有一小暖阁。推开门，见向阳的窗户已用黑布帘儿遮挡，屋子里很暗，桌子上摆些用过的碗、筷、盘子等，还有残羹剩饭。地面是用长条木板铺就，桌子底下是一张硕大的黑熊皮，细一瞅，原来是两张拼成的。挪开桌子，掀起熊皮，露出了用薄铁板凿制、可以开合、遮掩地道口的两扇黑铁门。潘中顺小声儿说道:"自从秦名远藏匿地道之后,这屋只有我和云中燕、窜山虎、雪中豹出入,其他人不得入内。初始,秦名远的饮食由他们仨负责取送,每天早晚各一次。后来由于大奶奶一向不与官府作对,不愿看到云中燕他们在院子里晃来晃去的,便让我将其撵走。为不使大奶奶嗔怪,我告诉他们不必住在这儿,最好少在院内露面,秦名远的饮食我来送。从此,云中燕等人白日不在住室,不知他们去哪儿,夜半方归,暗守小暖阁,还不是天天来。"

庞荣认为潘中顺越老越惜命,该说的基本都交代了,已无所隐瞒,遂问道:"到今儿个为止,云中燕他们几天没来了?"

潘中顺回道:"两天了,估计今晚会来,一般不超过三天。"

庞荣说道:"这样吧,为保你两面不得罪人,今晚吃点儿苦,把你倒吊在树上,可以大声儿骂、大声儿喊,让不知在何处的云中燕等人听到,其他一应诸事交给我们兄弟。次日晨,倘若其同伙儿问你,就说被几个蒙面高人所绑,吃尽了苦头,便可避免迁怒于你,听明白没?"

潘中顺一琢磨:"事已至此,又能怎样?绝不可让那帮虎狼之徒怀疑是我供出去的,否则今后没安生日子过。不过倒吊一会儿,挺挺就过去了,总比以后天天担惊受怕强。"想到这儿,满口答应道:"听明白了,谢谢大师能为老叟着想,一定按您说的去做。"

这时,不知胖姑啥时候来了,站在客厅高一声低一声地喊道:"潘爷,潘爷在里头吗?"

潘中顺忙答应道:"来了,来了!"

三人赶紧出了小暖阁,回到客厅,胖姑一看就乐了,嚷嚷道:"哎哟,二位大师也在呀,我多想跟你们常在一起多学学本事呀,那才叫能耐呢,省得遇到歹人挨欺负,三拳两脚就把他打趴下了。潘爷呀,大奶奶特意打发我来,让告诉你乖乖把秦名远交出来,别跟云中燕那伙人一个鼻孔出气了。今后你若再敢背地里与他们勾搭连环,别说大奶奶呀,我都翻脸不认人,决不饶你!"

潘中顺深知胖姑的脾气,说得出做得到,从不放空炮,只剩下又作揖又点头的份儿了:"行,行,小姑奶奶,听你们的,少说几句吧!"

当晚,板门大院大办喜宴,上下人等皆到场,潘中顺挺卖力气,准备得十分丰盛,有荤有素,厨子的烹饪手艺不错,几道色香味俱全的素菜轮番上,鸡鸭鱼肉样样儿有,特别是江城的金翅大鲤鱼堪称名肴。席间,庞氏兄弟以茶代酒,同大家一起祝贺姐妹重逢。甜甜和白面娘子也频频举杯，代惇亲王、福晋向二位大师致谢，感谢救命之恩。气氛热烈，其乐融融，直至亥时方散。各自回房的路上，庞荣偷偷向胖姑如此这般交代了一番，胖姑则告知其开启地道口黑铁门之口诀，并叮嘱务要小心从事，别让大奶奶惦记着。

入夜，庞氏兄弟和潘中顺、胖姑来到院外的一棵榆树下，庞庆扶潘中顺爬上树，让其用绳子捆住双脚，另一头儿系在粗杈上。叮嘱他只要听到投过来一块小石头，那就是暗号儿，遂迅疾倒吊双腿头朝下悬着，声嘶力竭号个不停。胖姑需躲在院内暗处观察动静，看到秦名远的同伙儿被抓后，便把捆绑潘爷的绳子解开，搀起回房。庞荣和庞庆则在房顶等候，只要人一到，就将其擒获。陷阱设好后，到了子时，庞荣打出飞石，潘中顺还真听话，从树上倒挂吊下，哭号求救声儿夜间传出很远。没一会儿，果不其然从东边高墙上"嗖嗖嗖"纵下三个黑影儿，脸上均戴黑面罩儿，够狠心的，根本不顾被吊在树上又喊又叫的潘爷，理都没理，径直向后院儿其住处奔去。看来歹人很狡猾，怕是调虎离山，分秒必争，先去地道那儿察看秦名远是否安全。其实，这恰恰中了庞氏兄弟设下的圈套，就盼着他们听到喊叫声立即奔往潘中顺的居处，便于迅速擒拿，估计歹人做梦想不到房脊上早有两位武功超凡的少林寺高人在恭候他们的大驾。当三贼刚跑到住所跟前未待开门呢，趴在房脊上的庞荣顺风扬下一把金黄色的硫黄火粉，遇风化成热焰，灼得三人双目难睁，疼痛难忍，还不敢叫出声儿来。庞荣和庞庆乘机纵下地，分别薅其脖领子往屋内拖，使其束手就擒。兄弟二人之所以采用这种伤眼不瞎眼的快速擒拿法，是因为甜甜事先有话，要给潘爷面子，不许杀人。

胖姑当时就躲在墙角处，目睹二位大师不费吹灰之力将不速之客活捉，使在黑道上很有名气的云中燕等人没有来得及施展半点儿功夫，便莫明其妙地被拿下了。这可太厉害了，太过瘾了，竟高兴得跳了起来，刚想进去祝贺大师擒贼成功，马上被反身而出的庞荣捂住了嘴，小声儿说道："丫头，别声张，尽量不让歹人知道你帮我们了。快把吊在树上的潘爷放下，再转告大奶奶谢谢指教，贼人已捉到，未伤害他们，潘爷平安无事。"

胖姑双手抱拳道："遵命！"随即跑出院外，悄悄来到榆树下，用力砍断系在树上的绳索，潘中顺方得以落地，又解开捆着双脚的绳子，扶其回屋歇息。庞荣这样做完全出于好心，他办事向来都是独当一面，不愿给人增添麻烦，尽量避免牵涉更多人，皆为平民百姓，省得日后遭匪徒报复。现在三贼就擒，接下来就是下地道，捉拿秦名远。庞荣转身回屋，将三人双臂用锁链捆上，左手狠抓一贼后背，庞庆两手各抓一贼，像拎小鸡似的提溜到小暖阁。掀开铺在地上的熊皮，露出了黑铁门，按照胖姑所教的地道入口门闩开启口诀念道："左三圈儿，右四圈儿，拔下插关儿，门自开。"话音刚落，黑铁门哗的一声大开，兄弟俩押着三贼进入地道后，庞荣接着又念地道入口门闩闭合口诀："左三圈儿，右四圈儿，落下插关儿，门自关"，铁门"哗"的一声合上了。庞荣和庞庆一边催促三贼往里走，一边四下蹚摸，发现地道一人多高，修得很坚固，洞壁全用青砖砌成，搀草的黄泥溜缝儿，台阶很深，越往下越觉凉。好在云中燕他们为给秦名远送饭方便，在每隔不远的洞壁凹坑处都摆放着油灯碗，既可照明，又可防潮。到了地道底部，可见左前方墙面有扇关着的铁门，显然是处地室。庞荣走到跟前，将门轻轻拉开，见地室面积不大，很简陋，估计是原建主人临时隐蔽之处。地当间儿用青砖铺成个小方桌，四摞砖当凳子，四角悬吊着油灯碗，故而尚不昏暗。靠南墙放张木床，上躺一人，后背冲门，可能是听到了开门声儿，问道："今儿个咋了，为啥这么晚才来？"

庞荣说道："秦大总管，睁大眼睛看看，我们是奉吉林将军之命，擒拿逃犯而来。"

秦名远大惊，一骨碌爬起，回过头一瞅傻了眼，这不是曾为尤成额赶车的大师么？庞庆将三贼脸上的黑布罩扯下，手拿匕首指其鼻尖儿道："露露你们的真面目吧，跟主子报个到，自报家门！"三贼无声。

庞庆走过去，伸出食指分别往三人脊梁骨上轻轻一点，一个个当即弯了腰，瘫在地上。要知道，庞庆的手指头硬比钢针，没触脑袋就算便宜他们了，否则非给捅出个窟窿不可。三贼这下老实了，服帖了，乖乖报号道："我是云中燕。"

"我是窜山虎。"

"我是雪中豹。"

庞荣怒喝道："云中燕，帮你从将军衙门劫走要犯秦名远的还有谁？你小子不是自比飞燕么，若敢祖护同伙儿，蒙骗贫僧，别怪我不客气，就用这把匕首削下你的脚腕子，爬着找食去！"

云中燕方才已尝尽了硫黄火粉的苦头儿，眼睛到现在还疼呢，自认倒霉运了，碰上了世外高人，吓得连连作揖哀求道："大师呀，千万手下留情，劫走秦总管的就我们三个混蛋，这不都在您眼皮底下、全包圆儿了嘛！"

庞荣和庞庆相互对视一眼，认为云中燕现在不敢扯谎，所言是真，应赶紧押解四犯与副都统都大人会合。秦名远此时脸色灰白，一脑门子冷汗，全身像散了架子似的，慢腾腾下了地，趴在青砖桌子上直劲儿哆嗦。庞庆将事先备好的铁链子套在他的脖子上，另一头儿握在自己手里，往后一拽道："起来，别装死狗！"

迷蒙中，秦名远还回味着自以为得意的月余逃亡生涯，到头来不仅自己脖子上套上了锁链，心腹云中燕、窜山虎、雪中豹也全部落网，心中十分称奇，难道富俊真有马王爷三只眼，我钻到地底下都让他给薅出来了？

庞氏兄弟押着四犯沿地道向前走去，云中燕、窜山虎、雪中豹已无力反抗，秦名远只剩下跟跄紧随的份儿了。过了两袋烟的工夫，便看到了前面的台阶，说明已到出口了。庞荣既欣喜又激动，脑海中闪现出胖姑教的地道出口门闩开启口诀，一面上台阶，一面念道："左四圈儿，右五圈儿，两敲铁门，闩自开。"上到最后一级台阶，伸手摸到铁门敲了两下，"哗"的一声铁门大开，一片火光通明，夜如白昼。原来副都统都克尼、佐领班布泰率兵丁举着火把正站在地道口等候他们，四犯先出来的，班布泰一一过目。然后是庞荣、庞庆，都克尼上前紧握兄弟俩的手道："二位大师辛苦了，将军因骑马摔伤不能亲来迎接，命我代其恭候你们凯旋。此举甚难，未想到如此神速，效果极佳，谢谢，谢谢啦！"

庞荣说道："都大人，白面娘子有事尚不能返回，待回府衙后详禀。"

秦名远一见到将军衙门的人，吓得魂儿都没了，一屁股坐在地上动弹不得了，云中燕等三人也耷拉脑袋了。都克尼命"三槌"兄弟将套在秦名远脖子上的铁链子取下，把捆绑云中燕、窜山虎、雪中豹的绳子解开，然后给每犯披枷带锁，率一哨人马将他们押往江北铁牢。之所以这么做，完全是遵照富俊大人的叮嘱，为防止再生事端，不准像以前那样关押在将军衙门后院儿的平房内，不要嫌麻烦，务送江北铁牢收监。待将四犯审理清楚并在询问笔录上画押之后，如数移交博启图，任其处治。

庞荣、庞庆回到将军衙门后，因一直惦记着富俊大人的伤情，便在都克尼、班布泰的陪同下前去探望。富俊仍不能活动，见庞氏兄弟来了，坐在炕上笑迎道："二位大师劳苦功高，终将秦名远等人抓捕归案，本官感激不尽哪！"

庞荣说道："大人，您过奖了，此行如此顺利，全仗白面娘子在关键时刻提供了重要信息。她的表演很是了得，以天资聪敏、善解人意、头脑反应快之优长赢得了板门大院上下人等的喜爱，并在短时间内消除了对我们突然造访产生的敌视和隔阂，才使我兄弟得以施巧计捉拿秦名远、云中燕、窜山虎、雪中豹，白面娘子功不可没。特别要告知一喜讯，这事儿可太奇了，真乃好人有好报啊，白面娘子在板门大院遇到了从小失散的双胞胎姐姐，知道是谁吗？就是彤甜甜，姐儿俩长得一模一样。她被和硕惇亲王和福晋认作干妹子，为人不错，多行善举于江城。我们到板门大院的当晚，这对儿姐妹就相认了，白面娘子将此去的目的和盘托出，得到了甜甜的支持和帮助，一切便迎刃而解了。"

在场的人听后，非常高兴，皆为白面娘子祝福，富俊感叹道："是呀，天灾人祸是百姓抗拒不了的，有多少家庭亲人离散哪！尤教习曾跟我讲过，其二舅、三姨也是在发大水逃难时，与他额娘走散了，老人家至今不能释怀，天天念叨弟弟、妹妹不知在哪儿、是死是活。尤教习到吉林后，四处打听二舅、三姨的下落，然终无结果，能找到的是极少数，小白丫算很幸运了。二位大师，说到尤教习，老夫还欠一笔账啊，茗兰眼巴巴地盼着能尽快找回夫君，一想起就躺不住、心不安哪，不知有信儿否？"

庞庆劝道："大人有伤在身，须安心静养，不能过于着急，白面娘子正是为此而留在板门大院没有回来。这两天在那儿经了解和密访，虽然没有发现尤成额的踪迹，但薅出了秦名远，说明不会把尤公子藏得太远，不久便能发现蛛丝马迹。"

都克尼说："大人，既然秦名远已到案，明天就开审，看他敢嘴硬。"

富俊摇摇头道："老夫前些日子去盛京见王爷，已知秦名远确实倚仗着秀林将军与我作对，而且恨之入骨。此番抓回来，必会跟咱耍死狗，顶到底，嘴里吐不出一句真话，没工夫任他折腾。白面娘子办事向来稳妥，甜甜又是她的姐姐，只凭这层关系，肯定会帮助她的。"

庞荣赞同道："大人所言极是，白面娘子会想办法的，不妨静候佳音。过几天，我们打算带着您对她们姊妹重逢的祝福再去板门大院，这回可不是突然造访，而是串亲戚，说不定尤公子已找到了呢！"

富俊笑道"嗯，行啊，说到我心里了。在盛京时，王爷和福晋多次提到甜甜，看出这孩子在他们心中的分量不轻，是个好姑娘，还让我多多关照呢！可惜老夫去不了，你们代我走一趟，别空手，准备一份儿厚礼略表心意。"

都克尼和班布泰听了，也是频频点头，大家想到一块儿了。待聊得差不多了，庞荣和庞庆起身告辞，说是受白面娘子之托，准备前往凤楼看望茗兰和小少爷，富俊忙让班布泰代为送出。

在板门大院的白面娘子和姐姐彤甜甜这几天连觉都睡不着了，人生最大的快乐莫过于梦想成真，与骨肉至亲分别十几年后又团聚了，能不激动么？欣喜的泪水流了又擦，擦了又流，沉浸在快慰、甜蜜之中，兴奋之情难以名状。姐妹俩吃住不分，同出同进，形影不离。每到晚上，共歇一铺炕，共盖一床被，或妹妹枕着姐姐的肩膀，或姐姐搂着妹妹，天南海北地聊，有唠不完的嗑儿，一唠就是大半宿。每当聊累了，妹妹睡着了，姐姐总是凝神而望，看呀，看呀，就是看不够。当姐姐进入了梦乡，妹妹发现其脸颊仍挂着泪珠儿，便小心翼翼地用食指轻拭，生怕碰醒姐姐。二人暗暗发誓，今后无论发生什么事，再也不分开，永远在一起，相依为命。头几天一擦黑儿，甜甜为解妹妹心中的疑虑，便让胖姑提着灯笼领其满院溜达，想看啥就看啥，随她。白面娘子这一看不要紧，内心深受感动，对久违的姐姐产生了敬慕之情。一个洪水余生的流浪儿，经历了许多苦难，后来有幸进入王府，过上了衣食无忧的生活。然心地仍很善良，同情弱者，没有泯灭拉林河贫贱相依的古风。这处早年秀林将军所居的诺大院套儿，而今被甜甜派上新的用场，变成了温馨的"积善坊"。整个板门大院前后两个院套儿，有几十座房舍，收留了数名孤儿以及无依无靠的乞讨者。尤其是女丐，多因久陷娼门，淫疮沉疴，终被扔至荒野，奄奄待毙。甜甜只要得信儿，便让潘爷带人前去抬回，依年龄大小、病势轻重，分拨在不同的房舍之中，为其请郎中予以诊治，由女仆侍奉。对体健者延聘业师教授女红、烹饪之术，以备离院独居后，能自谋生路。身患花柳病的娼妓一向被鄙视，惧其脏臭且传染，为世人所不齿。甜甜怜惜姊妹卿卿性命，悄悄儿收留、救助，从不声张，生怕左右邻舍知晓而产生厌恶之感。可是没有不透风的墙，竟风传这里是暗娼，故而时有男女老少到板门大院寻找失散亲人，皆被潘爷和胖姑拒出，致使误解甚多。

一日，甜甜在整理珠饰时，发现木匣内有一小物件，忙唤道："妹子，妹子，快来呀，领你去个地儿，帮我办件事儿！"

白面娘子走了过来，见甜甜手中拿着一块绑有一绺儿白麻的长方形小木牌儿，上面写着自己不认识的满文字，瞅了半天不知何物，遂问道：

"姐姐，这是什么呀？"

甜甜回道："此乃赎身牌。十几天前，我和胖姑去温查街，偏巧碰上几个卖肉的，因占摊位大小不均吵起来了，越吵越厉害，最后双方竟动起手了，结果把旁边的人贩子吓跑了，就剩下这个赎身牌了。早想再去一趟，找找那个手拿赎身牌的人，这几天事儿一多给忘了，咱去看看那些插草卖身的孩子。"

白面娘子对温查街很熟，也常去，便点了点头，又唤上胖姑，三人一块儿出了门。

说起江城的温查街，那可颇有名气，是乾隆朝以来才有的商埠大集所在地。相传乾隆爷初访吉林时，清晨兴起，身着便装，在扈从的陪同下出外遛弯儿，东瞧瞧，西望望，凉风习习，十分惬意。走着走着，来到一条喧嚷的街市，农夫进城卖青菜赶的驴车、旗人赶集坐的马车随处可见。小贩的吆喝声儿、讲买讲卖声儿、马嘶驴叫人喊声儿混杂在一起，新出锅的豆浆香味儿阵阵扑鼻，一片繁华景象，热闹异常。乾隆爷见祖宗发祥之地物阜民丰，龙心大悦，流连忘返，遂问此为何地？扈从答曰："回皇上，此地无名儿。"

乾隆随口便道："此乃温查默乌达其也！""温查默乌达其"是满语，即"买卖街"。

乾隆爷的话很快在当地传开了，随着时光的流逝，渐渐把"温查默乌达其"简略成"买卖街"了。如今进入了道光朝，买卖街愈加有名气了，长约五里遥，不仅卖土产农货，凡人们生活之所需，如建房用料、金银首饰、文房四宝、江南绸缎、西藏红花、新疆羚绒等，在那里都可以找到。品种繁多，花样儿翻新，无所不售，而且比以前更热闹了，人头攒动，熙熙攘攘，逢年过节甚至通宵达旦。

甜甜一行很快到了买卖街，白面娘子以前真没注意，在街市最里边专有一个角落，让人看了触目惊心。地上跪着一排排男女，有老有少，最小的不过四五岁，最大的三四十岁。这些被卖者，有因家贫养不起的，有因葬亲无银两的，亦有被匪盗和人贩子劫掠、蒙骗至此的。贩者手拿钢针，哪个孩子若敢哭叫，便站在其身后悄悄往屁股上扎一下，孩子立马闭嘴了。凡卖身者标识不一样，小儿多在帽头上系有上写"廉价童子，薄银即领"的白布条儿，成人后背插着谷草把，即指当面议价，相互谈妥后，便可付钱领人。有的背上插块小木板儿，上书"为葬亲人，卖身换银，死不反悔"字样，有的上书"愿卖己身，终生为奴"字样。表示被卖者生活窘迫，急需银两，不讲售价，给银即可领走，而且终生不反悔，官府亦不会问及此事。

甜甜站在人群里大睁双目扫来扫去，终于找到了那个手拿赎身牌的人贩子，三人疾步走到跟前。低下头一瞅，其脚下跪着一个顶多七八岁的小丫头，身体瘦弱，圆圆的脸蛋儿没有血色，一对儿大眼睛闪着泪花儿，用红绒线扎着根辫子，怯生生的，很是招人疼爱。甜甜上次就相中她了，心里一直记挂着，这回是专门带足银子来赎的。再抬眼看看人贩子，见其四十多岁，贼眉鼠眼，满脸横肉，肯定不是什么善茬儿，从内心里为这个小女孩儿脱离虎口而庆幸。人贩子从甜甜手里接过赎银，乐得合不拢嘴，躬身揖礼道："谢了，积德行善好哇，您一准会长命百岁！"接着又对小丫头说："傻跪着干什么，还不快给几位大奶奶磕头！"

胖姑立刻走过去，扶女孩儿站起搂在怀里道："别怕，跟姑姑走，离开这鬼地方。"然后转过头冲人贩子嚷嚷道："你还是人么？什么营生不能干，非干这卖人家孩子的下三烂勾当，真够缺德的了！"

人贩子被胖姑这一损，感到很没面子，笑容顿时收敛了，双目瞪得溜圆，猪肚子脸通红，摆出欲动武的架势，有的同道也上来帮腔儿。胖姑是最不怕打仗的手儿，根本不在乎他们，也拉开了架势。甜甜不想跟这帮人纠缠，知道与无赖讲不出道理，便冲白面娘子使了个眼色，二人拉着胖姑、带着小丫头疾速离去，人贩子只剩下跺脚大骂的份儿了。

四人走到中街，见一家面铺外正在炸麻花，甜甜掏出散碎银子给小丫头买了一根儿。女孩儿抓在手里张嘴就咬，大口大口地嚼着，看上去饿坏了，吃得蛮香。胖姑直劲儿地说："孩子，别急嘛，小点口儿，没人跟你抢，小心噎着。"

白面娘子见甜甜和胖姑对小丫头这么亲，十分感动，遂问道："姐姐，准备把这孩子放哪儿？怎么养，跟谁住哇？"

甜甜笑道："尽操没用的心，能够领养，就有吃住的地儿，保证亏不着她。"

白面娘子越发着急了："姐姐，别卖关子了，快告诉我呀！"

胖姑憋不住了，抢着答道："妹子，你是不知道哇，大奶奶是个大善人，一见到无家可归的孩子就迈不动步，可不单单就这一个呀！这不，让秦名远帮的忙，在另一处买下了房子，收留了不少年龄不等的乞讨儿、没娘儿，我跟大奶奶隔三岔五必去看看。那里算是连吉林将军都不晓得的大书斋呢，有专人授业，并雇保姆照管他们的衣食住行。"

白面娘子听罢，方知甜甜除板门大院外，还有一处住地，便高兴地说："姐姐，这得让妹子开开眼，我最喜欢孩子了。"

甜甜点点头道："行啊，回去正好顺道儿，那就领你去看看吧！"

四人横向穿过几条街道，离闹市越来越远了，人也越来越少了。到了城边长满松树的小山坡下，可见前面有处用柞木条子围成的院套儿，里面盖有两排以耀眼的白桦皮为房盖儿的青砖平房，干净而整齐，听到从院内传出一阵阵孩子们的读书声。白面娘子被这可爱的童音所吸引，脚下步子迈得更大了，甜甜边走边说："妹子，姐几天听不到这声音，心里就想得慌。只要看见孩子们了，有多少愁、多大的难全忘了，受不了让他们再遭我那个罪。不管你怎么看，姐能买下这处房产，还得感谢秦名远，也算做了件好事。我一到江城，就苦寻一处可以用来收养孤儿的地儿，以了却多年的心愿。秦名远知我好行善举，喜欢孩子，便找到他的世交魏老员外，几乎磨碎了嘴皮子，才答应把所开设的'济世祥米栈'，即名下这处闲余的粮米仓转卖给我，周围很僻静，适合做课堂。我打发潘爷变卖了福晋赏赐的饰品，找来工匠，围起了木栅墙，安装新门窗，粉刷四壁，使这处旧房宅变得亮亮堂堂的，怎么样，不错吧？"

白面娘子一边好奇地张望着，一边点点头道："嗯，岂止是不错？而是非常像样儿，乃地地道道的育人堂啊！"

四人到了院门前，未待叫门，早有两个看似保姆的中年妇女迎了出来，先施礼问候，然后做了个请的手势。甜甜手拉着白面娘子在前，胖姑领着小丫头在后，走进了管家住的大屋子，其中一位保姆上茶，另一位去找在外忙活的管家。甜甜吩咐胖姑带着赎来的女孩儿去盥漱室梳洗，领取衣被，吃顿饱饭，再领回来由管家安排住宿。胖姑和孩子离开不大工夫，进来一位三十多岁、衣着整洁的男子，甜甜为白面娘子介绍道："妹子，他叫海柱，原先是潘爷在京师时的跟从，现在是这儿的管家，踏实能干，我放心。"

海柱一听大奶奶冲自己不认识的这位女子叫妹子，仔细一瞅，二人长得极为相似，分不出谁是谁，心想可了不得，必是亲妹子来了，慌忙下拜问安，还跪地磕了个头。白面娘子根本没准备呀，赶忙抬抬手道："快……快起来。"

甜甜笑道："妹子不必如此，管家恭敬你应该呀！"

这时，海柱从靠东墙立着的书柜里拿出一本账簿，走到甜甜跟前说道："大奶奶，上个月的进出账目已核算完毕，请您过目。"

甜甜接过，坐在桌边一页一页地翻阅，看得十分仔细。白面娘子一瞅，屋子里甜甜在忙碌，管家陪在一旁，自己也不便打搅，暗自思摸道："不能干待呀，不如乘机到院子里走一走，浏览一下姐姐心中的学斋，再看看各房间的苦儿如今是怎样过活的。"想至此，没有惊动甜甜和海柱，悄悄儿出了屋，回身关好门，一位保姆迎上来要陪着，被她谢绝了。白面娘子缓步来到院子里站定一瞅，管家的住屋是院套儿里头排长筒房的第一间，另五间全是孩子们学文写字的课堂。对面还有一排长筒房，几个保姆出出进进的，估计是用作食宿及仓库。两排长筒平房之间是一条用碎石铺就的甬道，只要沿甬道而行，由于夏季各屋开窗，左右两排房舍内的情况便可一目了然。她无限感慨地凝望着小院，听着那朗朗的读书声，感到无比亲切，为饱经磨难的姐姐能办下这桩积大德的善事而激动不已。继而想起了近几年来，从打尤成额夫妇住进了凤楼，自己不知不觉中受到了熏陶，跟着学了一些诗文古乐，长了不少见识。每当尤公子坐在桌边全神贯注地闭目背诵诗词时，那抑扬顿挫的优美韵调不时传入耳鼓，听也听不够。于是便抢着替茗兰姐姐为公子斟茶倒水，见其额头上有汗珠儿，忙拿把蒲扇陪坐在旁轻轻地扇哪扇，只为能多听一会儿。长这么大，除了在行辕大营属下的孤儿营、土地爷爷为小伙伴们请来先生授业、学了一些文化知识外，从此再未进过学堂。背地里也曾无数次地憧憬着有朝一日能去学斋，然非常遗憾，那不过是一种奢望。而今又听到了多年未闻的读书声，感觉心都要醉了，脸上露出了欣慰的笑容。白面娘子在甬道来回走啊走，时不时地站在窗外听啊听，又担心挨窗子太近被室内的孩子们瞧见，反倒会影响他们读书，刚举步要走，又舍不得离去，索性蹲在地上微闭双目听着。这时，忽然肩膀被人拍了一下，猛然一抬头，竟惊诧得张大嘴巴说不出话来。那人忙伸出食指，暗示不要作声儿，并将她拉到另一排最末间的小屋里，关上门问道："白面娘子，你怎么在这儿？"

白面娘子初始怔住了，直瞪瞪地瞅着对方，接着又上下打量开了，暗自思摸道："不是在做梦吧？此人真像尤成额，难道是秦大门牙之鼠辈所设的骗人术？"

那人见白面娘子几乎傻了，一琢磨，也难怪，分别正经有一段时间了，冷丁可能蒙住了，遂向前迈了一步，不动声色地让白面娘子仔细观瞧，少顷方笑道："妹子，你好吧？我是成额，没错！"

白面娘子这才彻底清醒过来，认定站在眼前之人正是茗兰姐姐朝思暮想的夫君尤成额公子无疑，当即激动得难以自制，嘴唇微微颤动着，眼泪像决堤的水哗哗流。多少日子了，白面娘子为安慰茗兰，陪着流过不少同情泪。为照护他们的宝贝儿子，每每小满堂买回牛奶，都是由她亲煮亲喂，一顿不落，生怕孩子饿着。可以说，白面娘子为尤成额三口之家操碎了心，累得容颜也憔悴了。特别是尤成额失踪后，白面娘子没过一天安稳日子，凭着多年与人交往的本事，八方派人四处打听。此番同庞荣、庞庆来到板门大院，明捕秦名远，暗访尤成额，潘中顺却守口如瓶，只字不露。向甜甜和胖姑打听，都起誓发愿从未听说过尤成额这个名儿，即便有此人，也不在板门大院。白面娘子坚信，尤成额失踪必与秦名远有关，所以与庞荣、庞庆密议，把赌注下在了诡计多端的潘中顺身上。为此，白面娘子借与甜甜同叙姊妹亲情之机，住在了板门大院，既可免去潘爷等人的警惕，又可探查与外面有啥联系。功夫不负苦心人，果然不出所料，如今真就见到了尤成额，实现了她对富俊大人和茗兰姐姐的许愿，压在身上的千钧重担总算卸掉了，能不激动、不悲喜交加么？一想到茗兰怀抱娇儿苦苦等待夫君归家的情景，心里就发酸，禁不住不问青红皂白地埋怨道："公子啊，茗兰姐姐的心天天悬在嗓子眼儿，茶饭难进，生怕夫君出个一差二错，急得快疯了。你可倒好，在这儿闲待上了，啥都不寻思了，也不想找我们？"

尤成额打了个唉声道："咳，怎么不想啊，一言难尽哪！管家看得严，平时很少出去，只在屋子里教几个大点儿的孩子，他们再分头教各屋的孩子。适才管家有些流水账让我帮着核算一下，算完给他送去后，回来望见甬道上有个女子低头不语，以为又是哪个保姆在这儿思亲抹泪呢，想上前开导开导，未承想竟是你。"

白面娘子问道："姐夫，你认不认识这院子的主人？"

尤成额回道："不认识，只知道管家最怕俩女人，人家有身份，忽而来忽而去，我从未碰到过。"

白面娘子又问："知道此地叫啥名儿么？又缘何陷在这儿？"

尤成额摇摇头道："既不知此处为何地，也不清楚为什么陷在这儿。闲下来时，天天都在思谋，想个什么法子能跟将军大人、茗兰和大师们联系上呢？老天有眼哪，终于把你给送来了。成额乃读书人，范仲淹的'先天下之忧而忧，后天下之乐而乐'名句在心，对院主人之义举刮目相看。白面娘子，你能来这儿，想必是认识此院的大善人？"

白面娘子回道："姐夫，认不认识她，以后有工夫再细唠。你先告诉我，怎么到这里来的？近些日子过得咋样？"

尤成额叹了口气道："唉，说来话长。凤楼着火那天，当我和抱着孩子的夫人被大伙儿搡着从楼里跑出来时，瞧见堆在墙根儿的烧柴不知被何人点燃，满院烟尘，可能是从未经过此等事，一时不知所措。待回过神儿来，忙拎起木桶去提水，混乱中突然有人拉我走，刚跟过去脑袋就挨了一棒子，当即不省人事。苏醒后，发现嘴用白布堵上了，双臂用绳子捆绑了，躺在一辆轿车里，拉到一处陌生的院套儿内。也不知是怕我逃跑，还是怕富俊将军派兵来救，派有专人看管，拘禁在房间里达月余。从看守相互交谈中得知，此院有个保镖叫潘爷，按时令人送水送饭，解手可去院内的茅厕，不允许与板墙外边人说话，没有过分为难我。一天下晌，潘爷进来告诉我：'公子很有福气哟，有位大善人要你去当孩子王，那可不是一般的地方，干好了会比左翼官学的教书匠差事强百倍。有人若问你是何人？可答我是范家堡子的王先生，其他一问三不知，以免生杀身之祸。'随后唤进一位车夫和两个妇女，看样子似乎是保姆，由他们仨把我用轿车拉到这处所在，与世隔绝。乍开始不习惯，孤寂难耐，一日如三秋。时间长了，天天在这方圆百余米的院子里转来转去的，除了思念亲人外，精力都用在教书上了。人之初，性本善，祸患生于污浊世道，岂可错责无辜苦儿？他们实可悲可悯。我终日授业于这群或过早失去双亲、或被迫与父母分开、或绺窃成性的市井丐儿，与其同餐共宿，久而久之，渐失蔑视，怜悯之心日增，不忍离去。而众儿视我如父，难舍难分，妹子此番耳闻目睹，也必会与我一样深有感触。成额蒙将军不弃，就任左翼官学教习，看着这些愚氓丐儿得益于大善人的义举而被拯救出水火，日后可望成为大清的栋梁之材，安可不为国尽心竭力？倘若将军大人与夫人知晓，不仅不会指责，还会赞成的。"

白面娘子听后，有感于尤公子的忧国忧民之心，反觉自己的心胸太狭隘了，于是说道："我能理解姐夫的所思所想，放心不下这些苦儿，也想念茗兰姐姐和孩子，可家总得回呀，我帮你安排就是了。"

俩人越聊话越多，唠完家事唠国事，竟忘记了庭院里的上下人等。原来甜甜阅罢账目后，想起白面娘子了，见屋子里没有，随即出了门，向走过来的胖姑打听。胖姑说："怎么，妹子没跟你在一起呀？"

甜甜一听着急了，白面娘子人生地不熟的，可别出啥闪失，便高声儿唤妹子，海柱也不敢怠慢，赶紧跑出门来，陪同一块儿找。这时，白面娘子听到了喊声，忙道："姐夫，你照常行事，他们找我呢，那位大善人就是我寻找多年的双胞胎姐姐，一会儿见到别惊个跟头。"说着匆匆出了小屋，见胖姑、海柱正陪着甜甜站在甬道上东张西望呢，遂疾步迎了过去，高声称赞道："姐姐行啊，妹子小时候很少上学读书，这回算开了眼界了，真羡慕孩子们有福气呀，你这大善人给咱家祖上积德了。我在前后院儿一转悠啊，眼睛都不够使了，不知从哪儿又飘来一股炒菜的香味儿，把馋虫还给引出来了！"

经巧嘴的白面娘子这么一夸，甜甜心里美滋滋的，满脸是笑，顿生一种无限的满足感，得意地说："妹子，还想看不？姐姐领你挨屋瞧，一定奉陪到底。"

甜甜的话，正中白面娘子下怀，点点头道："好哇，妹子求之不得，正想溜达个遍呢！"

管家海柱是个机灵鬼，为让甜甜高兴，忙接过了话茬儿："小的引路，别光观瞧大奶奶所办的学堂，再去看看住处、洗衣间、膳房等。那里有几个姐妹是大奶奶从妓馆里赎出来的，刚到这儿时蓬头垢面，瘦得皮包骨，蔫头耷脑的，只有两只大眼睛骨碌碌转，样子十分可怜。如今一个个水水灵灵的，可精神了，全是干家务活的好手儿……"

甜甜嫌海柱嘴碎，插言道："行了，行了，一说就没个完，头前带路吧！"

海柱立马把话咽回去了，赶紧在前头引路，先挨屋瞧瞧孩子们的住处，房屋建造虽简陋，但挺结实，收拾得干净整洁。海柱指着炕上摞着的被褥介绍道："这是大奶奶自掏腰包，让小的去集市买来上好的棉花和花布，再由保姆们一床床给缝制的，说是盖新被又松软又暖和。"

瞧完了住室后，又去洗衣间和厨房看望那几位姐妹，海柱声称一会儿请三位品尝从下江新网上来的金翅大鲤鱼。白面娘子惦记着尤公子，哪有心思吃鱼呀？正盘算着该如何引到正题上来，巧的是从膳房出来，经过的屋子正是方才所去的尤成额的住室，便佯装好奇，停下脚步，从门缝儿往屋内瞅。海柱说道："噢，最好别去打搅，那是色夫住的地儿。"

白面娘子问道："是教书先生么？"

甜甜笑道："是呀，妹子，色夫可不好找，我这儿就一个。"

白面娘子说："既然是先生，我们却越门不进，那可理亏呀！"

胖姑接茬儿道："妹子，还是你有见识，我陪大奶奶来过不少次，真没去拜望人家呐！"

白面娘子问道："怎么，你们从未见过呀？"

胖姑回道:"是呀,我们能得这位色夫可不易,多亏大奶奶花重银、秦名远给淘换来的,潘爷打发两个保姆用轿车接到这儿的。"

海柱不打算引见,便道:"大奶奶,这是个书呆子,死性得很,不愿见人,潘爷有话,最好别惹他。"

甜甜想了想,说道:"妹子所言极是,越门不入不礼貌,进去看看吧!"

海柱没招儿了,只好推开门,通报道:"先生,我家大奶奶看你来了!"说着躬身请甜甜、白面娘子、胖姑进去。

坐在炕桌边看书的尤成额一听有人来了,赶忙起身下了地,刚要施礼问候,甜甜却摆手制止道:"免了,免了,王先生,早应来看看您,谢谢能帮我的忙,教孩子们读书写字,辛苦了。"

屋子太小,靠墙只放一把椅子,除此没有坐的地儿,大家都站着。白面娘子走到尤成额跟前,似乎刚刚见面,双目上上下下打量着,不由得惊呼道:"哎哟,这不是我一直寻找的尤公子么,一向可好?原来你在这里呀!"回过头又道:"姐姐、胖姑姐,他就是我跟你们说的茗兰的夫君尤成额。"

甜甜和胖姑听了十分诧异,你看看我,我瞅瞅你,觉着很是不解,甜甜问道:"色夫,您的姓氏咋变来变去呀?潘爷明明告诉我,您是范家堡子的王先生。"

尤成额不慌不忙地请甜甜坐在椅子上,躬身下拜道:"今儿个得以见到家主,万分荣幸,在这儿给您施礼了!本人不姓王,也不知是何缘由,潘爷给定了王姓,还说无论谁问你,都得这么说,否则有杀身之祸。吾乃何图哩氏,名叫尤成额,隶属蒙古正蓝旗,京城人氏。嘉庆末年赶赴吉林,道光四年应考夺魁,蒙将军大人厚爱,受任吉林左翼官学教习,住在江城名居白面娘子的凤楼。前些日子被歹人劫走,辗转两地,后由潘爷安排至此。"

甜甜听罢,侧过头问道:"海柱,其中的细情你知道么?"

海柱吓得"扑通"一声跪在地上道:"回大奶奶,知道点儿,潘爷不让说,小的也不敢问。"

甜甜又问胖姑:"你知道不?"

胖姑回道:"别的不知,只知潘爷派了车夫和两个保姆去接人,我还以为全是大奶奶盼咐办的呐!"

甜甜脸色突变,大声儿嚷嚷道:"原来你们都瞒我?气死人不偿命咋的，这成啥事儿了，让妹子听了，好像我故意演戏给谁看似的，其实真不知底细呀！"

白面娘子见甜甜认真了，显然此前是被潘爷蒙骗了，便道："姐姐，别生气嘛，能找到尤公子就阿弥陀佛了。真相已大白，也还了你一个清白，咱们姊妹能够见上面，倒是这宗事给引的线，应高兴才是。你这回看清秦大门牙的手段有多卑劣了吧？劫走尤教习，制造事端，搅扰官学授业，还给公子改名换姓，囚禁恫吓，做人很不地道！潘爷跟云中燕一伙儿藏匿官府追捕的要犯秦名远，这可不是小事，姐姐是王爷家的人，传出去有损你的名声。"

白面娘子的话软中带硬，目的是想进一步启发、诱导甜甜，不要自恃权贵，要珍惜声誉，约束好身边的人，免得惹世间非议。甜甜平时很傲气，在王爷和福晋处受到娇宠，从未听到有人数落自己。也只有白面娘子敢这样，况且句句在理，一时不知说什么好了，红着脸辩解道："姐姐只是为孩子们能读书识字，又不问什么百家姓，色夫爱姓啥就姓啥，搅扰官学跟我何干？为此才叫潘爷去找秦名远的。此人好讲面子，尽给我惹乱子，揽了不少烂事。海柱，跑着去，把潘爷找来问话！"

胖姑见甜甜既生气又无奈，也埋怨潘爷不该如此办事，催促海柱快去。此刻，尤成额多少日子以来心情从未这么舒畅过，觉得今天是个好日子，见到了老友白面娘子，也认识了其姐姐、学斋的主人彤甜甜，能让上下人等知道自己的真名实姓及身份了，从此做一位堂堂正正的教书先生。往日虽然没有见过学斋主人，但熟知其品性和为人，觉得社会上行此类善举的人太少了，故此打心眼儿里敬佩。现在一看本人，完全不是原来想象的什么慈眉善目的老者，而是一位年轻美貌的女子，同白面娘子长得一模一样，倍感惊奇，赞叹不已。他见甜甜满肚子的委屈，很是理解，慢条斯理地说："大奶奶不必伤心，这事与您无关，我可以作证，对于改名换姓，早忘却于九霄云外。子曰：'弟子入则孝，出则悌，谨而信，泛爱众而亲仁。'大奶奶散财济贫，行善积德，多行义举，为世人所仰慕。成额身为教习，朝朝暮暮与苦儿在一起，育人寓教乃天职，已经习惯了。只要用心施教，不负主人一腔善意，拯民于水火之中，则心满意足矣。"

尤成额的几句话犹如春雨沁人肺腑，甜甜极为感动，眼眶里含着泪水，站起身来惊讶地望着尤教习道："我在王府日日吟诵孔孟之书，喜读诗文，来到吉林以为罕有知音。未承想先生深解吾心，只恨相识太晚，不过总算遇见志趣相投的人了，甜甜愿叫您一声成额色夫。怨我孤陋寡闻，此前多有慢待，望能海涵，这厢给您施礼了！"说着深深下拜。

尤成额赶忙还礼道："岂敢，岂敢，谢谢大奶奶夸奖。来日方长，各尽绵薄之力，将军大人若知您所为，也会赞赏的。"

白面娘子高兴地说："姐姐，听其言，观其行，这会儿认识我们寻找的吉林左翼官学尤教习了吧？他可是才子，多么知人之明且通情达理呀！你还未曾见过教习之夫人茗兰小姐，乃湖广总督桂良大人之外甥女，自幼长于名门，诗文辞赋、琴棋书画样样儿通，皇上都夸赞呐！姐姐，我跟他们住在凤楼四年多了，相处得非常融洽，亲如家人，受到尊重，得到关爱。不仅长了见识，学了知识，也明白了该如何做人，过几天妹子领你去看望茗兰小姐……"

胖姑插言道："哎，两位妹子，你们可不能忘了姐姐我呀！"

甜甜现在是冤和气全消了，故意做出嗔怪的样子道："胖姑，都是我把你惯的，事事落不下，哪儿都少不了你！"

胖姑笑道："大奶奶，我就知道落不下，这会儿鱼宴早备好了，咱们快去吧！"

甜甜拍了拍脑门儿道："对呀，咋把这茬儿给忘了，你快去安排一下！"胖姑应声儿而出。甜甜又冲尤成额说："色夫，认识您万分荣幸，白面娘子是我的双胞胎妹妹，十几年后才重逢。咱们算是有缘，这顿鱼宴请您也去，大家同桌共餐，一块儿畅饮团圆酒如何？"

尤成额用力点点头道："好，好，谢谢大奶奶的盛情。"

尴尬的气氛立即化成笑语，于是甜甜手拉白面娘子与尤成额同行，来到了膳房，见餐桌上早已摆好了碗筷，保姆站立两侧。三人刚坐下，胖姑从灶屋走出，问道："大奶奶，上菜么？估计潘爷快到了。"

甜甜脸一绷道："别管他，咱们边吃边唠，想起来就有气，看我以后怎么收拾他！"

话音刚落，潘中顺和海柱推门进来了，可能是海柱已经告诉他大奶奶生气了，潘爷满脸堆笑地双手抱拳道："大奶奶，您消消气，全是我的过儿。一年三百六十五天需要应付的事儿太多了，都推给大奶奶行么？王爷和福晋不得骂死我呀，这算什么大事，就是让你少操点儿心呗！尤教习，埋没了先生的学问、隐瞒了官讳，是我失礼了，容后向您道歉。哎哟，大奶奶，光顾赔罪了，贵客还在外面呢！"说着反身跑了出去。

白面娘子一看潘中顺那慌张劲儿，知道来的不是一般人，立马想到了一准是庞家哥哥回去后，将军派人来了，随即拉着胖姑激动地说："胖姑姐姐，如果我没猜错的话，你敬佩的师父来了。"

二人刚要迎出门，见潘中顺引领着一位官员走进屋来，后面跟着的正是庞荣和庞庆。潘中顺给双方介绍道："这位贵客乃吉林将军衙门文部主事常大人，这位是板门大院的家主彤大奶奶，这位是管家胖姑。"

常喜抱拳施礼道："彤老板，久仰，久仰！将军大人因身体欠佳，不能当面儿向您致谢，特命卑职带上薄礼前来看望，略表心意。"

甜甜说道："我妹子真成活神仙了，各位未等进屋呢，她就掐算到是你们了，都是朋友了，何必那么客气呀！"

这时，常喜、庞荣、庞庆的目光忽然盯向一处，都惊喜地望着站在一旁的尤成额，一齐围拢上去，常喜拉着他的手说："尤教习，终于见到你了，这可是天大的喜事呀！将军大人在我们来时，还一再叮嘱无论如何请彤老板协助，找到被歹人劫持的尤教习，不能继续耽误左翼官学诸生课业了，富俊拜托了。尤教习，你受苦了，找到就好啊，值得祝贺！"

白面娘子接茬儿道："常大人，公子很有福气呀，阴差阳错，竟被藏匿在我姐姐开办的这所学斋里，干起了老本行，每天只做一件事，就是教孩子们读书识字，真得感谢我姐姐呢！潘爷、胖姑姐，你们有所不知，文部主事常大人主管吉林两翼官学，尤教习乃大人属下的顶梁柱。公子没在家这些日子，都是常大人亲自前去送米送面，解决生活上的困难，我和茗兰姐姐也很感谢衙门的多方关照。"

常喜说道："不必，不必，这是应该的。彤老板，你们主持正义，帮助衙门找到了尤教习，功德无量，令人敬佩之至，我代表将军大人谢谢您！"说着从内怀掏出一张书函，又道："彤老板，这是将军命卑职献上的礼单，请查收。"

甜甜接过，展开细阅，上面写道：

彤甜甜惠览：

奉启者，日前参拜绵恺亲王、福晋，蒙聆钧谕，受益匪浅。格格普爱庶黎，弥重乡情，不惜王府之尊，不恋锦食之荣，屈尊敝地，抚民拯世，富俊敬慕焉。欣悉格格与白面娘子乃拉林洪患余生姊妹，天佑并蒂莲，人海苍茫，沉浮再聚，人生美谈，岂非神乎！诚贺格格与白面娘子重逢之喜，诚谢格格鼎力协办公务之劳，特与副都统都大人、文部主事常大人用吾等所蓄俸银置谷米十石、布帛十丈、豆油十数斤、烧柴五车奉上。寸心薄礼，供日用之需耳，尚有何求，必当竭力。

　　道光四年暮秋吉日

富俊泐

　　甜甜看罢，将礼单交于潘爷，说道："常大人，甜甜悖王爷、福晋之心，执拗归里，实为寻亲。上天悯好生之德，赐降吾妹，祈梦成真，夙愿克遂。白面娘子受尽凌辱，幸得将军信任、怜爱，作为姐姐甚为感激。今常大人莅舍，二位大师再聚义，成额已成知己，有缘相会，实乃不易。请各位入座，屈尊便饭，晚上敝院设宴献酒。"

　　甜甜小时候混过群儿流丐，后来进了王府，学些诗文、礼仪，且多与宫中格格交友，乍回吉林，哪能看得起市井庶人？亲密者仅胖姑而已。加之平日里围其身前身后转的唯有保镖潘中顺，耳朵里灌满了他的奇谈怪论，对当地官宦多有贬斥。甜甜初见常喜到来，心中就有点儿气，知道准是将军的点子，暗自思摸道："哼，我刚还你秦名远，没道一声谢，闻风又来要尤成额。成额色夫还真对心思，又是位难得的才子，为了孩子们的学业必须留住他。都说富俊是关东一只虎，别人不敢惹，彤甜甜可不怕，看你是虎还是鼠！"尽管心里这么盘算，然说话一句不露，口中一片热语，把学斋的鱼宴变成欢迎贵客的便宴，白面娘子、尤成额、胖姑、潘爷、海柱全作陪。常喜一直在暗中观察甜甜，觉得并不像人们所传讲的那么豪横、高不可攀，显得蛮热情的。膳罢，甜甜特别邀请常大人、庞荣、庞庆二位大师同到板门大院，晚上将正式设宴招待贵宾。潘爷暂留在学斋与海柱议事，一切安排停当，随后赶过去。甜甜出行，一向都坐胖姑赶的单马小花轿车，待套好车后，甜甜让妹妹和尤成额也同坐此车回去。白面娘子笑道："姐姐，恕妹不能从命，还是尤教习坐你的车吧！我好久没骑马了，想跟常大人、庞家哥哥一块儿骑马遛遛，过过瘾。"

　　甜甜心里明白，知道他们是想路上聊聊天，便嘱咐海柱选一匹稳当的走马，备好鞍鞯，交给白面娘子，然后让胖姑赶着小花轿车先走了。

　　白面娘子多少日子没有同将军衙门的人在一起了，一路上与常喜、庞荣、庞庆并辔而行，好像回到亲人身边一样，感觉格外温暖，说道："常大人，我真羡慕您，天天都能见到土地爷爷。可我好久没看到了，不知伤势轻点儿没？老人家向来不会照顾自己，真让人不放心。"

　　常喜告知："将军大人较前好点儿了，能下地走几步了，不过还得将

817

养些日子，不必惦记。大人可没少称赞你，说是这次擒拿秦名远、找到尤成额、结识甜甜、疏通与王爷、福晋的关系等，小白丫立了大功啊，没想到诸事办得如此神速，得好好儿表扬表扬呢！"

白面娘子扑哧笑了，又道："我还牵挂着茗兰姐姐，病好些没？小公子怎样？"

庞荣回道："这也是将军派常大人来的缘故，生怕尤公子被秘密隐藏，看看能否帮你忙。眼下孩子倒挺好，只是茗兰心思太重，半夜常常突然哭叫，任谁劝不了，硬说大家骗她，成额早已不在人世了，看上去好像坐下病了。"

白面娘子问道："常大人，那您这次来，准备怎么帮我？"

常喜笑着反问道："一切如此顺利，还有我啥事儿？"

白面娘子说："常大人，二位哥哥，我一见到你们，就不由得感佩土地爷爷思虑得如此细致、周到，说明老人家已估计到找着尤公子了。他能让常大人来，肯定顾及了彤甜甜不是一般女子，头罩王爷和福晋的光环，又是王府的格格，谁敢去驳她的面子呀？反而言之，茗兰因想念夫君身患多症，尤成额理应尽早回家，小夫妻也好团聚。可是甜甜的个性我也品得差不离儿，那是我行我素惯了，想怎样就怎样，不会轻易放走尤公子，因为供养了那么多孤儿，找个称职的教书先生着实困难。我以为甜甜算是给足了将军大人的面子，否则不会两番盛情款待你们，什么用意显而易见。还有哇，我最知尤公子的秉性了，富有同情心、济世爱人。见到那么多没进过学堂的苦儿，身为一名教习，觉得教他们读书识字，自己责无旁贷，不忍心撂下就走。这也是找到尤公子之后，我正在冥思苦索、犯愁无法解决时，将军把大人派来了，真乃及时雨呀！咱们必须想出万全之策，甜甜是个争强好胜之人，若愣是跟咱对碰，不是给土地爷爷找麻烦吗？"

庞庆表示道："所言在理，可是尤教习不立即回去，怎么跟茗兰交代呀？"

白面娘子说："尤公子必须回去，而且越快越好，否则连我也无法面对茗兰姐。甜甜一心办善事，此义举不仅应弘扬，还要全力支持。常大人，这事我和二位大师办不了，甜甜也不信，现在需要您说话了。依我看，那处学斋大多是收拢来的丐儿，听尤公子说每天教他们《三字经》《庄农杂字》《百家姓》等，左翼官学的教习在这儿肯定是大材小用了。俗话讲，杀鸡焉用牛刀？不妨从官学请来一位幼学色夫教授，这也是吉林将军衙门对善举的莫大支持。甜甜通情达理，只要常大人说到她心里，我再帮腔儿，想必会听的，双方不就都满意了吗？"

常喜思忖片刻，点点头道："嗯，此议甚好，怪不得皆言白面娘子聪明，果然名不虚传，有你的！"

一行四人到了板门大院，甜甜忙把白面娘子拉到一边，急切地问道："妹子，你跟他们骑马走，我就知道是为了帮我说通常大人，留下尤教习，学斋需要先生啊，常大人答应没？"

白面娘子回道："好姐姐，猜对了，答应了！"

甜甜似乎不太相信，紧接着又问："小鬼头，跟姐说实话，真的留下尤成额了？"

白面娘子说："姐姐，喜欢孩子的人岂止尤成额一个？你喜欢，我喜欢，江城喜欢孩子的名师多了，听妹子的，帮你挑个最满意的先生如何？"甜甜觉得十分扫兴，不吱声儿了。

盛宴中，常喜按白面娘子之意，详细介绍了吉林将军衙门属下的左右翼官学情况，有高、中、初三级，均依生员年龄和学识逐步升级，尤成额是位才子，授业未来皇家殿试生员，魁首者为状元、探花、榜眼等。还明确应允官学可拨给学斋名师，义务授业，不要酬劳。甜甜说道："常大人，听了您的介绍，让我大开眼界，谢谢了！彤甜甜一不能做有碍生员荣考殿试之事，二不能不成尤教习夫妻团圆之美，想必堂堂文部大人岂可置民间义斋于不顾？我关心的是将派来哪位名师，文才如何。"继而又冲白面娘子说："妹子，你不是讲过近日咱姐儿俩去凤楼探望茗兰夫人吗？我还真想看看，那时再酌定吧！"接着转向尤成额道："色夫，说句实在话，得闻您的大名太晚了，欣赏您的文才，舍不得您离开学斋。可是甜甜哪能那样无情啊，妹子一直惦念茗兰夫人的病，一家人应该团聚，您就随常大人走吧！"

尤成额站起身来，躬身致谢道："谢谢，谢谢大奶奶的关照、体谅。当初被劫时，拙荆即在病中，又有孩儿所累，成额心中无日不在牵挂。时隔月余，进入大奶奶为苦儿办的学斋后，不但为您的善举所感动，而且与孩子们有了感情，我心已在学斋并融为一体，今生今世都会关注此处的。"

白面娘子接茬儿道："姐姐，听明白了吧，连常大人和尤教习都忘不了你这苦儿学斋，我更会帮你说话，在将军大人那儿先挂上号，指不定将来会成为一所正式学斋呢！再者说了，谁不知道你是王爷、福晋的心尖宝贝呀，还能在江城住多久啊，老大不小了，总得出嫁吧？早晚得回京师，若不安排妥帖了，肯定得惦记着。这下行了，孩子们挺有福分，名师教授，你还有什么不放心的？"

甜甜听罢，细细思量，觉得真是这么个理儿，妹子倒蛮有远见的，也就默许了。酒宴的气氛热烈而融洽，推杯换盏，有说不完的话、唠不完的嗑儿，互生浓浓的惜别之情。时近午夜，甜甜素有早睡早起的习惯，便和胖姑先行告辞回舍了，留下白面娘子、潘爷陪着常喜饮酒叙谈。白面娘子对庞氏兄弟说："二位哥哥，还得烦劳你们连夜赶回将军衙门禀告此消息并做好准备，免得土地爷爷惦记，我准备明天带姐姐一道回去见大人。"

庞荣、庞庆会意，起身告退，白面娘子也借故离席了。只有潘中顺兴致正浓，又取来两瓶闻名吉林的贡酒"月中仙"，常喜很有海量，边品尝美酒，边听潘爷侃侃而谈。原来潘中顺心事重重，知道甜甜不可能在吉林长呆，京师才是其久居之地。而自己年事已高，不服老不行啊，无法再回王爷府。适逢得识常大人，真乃三生之幸，为能有处颐养天年之所，便套起了近乎，直到天亮，在沉醉中方休。

白面娘子赶紧回了住处，蹑手蹑脚地进了屋，哪知油灯依然亮着，甜甜和胖姑并没睡，躺在炕上盖着被子等着她呢！白面娘子麻利地脱衣上炕钻进了被窝儿，问道："你俩大眼瞪小眼的干啥呢，为啥不睡，不困哪？"

甜甜叹了口气道："妹子，姐哪来的觉哇！自打与你重逢，完全打乱了我的生活，天天都处于激动之中。由于办了这所学斋，方有幸认识了左翼官学教习尤成额，今天刚见面，还没处够呢，人家又要离开了，觉得这心里空荡荡的。"

白面娘子劝慰道："姐姐，是不是话到嘴边留半句、还有点儿想不通啊？你身在江城，仗义办学斋，是善人做善事，可谓帮助了吉林将军，为衙门分忧，百姓也会感激的。这次常大人亲自来了，对学斋的情况基本掌握了，尤教习走后，下一步怎么做，他会有安排的。你或许不十分清楚，在两翼官学当先生，不是有点儿墨水就能胜任的，那得设考榜择优录用。皆有文才，没有滥竽充数的，无论选派哪位到义斋来任教都差不了。另外妹子也是替姐姐着想，我不是说了么，王爷和福晋能答应让你来吉林只是暂时的，并不是这辈子再不挪窝儿了，何况姐妹相逢的夙愿得偿，过段时间能不召你回京么，他们见不到也想念不是？"

甜甜摇摇头道："我不，哪儿也不去，就跟妹子在一起。"

白面娘子笑道："行了，别耍小性子了，听妹的。明儿个尤成额夫妻团聚，咱们也去，妹子借此给二位姐姐引见吉林将军富俊。那可是三朝老臣，一位慈眉善目的好老头儿，平易近人，只要见了面就会感到无比亲切。然后再去凤楼，拜望你俩很想见的才女茗兰夫人，怎么样？"甜甜和胖姑一个劲儿地点头，这才高兴起来，三人又聊了一会儿，方各回各屋睡下。

次日晨，甜甜、白面娘子、胖姑起床后，简单梳洗打扮一番，又与常大人、尤成额共进了早膳，准备一同去吉林将军衙门。走之前，尤成额提出想去趟学斋，跟孩子们告个别。于是大家骑马的骑马，坐车的坐车，离开板门大院，往买卖街而去。到了学斋，孩子们和保姆不知怎么皆知道色夫要走了，早早排成长队在门口儿迎候。尤成额等人老远就下了车马，孩子们呼呼啦啦跑过来，边哭边抱着先生不让走。尤成额感动得热泪盈眶，说道："孩子们，我不是讲过么，男儿当自强，护国逞英豪。这位哈番就是为大清朝廷培养学子以壮国威的文部主事，快快过来，给常大人施礼！"

此话一出，孩子们立马不哭了，扑通通跪了一地，咣咣咣给常喜磕头，那小样儿蛮认真的，一旁的甜甜、潘爷、海柱高兴得泪流沾襟。常喜手一抬道："孩子们，起来吧！"然后把一个瘦瘦的男孩儿拉到身边，问道："孩子，几岁了？叫啥名儿啊？"

男孩儿并不胆怯，挺着小腰板儿仰着脖儿答道："回大人，今年七岁了，叫小牛。"

常喜笑道："小牛？咋叫这名儿呢？"

潘中顺接过了话茬儿："孩子到我们这儿五个年头儿了，当年有个老羊倌儿常在北山小牛沟放羊，赶上一天下暴雨，忽听草丛中传出孩子的哭声。走到跟前扒开蒿草一看，是个顶多两岁的小男孩儿，满身泥水，快哭没气儿了，总还是条小命啊，就给我们大奶奶送来了。不知籍贯在哪儿，不知父母是谁，唯知在小牛沟捡到的，从此就叫小牛了。因孩子泡在泥水里的时间过长，又湿又冷，所以坐下了胃寒症，吃过不少服药了，现在还算胖点儿了。"

尤成额搂过一个十二三岁的孩子道："常大人，这小家伙可聪明了，能背古诗，考考他。"然后拍着孩子的小脑袋瓜儿说："铁蛋儿，色夫告诉你，这位常大人专管科考的。将来你长大了，要走仕途，科考文卷若没有大人红笔钦点，就得不到功名，永远不能出人头地，快给大人背首诗听听。"

铁蛋儿梗梗着脖子道："我恨所有的大人，我家就是他们拆散的，阿玛被砍头，额娘改嫁，阿沙被卖，我蹲庙台，后被大奶奶领到这里来的。"

尤成额向常喜解释道："铁蛋儿曾告诉我，他父亲在嘉庆二十三年春因逼催租税，血刃县丞，违犯了大清律条叛逆罪，在温德河子附近斩首示众，给孩子的心灵深处留下了仇恨的种子。"

常喜仔细端详孩子的长相，模样儿挺周正，只是肤色较黑，铁蛋儿的名字可能就是根据这个起的，遂道："铁蛋儿，不是所有的大人都坏，我这个大人就爱听唐诗，你能背哪首？"

铁蛋儿不屑一顾："唐诗三百首，你要听哪首？你不是大人么，不如先来一首，我再对一首，谁对不上谁输！"

常喜暗自笑道："嚯，小家伙，叫上号了！既然这么说了，我不能不应啊，正好借机考考他。"于是说道："好吧，我先来，你仔细听着：'春眠不知晓，处处闻啼鸟。夜来风雨声，花落知多少。'"

铁蛋儿不假思索地说："大人，你背的是孟浩然的《春晓》，听我的：'千山鸟飞绝，万径人踪灭。孤舟蓑笠翁，独钓寒江雪'"。

常喜拍手道："好，这是柳宗元的《江雪》，再听这首：'独怜幽草涧边生，上有黄鹂深树鸣。春潮带雨晚来急，野渡无人舟自横。'"

铁蛋儿张嘴就来："知道，知道，这是韦应物的《滁州西涧》，听我的：'银烛秋光冷画屏，轻罗小扇扑流萤。天阶夜色凉如水，坐看牵牛织女星。'"

常喜点点头道："嗯，这我也知道，乃杜牧作《秋夕》，你能一气儿背下《百家姓》么？"

此话一出，孩子们嚷嚷开了，纷纷拉着常喜听自己背，互不相让，最后尤成额不得不说话了："孩子们，都松手吧，常大人知道你们有能耐，回屋看书去吧！"

小家伙们很听话，立马散了，往院内跑去。尤成额转过身对常大人说："玉不琢不成器，这些孩子求知欲很强，一到晚上就挤到我的屋子里，学我摇头晃脑地背古诗，困了跟我盖一床被子睡，小炕快挤塌了，淘气得很呐！大人，彤老板终究不会在吉林久待，官学能否再办一所义学堂？"

常喜回道："想法不错，待回去向将军大人禀报后，再做决定。"

当天晌午，吉林将军衙门传出了多少日子以来未有的欢声笑语，爆竹声声，噼啪作响，热闹异常。正在养伤的富俊和身体瘦弱的茗兰分别由班布泰和侍女小曼搀扶着，站在衙门外石狮子旁，博启图、都克尼及众位主事均到场，连老八旗赵西丹、马木斤等寿星也来了，大家翘首企盼着尤成额归来。曾几何时，左翼官学教习被劫成为江城的一桩奇闻，不胫而走，没有不知道的，一时间人们议论纷纷。身为吉林将军的富俊当时压力很大，茶饭难进，夜不能寐。在积案难破、百事缠身、范蔼仁、秦名远等人屡屡作梗的情况下，光天化日的，一个大活人愣是不见了，这不火上浇油嘛，深感自己失职，愧对各方。加之又听了绵恺亲王的一番话，越发心事重重，思绪不宁，这也是从盛京返吉坠马伤骨的主要原因。昨晚庞荣、庞庆回来报信儿，说是一直牵挂的尤成额找到了，明日由常大人和白面娘子陪着彤甜甜一块儿送回。这可是天大的喜讯哪，富俊甚至觉得伤势立刻好了一大半儿，忙打发班布泰去凤楼告知好消息。茗兰得闻夫君找到了，明日回家，高兴得一夜没睡，转天早早就起来了，从炕柜里取出与成额从京师来吉时穿的那套新衣裳，由侍女帮着梳洗更衣。用罢早膳，满堂已备好了手推小轿子车，茗兰叮嘱侍女小香照看好小少爷，然后在小曼的搀扶下上了车，满堂一路推到了将军衙门。

就在众人急切等待之时，忽听銮铃声响，从大街拐角处闪出一辆轿车，后面跟着两位骑马人，一位是常喜大人，另一位年纪较大，没见过。站在富俊身边的庞荣说道："大人，那位叫潘中顺，板门大院的上下人等尊称其为潘爷，原先是绵恺亲王府的管家，彤甜甜在吉林的生活始终由他照护。我们将其劝服后，在他的住处发现了地道，方抓住了秦名远等四人，白面娘子又顺藤摸瓜找到了被劫走的尤教习。"

富俊点点头，没说什么，让班布泰扶着自己往前迎迎。常喜见将军大人过来了，急忙翻身下马，疾走几步，单腿跪地抱拳施礼。潘中顺随之也到了跟前，跪地叩头道："久闻将军大名，今得一见，万分荣幸，惇亲王管家潘中顺给大人叩头了。"

富俊大人爽朗地笑道："欢迎，欢迎，谢谢你对我们的理解和帮助，老人家请起！"

潘中顺站起身来，又冲班布泰抱拳致意道："班佐领，老夫那日多有得罪，对不住了，望能海涵！"

班布泰回礼道："潘爷，不知者不怪，不必客气。"

这时，只见胖姑将手中的鞭子一甩，随之口中喊道："吁——"小轿车"咯噔"一声停下了。白面娘子掀开轿帘儿跳下车，回身搀下甜甜，手拉手双双来到富俊大人和茗兰夫人跟前，白面娘子施了个蹲礼道："土地爷爷，茗兰姐，小女回来了，见到你们真高兴，可想死我了。这位是板门大院的彤老板，也是我的双胞胎姐姐甜甜，之所以能顺利抓住秦名远，找到安然无恙的尤公子，全靠甜甜帮忙。"

富俊仔细打量着站在眼前的甜甜，窈窕淑女，美貌多姿，长相与白面娘子一模一样，仿佛画中的一对丽人，光艳夺目，难怪王爷、福晋百般钟爱。甜甜早已成为风云人物了，吉林将军衙门明里暗里与其周旋数日，费了不少心机，终获皆大欢喜的结局，能不令人激动么，于是致谢道："谢谢，谢谢，谢谢彤格格所做的一切。老夫更为拉林河畔苦命人的后裔、一对儿从小失散的亲姊妹能在大千世界、茫茫人海里相遇而感动，十几年后的再次团聚，堪称天下奇闻。烈火识真金，好人有好报，上苍有眼哪，由衷地祝福你们！好啊，好啊，小白丫，你替老夫办了件牵肠挂肚的大事，劳苦功高，辛苦啦！"

此刻的茗兰热泪盈眶，搂过白面娘子动情地说："好妹妹，谢谢你，姐姐终生也报答不尽你的恩情啊！"

白面娘子掏出手帕为其擦拭脸上的泪水，边擦边道："姐姐，今儿个是大喜的日子，妹子把你的夫君找回来了，应高兴才是，咋还哭哇？"

茗兰抬头一看，尤成额已走到跟前，双眼含情脉脉地盯着自己，手扶肩膀问候道："夫人，你和儿子一向可好？别哭了，总算团圆了，知道你遭了不少罪，成额无时不在担心牵挂呀！"

夫妻团聚，悲喜交加，感染了周围所有的人，都为之庆幸、感叹。在茗兰和成额双手握到一起的时候，甜甜的眼睛也湿润了，说道："忘却过去吧，一切都会好起来的，祝福你们！"然后转向博启图道："王爷说大人要来，没承想已经到了，好啊，有主持公道的人了。"接着拿着绢帕的双手轻抚右侧彩裙，双腿略屈，向众大人行了个仪表端庄的蹲礼，娇声细语道："甜甜给各位大人请安了！寄居吉林将军管辖之地有时，没少搅扰，多有得罪，想必早惹得众大人不高兴了吧？"

富俊那是久见世面的大将军，已知甜甜非同寻常，听了这番话当然得认真对待，便道："哪里，哪里，彤格格能光临府衙，乃江城之荣幸，有失远迎，还望多多海涵。老夫惭愧呀，身为一方父母官，耳聋愚钝，竟不知王爷、福晋钟爱的格格到我吉林宝地，有失护卫和关照之责。若说讨罪，我还要请格格宽谅呐！目前，老夫去盛京叩见王爷和福晋，方知格格久居江城，多行善举，默默而为，不求回报，尤令老夫敬佩也。"

博启图赶忙走了过来，满脸带笑地说："好哇，鼓不敲不响，话不说不透。将军大人诸事在身，政务繁忙，日理万机，为吉林百姓忘我操劳，令吾辈崇仰，彤格格也敬慕在心。今日可谓格格头一次偕亲妹妹莅临府衙，给我们带来了福音，尤教习也平安归来，万事大吉，吉林将军衙门真是喜讯连连哪！将军大人，咱们少谈不愉快之事，误解消除了，都是一家亲嘛！您身体欠佳，请回府歇息吧，一应诸事我来安排。"

博启图到吉林后，尽量使出他那广交朋友的能耐，竭力讨好儿上下人等，以赢得众人对他的好感。这不，又找到机会了，一面鼓起如簧之舌消除富俊对他的戒心，一面阿谀奉承对自己有用的甜甜。博启图对富俊不恭的话语虽引起了众人的不满，但谁都不想惹是生非，顺水推舟而已。富俊亦心知肚明，一语遮掩过去道："那好，我正到吃药时分了，就不陪彤格格了，一切拜托博大人代劳了。务要妥善安排贵客的一切事宜，还要设宴款待，宾至如归，吃好喝好，酒醉尽欢。"说罢，拱手作别，在班布泰的搀扶下转身离去。

富俊走后，博启图并不把都克尼诸大人放在眼里，凡事自己做主，先将大家领到明亮的客厅，然后派人去后厨让赶紧备宴。白面娘子坐在椅子上，冲甜甜的耳根子悄悄儿私语了几句，随即站起身来道："博大人，茗兰姐与尤公子刚刚团聚，又病疴缠身，我送他们回凤楼，告退了。"

庞荣和庞庆也表示陪同，告别了甜甜、胖姑，跟白面娘子、尤成额夫妇一块儿回了凤楼。博启图则与众大人陪着甜甜、潘中顺、胖姑尝果品茶，边喝边聊，话不落地。谈笑中宴席摆好，在博启图的引领下，众人步入膳房，分宾主落座。博启图的一通儿祝酒词说得客人格外高兴，大家推杯换盏，划拳行令，一个时辰后方散。

次日头响，博启图与常喜商量后，为补尤成额给学斋授业之缺，特将左翼官学的何敬平和孙连生两位先生分拨给甜甜，助其教学，并拿出《三字经》《百家姓》《庄农杂字》《幼学琼林》、"四书五经"等百册和一些文房四宝馈赠学斋，甜甜表示万分感谢。遵从王爷钧谕，甜甜代行之，与博启图议定，原富俊所掌积案统由博启图率员审核裁决；秦名远前愆勾销，即日从吉林将军衙门除缺，赴甘肃秀林将军任内补缺；范蔺仁庄主案交由盛京将军复核后，呈户部议决，余不追诉。博启图送走甜甜等人后，踌躇满志地拿着议决文书去找将军，请其审阅。富俊览卷毕，脑袋嗡嗡响，犹如炸裂般疼痛。然半字未吐，极力控制着情绪，罢罢罢，留给后世去评说吧！唯一尚感慰藉的是好在不欠桂良总督的"人债"了，将其外甥女的爱婿尤成额毫发无损地交给了茗兰，没有终生挨骂之虞。自此以后，老人家总以骨伤未愈为由，远离政务，深藏隐衷，在九丈书斋里徜徉，读史吟诗，妙笔丹青。道光七年七月，富俊卸吉林将军任，博启图继任。富俊随即奉调京师，蒙皇上恩宠，授予协办大学士、太子太保，依然鄙视流俗，颂歌利禄不为所动。班布泰奉诏进京，任宫中侍卫，为天子护驾，"三槌"兄弟也随其去了京师健锐营。富俊孑身一人，府中只留几位家丁，还有两间书屋和那只形影不离的花狸猫相伴。妻子九年前撒手长眠，两儿在湖广、云贵当差，小女嫁于京官，终日为了喂养襁褓中的婴儿，无法脱身照顾老父。道光十四年秋，富俊突然不明晕厥，郎中束手无策。弥留之际，嘱咐家丁不必报知官府和故人，净身来，净身走，三天后安详而终。道光帝惊闻大恸，亲临吊丧，赐字文诚，入贤良祠，此乃后话。

尾声　亮星从凤楼升起

浮云恰似流水，时光宛若闪电，岁岁迟到的北国春天今年却来得急。煦风拂面，空中长长的雁阵啊，在云端里扇动着翅膀相互鸣叫着，欢乐地朝吉林故土飞来，给冰雪消融的松花江畔带来了一片生机。此时，正是道光八年芒种后、端阳快到之前，江城处处呈现出过节的气象，街头小巷的货摊儿上摆放的物品琳琅满目，应节最抢手的莫过于葫芦。看哪，一大清早葫芦摊儿就摆出来了，其中有个摊子很别致，左侧插着一杆白绸红字旗，上书"朱家葫芦"。旗下是三排阶梯式地扯着彩线的细竹竿儿，竹竿儿上挂着一串串儿大大小小、系着红穗儿的葫芦，可算江城一景了。没一会儿便引来艳妆少妇和巧手姑娘的目光，争相聚到摊子旁，蛮有兴致地挑选吉祥葫芦。这可乐坏了白发银须的摊主朱老五，坐在凳子上不停地吆喝着："葫芦喽，葫芦喽，挑吧，挑吧，各个都好看，舍下小钱，讨个岁岁平安！"

别看朱老五只是个卖葫芦的，可名声在外呢，江城的大人小孩儿没有不认识他的。据讲祖上是河北通州老户，大明朝燕王朱棣在京师坐金銮殿时，他家就以卖葫芦为生，已经传十七代了，可谓葫芦世家。到了朱老五这辈儿，其上头的四个兄长皆在通州，他在家族中排行老小，嘉庆年间来吉林的，照做祖传的葫芦生意。这会儿，围在摊子前的男女老少越聚越多，坐在板凳上的朱老五站起身来，冲一位背着孩子挑选葫芦的女顾主说道："哟，这胖小子四五岁了吧？背着多累呀，来，让他坐这儿吧！"

女顾主笑道："谢谢，不累，还是你老坐吧。孩子今年虚五岁了，是我惯的，非得背着不行。"

朱老五点点头道："也是呀，当娘的都一样，哪有不娇惯自己宝贝儿子的。"

话音刚落，站在女顾主身旁的一位头插金簪、身穿绣着牡丹花的水粉色丝缎旗袍、外罩镶嵌着八宝东珠透珑红坎肩儿的美艳女子抬起头来，看了看朱老五，嗔怪道："朱老板，不知道就别胡说，这孩子不是我妹的，是替别人家看的。"

朱老五眼力多尖哪，一瞅接茬儿女子的装束与众不同，所戴饰品颇为讲究，知道这主儿可得罪不起。再仔细一打量，姐儿俩长得十分相像，身材、五官、肤色几乎一样，分不出彼此，以前从未见过，一准是王公贵戚府上的格格了，遂赶忙躬身致歉道："哎呀，小的对不住了，该掌嘴，罪过，罪过！"说罢抬手从货架子上拿了一个用彩纸扎的小风车，凑到孩子跟前满脸堆笑道："哈哈济，送你了，瞧瞧，多好看呀！"

男孩儿接了过来，很有礼貌地说："谢谢爷爷！"然后瞅瞅手中的小风车，迎风便呼呼转个没完，觉得特别新鲜，高兴得咯咯直乐。真就不让大人背了，挣着下了地，坐在朱老五的板凳上把玩起来。

诸位阿哥，这两位女顾主不是别个，正是甜甜和白面娘子，身背的男孩儿乃茗兰的儿子。两姊妹自打重逢后，形影不离，白面娘子需帮着茗兰伺候孩子，甜甜则天天到凤楼看妹子，直到傍晚才走。白面娘子心里暗暗着急，这一日实在憋不住了，便假装生气道："姐姐，我觉得你变了，没了当年的锐气，有惰性了。早先那么有精神头儿，一心办学，救济穷孩子，现在却撒手不管了，为什么？"

甜甜不仅没生气，还扑哧一笑道："妹子，你咋看不透姐的心呢？你是知道的，自打有幸进了王府，过上了金枝玉叶的生活，王爷、福晋待我不薄。这种情况下，我还几次三番地嚷着要出关，前往北地，为啥呀？不就是为了找你嘛！初始王爷不同意，后来被缠磨得没招儿了，不得不勉强答应了。来到吉林后，老天保佑，真就给我送还了唯一的亲人。姐像得了稀世珍宝一样，生怕再失去，只有天天守着才放心。学斋那边有管家海柱，加上两位色夫帮着照看就行了，又不是不回去。"

白面娘子听了很受感动，眼睛湿润了，紧紧搂着甜甜道："姐姐，我的心情和你一样，何尝不是这样想啊，今生今世咱姐妹永不分开。可妹子遇上了尤公子一家，这也是缘分，能眼瞅着他们有困难不管么，就是你也不忍心不是？"

甜甜心肠软，既同情患病的茗兰，又疼爱忙里忙外不得闲的妹妹。后来姐儿俩商定，甜甜两头儿兼顾，学斋不能放手，抽空儿到凤楼看望妹子，帮着茗兰照护孩子也成她分内的事儿了。

说来如今凤楼较前萧条多了，故人已陆续离去，留下无尽的思念。

德高望重的土地爷爷富俊道光七年丁亥七月奉诏回京，授予协办大学士、太子太保，带走了孙儿班布泰和"三槌"兄弟。日前，老大人曾来信询问成额的授业情况如何、茗兰的身体怎样、小少爷是否顽壮等，还问候和感谢白面娘子、甜甜两姊妹对尤家的仗义相助，并告知自己一切安好，精神矍铄，身板儿硬朗。班布泰现为皇家侍卫，"三槌"兄弟在京师健锐营干得不错，前程无量。庞荣、庞庆当年奉恩师长眉长老之命，来吉林协助将军衙门抓捕秦名远，找回失踪的尤成额。转年初春便告别凤楼及江城故友，返回河南嵩山少林寺，与众位师兄弟终日三稽首，闭目打坐，诵经苦修。以协办吉林积案为名于道光五年来到吉林的博启图，凤楼除尤成额日日到官学授业外，其他人各忙各的，与将军衙门没以前那么多来往。不过有一位故人已离开了凤楼，走时难舍难分，至今大家总是提起他，这就是各位听者非常熟悉的小满堂。小满堂本是尤成额的父亲都布纳及夫人高氏在京师的管家，因儿子偕妻赴吉林求取功名，便将其赐给他们做贴身家奴。小满堂手勤脚快，有眼力见儿，且为人忠厚，自打跟随小主子来到江城，八年如一日，从未小懈，赢得一致赞许。而今已二十四岁了，尚未娶妻，茗兰有些着急，甚觉欠他太多。好在新招来一个巧巧作为贴身女童，便致函舅父，请其在府衙给满堂安排个适合他做的上好差使，再帮着找个家室，以诚谢对尤氏家族的耿耿忠心。桂良来函准允，让小满堂立即返京，茗兰这才长出了一口气。未承想小满堂说啥不走，表示今生今世不离开小主子，生死与共，气得茗兰直跺脚。最终还是白面娘子向小满堂仔细讲了茗兰的良苦用心，说是人不能满足现状，更不可跑单帮。既要娶妻生子，也要为未来多考虑考虑，干出点儿名堂来，总算没白来世上走一回。小满堂思来想去，觉得奴仆连主子的恩惠都不接受，那也太不懂事了，只好答应了。于是跪谢了尤成额夫妇，亲了亲小少爷，告别了凤楼的草草木木，由白面娘子送他登上了帆船，哭得泪人似的离去了。

凤楼里近几年令人愁肠百结的是茗兰夫人患了轻度癔症，表现为多疑易躁，烦闷不易排解，有时情绪失控。究其原因，很难说得清楚，估计一个是与她的性格有关，内向，深沉，遇事好生闷气，情感不外露，轻易不谈自己的意见或想法。再一个是自从嘉庆二十五年随尤成额来到吉林，由于秦名远作梗，不但夫君不能赴任，而且事事不顺，受屈受欺，徒增不少烦恼，致使怨愤积于心，坐下了病。直至道光四年富俊重新执掌吉林将军印，闲居在舍将近五年的尤成额参加了榜试，方如愿以偿，当上了左翼官学教习。时隔不久，将军衙门连续出现几桩大案，其中凤楼失火、尤成额失踪、秦名远被同伙儿从牢狱中救走等，极大地刺激了茗兰的神经，天天以泪洗面，提起秦名远就恨得咬牙切齿。气愤、思念、担心郁结于胸，有时不吃不喝、不言不语，有时连续几天不睡，这位想当年连皇上都夸赞的才女终于被疾病撂倒了。后来白面娘子、庞荣、庞庆受命前往板门大院，经几番周折，抓住了秦名远，找回了尤成额。茗兰重新见到了夫君，一家团圆，多病之躯渐渐有了好转，能吃饭了，能睡觉了，大家非常高兴，都为她祝福。谁料想数日后，茗兰又急火攻心，致使病情加重了。事情的起因是这样的：尤成额自打回到了凤楼，一直没人通知其去官学授业，茗兰因有癔症变得敏感多疑，自然就往心里去了。她曾多次询问白面娘子和庞氏兄弟，少爷在家闲呆，不去官学，究竟是何缘故？其实他们仨也十分不解，心里很是焦虑，只是不敢在茗兰跟前显露，怕引起她多虑，有碍养病。越是如此，茗兰越胡思乱想，以为是在故意隐瞒真相，不愿让自己知道，终于忍不住了，大声责问道："你们为啥瞒着？是不是成额的差使被免了，让将军衙门给撵回家了？天哪，我们遵纪守法，未曾做过一件不该做的事，没有半点儿坏心，命怎么这样苦啊！"说着满炕打滚儿，又喊又叫，又哭又闹。白面娘子怕吓着孩子，赶忙将其引领到小暖阁，再反身出来好言相劝。尤成额放下教案从书房跑出，进屋百般抚慰，都无济于事，直至折腾得筋疲力尽方休。

到底是咋回事呢？原来尤成额不能复任教习之职，问题出在博启图身上。他初到吉林，暗有打算，想在官学私插亲属。正赶上尤成额被劫，踪影全无，便想乘机以自己的三小舅子取代之。尤成额回来后，他迟迟不通知其就职，此举马上被富俊和都克尼等人所识破，继而戳穿博启图偷梁换柱之图谋。这日，茗兰又为此事哭闹起来，大家正在极力劝解时，班布泰来到了凤楼，笑呵呵地说："茗兰姐，又怎么了，事情不是你想的那样，谁也没有故意瞒你。我来是为通报一个好消息，明儿个一早，尤教习便可去官学上任了。我爷爷和都大人、常大人去找博启图共同商议了，认为尤教习是经过将军衙门按制设榜考取的魁首，无论发生什么事，谁也无权罢免其职，任何人均无资格顶替。"

茗兰听罢，立即安静下来，破涕为笑，没一会儿便睡着了。转天一早，尤成额在白面娘子、庞荣、庞庆的陪同下，一路高高兴兴地去官学上任。纵使博启图的三姨太坐在官学门口儿骂了半晌，照样啥用不顶，最终还是被将军衙门的巡官以"有碍大雅"之名强令逐走，博启图无力回天，眼睁睁地瞅着尤教习入堂授课。

白面娘子和庞氏兄弟深知，博启图盛气凌人，仗势揽权，有恃无恐。而富俊大人为政清廉，刚正不阿，哪看得惯朝中的种种咄咄怪事？一怒之下，退避三舍，恨不得把将军大权和印信一股脑儿交给博启图。三人估计老将军心中肯定不快，只能在家中生闷气，这怎么行？若是一时无处发泄，日久天长会坐病的。不如趁此机会，请老人家来凤楼，同大伙儿饮酒消愁，一块儿乐和乐和。当天下晌，庞氏兄弟划木船于松花江上，甩暗钩钓获了一条又肥又大的金翅鲤鱼。提回凤楼后，白面娘子系上围裙喊里咔嚓收拾完毕，到了天擦黑儿时亲自掌勺，烹饪浇汁鲤鱼，只等与土地爷爷共用晚膳了。其实呢，白面娘子这是杞人忧天，担不必要的心。富俊大人襟怀坦白，海纳百川，不计较个人得失，现迷醉于水墨丹青，所绘之《老子牧牛图》颇有神韵，仿佛闻听人牛共语之音，堪可传世。

道光七年，皇上下旨，任命博启图为吉林将军。他可没有土地爷爷的胸襟，总觉得富俊名声在外，无人不知，无人不晓。而自己此前好几年无有皇上圣意，正式成为吉林将军的谕旨又下得太晚，如今倒是掌印了，然市井却不时传出流言蜚语。为能尽快予以平息，让大家庆贺他的荣升并宣扬出去，博启图决定在将军衙门摆宴，要求各部属员全到场，允许放纵喝酒，划拳行令，可通宵达旦。尤成额所在的官学也不例外，学馆诸师皆去府衙赴宴，且夜宿不归，一连几日皆如此。茗兰初始不知道尤成额为啥不回家，后来渐听人言，方知是博启图得意忘形，摆酒设宴，让属员们为自己歌功颂德。精神上患沉疴之人最怕心绪紊乱，烦躁不安，何况生气呢！一日深夜，茗兰的癔症发作了，突然出现了身体麻痹症状，双腿没有知觉，凤楼上下人等一片惊慌。尤成额遍请吉林所有著名的郎中前来诊治，并且专门从京师、湖广寄购上等红花、三七、天麻、牛膝等药，服后均不见效。茗兰双腿不能行，只能终日卧榻，加之语意表达不清，急得直咬手指头，日夜哭吼。她曾几次持剪刀寻死，都被侍女发现，好言劝解抢下。白面娘子既要安慰、伺候茗兰，也要照看小少爷，忙得脚打后脑勺儿，没有一会儿闲工夫。尤成额在官学授业甚忙，回到家还需准备第二天的教授内容，故而对夫人的饮食起居照顾不了多少，全由白面娘子和侍女承担，没早没晚，周而复始。

八月的一天，尤成额登北山寺庙拜佛问卜，在观音堂叩头默念毕，求得一签，上云："万事天来助，吉祥有贵人。"他看了看签，寻思反正都是吉利话呗，也没在意，就匆匆下山回家了。事隔不久，一桩天大的喜讯降临凤楼，道光帝有感于三弟惇亲王辅佐功高，允其选配王妃，娶谁由王爷的福晋定。福晋那是早已心有灵犀，举荐了暂居吉林的甜甜，皇帝准奏。于是内务府和宗王府立即派员前往江城，传谕吉林将军衙门，一应诸事抓紧办理，不得有误。甜甜自打与妹妹重逢，依恋得很，不想离开左右，动不动就让胖姑陪同到凤楼接妹子去板门大院享福。可是茗兰有病，啥也干不了，白面娘子哪能脱开身哪！期间，惇亲王曾三番两次地派人来北地接甜甜回京，甜甜因牵挂妹妹，所以始终居住在江城，以善心广济苦儿，不舍南去。此番圣旨一下可不得了了，惊动了吉林上自将军，下至黎民，都在传讲皇弟绵恺亲王的妃子在江城，边塞小城一时间竟跃升为皇家王妃的娘家地了。最高兴的要数吉林将军博启图，可谓平步青云，出了大名，成为皇室亲王妻子所在地的娘家父母官了，自然感到脸上有光，地位显赫。世居吉林的所有遗老遗少、达官显宦更是跃跃欲试，都不想错过这机会，打算好好儿露露脸，于是各地良策如潮，汇入将军府。博启图也真是下了功夫，梳理出大婚聘礼程序，迅速决断，皆按遗老们提出的旧制操持。甜甜的居处由将军衙门特派的武官率兵护卫，闲散人等退避三舍，不得靠前半步。博启图天天住在板门大院，潘中顺愈加耀武扬威，连吉林将军都让他三分。这日晌午，博启图安卧在虎榻上刚打个盹儿，潘爷就推门进来了，博启图听到动静赶忙起身，笑道："潘爷，请问有何吩咐？"

潘中顺说道："王妃令我传告将军大人，让你速速进京，如实奏报王爷知晓：现住凤楼的白面娘子乃本王妃失散十几年才找到的孪生妹妹，也是唯一的亲人。作为姐姐，决不能弃胞妹而去，有福同享，如不遂愿，宁死不离吉林半步。"

博启图本是惇亲王的心腹，鬼得很，立即答应道："好啊，好啊，理当如此。本官下晌快马进京，叩见王爷、福晋，禀告王妃之意，请放心吧！"说罢返回将军衙门，命侍从打点行囊，套好四马轿车赴京。一切就绪，博启图带两位亲随上了车，车夫将鞭子一甩，轿车咔啦啦飞驰而去。

第三天傍晚，博启图赶到了京师，直奔惇亲王府邸。绵恺初见博启图时，满脸堆笑，十分热情，一再感谢其辛劳。可是听完博启图传报甜甜的心愿，又愁眉不展犯了难，怕皇上知道后，认为这女子太琐碎而震怒，一旦下旨另选新人咋办？还是博启图点子多，进言道："王爷，您深知王妃的身世和性情，能够不忘苦难，看重亲情，此等女子最可信赖也。

王爷前去面君时，可细言王妃之美德，激帝情，撼帝心，何愁迎不进王府呢？"

惇亲王思忖良久，觉得博启图所言极是，只能照此办理。脾气执拗的甜甜这几年之所以不恋宫闱，就是因为怀念北地失散的亲人，既然寻到了，怎会舍得再分开？于是让博启图暂于府中歇息，待面圣后，再将结果告知。

绵恺亲王随即入宫，叩见皇上，按博启图之策如此这般一说，果然奏效，道光帝恩准，并书就一道圣旨交之，命在吉林宣谕。惇亲王如愿以偿，叩谢皇恩后退下，高高兴兴地回到府邸，把圣旨交给了宣读官。叮嘱博启图今夜在驿馆安歇，明日即可启程，王府迎妃人等、彩车亦一并前往。望速速办妥，早日送王妃回京，以行迎娶大礼。关于其妹之事，一应由爱妃定夺，本王爷听其便也。交代完毕，馈赠博启图玉观音一尊，以表诚谢。

转天一早，博启图率领迎亲队伍浩浩荡荡出发了，一路晓行夜宿，顺利回到了吉林。进了将军衙门，繁缛的迎接礼仪必不可少，省略不表。单说博启图迅即择吉日良辰，在板门大院行宣旨大典，吉林将军衙门的文武官员及左右翼官学的教习莅临，并用彩轿接来了白面娘子。板门大院彩带飘舞，管乐齐鸣，高桌上摆好香案，所有官员身穿袍服顶戴站立两旁。乐曲一停，身着一品官服的博启图缓步走到桌案前，虔诚地向着敬奉圣旨的香案行三拜九叩大礼，然后跪迎京师的宣读官进场。宣读官请彤甜甜、白面娘子到桌案前，同吉林将军一齐跪下听旨，然后宣道："襁褓水难，天各一方。茫茫人海，姊妹重逢。盛世佳瑞，天佑永享，朕心大悦，赐彤甜甜为绵恺之丽妃，丽妃之妹白面娘子为贵人，钦此。"宣罢，令人抬来一个箱子，里面装着皇家赏赐的金册、凤冠霞帔、金银玉珀等，说道："皇恩浩荡，恭贺丽妃、贵人，快快叩头谢恩！"

甜甜、白面娘子和博启图分别叩谢，待站起身来，潘中顺、胖姑、海柱等从人群中跑出来，围着姐妹俩又是祝福又是道喜的，官员们也纷纷表示祝贺，欢声笑语响彻板门大院上空。

当晚，白面娘子与甜甜同床共枕，嘱咐道："姐姐，王爷知道咱们的身世，从未嫌弃过，多年来待你一直挺好，这份情意难得呀！到王府后，对福晋、侧福晋要尊重、有礼貌，尽量处理好相互之间的关系，注意保护自己，姐姐会平安、幸福的，原谅妹子不能随你同行。拉林河神给妹子一条命，松花江神养育妹子十几载，有期盼，有欢乐，遇事还能逢凶化吉。命中注定这辈子为他人而生，为他人而活，这他人便是苦命多舛的茗兰母子。似乎阿布卡恩都力早有安排，将他们托付给白面娘子，助其洪福齐天，何况小少爷也离不开我，因此只能留下。姐姐走了，我放心，肯定会想的，将来找机会去京师看你，别忘了替妹子谢谢王爷的良苦用心。"

甜甜万万没想到妹子不准备去京师，初始十分惊愕，继而仔细一琢磨，一点儿不奇怪，妹子就是这样的品性，总是为别人着想，很少替自己打算。她与尤成额一家建立了深厚的感情，同住一间房，同吃一锅饭，冷丁拔腿就走，放在谁身上都难以割舍。再者说了，虽然在宫中做女官，姐妹俩能常见面，可天天做自己不愿干的差使，这对她不公平，对其人生也毫无意义。怎么办？思来想去，只能尊重妹子的选择，无可奈何地打了个唉声道："姐还不知道你的脾气么，犟得很，只要认准的事儿，十头牛也拉不动。行了，我会跟王爷说的，不过可不许忘了我，有谁敢欺侮你，务必招呼姐一声。"

次日一早，甜甜将板门大院的一应房产、器物、佣工以及买卖街的学斋、学生等，悉数移交给博启图派来的文部主事常喜大人，一一清点，登记造册，日后统由吉林将军衙门管理。到了下晌，甜甜请来尤成额、白面娘子以及在学斋任教的何敬平、孙连生两位色夫，一块儿吃了顿辞行饭，感谢以往所给予的无私帮助，并表示道："我虽然走了，但这颗心将永远和你们连在一起，更不会忘记苦儿们，盼望他们快快长大，早日成才。"

甜甜又特别与尤教习攀谈了一会儿，并叮咛道："小少爷非常招人喜欢，遗憾的是茗兰姐身有疾患，那么大的学问却教不了儿子，很是令人难过。我妹子心肠好，人品没挑的，因为想帮你们一家，所以才放弃去宫中做贵人。尤教习，你可不能只忙于官学授业，而忽视对小少爷的培养，子不教，父之过。基础需要打牢，经常督促也很重要，这方面你比我懂，绝对不能松懈。"

尤成额的眼圈儿红了，有感于甜甜的真诚、白面娘子的付出，谁又能不为之感动呢？他嚅动着嘴唇，想要说什么，终未说出一句话，只是一口喝干了杯中酒……

第三天头午，甜甜告别众人，带着两个贴身丫鬟上了迎亲彩车，在吉林将军博启图亲自率兵护送下，离开江城，直奔京师而去。

不讲甜甜此番被迎进京师与绵恺亲王举行了异常热闹的婚礼，单说甜甜走后，当地的遗老和将军衙门的官员们都不敢怠慢，纷纷前往凤楼揖手下拜。白面娘子心想："嘿，自己没觉怎么样，他们却另眼相看了。仿佛世上降下了一位活神仙，了不得了，诚惶诚恐，毕恭毕敬，不说话老远先施礼，真够势利了。"越寻思越觉得可笑，竟笑得弯着腰喘不上气了，眼泪也流出来了，嚷嚷道："哎哟，各位爷爷、大人哪，千万别这样，小女可受不了！我是星星沾了月亮光了，天生没有贵族血脉，没长贵人骨头，我就是白面娘子，走到哪儿也是我。"

茗兰对白面娘子宁可放弃赴京师宫中做女官，也要留在江城照顾自己和儿子万分感动，可惜疾病使其不能口齿清楚地与人交流，只能以手势表达心意。她先是伸出大拇指，上下点了两下，然后拉过白面娘子的手用力攥了攥。怕对方不解其意，又把那只手捂在自己的心口窝儿喃喃自语，仔细一听，似乎在说："妹子呀，你是世上最好的人，心都给了大家，乃名副其实的大善人。你给大家带来了福分，给人间送来了温暖，是我们全家的恩人哪！"

自打茗兰患了癔症，其子昼夜皆由白面娘子照料，天天像个跟屁虫似的围着她身前身后转。每到晚上，白面娘子先伺候茗兰歇息，再哄小少爷睡下，接着便不声不响地忙碌开了。那双手也真巧，针线活儿不错，既会裁剪又会做。这不，用花丝缎给小少爷缝了一顶英雄帽，帽顶缀了一颗玉石，非常好看，戴上显得格外精神。小少爷喜欢得不得了，只要到院子里玩儿便戴在头上，左邻右舍的婶子、奶奶想看看，他都不愿摘下。

俗话说得好："万绿丛中一点红"。朱伯西讲到这里，大家已看出来了，凤楼中众星捧月的中心人物便是尤成额、茗兰之子。毫不夸张地说，这对儿夫妻的心志、目光、冀盼都聚集在头戴英雄帽的胖小子身上，寄予了厚望。说来也奇，这孩子生于道光四年甲申春五月，临盆时，恰有一道流星闪过，故起乳名"乌西哈"，汉译星星之意。乌西哈活泼可爱，聪明伶俐，是父母的心头肉。教乌西哈读书写字，是尤成额和茗兰最大的乐趣，孩子悟性很高，教两遍就会，三岁开始读唐诗，五岁能背宋词元曲。别看人小，却像个小先生，动不动就挺直小腰板儿端端正正地坐在小板凳上，童声童气地给你讲解他背诵的诗词，蛮是那么回事呢！人人喜欢乌西哈，人人爱逗乌西哈，跟小乌西哈在一起，仿佛再多的忧愁都会烟消云散。

乌西哈也是白面娘子的宝贝疙瘩，特别是近两年茗兰患病，白面娘子便代替了孩子的亲娘，给予了精心照护。庞荣和庞庆没走时，为使茗兰能静心养病，她把二楼尽头那间屋改造成小暖阁，六角窗，月亮门，门框上挂着自己绣的喜鹊登枝彩穗白布帘儿，安静而温馨，供茗兰和孩子住。茗兰最喜欢这间小暖阁了，住了一段时间后，考虑到每每犯病时，无力照看乌西哈，遂又回到了东屋，让白面娘子带着儿子住在里面。说来真是缘分，白面娘子只要同小星星在一起，就无比开心，一会儿见不到好像缺点儿什么似的，觉得心里空落落的。即使住在板门大院的那些日子里，也无时无刻不牵挂着孩子，生怕夜里哭闹而上火。乌西哈从打认人了，若赶上不顺心眼儿，见谁都哭。唯独见了白面娘子，小胳膊晃来摆去，小腿乱蹬蹬，咯咯笑个不停。有时乌西哈不知缘何突然哭闹开了，咋哄都不行，急得茗兰不知所措。只要白面娘子一抱，立马不哭了，拍一会儿便睡着了。白面娘子与茗兰夫妇相处越久，小星星对她的依赖越强，几乎寸步不离。孩子哭没哭啊，闹没闹哇，饿没饿呀，睡没睡呀，白面娘子一年三百六十五日、一天十二个时辰常挂于心；孩子冷不冷啊，热不热呀，衣裳干不干净啊，被褥晒没晒呀，白面娘子一桩桩、一件件思虑于心，生怕觉得有什么不舒坦，委屈了尚不会说话的孩子，一时一刻闲不着。乌西哈快四岁时，已经很懂事了，茗兰让夫君给宝贝起个大号。尤成额颇动了一番脑筋，从《诗经·大雅》中的"温温恭人，惟德之基"之句取"德"字，从《礼记·乐记》中的"气盛而化神，和顺积中而英华发外"之句取"英"字，组成"德英"二字作为儿子的大号。何图哩德英之名从此越叫越响，声威远扬，妇孺皆知。

说来德英挺幸运的，生于文人世家，其父尤成额是左翼官学教习，其母茗兰乃京师著名的才女。父母精通古史典籍，博学多才，为自己的业师，幼学地址就是甜甜于江城设立的学塾。而今，当年的管家和保姆没啥变化，基本上都是老人，大家相处得十分融洽。管家海柱是随潘中顺从京师来的，很能干，会办事。博启图派文部主事常喜接管后，对其兢兢业业、任劳任怨十分满意，赞许有加。这个学塾在将军衙门的支持、关注下，办得越来越好，左翼官学的众位先生隔三岔五便来光顾一回。此处不像街里那样人声嘈杂，一进入郁郁葱葱的松林，心情格外好，既可舒缓给生员们讲授古文、经学之疲劳，又可呼吸新鲜空气，还可做些有利于公益的事。到这里授业的先生日渐增多，除了原先的名师尤成额以及后来的何敬平、孙连生外，其他先生分拨儿来，连小金佛都成孩子们的武师了。他现在可谓改邪归正、脱胎换骨了，变化很大，要强了，勤快了，不怕吃苦了，博启图对其刮目相看，实在不易呀，这还要感谢白面娘子呢！为啥呀？白面娘子总是不忘小金佛往日的情分，自从他与草上飞、过江龙、柳祥归附将军衙门后，时时惦记着，蹙着耳朵叮嘱着，鼓励其要争脸面，长记性，不能混时光。白面娘子的话，小金佛的确听进去了，被派到学塾后，将自己仅有的功夫全拿出来了，教得很卖劲儿，孩子们学得也上心。前不久，吉林将军衙门举办一次竞武大赛，学塾挑选出十几个孩子参加，其中包括小德英。白面娘子既想看看小德英的功夫学得如何，又想知道小金佛教得怎样，便鼓动茗兰一块儿到场观瞧，茗兰二话没说点头应下了。于是白面娘子把为尤成额特备的午膳做好，打发侍女送到官学，然后用小花车推着茗兰前往武场，和江城的百姓一饱眼福。比武中，参赛者各显神通，技法纯熟，不分上下。小金佛带领的童子队在高手如云的竞技中竟得了软功头筹，受到博启图将军的褒奖，茗兰和白面娘子心里乐开了花。

满族及其先民为马上民族，各个弓马娴熟，崇仰"尚武精神"。长辈要求后代从小始练儿功，六七岁进学堂，逐渐造就成文武兼备的坯子，有一身过硬的本领，一朝入了军旅，便可在万马营中勇猛冲杀。白面娘子也喜欢习武，故而对小德英的体格发育和健康成长十分上心，从婴儿时，就向茗兰宣传育儿经："出生三个月，长带裹下身。双腿捆宜紧，儿大体尤直。不患罗圈腿，飞脚天下惊。"茗兰长于名门，受到瓜尔佳氏武风的熏陶，曾经练过功，对白面娘子的话自然心领神会，任其给儿子睡硬枕哪、用宽布带缠四肢呀、搋腰盘腿呀等，从不干涉。功夫没白下，小德英在白面娘子的严格管护下，身段长得十分匀称，肩、臂、腰三直相并，臀部到腿成斜线形，过了练武所基本具备的身关。五岁开始练功，小金佛为武师，德英身穿白面娘子为其定身缝就的麻布武士服，腰系英雄缎带，个头儿没有桌子高，赤脚打拳，满地滚跳，已掌握七八套拳术。六岁入学堂，在先生的教授下学习"四书""五经"，"四书"即指儒家的主要经典《大学》《中庸》《论语》《孟子》四种书，"五经"即指易、书、诗、礼、春秋五种儒家经书。七岁被带进马厩，见群马不惧，喜骑烈马。九岁学马上技，四年后，马上站功、立功、卧功、滚功、左侧功、右侧功、前侧功、后侧功等不逊于骑手。

其时，吉林左翼官学分文武殿科，为日后赴皇家考取进士以上人才授业，这部分生员在将军衙门专备的庭院中就读。富俊四任吉林将军后，学制改革，重才广育，大多在八旗养育兵中遴选子弟入学，眼下授业地点在原来甜甜所办的学塾。除后派去的何敬平、孙连生两位先生外，又增加了早已为孩子们所熟悉和喜爱的尤成额。尤教习以诚恳爱人的品德、博古通今的学问赢得了江城各界的广泛赞誉，公认其为弘扬儒风、训育后人的名师，故而携儿带女来官学拜师者络绎不绝。这可愁坏了文部主事常大人，需不断地向这些人解释无奈学堂房舍太少，实在容纳不下。这一天，常喜正在耐心劝说一对儿前来送子求学的夫妇回转，江城的长寿翁赵西丹挂着拐杖来了，笑着说道："小喜子，你是咱吉林的文官爷，父母送子到这儿来拜孔圣人，可不该拒之门外呀！"

常喜连忙问候道："赵爷爷，您怎么来了，身子骨儿一向可好？您老有所不知，将军大人日前准允，将惇亲王之丽妃彤甜甜办的这所学塾收归左翼官学管理。现在还没有进行修缮和扩建，旗民子弟甚多，原有的房舍哪能装得下呀？我这些天急得干跺脚，正想不出辙呢！"

赵西丹一抬手道："喜子，靠你一个人的力量，能捅破天么？既然都愿意送子弟来官学，为啥不把大家动员起来，这么空旷的院子何愁不能变成大学堂？爷爷帮你指挥，人人动手平场院，搬砖运瓦，搭盖馆舍。"

老人家的话果然得到在场所有人的一致响应，拥挤的院落马上变成了沸腾的工地，众人拾柴火焰高，你一锹、我一镐地把场地平好了。没过几日，那片松树林内出现了几座新房舍，传出了孩子们的读书声。

德英六岁那年，正是道光十年庚寅，天天由白面娘子陪着，随父乘坐马车去学堂。一开始尤成额深感过意不去，认为这样白面娘子太辛苦，故而极力反对。可是茗兰怕德英冷丁到学堂人地生疏，没有亲人照顾，再受什么委屈，坚持让白面娘子陪着。二人意见不统一，曾为此发生过口角，茗兰又哭又闹的，埋怨夫君不疼爱孩子。白面娘子看不得茗兰难过，担心癔症再犯了不值当，总是好生劝慰，答应一定陪德英上学，茗兰才安静下来。

实际上，白面娘子愿意随同这对儿父子去学堂，因为那里恰恰是自己留恋和向往之地——甜甜为积德行善所开设的苦儿学塾。每去一次，见物如见人，仿佛看到了生活在京师的姐姐，还有那可亲可敬的土地爷爷。想当年，为抓捕秦名远、寻找尤成额，她受富俊将军之托，先后与班布泰、庞荣、庞庆察访板门大院，结识了彤甜甜。结果收获颇丰，不仅姊妹重逢，而且抓到了秦名远，在学塾发现了失踪多日的尤教习，为吉林将军衙门立了头功。因此，白面娘子对那里有着特殊的感情，认为于己有缘。

尤成额非常欣赏彤甜甜的善举，因被劫而去了学塾，竟是他到吉林之后人生的一大转折。接触了底层社会，结识了无家可归的乞丐和流浪儿，以前只知自己枉遭欺辱，哪知苦苦挣扎之人不计其数。身为官学教习，得享国家俸禄，不愁温饱，可是那些可怜的缺衣少食之人何其悲惨啊！济困扶危，传播文明，当仁不让，然路漫漫其修远兮。故此，他向博启图呈函，提出除教授左翼官学科考进士以上生员课业外，愿多多承担童蒙班授业之任，由于早与众儿相识，更有利于因材施教。此议深得将军赞许，当即批复，使得尤成额如愿以偿地重回甜甜所创办的学塾故地。每天教授包括德英在内的孩子们课业，闲下来时能与他们促膝谈心，从中体味人生苦乐，净化心灵。其中，给他留下印象最深的是几个比较淘气的孩子，有金顺、文祥、凤武、铁刚等。

说起尤成额的这几个弟子，均是出身低贱的流浪儿，尤成额相信以爱心和耐心施教，待其长大成人后，在吉林可有所作为。

尤成额的弟子金福、金顺兄弟乃咸丰朝著名大将军，两次受命平息湖广匪患，双双被封为侯爷。同治年间，先后死于福建，皇帝下旨入贤良祠。《清史稿》中没有金氏兄弟的详细记载，仅称其出身贫寒，实际上大有来历。金氏兄弟的父亲是拉林河渡口的船工，被当地的富豪雇为驭手，这些人水性好，擅辨风向，遇大风大浪仍能驾驶木船平安返回，故而在当时很抢手。金氏兄弟之父由于有这等本事，备受众养船财主的宠用，纷纷找上门来，希望能为自家驾船。你争我抢，以至酿成血案，金顺的父母均被杀害，还有爷爷、奶奶、叔父和两个妹妹，唯有他和弟弟当时去集市买米未归，才躲过刀斧之祸。从此，金氏兄弟成了流浪儿，无依无靠，沿街乞讨。流落到江城后，与丐帮为伍，曾几番被送入江北拘缉营，又一次次逃脱。初春的一天，彤甜甜在买卖街遇到了这两个衣衫褴褛的苦儿，遂将其带到学塾，从此成为尤成额的学生。一开始，金氏兄弟因终日懒散惯了，受不了学塾所订立之规章制度的约束，常常趁先生不注意时，偷偷溜出学堂，不知去向。尤成额不愿就此放弃，总是四处寻找，找不着就蹲坐于庙台或临街磨坊苦苦等候。一日，大雨滂沱，尤成额为寻逃学的金氏兄弟疲惫过度，竟昏倒在地。工夫不大，金氏兄弟刚巧从此路过，发现了躺在泥水里的色夫，知道又是为寻找自己才累得晕厥的。二人万分感动，双膝跪倒，痛哭流涕地保证再不逃学了，一定对得起先生的良苦用心。打这以后，兄弟俩变化很大，用心苦读，尊敬师长，道光十九年赴京科考，双双进士及第，先入翰林院，后入军机处，名声大振。

尤成额的得意弟子文祥，字博川，少年时曾是铁岭一带丐帮有名的小头领。赛冲阿率兵进剿时，文祥也是"落网游民"。老将军见其年龄小、聪明机灵，脑子反应快，不忍逐入游民册、发往矿山吃煤粉，便嘱其去了江城买卖街的学塾。从此成为尤成额的弟子，严加训教，都克尼也喜其禀性，亲传武功。后来，赛冲阿将其收留于门下，在府中与众儿男习文练武，共同切磋。文祥年少有志，十四岁时，便奉老将军之命，与几位伙伴远涉黑龙江，抵达大兴安岭乌第河地方，密探罗刹的南犯踪迹。后因设哨卡、立封堆、俘敌有功，在赛冲阿的荐举下，进入京师皇家健锐营。道光二十五年，文祥进士及第，于朝中任工部主事。后赴西域讨贼，授巴图鲁①称号，成为同治年间的重要佐臣，为吏部尚书，太子太保。

文祥是个重情义之人，当年于学塾就读，在众儿中属于兄长辈，挺有正事的，时常协助先生管束小伙伴们，大家也愿听他的。有一天，白面娘子领着小德英去学塾，经过那片小松林时，看见一棵树下躺着个双眼紧闭、浑身是血、已昏死过去的男孩儿。走到跟前细瞧，发现全身都是棒打的伤痕，皮开肉绽，没一块儿好地方。白面娘子心疼极了，边掏出手帕给擦拭血迹，边用手指掐其人中。过了一会儿，男孩儿方苏醒，哇地哭出声来。白面娘子左手扶着男孩儿，右手领着德英进了学塾院内，正巧被文祥和小伙伴们看见了，立即围了上来，询问出了什么事，身上缘何有伤？当听男孩儿说是被人毒打所致时，都气得攥拳跺脚，嚷嚷着非得找到那帮歹人理论理论不可，邪不压正，让他们知道江城如今有了专爱打抱不平的左翼八旗学塾！炮筒子脾气的金福冲文祥说道："祥哥，这也太胆大包天了，你前脚儿到学塾了，后脚儿竟有人敢代替大哥作声震松江的乌朱西②，走，平了他！"

文祥想了想道："凡事没那么简单，把一个孩子打成这样，肯定是有原因的，说不定碰上皮三强了。"

白面娘子听到了二人的对话，赶忙走上前叮嘱道："文祥，没弄清真相之前，可不许出外打架呀！去向武师要点儿红伤药，敷上后，过几天就能结痂，你们好生照看着。"

---

① 巴图鲁：满语，英雄。
② 乌朱西：满语，头儿。

文祥点点头，和伙伴们把男孩儿扶进屋内，平躺在炕上。有的去找小金佛讨红伤药，有的给换衣服，有的端来温水为其擦身洗脸。一阵忙乎后再一瞅，嗬！这个小老弟长得够怪的，右脸上方连同眉梢有块黑痣，看上去似乎只长了半截儿眉毛。金顺拍了一下大腿道："这好哇，走遍天下丢不了，你叫什么名字？"

男孩儿回道："没起过大号，都叫我黑子。"

文祥问道："黑子，平白无故为啥被打个半死？说说看，我们替你报仇！"

黑子躺在炕上双手抱拳道："谢大哥！"语气和举止纯粹是个地地道道的小江湖，随即将自己的身世简单讲了讲。原来黑子的命挺苦，父母早逝，被与自家一墙之隔无儿无女的李老汉抱养。七岁那年，李老汉突患重病死了，黑子只好离家四处流浪，饥一顿饱一顿的。期间，曾被一富户收留，终因不堪忍受打骂而逃了出来。黑子虽然长得瘦小，但能跑能跳，擅钻小洞，是个身捷如兔的机灵鬼。谁若是把东西掉进了原木垛、窄墙缝儿、地沟里，都来求助他，一准能给找到。后来这点儿能耐便用不到正地儿了，两眼开始盯向富贵人家，翻墙头儿，钻小门儿，见啥拿啥，渐渐成为江湖上的小神偷。没过多久，被惯偷、外号儿"神手盗"的皮三强看中，连威逼带利诱地将其收在膝下，为其卖命。黑子本性喜欢独往独来，不愿受别人摆布，感觉好像脖子被脚踩住似的，喘不过气来，总想挣脱出去。而皮三强双目如鹰眼，心狠手辣，早把他那点儿心思看透了，时时提防，根本不给逃脱的机会。黑子只能忍气吞声，小心伺候，任其指使。

别看黑子年纪不大，却精明过人，观察能力强。前不久探得嘉庆年间被凌迟处死的桦甸金匪有一宝匣，尚未被朝廷收缴，究竟藏匿何处，神仙都不知道。黑子凭敏锐的嗅觉东查西寻，神出鬼没，竟探得八九不离十，然一直守口如瓶。为防皮三强猜疑，天天以患霍乱症为由，躺在炕上翻过来滚过去，就是不出屋。皮三强信以为真，怕被传染，躲得远远的，一连好几天不露面。黑子见已得计，便在一个雷雨交加之夜溜出房门，跑到正阳街同泰祥店铺前，紧缩身形、屏住呼吸从三米暗墙钻进后院儿，撬开当年盗匪聚众分赃的地窖，窃得金匪密藏于窖内装金条的宝匣。

世上没有不透风的墙，皮三强很快知道了，遂大摆宴席，让他乖乖交出宝匣。黑子哪肯听喝儿？要么拒不认账，矢口否认，要么装聋作哑，打马虎眼。这下惹恼了皮三强，带着手下将黑子拽到一片松林内，劈头盖脸就是一通儿暴揍。黑子咬紧牙关挺着，宁肯闭眼等死，也不说出真情。打着打着，皮三强见其一动不动了，试试鼻息，十分微弱，以为快死了，可别宝匣未到手，再摊上人命官司，转身扬长而去。幸亏白面娘子领德英去学塾经过那片小树林，发现了奄奄一息的黑子，这才得救了。黑子从此留在了学塾，暂时摆脱了皮三强的魔爪，天天和伙伴们一起读书，尤成额为其取名儿李凤武。

事隔不久，引来了祸端，皮三强听说黑子没死，还入了学塾。宝匣未到手哪能甘心哪，于是兴师动众，带着几十号人来到学塾院门前，声言务要揪出黑子，交出宝匣，并用箭射进一封索命函，内曰："尤成额祖护盗贼，私藏宝匣，必遭恶报。速将黑子交出，万事皆休，否则火烧连营，片瓦无存！"这事儿可闹大了，惊动了吉林将军衙门的上下人等，都克尼及时向将军作了禀报。博启图先是命副都统率兵将闹事者驱散，然后与常喜大人来到学塾，了解细情，黑子将前因后果一一详禀，并带各位大人到后山狐仙洞中取出金匣当年藏匿的宝匣呈之。

文祥与黑子白天同进学堂，晚上同睡一铺炕，二人无话不谈，越处关系越近，对其身世了如指掌。有一天，文祥找到了都大人和常大人，说是据黑子讲，皮三强凶狠无比，贪得无厌，作恶多端，如果自己不是被救到了学塾，早就没命了。黑子曾和一帮孤儿被江城的一户有钱有势的大财主爱新觉罗氏全有和全贵两兄弟收为己有，平日供给衣食，活着是他们的童奴，死了是无名野鬼，从不立档上册。从祖上至今，像这样无档册的人口不可数计，在爱新觉罗家主要是驯养鹰雕，黑子曾跟着主子到过郭尔罗斯和黑龙江以北的一些山崖沟谷。全有、全贵之所以敢这么做，就因本家是当朝的皇亲，正红旗，与大内皇室有亲戚关系。哥儿俩以巧取豪夺等手段积攒下颇大的家业，京师、盛京、吉林皆有自己的房产，闲来无事时，便带领家丁到乌拉打牲衙门管辖的山林狩猎放鹰。这些山林均受皇上的恩赐，庶民不准染指，各种野兽统由打牲衙门派人捕猎，所有猎物定期运往京师大内。全有和全贵兄弟仰仗着祖上系黄带子的特权，想去就去，在那儿大摇大摆地横冲直撞，没人敢拦。回返的路上还抢男霸女，强行带回府上，做常年家奴，百姓敢怒不敢言。

都克尼、常喜对文祥所讲之事早有耳闻，二人十分清楚，富俊大人在任时，因治理有方，赏罚严明，全有、全贵两兄弟有些收敛，不敢恣意造次。可是自从调往京师、博启图任吉林将军后，一改正法严纪之治，而取宽严相济之策，以"查无实据，皆属无稽"之由，将许多积年旧案撂在一边，连当年世人皆知的"范蔼仁案""秦名远案"也一一捂住，全有、全贵这样的便愈加胆大妄为、肆行无忌了。眼下，范蔼仁携妻娄妾，宾朋盈门，高谈阔论，畅诉人生苦短、及时行乐之妙趣，共庆世间清平之乐。秦名远本为阶下囚，却轻易挣脱羁绊，调往甘肃将军衙门补缺。令人没想到的是在前往甘肃的途中，经过一山间小路时，忽然天降暴雨，道窄路滑，连人带车滚下了山崖，车毁人亡。这正应了那句话了，善有善报，恶有恶报，不是不报，时候未到，时候一到，一切都报，人不报天报，跑不了你。

　　博启图有"逢王必敬，逢上必贡，宁做王犬，久而成祥"的升官经，也正是这样由笔帖式一步一步升为左副都御使，继而又得将军尊位的。范蔼仁和秦名远皆为其故交，他通过道光皇帝之弟绵恺亲王的暗助来到吉林将军衙门，极力揽权，试图挤走刚正不阿的富俊，窃取吉林将军位，再帮范蔼仁、秦名远渡过难关。范蔼仁的干姑娘乃道光帝的淑妃，为此深谢博启图，在皇上跟前曾几次为其委婉进言。终使博启图如愿以偿，将长久以来不愿干的都察院左副都御使之差推给了别人，春风得意地坐上了吉林将军的宝座，成为一品封疆大吏。高兴之余，还曾屠乌牛、白马，举办隆重的家祭，诚谢祖上护佑，荫庇子孙。

　　这日，博启图在府衙刚与京师来的人谈罢吉林熊胆贡和飞龙贡之事正想喝茶时，侍从进屋传报，范蔼仁庄主的大夫人求见。大太太钱氏如今更了不得了，不仅在范家堡子是一跺脚地三颤的人物，掌管着范氏家族的全部田产、家当，而且还沾了皇亲。前面提到的范蔼仁的干姑娘是钱氏从大绥河牛庄主手里买来的，当年只有十一岁，为抵债而到牛家做小童。钱氏见其模样儿俊俏，唇红齿白，长大肯定是个美人坯子，当即给牛庄主留下足够的银子，将女孩儿领回范家堡子。在家养了五年，女孩儿越长越漂亮，成大姑娘了，貌美如花，钱氏喜不自禁。转年，皇上选妃子的消息从京师传出，钱氏忙带着姑娘坐上马车来到京师，通过熟人将其交给宫中刘公公，望能荐之，并表示事成必重谢。刘公公满口答应，结果一切顺利，姑娘果然被皇上看中，迎娶后封为淑妃。一人得道，鸡犬升天，从此钱氏便开始大模大样地出入皇宫大内了，这是她为范家立下的又一功劳。范蔼仁对大夫人也越发倚重了，遇事皆与她商量，各房分拨钱物皆由她做主。富俊在双城堡清查田亩时，范蔼仁感到大祸临头了，赶忙打发大夫人去了京师。钱氏从后宫的奴才、太监经常出入之小角门进了深宫，找到养了五年的干姑娘淑妃，说明来意。淑妃当然得帮忙了，总还是自己的干爹干娘嘛，不能眼瞅着范家的大片土地被收回，遂在孝全成皇后面前告了富俊一刁状，看出钱氏城府有多深了吧？为人有多阴险诡诈了吧？这次大夫人亲自来将军衙门，知道内情的博启图哪敢怠慢呀，稍有得罪，将直接关系自己的顶戴花翎是否能长久。他赶忙起身三步并作两步地迎出门去，见钱氏已到跟前，便满脸堆笑、毕恭毕敬地问候道："大太太，一向可好？难得登门，欢迎啊，快请进！"

钱氏没有搭言，进得厅来，环视一圈儿，未待主人引位，竟一屁股坐在了正面的那把虎头太师椅上。博启图对其举动感到十分惊讶，心想："我的妈呀，这女人真够厉害，拿自己不当外人，还挺识货呢，那本是我这一品大员的座位呀！"又不好说什么，只得回身坐在了左首位，刚想询问来意，钱氏开口道："我说博大人哪，能坐在阔绰的衙门里执掌将军印，不仅是皇上的恩典，也亏得有人举荐，这点恐怕你我比谁都清楚吧？"

博启图心里明白，钱氏这是想先给自己来个下马威，晋升之路当然瞒不过她。看其架势，盛气凌人，口气那么冲，绝不是为一般事而来。我自打继任吉林将军，处处以"宽严之相济策"行之，将前任富俊手里的积案一件件留中，已经对得起范蔼仁了，觉得挺坦然的，难道还不满意？于是说道："大太太，有话请直言。"

钱氏以质问的口气道："博大人，我一直认为咱们都是有情有义之人，你对范家的帮助，以后必拳拳相报。可大将军想过没，凡事已经做到家了吗？就说办学这件事吧，将军衙门占用了彤甜甜的学塾堂，由官学派尤成额等先生教授。现在的情况是孤儿都被他们收走了，我的好友全有、全贵兄弟家中的小童也偷偷往那儿跑或被裹挟而去，难道不让我们有自己的小童吗？没有奴才伺候怎么活？天下哪有这个道理！我知道，你身为一方父母官要为百姓办事，我们也是百姓中的一员哪，不会因为是大庄主就该死吧？"

博启图听后，甚觉不快，这不是公开叫号么，太过分了吧？转念又一想，还是尽量别弄僵为好，便压住火气道："大太太，您有所不知，皇上曾两次下谕旨，礼部尚书亦多次来函，要求各地将军衙门关注两翼官学的授业和生源情况，以授业质量好坏、招收学员多寡考核属下两翼官学的优劣以及各地将军、各级司此职官员之政绩，故而加强两翼官学的管理、促进生源的不断扩大乃将军衙门的重任。无业游民和无家可归的孤儿实为国之负担，应让他们自食其力，做个对社会有用的人。将军衙门就得将其组织起来，收入官学之内，传授孔孟之道，播讲'四书五经'，因材施教，文治武功，历朝如此。您说得对，我身为将军，安可疏忽？"

钱氏很不耐烦地说："博大人，我不想跟你理论，也没那口才，一向直来直去，只说一句，不许收我们的小童和奴仆。谁管他们多大年龄、认不认字，从祖上到如今，只知奴才就是奴才，其荣辱富贵全由主子赏赐，要做的唯有干活儿、听喝儿，到啥时候都不能变。可以告诉你，现在各个庄子看在我家老爷的面子上，没有采取什么行动。如果将军不做主，一旦动起干戈来，捣毁你们的学塾，抢走在读的学生，可别怪我帮不上忙，不给将军面子。"

听了钱氏的一通儿狂言，博启图才清楚登门的真正目的，她不是为个人或某几个人来的，而是代表着那些财大气粗的庄主们向官府要人的，好大的势派。不管怎么说，博启图那也是嘉庆年间的进士及第，科考答卷深得皇上赞许，初为庶吉士，后晋升为翰林院侍读、监察院笔帖士、监察副使等，身在官场几十年。总还是理学出身，钟爱儒学，认为凡事皆有度。我坐在一品官的高位上，不循前任将军之道，也不能助长无理之意，不能让钱氏这号人得寸进尺，否则有愧于皇上的重托，于是学起了富俊大人的虎威，说道："大太太，本官施政采用宽严相济之策，小事可商量酌定，大事依法而行。请你转告各个堡子的庄主们，我虽然不赞同前任将军不注重缓解方方面面矛盾的做法，但不等于不恪守将军之责任，务求社会安宁，无论何人违规妄为，将军衙门肯定不会袖手旁观的。"

这软中带硬的一席话，听得一向巧言善辩的钱氏一时没了章程，不知怎么办好了，心里思摸道："原本是来叫板的，未承想不仅没叫住，姓博的还挺硬气。哼，走着瞧，把我惹得气不顺，谁也别想安生，非让你尝尝老娘的厉害不可！"想至此，站起身来拔腿就走，连声招呼都没打，博启图也没留。

钱氏回到范家堡子后，立即吩咐家丁赶紧出城，将全有、全贵两兄弟及附近几个堡子的庄主请来相商要事，家丁飞马而去。当人到齐时，钱氏先把此去将军衙门毫无收获等情况如此这般学了一遍，接着气呼呼地说："那个博启图当上将军不知自己姓啥了，跟我哼哈的，摆上谱儿了。咱们得给他点儿颜色看看，制造个什么事端，使其疲于奔命，顾此失彼，难以在那把椅子上坐踏实。之所以把各位请到府上，为的就是一块儿动动脑筋想想辙，十个臭皮匠，顶个诸葛亮，最好合计出一个让他骨头不疼肉疼的损招儿来。"

全有不假思索地说："这好办哪，把从咱这儿偷偷跑到学塾的小童掠回来不就结了嘛，顺便捎上德英。尤成额在左翼官学是个有影响的人物，抢走教习的儿子，官学可谓挨了重重一击，作为将军的博启图还能坐得住么？"

钱氏白了全有一眼道："你一向如此，啥话不过脑子，拿过来就说。我告诉你，抢谁都行，唯一不能抢的就是德英。你们知道的，这孩子福大命大，近有衙门的副都统都克尼、文部主事常喜等大员关注，身边有干娘白面娘子不错眼珠儿地盯着，远有河南嵩山少林寺多位大师暗中保护，只要有事，随时可以赶来。无论哪一方面的人，在座的各位谁也应付不了，根本不是人家的对手，只能给我添乱。再者说了，原先彤大奶子所办的学塾早归官府了，院门口儿设仆役把守。孩子们吃住在那儿，白天在学堂受业，课间玩耍不出院儿，夜晚同宿一趟房子，怎能掠得走？即使抢来了，那可是长腿的活人哪，早晚还得跑回去，到头来不是瞎子点灯白费蜡么？此招儿根本行不通。谁若不听喝儿非这么干，惹出祸端，别怪老娘手黑不认人，肯定要他命，省得到了事发像疯狗一样乱咬人。"

在场的人无一不怕钱氏，皆知其心狠手辣，说到做到，作为小庄主只能唯命是听，不再吱声儿了。钱氏停顿片刻，继而又道："我看不如这样，咱也别闹大了，想法儿干扰他们的正常生活秩序，使其白天上不了课，晚上睡不了觉，不过三日，博启图必会急得犹如热锅上的蚂蚁团团转了，或许能把那些小童还给我们也未可知。"

话音刚落，全贵首先竖起大拇指赞同道："妙哉也！要不咋说大太太是能人呢，聪明绝顶，独出心裁，就这么定了。咱也别拖了，明儿个开干，先给他们来个下马威！"

其他庄主一看全贵表态了，亦随声附和，大伙儿又合计了一番，才各回各庄准备去了。

转天头晌，位于买卖街东边紧挨小树林的那处学馆像往日一样，一切井然有序，时不时地从院内传出老师授业的讲解声和孩子们的读书声。正在这时，看门的仆役忽见几个汉子慌慌张张地跑了过来，一帮人在身后紧追不舍。到了学馆大门外撵上了，双方打起嘴仗了，听不出缘何，你骂我一句，我还你十句，吵着吵着竟动手了。仆役急忙上前轰撵，人家像未听见似的，继续连打带骂，且越骂越欢，学馆内的先生没法儿授课。学生没法儿听课，只听他们嚷嚷了，一直闹腾一个多时辰方散。

到了下晌，不年不节的，不知从哪儿来的秧歌队在学馆门前打开场子了。锣鼓声，唢呐声，震耳欲聋，身着彩装的男女扭起来就没个完。看门儿的仆役劝他们另选地方，别在这儿影响授业，嘴皮子几乎磨破了，人家根本不理那个茬儿，照扭不误。

天一擦黑儿，孩子们吃完饭后，在院子里玩耍一会儿，便各自回屋睡觉了。到了夜半时分，忽听外面人声嘈杂，高喊"捉贼呀，捉贼呀！"孩子们全被惊醒了，忙把窗户搠起，见原本漆黑的大门外灯笼火把的，一群人把学馆围了个水泄不通。有的手拿镐头，有的腰挎长刀，有的肩扛钢叉，有的高举长矛，声称有人偷走了五匹马，往学馆这边来了，乖乖交出盗贼便罢，否则就见血！孩子们吓坏了，赶紧放下窗户钻进被窝儿，用被子盖住头，一声不敢出。此后一连三天都这样，今儿个这个事儿，明儿个那个事儿，专在学馆附近闹腾，不得消停。

副都统都克尼和文部主事常喜得知此情，认为于学馆门前聚众吵架、扭秧歌也好，高喊捉贼也罢，绝非偶然，乃有意为之。为弄清真相，二人不敢怠慢，分头行动，常大人先向将军博启图作了禀报，然后去找白面娘子、草上飞、小金佛、过江龙等人，请其帮忙。都克尼则亲率马队走街串巷，四下巡查，向乡民了解情况。结果没有发现异常，也未听说近几天有打架之事或有盗贼拜访过，更别说丢五匹马了，纯属无稽之谈。小金佛、草上飞、过江龙等人自然也未闲着，白日到各个庄子打探是否有打家劫舍之事发生，回答是否定的。晚上换好夜行衣，见江城处处平静如前，灯光闪亮，哑然无声，没有歹人的蛛丝马迹。

博启图听了都克尼通禀的这些情况后，心里明镜似的，既然查无此情，就可以肯定扰乱官学授课乃钱氏出的点子，指使、纵容各个庄主令府内打手为之，不过并没有立即表明态度以及将军衙门应该怎么办。都克尼见其无动于衷，似乎不想再触碰那些权贵，当时脑子转得也挺快，道："大人，白面娘子、小金佛他们嚷嚷着去嵩山搬救兵，说是少林寺的几位大师一到，再隐匿的盗贼也会立马现形，江城将会迎来往日的安宁。"说这番话的目的，是希望博启图听了能有所震动，倘若大师们从河南赶来了，你将军的面子也就丢尽了，还怎么在吉林待下去？

此言真奏效了，博启图也怕把事儿闹大，再丢面子实在不值，便道："都大人，请你转告白面娘子，大可不必兴师动众。我已仔细考虑过，此事必有始作俑者，乃范蔼仁身边的女诸葛钱氏无疑。忍耐是有限度的，得让她知道谁强谁弱，不能太自以为是了。咱不妨走一遭，去范家堡子，想必万事即可迎刃而解。"说罢令都克尼点出人马，在亲随的护卫下，率兵前往。

此时的范家堡子城门紧闭，团练们见吉林将军亲自率兵来围堡子了，慌忙跑去禀报老爷和大太太。钱氏显得挺镇定，冲范蔼仁说："你不用管，此事由我引起，自然得我去应对。"随后带着几个贴身丫鬟出屋，在团练的簇拥下来到东门，命人打开城门。只见门外兵马一字排开，最前边那位身骑红鬃烈马的正是吉林将军博启图，忙紧走几步施了礼道："大将军难得到堡子来，如此兴师动众，可为哪般？"

坐在马上的博启图抱拳道："大太太，几日不见，闹腾得挺欢哪！本官此来所为何事，您是聪明人，想必早已知晓，还是少费不必要的唇舌，让官学正常授业吧！"

钱氏佯装不知："哎哟，这可真是祸从天降，与我何干哪？本太太既没让谁干什么见不得人的事，也没抱谁家的孩子下井，每日只陪老爷赏花玩鸟，品尝味道鲜美的大鲤鱼。刚才下人告知家里被围，我觉得很是奇怪，才来东门瞧瞧……"

博启图知道她啰唆起来没个完，便打断道："大太太，本官一向不喜欢拐弯抹角，还是打开天窗说亮话吧！买卖街东边的那处学塾，原先是御弟惇亲王之丽妃彤甜甜开办的，现已收归为左翼官学。连日来，学馆的先生不能正常授业，学生无法听课，皆因一群无理取闹之徒故意破坏使然。还指桑骂槐，声称什么谁若惹了我，必将遭报复，早晚有一天把这所学馆砸烂，学生全部抢走，气焰十分嚣张。现已查明，参与者乃各个庄子的打手，是有预谋并受人指使的，而且所采取的行动恰恰与大太太先前在将军衙门向我们叫板的言辞惊人吻合。由此看来，幕后操纵者是何人不必我说了，已经不言自明了。大太太，江城无人不知范氏家族受过皇封，祖上是做了贡献的。皇恩浩荡，大清的子民安居乐业，应谢主隆恩才对，哪能给皇上添堵呢，更不能让皇淑妃操心不是？吉林将军衙门属下的两翼官学是为大清培养栋梁之材所设的，乃天子最关注之地，受到各界人士的普遍尊敬和崇仰，岂能遭歹人随意亵渎？无论是谁，若警告无效，继续胡作非为，可别怪本官事先没打招呼，决不客气，不仅从严惩处、首恶必办，还要上报朝廷。何去何从，请范庄主、大太太三思，告辞了！"说罢掉转马头，率领官兵回返将军衙门。

博启图这通儿旁敲侧击分量挺重，既搬出了当朝天子，又引出了皇淑妃，还郑重申明了将军衙门的态度，听得钱氏一愣一愣的，本来就心虚，这会儿一句话也说不出来了。抬头瞅了瞅远去的大队人马，恨得牙根儿直痒，有啥招儿？胳膊拧不过大腿，只好气急败坏地一调腔回府了。自此以后，钱氏不得不有所收敛，知道偷跑到学馆的小童永远回不来了。全有、全贵两兄弟及各个庄子的庄主也老实点儿了，不敢再捣乱闹事了，学馆门前消停了。孩子们学文习武，进步很快，一代新人正在茁壮成长。

单讲德英在父亲尤成额的亲自教授下就读，课业繁重，管教甚严，稍有错谬，毫不留情。他不像有些人家的孩子娇生惯养，终日只知贪玩，而是比任何孩子都吃得了苦、受得了累。尤成额崇尚宋儒，敬仰朱熹，重视修身养性。不仅严以律己，而且对德英的举止言行，哪怕是站相坐姿亦分外关注，常训子曰："有容德乃大，君子贵在正身守德，坐如松，立如钟。坐有坐规，立有立势，若似弱柳，靡志不齿。"

道光十九年己亥，德英十五岁了，个头儿不矮，宽肩膀，浓眉大眼，四方脸膛儿，颇有武将的风采，人见人夸。茗兰这几年情绪比较平稳，精神上没有受到外来的刺激，故较前有所好转，可以下地走路了，语意也能表达清楚了，生活基本能自理了。夏季的一天下晌，凤楼喜事临门，适逢桂良进京述职，蒙皇上恩准，先来吉林探视外甥女一家。博启图将军陪同总督大人来到凤楼，见过茗兰和成额，亲人相见，热泪尽流，白面娘子赶紧吩咐王师傅摆家宴，同贺十四载后的团聚，共叙离愁别绪与思乡之情。这时，一早外出的德英回来了，刚一进屋，茗兰便介绍道："儿啊，这是舅姥爷，从长沙来，快快见礼！"

德英大步走到桂良跟前，规规矩矩地敬立，掸袖大礼参拜道："舅姥爷辛苦了，见到您老人家甚为高兴，外孙给您叩头了！"说着撩衣跪地磕了个头。

桂良见德英相貌英俊，仪表堂堂，举止大方，彬彬有礼，乐得合不拢嘴，忙摆摆手道："孩子，过来，坐在舅姥爷身边，让我好好儿看看你。"

德英乖乖照办，坐下后，桂良侧过头仔细打量了一番，问道："外孙呀，多大了？"

德英答曰："回舅姥爷，今年十五岁了。"

桂良点点头道："嗯，大小伙子了，书读得咋样啊？"

德英回道："白天在官学受业，晚上阿玛给补课，外孙正在努力。"

桂良说道："好啊，舅姥爷考考你，《资治通鉴》何人编纂？"

德英答道："此书乃司马光编纂，字君实，北宋陕州夏县涑水人，世称'涑水先生'。历仕仁宗、英宗、神宗、哲宗四朝，晚年官至门下侍郎，进尚书左仆射，不但是位政治家、史学家，而且在经济上、哲学上、文学上皆有重要主张。"

桂良接着又问："《资治通鉴》为何书？多少卷，所涉内容何也？"

德英答曰："此书是一部编年体通史，共二百九十四卷，上起战国三家分晋，即周威烈王二十三年；下讫五代之末，即后周世宗显德六年。记述了其间一千三百六十二年的史事，以政治、军事、民族关系为主，兼及社会生活的其他方面和重要历史人物。面世的目的是'鉴前世之兴衰，考当今之得失'，以'资治'给后人提供历史的借鉴，可谓迄今为止记述时间最长的极有价值的巨著。"

桂良再问："第一卷'烈王'六年，齐威王召即墨大夫那段儿怎么说的了？"

德英答道："齐威王召即墨大夫，语之曰：'自子之居即墨也，毁言日至。然吾使人视即墨，田野辟，人民给，官无事，东方以宁。是子不事吾左右以求助也！'封之万家。召阿大夫，语之曰：'自子守阿，誉言日至。吾使人视阿，田野不辟，人民贫馁。昔日赵攻鄄，子不救；卫取薛陵，子不知。是子厚币事吾左右以求誉也！'是日，烹阿大夫及左右尝誉者。于是群臣耸惧，莫敢饰诈，务尽其情，齐国大治，强于天下。"

桂良听罢，十分满意，笑道："不错，不错，孺子不愧为书香门第后裔，可教也。不过若成为国家栋梁之材，只通晓史书是远远不够的，须投身于桑田、宦海，体恤民间疾苦，方可为百姓除水火于倒悬。"

德英表示道："谢谢舅姥爷的教诲，外孙定将铭记在心，照此去做。"

桂良大人虽然长驻湖广，但一直系念着远居吉林的外甥女，见其受疾病的煎熬很是心疼，恨自己无能为力。听了外孙的话，灵机一动，冲成额和茗兰问道："你俩能否舍得把宝贝儿子交给舅舅，带他去外头吃吃苦、闯荡一番哪？"

此事的提出非常突然，夫妇二人没有丝毫准备，一时竟不知如何回答是好。还是白面娘子反应快，立马催促道："公子、茗兰姐，快答应啊，这可是德英的造化，多好的机会哟，求之不得呀！"

成额和茗兰这才连连点头道："舍得，舍得，谢谢舅舅，给您老添麻烦了。"可刚表完态，茗兰又犯开难了："儿子长这么大，从未离开过家，头一次出门就去那么远的地儿，身边没人照料哪行？我的病尚未好利索，也不能跟去呀，真急死人了，咋办呢？噢，是了，倘若妹子能随同前往，那可太好了，一准照顾得周周到到，况且德英跟她也挺亲，不会感到孤独、寂寞。"想至此，便侧过头来，以一种求助的目光望向白面娘子。

其实呢，白面娘子早将这一切看在眼里了，知道茗兰肯定是放心不下德英，想让自己陪着去，心里思道："我倒没啥说的，无后顾之忧，去哪儿都成，可茗兰姐和公子的起居怎么办？"想至此，便主动讲出了自己的打算和担心。茗兰一听，高兴极了，笑道："妹子，难怪大家皆言小白丫聪明过人，姐怎么想的全知道，谢谢了！你放心跟德英走吧，大可不必惦着我们俩，家里不是有侍女吗，吃喝拉撒全交给她们就是了。"

尤成额也举双手赞成，认为一切都应从孩子的未来着眼，并对白面娘子表示了深深的谢意，此事就这么定下了。大家有说有笑地吃完饭，由于桂良大人需速去京师，述职罢再返长沙，不能在江城逗留，明日就得起程，所以早早歇息了。拾掇完桌子，白面娘子开始打点行囊，又叮嘱侍女务要伺候好少爷和少奶奶，交代了家中的一应诸事该如何安排等。转天一早，德英告别了二老，在白面娘子的陪同下，随舅姥爷前往京师。

德英此次离家，犹如出巢的雏鹰飞向蓝天，走上新的征程，对探索未来之路有着极为重要的影响。自打从京师返回长沙，桂良大人开始严格训导德英，告诉他："人生之路很长，不管遇到什么困难，都得咬牙挺住，绝对不许当逃兵，那是孬种。"并且不让他住在总督府，而是与巡抚衙门的捕快们滚爬在一起，有苦自己吃，不许身边的人伸出援手，事事亲自去做。德英尽管很要强，刚开始还真有点儿吃不消，背地里也流过眼泪，甚至暗暗埋怨道："唉，这个坏老头儿，心太狠。"白面娘子虽然很心疼，也曾想在总督跟前替其求情，但终未说出口，因为深知大人爱外孙的良苦用心。不过德英从不服输，学习一刻不放松，无一日不练功，敢于同功夫不错的侍卫比武。桂良一有机会，便让他参与办案，努力使其在未入仕之前得到锻炼。每次出外巡察，也不忘带上外孙，以便开阔眼界。曾到过闽南、闽北、江浙水乡、云贵高原等地，深入大小村寨，与乡民拉家常，了解风俗人情。白面娘子可谓不负茗兰的信任，无论德英去哪儿，自始至终都陪在身边，形影不离。德英刚到长沙时，对水土不服，常闹肚子。她就上山采草药，拿回来用文火煎，给其服下，照护备至、亲如生母，德英深受感动。

桂良奉调昆明，署理云南巡抚，白面娘子陪伴德英一块儿前往，进入巡抚府。德英尚未正式入仕，便在府内忙乎开了，书童、皂隶、侍卫等差都跟着做，且干得不错，得到舅姥爷的充分肯定。

桂良得皇上恩宠，奉诏进京联姻。这段姻缘曾得到天子的御弟绵恺亲王和福晋从中几番游说、斡旋，丽妃甜甜也极力玉成此事，最后道光帝允准，桂良以小女嫁于皇六子奕䜣为妻。这是件莫大的喜事，所有皇亲国戚及满朝文武百官皆到场祝贺，博启图按桂良大人之意，备数辆彩车护送尤教习夫妇千里迢迢赴京同贺。茗兰陪夫君自嘉庆二十五年庚辰春离京赴吉林考取文职，一路坎坷，到如今二十九年了，人已老，话沧桑，多少事，涕泪中！当闻知此讯时，茗兰初始考虑自己的身体状况不宜前往，更不想烦扰众人，便不打算去了。然禁不起舅舅的几番传告，必须得来，最终只能由侍女扶着坐上轿车，在博启图的亲自护送下上路了。三天后，顺利回到久别的京中府邸，见到亲人，格外高兴。让夫妻二人尤感惊喜的是分别将近十年的儿子和白面娘子也随同桂良大人一块儿到京，德英扑到茗兰的怀里唤道"额莫，额莫！"

茗兰见儿子又长高了，黑胡茬儿都钻出来了，这么大的孩子哪能抱得过来呀，开心地笑道："儿啊，你已长大成人了，该正经八百地介绍一下自己了，让我们听听好吗？"

德英后退两步，给几位长辈打千儿请安后，朗声报号道："德英，字润堂，何图哩氏，隶蒙古正蓝旗，居江城北沙河凤楼。父尤成额任吉林左翼官学教习，母茗兰乃京旗瓜尔佳名门才女，有懿德……"

茗兰打断道："行了，行了，我的儿呀，能有今朝，全仗舅姥爷赐福哇，额莫也感恩不尽哪！白面娘子妹妹代我侍候你这么些年，视如己出，关爱有加，应怎么称呼啊？"

没等德英回答，桂良笑着接过了话茬儿："茗兰哪，这不用你操心，我外孙既懂礼貌，又知孝道，当然是尊称你为生母、白面娘子为干娘了，怎么样，说得没错吧？你和成额总算回京了，好好儿歇着，多住些日子。我和你舅母为小女的大婚正经得忙活几天，等到诸事完毕，再办咱自家的事儿，还得有重要的交接礼呢！"

皇家娶亲，礼仪繁缛，还要面面俱到，热烈而隆重。这期间，丽妃甜甜多次来到桂良总督府邸，一个是与妹妹白面娘子欢聚，一个是看望尤教习和茗兰，时不时会带来漂亮的玛瑙、珍珠等饰品及玉雕工艺品送给各位留作纪念。大家共忆往事，有唠不完的嗑儿，聊得十分尽兴。

大婚完毕的第四天，桂良和夫人娉娉来到外甥女和外甥女婿的住处，桂良说道："本打算多陪你们几天，现在看不成了，明儿个就得南返任上。行前，有件事需交代一下，德英早已长大成人，未来的前程如何，只能看自己的造化了。我完璧归赵，外孙从哪儿来回哪儿去，准备参加后年的提学开科考试，该到大显身手的时候了。博启图将军可先行一步，你们不用急着走，我已吩咐管家备好车马，拉你们到各处转转，看看京城二十多年的变化。再去八达岭走走，观瞧西山八旗演兵、马上竞技，权当散心了。"

前书讲过，桂良是本朝办事稳健、干练、颇有声望的权臣，无论做什么，向来思虑周至，干起来有条不紊，往往于不声不响中把一切办妥了。这不，在德英离京前，他已将其回到吉林应该做什么安排好了，根本不用外甥女和外甥女婿操心，二人很是感激。成额说道："谢谢舅舅，让您老费心了，我们也不打算在京师逗留了。官学授业甚忙，一个萝卜一个坑，还是早些回去好，明天和舅舅一块儿离京。"

次日用罢早膳，桂良夫妇同大伙儿话别后，起程南下了，尤成额一家则往北走了，回返吉林。

道光三十年一月十四日，万民伤悲，道光皇爷驾崩于圆明园慎德堂，其四子奕詝承继大宝。因是大行皇帝国丧之年，故而一切政务搁置留办，转年，即咸丰元年方起办。翌年四月，吉林将军博启图命提学开科考试，收录附生。时年二十七岁的德英品学兼优，又有桂良大人多年的栽培和训诲，谙熟官场一切政务，深得多方赞赏。朝廷吏部候选官来到江城，与吉林提学合议，选拔文武兼优者入仕。德英文武科考均佳，收为附生，不久被任为笔帖式。"笔帖式"是清代的官名，掌管翻译满汉文章等，分为翻译笔帖式、缮本笔帖式和帖写笔帖式等，多为八品，乃进取功名最基层的晋身之阶。德英踏实、勤奋、肯干，无论谁给派差使从不推却，且保证办得妥妥当当，成了将军衙门里得心应手的小官。刚入夏，绵恺亲王的福晋甜甜做媒，将时任皇家侍卫的伊兴额之妹许配德英为妻。格格乃何图哩氏，与尤成额家族同姓，隶蒙古正白旗，世居吉林，其祖上为清代武将，并有皇家封诰。何图哩格格自幼通晓诗文，绵恺亲王喜欢收纳颇为聪颖的旗人子弟，在府中独辟安静之所，招请名师教授满汉文化，所有费用皆出自王府。伊兴额兄妹便是其中的两位，甜甜早在府中就与他们友好，尤喜何图哩格格的贤淑、豁达，武功亦不在其兄之下。自去年初春，在桂良大人府中见到德英，得悉能文能武、人品好，便爱屋及乌，决定给妹子的干儿子选位秀女为妻，就做了这个大媒。茗兰的身体状况无法带儿去京师相亲，遂让成额、白面娘子陪同前往，并称可以替儿做主。到了京师后，结果一切顺利，相互之间都非常满意，很快选定了吉日良辰，办了一场热热闹闹的婚礼。此后德英赴任，除白面娘子等人随行之外，也有了夫人的车驾。咸丰四年，何图哩格格生下一子，长相酷似其父，取名儿忠清。长大后入伍从戎，光绪初年任蓝翎侍卫，此乃后话。

俗话讲："时势造英雄。"当年闰八月，京师发来急报，粤地广东花县洪秀全等大闹"拜天地会"，招摇惑众，迅速形成燎原之火，燃遍广东、广西、湖南、湖北等地，并顺江而下，直取江陵，建都南京，妄想与大清朝分庭抗礼。当时，各州府群起"灭贼""擒王"的呼声，纷纷速拨兵马驰援，以平定叛乱。吉林将军博启图奉旨集结青壮志士，创立了"赴粤剿寇营"，人选中就有德英。那么率领南征者的是谁呢？军机部选定皇家侍卫、现任健锐营马队统领伊兴额为主帅，由奉天、吉林、黑龙江三地精悍壮勇组成了靖逆铁军。真是巧得很，吉林将军衙门选拔的人中有德英，伊兴额是德英的大舅哥，德英是伊兴额的亲妹夫，家人一起奉命平乱，生生死死都有照顾，这可是天公在保佑啊！

出征那天，博启图与将军衙门的上下人等一拥而出，同江城的百姓夹道远送。德英胸戴红花骑在马上，挥手告别父母、妻子和干娘，入关征剿江南粤寇。不久，又随军转战中原，进入徐州、扬州等地清剿逆贼。结果不负吉林父老的重托，战绩突出，并晋升为骁骑校。之所以如此，皆因曾在桂良大人手下得到过锻炼，加之刻苦、勤奋、好学，武功超群，不怕死，颇有拼命三郎的豪气。德英打仗善于动脑，从不蛮干，常常实地侦察敌情，以做到心中有数。曾率兵一次俘敌上百，且身先士卒，深得都统大人的欣赏和信赖，成为官兵中难得的佐弼。

德英随军抵长江北岸，到达南京西北的江宁一带江浦地方，此乃长江天堑。其时，正逢洪水期，波浪滔天，不用说征战，看到滚滚流淌的水面都令人眩晕甚至呕吐。只见一群贼寇狂叫着，扯动舟帆冲犯浦口，形势万般危急。统领伊兴额忙命诸将沉着应对，不可乱了阵脚，又让大家迅速想出御敌之策。德英曾跟随桂良大人多次参加水陆征战，对这种场面习以为常，沉思片刻后，献计曰："统领，依我看，洪涛不足惧，我军不如趁贼寇正被大浪颠簸、只顾挣扎喊叫、尚未形成合力时，不避难险，一鼓作气，众舟齐攻那最嚣张的匪首所在之船，擒贼先擒王，万不可犹豫。"

伊兴额当即采纳了妹夫之策，令众舟齐攻那艘船，真就如愿俘获了贼酋，获大捷。四月间，据传报，大批余寇再围浦口塔山。伊兴额又依德英之计，巧扮赶海潮网龙虾的渔家小舢板，致使贼寇麻痹大意，狂抢大龙虾，迷蒙中全部陷入罗网，从头领到小卒无一逃脱，俘逆两千人。伊兴额奉命凯旋，江浦万民雀跃，鼓号齐鸣，德英之名由此声震江宁。

咸丰七年丁巳，三十三岁的德英奉诏随军战淮安，甚力。因屡建奇功，朝廷赏戴花翎，升四品佐领衔。

咸丰八年戊午，德英随钦差大臣胜保剿北路捻匪。捻军以织布捻线之喻，鼓励互相间友爱、团结，棒打不散。自咸丰元年以来，愈加发展壮大，屡剿不灭。直到如今，反清之势遍及中原数省，成为清廷心腹大患。时为吏部尚书的文祥原是尤成额的得意门生，正在筹划剿捻之事，想到同窗好友德英被世人传颂为军中的"小诸葛"，擅施巧计制敌，认为此人必用之。德英应文祥之荐，参加了剿匪鏖战，终于以计诛捻首李月，破敌据城垣十余处，立下大功。皇上大悦，赏赐花翎，以三品协领即补。德英在以往的征战中，向来不顾及个人安危，常冒飞矢而上，矢刺入体内力拔之，血溅而不知惧。此次剿捻激战，为俘捻匪另一头领，与之挥匕相刺，身中数刀，血流不止。头领就擒时，德英已昏厥，不省人事。回师途中，经随军郎中精心医治，血虽然止住了，但伤口已溃烂。到了大营后，统领考虑到伤势严重，体恤其苦，为便于疗伤，令德英疏文，以疾乞请回家中医治。得允后，德英回返江城，白面娘子拿出一直珍藏的少林寺一指金刚大法师送的九魄还魂续骨丹让其服下，加之小金佛天天给按摩，方救了德英一命。

时过不久，茗兰接到噩耗，在军机大臣上行走的桂良大人连日来身感不适，卒于京师府中。皇帝赐祭，赠太傅，入贤良祠，享年七十有七。

同治元年壬戌初夏，德英刀伤痊愈，行走自如，便给时署黑龙江将军的特普钦呈报禀册，敬书本人业已伤愈，可驭戎马、着征衣为朝廷效力。将军申奏朝廷，京师军机部鉴于时下除有捻党犯乱外，东北三地亦武备松弛，匪患连连，民怨日起。辽东义州城有个名叫王达的无地农民，于去年率众饥民反叛官府，不久被奉天兵马捕杀。此举大大震撼了清廷各州府县衙，辽东、蒙古等地的反清武装仍在此起彼伏，波及吉林、黑龙江各村屯，故此皇上正在遴选贤能之士充政。考虑德英勇猛精进，年轻有为，曾多次计俘顽寇，立下汗马功劳，遂下旨，命其迅赴黑龙江将军衙门，以协领衔镇守拉林，操持行旅，开平安水道，使贼子远遁，不生恶虞。

当时社会动荡，治安状况不好，沿江哨卡常发生劫掠命案。拉林河正是水陆要冲，德英到任后，严遵圣谕，狠抓武备，亲自率兵操练，使周围一些强贼妄图偷盗和抢劫财物的幻梦破灭了，没有得到动手的机会。德英治理拉林有功，人人称道，深得朝廷和黑龙江将军的赏识。一日，特普钦将军率兵一千由阿勒楚克而来，见拉林处处井然有序，水上帆船往来穿梭，渡江百姓悠然自得，看不到因匪徒突至、惊恐之下争相逃离之情景。这与从阿勒楚克巡江来时所遇境况大相径庭，那里沿江游人稀少，到处风声鹤唳，人心惶惶。德英叩见将军，遵其意，陪着察看各个兵营和充足的武备库藏，特普钦甚喜，说道："润堂老弟，本将军求贤若渴，原来竟是一只虎，岂可区区蹲守渡口，大材小用也！"

将军话出有因，此时，黑龙江正逢数十年来从未有过的严重匪患。同治初年，松花江中上游一带有很多荒地，朝廷招民代垦。不少财主、地痞乘机与官家私通，将荒地占为己有，再高价卖于无地之民。经大半年耕耘，却债台高筑，根本没有活路，官府也不过问。有个叫葛成隆的人，外号儿"葛疯子"，父亲为债所累投河自尽，母亲颇有姿色，被蓝姓县丞威逼改嫁之。家破人亡的现状使他伤心至极，心灰意冷，对人世不再留恋了。一天晚上，他出了家门，来到江边一棵柳树下准备搭绳子上吊，刚好被同村的老董头儿看见了，跑到跟前生气地说："葛成隆，爹娘白养活你这么大了，不想为他们报仇了？真没出息，羞耻不？"

葛成隆蹲在地上双手抱着头，边哭边说："董大爷，二老离我而去，往后孤零零一个人怎么活呀？

老董头儿名叫董任田，是个落榜秀才，会阴阳八卦，还能相面、测字，村里村外的人遇到什么为难招灾之事，都找他给指条阳关道。他弯下身扶起葛成隆道："大侄子，我前儿个夜里观星，发现一颗亮星出自东南，恰是混元老祖下凡，正落进你家院中。这两天便追随那光亮，今晚跟着光亮来到江滨，果然见到了你。你是干大事的人，受天之命，逼上梁山，相信必四方呼应，大志可成！"

听了这番话，葛成隆顿时有了精神，睁大双眼盯着老董头儿，意思是你说该咋办？董任田早有预谋，当即拉其进入小树林内密议，很快商妥以董任田为军师，葛成隆为统领，举旗造反。他们原定在同治二年癸亥冬月起事，未承想当把各路首领聚到一块儿合计时，被旗衙门巡夜的更夫何老三发现了。董任田怕他心怀疑忌，向上禀报致事情败露，决定提前发难。于是把义军分成三路，一路进攻乌斯浑屯，一路进攻黑瞎子沟，一路直扑漂阳河。义军突起，来势迅猛，官府的兵马没有防备，被其打得落花流水。此举得到了广泛支持，沿途的农民、船夫、矿工等纷纷响应，义军队伍不断壮大，很快发展到万余人。

黑龙江将军特普钦是闻名的马上英雄，曾得巴图鲁称号，勇敢而无畏。得信儿后，他立即率上千马队从齐齐哈尔星夜赶来，又集合各地援兵三千人，合计共四千余人，手下之兵马远比葛成隆匆匆忙忙召集的号称万人的平民百姓训练有素，也更有战斗力。特普钦指挥官兵在黑瞎子沟一带的丛林中巧设陷阱，包剿了义军，军师董任田当场毙命，统领葛成隆和陈胖子等头领身负重伤，带着被打散的余众逃进了黑背山的金场，重整旗鼓，准备再战。特普钦此次巡视拉林，顺便向德英表示了意向，打算向皇上递奏折，调他到阿勒楚克副都统衙门任职，撤换御敌不利的副都统舒通额。其实，舒通额是同治元年腊月由黑龙江协领任升迁到阿勒楚克的，仅上任一个多月便被特普钦剔除了。

特普钦离开拉林不久，德英便接朝廷旨令，命其到三姓赴任，升任正二品，署理阿勒楚克副都统。正如特普钦所预测，四月的一天，葛成隆联合黑背山金场流民于万籁俱寂的子夜时分而至，以为三姓的军民正在梦乡，霎时间，漫山遍野杀声震天，犹如一股洪涛向城内扑去。葛成隆有所不知，德英自上任以来，就将副都统衙门的全体文武官员暂行兵制，各司其职，不分尊卑，奖勤罚懒。初始，可闻怨怒声，德英挑选其中的不恭者公布其状，并言："盗贼临门，不知守家，养此祸殃，天地何容？"然后上报都统。都统核查毕，批复曰："罚俸开缺，永不录用。"由此，人人踊跃，上下一心。由于德英重兵日夜戒备，义军无机可乘，葛成隆不仅未能冲入三姓，反而遭军民击之，不得不逃往兴凯湖方向。德英手下的三姓军民与阿勒楚克抽出的部分兵马在特普钦将军率领下，深入兴凯湖丛林地带，准备围歼葛成隆义军。因其有民众保护，藏匿于莽林之中，所以不易被发现。特普钦的兵马分散在山岭、河谷，常遭葛成隆义军的暗器中伤，追剿又难寻踪迹，双方已僵持数周不下。时间一长，将士们不免有些急躁情绪，个别人竟冒出火焚层林、与贼匪共化灰烬的气话。德英不急不躁，献计道："将军，此地人烟稀少，数千兵马长期驻守，粮草安筹？贼匪尚难捕，我亦声气全颓矣，困非良策。不如将军率领军民回师，此地交给德英，吾有办法殄除之。"

特普钦认为德英所言极是，这么多人马在深山密林中搜寻，信息不通，供应不足，犹如伸展大巴掌拍跳蚤，划不来。他相信德英堪称军中的"小诸葛"，点子多，不妨看其怎么唱这出戏吧！遂点头应允，领兵拨马而走。

葛成隆派出的探子立即得知官府的大军撤了，再细探，连德英也不知去向。葛成隆怕再遭袭击，觉得以往手下不知防范、我行我素的群氓行为不可取，须分外谨慎才是。探子报后，绞尽脑汁，终未解开官兵为何一夜间突然撤走、特普钦葫芦里究竟装的什么药。他不敢轻举妄动，与头领们商议半天，决定向兴凯湖的东山里转移，继续探听风声，静观其变。德英在特普钦率军走后，并没有在原地守候，而是领着众兄弟走山间小道，神不知鬼不觉地回到了阿勒楚克。当特普钦的兵马浩浩荡荡经过阿勒楚克副都统衙门时，德英与衙门的文武官员已站在门外迎接凯旋之师了，将军和众官兵见了倍感惊奇，异口同声道："这简直太神啦！"

德英办事向来不按常规走，神奇莫测，难以琢磨。自打随军南下，屡战屡胜，表面看似乎是他一人之功，其实身边有一群智囊，上有严父尤成额，下有白面娘子以及曾在黑道混的小金佛、草上飞、过江龙、云中燕等。他们深被富俊恩泽博爱之心所感化，早已回归正道，立誓随同白面娘子共辅尤成额父子。这些人不能小觑，久在江湖，身怀绝技，其中有结识各路宗派的牵线师，有神偷惯盗的大把头，有谙熟辽东大小山川的人。德英升任拉林协领和阿勒楚克副都统后，天天为其忙前忙后、提匣担书、赶车护卫的随行家人除了操持德英生活起居的白面娘子外，再就是上述众位好友。德英刚一回到阿勒楚克，顾不上睡个安稳觉、吃顿可口的饭菜，立即请干娘白面娘子赶快把师傅们唤来，共议擒拿葛成隆的良策。待人到齐了，德英首先主张治贼不可穷兵黩武，耀武扬威。败者仇宜深，怨结何期无。患生皆有根，疏渠贵畅通。万恶亦惧情，安得熄其心。大家商量一番后，议定由云中燕、草上飞秘密前往葛成隆的老家热河，查清积怨始末。情况很快反馈回来，其父葛茂林被逼债寻了短见，其母甫氏被蓝县丞霸占。德英立刻调集人马，打着阿勒楚克副都统衙门的旌旗直抵热河，进入县衙门，全城百姓蜂拥般前来观看，人山人海。德英身穿二品官服坐在桌案后的太师椅上，众位持刀仗剑的武士两厢站立，随着堂上一声喊，跪在地上的蓝县丞立马被摘掉了官帽。这下傻眼了，吓得浑身哆嗦，屁滚尿流，话都说不出来了。德英一一述其罪状，什么鱼肉乡里，抢男霸女，逼迫葛茂林之妻甫氏为妾，酿成葛成隆起事，祸国殃民，震惊朝廷，至今将军衙门仍在平乱等。最终断案曰："罪犯蓝县丞贬官入牢，甫氏返回葛家。籍没蓝氏家族所强占的旗民田产和搜刮之财物，以白银五千两补偿对甫氏造成的伤害，并为葛茂林重新立碑祭葬。"当地百姓听罢，欣喜若狂，宰羊祭天，齐颂德英乃为民申冤的好官，为大家出了一口恶气，大快人心。

好事迅传千里，葛成隆闻知此信儿激动不已，想到死去的父亲失声痛哭，继而扔掉手中的砍刀道："兄弟们，我与蓝县丞那个王八蛋有不共戴天之仇，故而一怒反清。而今既已昭雪，再这么干就不是人了，希望众位放下家巴什儿，随我一块儿向朝廷认罪吧！"

话音一落，有的表示赞同，有的坚决反对，劝其不要放下义旗，其中包括一路走来的生死弟兄，他却执意不肯。当年夏末，葛成隆率队到阿勒楚克副都统衙门叩见德英大人，表示愿降。由于葛成隆犯下叛乱重罪，被押解省城齐齐哈尔，经审，查其无辜杀人，依照大清律条，秋斩决。时奉天昌图厅盗犯王五纠众劫掠，德英率官兵驱之，并将残匪殄除。因其有功，事过不久，被实授阿勒楚克副都统。

德英四十一岁，功名日盛，蒙殊荣奉旨入朝觐见。德英深知圣意，自咸丰朝以来，各地时不时便有揭竿而起者，且直斥朝廷之弊端，令人担忧。皇上此番召见非同一般，主要是想听听下属的政见，以便审时度势，拿出切实可行的治国方略。要有备而去，敢于启奏积年所思之良策，以报皇恩。德英到京后，直奔皇宫，叩见圣上。君臣二人侃侃而谈，当同治帝询问眼下应采取何种安抚民怨之策时，德英显得成竹在胸，跪地奏曰："圣上，奴才对下情有所了解，已久虑此事矣。夫民怨之起，实乃各地官衙不察民瘼，恣意而为，百姓被苛捐杂税所逼，久成积怨。为官者必怀抚民之恤，必秉爱民之心，商周有访古问俗之制，量民心而为之，疏通百渠，何患不民和国泰乎！"

同治帝闻而勉曰："善，卿践之，勿辜朕念也。"言罢下旨，德英署理吉林将军，即日赴任，并赐御宴，文祥等作陪。德英的"疏通百渠"之说，道出了多年官民之间产生、交织积怨的缘由，强调为官者不得与民众对立，世道方能安宁，可谓为缓解民之仇怨献出一良方，一时成为朝廷上下的美谈。

各位阿哥有所不知，德英奉旨署理吉林将军，算得上是临危受命。同治皇爷将吉林的担子交给他来挑，可不像有些走马灯似的将军，或为攀登仕途、或为换换口味、或为儿孙的升阶而接过担子，且轻松如闲庭信步。这是在叫板，得拿出真章儿来，必须见成效。前书云，咸丰年间，闯关东的流民如潮涌，官府无法遏止，社会动荡，土匪猖獗。满洲发祥之地的辽东再不是安乐圣土，争地、殴斗、偷盗、匪患时有发生，举旗起事屡见不鲜。咸丰十一年腊月，王达反清于义州，不多日被歼。转年，朝阳的才宝善和刘珠拥戴刘凤奎为帝，攻占凤凰山，群民响应，波及昌图、广宁，后来蔓延至吉林和科尔沁境内，岌岌可危。德英署理吉林将军，正是在此危难之时赴任，协助吉林将军景淳"伏莽甚多，严防匪患"。当时，因为朝廷已命吉林骑兵驰援奉天并远袭徐州等地，所以驻地空虚。德英便开始征招民众，训练民团，日日由小金佛、云中燕、草上飞传授武功。俗话说得好，磨刀不误砍柴工，还真发挥作用了。匪首刘果发、王乐七领着反民闯入吉林、拉溪、岔路河等地大肆抢掠，小金佛等人率民团勇斗顽贼，最终将其驱散，远遁至黑龙江镜泊湖一带的密林。吉林民团又同黑龙江民团合力搜剿，匪徒们化整为零，隐入辽南作乱。与此同时，奉天、吉林、黑龙江吃紧，闻名吉辽的马震龙，外号儿"马傻子"也跳出来了，隐蔽山中的群匪循声响应。双方交锋时，清军八旗佐领保隆、参领常德先后战殁，随后叛乱者进入伊通、长春、双城、五常、伯都纳等地，官员逃之夭夭，贼寇披红挂彩，日夜狂欢。

德英一到关键时刻，就函请学兄文祥相助。文祥是吏部尚书，由于连年洪水，颗粒无收，国库空虚，愁得茶饭难进。即使如此，也天天不得闲，因各州府县衙的急报频频传来，全是请求吏部速速批复，将用于固城强兵之银两补齐。文祥只能拆东墙补西墙，把四处筹得的银两、粮饷拿出一部分，先去应付那些急的。当然了，在这些求助的高官中，少不了吉林将军衙门的德英。文祥深知，德英所镇守之吉林地处东省的中央，乃南北咽喉之要道，巩固住吉林，便可稳定全局。何况德英是恩师尤教习之子，又是自己特别喜欢、看重的学弟，怎能让他为难呢！当德英策马去找学兄时，文祥正在奉天与多位求助官员细述难处，见学弟进了屋，头不抬眼不睁地甩出一句话："我顾不了你吉林，快去守住拉林，走吧！"

德英愣怔片刻，返身出了官衙正门，在上马石前一骗腿儿跨上马，边往回走边琢磨文祥那句没头没脑的话："守住拉林……噢，明白了，此乃学兄在情急之中向我喊出的暗语，若解这个谜，开锁的钥匙一准是在拉林了。"想至此，掉转马头直奔拉林城。到了那儿，协领满贵迎出门并引入内堂，叩拜后禀道："吏部文尚书昨夜过拉林，令我将白银五万两交于将军，叮嘱节衣缩食，精兵简政，厉兵秣马，吉林无损。"

德英听罢，十分感动，眼圈儿红了，暗下决心道："皇上，请放心，德英在，吉林在！"就这样，文祥在条件允许的情况下，全力帮助了德英，从国库拨银资助了吉林民团和军需，使其购置了兵刃，修葺了城墙、哨卡，真乃及时雨呀！

德英有个特点，无论打仗或办什么事，喜欢动脑子。这些日子总在思摸，天天跟在叛民屁股后面东追西讨的，像老鸹似的飞来飞去，肯定不是什么好办法，还得是"兵来将挡，水来土掩"更为奏效。当时，民间流传着一套嗑儿，恰是东北三地的写照："自打咸丰年，流民连成片，遍地闹胡子，东北苦难言。"德英认为身为一方父母官，能让百姓过上安稳日子，是起码应该做到的，也是大家盼望已久的。现如今出了胡子，起了匪患，症结何在？说到底还是由于黎民生活贫困、缺吃少穿、甚或无地可种、居无定址所至。为能做到心中有数，干脆走下去，深入村屯，找那些杀人越货者唠扯唠扯，听听他们心底的呼声，以便把握这个日益紊乱无序的局面。想好后，他先将此打算跟时任吉林将军景淳讲了，景淳严肃地说："此乃胡言，以强盗理论，吾等岂不亦是强盗？德英，老夫不久将赴他任，尔勿负圣望，好自为之。"

德英不死心，又向奉天将军恩合讲了，恩合脑袋摇得如同拨浪鼓，语重心长地说："润堂，你去闯鸿门宴，难道不惧匪类高悬刀斧于颅顶乎？要切记，千万不可莽撞啊！"

德英有一天偶逢旧友，即由盛京户部侍郎调往京师户部的倭仁，此人也有股子冲劲儿，听完德英的想法后，点点头道："不妨试之，为社稷赴汤蹈火，值得！"

德英此心思未承想竟被家人猜到了，不仅没一个支持的，而且极力反对。特别是何图哩格格反应比谁都强烈，奉劝夫君万万不可造次，那是一群亡命徒，对官府恨得咬牙切齿，正好没有刀下鬼为他们祭旗敬祖呢！你身为朝廷命官，却甘心送上门去，真够糊涂的，绝对不能那么做。德英没说别的，只是好言安慰大家一番，私下仍在悄悄寻机而动，想找找小时候曾在彤甜甜所办的学塾里一块儿念书的学友"黑子"，即李凤武唠唠。

眼下"黑子"可了不得了，无人不知，无人不晓，很好打抱不平，口才又好，一般人辩论不过。他早就不叫李凤武了，又重新起了大号，叫李维藩。由于生来右脸上半边长一块黑痣，早年都称其"黑子"，后来世人送个绰号"乌痣李"。李维藩倒蛮喜欢，认为此乃雅号，人贵有奇相，预示着天降大任于维藩。"乌痣李"之名越叫越响，久而久之，竟把"黑子"、李维藩、李凤武等名儿废了，将"乌痣李"尊称为大号了。各地义军纷纷起事，狡猾的"乌痣李"并未公开站出来投入义军反叛，而是在观风向，试探着脱鞋下水，暗地里为其出谋献策，鼓劲儿张目。尽管如此，世人皆言将来"乌痣李"要比徐占一、才宝善、"马傻子"等义军头领有出息，能干出一番大事来。德英正因为访查到了这些信息，所以才决定设法会一会"黑子"，总还是当年干娘所救过的孩子嘛。然"黑子"成了难找难寻的大忙人，德英打听了好几天，终未见影。实际上，"黑子"已经知道德英在暗寻自己的踪迹，只是有所防范，不想见。又觉得不能轻易驳德英的面子，人家现在非寻常之人，乃大清朝的高官，惹恼了可不好。于是托老友捎来一纸信函，言称急着出远门探视病人，择日与学弟叙旧，话说得挺客气。德英看出这是有意回避自己，既然不想见，咱也别勉强，不能碍我办大事，时间不等人，便让小金佛把柳祥找来了。

柳祥如今已金盆洗手，不干那"暗道"的勾当了，也不跟任何狐朋狗友打连连，好长时间不露面了。人们私下里议论纷纷，这可真是太阳打西边出来了，连柳小辫儿都能学好了。在柳祥看来，自己不是学好了，而是原本没做过啥错事。富俊调出，博启图继任，秦名远所干过的违犯大清律之勾当不了了之，不仅未定罪，还调往甘肃任职，我一个小小的管家算啥呀？自然早就该出牢笼了。柳祥住在裤裆街东边的一座青砖房里，光棍儿一条，每天三个饱一个倒，自在逍遥，蛮有精气神儿。辫子还那么长，只是下巴留了三绺儿灰白色的山羊胡，不知道的还以为是满腹经纶的私塾先生呢！如今依然故我，讲派头儿，没见向谁低头哈腰服过软，总是表现为一千个不满、一肚子委屈，时不时地向人讲讲自己临堂不乱、巧斗高官的"壮举"。他曾跟着秦名远对尤成额赴任左翼官学教习从中作梗，多方干扰，一拖就是好几年。可人家说那全是秦总管的主意，何况都是从前的事，我柳祥对尤成额的学识和品德非常认可，也十分敬重。正因如此，德英打发小金佛请柳祥来，本人不但毫无反对之意，而且欣然前往，将其看作自己的晚辈。柳祥到后，德英起身让座，亲自奉上茉莉香茗，问候道："老爷子，怎么样啊？看上去身板儿不错么，蛮精神哪，一点儿不显老。"

柳祥捋了捋胡子，嘿嘿笑道："不错，不错，斗转星移，你都这么大了，我怎能不老啊！当年认识你阿玛、额娘时，还没你呢，如今已成了给吉林父老乡亲主事的父母官了，有出息。孩子，老朽就倚老卖老了，不称将军了，还是叫德英吧，这样显得近乎些。你这么忙，把我这个早被吉林将军衙门清除出去的糟老头子招呼来，有何贵干哪？"

德英说道："目前世风日下，人身安全没有保障，一些人突然拉杆子造反，致使社会秩序紊乱。人与人之间互不信任，昨日知己，今成路人，想凑到一块儿聊聊天都不愿见，不讲人情，世态炎凉，不知其因何。您久经世面，大风大浪不足为奇，故而很想听听老人家的高见，帮小辈指点迷津。"

柳祥听罢，直截了当地问道："德英，说说看，你认为这样的世道是好呢，还是不好？"

德英回道："那还用说么，当然不好。"

柳祥摇摇头道："孩子，这不行啊，你跟大多数人的看法大拧劲儿，不少为官者也和你一样。官民若是总拧劲儿，互相想不到一块儿去，肯定越闹越凶，越对立越仇视，何谈维持社会的安宁秩序？"

德英问道："老人家，您若认为世道好，能否讲讲好在哪儿？"

柳祥说："孩子，没回答前老朽得先声明，我终朝每日在屋子里，两耳不闻天下事，即使乱成一锅粥，官府也找不到老朽头上。你既然问我，那就是信得着这个老头子，可以把想法说说。德英啊，因你没受过官府欺，所以不能理解为啥那么多人纷纷举义旗、讨公道。自打咸丰末年起，大清的世道变了，官府瘫软了，百姓硬气了，有苦敢说了，有屁敢放了，有冤敢申了，有仇敢诉了。多少贪官的不明之财被抢，多少地痞被吊在树上示众，惩赃官，杀污吏，天下太平，难道不好吗？皇上不是期望国泰民安么，民冤得申，贪官得治，世道不就安宁了吗？孩子，我没把你当外人，说得对与否，不妨下去四处走一走，听一听，再下结论。老朽是过来人，什么沟沟坎坎都经着过，凡事想得多，你可别介意呀！"很显然，柳祥颇为圆滑，话又往回拉一拉，生怕刮连自己。

德英笑了笑道："老爷子，放心吧，在我这儿想说什么都行，不必有丝毫顾虑，敞开讲。"

柳祥这才又道："我新结识一家人，儿子参加了马傻子领头儿的义军，哪天领你跟他们认识一下，兴许就能听进我说的那些不着边际的话了。不过咱有言在先，你不能派兵马剿人家呀，那我可做下大孽了。"

德英忙道："老爷子，您说哪儿去了，是不是信不着德英啊？我身为朝廷命官，从小喜读圣贤书，受父母之严训，誓为黎民百姓做事，打心眼儿里恨透了那些鱼肉乡里的贪官、恶霸，该整治的决不手软！"

柳祥听罢，终于被感动了，态度不像方才那样若明若暗了，而是立马明朗了，一拍大腿道："好，孩子，我相信你，走，咱现在就去！需要提醒的是你得脱下官服，换一套民装，庄稼汉打扮最好。省得太显眼，谁看了都得戒备，不仅啥也听不到，还不安全。"

德英点点头，去里间换好衣服后，二人出得门来，骑马前往南郊五里河子。路上，柳祥的话匣子打开了，且喋喋不休。告诉他眼下义军之所以闹得这么凶，不单单因为各家各户少银两，缺吃穿，虽然这也是大家都想要的，但主要还是因为没有能够得到生存之必需的土地。有了土地，方能收获粮食；有了粮食，便有了能够换取生活资料的银子，小日子随之也活泛了。为了能争得一块耕地，穷人都起来了，数万的流民如同一群群的蚂蚁无有可去求食之地，整个社会就像被掘开的蚁穴乱营了，开锅了，翻腾了……德英始终是一边听着一边思摸着，并不插言。

大约过了两个时辰，方到五里河子，二人进入起事的民众之中，德英仔细地听他们讲，耐心地与其攀谈，终于弄清楚了。正像柳祥说的那样，此次民乱缘于土地集中在一些王爷、权贵之手，有地者数千数万亩，一望无际；无地者无立锥之地，他们要求分得耕田。柳祥又把德英领到一处不起眼儿的小院套儿前，院子四周的障子全是用树枝围成的，院门是用细柳条编的，还算齐整。二人把马拴好，推开院门，见院内只有一间土坯房，两扇窗，一扇门，房顶铺着厚厚的苫房草，上面以原木破成的条子压之。柳祥边往屋里进边冲一中年男子喊道："丘池，你看，我带个人来，也许能帮上你的忙！"

丘池见来客人了，忙笑着相迎道："哎哟，哪股风把柳大叔给吹来了，二位快请炕上坐！"

德英扶柳祥坐在北炕上，四下一趸摸，发现这间屋实在太小了。南北各盘一铺小炕，炕头儿用土坯垒起一尺高，墙那边就是锅台，上扣一口铁锅，锅盖四周往外冒着热气。灶膛里的烧柴噼啪作响，烟飘满屋，熏得直咳嗽。南炕炕头儿躺个老太太，身上盖床露着棉花的蓝花被，炕梢儿坐个老头儿，一看便知是丘池的父母，二老睁大双眼瞅着来人。地上空间不大，没摆桌椅，来四五个人就转不开身了。他大为吃惊，心想："偌大的吉林城，空闲之地何其多，怎么盖拳头大的小房呢？还是头一次见到。"丘池站在地当间儿，搓着双手道："柳大叔，真不好意思，您还带位客人来，也没什么好招待的，要喝水就从缸里舀。"

德英摆摆手道："谢谢，我不渴，你们是哪地方人，啥时候到吉林的？"

丘池回道："家乡在山东蓬莱，前年渡海到了辽东，我给一关姓税官看门护院干了一年。去年来了吉林，见这里有山有水有树林，觉着能好过些，经官府批准便安家落户了。眼下尚未分给土地，拨给一头耕牛和一副犁杖，只能租种别人的地。"

德英又问："家中几口人，有兄弟姊妹吗？"

不问则罢，此话一出，未等丘池回答，躺在南炕的老太太抽泣起来，边哭边道："我那可怜的丑妞啊，生生被人抢走了，啥时候能回家呀！"

坐在炕梢儿的老头儿瞟了一眼德英，侧过头数落老伴儿道："行了，闭嘴吧，别哪壶不开提哪壶了，得罪不起还躲不起吗？你要一勾火儿，丘池再跑出去干傻事，一旦出个一差二错的，剩咱俩咋回山东老家见祖宗啊？"

老太太本来就一肚子火儿没处发，一听老头子横扒拉竖挡不让说，立马来气了，一掀被子坐了起来，冲老头儿嚷道："这是什么世道啊，欺人太甚了，有委屈还不让讲，不得把人活活憋死么！"

老头儿也生气了，吼道："就知道跟我喊，有能耐去那家把丑妞要回来呀，要不是看在你被气病的份儿上，站在院子里嚷嚷我都不管……"

二位老人越吵声儿越高，你一句我一句话不落地，如同一把火将刚才气氛还很沉闷的小屋一下子点燃了。此刻的丘池因为不知道柳祥带来的客人是干什么的，何况来吉林的时间不长，只认识一些山东老乡，对当地不熟，关键时谁能替自己说话呀！以前已经惹出乱子了，眼见二老一腔怒火难以忍住，不是又要惹祸吗？所以也顾不上劝慰父母了，赶忙走到北炕前，一手拉着柳祥，一手拉着德英道："对不起，我爹娘心情不好，来客人也没给好脸色，请别见怪，咱爷儿仨到院子里唠吧！"

德英一看，知道是丘家曾含冤受屈，对朝廷有积怨。丘池还是挺懂事理的，见有外人在场，又不知底细，怕惹出是非，想把我支出去。这正是了解民情的好机会，柳祥引我到丘家，置身于百姓之中，最理想不过了，怎能离开老人而去院子里攀谈呢？于是便道："丘池，千万别见外，更不必客气。按年岁，你应该是我的兄长，我是你的老弟，咱们都是一家人。一家人不说两家话，有什么苦、什么难、什么冤都讲出来，我想听一听，到时候或许能助一臂之力。我有股子犟脾气，最气不忿儿的就是那些仰仗权势强取豪夺之人，只要见到欺负谁了，必管无疑。"

德英这么一说，两位老人都住嘴了，转过头来上下打量着他，老太太问道："孩子，听你这话好像不是一般人，从哪儿来的？是官府的吧，身担什么差使呀？"

柳祥刚要如实介绍，德英忙抢先回道："噢，我和你们一样，也是庄稼人。今儿个闲来无事，老爷子说领我串个门儿，就到你家了。二位老人家，日子过得咋样啊，粮食够吃不？"

老头儿打了个唉声道："咳，哪够哇，粥都喝不上溜儿了，勉强糊口吧！"

德英走到灶台前掀开锅盖，见铁锅内煮着苞米面和橡子面两掺的糊糊，没多少，只盖住了锅底。显然是一家三口的锅底饭就这么多，仅够一个人填饱肚子，至于下顿能不能吃上还两说着，心里很不好受。他盖上锅盖，回过身说道："二位老人家，不用问我从哪里来，也不用问做什么差使的，就当是老天爷看不得你们遭这个罪，让我来瞧瞧。告诉我，一肚子怨气缘何而发呀？"

话音刚落，丘池的眼泪止不住了，一拍大腿蹲在地上，抱着脑袋泣不成声地说："唉，都是我惹的祸呀，害了全家老小啊！"

儿子一哭，二位老人哪受得了哇，也跟着哭开了，哽咽得说不出一句话。柳祥见此，实在忍不住了，便给德英讲起了事情的来龙去脉。

原来半年前，五里河子旗衙门押解着五花大绑的丘池送到吉林将军衙门，本人还大喊着要告状。经审得知，一伙儿山东来的流民因租地而引发了矛盾，前往五里河子孟家闹事，领头儿的便是丘池。孟家的打手见主人孟彪被欺，领着一群家丁当夜冲到了丘家，抢起镐头砸烂了所有的家什，把丘池未出嫁的妹妹丑妞抢到孟家当奴才，又将丘池绑到旗衙门，控告其行凶作乱。丘池在大堂之上一个劲儿地喊冤，直言自己无罪，只想有一块儿求生计的土地。山地也好，河洼地也罢，绝不挑挑拣拣，能长出玉米、白薯就行，省得受这窝囊气。全家老小来到关东已三年，所带银两全花光了，未分到一垅耕田，靠租种土地活命。附近的田地属于谁家的我都知道，分属八个姓氏，有王家地、刘家地、齐家地、郑家地、关家地、许家地、赵家地、阎家地等。我本与赵家签了租地契约，可到了秋末，庄稼成熟了，竟被根本不认识的富户孟家全拉走了。这时方知，所说的八姓土地皆归属于孟家，其家主强调赵家只是我的亲戚、守田爪牙，与他签租种契约无效，孟家土地上长出的庄稼当然属于我。这简直太不讲理了，一年白干了不说，一粒粮食没得着，全家老小吃什么呀？

主审此案的协领乃三品官，名儿叫孟赫，是孟彪的本家兄弟，能不替自家人说话吗？边审边令人记录下了人犯的口供，见丘池一百个不服，当即脸子一撂，拍案大怒道："好大的胆子，你知道不，告'锄板状'是犯了对抗主子大逆不道之罪，还有什么可说的？念你年轻，家中还有老人需要照顾，可既往不咎，当堂释放。从今往后，不许租种他人土地，退堂！"

就这样，丘池回了家，越寻思越憋气，觉得实在走投无路了，一咬牙投入了马傻子义军。发誓此仇必报，要与孟家算总账，救回为奴的妹妹。

实际上，多少年来，大清国的土地由于多种原因而高度集中，仅吉林而言，就分为主家地、下属租主家地，往下又分为无数奴租地，层层盘剥。所谓"奴租地"便是底层了，耕耘之人没有一分田亩，称得上最悲惨的人家。他们没有人身自由，只要与主家签订了奴租地契约，一生一世将无条件由主家支配。租地主人看你家有几个劳力，以便相应地租给多少田亩，这些劳力即民间所说的长年累月"靠锄头板子吃饭"。主家时不时地派人监视"奴租地"的劳力是否生病了，能不能下地干活儿了，随时可以剥夺作为锄板奴的耕地权。正因如此，无地户不敢得罪租地主家，终生像牲口一样受其要挟、役使，毫无做人的权利，从而导致了阶级矛盾日益尖锐。咸丰朝至同治朝，各地流民到官府告租地主家"锄板状"的人满为患，尤其是吉林地方更显突出，丘池状告孟家就是其中一例。

德英听罢，方知事情的原委，说道："俗话讲得好，冤有头，债有主，你受了委屈，找家主算账没有错。不过我要奉劝一句，赶紧退出义军，别跟着造反了，用不了多久，我会给你答复的。"说着从怀里掏出二十两纹银递给他："丘池，用这银子买点儿粮米油盐，可暂时渡过难关。"

丘池接过，感激不尽，代表全家一再谢之。德英和柳祥随即告辞，出得门来，翻身上马，按辔徐行。到了裤裆街柳祥住处的门前，德英对其诚心诚意帮忙表示由衷的感谢，柳祥笑道："孩子，说什么谢呀，这可外道了，老朽也是为了早年犯的错儿将功赎罪呢！"

德英告别柳祥，回到了将军衙门，唤来各怀神技的小金佛、草上飞、过江龙、云中燕等，请他们相助，速速探知孟家的情况。没几日，便把孟家查了个底朝上，毫无遗漏。所谓五里河孟家只是虚称，实际上家主在开原附近的一个庞大庄园里，砌了土围子，四角均设炮楼儿，由庄丁把守。南北各有一扇用厚松木板做的大门，外面包层黑铁皮，洋炮轰不破。此所在非同一般，乃当年吉林将军富俊关注之地、少林寺的夺魂僧者、静空大师住过之地、一指金刚大法师带领徒儿班布泰夜探之地，这便是范家堡子大庄主范蔼仁的豪宅之一。他的房产遍布奉天、吉林、黑龙江等地，数不胜数，蛟河山里还有一片范氏家族的墓地。此时，范蔼仁和大夫人钱氏以及二房、五房、六房已死，三房、七房、八房有的离开，有的改嫁。五姨太的女儿叫桃花，咸丰初年，嫁于京师宗人府孟太傅之子——护军统领孟彪。孟太傅凭借权势在东省肆无忌惮的巧取豪夺，强占大量良田为己有，由其子孟彪派人管理。同治初年，孟家庄园变成了孟彪在京师之外的宅第，委托全有、全贵两兄弟帮其收缴各地田亩租税。

德英连夜翻阅了当年富俊将军清理田亩积案的有关档册，而今看来，其所作所为、所行之策完全正确。合理分配无主之地，收回强占耕地拨给无地流人，既能救民于水火，又能使世道安定，社稷永固，何乐而不为？德英将众多亲审的涉及土地归属案卷背负进京，面圣详奏，同治帝经认真思考，一一准奏。德英回到吉林后，按旨裁定，收回范蔼仁及其姑爷孟彪积年强占、窃取之西辽河、松花江、拉林河、呼兰河、倭肯河、牡丹江沿岸等大大小小近数千顷良田，分拨给无地流民。接着又派人带着车轿将丘家老少请到吉林将军衙门，三人觉得很奇怪，为什么到这儿来？进入客厅，德英起身相迎，他们见其身穿一品官袍服，方知那天到家中访查的竟是将军大人，刚要跪地叩头，德英赶紧一一搀起道："二位老人家、丘大哥，不必如此，身为一地的父母官没有安排好百姓的衣食住行已经失职了，叩头谢罪的应是我德英啊！"说罢，将二位老人家扶进议事堂，请其坐下后，转身从卷柜里取出一摞卷宗，翻开其中的一页道："这是受皇命，重新核审你们在五里河租种主家地产的卷宗，土地的主人乃京师大内的孟太傅，由其子孟彪管理。孟彪依仗其父在宫中的势力，霸占、强买和囤积东省失主、无主或暗地交易的闲散田亩，然后再租给认为可靠的亲朋、下属，成为自己的守田爪牙。再由他们转租关内来的流民，签订霸王契约，租地种即为奴，身家人口均凭租主使唤，收获所得租主入柜支粮，旱涝自负。遇到大灾之年，颗粒无收，为了生计，女子沦为主妾，男子沦为主奴。有些流民在关内因天灾，携家带口逃到东北，身无分文，无力以银与租地者签订耕地契约，只能签'锄板子契约'。即租主给划定田亩，租者无权选择，租主旱涝保收。而且租者的全家不管几口人，皆为租主的奴才，听从家主支使，生死勿论，违者则以家奴问罪。此契约何等苛刻，乡民任其宰割，流民无处申冤。孟彪所占田亩业已查验清楚，非法所得全部收回，按规定，拨给你家耕田三亩，女儿丑妞从孟家接回，再不是他家的奴才了，仍为正身民人。"

三人听罢，感动得热泪盈眶，丘池扑通一声跪在地上，咣咣咣磕着响头道："大人，谢谢，谢谢，您救了小的一家老小哇！以前是我错了，不该跟着马傻子胡闹，从今往后再也不会了，还要把附近村屯的乡邻都拉出来，站在朝廷一边，做拥护大清的子民。"

这次不光丘池一家，五里河子的流民皆分得了耕田、牛具，房子太破旧的给盖了新房，免除冻饿之苦，从此有了安身立命之所。人们欢呼雀跃，交口称赞吉林将军为使无地流民分得耕田而面圣的胆气，没齿不忘朝廷的大恩大德，齐声儿祝福同治皇帝万寿无疆！特别要提出的是德英的干娘白面娘子得知此情后，不禁潸然泪下，百感交集，思绪回到了嘉庆二十五年。土地爷爷富俊率领官兵于双城堡设立了清查田亩行辕，天天废寝忘食地忙碌着，白日为丈量田亩到处奔波，晚上坐在土坯房内一笔笔登记着各家各户的土地数额，獾油灯通宵不灭。尽管又累又辛苦，身子骨儿日渐消瘦，却乐在其中，因为是在为百姓谋福。可惜后来未能完全遂愿，最大的土地占有者范蔼仁仰仗皇亲的势力和祖上曾受过皇封，想方设法躲避、抵制清查，致使本应及时收缴到官府、另行分拨之大量强行占有的土地仍掌握在范氏家族手中，土地爷爷抱憾而终。如今，富俊大人早已作古，其孙儿班布泰已于平息白莲教起事中英勇捐躯。德英紧步老将军之后尘，以宁可被摘乌纱、也要替百姓做主的胆识，使范氏家族的发家史到了同治朝彻底露了馅儿，将其非法所得耕田全部收回，受到了应有的惩罚，告慰了英灵。

朱伯西我讲到这里，同样感慨万端，是呀，当年富俊带着孙儿班布泰及官兵们排除万难，力压群雄，用了近五年的时间对田亩进行清丈、梳理，使辽东这片黑土地百年来争执不休的归属大多得以重新印证，数十万闯关东的流民分得了耕田，动荡不安的社会秩序开始趋于稳定，这便是史上有名的"道咸之治"，后又称为"同治中兴"，三朝元老富俊可谓立下了汗马功劳，后人将这段历史写成《双城堡屯田记略》。

据传，吉林的匪患从此平息下来，也曾有一伙匪徒窜到乌拉街打牲衙门，妄图攻城略地。无奈军民防守甚严，根本攻不进，于是便跑到镇边的关帝庙前，堆积干柴想点火焚之。这时，忽听关老爷在空中怒声道："田归黎民，饭碗不空。勿要烧我，好好安生。"匪徒们吓得魂飞魄散，屁滚尿流，哭爹喊娘地四下逃散了，不知去向。打那以后，留下了德英勇斗京官、分地救助流民的故事，且越传越远。

同治四年夏日，温德河子发生了一起凶杀案，是由德英亲自审理的。有一家两口人，老母年高，患了咳喘病，儿子来喜儿伺候在侧，靠上山采药换银度二日。一天头晌，来喜儿路过集市，瞧见面铺掌柜巴六指儿拎着内装黏豆包的柳条筐唱唱咧咧走了过来，未待打招呼呢，对方抢先问候道："哎哟，这不是来喜儿兄弟么，老娘身板咋样啊？"

来喜儿打了个唉声道："家母还是老毛病，天一凉就喘。不瞒六哥，口粮断顿了，打算去娘舅家借几升米。"

巴六指儿为人豪爽，心眼儿好，对娘儿俩的处境很是同情，说道："你我是老邻旧友，有难处应吱声儿，何必远求呢？六哥摘你几吊，买点儿粮油，以解燃眉之急。噢，对了，我常去北关卖饽饽，听说何船爷要雇个守宅家院，不如讨下这个差使，手头儿也能宽绰些。老弟呀，若是有福分，何家可有美貂蝉哪！"

来喜儿忙道："六哥真能开玩笑，瞧我这一身穷气，万不敢高攀，何船爷能用我么？"

巴六指儿一拍胸脯道："找保人哪，有六哥呢，我早就看重老弟的人品了。"说着打怀里掏出五吊钱递给来喜儿道："拿去，先买粮，三天后听信儿。"

来喜儿接过，千恩万谢，买了粮油返回家。第四天一大早，巴六指儿手拿一件蓝布长衫儿笑呵呵地登门来给娘儿俩道喜了，声称跟何船爷谈妥了，老弟今儿个便可去当家院了。随即把手中的长衫儿递上，说是送给来喜儿了，让他穿着去，乐得娘儿俩嘴都合不拢了。用罢早膳，老太太帮儿子把脑后的发辫重新梳了梳，又抹点儿头油，油黑发亮，再穿上蓝布长衫儿，显得很是干净利落。打扮完毕，来喜儿拜别老母，跟着巴六指儿上北关了。

北关的何家祖上曾拿爵禄，到了何船爷这辈儿，家境像霜打的茄子败落了，一生乐善好施。有一年，松花江发大水，白浪滔滔。何船爷发现水面上有个小丫头若隐若现，忙跳入江中将其救起，抱回家抚养，取名秀儿。前不久，夫人下世，一大摊子家业只靠年过花甲的何船爷一个人支撑，实在有些力不从心，名曰雇用家院，实则是想给十六岁的秀儿挑个可心的女婿做顶门杠。何船爷见了来喜儿，先是仔细端量一番，接着又盘问了家世，觉得小伙子不错，长相也行，挺满意的，遂厚谢了巴掌柜。过了一段时间，来喜儿的手勤脚快、为人老实厚道、心地善良等很讨何船爷的喜欢，而且发现秀儿更是打心眼儿里相中了后生，不管是织网，还是摘菜，总唤来喜儿忙前跑后的，心里别提有多乐了。左邻右舍的大爷、叔叔、婶子们也齐夸小伙子人品好，踏实又肯干，还是个热心肠儿，将来对秀儿错不了。何家可谓福星高照，喜事临门，就等着扎彩轿迎娶了。

谁料乐极生悲，祸从天降，忽一日，远近知名的何船爷在家宅后院儿的木棚内歇凉睡午觉时死了。第一个发现之人是邻居卖麻花的冯二，说是当时隔墙听到木棚里有打斗声儿，扒墙一望，眼瞅有个穿蓝大衫儿的人一闪没影儿了。急忙跳过墙，跑到木棚内，见何船爷口角儿有白沫儿，已气绝身亡，顿时吓瘫在地，不是好声儿地喊人。秀儿正在上屋绣花，听到喊声，慌忙下地推门出屋，刚好与从地里干活儿回家的来喜儿撞了个满怀。二人三步并作两步地跑到后院儿的木棚子，见老人家大睁着双眼，脸色青紫，僵死有时，秀儿扑到阿玛身上号啕痛哭。

这时，街坊四邻越聚越多，早有人报到官府，刑房带着几个衙役和仵作匆匆赶来，首先询问冯二。冯二声称，何船爷死时，家中没旁人，只有来喜儿和秀儿。秀儿不是亲生的，乃何家抱养的，准备嫁给家院来喜儿。他是个穷小子，即使觊觎人家财产，也不能急着动杀机呀，这对儿狗男女可太没良心了，该千刀万剐！刑房听罢，令手下查遍宅院的旮旮旯旯儿，明堂瓦舍除了死者，的确只有一对儿青年男女，遂冲秀儿问道："今天可有外客进宅？"

秀儿哭告道："回大人，小女始终在家，未见有生人来过。"

其中一衙役在来喜儿房中搜得一件沾有血迹的蓝布长衫儿，刑房和仵作心里似乎明白了八九分，又问来喜儿："此衫何人所穿？"

来喜儿从未见过这等场面，显得十分紧张，连忙回道："这……这是我穿的。"

秀儿刚要解释，刑房不容分说，令衙役给二人披枷带锁。他俩齐声儿喊冤，刑房喝道："证据在此，还有什么可说的？给我掌嘴！"

衙役听命，抡起大巴掌啪啪啪一顿扇耳光，直打得二人头昏眼花，顺嘴角儿淌血，脸颊肿起老高，随即被揪发拧臂押出门，何宅贴上了封条。人命大案，不可小觑，府衙理事同知大人责令刑房和旗衙门的刑官合审。大堂之上，秀儿和来喜儿哭喊冤枉，请大人明察。主审官根本不听，动用鞭笞、夹杠、穿火鞋等酷刑，致两人筋断骨折，实在挨不住严刑拷打，只好招供画押。据此判定二人因急于继承遗产而合谋杀主，女犯枭首，男犯凌迟，册报将军衙门核查秋决。

来喜儿被判死罪，老母哭天抢地，去当铺当了破衣破被想给儿子赎身未果，转天于家中上吊寻了短见。邻里发现后，帮忙发送了老太太，从此绕着那间小房走。在冯二的鼓动下，北关不明真相的村民皆对面铺掌柜巴六指儿产生了怨恨，疑其与何宅凶杀案有关，认为是他使来喜儿深陷囹圄的。有人还声称曾看到巴六指儿拎着一件蓝长衫儿去了小树林，回来时，手中的衣服不见了。于是，请代书先生写了呈子，开列巴六指儿条条杀人大罪，花点儿碎银求差役递进府衙。刑官阅罢，觉得所言不无道理，暗地里派人四下访查。

俗话讲：人若倒霉，喝口凉水都塞牙。自打来喜儿和秀儿关押死牢后，巴六指儿心里既难过又不痛快，明知是桩冤案，却无能为力，天天眉头紧锁，只能借酒消愁。每当喝醉时，或指桑骂槐、或说些疯话，言语错乱。加之平时好打抱不平，冷语动粗伤过人，好事者便捡鸡毛凑掸子，有的也说，没的也讲，越嘞嘞越没边儿，越编造越邪乎，派出之人大获而归。刑官得报后，立即下令，将巴六指儿绑进大堂。面对审讯，巴六指儿毫无惧色，破口大骂官员昏庸无能，矢口否认与何船爷之死有关。刑官、刑房被骂得火冒三丈，下令棍棒相加，一通儿狠拍，直打得皮开肉绽，昏死堂上，醒来仍不招。刑官又命动用狼牙锯，巴六指儿的后背被锯得鲜血淋漓，疼痛难忍。忽然灵机一动，一个把水搅浑的念头闪过脑际，于是招认因图财杀死何船爷，怕事情败露，把血衣藏在小树林的枯柳洞里。仵作去了小树林，果然在枯柳洞内搜得一件旧短褂儿，上面沾有血迹。

案子越审越奇，谁是人命要犯，审谁像谁，几乎搅成了一锅粥。秀儿为救心上人出死牢，坚称本人杀了养父；来喜儿感激巴六指儿的仗义，咬定自己是凶犯；巴六指儿性好助人，同样独揽死罪。更稀奇的是差役在河边又捡到几件象征杀人凶案的蓝长衫儿，一时间闹得人心惶惶，谈衫色变，刑官无所适从，难以结案。无奈将军一再催办，怕人手不够，又委派副都统衙门司户大人参与审理。司户大人重新翻阅案卷，对口供、证词，进行一一审核。结果功夫没白下，端倪渐显，发现证人冯二有些可疑。何家四邻那么多，大白天的，为啥单单冯二一人听到了打斗声？他证实是个穿蓝大衫儿的人行凶，为什么搜得好几件同样的衣裳，所言是否真实？冯二与何船爷虽然是邻居，但平时没啥交往，何况他是个极其自私之人，即使真的听到了打斗声，肯于冒险跳墙前去查看并出手想帮么？没有确凿的证据，只凭家中唯有一对儿青年男女，就一口咬定来喜儿和秀儿是杀人凶犯？加之得报近日冯二行为鬼祟，天天挑着担子不卖麻花，而是四处打探案情，既然于己无关，何必如此上心呢？越琢磨疑窦越大，于是把冯二唤来，提到堂上，二话没说，先令打嫌犯一百大板。冯二的屁股和两腿顿时血肉模糊，疼得五官扭曲，趴在地上高一声低一声地哀号道："饶命啊，大人明鉴，小的实在冤枉啊！生计不愁，素日无怨，缘何要杀何老翁？那日所见是实，句句真言，没半句假话。难道苍天无眼，正邪不分，世上再未有青天老大人了？我的妈呀，这可咋好，跳进黄河也洗不清了，只有以死相抵了！"说着起身便向桌案撞去，被手疾眼快的衙役及时拉住。

刑房、刑官鼻对鼻，眼对眼，你瞅我来我看你，一时不知如何是好。在场参与庭审的小声儿合计开了，有人认为冯二太狡猾，所言全是巧言诡辩；有人担心错审人证，日后吃罪不起。你一言，他一语，看法不统一，黑白难分，是非难辨。主审官没招儿了，只好令衙役把冯二拉下大堂，又不敢轻易放回，暂押轻罪牢内。

说来也巧，其时，阿拉楚喀副都统德英刚好接旨署理吉林将军。德大人谈吐诙谐，性情直爽，精明干练，审案子从不放过细枝末节。他到了衙门，一不升堂，二不宴客，闭门览卷七日。这天翻阅蓝衫案的呈报文书时，甚觉蹊跷，仔细看罢，批曰："理据不足，冤情恸天。"遂命人速速发下签子，停止审讯，将全部案卷统统送交将军衙门。德英决定亲办此案，挑选出两位有经验的仵作，带上几个差役先随他去北关验尸。当时正是盛夏，烈日炎炎，天气燥热。撬开棺盖儿，见尸体已开始腐烂，一股臭味儿直冲鼻子。德英让仵作在棺木四周点着苍术、皂角，生烟除秽，细观尸首，边验边报。看过正身，仵作禀道："脖颈处有掐痕，其他未见异常。"

德英说道："再验！"然后吩咐仵作翻过尸身，差役在旁不停地挥动树枝，轰赶着绿头蝇。

棺木周围恶气熏天，仵作和差役各个肝肠搅动，只觉胃里极不舒服，一阵阵恶心，快要吐出来了。再一偷瞧德大人，见其俯身棺内，头紧挨着尸体，细细观之，好像在一根根地数着汗毛，纹丝不动，只好屏住呼吸陪着。这时，德英发现腐尸后脑正中有数块深紫色瘀痕，似乎是用指甲抠进肉里留下的印迹。又细看发辫儿，忽见上粘手指肚大小、淡黄色的片状物，用镊子轻轻取下，放在黑绢上再瞧，竟是块儿面嘎巴儿。

德英暗自高兴，宣称验尸结束，扣上棺盖儿，恢复原样，打道回府。

第二天头晌，德英特意穿上蓝长衫儿，挑着鸡血豆腐担子，由着一身儿民装的亲随跟着，先去巴六指儿所住的屯子转了一圈儿，见人就打听，然后来到北关何家附近，高声儿叫卖道："吃不够喽，吃不够，老少爷们儿们快来尝尝啊，吃了这顿想那顿了！"

这一喊还真有效，蹲在家门口儿的老者和过往行人三三两两围了过来，一看小贩的装束，皆直眉瞪眼地瞅着他，脸上流露出惶恐的神情，很快又转身离去了。唯有一个老头儿没在乎，买了一份儿鸡血豆腐，边吃边悄声儿说道："伙计，打外乡来的吧？这疙瘩有桩蓝衫凶杀大案尚未破。老叟劝你呀，还是快扒掉这张皮吧，当心受牵连，犯不上。"

德英假装不知，边给添汤边道："是么，多谢老人家，只能回家再脱了。我从东头儿过来时，发现有一家的大门被封了，为啥呀？"

老者回道："唉，那正是网达何船爷的宅院，老爷子被害了，可怜的女儿和家院已被押入死牢，待霜降就问斩了。"说到这儿，四下瞅了瞅，接着又道："不瞒你说，世上哪有公理可讲？我家住在嫌犯冯二的西侧，中间只隔一道墙。有天半夜，听见他们夫妻俩吵架，那女的嚷嚷道：'你哪儿好哇，良心让狗叼去了，邻里邻居住着，凭啥要人命啊？'也难怪，官府的人又不是夜游神，哪能知道那么多呀！"

德英看似不经意地问道："听说冯二是卖麻花的，每天啥时候做面活儿呀？"

老者回道："通常是他头晌在家和面，下晌老婆炸，冯二出去卖。"

日过正午，德英和亲随返回府衙，换好顶戴袍服，命差役把冯二老婆柳氏绑来，又令参与或审过蓝衫凶杀案的刑房、刑官、仵作等到堂庭审。这几个人很快接报，鱼贯进入大堂，依次就座。德英坐在桌案后正中的太师椅上，传狱官带嫌犯冯秀儿、来喜儿、巴六指儿、冯二上堂，解下镣铐，跪于堂下，唯冯二带着哭腔儿大喊冤枉。德英将着黑胡须笑道："哭哭笑笑，笑笑哭哭，真真假假我分清，哭变笑来笑变哭。"

坐于两侧的刑房、刑官、仵作等都大眼瞪小眼，一脸木然，不明其意。只听德英又道："本官得一宝，能卜吉凶，辨识真假。"说着提提马蹄袖儿，手掌露出，托着一块儿黑绢，绢上有片面嘎巴儿。在场的所有人皆惊诧地看着他的手，德英继续说道："这是验尸所获罪证，现已查明，蓝衫案犯是个会做面活儿的人。湿面方可粘发，案发当天晌午正热，嫌犯定是何家近邻，乘机跳墙而为，此人就在堂下。嫌犯中有两个靠面活儿吃饭的，经查，案发时段，巴六指儿参加屯邻儿子的婚礼，直到下晌方回转，有不在现场的人证。冯二头晌在家中和面，身上、双手必有面嘎巴儿，据此，杀人者乃冯二无疑！"

话音刚落，在座的人无不点头叹服，目光全盯向了已堆缩在地的冯二，秀儿、来喜儿、巴六指儿则长出了一口气。冯二仍不死心，哆哆嗦嗦地狡辩道："屯子里做面食的不光我一个，还有两家呢，离何家也不远，为啥偏偏认定是我干的？"

德英起身走下堂来，一把拽起冯二的右手，撸下中指套的铜箍儿，喝道："大胆刁徒，死者后脑呈现紫瘢，正是铜手箍所伤，还不从实招来！"

冯二一听，知道彻底玩儿完了，当即吓瘫了，磕头如捣蒜："大人在上，您是活神仙，明察秋毫，小的认罪。因贪恋何船爷万贯家财，看上秀儿美貌花容，便想纳秀儿为妾。可上门提亲时，却遭何船爷一顿臭骂，说我是癞蛤蟆想吃天鹅肉，故而怀恨在心。时过不久，由巴六指儿引见，何船爷雇用来喜儿做家院，并声称还将女儿嫁之。我嫉妒难耐，那天晌午，乘来喜儿在地里干活儿尚未回返，偷越后院儿院墙，欲闯进秀儿闺房行歹事。不想跳墙落地之声惊动了歇在木棚内的何船爷，怕事情败露，他再不依不饶扭送我去旗衙门，便顺势进了木棚，也是一时性急，狠狠掐住其脖子。可叹他年迈，只挣扎了几分钟，终无反抗之力，一会儿便不动了。担心他没死，我又抢起戴铜箍儿的右手猛捶后脑，直至确认命入黄泉才收手并开始喊人。由于平时来喜儿好穿蓝长衫儿，于是编造鬼话，栽赃陷害。"

冯二在说这番话时，德英发现坐在桌案左侧的刑房直劲儿冲身旁的仵作挤眉弄眼，心里明白了，显然是对审案结果不太服气，遂朗声儿说道："蓝衫大案之说，纯属庸人无知谬传，不乏有人谣言惑众，始作俑者乃柳氏。为帮夫开脱罪责，去河边乱扔蓝衫儿，妄图混淆视听，干扰办案，致使户户见蓝衫色变，人心惶惶。另外，何老汉被掐身亡，没有溢血，何来血衣？人血味咸色褐，蓝长衫儿上的血淡黄无味，绝非人血，而是禽血。来喜儿，本官说得对否？"

来喜儿忙道："大人英明，所言极是，真乃火眼金睛。案发的前一天，巴六指儿来到北关看望何船爷，老人家让我杀鸡待客。六哥主动上前帮忙，谁知一刀剁下去，大公鸡未死，四处乱扑棱，溅了我俩一身血。我把蓝长衫儿脱下扔进屋内，六哥那件褂子原本很旧了，便不想要了，去旁边的小树林解手时，脱下塞进枯柳洞里了。之所以承认是我杀的，只因审讯时不容申辩，屈打成招。"

至此，蓝衫大案终于水落石出，在座的几位参审者羞得面红耳赤，齐赞将军神明。德英说道："身为一方父母官，当有怜悯之心，谈何神明？断案不需刑杖，而重慎细查验，百案可破。"

德大人最后裁决，秀儿、来喜儿、巴六指儿无罪，当堂释放。冯二秋后斩首示众，柳氏杖责五十。审过此案的刑房、刑官、仵作等，因渎职分别被罚俸或贬官。来喜儿带秀儿洒酒祭扫了何船爷和老母的坟地后，二人患难情深，由吉林将军德英做主，择吉日完婚。巴六指儿不卖饽饽了，跟着来喜儿夫妻俩经营船运、网鱼，欢乐百年，传为佳话。

同治五年春季一天头晌，德英坐在书房翻阅州府呈送的一摞案卷，发现有一上写"蟋蟀案"的卷宗，觉得挺新鲜，世上真是无奇不有，难道斗蟋蟀也闹上了公堂？便认真审读起来。未承想越看越来气，看罢竟气得脸红脖子粗，拍案大怒道："蛮横霸道，有恃无恐，草菅人命，岂能不问！"

原来这蟋蟀案死于非命的男女老少共十二人，而今积案三年未果。德英无论遇到什么事，务要追根溯源，对不求甚解者、敷衍塞责者向来不齿之。蟋蟀案令他震惊，由娱乐而酿成这么大的血案，缘何所致，必求其因。又从此蟋蟀案理出了自道光朝以来在江城所发生的彼蟋蟀案，往昔均以聚众殴斗、有伤大雅之名论处，量刑过轻，远失严惩要旨。此后，便把案子挂在心上，注意留意这方面的情况。

一日，德英外出微服私访，来到集市，看见两个人正在临街的树荫下斗蟋蟀，其中一人手指蟋蟀罐儿气急败坏地喊道："咬，咬，给我咬哇！"围观者很多，有的站着，有的蹲着，有的哈着腰，有的靠着树，皆低着头大睁双目观瞧，不时发出阵阵喝彩声。

有的阿哥或许不知，自古市井的娱乐赌具多为色子、牌九、纸牌、麻将，而胜于上述赌具百倍者当数蟋蟀。有史可考，斗蟋蟀始自周，唐宋元明以来颇为盛行，清代有较大发展，江南江北均很普遍。斗蟋蟀之所以为民众喜爱，就因为它不但能把世人拉入另一种血腥屠杀之境，观赏鸣虫的搏技，撕咬纵跃，胜负难测，从中享受别样的刺激。而且被视为聚众招贤的上好手段，生动活泼，雅俗共赏，其乐无穷，为八方人士所痴迷。宋金以后，斗蟋蟀渐渐演变成豪赌，小者倾家荡产，大者惨遭灭门。更为严重的是这种娱乐形式被那些憎世恨时之徒以及地痞流氓、恶棍们所利用，他们以蟋会友，以蟋通心，名为斗蟋，实则啸聚，图谋不轨。

　　玩蟋蟀的人也不简单，得会吆喝，据说嗓音高低粗细全是练出来的。蟋蟀能听懂主人的话，受其摆布，是进攻啊，还是后退呀，让怎么做就怎么做。他们凭玩儿蟋蟀笼络人心，占据一方，被称为师爷，各有一些拥戴者，很有势力，一般人惹不起。这些地头蛇不仅会斗蟋蟀，眼力也高，舍得花重银买不同品种且好斗的大蟋蟀，起的名字还豁亮，什么"震四方"啊，"压地王"啊等。训练十天半月便开始打场子招徕观众，有专门雇佣的打手护场子，强逼观者交赏钱，少了不中，不掏更不行。若有年轻女子来凑热闹，这伙人故意往跟前挤，连摸带掐，戏弄挑逗，占点儿便宜，看上眼了的抢做妻妾。更有甚者，表面上以斗蟋蟀为名，暗地里勾连歹匪，煽风点火，谣言惑众，拉拢观者参与反清起事，若是不从，那就比比谁的拳头硬。正是由于在斗蟋蟀者和观瞧者之间有潜在的危机，或因赏银掏少了，或因女子被欺侮而反抗了，或因不愿同流合污反朝廷了，时不时地引发矛盾，先是口角、争吵，继而那些如狼似虎的护场子打手们便狗仗人势大打出手。被打者手无寸铁，有的打伤了，有的打残了，有的打死了，不少受害人到衙门申冤告状，德英翻阅的那卷蟋蟀案只是其中的一例。

　　话说简短。德英低着头倒背双手向树下的人群走了过去，怕有人认出自己，便站在一高个子壮汉身后，想仔细观察一下那些玩儿蟋蟀者的面孔。他先扫视一圈儿，忽然发现树后蹲着一个头戴斗笠、且压得很低的中年男子，虽然五官看不大清，但总觉得有点儿面熟。再细细观瞧，噢，知道了，是"黑子"，他怎么来了？正琢磨呢，只见"黑子"站起身伸了个懒腰，蹲在地当间儿的那两个斗蟋蟀者一直又叫又喊的，此刻立马闭嘴了，急忙将蟋蟀罐儿收拢到一起，装入竹篮内，提起篮子挤出人群头也不回地匆匆离去，打手们紧随其后，"黑子"也不见了。这样一来，方才还热闹异常的大树下顿时冷清了，围观者陆续散了，一边走一边连说带比画的，显然是余兴未尽。前边那帮儿提蟋蟀罐儿的人往东去了，似乎要到另一处打场子，再设赌局。德英明白了，不是自己哪里露出了破绽，而是被"黑子"认出来了，他肯定与这帮人关系甚密。今儿个跟定了，非弄清楚不可，看他们到底想干什么，随即拔腿追了过去。德英撵过一条街刚刚拐过墙角儿，不知从何方忽地抛来一物，由于根本未防备，整张脸被那物迎面罩住了，赶忙拽下一瞅，原来是件夹袍子。再放眼四望，那帮人早作鸟兽散没了踪影，气得抢起夹袍子撇出老远。

德英对"蟋蟀案"极其重视，务要找到为非作歹之人，查个水落石出，还百姓以公道，将首恶者绳之以法。他首先在将军衙门里遴选出三名精明强干之人，一位是刑房主事丁武进，一位是银柜仓爷鄂尔保，一位是镖车骁骑校甫震方。然后将他们召集到一起，要求不露本人身份，组成一个斗蟋蟀帮儿，公开打出名号"袁大挑子"。丁武进可谓玩蟋蟀的内行，辨识品种优劣的能力很强，其师傅便是自己的阿玛。其父丁孝堃，人称"丁阔佬"，玩儿蟋蟀四十余载，乃专门收取和贩卖江南江北各地蟋蟀王的名师，生意越做越大，道上的朋友甚多。嘉庆末年，斗蟋蟀已形成了南七北六一十三个派系，制定了赛规，派系之间互不相让，各据地面，各养庄丁。进入咸丰朝，义军纷纷起事，斗蟋蟀的帮伙势强，颇有名气的"丁阔佬"被推举为聚众闹京师的总师爷，朝廷派兵予以镇压。好在本人尚不糊涂，见势不好急转身，带领兄弟们早早归降于负责平乱的绵恺亲王，并戴罪立功，协助朝廷缉捕在逃头领，故而没有被送刑部，其后代亦未受到牵连。此番德英正是利用了丁主事的一技之长，又有仓爷鄂尔保协助，迅速置办了上好的彩陶瓷罐儿，四处选购了体壮、腿粗、齿利的头排黑褐色大蟋蟀，就其种类和形状，冠名曰"金童""玉女""托塔天王""岳王爷"等。十几天后，开始带上蟋蟀出入于热闹的集市和大街小巷，很快便以其勇猛、凶悍名扬江城、威震群雄了。德英的主要用意当然是借此钓出那些以斗蟋蟀为名，行以强凌弱、称霸一方、对抗朝廷之实的地头蛇，了结几桩久而未断的蟋蟀案，给受害百姓一个交代。

在此期间，镖车骁骑校甫震方经了解，掌握了十数个"蟋蟀挑子"的内情，领头儿的大多是咸丰朝时与朝廷有积怨仇隙者。其中最大的一伙儿号称"盛家挑子"，将近百人，光师爷就有十几位。他们北上京师，天津有蟋蟀场子，锦州、奉天、朝阳、铁岭也有几处，当地的男女老少没有不知道的。同治元年，"盛家挑子"进了吉林，不仅占据了一些乡镇同道的地盘儿，江城也有了不可摇撼的地界，呼兰、阿勒楚喀三姓、巴彦、拉林等地同样有盛家蟋蟀场子。同治三年，东北的黑龙江、辽宁、吉林三地闹起了马傻子反清，烧杀抢掠，恣意妄为，百姓苦不堪言。朝廷下令追剿马傻子叛匪，三地齐动，形成了包围圈，发现里面就有"盛家挑子"的头人。前书所讲的丘池一家遭受孟氏家族的欺凌，丑妞被孟彪抢去为奴，本打算一年后，将其送给"盛家挑子"的一位师爷做小妾。未承想柳祥领着德英亲登丘家门，得知内情后，不但将孟家非法占有的大量田亩收回分给流民，而且及时救出丑妞，送回老母身边，成为正身民人。为此，孟彪也好，"盛家挑子"也罢，皆恨透了德英，一直想找机会报复。

德英从不顾及这些，在其位，谋其政，双眼盯上了那些"蟋蟀挑子"。丁武进、鄂尔保、甫震方打出"袁大挑子"的旗号，"盛家挑子"在哪儿，哪儿就有"袁大挑子"，紧跟不放。过了些日子，便传出"袁大挑子"是吉林将军特备的捉凶利刃，那三个所谓的师爷全是将军衙门的人，天时地利人和，谁能与之拼得起呀，赶紧收手吧！围观的百姓得知此情，再也不在"盛家挑子"跟前逗留了，纷纷走到"袁大挑子"这边来，正所谓"盛家挑子"节节败退，"袁大挑子"步步紧逼，终于见分晓了。人们表面上似乎是在观赏斗蟋蟀，暗地里却借机申冤告状，历数那些"蟋蟀挑子"的恶行，详述几次人命案子发生的始末以及凶手谁是，使得蟋蟀案总算浮出水面了。大家特别提到了"黑痣李"，即李维藩，说他早就参加了马傻子义军，咸丰末年就利用玩蟋蟀煽风点火，散布谣言，挑拨百姓与朝廷的关系。曾于朝阳、铁岭、吉林等地聚众殴斗，围攻官府，造成死伤无数，本人却巧妙地躲过了朝廷多次缉捕。

三人把情况汇总上来后，德英认为到该收网的时候了，便向骁骑校甫震方下了命令，尽快查清李维藩的落脚点，全力捕拿之。部署毕，由于阿勒楚喀有些要务急需处理，转天一早便去了副都统府衙，未承想家里竟出了大事，怎么的呢？同治二年夏季，连下几场暴雨，木质的凤楼年深日久，墙壁开裂，大梁倾斜，房顶漏雨，实在无法继续住了，衙门便让尤成额一家暂时搬到板门大院。这里原先是彤甜甜的宅院，自打进京之后，衙门将其救助的乞丐、老弱病残陆续分到了下边各个旗，由生活较富裕的人家收留，板门大院便空了下来，雇用两个更夫看着。小金佛、草上飞、云中燕、过江龙见老友白面娘子住进去了，也来凑热闹，反正院落大，房子多，能住得开，一来可以做伴儿，二来互相有个照应，都已是上了年纪的老人了。德英在追剿匪徒、调查"蟋蟀案"、收回吉林地方大户范氏家族、孟氏家族、宗族伊尔根私占农田的过程中，深深得罪了这些富豪，对他恨之入骨。加之甫震方率手下在各个乡镇暗查李维藩的行踪时，不知怎么走漏了风声，当日夜半，李维藩带人越墙潜入了板门大院，直奔何图哩氏格格那屋而去，把睡得正香的十二岁的小忠清抱走了。因何图哩格格偶得时令症，白面娘子给她吃了药，以便睡下发汗退热，所以丝毫没有察觉。倒是对面屋的白面娘子听到了异样的响动，忙起身出屋推开对过儿的门，见炕上的小忠清不见了，不禁大惊失色，不是好声儿地喊道："快起来呀，家进贼了，把孩子抢走了！"边喊边往外跑。

一声惊呼划破了夜空，板门大院的上下人等全起来了，住在旁边那栋房的小金佛、草上飞、云中燕、过江龙操起家巴什儿跑出院门一看，见几个黑影儿向西北逃去，其中一人骑着马，腋下夹着又喊又叫的小忠清，前去施救已经不赶趟儿了。小金佛愤愤地说："你们看，歹人逃去的方向是孟家庄，肯定是孟彪、'黑痣李'他们干的。这帮王八蛋，有能耐找德大人哪，与孩子何干？真不够人味儿！"

白面娘子想了想道："衙门离咱这儿不算近，待通报后再派兵，天都快亮了。何况人多目标大，太惹眼，容易误事。不如这样，咱们几个去，人少不会引起对方注意，好施展。再者说了，歹徒来抢忠清前，一准知道德英不在家。大院除了几个老人就是仆从，即使救孩子，也得先把德英叫回来。又认为自己的行动神不知鬼不觉，大院的人不可能知道何人所为以及孩子被抢到了何处，他们高兴还来不及呢，不会有啥防备。咱现在就去，乘其洋洋得意之时想法儿救回小忠清，否则夜长梦多……"

早已急哭了的何图哩格格插言道："老人家都这么大岁数了，腿脚也不灵便了，哪能对付得了那些年轻力壮的庄丁啊，可别人没救出来再伤着。"

过江龙说："放心吧，身板儿硬朗着呢，原先练就的那些功底总得派上用场。抢回小忠清就是胜利，彻底收拾那帮恶霸是德大人的事，别耽搁了，快走吧！"说着去了马棚，白面娘子、小金佛、草上飞、云中燕等四人紧随其后。

何图哩格格见状，顾不得自己正在病中以及公婆此刻有多么着急了，匆匆叮嘱侍女好好儿在家照护二老，然后也奔向马棚，牵出马骗腿儿而上，跟着向孟家庄驰去。大约过了一个半时辰，远远看见了筑有围墙的孟家庄，里面有灯光闪现。六人下了马，手握缰绳往前走了一段路，分别将马拴在了道旁小树林内的干树桩上。走到围墙木门前轻轻一推，门竟开了，无人把守。只见左前方有处高门楼儿，灯火辉煌，人声嘈杂，不时传出说笑声儿和划拳行令声儿。估计这就是孟彪的居所了，正在举杯庆贺呢，连看门人也去凑热闹了。再往东一瞅，距高门楼儿约三十米处有趟长筒房子，看样子好像是仓库，里面亮着灯，门口儿有三个手提灯笼的人影儿晃动，都不由得一阵窃喜，小忠清关在那儿无疑了。白面娘子分派开了，让小金佛等四人专门对付看守，自己进入仓库，抢出小忠清，得手后迅速脱离险境。何图哩格格隐在原地接应，见到孩子立即带其回返，不用等大家一块儿走。定下后，白面娘子一行五人沿着墙根儿悄悄儿摸向长筒房，待快到跟前了，才大摇大摆地径直走了过去。

站在门前的看守见来人了，以为是特意来替班儿的，也好去前房讨杯酒喝。可又觉得这几个人似乎是生面孔，其中一看守举起灯笼刚要照，身手仍然敏捷的草上飞一把将灯笼打掉，三个看守立即从腰间抽出短刀，双方对打起来。白面娘子乘机跑进长筒房内，见里面有五六个粮食囤子，墙边堆着各式各样的农具，便顺手操起一把镐头。尽头的地上铺着谷草，小忠清面冲门侧身躺在上面，旁边立一张破桌子，上放一盏獾油灯，一个壮汉背对着白面娘子站在那儿。聪明的小忠清一看奶奶进来了，知道是来救自己的，为了吸引那人的注意力，一翻身坐了起来，大声儿嚷嚷道："放我出去，我要回家，我要回家！"

壮汉手指小忠清的鼻尖儿吼道："小兔崽子，死到临头了，还有精神头儿喊，给我闭嘴！"

这时，白面娘子已蹑手蹑脚地走到了壮汉身后，举起镐头刚要刨，那人感到有股儿凉风吹来，一转身抓住了白面娘子的双手，镐头哐啷一声掉在地上，二人厮打起来，白面娘子一边薅住对方的衣领，一边冲小忠清喊道："喔莫罗，不用管奶奶，快跑，门口儿有好几位爷爷呢，额莫正在院外等着你，快跑哇！"

小忠清起身撒腿就跑，壮汉急了，一使劲儿将白面娘子的手掰开并推倒在地，抽身欲要去撵小忠清。白面娘子猛一扑，死死抱住了对方的双腿，二人滚在了一起。壮汉两眼圆瞪，一翻身将白面娘子压在身下，挥拳向其面部抡去。未承想这老太太武功底子不薄，左躲一下右闪一下地招架，竟一拳也未抡上。白面娘子抓住一个空当儿向对方下腹猛蹬一脚，壮汉头朝后向桌子撞去，碰翻了放在上面的油灯，獾油洒在干燥的谷草上，灯捻儿立马把草点着了，大火呼啦一下燃了起来，红红的火团蹿向原木作梁的棚顶，粮食囤子噼啪作响。此刻的小金佛、草上飞、云中燕、过江龙已把那三个看守解决了，刚才在对打的过程中，只见小忠清跑出了院外，却未见白面娘子出来。待回身要进仓房时，一股热浪将他们逼退，门口儿早已被喷射的火焰封堵，浓烟滚滚，无法近前，且越烧越旺，整个仓房瞬间便吞没在火海里。四人不顾头发、眉毛被燎，撕心裂肺地呼喊道："白面娘子，你在哪里，听见了应一声啊！"没有半点儿回音。眼瞅着前房喝庆功酒的人纷纷向这边跑来了，再不能有片刻停留，只好含泪告别老友的英魂，隐入黑暗之中，返回板门大院。

三日后，德英才从阿勒楚克回来，一进屋，见二老和夫人何图哩格格哭得像泪人儿。经询问，方知干娘为救自己的儿子已葬身火海，尸骨无收，而小忠清则毫发无损。德英听罢，悲伤难抑，痛哭着来到白面娘子的灵前，跪地叩拜道："干娘啊，干娘，您一生一世为尤家三代人而活呀，为救孙儿不惜以老命相拼，不仅是何图哩氏家族的大恩人，也是救苦救难的观世音菩萨呀……"在大家的一再劝慰下，德英方止住了哭声，焚香祭奠，并以葬祖之祭礼为白面娘子建墓立碑。据传讲，在立碑时，正值两位游僧从此路过，当得知白面娘子为救他人而火化升天时，很是敬佩，遂跪地诵经祈祷，为其超度。为慰勉民众向佛之心，又将其灵牌奉入庙宇，春秋享祭。同治四年，德英上书朝廷，望旌表白面娘子为烈女。同治帝有感其忠义之举，准奏，封白面娘子为"申义烈女"，立祠永祭。此后香火炽旺，香客如云，申义烈女的故事传讲不衰。

自打白面娘子去世，尤成额一家老小就像丢了魂似的，人人都在思念那最亲的亲人，连平日的生活习惯也打破了。早先，凡事皆由白面娘子安排，而且亲手去做，什么起居呀，用膳哪，出行啊，没有操不到的心。现在只能由何图哩格格打理了，还真挺能干，里里外外张罗着，终日不得闲。每当年节全家上下人等一起聚餐时，她总忘不了为白面娘子摆上一份儿匙箸于桌上，斟酒献之，尽管阴阳两隔，然亲情永在。何图哩格格是个孝顺的好儿媳，近些日子发现公公呼吸不畅，有时憋得脸色青紫，婆婆的病势也一天比一天沉重，暗地里甚为焦急。她知道二老忘不了干娘，受到的打击也最大，一想起来就止不住眼泪，也完全理解老人的心情，自己何尝不是如此呢！

同治五年丙寅初春的一天晚上，何图哩格格听见婆母呻吟不止，过去探问时，却闭目不语，觉得不妙，便派家丁去告知夫君快点儿回来。德英身在阿勒楚喀副都统衙门，正忙于给榆树林沿江各村屯分拨朝廷统一赈济的耕种款，连大年都没在自家过，而是与百姓在一起。耕种款数额有限，需要赈济的家户很多，为争此款常发生纠纷，甚或吵架、动手。加之当时各地的反清叛乱尚未完全平息，无论说服还是劝慰，必须要耐心细致，以理服人，妥善安置，不可大意。为此，德英挨家挨户登门查核，了解情况，逐一落实，每每大半夜方能歇息。今儿个一大早，家丁飞马来报，称老夫人病重，须速回。其实，数日来亦有传报，告知额莫虽一直服药，但病情不仅不见好转，而且继续恶化。父亲的身子骨儿也不好，常言胸闷气短，心口儿疼。德英终因公务甚忙，未能抽身回去探望，觉得很对不住二老。这会儿得知此情，预感到不能拖了，立即把属下召集在一起，强调要认真办好耕种款的分发，不可出现疏漏，要做到笔笔有宗，属下诺诺遵命。交代完毕，出得门来，上了坐骑，与家丁疾驰板门大院。一到家，上下人等见德大人回来了，皆长出了一口气。面色略显憔悴的何图哩格格走到夫君跟前，红着眼圈儿说道："总算回来了，打昨儿个起，额娘已滴水未进了，昏睡中时不时地唤着你的名字，就是想儿呀！刚刚又请郎中看过了，说是挺不过明天了，让赶紧准备后事。"

德英听罢，心头一阵酸楚，泪水顺脸往下淌。推门进了屋，见母亲仰面躺在炕上，双目微睁，望向窗外，似乎在等待着什么。父亲陪坐在一旁，神情忧郁，怀里搂着小忠清。于是先向阿玛揖礼问安，然后脱鞋上了炕，俯身唤道："额莫，额莫，德英回来看你了！"茗兰缓缓转过头来，德英又道："额莫，德英知道您老想儿，天天盼儿归。儿也思念二老啊，然一直不能陪伴在侧，原谅儿子不孝吧！"

茗兰轻轻点了点头，费力地抬起右手抚摸着德英的脸，仔细端详着，好像要把儿子的模样儿深深刻在脑子里，断断续续地说："儿呀，额莫……知道，皇家的事……再小，也比……家事大，额莫……不怪。要……照顾好……阿玛，把忠清……培养成人……"后边说些什么已听不清了。午夜时分，茗兰走到了生命的尽头，在德英的怀里含笑而终。德英与家人在办理丧事时，按母亲遗言，一切从简。

相濡以沫数十载的老夫人溘然长逝，尤成额心里痛楚万分，从此郁郁寡欢，不思茶饭，身子骨儿越来越虚弱。稍有点儿精神时，或到官学问问学生的情况，或在家听听孙儿背诵古诗名句，或去茗兰的坟头儿说说话、道道别后情。当年盛夏的一天，成额用罢晚膳，刚准备回房歇息，突感不适，儿媳忙将其扶到炕上躺下，德英转身就去请郎中，前脚还未迈出去，只听夫人一声撕心裂肺地呼唤："阿玛，阿玛，醒醒，醒醒啊！"回头一看，见老父已平静地睡去，再也没有醒过来。

尤成额生于乾隆四十九年甲辰，嘉庆二十五年庚辰赴吉林，因秦名远等人作梗，迟迟未能入仕。直至道光四年甲申富俊四任吉林将军时，方得以考取功名，任吉林将军衙门属下左翼官学教习。自此全身心投入教书育人之中，兢兢业业，废寝忘食，鞠躬尽瘁，为吉林的教育事业效力，一干就是四十三年。其子德英是其学生，后任吉林将军、黑龙江将军。清代著名将领金福、金顺、文祥、依克唐阿等，皆为他的得意门生，堪称桃李满天下。同治五年丙寅夏，尤成额病逝后，弟子悲痛之余，为其敬献一块红枣木大匾，上书"一代师圣"，流传后世。尤成额的夫人茗兰一生喜欢写诗作画，然诗词、绘画作品多已佚失，仅存儿首散曲，乃忆故人白面娘子的，其中的《难断情》有两首：

（一）

新秋至，
人乍别，
顺长江水流残月。
悠悠思情东去也，
这思量，
绵绵何时能歇。

（二）

美貌娘，
慈幼心，
一生都为他人忙，
肝胆涂地不知惜。
爱她那凤眼秀姿，
愿赏那立马灵技，
烈火英风傲百世。

　　二老半年内相继离世，犹如晴天霹雳，让德英猝不及防，难过至极，痛哭失声。匆匆书就奏折，命人飞马报京师，因父母丧事，呈请丁忧。经准，德英百日孝服期间，一应政务由吉林将军衙门专员统理。丁忧期满，已临寒冬，德英将家事托付给夫人和家丁照料，急急回阿勒楚克副都统衙门复任。同治六年丁卯秋，四十三岁的德英奉旨署理黑龙江将军，携妻儿前往。从此，德英彻底脱离了吉林地方政务，在黑龙江的农村乡镇朝朝暮暮顶着酷暑、冒着严寒为民事操劳。平时，德英身穿员外服，脚蹬农家大嫂给做的牛皮乌拉，肩上挂个褡裢，人送绰号"英老怪"。进了农家院儿如同到自家，粗茶淡饭吃得香，冷炕热炕睡得着。各村屯的流氓、无赖都怕他，因听说此人是"神算子"，独具慧眼，什么江洋大盗也逃不过其掌心。有的人不服气，非跟他斗斗不可，结果根本招架不了，只能甘拜下风，对簿公堂时，方知对方乃当朝的大将军。日久天长，由于德英为百姓的生计四处奔走，深谙民间疾苦，想方设法为他们解决实际困难，故而得到了普遍拥护，齐颂德大人乃济公在世。当地的不少人家不仅供灶君，灶君旁还有一小木匾，上写"德青天"。

同治十三年甲戌冬腊月，大年将至，家家户户喜气洋洋，敲锣打鼓迎新春。德英越到这个时候越闲不着，带上装吃食的柳罐儿和盛水的葫芦出衙门，前往下边的村屯看望众乡亲，向耆老们问候、祝福。谁若遇有什么不可解或想不通的事儿，他便留下来，躺在土炕上与其彻夜长谈。单说这日，德英来到小小的霍洛门，村民不多，正赶上组织秧歌队，就跟着忙乎开了，直到亥时方歇息。转天清晨，这家曾当过游走郎中的老爷爷穿衣下地出了东屋，发现睡在西屋的大将军没像以往那样天一亮就起来，觉得有点儿不对劲儿。赶紧推开门细瞧，见其微闭双目仰面躺在炕上，脸色灰白，一动不动，不禁大惊！慌忙唤醒家人，经诊脉，方知大将军已离开人世，信步西游，顿时哭声一片。

噩耗急报京师，朝廷震荡，同治帝泪流沾襟，赐函吊唁。出殡那天，黑龙江城镇的居民纷纷走出家门，有的穿麻衣孝衫，有的头扎谷草圈儿、手拿佛朵，含悲饮泣争相前去为将军送行，都想最后见上一面，说几句心里话。大人哪，我们得过您的救助，受过您的保护，享过您的恩泽，您是黑水好父母官，最惦记生灵的德青天，为黎庶操劳不顾命啊！哀乐凄切，哭声恸天。人们想起了将军的乳名乌西哈，是呀，德英就是一颗永不陨落的星辰，照亮大地，将永远活在百姓的心坎上……

后　　记

　　自二〇〇二年至今，经本人记录、整理已出版的十部满族说部中，其内容在类型上既有歌颂祖先丰功伟绩的包衣乌勒本，即家传、家史，也有记述真人真事以及历史传说人物的巴图鲁乌勒本，即英雄传。《松水凤楼传》讲唱的则是清代末年，朝廷针对东北各将军辖区采取的一项重大举措，就是重新清查、丈量、分拨土地，查核归属，以解决存在多时的土地兼并问题。在这样的大背景下，说部汇聚了许多鲜活的历史人物，浓墨重彩地描写了底层民众的困顿生计、不幸遭遇，揭露了官宦、富豪、大户各色人等的贪得无厌、阴险狡诈，集中、立体地展示了那个年代强凌弱、众暴寡之本质特征，在一定程度上触及了清王朝之所以灭亡的根本原因，从而引发人们对社会现象的审慎思考，也补充了各类文献对那个特定历史时期的有关记载。

　　吉林，满语谓"吉林乌拉"，乃江边之意。指的是哪条江呢？当然是松花江，满语称"松阿里"，意为天上流下来的河，从吉林的中心地带穿越，一江清水滋润着两岸的黑土地，草木茂盛，林涛呼啸，各族百姓在这里繁衍生息，正是天上有多少白云，地上有多少众生。

　　清初建置，吉林辖属称将军，始驻宁古塔，称宁古塔将军。康熙十年移驻吉林乌拉，称吉林将军。清入主中原后，推行拓荒屯田，开始圈占土地，将其赏给王公大臣和八旗将士。康熙二十三年停止圈占，规定"凡八旗官兵所授之田，毋许越旗买卖及私授予民，违者以隐匿官田论。"当时的旗人不善耕种，秋末打下的粮食较少，难以维系，无奈之下，只能靠出卖土地糊口。咸丰三年，皇帝正式下诏，允许旗地买卖。官绅、富商、大户乘机揽荒渔利，土地由国有变为私有，官田向民田转化。在吉林，随着禁垦令的废除、旗地不准授予民之规定的解禁，土地兼并不但没有得到有效扼制，反而逐渐加剧，愈演愈烈。

　　《松水凤楼传》的故事发生在吉林将军辖境的江城大地上，它遵循

"评说重大历史事件，具有极严格的历史史实约束性"之原则，直观现实，绘声绘色地演绎了清官与贪官的争斗，好人与坏人的比拼，善良与邪恶的对抗，人性美与丑的较量，同时也再现了五光十色的民俗风情。

首先，说部把当朝的官员分成清官、贪官两大派，清流与浊流在这里碰撞。清流乃涓涓细水，浊流乃污泥黑浪，其搏击点即吉林将军辖境内的土地兼并与反兼并。清官的代表人物是吉林将军富俊。他按旨深入各地清丈每家每户的田亩，调查被强占的土地数额，一丝不苟地按大清律行事，乃为黎庶请命、廉洁奉公的当权者之象征。贪官的代表人物是吉林将军衙门总管秦名远。他职权虽小，但能量颇大，为中饱私囊可谓机关算尽，乃为上至朝廷、下至地方贪赃枉法的当权者之象征。此场争斗表现得异常激烈、复杂，纵横捭阖，又十分微妙。富俊本是奉旨去吉林清查土地的钦差，在基本丈量完毕并准备安良除暴之时，当朝皇帝却突然调离其职，派另一位官员来接替。该人为求彼此相安，采取了大事化小、小事化了、息事宁人的调解之法，从而导致了涓涓细流被堵死，污泥浊水恣意横流，地主、豪强越发变本加厉，贪官污吏愈加肆无忌惮，这样的结果完全符合历史真实。

其次，说部将好人与坏人的比拼、善良与邪恶的对抗进行了原生态的记录。好人：心慈面软，就是善。其代表人物是出身于官宦人家、谙熟"四书""五经"的公子尤成额，象征着大批从关内逃往东北的难民、遭受欺凌摧残的妇女、苦苦挣扎的奴隶等。他的交往之道即"交有德之友，绝无义之朋""遇贤而思齐，遇不贤而自省"。行事之道即"不以恶小而为之，不以善小而不为。"平日里，其希冀寄托于纸头砚池，其感悟融入笔情墨趣，其爱憎挥洒于诗词华章，其扶弱助困之心尺幅难宣。这样一个好人却成了坏人的眼中钉、肉中刺，被欺侮，被变相拘禁，陷入两难境地。然最终好人定能冲出樊笼，战胜坏人，善永远是社会的主流。

坏人：心狠手辣，就是恶。其代表人物是范家堡子的大庄主范蔼仁，象征着鱼肉百姓的乡绅、横行霸道的地痞流氓、与清廷对峙的叛匪等。他们杀人越货，巧取豪夺，无恶不作。致使龙兴宝地哀鸿不绝，灾民饥寒交迫，甚至抛尸荒野。然多行不义必自毙，到头来坏人定遭灭顶之灾，被社会所摒弃。

这场善与恶的对决，有眼泪，亦有欢乐；有绝望，亦有希望。希望自然是太平景象，国运昌隆，民气旺盛，也算是说部中的人世大观了。

最后，说部着力礼赞了美的人性，对丑的人性予以了无情鞭挞。比较正史而言，这里有更多底层民众的历史活动和社会各界的细节描写，特别是对女士的心理刻画尤为精致。文中涉及两位奇女子，一位是满族的茗兰小姐，一位是汉族的白面娘子。茗兰出身名门，知书达理，过着锦衣玉食的生活。虽然身居上层，远离庶民，但她有一颗同平民一样的平常心，同情弱者，救助命途多舛的妇女，关爱衣食无着的流人，痛恨欺压百姓的恶棍。

白面娘子出身贫苦，一场水灾致使亲人离散，死里逃生来到了关东，竟被恶人侮辱、践踏，尝尽了人世的艰辛。尽管处境凄惨，为改变命运而不择手段的捞取钱财，也同样没有泯灭良知、吞噬理性，而是近乎传奇地从蜷缩在社会最底层忽然伸展四肢腾跃到上层。无论在底层还是上层，皆以一颗纯粹的爱心去关照需要帮助的人，以至为救满人的后裔而献出了生命，完成了人性的救赎。

通过对两位女子人性之自然性、社会性的描述，让我们在精神层面上印证了一个民族不断完善的轨迹，人性美仍然是时代的最强音。

《松水凤楼传》篇幅长，时间跨度大，又是从录音下载，加之在具体操作过程中遇到了一些难题，用了三年的时间才整理完毕，是十部说部中耗时最长、花费心血最多的一部。按照满族口头遗产传统说部丛书编委会的要求，在记录、整理时，需严格保持口述史的原创性、科学性、真实性，保持讲述者的讲唱风格、特点，保持民间口头文学的生动性，原汁原味地呈献给读者。本人以为其前提应是力求故事的发展脉络合情合理，让听者听得懂，读者看得懂，方不失为口耳相传之瑰宝所散发出的色泽和香气。

进入案头工作后，我注意到本说部有的章节存在不妥之处，比如事物发展不合逻辑，故事情节不连贯或有头无尾，人物关系、经历前后矛盾，褒义词与贬义词用法不当以及行为描写有不健康的语言等。在着手处理时，首要的是用心斟酌，仔细推敲，然后再认真梳理，尽量保持原貌。具体做法是：对事物发展不合逻辑，采取不动经线，辅以枝杈，使之趋于合乎客观规律性；对故事情节不连贯或有头无尾，采取沿袭原脉络，加以补充，上下衔接；对人物关系、经历前后矛盾等，采取确认其一，更正谬误，全线贯穿；对褒义词与贬义词用法不当，逐句订正，文通字顺；对行为描写有不健康的语言，因其不是主流，情节上自有其存在之必要，采取适当删减，予以少许保留。相信广大读者在批判地继承民族文化遗产原则指导下，取其精华，弃其糟粕。

搁笔之日，二〇一四年的钟声敲响了，屈指算来，投入抢救满族口头遗产说部工作历经十二个春秋了。这四千多个日日夜夜转瞬即逝，即便如此，并不遗憾，反而倍感欣慰，只因往昔的付出为这座艺术宝库添了几块砖，加了几片瓦，而且获益匪浅。面对着录音磁带，每每的屏息谛听，每每的伏案秉笔，竟惊喜地看到了满族及其先民绵长的一脉相承之历史以及蛮荒古祭、氏族聚散、发轫兴亡、征战迁徙、生产生活等多个侧面，感受到了中华民族大家庭中的一员那"讲究慎终追远，重视求本寻根，唱诵祖德至诚"的习俗所构筑的深厚根基，从而创造出光辉灿烂的文化，认识到了满族传统说部的民俗学、历史学，文学的审美价值，提高了把口头语言转换为带有自身特色的书面语言之能力。

此时此刻，闭目凝思，感喟不已。十二年中，不知磨秃了多少支笔、手指上的老膙退去了多少层、换了几副老花镜、添了多少华发，倏然间，我的孙儿也长成大人了。付梓之时，顿生惜别之情，不舍那流淌去的时间，怀念那曾为之热泪盈眶的满族英雄。

俱往矣，这一切的一切，连同自己皆已成为历史！

于 敏

二〇一四年一月

889